未名·科幻之路

半人半鱼之神

从威尔斯到海因莱恩

〔美〕詹姆斯·冈恩　郭建中　主编

图书在版编目(CIP)数据

半人半鱼之神:从威尔斯到海因莱恩/(美)詹姆斯·冈恩,郭建中主编.—北京:北京大学出版社,2008.10

(未名·科幻之路)

ISBN 978-7-301-14247-9

Ⅰ.半… Ⅱ.①冈… ②郭… Ⅲ.①科学幻想小说-作品集-世界 ②科学幻想小说-文学评论-世界 Ⅳ.I14 I106.4

中国版本图书馆 CIP 数据核字(2008)第 142331 号

书　　名:半人半鱼之神:从威尔斯到海因莱恩

著作责任者:〔美〕詹姆斯·冈恩　郭建中　主编

责 任 编 辑:魏冬峰

标 准 书 号:ISBN 978-7-301-14247-9/I·2062

出 版 发 行:北京大学出版社

地　　址:北京市海淀区成府路 205 号　100871

网　　址:http://www.pup.cn

电　　话:邮购部 62752015　发行部 62750672　编辑部 62750673　出版部 62754962

电 子 邮 箱:weidf02@sina.com

印　刷　者:北京飞达印刷有限责任公司

经　销　者:新华书店

787 毫米×1092 毫米　16 开本　24.25 印张　545 千字

2008 年 10 月第 1 版　2008 年 10 月第 1 次印刷

定　　价:39.00 元

编辑说明

詹姆斯·冈恩先生、郭建中先生主编的《科幻之路》(六卷)中文版曾于 1997—1999 年由福建少年儿童出版社推出初版本,应广大读者和编者的要求,此次我社重新推出这套经典图书。

在重新联系中文版权的过程中,虽经多方奔走,仍有少量作品因联系不到作者等原因未获得中文版授权书。此事虽令人倍感遗憾,但为了遵守著作权法,在重新编辑这套书时,我们也只能忍痛割爱删去这些篇目及其导读,这部分篇目包括:

原书第三卷:〔美〕小库尔特·冯内古特:《哈里森·伯杰隆》

原书第四卷:〔阿根廷〕乔治·路易斯·博尔赫斯:《巴别图书馆》

原书第五卷:约翰·温得姆:《广漠的太空》

戴维·J·马森:《地狱之门》

原书第六卷:〔波兰〕斯坦尼斯拉夫·莱姆:《月球追杀》

〔意大利〕迪诺·布扎蒂:《时间机器》

〔意大利〕托马索兰多尔菲:《"坎塞女王"号》

〔意大利〕依泰洛·卡尔维诺:《螺旋》

〔阿根廷〕豪尔赫·路易斯·博尔赫斯:《巴比伦彩票》

〔哥伦比亚〕加西亚·马尔克斯:《兜售神药的好人布莱克曼》

〔墨西哥〕卡洛斯·富恩特斯:《查克·穆尔》

〔日本〕安部公房:《曲线之外》

此外,在重新编辑的过程中,考虑到读者的接受心理等原因,我们对原《科幻之路》的书名作了局部的改动,具体改动如下:

原《科幻之路(第一卷)　从吉尔伽美什到威尔斯》现更名为《钻石透镜:从吉尔伽美什到威尔斯》;

原《科幻之路(第二卷)　从威尔斯到海因莱恩》现更名为《半人半鱼之神:从威尔斯到海因莱恩》;

原《科幻之路(第三卷)　从海因莱恩到七十年代》现更名为《太阳舞:从海因莱恩到七十年代》;

原《科幻之路(第四卷)　从现在到永远》现更名为《灰烬之塔:从现在到永远》;

原《科幻之路(第五卷)　地狱之门》现更名为《过眼烟云:英国科幻小说》;

原《科幻之路(第六卷)　时光永驻》现更名为《时光永驻:非英语国家科幻小说》。

尽管在书名上作了更改,但为了尊重编者十几年前的辛勤劳动,每本书的"前言"、"序言"及每部作品的导读中所提及的各卷书名依然维持原貌,特此说明,希望不会给读者朋友们带来太大的不便。

北京大学出版社

2008年9月

中文版前言

〔美〕詹姆斯·冈恩

科幻小说也许是美国特有的一种文学,但它也大量地被介绍到其他国家。科幻小说并不起源于美国——这一殊荣为英国和法国所分享。英国的玛丽·雪莱在1818年出版了《弗兰肯斯坦》,该书被誉为第一部科幻小说;法国的儒勒·凡尔纳从1863年起,创作了《奇异的旅行》和《气球上的五星期》,并在1864年出版了他的第一部科幻小说《地心游记》。我听说,在中国被介绍的第一位西方科幻小说家,就是儒勒·凡尔纳。

在玛丽·雪莱和儒勒·凡尔纳之间,出现了一些美国作家,如埃德加·艾伦·坡和纳撒尼尔·霍桑;这两位作家在19世纪30年代至40年代之间,写了一些类似科幻小说的作品,尽管坡对凡尔纳产生过影响,但不论是坡,还是霍桑,还不能算是美国科幻小说的奠基人。事实是,一位名叫雨果·根斯巴克的来自卢森堡的移民,于1926年创办了第一本科幻杂志《惊异故事》。该杂志为科幻爱好者提供了一个论坛;在这家杂志上,他们对变革和未来进行辩论,对科幻小说的一些最基本的概念进行讨论。

随《惊异故事》之后,1929年出版了《科学奇异故事》(后不久就改名为《奇异故事》)。1930年又出版了《超级科学惊奇故事》。在《惊异故事》中,雨果·根斯巴克首先把科幻小说定名为"SCIENTIFICTION",即"SCIENTIFIC FICTION"两个英文词的合成,可直译为"科学的小说"或"关于科学的小说"。后来,他又在《科学奇异故事》中改名为"SCIENCE FICTION",

直译应为“科学小说”[1]。1937年,小约翰·坎贝尔受命任《惊奇故事》主编,这为科幻小说的美国化又迈出了重要的一步。约翰·坎贝尔先把《惊奇故事》改名为《惊奇科学小说》,后又改名为《类似》。他是美国科幻小说黄金时代的带头人。

以上提到的有关科幻小说发展的史实,在《科幻之路》中都谈到了,我就不再在这儿赘述了。但正是美国的科幻杂志确立了科幻小说的标准。而且,美国确立的这一科幻小说的标准被认为是正宗的,也获得其他国家和地区的认可;其原因是,有关科幻小说的一些概念,正是在科幻杂志上进行了深入的探讨,并取得了较为一致的看法。在其他国家,科幻作家之间很少有联系,他们的创作只是作家个人的行为。个别的短篇小说或长篇小说也许闪烁着智慧的灵光或深邃的见识,但这些小说怎么也不能与美国的科幻小说相比。只有美国的科幻小说在发展过程中逐渐确立了标准科幻小说的地位。

科幻小说的美国化,还有另一个原因。那就是科幻小说是西方文明对工业革命和科学革命产生的变革力量所作出的反应。工业革命和科学革命首先发生在西方;在美国,殖民开拓的事业永远给开拓者带来新的希望,使美国人对变革总是抱着一种乐观和欢迎的态度,因而这种反应就特别强烈。历史悠久、传统古老的国家,也曾把一些变革的思想表现在小说中,有的成功了,有的失败了。因而,这些国家的小说总带有一点悲观主义的色彩。而美国,却是一个充满希望的国家。

每一个经历工业化强大冲击力的国家,都像美国在19世纪和20世纪初那样,整个社会奋发向上,激励进取。人们不是把科学技术的变革看做是对他们固有的生活方式的威胁,而是看做改善人类生存条件的机会。民族性不一样,反应可能也不一样。因为,在当今的信息时代,工业化的到来迅猛无比,且方式也与以往不同。但基本情况没有改变,即科学技术是变革的工具,科幻小说是变革的文学;科幻小说唤起了人们关注变革所产生的影响和人类对变革所作出的反应,并预见未来发展的方向。

《科幻之路》前四卷主要追溯了这一特殊的文学样式发展的轨迹,从其最早的原型直至当代一些代表作。前三卷是以历史年代安排的,回顾了科幻小说发展的道路,从最早的旅行故事,包括月球旅行记,经历了H.G.威尔斯的科幻小说、罗伯特·海因莱恩发展的科幻小说的新方法、新市场,直至乔·霍尔德曼的硬科幻小说。第四卷突出了科幻小说是一种文学艺术的手段,从1950年开始,经历了埃德·布赖恩特“作为科幻小说的文学”的时期和格雷戈里·本福德“作为文学的科幻小说”时期。

《科幻之路》第五卷,是英国科幻小说。从这一卷开始,追溯了科幻小说在其他国家发展的道路,第五卷描述了英国科幻小说的发展史。像追溯美国的科幻之路一样,也从其最早的代表作开始。英国的科幻小说是在英国的条件下形成和发展的,表现了英国人对科幻小说的看法,因而有其英国特色。第六卷是世界各国的科幻小说。在我写这篇前言时,这一卷尚在编辑中。此卷主要考察了非英语国家的科幻小说及其各自的民族特征,其中当然也包括中国的科幻小说。

---

① 鲁迅先生就是采用“科学小说”的译名的。

《科幻之路》在中国的出版,是一件令人高兴的大事。科幻小说是一种变革的文学。我意识到,我自己也为科幻小说所改变。我认识的科幻小说界的朋友,也都为科幻小说所改变。我认为,对想从阅读科幻小说中获取知识的读者来说,了解科幻小说的发展史是十分重要的。其实,要想从阅读任何一种文学作品中获取知识,都应了解其起源和发展。当然,最好的办法是阅读作品,越多越好。今天,《科幻之路》能放到中国读者的手中,对我来说无疑是一种令人激动的经历,因为中华民族人口众多,具有世界上最古老的文明,而且,目前正经历着最巨大的改革,以迎接21世纪的挑战。

用中文方块字出版科幻小说,对我来说与科幻小说本身一样充满了惊异之情。但我完全相信,科幻小说的力量完全能跨越语言的障碍和民族的隔阂,使全人类成为一个民族。我也知道,《科幻之路》的翻译工作,由我的好朋友和同事郭建中教授主持。他在1983年夏应我之邀,特地来堪萨斯大学出席了我举办的科幻小说讲习会。讲习会的主要内容之一就是研讨《科幻之路》前四卷中的作品(当时第五、第六两卷尚未着手编辑)。故郭教授深知这套书之精髓。他又是翻译科幻小说的好手。由于他在传播科幻小说方面作出的杰出贡献,世界科幻小说协会于1991年授予他世界科幻小说恰佩克翻译奖,成为获此殊荣的第一位中国人,也是至今唯一的一位中国人。因此,我对《科幻之路》中文版的出版感到特别高兴。

欢迎阅读《科幻之路》!通过阅读,你们可以到宇宙中任何想去的地方!

写于美国堪萨斯州劳伦斯市

1995年12月15日

(郭建中　译)

关于詹姆斯·冈恩和他的《科幻之路》

郭建中

詹姆斯·冈恩,美国著名科幻小说家、编辑和评论家,堪萨斯大学英语教授,该大学科幻小说研究中心主任。他1923年诞生于堪萨斯市,二次大战中曾在美国海军服役。战后就读于堪萨斯大学,并于1947年和1951年先后在该校获新闻学学士学位和英语硕士学位。毕业后曾在堪萨斯大学和西北大学搞过戏剧工作。此后在母校担任编辑工作和公关工作,并获得这两方面的国家奖。他因文学上的成就获得拜伦·考德威尔·史密斯奖;因教学上的成就获得埃德华·格里尔奖。

冈恩教授从1948年开始写科幻小说,他的硕士论文就是论述科幻小说的。因此,他一直是一位学者型的科幻作家。他曾任美国科幻作家协会主席(1971—1972)和美国科幻小说研究会主席(1980—1982)。他经常应邀在美国各地和世界各国的科幻小说年会上发表演说。他也应美国新闻署的邀请,赴世界各国和各地区演讲,足迹遍及丹麦、冰岛、日本、波兰、罗马尼亚、瑞典、新加坡、南斯拉夫、苏联和中国台湾地区。

作为科幻小说评论家,他获得了几乎所有有关科幻小说的各种奖励。1976年,他荣获美国科幻小说研究会颁发的"朝圣奖";同年,世界科幻小说年会授予他的《另一个世界:插图世界科幻小说史》以"特奖"。他的专著《艾萨克·阿西莫夫:科幻小说的基地》获1983年世界科幻小说年会“科幻小说成就奖”(即“雨果奖”)。1992年,他又荣获“伊顿终身成就奖”。1978年至1980年之间以及1985年以来,他一直担任“约翰·坎贝尔奖”评奖委员会主席;该委员会每年评选出当年最佳科幻长篇小说,授予作者“约翰·坎贝尔奖”。

作为科幻小说家和编辑,他至今写了80余篇/部科幻小说,共19本书,包括短篇、中篇和长篇。他陆续编辑了7本科幻小说集。1988年,他主编出版了《科幻小说新百科全书》。他创作的4部小说被改编成广播剧,由NBC电台播出。1959年,他的《黑夜的洞穴》被改编成电视剧。1969年,他的长篇小说《长生不老》被改编成电视连续剧,成为ABC电视网“一周电影”的节目。次年又被改编成电视连续剧,每集播出时间长达一小时。他著名的小说除《长生不老》外,还有《倾听者》、《校园》、《快乐制造者》和近著《危机!》等。

他所编辑出版的科幻小说集,最著名和最有影响的当推四卷集的《科幻之路》了。这四卷分别出版于1977年(第一卷)、1979年(第二卷和第三卷)和1982年(第四卷)。集子一出版,立即成为美国大学中开设科幻课程的标准教科书,并不断再版。最近,他又续编第五和第六两卷。一卷是英国科幻小说,回顾了英国科幻小说发展的历程;另一卷是世界其他各国的科幻小说,从中可以窥见科幻小说在非英语民族国家中发展的概况。

与其他科幻小说集相比,这套集子有三个明显的特点。一是所选作品均为已有定评的各时期科幻名家的代表作,并且按历史发展的轨迹编排,使读者通过阅读这些作品,对科幻小说的发展历史有一个感性的认识;二是每卷都有编者詹姆斯·冈恩教授撰写的长篇前言。这些前言合在一起,就是一部简要而完整的世界科幻小说史,使读者对科幻小说发展的历史有一个理性的认识;三是在每篇作品的前面,都有编者撰写的简介,对作品的时代背景、作者、作品在科幻史上的地位和影响,以及作品的思想意义和艺术特色均有言简意赅的说明,帮助读者阅读和理解所选作品。这对中国读者理解这些科幻经典之作帮助尤大。读者读完整套《科幻之路》,将对科幻小说发展的来龙去脉有较全面、较深刻的认识和理解。詹姆斯·冈恩教授在专为中文版《科幻之路》撰写的前言中指出:“对想从阅读科幻小说中获取知识的读者来说,了解科幻小说的发展史是十分重要的。其实,要想从阅读任何一种文学作品中获取知识,都应了解其起源和发展。”因此,阅读这套科幻小说选,读者不仅能获得欣赏科幻经典名作的享受,而且能获得有关科幻小说的丰富的知识。

在阅读这套《科幻之路》之前,读者——尤其是青少年读者——也许有必要了解下述一些事实。

一、如前所述,所选作品都是已有定评的科幻经典之作。这些作品之所以被奉为经典,有的固然以其引人入胜的故事情节取胜,可读性较强,但更多的是以其深刻的思想性和独特的艺术技巧见长。在科幻创作史上,这些作品在上述两方面或其中的一个方面,有一定的创新和突破,如汤姆·戈德温的小说《冷酷的方程式》(第三卷)就是一例。这篇科幻短篇,故事的线索较为简单,应该说没有什么曲折离奇的情节。除了对偷乘飞船的姑娘的命运有一定的悬念外,谈不上有多少吸引人的地方。整个故事发生的背景是在飞船上,主要情节是姑娘与宇航员的对话以及对他们两人的心理描写。但,正如詹姆斯·冈恩教授在其简介中所说的,这篇小说最能体现科幻小说典型的模式,因为小说涉及的主要是人性以及人与环境之间的关系问题。

二、《科幻之路》第一卷的副标题是《从吉尔伽美什到威尔斯》，所选的是19世纪以前的作品。一般来说，科幻小说是工业革命的产物。詹姆斯·冈恩教授之所以编这一卷，就是为了追溯科幻小说的源头。尽管严格地来说，真正意义上的科幻小说只可能在工业革命之后才能产生，但就这种文学样式而言，绝不可能是无源之水，无本之木。这些作品，尤其是较古的作品，与我们现在的欣赏观有所不同，加之古代的叙事文学还处于萌芽阶段，因此，不论是就这些作品的内容而言，还是就这些作品的艺术性而言，今天读起来可能显得平淡无奇。但阅读这些作品可以使我们了解到，正是在这些作品中孕育着现代科幻小说的因素，使我们认识科幻小说发展的轨迹。

三、《科幻之路》的第四卷，选的是“作为科幻小说的文学”和“作为文学的科幻小说”的作品。也就是说，是一些艺术性较强的科幻小说。这类科幻小说，尤其是现当代的作品，深受现代主义各种思潮和写作手法的影响。我们一般读者阅读和欣赏这类作品可能有一定的困难。好在编者给每篇小说都作了简介，多少能为我们提供一些阅读理解方面的帮助。第五卷中一些现当代的英国作品也有这种情况。

四、编者选编作品的标准，与我们对科幻小说的看法可能不完全一致，因而与我们的欣赏标准可能也有一定的距离。然而，一般读者至少可以了解到什么是西方人眼中的所谓的“正宗”的科幻小说；另一方面，我国的科幻作家和有志于从事科幻小说创作的青年，则可以从中得到启示，创作出具有我们自己民族特色的科幻小说。

今天，我们能把六卷《科幻之路》翻译出版，首先要感谢詹姆斯·冈恩教授的支持和帮助。我和冈恩先生已有十多年的交往。1982年和1983年他两次发函邀请我赴堪萨斯大学出席他举办的科幻小说讲习会。从此，他一直把我视为他的同事和好朋友。他对中国科幻事业的发展也一直非常关心和支持。因此，我在翻译科幻小说方面向他求助的话，不论是解答问题，还是解决版权问题，他总是有求必应。1994年至1995年我在美国搞研究与讲学期间，受福建少年儿童出版社陈效东先生之托，与他联系翻译出版《科幻之路》的有关事宜。他不仅爽快地答应了，还提供了刚编好的第五、第六卷的手稿。在我组织翻译和编辑过程中，他给予了极大的关注。他不仅特地为中文版写了序言，还把最新的修改稿陆续寄给我，其中补充了直至当前的许多最新资料，也增加了几篇新选的小说，使这套选集在原来80年代初的基础上，一下子向前推进了整整十年！在我编译过程中，遇到不少语言、背景等各方面的难题，时时通过电子邮件向他请教，他均一一详细作答，帮助解决了许多具体问题。

其次，我得感谢福建少年儿童出版社的真诚合作。我特别赞赏他们为发展中国科幻事业的那种奉献精神和不为短期经济利益所引诱的魄力。他们一方面努力普及科幻小说，另一方面，则力主出高质量、高品位的科幻小说，以提高中国科幻读者的阅读水平和鉴赏能力。

我还要感谢所有译者的辛勤劳动和合作。他们中有的是翻译出版过许多作品的经验丰富的译家，也有一些较为年轻的译者，他们的毅力和认真细致的作风是十分可贵的。这里，我特别要感谢毛华奋教授、江昭明副教授、敖操廉副教授、吴国良副教授和我的同事白锡嘉和王丽亚两位老师。

翻译科幻小说有其特殊的难度。首先,译者得竭力跟上那些科幻小说大师纵横天地、驰骋宇宙的丰富的想象;其次,科幻小说的题材包罗宏富,涉及科学技术的各个领域,不少则为尚未证实的推断的科学,正如严复老先生所言,“新理踵出,名目纷繁”,而“自具衡量,即义定名”则殊非易事。“一名之立,旬月踌躇”是确确实实的经验之谈。这六大册数百篇科幻经典之作,出自数十位译者,讹误在所难免,敬请读者批评指正。

最后,我要感谢我妻子陆平在我翻译编辑《科幻之路》的过程中给我的支持和帮助,使我克服种种困难,才得以完成规模如此大的一项工程。我也要感谢我的女儿陆易,她虽远在大洋彼岸,但时时给我精神上的支持。

1996 年 10 月 16 日(初稿)

1996 年 11 月 23 日(修改)

英文版前言

〔美〕詹姆斯·冈恩

一

由于大量科幻杂志的出版,也由于一些作家,尤其是H.G.威尔斯的作品的问世,科幻小说这一文学样式在20世纪初初露端倪。可是,直到那时为止,科幻小说只是对科技和社会发展产生一些零星的影响。

科幻小说的起源至少可追溯到玛丽·雪莱影响深远的关于人造生命的那部哥特式长篇小说、讷撒尼尔·霍桑的科学寓言、埃德加·艾伦·坡的奇妙的旅行和轻松愉快的推测,以及儒勒·凡尔纳的《奇异的旅行》……

威尔斯看到了科学技术成了人们日常生活的中心,并把人类看作是一个种族,而且是一个生存并不安全的种族。他善于探索,又有艺术才华,把一种新小说早期出现的一些零零碎碎的因素融合起来。威尔斯被誉为"现代科幻小说之父",是当之无愧的。

威尔斯当然没有把自己的小说称为"科幻小说";他写的作品叫做可以"一口气读完的科学小说"或"科学传奇故事"。雨果·根斯巴克在1929年给这一新的文学样式取名为"科幻小说",从此,这一名称就沿用下来了。

《科幻之路第二卷:从威尔斯到海因莱恩》是多卷科幻小说选的第二卷[①];其目的是追溯科幻小说这一文学样式从其先驱开始到今天出版的书籍和在杂志上刊登的作品的演变历史。在《科幻之路第一卷:从吉尔伽美什到威尔斯》中,曾谈到了科幻小说的定义:

科幻小说是文学的一个分支,它描述变革对生活在现实世界里的人们所产生的影响,因为科幻小说可以描写未来,也可以描写遥远的地方。科幻小说所关注的是科学和技术的变革;科幻小说所涉及的事件,其重要性大大超过个人或社会的意义。在科幻小说中,往往是整个文明或整个种族处于危亡之中。

《科幻之路》第一卷表明,人们只有在学会用新的思维方式思考之后,才能写出科幻小说;这些新的思维方式包括:1. 人们必须学会把自己看作一个种族,而不仅仅是一个部落、一个民族或一个国家的国民;2. 人们必须对人类的命运和宇宙的本质——包括宇宙的诞生和毁灭,抱有一种开通的看法;3. 人们必须去发现未来,而且由于科学的发展和技术的革新,未来不仅不同于过去,也不同于现在。

第一卷中的作品主要涉及的是上述第三个前提条件:即发现未来,以及科学和发明是怎样从根本上改变了人们的生活和对生活的看法,而且这种改变是无法逆转的。对未来的发现和对人们思维方式的改变又怎样激发了一些作家开始创作出科幻小说。第一卷中的作品表现了人类怎样由于自己世界观的变化而改变了人类世界。人类诞生在宇宙中;然而对人类而言,宇宙却是神秘的和不可知的,在各种自然力量之中,人类又处于无能为力的地位。然后,通过科学,人类开始逐渐认识到,宇宙是可知的,并从对巫术的依靠和对万能的神的屈从到逐渐摆脱自然的绝对统治而获得一定的独立地位。

慢慢地,人类认识到,通过利用自己的头脑了解自然、改造自然,人类就能掌握自己的命运。工业革命这个例子就说明了这一过程。把化学能转变成电力,并把电力创造性地应用到人类的各种工作中去;这一切表明了技术怎样转化为社会变革的这一过程。

一些作家对人类生活中出现的新生力量作出了反应。但是,在詹姆斯·瓦特发明了电几乎一个世纪之后,人类对这个新世界的认识和对宇宙新的思维方式才在小说中有目的地有所表现。如果人类的未来掌握在自己的手里,而不是屈从于残忍的神的意志或慈善的神的恩赐,人类就应认真考虑当前那些将对未来产生影响的种种因素。

这就是科幻小说。

但科幻小说不仅仅涉及未来。科幻小说可以追溯到1859年查尔斯·达尔文发表《物种起源》;这部著作对“人类”这个词的意义逐步扩大的过程作出了科学的解说,直至其意义涵盖了整个种族。把人类看作整个种族的观点,不仅是科幻小说的特征,而且是科幻小说的基本观点。

科幻小说的内涵如此丰富多彩,每一种定义只能包涵其本质的一个方面。因此,又把科幻小说称之为“想象的文学”,或“推测性文学”,或“变革文学”。

---

① 当时,詹姆斯·冈恩教授《科幻之路》还只编了三卷;后来编了第四卷。直至1994年开始,他才续编了第五卷《英国科幻小说》。第六卷《世界科幻小说》目前尚在编辑中,中文版编者已从冈恩教授那里获得部分已完成的手稿,并已开始组织人翻译。

对科幻小说也可下这样一个定义:科幻小说是关注人类这一种族的生存条件和命运的文学。

二

人类社会经历了从个体到家庭、部落、村庄、城市、地区、国家直至最近的国家联盟的形式。下一阶段的人类社会将是种族。在人类社会已经经历的各种形式中,任何人如果不是社会集团的成员,其人性就不会得到完全的承认。社会集团之外的人,在最好的情况下也只是野蛮人;在最坏的情况下就是异族人,甚至不当人看。用种种不人道的手段对待这些不被当人看的人,不仅是容许的,而且是正当的:抢劫、奸淫、残杀或奴役。对集团外的人发动战争,不管以什么理由,都是正义的;征服是为了扩大神圣的疆域——只有在这块疆域内,才有明智和善良,才有"人性"的存在。

任何时期的文学都是为了满足社会形势的需要。在部落时代,民间故事叙述了部落的诞生及其怎样经历水灾、瘟疫和战争而生存下来。在城邦时期,史诗叙述了英雄们怎样创建了城市或抵御了入侵,他们又怎样赢得神的恩宠,并向神为民请愿;有时,英雄们也为民献身。在宗教时代,宗教剧阐释教义,提醒观众神性的地位和作用;文学则是解说善恶,告诉读者如何获得超脱,如何发现神的意志并使自己的言行与神的意志一致以获得拯救。在民族主义时代,小说叙述了战争的胜负。在个人主义时代,小说中的集体感完全消失了,其所关注的是发现自我,以及个人的冒险,而不是文化英雄的胜利;有时,这类小说所关注的是发现事物悲剧性的一面。

在世纪之交威尔斯的长篇小说和短篇小说中,其关注的中心是种族。在那个时代,其他作家还在描写个人小小的悲剧或不幸者的社会悲剧时,《时间机器》和《星际战争》则涉及了全人类的命运。这些在文学画布上划出的大手笔及其想象丰富的故事情节,把威尔斯的科幻小说和他后期的乌托邦小说与他的所谓的喜剧区分了开来;他的三部百科全书式著作,即《世界史纲》(1919)、《生命的科学》(1930)和《人类的劳动、财富和幸福》(1931)也表现了和他的科幻小说同样通达的观点。

三

科幻小说是建立在威尔斯早期那些优秀的小说的基础之上的,但科幻小说的一些基本的特征在其各种形式中逐渐得到体现,却是一个缓慢发展的过程。由于科幻小说丰富多彩的形式,因而往往很难对科幻小说下一个确切的定义。叙述谋杀故事的侦探小说有情节,西部小说有场景;科幻小说两者都没有。科幻小说可以包涵各种各样离奇曲折的情节,包容所有的时空——从任何事物的开端到其结束,从无限小的物质到无穷大的宇宙[①]。

---

① 因此,约翰·坎贝尔曾说,所有的其他小说,包括主流文学的小说,都只能算是科幻小说的分支。(原注)

而且,科幻小说随心所欲地采用其他文学样式的模式以适应自己的目的——冒险小说或爱情小说。甚至科幻体育小说也并不罕见,而科幻西部小说更盛行一时——在这类小说中,孤胆英雄坐的马被火箭飞船所替代,他手中的左轮手枪被那种能喷出致命气体的喷气枪所替代。《银河》杂志的创始人 H.L.戈尔德不得不在他的杂志上刊登广告,申明他的杂志决不发表这类小说。有好多年,已故的约翰·坎贝尔坚持认为不可能写出科幻侦探小说,因为科幻侦探小说包含了无限的可能性,这样的小说对读者智力的考验是不公平的。但艾萨克·阿西莫夫以《钢铁洞穴》(1954)、《赤裸的太阳》(1957)①和至少一集短篇小说《阿西莫夫侦探小说选》(1968)②证明约翰·坎贝尔的观点是站不住脚的。

科幻小说有时采用这种模式,有时采用那种模式,看起来似乎都非常自然。艾萨克·阿西莫夫根据自己关于科幻小说的定义,把 1926 年之后的现代科幻小说的历史分为四个时期:1926—1938 冒险科幻小说为主;1938—1950 科技科幻小说为主;1950—1965 社会科幻小说为主;1965 之后风格科幻小说为主。尽管名称互相不太对应,但对有关资料进行分类还是相当有用的。定义的问题是把一种文学样式的特征与其叙述故事的手段分割开来。在科幻小说的领域里,传统的定义是以题材来划分的:即科幻小说是关于科学、技术或变革之类的小说。但也可以用另一种方法来对科幻小说下定义,即以对科幻小说的看法下定义。

在宗教信仰时期,人类为了来世,必须压制世俗的欲望;个人问题不是去发现自我,而是怎样使自己成为一个理想的基督徒。从宗教信仰时期逐渐过渡到个人主义时期。新教改革使每个人都有权以自己的理解来解说圣经。科学的发现为世界的创造提供了新的解说,不断加速的技术发展破坏了提供传统解说的旧的社会秩序,从而使每个人不得不去发现自己。

在个人主义时期出现的小说,不再对宗教信仰提出疑问,而是对个人提出疑问:他或她是要活着还是去死,是会成功还是会失败,是去获得爱情还是失去爱情,是去发现事物的真实本质,还是依然无知无识。在康拉德、詹姆斯和本涅特③这些作家之中,威尔斯所关注的问题看起来不仅有点儿出格,而且也不属于文学的范畴。

四

《时间机器》(1895)和《星际战争》(1898)在许多方面是非同寻常的小说,小说所关注的

---

① 阿西莫夫的机器人科幻侦探系列小说第三部《黎明世界的机器人》,足足让读者等了 30 年后,才于 1983 年问世。仅仅两年之后,第四部续集《机器人与银河帝国》很快又和读者见面了。遗憾的是,阿西莫夫未能完成这一系列就与世长辞了。从第四集的结尾可以看出阿氏有意续写下去。《赤裸的太阳》、《黎明世界的机器人》和《机器人与银河帝国》已有缩略的中译本,见郭建中主编的"世界科幻名著译丛",浙江科技出版社 1992 年 12 月第一版。

② 除《阿西莫夫侦探小说选》外,阿氏还写了不少其他科幻侦探小说,如《黑鳏夫们的故事》(两集)和《授权的谋杀案》;他的机器人科幻侦探系列小说(包括《钢铁洞穴》、《赤裸的太阳》、《黎明世界的机器人》和《机器人与银河帝国》)以及《我,机器人》、《其他机器人的故事》等都是科幻侦探小说。

③ 约瑟夫·康拉德(1857—1924),英国小说家,当过水手、船长,作品大多描写其航海生活的经历,代表作有《水仙号上的黑家伙》、《黑暗的中心》等。亨利·詹姆斯(1863—1916),美国小说家、评论家,晚年入英国籍,主要作品有长篇小说《一位妇女的画像》(一译《贵妇人画像》)、《鸽翼》、文学评论《小说的艺术》等。阿诺德·本涅特(1867—1931)英国小说家、评论家,写过许多以家乡五座工业城镇即"五镇"为背景的小说,主要作品有《五镇的安娜》、《老妇人的故事》、《克莱汉格》等。

中心问题是人类的命运,而不是某一个人的命运。在威尔斯《星》这样的小说中,整个行星的命运被置于前景之中,个人的存在几乎看不到。即使在《新加速剂》这样背景狭窄的喜剧性小说中,其所关注的不是发明家的成功或失败,而是不断地提醒读者关于这一发明潜在的社会意义,包括故事末尾对科学家不负责任的巧妙的讽刺。

E. M. 福斯特的《机器停止运转》这篇小说,很明显所关注的是全人类,小说结尾假设其破坏是普遍的。甚至冒险幻想小说《在火星的月亮下》及其续集中,涉及的也是火星上许多种族和这颗行星的历史,以及由于大海的蒸发和空气的消失人们如何奋力拯救残余的文明和这颗行星本身。梅里特的《峡谷里的人》描写了一个比人类更为古老的种族,面对这个种族,人类显得完全无能为力。《半人半鱼之神》和洛夫克拉夫特的其他恐怖小说是根据神话创作的有关古代的诸神及其与当代男男女女的关系。伦敦的《天外来鸿》描写了一个人发现了一艘异星人的飞船,但其隐含的意义远远超出了他个人的命运。这种分析可以适用于本集中的每一篇小说。

如果小说的含义没有全人类的意义,或这种意义表达得不充分,那就不能称之为科幻小说,而最好叫其他什么小说。也许,那是一篇爱情小说,只不过其背景与一般爱情小说不同而已;或者可以是一篇冒险小说、一则寓言、一个道德小故事或是一篇人物速写。这种对全人类意义的强调和态度,也许可以有助于说明为什么对60年代中期出现的“新浪潮”有那么多分歧的看法。

不管这种把全人类看作一个种族的观点是否可能成为科幻小说的基本要素,但这种观察方法至少可以说明科幻小说的某些特征。例如,英国评论家、作家和文选编者埃德蒙·克里斯平就用科幻小说的这一观点帮助说明人物处理的问题。他把科幻小说称为“种族小说的起源”。他这样写道:

科幻小说对人类的基本估价是,只是各种不同的动物中的一个种群,和其他动物共同生活在这颗行星上。以此为前提,就不难看出,在科幻小说中,个人的地位是微乎其微的。把整个人类看作一个种族这样一个胸襟开阔的观点,就不容许我们对包法利夫人或施特雷塞或利奥波德·布卢姆的命运看得太认真,如果我们采取这种立场的话。[①]

不管怎么说,在20世纪最初的40年里,科幻小说提出了以前从未提出过的问题:人类将会进步还是倒退? 人类社会的形式会改变吗? 人类能生存下去吗?

在1926年出现了第一种科幻杂志后,尤其是在30年代科幻杂志蓬勃发展的时代,读者队伍不断扩大,并出现了专业的科幻作家。这时,以上这些问题开始归类:旅行、异星人、过去、未来。

许多早期的科幻小说是这样或那样的旅行记。采用旅行记这一形式的目的是为了使小说中描写的奇异的生物或域外文明以及所发生的事件有可信度。在“种族消失”的小说中,

---

① 见《时代文学增刊》,1963年10月25日。(原注)《包法利夫人》(1856)是法国批判现实主义小说家居斯塔夫·福楼拜(1821—1880)的第一部长篇小说,也是他的代表作。斯特雷塞是亨利·詹姆斯长篇小说《外交家》(一译《使节》,1903)中的人物。利奥波德·布卢姆是现代爱尔兰著名小说家詹姆斯·乔依斯(1882—1941)的名著《尤利西斯》(1922)中的人物,是一家报馆的业务承揽员。

例如H.赖德·哈榕德的小说《她》中,或早期通俗杂志上刊登的冒险小说中,这种旅行是为了到地球上未经勘探的地方去探险。有时,这种旅行会到异星世界。当宇宙航行变得可信时,作家们就描写宇宙飞船到异域世界去探险,以此替代了到地球上未经勘探的地方去探险。

与幻想小说相比,采用旅行记的形式除了使叙述可信之外,还可使作家有可能把人物置于非同一般的新环境,使人类面对异族人或外星人,把熟悉的文明和环境与不同的文明和环境作对比——这种比较是很有意义的;同时,还可对不同的道德和伦理标准进行比较,对各种不同的自然现象和生理现象进行比较,并推测其对人类的影响。这些小说提出了这样的一些问题:宇宙中到处都存在着我们习以为常的环境吗?到处的人也都一样吗?如果环境完全不同,人也完全不同,生活会发生什么样的变化呢?人类在外星世界能繁衍生息吗?这些去异星世界的旅行,其基本的思想是要表达这样的一些概念:人类有权征服尽可能广阔的宇宙,人类殖民其他星球将会增加人类的生存机会。

其他类型的科幻小说主要是以另外的方式阐述人类及其前景的。有时,直接让外星人面对人类,以考验人类的素质和生存的权力。有关过去的小说,其焦点往往集中在人类怎样会变得富有人性,或人类是怎样进化的,或一种文明又怎样取代了另一种文明——有时这种新的文明又被另一种文明所取代。关于未来的小说就更多了。这类小说可以描述人类改善或改变自己的本性和命运的可能性。有时,小说描写未来进行的大规模的战争,对人类的理智提出了质疑,也对人类能否因自己一时的冲动所造成的破坏中生存下来的可能性提出了质疑。有时,小说描写了其他的威胁:人口过剩、污染、能源危机、瘟疫、非人性的技术、危险的发现以及各种毁灭性的自然灾害,像地震、洪水、冰河期的到来、太阳放射物质的变化、恒星爆炸等。有时,这类小说还涉及神秘现象和对未知现象的追索——这就是在讨论科幻小说时经常谈到的"惊奇感"。

没有其他任何一种小说涉及上述种种问题。最初,科幻小说提出的这些问题似乎是不着边际的、纯粹是想象的,或仅仅是一些有趣的推测。但是,从20世纪30年代后期开始直至现在,科幻小说所提出的许多问题变得越来越现实和重要了,比其他类型的小说所提出的关于个人命运的问题更为现实,更为重要。

五

科幻小说的发展也受到其他因素的影响。例如,在《科幻之路:从吉尔伽美什到威尔斯》这一卷中,我们可以看到科学技术的发展怎样改变了人们的观点,并继续对科幻小说的发展产生着影响。毫无疑问,在工业革命期间,科学技术改变了社会,但这种变化往往不一定是直接的,或马上可以看到的。从1900年至1940年,科学技术成了西方文明中每一个人的生活中不可分割的一部分。

威尔斯对未来的想象在他的有生之年就变成了现实。药物和公共卫生事业延长了人的寿命。电灯照亮了黑夜,电力提供了方便的动力。无线电、电话、汽车和飞机开始缩短了距离,并提供了新的交际手段和个人活动的方法。与此同时,还可以用种种新的方式利用工厂和新的生产手段所提供的更多的闲暇时间,物质的极大丰富使工人也有可能分享。望远镜的倍数不断增强,用来探索宇宙的奥秘;原子被分得越来越小,从而提供了取之不尽用之不竭的能源。但是许多发现和发明被用于战争,使武器的杀伤力成倍成倍地增强。

20世纪最初的10年,西方对进步的信念发展成了一种宗教。人们相信,人类是可以完善自己的;运用人类的智慧,特别是通过教育培养新一代的科学家和工程师,应用科学方法,人类就能克服1000年来一直妨碍着人类进步的障碍,解决人类面临的一切问题。用库埃[①]的话来说,人类各方面都在一天天好起来,用杜邦[②]的话来说,进步是人类最重要的产物。

基督教徒对来世的信仰逐渐淡薄了,文艺复兴时期对古代文化崇拜的心理也逐渐消失了;这一切为发展进步的信念准备了条件。进步的信念产生于西欧所取得的巨大的成就,产生于人类不断改善与自然和社会环境的关系。探险航行发现了新大陆;伽利略和牛顿揭示了新的宇宙观和人类在宇宙中的位置。农业和交通极大地得到了改善:14世纪蔓延于欧亚两洲的称之为“黑死病”的鼠疫已经消退,百年战争(1337—1453年英法两国间的一系列战争)也已结束。当时欧洲基本上没有瘟疫和战争。像米开朗琪罗[③]、莎士比亚和歌德这样的一些大艺术家、戏剧家和文学家的作品完全可以与希腊和罗马的作品比美,甚至超过了希腊和罗马的作品。人口开始稳定增长。所有这一切,使人们越来越相信,人类所有没有解决的问题都是可以解决的。

这种对未来的乐观态度在19世纪末和20世纪初达到了顶峰。这当然也是有道理的。1914年之前的一个世纪中,欧洲尽管有大量的移民去美洲,但人口还是增长了1倍;与此同时,美洲的人口增长了10倍。工业发展更为迅速;在1914年之前的30年中,人均收入翻了一番。在英国和美国,教育受到了更大的重视,以至基本上扫除了文盲,同时还培养了一支新的各种各样的、有技术的劳动大军与报纸和小说的读者队伍。

第一次世界大战使社会进步的信念幻灭了,但战争中出现的新武器(坦克和飞机都被威尔斯预见到了,但当时的科学显然还未完善《星际战争》中火星人使用的黑色毒气和热辐射线)使人类感到震惊的同时,也加强了对技术的信念,而且在以后的25年中继续加强了这种信念。对技术的信念也许还加深了因技术发展而深感苦恼的传统的文学家与不久被称之为科幻小说家之间的分歧——C. P. 斯诺把此现象称之为“两种平行的文化”。甚至在第一次世界大战之前,E. M. 福斯特就对威尔斯的乌托邦小说作出了反应,写出了《机器停止运转》这样的小说;但对进步信念全面的攻击还在更晚一些时候才出现,那就是奥尔德斯·赫胥黎的《华丽的新世界》(1932)和乔治·奥韦尔的《1984年》(1949)。

在20世纪前40年,很少有科幻小说家是悲观主义者。对失去的一代他们绝不会有伤

---

① 埃米尔·库埃(1857—1926),法国心理疗法医师、药剂师,研究催眠术·创导一种自我暗示的心理疗法。

② P.塞缪尔·杜邦·德内穆尔(1739—1817),法国经济学家,鼓吹自由贸易,因政见不容于雅各宾派而移居美国,曾任杰弗逊总统顾问(1799—1802),其后裔形成美国的杜邦家族。

③ 米开朗琪罗(1475—1564),意大利文艺复兴盛期雕刻家、画家、建筑师和诗人,主要作品有雕像《大卫》、《摩西》,壁画《最后的审判》及建筑设计罗马圣彼得大教堂圆顶等。

感之情。就像第一家科幻杂志的创始人雨果·根斯巴克那样,早期的科幻小说家都为科学和发明所提供的种种可能性而心醉神迷;他们利用这种种可能性作为出发点,来编织人类异想天开的冒险和成就的幻梦。

新发明也直接影响了科幻小说在读者中的普及方式。在当时的科技和社会发展中,媒介已形成了信息——这就是后来的麦克卢恩学说①。铁路、卡车和全国销售体系使杂志能在短期内分发到每一个小镇。旋转式印刷机和网线凸版照相印刷术的发明使文字和图片的印刷变得非常便宜,因而大量的通俗杂志得以出版。1871 年,英国通过的教育法案提供了普及教育,美国内战后实施了小学义务教育。所有这一切又造就了新的读者。

然后,在 1884 年,出现了两种新发明——整行铸排机和用木浆造纸;这进一步降低了印刷的成本,并使纸质低劣、内容庸俗或耸人听闻的低级黄色书刊得以问世。

六

直到 19 世纪和 20 世纪之交,通俗文学看起来似乎一直是一个自相矛盾的现象。在人类历史上的绝大部分时间,大众文学,通俗文学或民间文学②只是口头文学。只有高级的文学才用文字写下来,这种文学是那些有闲暇并能读书的人正式认可的。通俗小说在 18 世纪才进入书面文学的传统的;开始出现的是长篇小说,后来才是短篇小说。

由于文化的普及,也由于出版成本的降低,普通人也有钱和有时间买小说来阅读,而且还能读懂。在狄更斯时代,许多长篇小说(包括狄更斯的作品)都在称之为"便士报纸"的廉价报纸和廉价惊险小说杂志上连载。在美国,通俗小说从 1860 年开始流行,直到 19 世纪 90 年代,才被男性杂志所取代。通俗长篇小说在美国称之为"廉价纸面小说",因此这种小说最初只售 10 美分。

新的出版企业造就了像弗兰克·A. 芒西这样的新一代的企业家。1882 年,芒西怀着出版一种男性杂志致富的梦想从缅因州来到纽约。这本杂志就是后来出版的《金色宝库》周刊。1888 年,改名为《宝库》,1896 年,成了一本纯粹的小说杂志。第一家通俗杂志刊登 192 页的小说,售价只有 10 美分。推想起来,杂志的读者主要是工人阶级的孩子,也许还有一部分正在兴起的中产阶级的成员。这类读者所需要的是冒险故事,而新兴的通俗杂志提供了各种各样的这类小说:西部拓荒小说、航海小说、间谍小说、战争小说以及幻想小说和科学传奇小说。

《宝库》之后,在 1903 年,斯特里特—史密斯出版公司出版了《大众杂志》。1905 年,芒西出版了《小说杂志》。同年,《月刊杂志》开始发行;两年后,改名为《通俗小说》。1906 年,斯特里斯一史密斯公司出版了《人民杂志》;芒西又出版了《文摘》,其小说栏在 1908 年取名

---

① 赫伯特·麦克卢恩(1911—1980),加拿大传播理论家,曾任教于多伦多大学(1946—1966),认为计算机、电视等传播手段对社会及艺术、科学、宗教等产生强烈影响,著作有《人的延伸》、《媒介即信息》等。

② 在《科幻小说研究》第四卷第三部分(1977 年 11 月)中,达柯·萨文把通俗文学称之为"准文学",以区别于上层阶级所正式承认的"高级文学"或"标准文学"。(原注)

为《骑士》。不久,《骑士》就成了一本单独出版的杂志。

H. G. 威尔斯的短篇小说和长篇小说发表在美国《世界主义者》月刊这类杂志上,但通俗杂志连载了 H. 赖德·哈格德的《阿莎》——《她》的续集。此外,通俗杂志还刊登其他许多作家的长篇小说和短篇小说,这些作家包括加勒特·P. 瑟维斯、威廉·华莱士·库克、乔治·艾伦·英格兰,以及 1912 年出现的新作家埃德加·赖斯·伯勒斯[①]。

编辑通俗杂志的设想是读者可以一个又一个地连续阅读这些不同的冒险故事。当时,每本通俗杂志都辟有读者来信这一栏目。有些读者来信反映,他们更喜欢某种类型的小说。这给出版企业家一个启示,并对此作出了反应,开始出版专门性的通俗小说杂志。

1906 年,芒西出版了第一种这样的杂志《铁路工人杂志》,杂志登载的大都是铁路冒险小说;1907 年,又出版了《海洋》,刊登的是海洋冒险小说。这后一本杂志只出了一年。但正式开始出版专门性的通俗杂志年代是 1915 年;那年,斯特里特—史密斯公司创刊了《侦探小说月刊》,1919 年又出版了《西部小说月刊》,1921 年出版了《爱情小说》。最后,在 1926 年有人鼓足勇气,出版了一本科幻小说杂志。这个人就是雨果·根斯巴克,杂志的名字叫《惊异故事》。

雨果·根斯巴克是 1904 年从卢森堡来到美国的移民。他是一位无线电和电子器材的发明家和销售商,而且,他也是科学和发明的精神产品的创造者和推销商。从 1908 年创办了《现代电工学》以来,一直从事出版科普杂志的工作。1911 年开始,根斯巴克就在自己创办的杂志《现代电工学》上连载了他自己的系列长篇小说《大科学家拉尔夫 124C·41+》[②]。这是一部描写未来科技奇迹的小说。此后在其杂志上也偶尔发表一两篇科幻小说。1923 年 8 月号《电工实验者》这一期则全部刊登了"科幻小说"。

在《惊异故事》第一期上,雨果·根斯巴克把这种新小说称之为"科学小说"(SCIENTIFICTION)。他对这种新型的小说作了如下的解释:这是"儒勒·凡尔纳、H. G. 威尔斯、埃德加·艾伦·坡式的小说——是科学事实和科学预测与引人入胜的传奇故事相结合的小说"。起初,他的杂志只是重印凡尔纳、威尔斯和埃德加·艾伦·坡等作家的作品,但仅仅过了几个月,就开始发表新小说。雨果·根斯巴克发现的新作家之一是爱德华·埃尔默·史密斯博士;史密斯是一位杂家。他的第一部长篇小说《太空云雀》于 1915 年开始写作,至 1920 年才告完成,到 1928 年才正式出版。根斯巴克发现的另一位作家是菲利普·诺兰,他是太空剧式的科幻小说《2419 年大决战》的作者,创造了巴克·罗杰斯这一主人公的形象。

1929 年,雨果·根斯巴克失去了对其出版王国的控制,但立即建立了一个新的阵地,其中包括两本科幻杂志——《科学奇异故事》和《空间奇异故事》;不久,他把两本杂志合二为一,取名为《奇异故事》。在《科学奇异故事》的创刊号(1929 年 6 月)上,他描述了什么样的

① 当时,几乎所有的作家和许多编辑都用三个词的姓名。(原注)
② 《大科学家拉尔夫 124C·41+》的中译本见郭建中主编的"世界科幻名著译丛",浙江科技出版社 1992 年版。

小说是他要发表的“科幻小说”[1]。

1930年,一家名叫克莱顿的系列通俗杂志增出了一本科幻杂志《超级科学惊奇故事》。科幻小说不仅有了名字,而且出版科幻小说的媒介还开始为其下定义。新的重要人物不是作家,而是编辑。什么是科幻小说,什么不是科幻小说,是由他们所愿意发表的作品来决定的[2]。

七

正当科幻小说有了专门的杂志,获得了正式的名称时,科幻小说的书籍却几乎停止了出版。A.梅里特的幻想小说还在继续出版。在加利福尼亚的塔尔扎纳·埃德加·赖斯·伯勒斯组建了一个公司出版自己的著作。过去标准的科幻小说被重印出版,其中包括凡尔纳、威尔斯、哈格德、M.P.希尔和柯南·道尔的作品;一些新作也出版了——那是出版商根据各自不同的标准认定为是科幻小说的作品。但那些在新的杂志上发表的作品一般不再出书。像奥拉夫·斯特普尔顿的《最后和最早的人》(1930)、他的其他长篇小说,以及赫胥黎的《华丽的新世界》(1932)一开始就以单行本问世。出版商在旧的通俗杂志里发掘长篇科幻小说,但在1926年与1946年之间,杂志上发表的新作既没有能出单行本,也没有人评论。

情况似乎是,由于科幻小说只在杂志上发表,因此不被看作正统的文学,而成了一种准文学作品,因而也就不值得评论。雨果·根斯巴克本想创造一个科幻小说的家园,结果却建立了一个隔离区。然而,在这个隔离区中却充满了热情。读者来信成袋成袋地涌到编辑部来。当这些来信在杂志的读者来信栏发表时,还附上了姓名和地址。读者们就开始互相通信,后来就成立俱乐部,出版科幻爱好者杂志,直至召开科幻大会。在这个隔离区内,科幻迷创造了一种准文化。

作家们的问题就多了。说话算数的是编辑,作品能否发表由他们一锤定音。

早期通俗杂志的编辑也是有影响的人物。罗伯特·H.戴维斯与芒西一起,在《小说杂志》、《文摘》和《骑士》杂志上发现和鼓励了一大批作家。托马斯·纽厄尔·梅特卡夫,《小说杂志》的执行编辑,发表了埃德加·赖斯·伯勒斯的第一部长篇小说《在火星的月亮下》,后来又发表了《人猿泰山》。但不知为什么,却没能发表《泰山归来》;这后一部小说由阿奇博尔德·劳里·塞申斯发表了,他是斯特里特—史密斯公司《新小说杂志》的编辑。

然而,科幻杂志并不多,而且显得有点儿与众不同。光有一个好故事还不够,科幻小说还得符合一个非常苛刻的标准,而且这个标准不仅包括题材,还包括描写的精确性、故事情节发展的可信性以及小说的全人类观点。甚至,连《离奇故事》也有自己秘而不宣的标准;这

---

① 布赖恩·M.斯持布尔福特在《基地》第10期上谈到,1851年出版的威廉·威尔逊的《关于一个重大的古老话题的一本重要的小册子》一书中,曾用过类似“科幻小说”这样的词,但雨果·根斯巴克对这一新的文学样式所定的名称才是最有意义的。(原注)

② 弗雷德里克·波尔在任《银河》主编时说,他要的科幻小说在杂志上发表后,不会使太多的读者取消杂志的订单——这就是波尔作为主编给科幻小说下的一个定义。(原注)

本杂志创办于1923年，法恩斯沃思·怀特曾多年任主编。

《惊异故事》的编辑是T.奥康纳。他是一位上了年纪的人；他之所以成为权威人士，除了他拥有硕士和博士头衔外，他还是托玛斯·阿尔瓦·爱迪生的女婿。他把这一头衔自豪地刊登在杂志的刊头。但制定标准是雨果·根斯巴克自己。他把这种他称之为"科学小说"的新小说，作为传播科学技术的渠道，即一种用糖衣包着的知识的药丸。他的公式是："75%的文学+25%的科学"。但作家们往往违反他的标准，而根斯巴克对此标准至死坚持不渝。1963年他对一个科幻俱乐部抱怨说，最早获得"雨果奖"的9篇科幻短篇小说，只有一篇真正称得上是科幻小说，其他都只能算是幻想小说。"雨果奖"是世界科幻小说年会以雨果·根斯巴克命名的授予年度最佳科幻小说的嘉奖。

《超级科学惊奇故事》的主编是哈里·贝茨。他要的是情节引人入胜的冒险小说，以适应克赖顿系列通俗杂志的模式。与《惊异故事》和《奇异故事》相比，贝茨的《超级科学惊奇故事》有得天独厚之处；那就是，他付给作者的稿酬是两美分一个字。其他杂志都尽可能地付得越少越好，一般至多一个字半分，有的甚至更少；正如H.L.戈尔德所记得的那样，只要不致引起诉讼，稿酬都尽可能地压低。但不像其他克赖顿杂志，《超级科学惊奇故事》从未赚钱。当克赖顿系列杂志在1933年倒闭时，《惊奇故事》卖给了斯特里特—史密斯公司。

一位名叫查尔斯·D.霍尼格的科幻迷被任命为《奇异故事》的主编，当时他年仅17岁。他是第一位从科幻迷中冒出来的编辑(和作家)。他的主要贡献是与雨果·根斯巴克一起创立了第一个全国性的科幻迷组织"科幻小说协会"。1936年，根斯巴克把《奇异故事》卖给了标准杂志社，并被改名为《激动人心的奇异故事》。几年后，又出了本名为《惊人故事》的姐妹杂志。这两本杂志的编辑也是一位年青的科幻迷，名叫莫特·韦西格。他特别善于编制故事情节；他那聪明的头脑不断为作者提供各种各样的创作思想，因而声名卓著。后来他更负盛名，因为他成了《超人连环画》的执行主编，并且是一位文章多产的作家。

1933年《惊奇故事》的新编辑是F.奥林·特里梅因。他所要的是像E.E.史密斯那样的太空史诗式的好故事——现代科幻迷都称他为史密斯"博士"。1935年，《惊奇故事》连载了史密斯的《瓦勒郎的云雀》。他也寻求具有大胆创新思想的小说，并出了一系列称之为"异想天开的小说"。他也发表了一位青年作家的作品；这位年轻人用自己的真名小约翰·坎贝尔在其他杂志上发表小说，在太空史诗这一传统中，其知名度可与史密斯"博士"匹敌。他又用唐·A.斯图尔特的笔名开始写一种新型的小说；这种小说情感温柔，富有哲理，更关注哲学和行为科学，而不仅仅是自然科学和技术。

1937年，约翰·坎贝尔被任命为《惊奇故事》的主编。他成了一个另一种类型的编辑。他与作者一起工作，鼓励他们，给他们提供富有挑战性的思想，并帮助他们编制情节，还要求作者不断修改——这些工作约翰·坎贝尔都是通过面对面的谈话、长篇的通信和富有启发性的评论来进行的，从而创造了一种启发心智、令人振奋的气氛。坎贝尔把科幻小说纳入了自己的规范。

八

艾萨克·阿西莫夫曾经写道，坎贝尔“极力贬低科幻小说中具有人性和社会性的一面……坎贝尔要让商人、宇航员、年轻的工程师、家庭妇女和机器人都成为具有逻辑性的机器。”①在另一个场合，阿西莫夫还说，坎贝尔所要求的科幻小说，其中的科学应该是真实的，小说应正确地体现科学文化②。

在安东尼·鲍彻的小说《通向死亡的火箭》中，有一个人物这样说：“设想一样小发明，由此开始你的故事。也就是说，假定文明中出现了某些新进展，然后，写出这些新进展对像你和我这样的普通人会产生什么样的影响，要写得令人信服……用唐·A. 斯图尔特的话来说：‘我要的小说，在25世纪的杂志上也能发表。’”③罗伯特·海因莱恩和约翰·坎贝尔就是这种类型的编辑。

坎贝尔想象中的科幻小说是现实的，富有挑战性的，对小说思想上的要求无拘无束，但对人物的要求比较严格。坎贝尔把自己的想象变成了现实。他接任了《惊奇故事》的编辑工作，并把该杂志改为《惊奇科幻小说》，最后改为《类似：科幻小说与科学事实》。正是由于坎贝尔的影响，以及接受他观点的那些作家的影响，创造了后来称之为“科幻小说的黄金时代”。

（郭建中　译）

① “社会科幻小说”，见《现代科幻小说》，雷金纳德·布雷特诺主编（纽约：科沃德—麦卡恩出版公司）。（原注）
② 电影《科幻小说史：1938至现在》，堪萨斯大学，1973。（原注）
③ 《通向死亡的火箭》（纽约：迪龙尔—斯隆—皮尔斯出版公司）。（原注）

目　　录

科学:新加速剂

到了19世纪下半叶,科学和技术成为变革的主动力,它们使社会发生着难以想象的变化。科学家们,比如布尔、凯库尔、马克士威、孟德尔、门捷列夫、斯旺、坎托、阿伦尼亚斯、巴斯德、赫兹、马可尼、乐勒、白克勒尔及汤姆生,分别发现了物质、能源和生物的基本属性以及新的计算方法和思路;发明家们,像亨特、奥的斯、贝瑟摩、列诺、诺贝尔、斯库茨、海特、麦布利治、艾萨克斯、吉顿、贝尔、奥托、爱迪生、达姆勒、斯旺、默根萨勒、多尔、柏森斯、史坦莱、艾伍兹、贺尔、伯利纳、伊斯特曼、瓦克尔、杜尔、高德温、柏洛兹和霍夫曼,把以前的科学成果应用于实际之中,并创造了有价值的工艺方法;哲学家们,如达尔文和马克思,提出了新的理论,使得人们对社会的思维方式产生了质的飞跃。

这些人给变化着的世界增添了巨大的推动力。

应付一个静止不变的世界相对容易些,其本质寓于社会结构之中。其教育体系不管呈现何种模式,既是为阐明事理,又是为灌输思想而服务。在那样的世界中,每个人只需要各就其位,并如柏拉图在《共和篇》一书中所说的,各遂己愿。

变化不定的世界提出的第一个难题,即是识别出它何时就要发生变化。第二个难题是判断产生变化的动力。第三个难题,也是最棘手的一个,是预测将会发生怎样的变化,并通过分析,指出影响变化方向的决定性因素。

变化包含着美好的希望和毁灭的威胁两个方面。赫伯特·乔治·威尔斯(1866—1946)的作品包容了各种各样的可能性。他很早就认清了世界的本质,而且正是因为世界的瞬息万变,才使得他从濒临贫困中崛起,直至拥有财富、名声以及对人类思想甚至对事物发展进程的影响力。他在《自传实验》(1934)中写道:

> 各种力量的综合作用,将逐渐瓦解欧洲的贵族等级体系,消灭小商小贩,使零售商失去独立性和必要性,促进产业的相互协作,提高生产力,呼唤受到更好教育的新的阶层,消除各地的政治壁垒,最终使人类成为一个全球性的团体。

威尔斯深知小商贩饱尝的艰辛,因为他本人就是凭着抗争和命运之神的青睐才逃脱了那种厄运。他的母亲依然认为世界是一成不变的,虽与新婚丈夫一起在伦敦近郊买下了一家不景气的陶器店铺,她祈愿孩子们能在商海中一帆风顺,并两次送威尔斯进布店当职员,一次向一位药剂师学艺。书籍、教育和科学是威尔斯的晋身之阶。他善于在教材、文章和百科全书中把新的科学知识通俗化,通过小说把其中的含义和潜在的影响突出出来。这种才能使得他成了一位声名远播的作家和受人尊敬的权威。

写作伊始,威尔斯把文章和小说投给刚在英国大地萌芽的、面向中产阶级读者的杂志。1891 年,曾于 10 年前创办了名为《珍闻》杂志的乔治·纽恩斯又创立了第一份大众性杂志——《斯特兰杂志》。随后《路盖特月刊》、《坡儿莫尔》、《闲人》以及《皮尔生杂志》相继面世。

威尔斯的第一篇小说刊登在《坡儿莫尔预算》上,但不久他扩大了投稿范围,包括《坡儿莫尔报》和《斯特兰》。《全国观察家》发表了威尔斯关于时间旅行设想的系列文章;还在皇家科学院就读时,威尔斯已酝酿了关于时间旅行的问题。后来此刊的编辑在《新评论》找到了一份新的工作,这些文章就被改写成题为《时间机器》(1895)的小说。

这部中篇小说先连载,后又刊印成册,马上引起轰动,并使威尔斯赢得了约瑟夫·康拉德、亨利·詹姆斯等一批文学崇拜者。随后又有一系列小说接踵而至:《莫洛博士岛》(1896)、《隐身人》(1897)、《星际战争》(1898)、《当睡眠者醒来时》(1899)以及《月球上的第一批人》(1901)。他的早期短篇小说集有《杆状菌遭窃及其他事件》(1895)、《帕拉特涅和其他故事》(1897)、《时空故事》(1899)和《十二个故事与一个梦》(1903)。

通过这些作品,威尔斯几乎穷尽了变革可能带来的各种毁灭性的威胁。他尽情地展开了想象的翅膀:从外星人入侵到星际遨游,又到文明化的蚁群、头足纲动物、大洋底下的人、社会暴政、战争、人种变异以及太阳的消亡,等等。接着他的笔锋又转向了变革的另一面:美好的希望。在他那些描述当时生活的小说和百科全书中,“寓意第一,故事第二”的宣传作品不时可见。康拉德和詹姆斯(他后来同他们进行了一场关于小说作用的著名论战)早就劝导他应该注重写作中的艺术性,而他则愿“把小说当做一种如市场和马路一般的‘包罗万象’的艺术形式”,“视其为,而且只能视其为与一个故事、一个主题等密切相关的东西”。在自传中他写道:

最后我感到厌恶透顶，并拒绝玩弄他们的那套把戏。“我是一名记者，”我宣称，“我不想装成艺术家。如果我偶尔显出艺术家的样子，那也是神的旨意出了差错。我永远是名记者，我所写的即是眼下正在发生的——转眼间就会过时。”

然而他所写的并没有过时，尤其是那些19世纪末的中、长篇小说。这些是他的科幻作品，迄今仍像当初发表时那样充满生命力。《新加速剂》于1901年刊登在《斯特兰》上，尽管人物的衣着、举止已与现在大相径庭，但对于小说的整体来说无关宏旨。

《新加速剂》是篇有关新发明的小说，描述了这种新药的功效。正如艾萨克·阿西莫夫在《社会科学小说》一文中所指出的那样，同一个想法可以通过不同的方式进行演绎。威尔斯可以写一篇历险小说，描述利用发明成果窃取军事秘密，或绑架独裁者使之成为犯罪集团的首领，或保护世界免遭外星人的入侵或免遭战争的毁灭。他也可以写一篇社会问题小说：人们已接受了新药，逐渐适应了时间的变幻无常，可是还得去解决诸如抑制犯罪、佣工制度的不公平、生活水准的差异等一系列问题。

然而他还是选择了漫不经心的方式，一如处理其他构思的风格。他那深邃的思想表明他对其中的含义明察秋毫。他会写社会问题小说——《当睡眠者醒来时》等作品已证明了这一点，但那样的话，当时的读者只能慢慢地融入故事之中，因为他们不像现代的读者对此类作品已了然在胸，能够心领神会。

《新加速剂》

〔英〕H. G. 威尔斯　著

若有人在找大头针时却发现了一枚基尼①，那他必是我的好友吉本无疑。我曾听说过调查者找不准目标的事，但远不及他那谬以千里的程度。可以毫不夸张地说，他已经确确实实地发现了一种能给人类生活带来巨变的东西，而他的本意是想研制一种使行动迟缓的人们能够应付当今快节奏生活压力的万能神经刺激药物。我已尝过几次了，所以能恰如其分地描述它在我身上产生的药效。很显然，那些想寻找新刺激的人一定能借此领略一番令人惊叹的经历。

许多人都知道，吉本教授是我在福克斯顿的邻居。如果我没记错的话，他在各个时期的照片都已在《斯特兰杂志》上登载过；不过现在我却无法查阅求证，因为有人借走了那期杂志而没有归还。读者也许能回忆起他那副深不可测的相貌，有着高高的额头和又长又黑的眉毛。各色各样单门独户的房子使得桑盖特北路的两端妙趣横生，吉本就住在带有黄色硬砖山墙和摩尔式回廊的那栋里面。那个有直棂凸窗的房间就是他在这儿时工作的地方，我俩

---

① 基尼：旧英国金币，值21先令。

也常在里面抽烟、交谈。他善于说笑,也喜欢向我谈论他的工作。他属于那种能从交谈中获取帮助和激励的人,因此我从刚开始不久就对“新加速剂”这玩意儿一清二楚。当然,他的大部分实验工作不是在福克斯顿,而是在高尔街那个位于医院旁边的实验室里完成的。他是第一个启用这个实验室的人。

每个人——最起码那些聪明人——都知道,吉本之所以取得巨大成就并在生理学家中享有盛誉,是由于他研究了药物对神经系统的作用。据我所知,他在催眠剂、镇静剂和麻醉剂方面所取得的成就是无人能够企及的。另外,他又是一位鼎鼎大名的化学家。我猜想,在他苦苦研究的有关中枢神经和核心纤维之谜的错综复杂的“丛林”中,很少有业已清理的小片“空地”得见天日,因为若非他在适当的时候公布于世,任何人都无从知晓他的成果。在最近几年中,他专门致力于神经刺激药物的研制,就在发明“新加速剂”之前已取得了相当的成功。在医学上,他至少研制出了三种不同的安全可靠的提神药,它们对辛勤劳作者具有神奇的效果。在人精疲力竭、生命垂危时,那种被称为“吉本 B 型糖浆”的药剂比海边的救生船还要管用得多。

“这些药物没有一种使我满意,”近一年前他对我说,“它们要么能增加中心能量而对神经毫无影响,要么能增加可支配能量却降低了神经传导性能,都只能产生不平衡的局部的药效。刺激了心脏和其他内脏却使大脑变得麻木;能使大脑机警敏捷但对太阳神丛经毫无裨益,而我想得到的——哪怕只有一丝一毫的可能性——是一种能使人从头到脚都受到刺激的药物,使其活动节奏两倍于、甚至三倍于别人。我孜孜以求的就是那种东西。”

“它会把人累垮的。”我评说道。

“一点不用担心。那样的话你的胃口也会相应地增加两倍或者三倍。试想一下它带来的结果!假设你有这样一个小瓶子,”他举起一个绿色玻璃瓶并在上面比划着刻度,“在这个珍贵的小瓶里储存着能使你在特定时间内思维、行动及完成的工作量增加一倍的动力!”

“可能吗?”

“我相信这一点。要不然,我就白白地浪费了一年的时间。比如这些次磷酸盐的各种药剂就有着类似的功效,纵然只能达到一点五倍。”

“能够达到一点五倍。”我附和着。

“打比方来说吧!你是一位陷入困境的政治家,时间紧迫,却要完成某件重要事情,那该怎么办?”

“可以服用此药。”我答道。

“那就赢得了双倍的时间。又比如你要赶写一本书。”

“通常我会这么想:要是自己没有动笔该多好啊!”

“或者是一位医生,忙得焦头烂额,想坐下来静静地考虑一种病例。或者是一位律师,或者是一个强记应考的人。”

“对这些人来说,一滴药水值千金哪!”我不由得感叹。

“又如在决斗中,”吉本继续说道,“一切都取决于扣动扳机的速度。”

“击剑比赛也差不多。”我见缝插针。

“你看，如果这是一种万能药物，好处真是不胜枚举——除了可能使你显得老态一点，可你的寿命会相当于别人的两倍——”

“不过，”我若有所思，“在决斗中那样做公平吗？”

“那时只考虑分秒必争！”吉本说得很干脆。

“你真的对这种药剂有把握？”我还是半信半疑。

“有把握，”吉本瞥了一眼窗前一晃而过的东西，“就像一辆汽车一样实在。事实上——”

他停顿了一下，意味深长地对我笑了笑，并用那个绿瓶子轻敲着书桌边缘。“我了解那东西……我已经有些眉目啦。”从他那深深的笑容可以看出他决非在开玩笑。他只在大功将成之际才会谈论所做的实验。“这个药的功效——我不会感到意外——远不止两倍。”

“那将是一个重大的成果！”我不禁脱口而出。

“我想，那会是一个重大的成果！”

不过我觉得，当时他并未十分清楚那是一个怎样重大的成果。

我记得后来我们又几次谈及那种药物，他称之为“新加速剂”，说话语气也越来越肯定。有时，他焦虑不安地谈到使用此药可能产生难以预料的生理结果会显得闷闷不乐；另外一些时候，他又急于获利，同我长久而热切地争论如何把这种药物变为滚滚财源。“这是一种好东西，”吉本说，“一种了不起的东西。我知道我正为世界做出贡献，所以觉得世界也应理所当然地给予我回报。科学是神圣的，但我得设法垄断此药，比如说十年时间，我认为生活的乐趣不仅仅只有那些庸俗的商人才能享受。”

即将面世的药物引起我日益浓厚的兴趣。我对形而上学的看法始终与众不同。我觉得吉本正在研制的即是生活本身固有的绝对加速度。假如某个人经常地服用这样的药剂，他的生活将会变得积极而有意义；但同时，他在11岁时便会发育成熟，25岁时步入中年，到30岁已未老先衰了。我觉得吉本为那些服药者所奉上的恰恰是大自然给犹太人和东方人的赏赐：他们于十几岁长大成人，50岁便老态龙钟了，但在思维、行动上总比我们敏捷利索。我一直认为药物可以创造伟大的奇迹：使人发狂，使人平静；使人强健灵敏，使人呆若木鸡；使人情绪激昂，使人麻木不仁。而现在，医生手里的小药瓶又添加了一种新的神效！然而吉本只关注那些技术环节，对这方面的问题是不会深入其中的。

8月7日或8日在我们交谈时，他告诉我正在进行蒸馏工作，成败与否在此一举；就在10日那天，他说事情完毕了，“新加速剂”已成了实实在在的东西。当时我正朝桑盖特山上的福克斯顿走去，打算去理发，只见他匆匆地下来迎接我——大概他正想上我家告诉我成功的喜讯。我记得那时他两眼放光，神采飞扬，脚步也显得轻快有力。

“成了，”他一把攥住我的手，急切地说，“非常成功。快上我家看看。”

“真的？”

“真的！”他喜形于色，“难以置信！上去看看。”

“它的功效达到……两倍？”

“不止两倍，远远不止。实在出我所料。上去看看那东西。尝一下！试一下！这是世界上最神奇的东西!"他抓着我的手大步流星地朝山上走去,我不得不小跑起来,还听着他一路嚷嚷着。一辆游览车上的人们像欣赏什么风景似地齐刷刷地转过身来,目不转睛地看着我们。那天的天气同往常一样,炎热、晴朗,烈日照耀下的一切都很晃眼。尽管有微风轻拂着,但我还是情不自禁地感到闷热难耐,口燥舌干,显出一副可怜巴巴的样子。

"我走得不快吧?"吉本稍稍放慢了脚步。

"你在服这种药?"我气喘吁吁地说。

"没有,"他答道,"只喝过一杯用来洗涤此药残留物的水。昨晚我倒是服了一些,但那毕竟是过去的事啦。"

"功效是两倍吗?"到他家门口时我已大汗淋漓了。

"数千倍!"他答道,并用一个夸张的动作猛然推开了那扇古色古香的雕刻过的橡木大门。

"是吗?"我跟着他走向里面的门。

"我也不清楚到底是多少倍。"他说,手里拿着开启弹簧锁的钥匙。

"那你——"

"它将大大丰富神经生理学,并重塑视觉理论……上帝才知道究竟是几千倍。这一切我们将——当务之急是试一试这种药。"

"试一试?"我重复道。

我们正穿过走廊,进了他的书房。

"对!"他看着我,目光中似乎有些不满。"就在那边的绿色小瓶里面。你不会是害怕了吧?"

我骨子里是个行事谨慎的人,尽管理论上富有冒险精神,所以确实有点害怕;但另一方面又有自尊心在作怪。

"唔……你说你已试过了?"我硬着头皮问道。

"对,"他说,"我还是完好无损,是不是?一点也看不出有什么不对劲,而且我感到——"

我坐了下来。"把药给我",我说,"大不了就不用去理发了,而且我觉得理发是一个文明人最讨厌的应尽义务之一。你是怎样服用的?"

"加水冲服。"吉本说着,取下了一个水瓶。

他站在书桌前,看我坐在他的安乐椅上。他的举止突然间颇像一位住在哈莱街[1]的名医,"你知道,这玩意儿不可捉摸。"他说。

我做了一个手势。

"我必须提醒你。首先,服下药马上闭上眼睛,大约一分钟之后才能慢慢睁开。视力当然不会受影响。视觉只跟振动波长有关,与冲击强度无关;但当眼睛睁开时,还是会感到一种令人眩晕的震颤。要闭上眼睛。"

---

① 哈莱街——伦敦一街道,许多名医居于此。

“闭上眼睛。”我重复着,“行!”

“其次,不要到处乱动。你可能会打破想取的东西。记住,你浑身上下——心脏、肺部、肌肉、大脑——运行节奏都将增加数千倍,所以一不小心就会受伤。你不会有异样的感觉,只是周围的一切同先前相比,运动速度似乎会放慢几千倍,这药的神奇性就在于此。”

“天哪!”我惊诧不已,“你的意思是——”

“你会明白的。”他说着拿起了一个量杯。他瞧了一眼书桌上的东西。“玻璃杯,水,都在这儿,第一次试服不能过量。”

那珍贵的玩意儿咕嘟咕嘟地从小瓶里流了出来。“要切记我的话。”他边说边把量杯里的东西倒进了玻璃杯,神情就像一个在量威士忌的意大利侍者。“闭目静坐两分钟,”他说,“然后注意听我说。”

他在每个玻璃杯中又添了大约一英寸的水。

“顺便提一下,”他说,“不要把杯子放下,应该拿在手里,手靠在膝盖上。对,就这样。现在——”

他举起了杯子。

“为‘新加速剂’干杯!”我提议。

“为‘新加速剂’干杯!”他欣然响应。我们碰了碰杯子一饮而尽;随即我便闭上了眼睛。

你也许知道,一个人吸毒后会产生飘飘然如在云里雾中的感觉。有那么一阵子我便处于那种境界。后来我按照吉本的吩咐动了下身子,睁开了眼睛。他仍然站在老地方,手里拿着杯子,唯一不同的是杯子里已经空空如也。

“嗯?”我不知所措。

“没有异样的感觉吗?”

“没有。或许只是有点兴奋,没别的感觉。”

“听见什么声音了吗?”

“一切都是静止的,”我回答。“噢,老天爷!尽管一切都是静止的,但我听到一种轻微而急促的声音,就像雨打芭蕉的滴答声。到底是怎么回事?”

“那是被分解的声音,”我好像听到他这么回答。他扫视了一下窗户。“你以前看到过窗帘这样挂在窗户前吗?”

我随着他的视线看见那窗帘的下部滞留在空中,似乎是被风吹起了一角而没有落下来。

“没见过,”我如实答道,“真是太奇怪了。”

“看这儿,”他说着,便松开了拿玻璃杯的手。我下意识地退后一步,以为那杯子会掉在地上打得粉碎,可是它就浮在了半空中。“大致说来,”吉本解释道,“处于这样高度的物体第一秒会下落 16 英尺。这个杯子的下落速度也是一样。不过你所看到的,是它在百分之一秒的时间内未曾落下的情景。由此,你对我的‘加速剂’可以得到初步的认识。”他的手在慢慢下沉的杯子周围、上下划动着,最后抓住了杯底,非常小心地放在桌子上。

“怎么样?”他大笑起来。

“看来蛮不错。”我边说边开始小心翼翼地从椅子上站起来。我感觉很好,身子轻飘飘的怪舒服,头脑也清醒得很,尽管身体各部均在高速运转,比如我的心率已达每秒一千次,却未感到任何不适。我向窗外望去,一个“静止不动”的骑车者,身后扬起一阵“凝固”的尘土,正低头追赶着一辆同样是“一动不动”的飞奔的游览车。我看着这不可思议的一幕目瞪口呆!

“吉本,这种神奇的药物可持续多长时间?”

“天知道!”他答道。“上次我服用后,就上床睡觉了。说实话,当时我真是提心吊胆的。想必只持续了几分钟,但显得有几小时那么长。我相信,一会儿之后药性会突然减弱的。”

我看到自己并未惴惴不安,倒有点得意起来——大概是因为有伴的缘故吧。“我们不能出去遛遛吗?”我冒出了这个念头。

“行啊!”

“他们会看到咱们的。”

“他们?不可能!我们的速度比最高超的魔术还要快一千倍!从哪里出去,窗还是门?”

于是我们越窗而出。

不论是同我自己曾经遭遇过或是想象过的,还是同打别人那儿听说的经历相比,这一次我和吉本借助于“新加速剂”的神效,在福克斯顿里斯结伴而行,无疑是最奇妙、最疯狂的啦!我们穿过大门上了公路,在那里细细打量着如雕像一般的来往车辆。面前这辆游览车除了轮子上部、几条马腿、车夫的鞭梢以及那个正在打呵欠的售票员的下颚显然在动外,其余部分似乎是静止的;唯有一个人的嗓子里在发出轻微的嘎嘎声,其他一切都无声无息!要知道,在这幅“凝固”的画面中有一位车夫、一位售票员和11位乘客哪!我们在车的四周走动,开始时觉得惊奇万分,最后感到索然无味。车上的人们既和我们一样,又与我们不同,漫不经心地摆着各种姿势定格在那儿。一个姑娘和一位先生相视而笑,这种暧昧的笑容就凝结在他们的脸上;一位戴宽边软帽的妇女把手臂靠在车栏上,目光专注地凝视着吉本的房子;一位男子摸着自己的胡子,像一座蜡像;另一位伸出一只僵硬的手,手指分开着,想抓住他那松垮垮的帽子。我们盯着他们,朝他们大笑,对他们挤眉弄眼,直至感到厌烦了,才转身走到了那位正前往里斯的骑车者的面前。

“天哪!”吉本突然大叫一声,“快看!”

我顺着他指的方向,看见他的手指尖旁边正有一对翅膀缓缓地一张一合,身体在空中滑行,速度恰似一个慢慢蠕动的蜗牛——那是一只蜜蜂。

不知不觉间我们来到了里斯,这里的景象更显离奇。乐队正在台上演奏,但在我们听来,声音又低又小,时而像一声声长长的叹息,时而又如一口硕大无朋的钟走动时发出的缓慢而又沉闷的滴答声。一些人直挺挺地站着;另外一些人在草地上散步,看上去就像一声不吭。忸怩作态的木偶正抬起腿呆立在那里。我走近一条正一跃而起的狮子狗,看着它的腿在慢慢摆动,然后落在地上。“看这边!”吉本大声嚷道。我俩就停步逗留在一位气度不凡的绅士面前。他身穿白色浅条法兰绒衣服,脚蹬白鞋子,头戴巴拿马草帽,正转身朝两位擦肩而过的、衣着鲜艳的姑娘眨眼。我们尽可能仔细地观察着,发现眨眼一点也不雅观,倒实在令人生厌!有人说正在眨动的眼睛并不完全闭合,低垂的眼睑下可以看到眼珠子的下部和一丝眼白。“愿上帝提醒我,”我有感而发,“以后再也不愿眨眼啦!”

“也不想微笑了。”吉本接过话头，他刚好瞧见回眸一笑的姑娘那副龇牙咧嘴的样子。

“实在太热了，”我说，“走慢点吧。”

“哎呀，快点！”吉本催促道。

我们穿行在轮椅中间。坐在轮椅上的许多人看上去懒洋洋的，没有什么特别，只是那些乐队队员穿着的鲜红衣服有点刺眼。一位紫脸膛的先生正在用力展开被风吹起的报纸而僵在那里；很显然，正有一股强劲的风吹拂着这些慢条斯理的人们，而我们却丝毫感觉不到。我们走出人群，然后回过头来注视着。看到所有的人都呆在那里，好像突然间受到了打击，变成了一尊尊蜡像，那种感觉并不美妙。可笑的是，我却莫名其妙地洋洋自得，心头有种优越感。多么神奇呀！自从药物在我的血液里产生作用后，我说了这么多，想了这么多，又做了这么多，但对于那些人来说，对于整个世界来说，这仅仅是一眨眼的工夫啊！

“‘新加速剂’——”我刚一开口，就被吉本打断了。

“看那个可恶的老妇人！”他说道。

“她是谁？”

“就住在我隔壁，”吉本回答，“她那条卷毛狗总是狂吠不止。天哪！我实在忍不住了！”

有时候，吉本就像小孩子一样鲁莽冲动。我刚想阻止，他已一个箭步冲了过去，神不知鬼不觉地一把抓起那可怜的动物，随即便朝里斯山的悬崖飞奔。令人惊讶的是，那小狗既不叫，又不动，像被施了催眠术一般。吉本提着它的脖子奔跑着，犹如提着一条木头狗。“吉本！”我大声喊道，“快放下！如果再跑的话，你的衣服要着起来啦！你看，亚麻布裤子已经烧焦了！”

他用手拍打着大腿，站在悬崖边上犹豫不决。“吉本，”我已追了上来，上气不接下气地对他说，“把狗放下。实在太热啦！是我们在飞奔的缘故！每秒二到三英里呢！与空气产生了摩擦！”

“什么？”他边问边瞟了狗一眼。

“与空气产生了摩擦！”我大声说道。“跑得太快，简直像陨石。太热了。哎呀，吉本！我浑身刺痛，汗流浃背。你看，那些人开始动弹了。我敢肯定是药性快过了！把狗放了吧！”

“你说什么？”他似乎还没回过神来。

“药性快过了，”我重复道，“热得受不了啦！药性也快过了。我浑身都湿透了！”

他注视着我，然后把视线转向乐队，原先那哈哧哈哧的演奏声明显变得急促起来。突然，只见他手臂用力一扬，那狗便如陀螺一般飞向空中，依旧毫无生气，最后挂在一堆阳伞上面，一大群人正在底下谈笑风生。吉本一把拽住我的胳膊。“啊呀！”他失声叫道。“你说得对！我感到一阵灼痛。是啊，看得出那个男子正在挥动手帕。我们得赶快走！”

可是为时已晚了。也许是上帝保佑，因为我们再疾奔的话，毫无疑问会变成火人，而咱俩谁也不会想到这一点……幸运的是，我们还没抬脚，药性已过了。弹指一挥间，“新加速剂”的作用便烟消云散。我听到吉本惊慌失措地说“坐下！”便“扑通”一声坐在里斯山崖边的草地上——在我坐过的地方，现在还能看到一片烧焦的草皮。就在那时候，似乎一切都苏醒过来了，乐队发出的断断续续的声音顷刻间汇成了一片嘹亮的音乐；散步者的脚落到了地面,开始行走;报纸和旗帜在风中猎猎作响;无言的微笑变成了高声交谈;眨眼者恢复了常态,心满意足地继续前行;坐着的人们也开始动弹、讲话。

整个世界又有了生气,以与我们一样的节奏运行着;或者更确切地说,我们的节奏现在又同世界一致了,犹如一辆进站的火车,逐渐放慢了速度。在一刹那间,我只感到天旋地转,头晕目眩,那条被吉本甩出去的狗似乎在空中滞留了片刻,现在正以极大的加速度径直穿过一位姑娘的阳伞,"叭"地一声掉在地上!

我们还算平安无事。只有一位坐在轮椅上的胖胖的老先生看到我们时,显然惊骇不已,并不时地用黑黑的眼珠子狐疑地打量着,最后又对身旁的护士嘀咕了些什么。除他之外,我看再也没人注意到我们骤然而至。扑通!我们的出现肯定很突然。身上立刻不再闷烧,可我屁股底下的草皮却烫得灼人。当时两个人的注意力都被那惊人的事实及随之而起的喧闹声所吸引——包括"娱乐协会"的乐队,演奏着的音乐竟然破天荒地走了调——一条体面的、喂饱了的狗原来好端端地躺在演奏台的东面,这时会突然在两边穿过一位姑娘的阳伞从天而降,身上带着由于在空气中急速掠过而被灼伤的痕迹!在那可笑的年代,大家对通灵术深信不疑,并沉溺于愚蠢而迷信的观念之中,所以猝不及防的人们纷纷起身,相互践踏,椅子被撞得东倒西歪,就连里斯的警察亦落荒而逃。这场闹剧最终如何收场,我不得而知——我们当时急于脱身,并躲开那位轮椅上的老先生的视线。当身体冷却下来、头脑完全清醒时,我们马上站了起来,绕开人群,沿着曼彻坡下面的道路向吉本的房子走去。在一片喧嚣声中,我清楚地听到坐在那位突遭不幸的姑娘旁边的先生口气强硬地对其中一位帽子上印有"监护"字样的护理人员叫嚷着:"如果这条狗不是你扔的,那会是谁扔的?"

由于一切都突然复原了,再加上我们自己惊魂未定(衣服还烫得要命,吉本那条白裤子的大腿前部已是焦黄一片),所以本想细细察看的念头只能放弃了。事实上,在归途中我未做任何有科学价值的观察。那蜜蜂自然已无影无踪了;当我们到桑盖特北路时,那个骑车者也已不知去向,或许是汇入了车流之中;至于那辆飞速行驶的游览车,正载着手舞足蹈的人们向前,快驶过附近的教堂了。

另外,我们还注意到,刚才出去时踩过的窗台有烧焦的痕迹,而留在鹅卵石小径上的脚印也显得特别深。

以上就是我首次服用"新加速剂"后的经历。我们那时的一举一动、一言一行都是在实际时间的一秒钟左右的"间隙"里完成的。乐队大概只演奏了两小节音乐,我们却已度过了半小时时间,所以在我们看来,周围的世界仿佛已停滞不前,能够对它进行从容不迫的观察。回想当时的一切,特别是我们冒冒失失地从房子里出来,事情的结果很有可能会更糟。由此可见,真正地要使这种药成为受人控制的有用之物,吉本还需作进一步的摸索。当然,它的实际效果已是确凿无疑了。

自从那次"历险"之后,吉本一直在埋头研究,并已逐渐使得此药的使用能够受人控制了。我在他的指导下,又几次定量地服用过,没有任何不良反应。不过我得承认,在药性未过时我再也没有贸然外出过。顺便说一下,我写这篇小说是一气呵成的,其间除了自己吃些巧克力外未受任何外界打搅。我于6点25分开始动笔,而现在手表的指针刚过半点。若能在挤满各种约会的一天里确保一段较长的时间内不受干扰地沉浸于手头的工作,那实在是太难得啦!眼下吉本正在对此药进行剂量方面的研究,因为考虑到不同体质的人服用后会产生不同的效果。另外,他还希望找到一种"减速剂"。顾名思义,这种药的作用当然与"加速剂"恰好相反,用以降低后者的高强度药效;而单独使用时,能使服药者感到通常的几小时时间转瞬即逝,从而使他在精神亢奋或怒不可遏时依然做到镇定自若,不慌不忙。这两种药物必定会给人类的文明生活带来全面的变革,成为我们逐渐挣脱卡莱尔所称的"时间外衣"之束缚的起点。"加速剂"确保我们随时随地能全神贯注、全力以赴,而"减速剂"则使我们沉着冷静地度过艰难沉闷的时光。对于"减速剂"我也许过于乐观了一些,它毕竟还是子虚乌有的东西,至于"加速剂",却是不容置疑的。几个月以后,它就会在市场上露面,成为一种受人控制的、简便易服的神药。药商和药剂师们能随时买到装在绿色小瓶里的此药,虽价格不菲,但物有所值,因为它具有奇异的作用。吉本希望这种"吉氏神经加速剂"能以三种不同的药效供应市场:两百倍、九百倍及两千倍,分别贴上黄色、粉红和白色标签加以区别。

毫无疑问,它的使用会产生一系列的奇迹。当然,其中最引人注目的将是犯罪分子可以躲进时间的"空隙"作案而能逍遥法外。同其他有效的药物一样,它极有可能被滥用。我们已经非常细致地探讨了这方面的问题,并且认为这纯粹属于法医学的范畴,与我们毫无关系。我们将制造、出售"加速剂",至于后果呢,也将拭目以待。

(余泊良　译)

文学界的反科学派

虽然玛丽·雪莱在她的《弗兰肯斯坦》里描绘了一个大胆得出格的科学家,拜伦和雪莱还是对科学启蒙的繁荣兴旺感到由衷的高兴。歌德不但是一个文学天才,更是一个杰出的科学家。艾伦·坡为科学技术的进步拍手叫好。而丁尼生则预见了人类灿烂辉煌的未来。但在工业革命和第一次世界大战前后,文学圈中的很大一部分人与人们对于科学进步的普遍信念恰恰相反,他们竭力反对科学的进步,大肆谴责科学和技术,鼓吹回归古朴的美德和永恒的价值。

布莱克就曾抱怨"该死的撒旦工厂"毁了英国的农村。卡莱尔也承认:"在管理外部事情方面,我们比任何时代都要先进,但在纯道德本性方面,在灵魂和性格的真正的尊严方面,我们也许比多数文明时代都要落后。"霍桑笔下的科学家们毁了他们自己喜爱的任何东西。而爱默生则认为是事物在摆布着人类,把人类当马骑。

C.P.斯诺于1959年在《两种文化》的演讲中说:"文学知识分子是自然的卢德派。"[①]他们"从未尝试过要去理解工业革命,也不可能理解工业革命,更不要说接受它了……几乎每一个地方……知识分子觉得对正在发生的事情不可理解,作家更不理解。他们中很多人被

① 卢德派:19世纪初用捣毁机器等手段反对企业主的自发工人运动的参加者。

吓跑了,就好像是一个有情感的人对此正常反应是退却一样;一些人不着边际地胡思乱想,犹如人在恐怖时发出的尖叫声。”

对此,剑桥大学批评家F.R.利维斯则认为,文学的对象是人的感官,即道德意识,并认为伟大的文学应对文明提出深刻而尖锐的问题。但是“对于这样的问题是不可能有答案的,如果对‘答案’一词仅作一般意义上的理解的话”。更甚的是,这些问题将使社会进退两难,停滞不前,对前途悲观失望,对社会计划和科技进步极端不信任。

斯诺与利维斯之争实质上和19世纪80年代F.H.赫胥黎与马修·阿诺德之争,20世纪20年代威尔斯与詹姆斯之争是完全相同的。面对威尔斯对进步的信仰,特别是他后期小说中大力宣传的乌托邦理想社会主义,文学派则针锋相对地提出反乌托邦。最近文章中一直称之为“反面乌托邦”,此语即希腊语“病的”或“坏的”意思。这些文章认为科技的进步非但没有给社会带来好处,反而每况愈下,更不要说完美了,也许整个世界都要毁灭。

反乌托邦主义不仅仅在文学上对威尔斯派的幻想做出反应。后者认为,人类的未来将是一个慈善的社会,普遍使用机器,并由科学家和工程师们统治,甚至威尔斯想组织“一个公开的阴谋集团”,来创造一个更完美的世界,这一企图也显然成为反对派攻击的目标。乔治·奥威尔于1949年写的《一九八四》被斯诺认为是“最强烈的愿望,即不希望有未来”。而乔治·奥威尔本人在谈到威尔斯时说:

“从某种意义上说,出生于本世纪的有思想的人,是威尔斯本人创造出来的。一个作家,尤其是一个通俗文学作家的作品,能产生多大的影响还是一个问题,但我至少可以肯定,在1900年至1920年之间任何作家用英语出版书都不可能像威尔斯那样对年轻人产生那么大的影响。”

但是两次大战及经济大萧条使他们产生的幻灭也反映在文学作品里了。从而产生了像A.赫胥黎的《美丽新世界》(1932)、扎米亚京的《我们》(1924)、C.P.刘易斯的三部曲《佩里兰德拉》(1938,1943,1945)、戈尔·维达尔的《救世主》(1953)、伊夫林·沃的《废墟上的爱情》(1953)及安东尼·伯吉斯的《发条橘》(1962)等等许许多多作品。

反乌托邦的种种思想源出科幻杂志本身。为首的作家有斯坦莱·科伯伦茨、戴维·H.凯勒和S.弗劳尔·赖特,有时甚至像基本上算是乐观主义的作家杰克·威廉森、弗雷德里克·渡尔和西里尔·考恩布鲁斯也毫不犹豫地加入了反乌托邦的科幻小说的主流。波尔和考恩布鲁斯合写的《太空商人》,1952年在《银河》杂志上连载,小说的标题为《容易赚钱的星球》。

最早及最有名的反威尔斯派的“反面乌托邦”作品是E.H.福斯特的《机器停止运转》,日期通常是从收入这篇小说的《永久的时刻》(1928)出版之日算起,而它第一次发表却是在1909年(《牛津和剑桥评论》,秋季学期)。

福斯特(1879—1970),小说家、散文家及评论家,他的见解及著作几十年来一直博得读者的尊重和喜爱。他最著名的一些小说特别是他1924年所写的《印度之行》,都涉及文化与文化之间的理解问题。他也写幻想小说,像收进《永久的时刻》里的小说和多次收编入册的《天上的公共汽车》。他还以《天上的公共汽车》为书名于1923年出版了他的小说集。

像其他的讽刺作品一样,福斯特在《机器停止运转》这篇小说里把威尔斯式的未来的城市描绘到了这样的地步:那儿的人们做什么都依赖机器,以至于没有机器的生活不仅显得野蛮,而且是不可能的。

《机器停止运转》

〔英〕E. M. 福斯特 著

第一章 气 动 船

请想象一下这样一间小小的房间,外表呈六角形,就像一个蜂窝。它既没有窗户,也没有灯,但却充满了柔和的光线,它没有任何通气口,空气却异常新鲜,它没有音响设备,但一当人们开始沉思,房间里就跳动着美妙的音乐。房间中央是一把扶手椅,扶手椅旁是书桌——这就是全部的家具。扶手椅里是一堆紧紧包裹着的肉——一个女人,约五英寸高,脸像真菌一样白。这小小的房间就属于她。

电铃响了。

女人按了一下按钮,音乐声停止了。

“会是谁呢?”她想,启动了椅子。像音乐一样,椅子也是机器操纵的;椅子转到了房子的另一头,那儿铃还在一个劲地响。

“哪位呀?”她的声音有点不耐烦,因为音乐声响起后,她就经常被铃声打断。她认识好几千人。在某些方面,人们的交往已今非昔比了。

但当她听到听筒里传来的声音时,脸上就堆起了笑容。

“太好了,”她说,“让我们谈谈吧,我会把自己隔绝起来的,我想五分钟之内不会有重要的事情发生——库诺,这样我可以给你足足五分钟的时间,然后我必须作有关‘澳大利亚时期的音乐’的专题讲座。”

她按下了隔绝按钮,这样就没有其他人能同她讲话了。接着她按了按灯光装置,小房间立时暗了下来。

“快点!”她的烦躁劲又上来了,“快点,库诺,我在这黑黑的地方浪费时间呢。”

足足有十五秒钟,她手上的圆盘才开始闪光。一线微弱的蓝光射过盘子,渐渐地暗淡,变成了紫色。现在她能够看到她儿子的形象了,他住在地球的另一端,他也能够看到她。

“库诺,你可真慢。”

他阴沉地笑笑。

“我算是把你看透了,你居然这么喜欢偷懒。”

“我给你打过电话的,但你总是忙,或处于隔绝状态。妈,我有些特别的事情要说。”

“什么呢？亲爱的宝贝？快点！难道你不能寄气动邮件吗？”

“因为对这样的事我更喜欢说，我想——”

“什么？”

“我想要你来，来看看我。”

凡许蒂看着蓝盘子里他的脸。

“我能见到你呀！”她叫道，“你还想要什么呢？”

“我不想见到盘子里的你，”库诺说，“我不想通过令人生厌的机器与你讲话。”

“嘘！住嘴！”妈妈说，她模模糊糊地感到震惊，“你不可以说任何反对机器的话。”

“为什么不呢？”

“不允许。”

“你说话的意思就好像机器是神造的，”儿子大叫道，“我知道你不高兴时就向神祈祷。请别忘了这一点：机器是人造的，是伟大的人造的，但他们还是人！机器确实不错，但机器不是万能的。在这盘子里，我似乎看到了你，但却不是活生生的你。通过这电话，我似乎听到了你的声音，但却没有当面听你说话时的真切感。这就是我为什么要你来，来逗留几天，看看我，这样我们就能面对面谈谈我心里的希望了。”

她回答说她抽不出时间去看他。

“你我之间气动船只要飞两天时间就行了呀。”

“我不喜欢气动船。”

“为什么？”

“我不喜欢看到可怕的棕色土地、海和天黑时的星星。在气动船里我不会思考。”

“而我却不会在其他地方思考。”

“空气能给你什么样的想法呢？”

他稍稍停了一下。

“你知不知道组成长方形的四颗大星星？长方形的中间是平排的三颗小星星，另外还有三颗小星星斜挂在长方形的旁边。”

“不，我不知道，我不喜欢星星。它们使你想到了什么吗？多有趣，快告诉我。”

“我想它们像个人。”

“我不明白。”

“四颗大星星是一个人的肩和膝，中间的三颗小星星像人们曾经系的皮带，三颗斜挂的星星就像是一把剑。”

“一把剑？”

“人们曾随身佩戴着这样的剑，去杀害生灵或其他的人。”

“这不是一个能打动我的好想法，但它显然很原始，你什么时候想到的？”

“在气动船——”他突然打住了，看起来他似乎很忧郁，但她没有把握，因为机器不会传递细微的感情，它只能传递人们大概的意思——凡许蒂想，而这一大概意思就足以起到应有的作用了。令人怀疑的哲学称“细微的感情”为人际交往中的实质，而它恰恰被机器所忽略了，就像葡萄细微的优点被人造假水果忽略一样，我们人类早就习惯于接受那些“够好”了的东西。

“事实是，”库诺继续道，“我想再看看那些星星，它们是些奇妙的星星，但我不想从气动船上看，而是从地球的表面去看，就像我们的祖先几千年前从地球表面看一样。我想参观一下地球表面。”

她又一次感到震惊。

“妈妈，你一定得来，就算是来给我解释参观地球表面的危害性吧！”

“没有危害，”她答道，“但绝没有好处。地球表面已经没有人了，只有尘埃和污泥。你还得戴上面罩，不然外面的空气会把你冻死的。在外面的空气里，人立刻就会死亡。”

“我知道，我当然会非常小心的。”

“另外——”

“什么？”

她想了想，仔细地挑选着词儿。她儿子脾气古怪，她希望能劝阻他不要去冒险。

“这是与时代精神相违背的。”她断言道。

“你的意思是，与机器相违背？”

“在某种意义上说是，但——”

他的人像在蓝盘子里淡了下去。

“库诺！”

他把自己隔绝起来了。

一时间凡许蒂感到非常孤独。

一会儿后，她使房间重新变得明亮起来。一看到房间，一看到源源不断涌来的光线和密密麻麻的电钮，她又振奋起来。房间里到处是按钮和开关——食物按钮、音乐按钮、衣服按钮，还有热水按钮，只要一按热水电钮，大理石的水盆（仿造的）就会从地下冒出来，除去异味的水会一直溢到边沿。还有冷水按钮，文学按钮，当然还有她与朋友交往的按钮等等。房间里虽然什么都没有，但它却与世界上凡是与她有关的东西都有联系。

下一步凡许蒂该做的就是关掉隔绝开关。

过去三分钟之内积聚的事情一下子都涌了出来，房间里充塞着嘈杂的铃声和通话的管子。新的食品怎么样？她能把它推荐给别人吗？最近有什么想法吗？有人告诉过她任何想法吗？能不能早点去参观公众育儿园——比如说下个月的今天？

对多数这些问题，凡许蒂不耐烦地作了回答——一种超速度时代明显的性格特点。她说新食物太差劲，她不能匆忙地约定去参观公众育儿园，她也没有任何自己的想法，但刚刚有人告诉她一个——中间嵌有三颗小星星的四颗大星星像一个人，她不知道其间是否还有更多的想法。然后她关掉了联络开关，因为“有关澳大利亚时期的音乐”的讲座的时间到了。

公众聚会的笨拙系统早就被淘汰了，无论是凡许蒂还是听众都无须出门。坐在扶手椅里，她就讲开了。听众也坐在他们的扶手椅里，听得非常清楚，也看得非常清楚。她先幽默地叙述了前蒙古时期的音乐，接下去描绘了随后中国征服时期歌曲的鼎盛期，就好像自唱法和布里斯班学校那么遥远和原始。然而她感到(她说)研究它们也许对今天的音乐家会有所收获:这些歌有新鲜感,更重要的是,这些歌有思想。

她的演讲持续了十分钟,听众反应热烈。为了论证她的结论,她和她的许多听众听了有关大海的讲座,很多思想都来自大海。为了作这次讲座,演讲者最近还带着面罩参观了大海。演讲结束后,她吃饭,与朋友交谈、洗澡、再与朋友谈一会儿,然后要了床铺上床睡觉。

床铺太大了,不合她的意。她想要一张小点的床,但抱怨是没用的,因为全世界的床都是同一尺寸的,要挑选尺寸的话就得把机器的选择系统来个天翻地覆的改动。凡许蒂把自己隔绝起来——这是很有必要的,因为地底下是不分白天黑夜的——上床后回忆一下一天发生的事。思想?几乎没有。事情——库诺的邀请算得上是事情吗?

在她的旁边,在小小的写字台上,有一本动乱时期的幸存物——一本书。这是一本有关机器的书,里面是处理各种偶发事件的指示。如果她冷了、热了、消化不良了或不知该说些什么时,她就去翻书,书会告诉她该按哪个按钮。书是控制中心委员会出版的,按照人们日益求精的特性,书装订得很精美。

她坐在床上,恭恭敬敬地捧着书,扫了一眼亮堂堂的房间,就像会有人看着她似的。然后,半是不好意思,半是快活地低语:"哦,机器!哦,机器!"她把书举到唇边,连连吻了三次,连连低了三次头,连续三次感到默许的狂喜。仪式结束后,她把书翻到1367页,这一页上是气动船从她住的南半球的地底下到她儿子住的北半球的地底下的飞行时间。

她想:"我没有这时间呀。"

她使房子暗了下来,睡觉,醒来,使房子明亮,吃饭,与朋友交流思想,听音乐,听讲座,再次使房子黑暗,再睡觉。机器声在她的上面,她的下面,她的周围,不断地嗡嗡作响。她没注意到这声音,因为她一生下来耳朵里就伴随着这"嗡嗡"声。地球带着她转呀转,无论是白天还是黑夜,这"嗡嗡"声始终弥漫在寂静的空间。她醒来了,使房间变得明亮起来。

"库诺。"

"除非你来,否则我是不会同你讲话了。"库诺回答道。

"我们上次通话以后,你去过地球表面了吗?"

他的人像淡了下去。

她又一次向书请教,想到自己没有牙齿和头发,她变得非常紧张不安,躺回到椅子上,心怦怦乱跳。她立刻把椅子笔直地向墙推去,按下了一个她不太熟悉的按钮。墙慢慢地裂开了,从开口处看出去,她看到了一条细长弯曲的通道,看不到尽头。她该去看看她儿子吗?这儿就是旅程的起点。

当然,她了解所有有关的交通系统,没什么神秘的。她可以叫一辆车,它就会同她一起飞下通道,直到电梯,电梯一直连接到气动船的月台,这一系统用了好多年了,远远早于人们普遍使用机器之前。她自然也研究过略略早于她自己的文明——这文明把系统的机能给颠倒了,它不是使东西适应人,而是使人去适应东西。在过去那些可笑的日子里,人们试图去净化空气,而没有想到只要换房间里的空气就行了!然而——她对这通道还是充满了恐惧:自从生下最后一个孩子,她就再没见过它了。它弯弯曲曲——不太像她记得的那样,它很明亮——也不及讲座上讲得那么明亮。根据她自己直接的体验,凡许蒂不寒而栗,她缩回到房间里,墙又合上了。

"库诺,"她说,"我不能去看你,我不舒服。"

立刻就有一个巨大的设备从屋顶上降到她的身上,体温表自动地塞进了她的口,听诊器也自动地按在了她的胸口。她无助地躺着,降温器在她额头按抚着——库诺给她的医生拍了电报。

所以,人类的感情仍然在机器里上下挣扎,尚未泯灭。凡许蒂吞下了根据医生指示而投进她嘴里的药。机器退回到了屋顶,接着传来了库诺问候她的声音。

"好多了,"然后又烦躁地问,"为什么你不能来呢?"

"因为我不能离开这地方。"

"为什么?"

"因为什么时候也许就会发生什么重要的事情。"

"你去过地球表面了吗?"

"还没有。"

"那是什么重大的事呢?"

"我是不会通过机器来告诉你的。"

她又回复了她自己的生活。

但她想起了库诺小时候的事,她想到了他的出生,他怎样被带到公众育儿园,她去他那儿的一次探望及他几次回家的情况。这种探家到机器在地球的另一端给他分配了一间房子后就停止了。机器书上说:"父母亲的职责到孩子一生下来就算完成了,第422、327、483页。"说是这样说,但对库诺,她总感到有些特别——真的,她对她所有的孩子一直有些特殊的感情——说到底,如果库诺实在想要她去的话,她得勇敢地踏上旅程,还有,"什么重大的事也许会发生"是什么意思呢?毫无疑问,这是年轻人的胡说八道,但她必须去。她又一次按下了那不熟悉的开关,墙又裂开了,那望不到头的弯弯曲曲的通道又出现在她眼前。她站了起来,紧紧地抱着那本书,蹒跚地上了站台,要了一辆车。身后的房门关上了,去北半球的旅行开始了。

这当然是非常容易的。车开近了,她看见里面有一把椅子,和她房间里的一模一样。她抬了抬手,车子就停下了,她踉踉跄跄地进了电梯。电梯里还有另外一个乘客,这是几个月来她与之面对面的第一个人。如今已很少有人出门了,多亏科学的进步,地球上到处都是惊人的相似。以前文明如此希冀的频繁接触已自行消亡了。如果北京和希伯来一样,那为什么还要去北京呢?而如果希伯来和北京一样,那又何必回希伯来呢?至今人们已很少劳身了,有的只是劳心。

气动船上的服务设施是前期遗留下来的。它被保留下来了,因为保存远比停用及摧毁来得容易,但它现在已远远地超出了人口增长的需求。一艘艘的气动船从天主教堂(我用的是古时候的名字)的绅士门里驶出来,驶入拥挤的天空,然后进入南方码头——全是空的。运行系统调节得如此好,完全与天气无关。晴也好,阴也好,天空就像一个巨大的万花筒,在那上面,同样的图案阶段性地重现。凡许蒂乘的那只船有时傍晚出发,有时黎明出发,但当它经过兰斯上空时,总是和往来于赫尔辛基和巴西的那条船相邻而过。而每当它第三次穿越阿尔卑斯山时,都会看到巴勒莫船队穿越它后面的轨道。无论白天也好,黑夜也好,刮风也好,潮汐也好,甚至连地震都不能阻挡人类了,人类已经有了海中怪兽莱拉森的盔甲。所有那些旧文学以及它对自然的赞美,对自然的恐惧,听起来就像是婴儿的喁语一样,没有真实感。

然而当凡许蒂看到了庞大的船时,那暴露在外面部分的斑斑污迹又勾起了她亲自体验过的恐怖。它不像电影摄影术中的气动船,但一件事却是可以察觉出来的——既不强烈也不是不愉快,但确实可以感觉到,闭上眼睛,她本也可以知道她附近有一个新的东西。然而,她不得不从电梯走向它,不得不接受其他乘客瞟来的眼光。前面那人的书掉下了——没什么大不了的事,但这却使所有的人不安,如果在房间里,书掉下的话,地板会自动地连书一齐抬上来,但气动船的舷门上可没有这样的装置。神圣的书躺在地上一动也不动。他们停了下来——这是预料不到的事——那人本该把书捡起来的,但他感到他的肌肉是如此的无力,他实在无法胜任。这时有人实际上是直截了当地说:"我们要迟到了。"然后他们都争向船上涌去,凡许蒂也踩着书上了船。

到了船里面,她更加不安了,服务设施陈旧又简陋,甚至还有一个女服务员,在旅途中,凡许蒂还得向她提出种种请求。旋转月台自然是一直通到船上的,但她还得从那儿走到船舱。一些船舱比另外的一些好点,而她的却不是最好的,她认为服务员不公正,心中阵阵气恼,但玻璃活动门已经关上,她已不能回去了。

在走廊尽头,她看到她乘上来的电梯在静静地上上下下,全是空的,在那些闪光瓷砖的走廊下面是房间,一层一层往下,一直通到深深的地下,每一个房间里住着一个人,或吃,或睡,或想主意。掩藏在深深的蜂窝里的是她自己的房间,凡许蒂害怕了。

"哦,机器!哦,机器!"她轻声说,抚摸着她手中的书,她安心了点。

接着走廊的两侧好像融为一体了,就像我们梦中常常见到的通道消失一样,电梯消失了,掉到地上的书滑到左边,也不见了。抛光的瓷砖像水流一样流走了。有些轻微的旋转,气动船出了通道,一下就升到了热带海洋的水域上面。

天黑了,一时间,她看到了苏门答腊岛。粼粼的波光拍击着海岸,高高的灯塔仍然耸立在海面,但它发出的光束已不再引人注意。然后这些也看不到了,只有星星分散她的注意力了,它们不是静止的,而是在她头顶荡来荡去,蜂拥着从这个天窗出来,进入另一个天窗,就好像不是气动船在行驶,而是宇宙在疾驶。像晴朗的夜空中常发生的那样,它们有时看起来在虚无缥缈的空中,有时在一架飞机中,有时一层层地融会在无穷的宇宙中,而有时又大片地隐藏起来,像一个总是限制人们视野的屋顶。但不管是哪一种情况,它们似乎都是无法忍受的。"我们要在黑暗中旅行吗?"乘客们愤愤地叫道。粗心的乘务员开亮了灯,放下了柔软的金属窗帘。当初造气动船的时候,人们还存在着直接看东西的愿望,因此天窗和窗户的数目之多和比例之多都是令人惊异的,而这些常令那些文明及文雅的人极不舒服。在凡许蒂的舱房里,一颗星星甚至透过窗帘的缝隙往里窥视。极不舒服地迷糊了几个小时后,她受到了一种陌生的光亮的干扰,那是黎明的曙光。

就像气动船飞速朝西开一样,地球朝东转得更快,把凡许蒂和她的同伴拉回来朝着太阳,科学可以使得黑夜延长,但只能是一点点,那些取消地球上的白天的希冀和可能更高的愿望的革命都已过去。"跟上太阳的步伐"或甚至超过太阳已成为目标,气动船以尽可能快的速度,被当代最有才智的人驾驶,绕着地球转。转呀转,向西,再向西,在人类的欢呼声中转呀转,但无济于事,地球朝东转得更快。可怕的事情最终发生了,当时,如日中天的机器委员会宣布这一追赶是非法的,是非机械的,要予以惩罚,并剥夺居住权。

更多的有关剥夺居住权的事将在以后谈到。

委员会无疑是正确的。然而"击败太阳"的企图激起了我们人类感受天体,或更确切地说感受任何东西的最后的普遍的兴趣,这也是最后一次人们密切地思考外部世界的力量。太阳已经被征服了,然而这只是人们对于它精神统治的结束。现在,无论是黎明、中午、黄昏或黄道带,都与人们的生存或情感没有任何关系了,科学已退到了地下,倾全力去解决完全有把握解决的问题。

所以当凡许蒂发现玫瑰色的光侵袭她舱房时,她非常恼火,试图调整一下窗帘,但窗帘整个儿飘了起来,通过天窗,她看到了小小的粉红色云彩,在蓝色的背景上飘来飘去。随着太阳逐渐地升高,它的光线也直接射了进来,洒满了一墙,犹如一片波浪起伏的金色的海洋,与气动船的运动一起升起落下,但太阳是慢慢升起来的,就像涨潮一样。她要一不小心的话,阳光就会射到她的脸上。一阵恐怖向她袭来,她跑去找服务员。服务员也很惊恐,但她也无能为力,她无权处置窗帘,她能做的只是建议她换一间舱房,而凡许蒂也只好这么办了。

全世界的人几乎彼此都很像,但气动船的服务员由于她特殊的职业,长得有点与众不同。她得经常直接地同乘客讲话,这就理所当然使她的神态显得粗鲁和富有创造力。凡许蒂尖叫着躲开了阳光,为使自己站稳,她粗鲁地伸出手去。

"好大胆啊!"乘客叫道,"你忘了你自己!"

那女的懵了,赶紧道歉,说这样做只是为了不致摔倒。当时人们绝不互相接触。多亏了机器,人们互相接触的风俗已过时了。

"现在我们在哪儿呢?"凡许蒂目中无人地问。

"在亚洲上面。"服务员说,尽力表现得礼貌些。

"亚洲?"

"你得原谅我通常的说话习惯,对于我经过的地方,我习惯用非机械名称来称呼它们。"

"哦,我知道亚洲了,蒙古人就来自亚洲。"

"在我们下面,在外部空气里,耸立着曾一度称之为西姆拉的城市。"

"你曾听说过蒙古人和布里斯班学校吗?"

"没有。"

"布里斯班也在外部空间。"

"右边的那些山——让我来指给你看,"她把一个金属窗帘推向后面,喜马拉雅山群峰呈现在眼前,"就是那些山,它们曾被称为'世界屋脊'。"

“世界屋脊，真好笑！”

“但是，你得明白，在文明的黎明到来之前，它们看起来就像是一堵无法穿透的墙，一直碰到星星。据说，除了神没人能穿透这堵墙，钻出山顶。感谢机器，我们现在多先进啊！”

“感谢机器，我们现在多先进啊！”凡许蒂说。

“感谢机器，我们现在多先进啊！”头天晚上掉了书的人附和道，他现在正站在过道上。

“还有那火山口上的白色东西——那是什么？”

“我忘了它的名字。”

“请把天窗关上吧，这些山不会使我产生思想。”

喜马拉雅山北部笼罩在深深的阴影中，太阳刚刚爬上靠印度的山坡。在文化复兴时期，森林被大片砍伐，用来做纸浆，但朵朵牵牛花仍然吸吮着积雪的水而争相怒放，片片白云仍然萦绕着尼泊尔东北边境的干城章嘉峰。平原上可以看到一些城市的废墟，越来越窄的河流沿着城墙缓缓流动，城墙边还残存着大门的迹象，表明是现代的城市。当人们想快快横越世界屋脊，逃离低气压的烦恼时，气动船很快掠过了所有这些景色，以令人难以置信的沉着与喜马拉雅山交叉而过，并若无其事地升了起来。

“感谢机器，我们确实是先进多了。”服务员重复着说。喜马拉雅山很快隐没在金属窗帘后了。

令人生厌的那一天又过去了，乘客们各自坐在自己的舱房里，带着一种几乎是对肉体的厌恶，避免互相接触，一心只想着再一次回到地底下。那儿共有十个人，几乎全部都是年轻的男人，而且几乎都是被公众育儿园派到地球各处去死了人的房间居住的。掉书的那个人是回家去的，他被派到苏门答腊去繁衍种族。只有凡许蒂一个人是根据她个人的意愿而踏上旅程的。

中午时分，她再一次看了看地球，气动船正穿越一个群山，但由于云很多，能见度很低，众多的黑岩石在她脚下盘旋，模模糊糊地溶进一片灰色之中，岩石的形状千姿百态，其中一块像一个俯卧的人。

“这儿不可能产生思想。”凡许蒂低语道。此时他们正穿越一片金色的海洋，海洋中有许多小岛和一个半岛。

“这儿没有思想。”她重复道，随之希腊也消失在金属窗帘后面了。

第二章 维修装置

过走廊，乘电梯，钻铁道，别站台，穿活动门——朝着与出发点完全相反的方向，凡许蒂终于到了她儿子的房间。这房间与她自己的房间一模一样，她有理由断定这次造访完全没有必要。按钮、把手、书、桌子、温度、空气、光线——完全相同。即使库诺本人，她的亲骨肉，最后终于站在她的身边，那又有什么好处可言呢？她实在太有教养了，连手都不与他握。

她避开了他的眼光，说了以下的话：

“现在我到了，真是经历了千辛万苦，大大地妨碍了我思想的发展，这不值得，库诺，实在是不值得,我的时间太宝贵了,阳光几乎射到我身上,我还遇到了最粗鲁的人。我只能待几分钟,你要说什么就快说吧,说完我得马上回去。"

"我受到了'剥夺居住权'的警告。"库诺说。

她把目光转向了他。

"我受到了无家可归的威胁。我不能把这样的事情通过机器告诉你。"

无家可归意味着死亡,受害者暴露在外面空气里,马上就会死去。

"自从最后一次同你通话后,我一直在外面,重大的事已经发生了,他们发现了我。"

"你为什么不可以出去呢?"她叫道,"去参观地球表面,这完全合法,完全符合机器原则。我最近也去海边听了一次讲座。没有理由反对你这样做呀,你只要戴上防毒面具,得到外出许可就行了。但这只是没有头脑的人才会去干的事,我劝你不要去做,尽管法律允许这样做。"

"我没有得到外出许可。"

"那你怎么出去的?"

"我自己发现了一个方法。"

她似乎不明白这意思,他只好再重复一遍。

"你自己的一个方法?"她轻声说,"那就错了。"

"为什么?"

这问题给她的震动简直无法衡量。

"你迷信起机器来了,"他冷冷地说,"你认为我发现了一个自己的方法是大逆不道的,当委员会警告我要剥夺我的居住权时也是这么认为的。"

听到这些,她火起来了,"我不迷信任何东西!"她叫道,"我是最开明的,我并不认为你大逆不道,因为根本就没有道存在了。一度存在的害怕和迷信都被机器摧毁了。我只是认为发现你自己的一个方法——除此之外,也没有新的方法可以出去。"

"但总是有可能的。"

"除非通过大门,而这样做必须得到外出许可,否则是不可能出去的,书上是这么说的。"

"然而书错了,因为我已经用脚走出去了。"

库诺无疑拥有强壮的体魄。

在当时,肌肉发达被视为缺点,每一个婴儿一生下来就要接受体检,所有那些看起来过于强壮的就被处死,对此人道主义者也许要提出抗议,但要让一个运动员活下来也不真正人道。对于机器指定的生活方式,他会感到毫无幸福可言,他会强烈渴望有树可爬,有河可游泳,有草地和小山与之较量,人必须适应周围环境,难道不是这样吗?在世界文明刚开始时,我们那些体弱的人必须暴死昴宿尔山头,而现在,我们那些强壮的人将被处以安乐死。这样机器才能进步,机器才可以进步,机器才可以永久地进步。

"你知道我们已经失去了空间的感觉,我们说'空间消失了',其实不是空间消失了,而是我们对空间的感觉消失了。我们已失去了我们自己的一部分,我决心去把它找回来。我开始在我房间外面的火车月台走来走去,走来走去,直到我累了为止,就这样我重新获得了

'近'和'远'的感觉。所谓'近'就是我能够用脚很快走到的地方,而不是火车或气动船能很快把我带到的地方。大门就是'远',虽然我要一辆火车的话三十秒钟就可以到了。人就是量器,这就是我学的第一课。人的脚是测量距离的量器,人的手是测量多少的量器,而人本身则是测量仁爱、愿望和力量的量器。然后我就走得更远了。就是那时,我第一次与你通话,而你不愿意来。

"你知道这城市是建造在地底下的,只有大门是突出的,步测了房门外的月台后,我乘电梯上了另一个月台,再步测这一月台。这样一个一个步测,直到我来到了最上层,再上去就是地表了,所有的月台都一模一样。去月台的最大收获就是找回了我的空间感觉,锻炼了我的肌肉。我想我本应对这些很满足了——这已不是非同小可的事情了。但当我边走边想的时候,我想起当初我们造这城市的时候,人们仍然呼吸着外面的空气,曾有过为工人们造的通风管道。除了那些通风管道,我是什么也想不起来了。难道它们被那些机器最近发明的食物管道、药品管道和音乐管道所替代了吗?抑或它们的痕迹依旧在?但有一点是肯定的,如果我在任何地方发现它们的话,那肯定是在最上层的铁路管道上,因为无论哪一处地方,所有的空间都被占满了。

"我把经历过的事讲得很快,但不要以为我胆大,也不要以为你的回答从未使我失望。做这事不合适,它是非机器的,沿着火车通道走也不像样。对于我也许会踩上正在使用的铁轨而被压死,这一点我倒不怕,我怕的东西实在是难以想象——做并非机器所指望做的事情。但我对自己说:'人就是测量工具。'于是,我走了,多次造访之后,我发现了一处缺口。

"通道当然是很亮的,样样东西都很亮,人造的亮光。而黑暗却是一个例外,所以当我看到瓷砖里有个黑缝时,我知道这就是反常之处,所以我极其高兴,我把手伸了进去——开始只能伸进去一只手——我入迷地来回摇动瓷砖,把另一块瓷砖摇松了,我把头钻了进去,对着黑暗大叫:'我要来了,我还会这样做的,'我的声音在看不到尽头的通道里回响,我似乎听到了每天晚上都回到星光下,回到妻子身旁的那些人们的灵魂和曾住在露天外的几代人对着我高喊:'你还会这样做的,你就要来了'。"

他停了一下,尽管很荒唐,但他最后的话使她很感动,因为库诺最近申请做爸爸,但他的请求被委员会否决了,他这种人绝不是机器希望延续的那种类型的人。

"火车开过来了,与我擦肩而过,但我把头和手伸进洞里,一天当中我已经做得够多了。于是我又爬回月台,下了电梯,要了我的床。啊!多美的梦啊!于是我又打电话给你,你又拒绝了。"

她摇摇头说:"别,别再说那些可怕的事了,你使我痛苦,你在抛弃文明。"

"但我已经找回空间的感觉,而那时一个人是不能半途而废的,我决定在缺口处爬通风管道进去,所以我开始锻炼我的臂力,日复一日,我从头至尾重复那可笑的运动,直到浑身的肉发痛,直到我能把我自己用双手荡起来,直到我能在床上把枕头平举好几分钟,然后我要了一个面罩,出发了。

"一开始很容易,灰浆有点剥落,我很快就把更多的瓷砖推了进去,随着落下的瓷砖,我爬进了黑暗之中,那些死者的亡灵安慰我,我不知道那样做是什么意思,我只说我的感受,我第一次感到我们现在过分舒适的生活已面临挑战,即使是死人也在安慰我,所以我要安慰那些未出生的人。我感到人类存在着,而且是赤身露体地存在着,我怎样来解释这一点呢?它是赤条条来,赤条条走。所谓赤条条,即所有这些管道按钮及各类机器并没有随着我们一起来到世上,它们也不会随我们而去,而我们活在世上,与它们也不会有多大关系,如果我强壮的话,我会剥去我穿的每一件衣服,一丝不挂地走到外面的空气中去。可我不行,也许我们这一代人都不行。于是我带着面罩、消毒服装和营养药片爬了出去,这样总比什么都不带好些。

"那儿有一架梯子,是用原始金属做的。来自铁路上的光照到了梯子最下面的几根横档。梯子就搭在管道底部的碎石上。也许我们的祖先当初在建筑物里每天在梯子上上上下下好几十次吧。当我爬梯子的时候,粗糙的边缘把我的手套拉破了,这样我的双手流血不止,光线帮了我一点忙,接着又是黑暗,更糟的是寂静,它像剑似地刺穿我的耳膜。机器的嗡嗡声!你知道吗?它的嗡嗡声已溶进了我们的血液,甚至还会指导我们的思想,谁知道呢?我正在超越它的能力,然后我想:'寂静意味着我现在做的事错了,'但我听到寂静中的声音,它们又一次使我坚决起来,"他笑了,"他们需要我,接下去我的头碰到了什么东西。"

她叹了口气。

"我到达了其中的一个空气制动器,它们能保护我们免受外面空气的侵袭,你也许已经在气动船上注意到了它们。天漆黑一片,根本就看不到梯子,脚就踩在梯子的横档上,手弄破了,我无法解释这部分,也不知道我是怎么熬过来的,但那些声音仍然安慰着我。我在黑暗中摸索着找把手,我想制动器大约八英寸见长,我在这上面尽量把手伸出去,它非常非常光滑,我的手几乎伸到了它的中心,就差那么一点,因为我的手太短了。然后我听到声音说:'跳吧,值得一跳的,中间也许有把手,这样的话你可以抓住它,用你自己的方法到我们这儿来。如果没有把手的话,你也许会摔下来,摔成碎片——但还是值得一试,你仍然会以自己的方法到我们这儿来。'于是我就跳了,确实有个把手,然后——"

他停了下来,妈妈的眼里含满了泪水。她知道,他是命中注定要这样的。如果他今天不死的话,明天他也会死的,这样的人现在世界上是没有适合他的地方的。她百感交集,既可怜他,又为他感到羞愧。她本人总是体面高雅又富有思想,但居然生下这样一个儿子,为此她羞愧不已。难道他就是她曾教他使用制动闸及开关的那个小男孩吗?就是她曾教他机器书上最前面几课书的小男孩吗?盖着嘴唇的胡须说明他已退化为某种类型的野人,对于返祖现象机器是绝不会饶恕的。

"中间有一个把手,我也确实抓住了,我恍恍惚惚地挂在了黑暗中,我听到了废墟中发出的嗡嗡声,就像梦中的窃窃私语一样。所有我接触的东西,所有我通过管子与其讲话的人都显得异乎寻常地小。与此同时,把手转了起来,我身体的重量带动了什么东西,我自己也慢慢地转了起来,然后——

"我不能描述它了。我躺在地上,脸完全暴露在阳光下,血从鼻子和耳朵里涌了出来。接着听到了一声巨大的爆裂声,我紧紧抓着的制动器炸破了地面,我们在地下制造的空气从漏孔里泄露到上面的空气中,就像喷泉那样喷射出去。我爬了回来——因为上面的空气伤人——我在洞边深深地吸了口气。

“鬼知道我的面罩到哪儿去了，我的衣服也撕破了，我躺在那儿，嘴唇紧贴洞口，不断地吸气，直到血流止住，你难以想象，还有什么比这更好奇的。草地上的这个洞——关于它我等下再说——太阳光穿过大理石般的云彩，照进了洞口，不很刺眼——平和、宁静，空间的感觉，还有拂着我脸颊的、似怒吼的喷泉的人造空气！不久我发现了我的面罩，它在我头顶上方的适当高度上下跳动。再上面是许多气动船，但是没有一个人从气动船上往下看。由于我自己的缘故，他们也不可能让我搭上这些气动船，就这样我孤立无援，束手无策。太阳一点点地从通气口照进来，照到了梯子最上面的横档，但要爬上去是不可能的。或者被冲出来的空气再次抛起，或者就掉到里面死去。我只能躺在草地上，不断地呼吸，并不时地向周围瞟上一眼。

“我知道我在韦塞克斯，出发前，我有心参加了有关韦塞克斯的一个讲座。韦塞克斯就在我们现在这儿讲话的房子上面。它曾一度是一个重要的国家。几代国王拥有从思特莱兹华特到康沃尔的所有南海岸线，汪斯特克穿越高地，在北面保护着它们。这一讲座只是讲韦塞克斯的崛起，所以我不知道它在国际上称霸有多久，而这一知识也不曾给我多大帮助。实话实说吧，那时我除了笑什么也做不成，在四周长满蕨藤，里面长满草的洞内，囚禁着我们三个——我，旁边的空气制动器和上方跳动的面罩。”

他变得忧郁起来。

“幸亏这是一个洞，空气开始向洞内回流，就像水流入碗内一样。我可以四处爬动了，但我立刻就站住了，我吸了一口混合气体，无论我什么时候在洞内的什么地方，混合气中伤人的空气总是占着多数。这倒没什么，药还在，我仍然不可思议地高兴，至于机器，我把它给全忘了。现在我的目标就是到长满蕨藤的最上面，去看看外面的世界。

“我冲向斜坡，一时间我眼前是灰蒙蒙的一片，新的空气对我的伤害还是很大，我滚了回来。阳光变得非常微弱，如果太阳现在在斯高平，那你就在韦塞克斯，这就意味着你的行动得尽可能地快，不然的话天就要黑了。这是我从讲座中听到的第一个有用的东西，我想这也是唯一的一个。这就使得我发疯似地呼吸新的空气，发狂似地走出洞口，到我敢去的最远的地方去。空气回流到洞口的速度很慢，渐渐地我感到这空气喷泉的活力似乎变小了，我的面罩看起来跳得也不那么高了，几乎是贴着地面在跳，怒吼声也在减弱。”

他突然停了下来。

“我想你对这是不会感兴趣的，而余下的你就更没兴趣了，又没有思想，我多希望我没让你来呀，妈，我们两人之间太不相同了。”

她让他继续说下去。

“傍晚时分，我开始爬堤，这时太阳几乎已溜出天空，我看不太清楚。你刚刚翻越了世界屋脊，当然不会有兴趣听我叙述我看到的小山的——那些又低又灰暗的小山，但对我来说，它们是活生生的。那覆盖在山上的草皮就是皮肤，而草皮下面的泥土则是跳动的肌肉。我感到过去这些山给人们带来了难以估量的力量，而人们也爱着它们。现在它们睡了——也许是永久地沉睡了，只是在梦中与人们交往，使那些唤醒韦塞克斯山的男女充满幸福之情，虽然它们沉睡了，但它们永远不会死。”

他开始激动起来。

“你难道还不明白吗？你所有的那些演讲者难道还不明白吗？正在死去的是我们，这儿唯一真正活着的是机器。人创造了机器来按照我们的意愿办事。但现在我们办不到了，它已经剥夺了我们的空间感觉和触摸感觉，它混淆了每一个人的亲属关系，它使亲情淡漠到仅剩肉欲，它使人们头脑空白，四肢无力。现在它又使我们对它顶礼膜拜。机器发展了——但不是按我们所希望的方向发展，机器前进了——但不是朝着我们的目标前进。我们的存在就像是动脉血管里流动的红血球一样，如果机器没有我们也能工作的话，它会让我们死去，哦，对此我是毫无办法——或者，至少还有一个，唯一的一个——去一遍一遍地告诉他们，我已经看到了韦塞克斯山，就像爱尔弗莱德征服丹麦时见到它们时一样。

“就这样，太阳下山了，哦，我忘了，在我站的山和其他的山之间环绕着一条雾带，是珍珠色的。”

他又打住了，这是第二次了。

“说下去。”妈妈疲倦地说。

他摇了摇头。

“说下去，现在你所说的任何东西都不会使我沮丧，我很坚强。”

“我本来倒是想把剩下的全告诉你的，但我不能，我知道我不能，再见。”

凡许蒂犹豫不决地站在那儿，他亵渎机器的言语使她的每一根神经都感到刺痛，但也使她感到好奇。

“这太不公平。”她抱怨道，“你把我从地球的另一头叫来听你的故事，我也愿意听。告诉我——尽可能地简单，因为这实在是对时间的极大的浪费——告诉我你是怎样回归到文明中来的。”

“哦——对了！”他说，有点惊觉了，“你爱听有关文明的事，当然啰，我是不是已经讲到我的面罩掉下了？”

“不——我现在什么都明白了，你带上面罩，沿着地球表面走向大门，在那儿你的行为被汇报给了控制中心委员会？”

“根本就不是。”

他把手在额头上一挥，好像在驱赶某个强烈的感觉，当他再一次开始他的叙述时，他又激动起来。

“我的面罩在日落时分不再跳动，我已经说了，喷泉看起来似乎微弱了，对吗？”

“是的。”

“大约日落时分，我的面罩停止了跳动，就像我所说的，我完全忘了机器，那时由于其他的事情，我不太注意它。我有我的一池空气，当外面刺人的空气难以忍受时，我可以呼吸一下里面的空气，如果风不把它吹散的话，它可以维持几天。但当我意识到一切泄漏都已被堵住了时，一切都太晚了，你知道——通道的裂缝已经补好了，是维修装置，是维修装置跟着我。

“还有另一个前兆，但也被我忽略了。晚上的天空比白天更清楚更明亮，月亮在太阳后面的半空里，此时正清清楚楚地照进山谷。我待在老地方——两种空气的交界处——这时我想我看到有黑黑的东西沿着谷底移动，然后消失在通道里。我愚蠢地跑了下去，弯下腰听了听，我想我听到了深处有轻微的声音。

“只是这时，我才警觉——但迟了。我决定带上面罩走出山谷，但我的面罩不见了，我确实知道它掉在那儿——在制动器和缝隙间——我甚至能看到它在草皮上面留下的痕迹。可是面罩不见了。我意识到有邪恶的东西在行动。我最好逃到另外的空气里去，要死的话，也死在奔向呈现珍珠云彩地方的路上。但来不及了，在山谷口——太可怕了，一条又长又白的蛇管，犹如一条虫子，爬出了洞口，在月光照耀下的草地上蠕动。

“我尖叫起来，不该做的事都做了，我没有从它上面跳过去，而是踩了上去。它立刻缠住了我的脚踝，于是我们就展开了一场搏斗，它缠着我，让我满山谷地跑，却总也摆脱不了它。‘救命啊！’我大叫起来（这部分太可怕了，它也属于你永远也不会知道的那一部分）。‘救命啊！’我又高叫道（我们为什么不能静静地受罪呢？）‘救命啊！’我绝望了，我的双脚被缠在了一起，倒下了，我被它从可爱的蕨藤和充满生机的小山边拖开了。经过巨大的金属制动器的时候（我可以告诉你这一部分）。我想，如果抓住制动器把手的话，也许可以再次得救，但它也被缠住了，它居然也被缠住了。哦，整个山谷满是管子。它们从各个角落对山谷进行搜查，它们剥光了整个山谷。另一些管子的大白鼻子头从山谷向外窥视，如果需要随时准备战斗。它们把一切可以移动的东西——低矮的灌木丛，一捆捆的蕨藤，一切的一切，连同我们全都在山谷里缠在了一起。制动器在身后关上前，我看到的最后的东西就是星星了，我感到像我这种类型的人住在天上。因为我确实争斗了，我争斗到了最后一刻。然后，就在这间房子里我清醒了过来，所有的虫子都不见了，包围着我的是人造的空气，人造的光线，人造的安宁。我的朋友们正通过管子问我最近是否有新的想法。”

他的叙述到此结束了，不可能对这样的事进行讨论的，凡许蒂打算回去了。

“这个事情的结局是无家可归。”她平静地说。

“我倒希望会有这样的结局。”库诺反击道。

“机器向来是非常仁慈的。”

“然而我更喜欢上帝的仁慈。”

“听你那异端的口气，你以为你能靠呼吸外面的空气生存吗？”

“是的。”

“你难道没看见大门周围的那些白骨吗？那就是在大叛乱后被逐出去的人的白骨呀！”

“见到过的。”

“这些白骨留在原地是为了教育后人的。极少的一些人爬出去了。但他们也遭到了毁灭——谁会对此持怀疑态度呢？如今那些无家可归的人也是如此，地球表面再也不能使人生存了。”

“确实如此。”

“蕨藤和少量的草能存活，但所有高级一些的生物都已死亡，有气动船发现过任何生物吗?”

“没有。”

“演讲者谈到过它们吗?”

“没有。”

“那你为什么还那么固执呢?”

“因为我见到过它们。”他反驳道。

“看到了什么?”

“我在暮色中看到过她——我喊救命时她来帮助我的——因为她也被管子缠住了。但她比我幸运,她被其中的一根管子戳穿了喉咙。”

他疯了。凡许蒂告别了,在以后接踵而来的种种麻烦事情中,她再也没见过他的面。

第三章　无家可归者

在库诺做出越轨行为后的几年里,机器有了两项重大的变革。在表面上,这两项变革是革命的。但无论是哪一项变革,人们的思想上都是预先有所准备的,而这两项变革也确实表达了人们头脑中已经潜在的种种倾向。

第一条即取消面罩。

像凡许蒂那样激进的思想家一直认为参观地球表面是非常愚蠢的,气动船也许还有必要,但仅仅是为了好奇而乘上陆上机动车爬行一两里路又有什么好处呢?这一习惯是粗俗的,也许不那么合适,就像不产生结果的主意,与真正有实际意义的习惯毫无关系。所以面罩连同陆上机动车被一齐取消了。除了一些演讲者抱怨他们被阻止去接近熟悉他们的论题外,这一改革被人悄悄地接受了。而那些仍然想知道地球像什么的人只要听听留声机,看看电影拷贝就行了。甚至那些演讲者也不得不承认,即他们发现从已经发表过的同一个有关海的讲座而编造出来的第二手内容仍然充满了刺激。“小心看待第一手主意!”一位最具先进思想的人大声疾呼:“最原始的主意其实并不存在,它仅仅是由爱或害怕而产生的一种自身感受。而哲学岂能建立在这种肉体感性的基础上?最好让你的见解经过两个人的论证,可能的话,得经过十人反复论证。只有那样,它们才能去除那些干扰因素,即直接观察的干扰因素。不要去了解我的主题——法国革命,不要去了解我对这一问题是怎么认为的,而要去设法了解伊立查蒙、尤立仁、吉奇、霍扬兹、葆、森、拉夫卡迪·赫思、卡莱尔等人对米拉博关于法国革命的评论是怎么个看法。

“洒在巴黎的热血和凡尔赛砸碎的玻璃,通过对这八个伟人的了解,将会阐明你日常生活中最有用的观点,但要保证媒介物必须多而广泛。因为在历史上,一个权威的存在会压制另一个的存在。尤立仁必定会压制霍扬和伊立查蒙的怀疑论,而我自己则会压制吉奇的偏激。了解了我对法国革命的见解后,你对它的判断将比我更客观更全面,而你的后代们将站在比你更有利的立场来看问题,因为他们也将参考你的看法。这样又一个媒介物加入这一链条,到时——他的声音提高了——一定会产生出超越现实,超越影响的一代新人,不为任何东西而左右的一代新人,完全摆脱了个人好恶的一代新人。他们对法国革命的看法将不会依照它发生的事实或根据个人好恶希望它怎么发生,而会持如果它发生在机器时代,它应怎么发生的这一观点。”

这个演讲获得了满座掌声。它确实表达了人们头脑中已经潜在的一种情感——即必须漠视地球上的实情这样一种感情。而取消面罩是一种明智的做法,甚至有人建议气动船也可取消,但这没能实施,因为气动船一直是纳入机器系统的。但是年复一年,使用它们的人已越来越少,那些有思想的人也已很少提起它们了。

第二个重大的发展就是重新确立个人拜物主义。

这一点也在著名的演讲中表达了出来,没人会误解演讲中已经采纳的虔诚语气,它引起了每一个心灵的共鸣。那些长期以来默默地崇拜着机器的人开始讲话了。他们描述了当他们捧起机器书的时候,袭上心头的那种奇怪的平和的感觉和重复书中某些数字时的喜悦之情,尽管这些数字听起来多么的没有意义。他们也描述了摁按钮,按电铃时的入迷程度,尽管它们是如此的微不足道和没有必要。

他们竭力陈述:“机器供我们吃,供我们穿,供我们住,通过机器我们得以互相通话,互相见面,有了机器,我们才得以生存,机器是思想的朋友,怀疑的敌人。机器是万能的,永久的,神圣的。”不久,这一训谕就被印在书的扉面,在随后的版本中,这一仪式变成了复杂的赞美和祈求的形式。人们小心地避免提到“崇拜”这一字眼,这理论上讲,机器仍然是人的创造物和工具,但事实上,除了少数倒行逆施的人,所有人都把它当做神一样来崇拜,但各人具体崇拜的对象不一样。某个信仰者会崇拜蓝色的视觉盘,通过它,他可以看到其他的信仰者。另一个会对维修装置顶礼膜拜,邪恶的库诺曾把它比作长虫。还有人对电梯、对书等产生一种神圣的感觉。每个人都会对这和那进行祈祷,并通过它们向机器表达忠心。至于迫害——尽管没有贸然实施,但并不是说不存在。由于种种原因,也马上就会实施的,但迫害是潜在的,那些不受机器约束的人有被剥夺居住权的危险。我们都知道,剥夺居住权即意味着死亡。

把这两项发展看做是控制中心的创造,那是对文明狭隘的理解。当然,控制中心宣布了这两项改革,但他们的目的与资本主义阶段国王宣布战争的目的有着本质的区别。控制中心这样做的目的仅仅是屈从于某种无敌的压力,没人知道这压力来自何方。为了满足这种压力,会被某一种新的同样是无敌的压力所取代。事情到了这种地步,最方便的办法是冠之以进步的名字。没人承认机器失控,年复一年,人们对机器的操纵是越来越有效率,但却越来越不动脑筋。人们对自己的职责了解得越多,对其他的职责就了解得越少。整个世界,没人对机器这庞然大物有整体的了解。那些灵敏的大脑已离我们而去,只留下所有那些指示。真的,所有那些继承人每人都只是掌握了那些指示的一部分。由于人类追求舒适的愿望,每个人都把自己那一部分大大地发展了,人们已经把自然赋予的各种东西开发得太多太多了,尽管自鸣得意,但也正在不知不觉地走向堕落。曾几何时,进步已经只是意味着机器的进步。

至于凡许蒂呢,在最后的灾难降临之前,她的生活一直平平静静。她让房子变得黑暗,然后睡觉,醒来后又让房子变得明亮,她去演讲,她也参加演讲会,她与数不清的朋友交流思想,确信自己日益充满活力。间或有朋友被准许安乐死,把他或她的房间留给那些没有家的人。当然,这儿家的概念与人类关于家的概念完全是两码事,对此凡许蒂倒也不怎么在乎。但在一次失败的演讲后,有时她自己也会请求安乐死。但死亡率不能超过出生率,所以迄今为止,机器尚未批准她的请求。

灾难终于悄悄降临了,远远在她意识到之前。

一天,她非常惊奇地得到了儿子的一个口信。由于缺乏共同语言,他们就再也没有联系过,她只是间接地听说他还活着,由于在北半球的叛逆行为,他已经被指派到了南半球——真的,在离她自己不远的一个房间。

"他想让我去看他吗?"她想,"不,不去了,再也不去了。再说,我也没这时间。"

不,这又是另一种形式的神经不正常。

他没有在蓝盘子里露脸,在黑暗中一本正经地说:"机器停止运转了。"

"你说什么?"

"机器正在停止运转,我知道它,我知道这迹象的。"

她爆发出一串笑声,他听到了,有点生气,于是就不再讲话了。

"你想想还有比这更可笑的事吗?"她对她的一个朋友说,"一个我称之为儿子的人说机器正在停止运转了,如果这不是疯了的话,就是对机器的不恭。"

"机器正在停止运转?"她朋友回答道,"这是什么意思?我好像一点都不明白。"

"我也是。"

"我想他不是指最近音乐上的一点毛病吧?"

"哦,不,当然不是,让我们来谈谈有关音乐的事吧。"

"你向当局诉说了吗?"

"是的,他们说它需要修理,让我与维修中心联系。我诉说了那些稀奇古怪的间断的叹息声,这叹息声毁坏了布里斯班学校的交响乐。这些音乐听起来像陷入深深的痛苦中的人。维修中心说,这很快会得到修理的。"

尽管有点模模糊糊的担忧,凡许蒂还是恢复了她的日常生活。一方面,那怪异的音乐会使她恼火,另一方面,她忘不了库诺的话。如果他知道音乐出了毛病的话——当然他不可能知道这事的,因为他讨厌音乐——如果他知道音乐出了问题的话,他完全会用一种恶毒的口气告诉你,"机器停止运转了。"显然他是胡乱说说的。但维修中心的冷淡使她恼火,她脾气暴躁地又抱怨起来。

答复同以前一样:故障会立刻被排除的。

"很快,立刻,"她反唇相讥,"我为什么得为不像样的音乐担忧呢?以前故障总是立即就排除的。如果你们不能立即修好的话,我就向控制中心提抗议了。"

"控制中心不会接受个人的抗议的。"维修中心回答道。

"那么我该通过谁来提抗议呢?"

"通过我们。"

“那我现在就抗议。”

“你的抗议在该轮到你的时候会提交上去的。”

“那么说,其他的人也已经提出抗议了吗?”

这一问题是非机械性质的,维修中心拒绝做出回答。

“太糟了!”她向另一个朋友叫屈,“再也没有比我更不幸的女人了,现在我对音乐已一点信心也没有了,每次我放音乐时,它变得越来越糟糕。”

“我也碰到了麻烦,”朋友回答道,“有时我的思路会被轻微而刺耳的声音打断。”

“那是什么呢?”

“我不知道它是在我脑子里呢? 还是在墙里面!”

“不管它在哪里,你应该抗议呀!”

“我已经抗议了,但我的抗议也要到时才能向控制中心递交呀!”

随着时间的推移,他们不再对机器的一些欠缺感到怨恨了。这些不足之处没有得到任何改进,但人的器官组织最近完全变成从属的了,他们准备适应机器的每一个反复无常的举动。布里斯班交响乐精彩乐章中的叹息声不再使凡许蒂愤怒了,她已经把它作为优美乐章中的一部分了。她的朋友也不再抱怨那刺耳的闹声了,不管它是在脑子里还是在墙上,发霉的人造水果,发臭的洗澡水,诗歌机器发出的错误节奏等等都被视作习以为常了,而所有这些一开头都遭到强烈的抗议,然后就都默认了,就都忘记了。没有了对立面,情况变得越来越糟糕。

但睡觉系统坏了就不能熟视无睹了,这一故障非同小可。有一天,当全世界——在苏门答腊,在韦塞克斯,在科伦岛和巴西的数不清的城市里——当疲倦的主人要上床睡觉时,床不像往常那样出现了。这看起来是荒唐可笑的,但从此事可以看出人类崩溃的日子已是指日可待了。负责机器正常运行的委员会遭到了抗议者的攻击,像通常那样,负责机器正常运行的委员会向他们保证,他们的抗议到时会提交给控制中心的。但不满情绪与日俱增,因为人们的忍受程度还不到连睡觉都不要的程度。

“有人在干预机器——”他们开始了。

“有人试图成为国王,重新引进个人的因素。”

“把他狠狠地惩罚一下,驱逐出家。”

“抢救机器! 为机器复仇! 为机器复仇!”

“发动战争,严惩凶手!”

最后,维修中心出来讲话了,它仔细地挑选词儿,试图减轻这一恐慌,它承认维修装置本身需要修理了。

这一坦率的承认的效果是绝妙的。

“当然啰,”一个著名的法国革命的演讲者说,他总是把每一项新的衰败镀上光彩夺目的金色外衣——当然,“现在我们不再一味抱怨了,维修装置过去对我们是如此尽心尽力,现在我们全都同情它,会耐心地等它恢复,一有可能它会重新履行自己的职责的,我们就暂时不要床,不要报纸,不要其他一些小要求吧,我敢肯定,这也是机器的愿望。”

几千英里以外,他的听众报之以热烈的掌声,机器仍然把他们连接在一起,在海底,在山底下,遍布着无数电线,人们看到的、听到的都是通过这些电线。作为世袭遗产的无数眼睛和耳朵和无数工作着的机器的嗡嗡声给思想穿上了赞扬的外套。只有那些老人和病人还是不感激机器,因为有传闻说安乐死系统也出了毛病,人们中又出现了痛苦。

阅读变得甚为困难,病毒进入了大气,使光线变得非常暗淡,有时,凡许蒂甚至连房子四周都很难看清,空气也变得恶臭难闻。抱怨声震天动地,修理措施却软弱无力,但还能听到演讲者无畏的声音:"勇气!勇气!只要机器还在运转,什么都无所谓,对机器来说,光明和黑暗都是一样的。"过了一段时间,情况虽有所好转,但却再也恢复不到旧时的辉煌,人们再也没有从它进入鼎盛时期的状态中恢复过来,人们歇斯底里地谈论着"措施"、"临时专政"等。苏门答腊的居民被要求熟悉中心电站的工作,而中心电站现在设在法国。但大部分人陷入了恐慌,他们尽全力去祈求书本,书本是机器无限威力的明确的证据。恐怖呈阶段性——有时传闻是很有希望的——维修装置几乎修好了——机器的敌人被击败了——新的"中枢神经"在启动着,它会比以前工作得更出色。但那一天终于来到了,没有一丁点前兆,也没有丝毫衰败的前期暗示,整个联络系统崩溃了,全世界,他们所理解的世界,彻底完蛋了。

当时凡许蒂正在演讲,演讲的开头部分不时地被掌声打断,接下去观众就变得沉默了,到结束时,观众席上竟连一点声音都没有了。她多少有点不高兴,于是打电话给一个朋友,朋友是心理安慰方面的专家,可是一点声音都没有,显然朋友是在睡觉。她试着再打给另一个朋友,也是同样的结果,她连着打了三个电话,都没有声音,于是她突然想起了库诺神秘的话:"机器停止运转了。"

但她还是不在意这话,如果永恒的机器停止运转了,它当然会被立即修好,重新运转起来的。

比如说,不是还有一些亮光和空气吗?几小时之前,空气状况已经有了一些改善!书不是还在吗?有书就有安全。

不久,她是彻底地失望了,随着活动的停止,意想不到的恐怖——寂静——降临了。

她从来就不知道寂静是一种怎样的感觉,这突然降临的寂静几乎使她窒息——它也确实在片刻之间置成千上万的人于死地。打她从娘胎生下来不变的嗡嗡之声始终伴随着她,噪声之于耳朵就像人造空气之于肺一样的重要。极度的痛苦折磨着她的头脑,自己也不知道自己在干什么。她跌跌撞撞地走向前,按下了那个不常用的按钮,那按钮是开地下室的门的。

地下室的门在简单的铰链上松开了,它不与中心电站相连,这种门在法国早已被淘汰了。门居然开了,这极大地激起了凡许蒂心里的希望,她以为机器已被修好了。现在门已大开,她看到了黑暗的通道,曲曲弯弯地朝着远方,通向自由。但她只看了一眼,就缩了回去,通道上挤满了人——她几乎已是这城市里最后发生恐慌的人了。

人们无时不在排斥她,这是她噩梦中的噩梦,人们在四周蠕动,尖声叫嚷,呜咽啜泣,大口喘气,互相碰撞,不时有人被推离现用铁道的月台,消失在黑暗中。一些人挣扎着扑向电铃,试图招一辆火车,可它们已不听使唤。一些人或高喊着要求安乐死,或尖叫着要面罩,或大声亵渎机器,还有一些站在地下室门口担惊受怕,像她本人那样,要么待在地下室里,要么离开地下室。在所有那些骚乱背后是寂静——这寂静是地球的声音,是已经死去的几代人的声音。

不——这一切比孤独更可怕,她又关上了门,坐下来等待结果,崩溃还在继续,伴随着可怕的隆隆声和格格声。控制医疗装置的阀门也已经奄奄一息了,它破裂了,丑陋地从天花板上挂了下来。地板鼓起来又塌下去,把她从椅子上掀了下来,一根管子朝她蜷曲着的身子滴着水。最后总崩溃降临了——光线变得越来越弱,她知道漫长的文明时代结束了。

凡许蒂在家里急得团团转,祈求脱离火坑,不管有用没用,她连连吻着书本,一个接一个地按着电钮,外面的喧闹声越来越响,甚至通过隔墙传了过来。慢慢地,地下室的光线暗淡了,金属按钮的反光也没有了,现在她看不见写字台了,也看不见拿在手上的书了。一连串的响声后,自然光进来了,空气进来了,原先无用的长期被排斥的东西又回来了。凡许蒂继续在洞内团团转,像早期虔诚的宗教信徒,尖叫着,祈祷着,用流血的双手按着按钮。

她就这样打开了她的牢房,逃了出去——精神上的解脱:虽然还来不及反省,但至少在我看来是这样。至于肉体上的逃离,我觉察不出来。她碰巧按上了开门的按钮,一股恶臭的空气扑面而来,强烈地刺激着她的皮肤,竭力颤动的耳语声充塞着她的耳朵,这一切都告诉她,她又一次面对着通道,又一次面对着巨大的月台。她曾见到过人们在那里争斗,现在他们已不再搏斗,只有耳语和一些呜咽呻吟声仍然存在,外面的黑暗中,成批成批的人在死去。

凡许蒂放声大哭。

眼泪回答了她的迷惑。

这眼泪不是纯粹为流泪而流泪的,它们是为人类而哭泣,是为肉体与灵魂而哭泣。他们不能忍受这毁灭的事实,在世界完全安静下来之前,他们的心扉被打开了,他们知道在地球上究竟什么东西一直最重要。人类,所有生灵中的鲜花,所有看得到的生命中的最高贵的一族。人曾经用自己的形象来塑造神,使自己的力量在星座上反映出来。现在,人们用自己织的衣服把自己紧紧束缚起来,而美丽的裸体人在死去,这就是人类世世代代辛苦劳作的回报。真的,衣服一开始看起来非常神圣,折射出文化的光彩,用自我约束的线缝制而成。由于它是衣服,而不是其他的什么东西,它被长时期地当做圣物看待,它之所以被当做圣物看待,是由于人们可以随意脱去它,而仅凭实质生存,这实质即人们的灵魂和肉体,而这两者都是同样的神圣重要,而现在的罪恶在于使肉体退化——这就是他们哭泣的主要原因,几世纪来错误地反对肌肉和神经,反对我们赖以认识世界的视、听、闻等五官——而还要用进化论之类来掩饰——直到身体变成了一堆白肉,头脑变得一片空白。

"你在哪里?"她啜泣道。

"在这儿哪。"黑暗中传来了他的声音。

"库诺,还有希望吗?"

"再也不会有了。"

"你在哪里?"

她越过死尸向他爬去,他的血喷向她的双手。

"再快些。"他喘息着,"我要死了——但我们接触了,我们交谈了,当然啰,不是通过机器。"

他吻了她。

"我们已经恢复了我们本来的生活面貌。我们要死了,但我们已经抓住了生命,就像在韦塞克斯一样,那时爱尔弗莱德征服了丹麦人,他们知道的外部世界的事,我们也知道了。他们住在珍珠颜色的云彩里。"

"但是,库诺,这是真的吗?地球表面真的还有人吗?这——这个通道,这毒气弥漫的黑暗——还真的不会完吗?"

他答道:

"我已经见过他们了,同他们讲过话,爱上他们,他们藏在薄雾里的蕨藤中,直到我们的文明彻底完蛋,今天他们是无家可归者——明天——"

"哦,明天,某个傻瓜又会使机器启动起来,哦,明天。"

"绝不会,"库诺说,"绝对不会,人类已经吸取了教训。"

他讲话时,整个世界像蜂窝似地崩溃了,一艘气动船已驶过大门,驶进了废弃的码头。它一头坠了下去,在空中爆炸了,它的钢翅膀把一个又一个长廊撞得粉碎。一时间他们看到的是满山遍野的形形色色人种的死尸和洁净的天空中纷纷扬扬飘洒的碎片,最后他们也不可避免地加入了这一行列。

(戴小汇 译)

空中岛屿或成功的冒险故事

19世纪中叶是非洲探险最伟大的时期,以斯坦利的《我是如何找到利文斯通的》一书的问世达到探险的巅峰阶段。1909年,罗伯特·皮里到达北极;1911年,罗德·阿蒙森到达南极。尽管没有进行过彻底的探测,但是到1912年为止,人类已经触及地球这颗行星上最后一块未能到达的区域(深海和高高的喜马拉雅山除外)。

能发现一个消失的种族,或能进行不寻常的活动,而无人知晓,这样的地方已经很少很少了:加拿大西北或南极的一个隐匿山谷、南太平洋的一个孤岛、黑暗非洲无法穿越的森林、西伯利亚的冻土地带或地下世界。19世纪初,俄亥俄州的船长约翰·克雷夫斯·西姆斯关于地下世界的观点广为流传。但除了地下世界之外,人类已逐步光顾并描绘了这些地方,使得它们日益为人类所熟悉,不再像昔日那样神秘。故事作家,既想保持作品的真实性,又想吸引当代人,就不得不另觅他处。

1877年,行星相冲期间,意大利天文学家斯基亚帕雷利(1835—1910)绘制了火星表面的地图。到1881年时,他绘制了一份复杂的直线图样,称为"线条结构",但却被误译为英文的"运河"。帕西瓦尔·洛威尔(1855—1916)在亚利桑那州建造了他自己的天文台。1894年,他开始观测火星,结果绘制了火星"运河"和"绿洲"的详细图样,它们刚好与《火星及其运河》(1906)及《火星,生命的住所》(1908)这些书中所描绘的很相似,于是就有这个观点广为流传：火星上有生命居住，还具有一种文明，能建造运河系统，从而从融化的冰帽中运送足够的水分，来缓解濒临灭亡的火星的干旱。

金星，一颗离地球较近的姐妹行星，依旧比较神秘，其外部笼罩的白云，几乎未提供任何该星球适于生存的证据，却给予我们无穷的联想。大多数联想把它描绘成一个水的世界，类似地球上的中生代，有巨大的植物和动物。近来更多的观测，尤其是苏联的探测表明，云层的确是笼罩物。由于空气中二氧化碳的温室效应，金星的表面被焚烧成灰，一片死气沉沉。自那以后，科幻小说作家（还有科学家，例如卡尔·萨根）推测了火星的土地形成过程。

其他行星依旧不可能是生活或冒险的场所。水星太小太热，而外层的行星太大太冷。尽管偶尔也有故事放在这些行星上面，或放在一个木星或是土星的卫星之上。

然而，火星依旧是作家选择的行星。威尔斯在《水晶蛋》(1897)里把它描绘成一个有生命居住的、开化文明的世界。在《星际战争》(1898)中把它描绘成一个令人羡慕的侵略者。继月亮之外，火星成为天空中最合适的岛屿。

当然，这应归功于埃德加·赖斯·伯勒斯(1875—1950)。伯勒斯对科幻小说的发展起了重要的作用，并不都是因为他写作出色，或是创新的观点、主题或技巧，而是因为他是一个非常多产和相当成功的作家。他的幻想冒险故事别具一格，极其吸引后代的读者，所以他的影响不可忽视。在早期，许多读者和差不多每位科幻小说作家都相信，伯勒斯带他们进入了"奇妙的感觉"。

伯勒斯35岁时开始写作生涯。在此之前，他曾从事过多种职业，但均失败了。20世纪前10年，价廉通俗的杂志如雨后春笋，伯勒斯下了决心，为这些通俗杂志写小说。1929年，他回忆道："如果人们写了类似我读过的胡扯的小说而得到报酬，那么我也能写胡扯的小说。"尽管他的话暗示了一种轻蔑，但这在他的作品中并不明显。

他的第一部稿子是一部长篇小说，于1912年2月开始连载于《小说》杂志，其标题叫《在火星的月亮下》，后结集成书，出单行本，改名为《火星公主》。伯勒斯于是一举成名。在接下去的38年中，他完成了39本书，其中26本是以人猿泰山为主角的。这是20世纪最受欢迎的角色。他的火星系列丛书出版了11本，包括系列书中的第4本《火星棋子》(1922)。还出版了7本空心地球的系列冒险故事，以及4本金星系列书。在此过程中，他发了大财（一生中至少赚了1000万美元），建立了一个小镇，并且创立了他自己的出版社。他的书在全世界不断地再版，对青年人一直有吸引力。

伯勒斯可能写作得有点匆忙，并且很少考虑到文学的特点。令他和他的读者兴趣盎然的小说，显然是强烈浪漫趣味、丰富的情节，尤其是徒手搏斗。伯勒斯不厌其烦地运用巧合（凡尔纳也一样，不厌其烦地运用巧合，他认为，这就是承认人类事件中有神灵存在）。伯勒斯往往在写作之前就弄清楚环境、历史和文化方面的细节，甚至外国的地理和语言方面的细节。即便有改写，他也改得微乎其微。

伯勒斯的长篇小说——他的作品大多数是长篇小说——属于一种类型，最好称之为"冒险幻想小说"（术语"英雄幻想小说"用作当代文学体裁，带有其他含义）。与后来的科幻小说不同，他根本不考虑小说的合理性。当他要把约翰·卡特送上火星时，卡特只要表达这一愿望就可以上火星了。但是,正如R.D.马伦教授指出的,卡特一到那儿,他发现的火星正是大众熟悉的帕西瓦尔·洛威尔笔下的火星。于是,伯勒斯就展开丰富的想象,让火星住上奇异的动物。

伯勒斯并非写"冒险幻想小说"的第一位作家——有人或许提到过加勒特·P.瑟维斯和乔治·艾伦·荣格兰的名字,当然还有H.赖德·哈格德,也许还有M.P.希尔、A.柯南道尔和其他人的名字——就如理查德·卢波夫推测,伯勒斯可能不但从洛威尔那儿,而且从埃德温·莱斯特的早期小说《福哈福尼逊》(1890)和《中尉格列弗·琼斯的假期》(1905)中得到了灵感。但是伯勒斯恰如其分地汲取了冒险幻想小说这一文学样式的精髓,以致他的作品为后来作家所模仿。这种模仿一直持续到现在。

《火星棋子》(节选)

〔美〕埃德加·赖斯·伯勒斯 著

第二章 随风飘荡

氦城太拉没有回到她父亲的客人身边去,而是在自己的房间里等候德乔·坎特斯的回话。她知道,他肯定会来,并请求她回到花园中去。那么,她将趾高气扬地拒绝他。然而,德乔·坎特斯没来恳求她。最初,氦城太拉只是恼火,接着就非常伤心。她一直迷惑不解,偶尔想到盖索国杰德,她就直跺脚,她对加恩实在是气愤填膺。狂妄自大的男人!他早已微妙地向她暗示,从她的眼神中,他领会到她对他心存爱意。氦城太拉从未受到过这样的侮辱和屈辱,也从未这样深恶痛绝一个男人。忽然间,她转向尤蒂亚,命令道:

"我的皮革飞行器!"

"但是客人们……"小女奴惊叫道,"……你的父亲,大将军盼着你回去。"

"他会失望的。"氦城太拉厉声喊道。

小女奴犹豫不决,提醒女主人说:"他不同意你单独飞行。"

小公主一跃而起,一把抓住可怜的小女奴的肩膀,狠命摇着,一边大叫:"尤蒂亚,你变得简直让我忍无可忍了,看来别无选择,只好送你去公共奴隶市场出卖了,那么你就可能找到一个令你满意的主人了。"

小女奴温柔的眼睛里噙着泪花。她轻轻地说:"那是因为我爱你,我的公主。"氦城太拉顿时受了感动。她把小女奴拥到怀里,温柔地吻着她,抱歉地说:

"我是坏脾气,尤蒂亚,请你原谅我,我爱你!我愿为你做任何事情,我不愿做任何伤害你的事。我以前一直说要给你自由。现在,我就给你自由。"

"如果要与你分离,我就不期望获得自由,氦城太拉。"尤蒂亚深情地回答道,"在这儿,与你在一起,我很快乐——没有你,我想,我活不了。”

两个女孩子再一次深情地拥吻着。小女奴试探着问:“那么你就不单独飞行了,是吗?”

氦城太拉笑了,她捏了一下她的同伴,大声说:“固执的小讨厌鬼,我当然要飞——氦城太拉不是总喜欢做令她开心的事情吗?”

尤蒂亚悲伤地摇摇头,承认道:“唉,巴宋大将军的铁腕统治可以对两个人之外的所有人起作用,但他在迪佳·托丽斯和氦城太拉手下,就如陶工的黏土一样,任你们摆布。”

“那么做个可爱的小女奴,跑过去取回我的皮革飞行器吧!”女主人命令道。

氦城太拉的皮革飞行器飞出姐妹氦城,越过赭石色的海底,快速驰向无边无垠的天际。由于速度快,浮力强,小船又易于驾驭,小姑娘感到十分兴奋,朝东北方向疾驰而去。为什么选择那个方向?她没有停下来考虑,也许因为巴宋最鲜为人知的地域在那个方向,所以就显得浪漫、神秘,富有冒险性。遥远的盖索国也在那个方向,但她没意识到这个事实。

可是,她偶尔的确想到那个遥远王国的杰德。然而,一想到这些,她就郁郁寡欢,想到这些,她就羞辱难忍,脸涨得通红,一股怒气涌上心头。她对盖索国杰德愤愤不平,尽管她不会再见到他,但她深信,她对他的仇恨将永远刻骨铭心。她的脑海中主要盘桓着另一位——德乔·坎特斯。想到他,也会想起海斯特的奥维亚·马蒂斯。氦城太拉十分妒忌奥维亚的美貌,想到这,她就怒火中烧。她气恼德乔·坎特斯和她自己,但根本不生奥维亚·马蒂斯的气。她喜欢她,理所当然,她并不真地妒忌她。烦恼的是氦城太拉随心所欲的一贯作风,竟有一次没有行得通。当她期盼德乔·坎特斯时,他没像一个心甘情愿的奴隶一样,欣欣然来到她的身边。唉,这正是烦恼的关键所在。加恩,盖索国杰德,亲眼目睹了她遭受屈辱。盛大宴会开始时,他看到她孤孤单单,没人理睬,十有八九会想,他不得不过去搭理她,去把一朵墙花从默默无闻的命运中解救出来。重复想到此处,氦城太拉觉得羞辱难当,全身都燃炽起来。骤然间,气得脸色煞白,全身发冷。于是,她快速扭转飞行器方向,但转得过于唐突,她几乎从绳子上被扯下来,摔到又平又窄的甲板上。天黑之前,她刚好到家。客人们早已离去。沉寂又降临到了宫殿。一小时之后,她与她的父母亲共进晚餐。

“氦城太拉,你擅自离开了我们,”约翰·卡特开口说道,“这不是约翰·卡特的客人们所期待的。”

“他们又不是来看我的,”氦城太拉反驳道,“我没有请他们。”

“他们一样是你的客人。”她的父亲回答说。

小女孩起身过来,站到父亲的身边,用手绕住他的脖子。

“我的古老、严格的维吉尼亚!”她一边喊着,一边拨弄着他那蓬乱的头发。

“在维吉尼亚,你将被你父亲的膝盖翻倒在地,然后,打一顿屁股。”他笑眯眯地说。

小女孩爬到父亲的腿上,一边亲吻他,一边大声说:“你不再爱我了吗?没有人爱我。”说着,撅起了小嘴,但终究抑制不住“格格……”地放声大笑。

“麻烦就是太多人爱你,”他说道,“现在又有了另一位。”

“是啊?”她大声说,“你什么意思?”

“盖索国加恩将要向你求婚。”

小女孩坐着，侧着下巴。“我不愿跟一个行踪不定的人结婚，即使他富有我也不！”她抗议道，“我不要他。”

“我也这样对他说，”她父亲回答道，“与另一个人结婚，你一样会很美满。他对此非常谦恭。但同时，他让我知道，他习惯于得到他想要的东西。他非常想得到你。我推测这意味着另一场战争，你母亲的美貌已令氦城持续多年的战争——然而，氦城太拉，如果我是一个年轻人，为了得到你，十有八九，我愿意燃起整个巴宋的战火。就如我依旧想留下你美丽绝伦的母亲一样。”他一边说着，一边向火星上最美丽的女人微笑着。她坐在沙拉普斯式餐桌和金黄色的餐具对面，依然风姿绰约，光彩照人。

“我们的小女孩还不该为这种事烦恼，”迪佳·托丽斯开口说道，“约翰·卡特，记住，我们对待的不是一个地球上的小孩。巴宋的女儿还未真正成年时，地球女孩子的生命就已过一半多了。”

“但是巴宋的女儿有时不是20岁就结婚了吗？”约翰·卡特坚持道。

“是的，但是当40代的地球人化为尘土后，这些女儿在男人眼里，可能依旧令人想入非非——在巴宋，至少不用匆忙。你，你自己相信自己的话，如你告诉我的，我们像你所说的那些行星人一样，不会腐烂消逝。时间合适时，氦城太拉就与德乔·坎特斯成婚，到那时，我们就不用为这事多操心了。”

“不，”小女孩顶嘴道，“我讨厌这个话题，我不会与德乔·坎特斯结婚，也不会跟另一位结婚——我不打算结婚。”

她的父母微笑地看着她。她的父亲开玩笑说：“盖索国杰德回来时，他可能把你抢走。”

“他走了？”小女孩疑惑地问道。

“今天早上，他的飞行器出发去了盖索国。”约翰·卡特回答道。

氦城太拉松了一口气，说道：“那么我已见了他最后一面。”

“他说不是的。”约翰·卡特答道。

小女孩耸了一下肩，带过这个话题，谈话就转到了其他话题上。有一封信来自帕塔斯的苏维亚；她正逗留在她父亲的宫殿里，而她的朋友卡索里斯正在奥卡打猎。收到的信中说撒克斯和沃胡又在打仗了。确切地说，他们常常处于战火纷飞的状态，一直在交战。在人们记忆中，这两个原始野蛮的游牧部落之间从来都没有和平——只有一次短暂的停战。两艘新战舰在哈斯特起航了。一小帮宗教信徒企图复兴伊苏斯古老的人们已不相信的宗教。他们宣称，伊苏斯的灵魂健在，而且还曾与他们联络。还有来自都沙的有关战争的谣言。一位科学家声称，在较远的月亮上发现了生命。一位狂人企图毁坏大气中的植物，在最近的十佐德(相当于地球上的“天”)内，大氦城已有七人遭到暗杀。

饭后，迪佳·托丽斯和大将军开始玩杰坦。杰坦是巴宋的象棋游戏，在棋盘上下棋，棋盘上面有100个纵横交错的黑橙格子，一位棋手有20个黑色棋子，另一位棋手有20个橙色棋子。简单地描述一下这种游戏，就会令地球上的象棋爱好者兴趣盎然，更会使那些追求对局过程直至结局者全神贯注。在下杰坦之前，他们会发现，懂得杰坦知识，会增添他们的兴趣并使他们振奋。

像国际象棋一样,棋子放在棋盘上靠近棋手的开头两行。离棋手最近的方格行上,从左到右有秩序地排列着杰坦棋子:兵、潘德沃、德沃、飞行器、首领、公主、飞行器、德沃、潘德沃、兵。下一行上,除了顶头的棋子称为火星马,代表骑士外,所有的都是潘坦。

潘坦,有一根羽毛,代表兵士。兵士不能后退,但可在其他任何方向上移动一格;火星马,有三根羽毛的骑士,可在笔直方向上走一格,在斜的方向上走一格,也可跳过间隔的棋子;兵,有两根羽毛的步兵,可在笔直的任何方向上走两格,或在斜的方向上走两格;潘德沃,戴着两根羽毛的陆军中尉,可在斜的任何方向上走两格,或与其他棋子配合着走;德沃,戴着三根羽毛的陆军中尉,可在笔直的任何方向上走三格,或配合着走;飞行器,用有三把剑的螺旋桨表示,可在任何方向上走三格,或在斜方向上配合着走,也可跳过间隔的棋子;首领,以缀有十颗宝石的王冠表示,可在直的或斜的任何方向上走三格;公主,以缀有一颗宝石的王冠表示,和首领一样,也可跳过间隔的棋子。

当一个棋手把任何一个棋子放在其对手公主的同一格子上,或当一个首领替代另一个首领时,游戏就是赢局。当一个首领被对方的除首领之外的任何一个棋子替代时,或当双方的棋子都减少到三个或更少时,而且双方棋子价值大小一样,在接下去的十步棋中,双方各走五步,游戏仍未结束时,就是平局。这是游戏的大概要点,仅作简单的介绍。

当氦城太拉与迪佳·托丽斯和约翰·卡特道晚安时,他们正在玩这种游戏。氦城太拉从房间里出来,准备去自己的房间,穿上真丝睡衣,钻进皮被子里。她经过父母的房间时,回头喊道:"我的亲爱的,早上见。"她一点都没想到,她父母也没想到,这可能是他们最后一次见到她,而且的的确确是最后一次见到她。

天亮了,天空阴沉晦暗。低沉的乌云汹涌奔腾,似乎预示着什么不祥的征兆。乌云下面,破破烂烂的碎片,向东北方向席卷而去。氦城太拉朝窗外望着这不同寻常的景色。巴宋的天空很少乌云密布。每天这个时辰,她通常骑着那些小火星马中的其中一匹,纵横驰骋。火星马是红色火星上的有鞍动物。但是汹涌奔腾的乌云,这种壮景时时诱惑着氦城太拉去作一次新的冒险。尤蒂亚仍在酣睡,小女孩没去惊动她,相反的,她蹑手蹑脚地穿好衣服,径直来到了飞机库。飞机库在宫殿屋顶上。正好在她房间的上方,里面放着她的快速飞行器。她从未穿梭于云层之中。这是一种冒险,她时常向往体验的一种冒险。风刮得很紧,她费了好大的劲,才把小船从飞机库中安然无恙地调出来,但小船瞬间就飞出了姐妹城的上空。狂风剧烈地刮着,小船被风抓在手掌中,四处颠簸着,摇摆着,小女孩感到无比的刺激和兴奋,"哈哈"大笑,沉浸在一片欢快之中。她操纵着小船,俨然是一位老练的驾驶员。不过,几乎没有老练的驾驶员会驾着这样轻巧的小船,去迎接如此危险的风暴。伴着狂风暴雨掀起的阵阵狭长碎片,氦城太拉快速驶向云层。一会儿之后,她就被上面浓浓的汹涌奔腾的乌云吞没了。这里是一个崭新的世界,一个嘈杂的世界。在这里除了她之外,渺无人烟。但这也是一个寒冷、潮湿、荒凉的世界。一股巨大的力量在她身边滚滚起伏,令她难以抗拒。当她对这个世界的新奇感逐渐消失之后,不禁沮丧万分。她突然觉得自己好孤单,好寒冷,好渺小。于是,她急促地上升,小船扶摇直上,转瞬间,一直突进到壮丽的阳光地带,灿烂的阳光普照着乌云的上面,连绵起伏,银光闪闪。这里依旧寒冷,但云不潮湿。氦城太拉目睹着这光辉灿烂的太阳,随着高度表指针的不断上升,她的心情也高涨起来,注视着下面不远处的云层,小女孩体会到了纹丝不动悬挂在半空中的滋味。但是,螺旋桨呼呼地刮着,狂风凶残地击打着她,速度表玻璃下面的高额数字上下起伏着。这些都告诉她,小船的速度非同一般。就在此时,她决定赶回去。

第一次尝试是在云层上进行的,但是没有成功,使她惊愕的是,她发现她甚至抵抗不过飓风。风狠命地摇摆着,击打着脆弱的小船。于是,她快速降落到黑暗之中,来到狂风扫荡的区域,这里正好处于飞速奔腾的云层和黑黝黝的阴影地面表层之间。她又一次试着强行扭转飞行器头部,朝后驶向氦城。但是,暴风雨攫取了这弱小的东西,心安理得地四处投掷着,一次又一次地滚动着,颠簸着小船,宛如它是瀑布中的一块软木。最终,小女孩平稳了小船,渐渐靠近了地面,却危在旦夕。她未曾与死神如此接近过,然而她并不恐惧。她沉着冷静,牢牢系着的甲板上结实的绳子,挽救了自己的生命。与风暴同行,她却平安无恙,是什么力量支撑了她呢?她想象着,当她未出现在早餐席上时,她父母焦虑不安的神情。他们会发现她的飞行器失踪了,就会猜测,在暴风雨扫荡过的某个地方,残留着她的尸体,上面堆积着龌龊不堪的乱七八糟的杂物。勇士们将会冒着生命危险出去寻找她。她知道,他们会在寻找中丧生。在她的一生中,从未曾有如此猖狂的暴风雨袭击巴宋。

她必须赶回去!她必须在一个生命为她寻找刺激的疯狂欲望做出英勇牺牲之前,到达氦城。她断定,云层之上较为安全,成功的可能性也更大。她又一次向上冲过冷飕飕的、狂风扫荡的云层,速度又一次驶得极快,因为风似乎刮得更紧了,而不是减弱了。她试图逐步控制小船的快速飞行。尽管她最终成功地使飞行器向后退了,但是风依旧一意孤行地刮着她继续前行。于是,氦城太拉大发雷霆。难道她的世界总是与她的愿望背道而驰吗?是什么自然力量竟敢阻挠她。她要向它们示威,大将军的女儿是有求必应的。它们将会明白,氦城太拉甚至不可能被自然力量所支配。

于是,她再次向前驾驶。她下定决心,咬紧牙关,坚硬雪白的牙齿"格格"作响。她把操作杆按到最左侧,迫使船首笔直顶向风口,狂风向其尾部倾轧,一遍又一遍地转动着,翻滚着,投掷着小船。螺旋桨在一个气穴中转了瞬间,又被暴风雨攫住,沿着其中轴尽情旋转着。小船无法控制,一会儿上,一会儿下,摇摇晃晃,滚来转去,小女孩呆在上面,无能为力——这就是她所对抗的自然力游戏。氦城太拉的第一感受就是震惊——她竟没能随心所欲。接着,她开始担忧——不是她自己的安全,而是她父母的忧心忡忡,以及寻找者必然面临的危殆处境。她责备自己的自私行为,不顾及别人,使和平处于危难之中,他人安全受到威胁。她也意识到自己身陷绝境,但依旧镇定自若,不愧为迪佳·托丽斯和约翰·卡特的女儿。她晓得,浮力箱可保持她在空中漂浮不定的状态,但她既没食物,也没水,而且正转向巴宋最鲜为人知的地域。也许马上着陆,等待寻找者的来临更好一些,而不是顺其自然,随风飘荡到离氦城更远的地方,这样,被寻找者尽早发现的机会会大大降低。但是,当她向地面降落时,她发现,狂风肆虐着大地,试图着陆,简直就等于自寻毁灭。于是,她再一次急剧上升。

随风飘荡在地面几百英尺之上,比在相对宁静的云层上空飞行时,能更尽情地领略风暴吞噬的巨大场面。她现在能清晰地见到,巴宋表面弥漫着狂风胡作非为的罪证。灰尘充斥空气,草木碎片,狂奔乱舞。风暴刮送着她,越过农场的灌溉区域时,她见到,大树、石墙、建筑物被高高地拔到空中,紧接着,被缤纷撒落到废墟一片的国土上。接着,她又被疾速刮到其他地方,那些景象逼迫她意识到,并很快相信,氦城太拉毕竟只是沧海一粟,是一个无足轻重、不能自立的人,这对她的自傲是一个沉重的打击。风暴继续肆虐着,傍晚时分,她毫不迟疑地相信,风暴将会永远持续下去。暴风雨凶猛残暴,没有丝毫减弱,也没有收敛的任何迹象。她只能大致猜测被风暴刮送的距离,里程计表内积累的大数目,准确与否,她不能相信。数字之大似乎令人难以置信,然而,她晓得,这数字是千真万确的——她已经飞行了 12 个小时,被风暴整整刮了 7000 哈兹。刚好在天黑以前,她被风刮到了一个荒凉城市的上空,这是火星古时的一个城市——托卡斯城,但她并不知晓。对氦城人民来说,托卡斯城就如南海群岛离我们一样,远在天涯海角。如果她知晓这是托卡斯城,而放弃最后一线希望,大家会毫不迟疑地宽恕她。暴风雨依旧肆意猖狂,没有丝毫平息,载着她继续前进。

整个夜晚,她疾驰在云层下面,穿梭于黑暗之中,或向上穿过月色渺茫的太空,飞到巴宋灿烂辉煌的两颗卫星下面。她饥寒交迫,总之,苦不堪言。然而,她内心坚毅刚强,尽管理智证明了事实,但她拒绝承认,她的困境已无可救药。她回忆起,她的父亲面临绝境依旧不畏艰辛,顽强抵抗,于是,她大声抗议道:"我还活着!"来答复理智。

那天一清早,一位拜访者来到大将军的宫殿,他就是加恩。大家发觉氦城太拉失踪后不久,他就已经到了。由于内心激动兴奋,他一直未通知主人。直到大将军约翰·卡特匆忙跑出去,安排派遣船只,寻找他的女儿时,在宫殿宏伟的迎宾走廊上,恰巧碰到他。

在大将军的脸上,加恩看到了忧心忡忡。

"约翰·卡特,如果打扰的话,请你原谅,"加恩礼貌地说道,"在这样的风暴中,试图航海有勇无谋,请你选择另一天,恕我冒昧,务必请你原谅。"

"加恩,请你留下,在你决定离开之前,你一直是我们欢迎的客人,"大将军客气地回答道,"但是你必须原谅氦城方面表面上对你的怠慢,直到我的女儿回到我们身边。"

"你的女儿,回来?你什么意思?"盖索国人急切地问道,"我不能理解。"

"她出走了,连同她轻巧的飞行器。这是我们所知道的一切。我们只能假定,她在早餐之前,决定飞行,然后,就陷入了暴风雨的魔爪中。加恩,如果我忽然离开你,你会原谅我的,是吗?——我要派遣船只,出去寻找她。"

然而,加恩早已向宫殿大门方向急行而去。在门口,他跃上了一匹驻足等候的火星马,后面跟着两个士兵,穿着盖索国的金属甲袍。他急速穿过氦城大道,向他专用的娱乐宫奔驰而去。

第三章　无头的人类

在盖索国杰德和他的所有随员居住的宫殿的屋顶上,巡洋舰"先驱号"正撕扯着它那牢固的缆绳。船帆滑车呜呜作响,诉说着大风的剧烈狂暴。船又拉又扯,绷得很紧,那些船员,他们的职责要求他们呆在船上,个个神情忧虑,确凿证实了形势的严峻。这些人只有紧紧抓住结实的绳子,才能防止风把他们从甲板上刮走,而那些屋顶下的,为了拯救自己,被迫持久地牢牢抱紧栏杆和支柱,以防大气的每一次猝然大怒,卷走他们。"先驱号"的船首上画着盖索国的象征图案,但上方的机件上没有展示信号旗。几面旗子,一面紧接着一面,早已被暴风雨快速卷走了。在守望者看来,大风势必刮走船本身。他们相信,任何船帆滑车都不能长时间地抵抗这巨大的力量。12 条缆绳上,每一条都紧拉着一位强壮的士兵,佩有出鞘的短剑。如果一条缆绳屈从于暴风雨的力量,那么 11 把短剑就会斩断其他的缆绳。因为船碇泊不稳,就注定了毁灭;然而让它在暴风雨中自由漂动,至少还有微小的求生希望。

"作为伊苏斯的同族,我相信他们会抓牢缆绳的。"一位士兵向另一位士兵尖叫道。

"如果'先驱号'上的勇士不抓牢缆绳,我们祖先的神灵也会保佑他们的。"宫殿屋顶上的另一位士兵应声答道,"因为绳子一断,船员们穿皮革寿衣的时刻就不远了。但是,塔奴斯,我相信他们会抓牢的。谢天谢地,至少在暴风雨减退之前,我们没有出航。因此,我们仍有希望活下去。"

"是的,"塔奴斯斩钉截铁地回答道,"今天,在巴宋天空中航行,就是乘最坚固无比的船,我也不愿上去。"

就在这时,杰德加恩出现在屋顶上。随同他的,还有他自己的剩余人员和氦城的 12 个士兵。

年轻的首领转向他的追随者,严肃地说道:"我马上乘'先驱号'出航,去寻找氦城太拉,她乘在一个单人飞行器上,可能被风刮走了。我没有必要向你们解释了,'先驱号'抵挡得住狂风暴雨的机会,微乎其微,我也不会命令你们去死,那些希望留下来的,允许呆在后方,毫不可耻,其余的就跟我来。"紧接着,他纵身一跃,跳上了那在狂风中胡乱击打的绳梯。

第一个跟上去的是塔奴斯。当最后一个踏上巡洋舰甲板时,宫殿屋顶上仅剩下了氦城的 12 个士兵。他们手持无鞘之剑,代替了盖索国人缆绳边的位置。

留在"先驱号"上的士兵,没有一个会在此刻离开。

"我的期望不低。"加恩振奋地说道。在那些早已在甲板上的士兵的帮助下,他和其余的士兵找到了牢固的绳索。"先驱号"指挥官痛苦地摇摇头。他喜欢这条整洁的船儿,在盖索国的小型空军中,出类拔萃。他想到的是她——不是他自己。某个原始野蛮的游牧部落顷刻间占有了她,疯狂地蹂躏她,劫掠她。他仿佛见到她躺在遥远的海底赭石色的植物上,又破又烂,形状扭曲。他注视着加恩。

"准备好了吗? 山恩·托西斯。"杰德问道。

"一切都准备好了。"

"那么斩断缆绳!"

第三声炮响时,斩断缆绳,这话传过甲板,传过船侧,传到了下面氦城士兵的耳中。12 把利剑必须用力相等,同时砍动,每一条缆绳都必须在顷刻之间完全断裂。三股沉重的绳索没有绳头,纠结成一团,立刻给"先驱号"带来了灾难。

“轰”,低沉的号炮声传到了屋顶上12个士兵的耳中;“轰”,12把剑举过了12副强壮的肩膀;“轰”,12把利剑同时斩断了12条吱嘎作响的缆绳,干净利落,犹如斩断一条缆绳。

“先驱号”伴着暴风雨,旋着螺旋桨,直向前冲。暴风雨用力击打着她的船尾,大船船头朝下,竖了起来,接着,暴风雨攫取了她,飞速旋转着她,宛如转动的陀螺。宫殿屋顶上的12个士兵,默默地观望着,一筹莫展,虔诚地为这些濒临死亡的勇士的灵魂祈祷着。从氦城高高的浮动码头上,其他人也都在极目远眺着。搜寻分明毫无希望,然而,送其他勇士进入恐怖旋涡进行寻找的准备工作,仅仅只停了瞬间,这就是巴宋士兵的英勇气概。

但至少在这个城市的视线之内,“先驱号”没坠落到地面上。尽管观望者能见到她,但她没有一刻平稳过,忽而向一侧倾,忽而向另一侧倾,或翻转过来,疾驰而行,或频频盘旋着巨大的风暴反复无常,刮得她一会儿船头朝下竖起来,一会儿船尾朝下竖起来。大大小小的碎片,弥漫了天空,随同这纷纷扬扬的碎片狂风轻而易举地刮走了大船。在人们记忆中,或在历史纪年表内,从未曾有这样肆无忌惮的风暴横扫巴宋的地面。

刹那间,“先驱号”就被人们忘却了,而小氦城几个时代的标志——高耸鲜红的塔却轰的一声倒坍了。把死亡和毁灭带给了下面的城市。到处是恐慌一片,残骸之中,一场火灾爆发了。城市到处都陷于瘫痪之中。就在此时,大将军命令即将出发去寻找氦城太拉的勇士,先竭尽全力拯救这个城市。他也亲眼目睹了“先驱号”的起航,意识到要把小氦城从彻底毁灭中解救出来,出去寻找氦城太拉是徒劳无益的。

第二天午后不久,风暴开始减弱。太阳下山之前,氦城太拉的小船已在生死之间盘旋了多时,顺着柔和的微风,小船飘在连绵起伏的群山美景之上,这里曾是火星陆地上的高山。由于缺少睡眠,缺乏食物和水,再加上恐怖经历之后的神经反应,小女孩已经筋疲力尽。霎时间,附近,间隔的一个山顶上,她瞥见一个看似圆顶的塔。她快速地下降飞行器,直到被山遮掩,不被建筑物内的居住者看到为止。对她来说,塔意味着有人居住,暗示着有水,或许还有食物。如果这个塔是以往时代的荒凉遗迹,那么她就几乎不能找到食物,但仍有可能会有水。如果有人居住,她就必须非常谨慎,只有敌人才可能住在如此遥远的土地上。氦城太拉知道,她肯定远离了她祖父的帝国,姐妹城。但是,如果她真的猜到她现在所处的地方,即使是在1000哈兹之内,濒临这样绝望的处境一定会使她目瞪口呆的。

氦城太拉把小船驶得很低,因为浮力箱依旧安然无恙。她轻轻地掠过地面,直到徐徐的风把她吹到了最后一座山的山坡上。这座山正隔在她与那个建筑物之间,她认为那是人造建筑物。她把飞行器降到地面上的小矮树丛中。接着,又把飞行器拖到一棵小矮树下,从而可以稍微躲避一下上面经过的船只,她绑牢了小船,然后动身去侦察。与她这类的大多数女人一样,她只配备了一把细长的刀。面临这样的危殆关头,她必须完全依靠个人的聪颖睿智,才能不被敌人发现。她小心翼翼地向山顶爬去,利用自然景色赋予她的每一处天然屏障,躲过前面可能出现的观察者,一边随时向下瞥一下,以免在后方出乎意料地被人发现。

最后,她上了山顶。在矮小灌木的遮掩下,她能够窥视到别的地方。在她下面,伸展着一个美丽的山谷,四周环绕着矮山,点缀其间的是无数圆顶的圆塔,每个塔周围都环绕着一堵石墙,围有几亩土地。这个山谷看上去耕作发达。她的下面,相反的山坡上,正好是一个塔和一块圈地。最先吸引她的是塔顶。从各方面看,这个塔与远处山谷中的塔构造相同——一堵高高的、巨大的灰泥墙围绕着结构类似的塔,塔的灰色表面上是一个奇特的图案,涂着耀眼的色彩。这些塔直径约40沙发兹,大约是40地球英尺,到圆顶的高度为60沙发兹。对地球人来说,可能马上就会想到奶品农场的饲料仓库,为他们的牛群储存新鲜饲料。然而,仔细地观察,有一个通道偶尔打开,加之,圆顶的构造奇特异常,就会改变这样的结论。氦城太拉看到,圆顶上似乎镶嵌着无数的玻璃棱柱,映在落日余晖中,放射出璀璨的光芒。这令她忽然想起了盖索国加恩身上富丽堂皇的装饰品。想到这个男人,她就怒火中烧,气得直摇脑袋。她向前小心翼翼地移动一步,或是两步,遮拦少一点,她就能更清晰地窥视附近的塔和圈地。

氦城太拉朝下俯瞰着圈地,这圈地环绕着最近的塔。骤然间,她皱眉蹙额,惊诧万分,接着,瞪大了眼睛,脸上神情惊疑不定,又略显恐慌。因为她看到了几十个人的躯体——赤条条、没有头。她凝神定气,注视了好久,不能相信她亲眼目睹的事实——这些令人毛骨悚然的东西!居然在移动!它们有生命!她看到,它们用手和膝盖着地,四处爬来爬去,相互穿来穿去,爬上爬下,用手指摸索着什么东西,一些呆在食槽旁边,其余的似乎正在寻找食槽。那些呆在食槽旁边的正从这些容器中取出什么东西,然后显然放进一个洞内,而这个洞,本该是长脖子的地方。它们就在她下面不远的地方——她能清晰地看到,不但有男的,而且还有女的躯体,比例匀称、漂亮,皮肤跟她的很相似,但稍稍红一点。最初,她以为自己正在观看一个屠宰场,刚刚斩首的尸体,在肌肉反应的促动下,正在蠕动。但她随即意识到,这是它们的正常状态。她恐惧万分,却又着了迷,眼睛一直紧紧地盯着它们。它们的手四处摸索着,显然,它们没有眼睛;它们的行动迟钝缓慢,表明它们大脑发育不全,大脑记忆与其相称。小女孩想象着,它们是如何维持生活的呢?即使是异想天开,也无法把这些发育不全的动物想象成土地上睿智的耕作者。然而清清楚楚,山谷土壤是耕作过的,这些东西显然同样也有食物。但是是谁耕种了土地?是谁留下并喂养这些可怜兮兮的东西?是出于什么目的?这是一个谜,并非她的推断力所能解开的。

见到食物,又唤起了折磨她的饥渴,她只觉得饥肠辘辘,喉头阵阵发干。她在圈地内既看到了食物,又看到了水。但是,即使她找到进去的方法,她敢进去吗?她对此表示怀疑,因为一想到可能接触到这些令人毛骨悚然的动物,她就全身打战。

于是,她的眼睛又一次漫无目的地扫视着山谷,最后,她看到,似乎有一条小溪蜿蜒流经农场的中心区域——这是巴宋的一个奇异景象。啊!如果这是一条小溪,那么就有水,那么她的希望就能成真。因为,在夜间,她可以获得田野赋予她的食物;而白天,她隐匿在附近的山上。某个时候,是的,某个时候,她知道寻找者会来的。因为约翰·卡特,巴宋大将军不会停止找寻她的女儿,直到行星上的每一平方哈兹都被反复多遍地彻底搜寻过。她了解他,了解氦城士兵,因此她晓得,她只要能设法避免伤害,约翰·卡特和氦城士兵就会到来,他们最终肯定会来的。

她只好等到天黑,才敢冒险进入山谷。同时,她认为,得在附近寻找一块安全地方才好,那么,免遭凶猛动物的侵害,才合乎情理。这个地区可能没有食肉动物。但在一块陌生的土地上,不能确信。当她正要向陡坡后退去时,下面的圈地又一次吸引了她。两个身影从塔内晃了出来,穿梭在无头动物之间,他们的身体似乎与无头动物一样优美,但新来者有脑袋。他们的肩膀上似乎是人头,然而,小女孩的直觉感到,他们并非人类。夜幕已经降临,余晖渐渐消逝,他们离她太远,简直如小不点,她看不清楚。但是她知道,他们身体庞大,形状扁圆,与那些比例协调的躯体相比,他们不成比例。她能看到,男人戴着类似马具的东西,巴宋士兵习惯于把长剑或短剑吊在这种马具上。他们的脖子很短,围着巨大的皮革衣领,衣领裁剪得天衣无缝,正好合住肩膀,紧贴后脑勺。他们的面貌不能辨清,但他们有点怪诞丑陋,带给她阵阵憎恶的感觉。

这两个人拉着一条长绳子,绳子上绑着什么东西,其间的距离约两沙发兹。她后来猜测可能是轻型手铐。因为她看到,圈地内,士兵穿梭于可怜兮兮的动物之中,在每一个动物的右腕部,戴上一个手铐。当所有的动物都这样被绳子绑住之后,一位士兵开始在绳头用力拖曳,好像试图把这队无头动物拉向塔内;而另一位士兵,穿行在无头动物中间,拿着一根长长的轻巧的鞭子,抽打着赤裸裸的皮肤。于是,缓慢地,迟钝地,这些动物站了起来。在前面士兵的拖曳下,后面士兵的抽打下,这帮绝望的动物进入了塔内。氦城太拉转过身去,不寒而栗。这是些什么动物呢?

夜晚骤然降临,巴宋的白天结束了。黄昏,日间到黑暗的过渡阶段,非常短促,宛如熄灭电灯,只在瞬间。氦城太拉找不到避难地方。但是,也许没什么动物可恐惧的——确切地说,要去躲避——氦城太拉不喜欢恐惧这个词。然而,要是在她的小飞行器上有一个舱,甚至是很小的一个舱,她也会喜出望外。但是,没有舱,船壳内部完全被浮力箱占据了。啊!她有了!她以前没有想到,真是太蠢了。她可以把小船停在树下休憩,让小船拉高绳子的长度,把自己绑到甲板圆环上,就可以免遭任何闲逛或恰巧路过的动物的侵袭。清晨,在小船未被发现之前,她就再次降到地面上。

当氦城太拉爬过坡顶,走向山谷时,她的身影被黑漆漆的夜色所遮掩,也躲开了任何观察者视线,他们可能在附近的塔内,偶尔在窗户边徘徊。克路洛斯,较远的月亮,刚刚从地平线上冉冉升起,开始了她穿越天空的从容旅程。八个时德之后,她就降落到地平面下——稍稍多于十九个半地球小时——在那期间,苏里亚,她快活的同伴,已经环绕行星两周,第三周的旅程也已过了一半多。她只是刚刚落下去,多于三个半小时之后,她才能从相反的地平线上升起来,低低地疾驰在空中,穿越濒临灭亡的火星的表层。趁这狂乱的月亮消失的短暂期间,氦城太拉希望既找到水,也找到食物。然后,再登上飞行器甲板,才能平安无事。

她在黑暗中摸索着,尽可能地避开塔和圈地。有时,她跌跌撞撞,因为,克路洛斯正冉冉升起,投下长长的阴影,物体都扭曲了,一片奇形怪状。然而,月光朦朦胧胧,不足以帮助她。事实上,她也不希望有月光。仅仅利用下山的有利条件,她就能在黑漆漆中找到小溪。走进山谷,她已见到,山谷中到处是硕果累累的树木和茁壮成长的庄稼,要是月亮能更清晰地为她引路,她就不会跌跤。要是她等到第二天晚上,情况会更好,因为克路洛斯根本不会出现在空中,苏里亚不在期间,黑暗将笼罩一切。但是,食物和饮料就在眼前,她已不能再忍受干渴的痛苦,饥饿的折磨。于是,她决定冒险,宁愿被发现,也不愿再长久忍耐下去。

她安全地经过了最近的塔,她快速移动着,尽可能地选择路线,以利用间隔生长的树木的阴影。同时,又可找到果树。找果树,她几乎是马到成功。她停下来的第三棵树,上面恰好长满了沉甸甸的成熟的果实。氦城太拉未曾想到,会有如此美味可口的食物让她一饱口福。然而,这并不比近乎索然无味的尤河好吃多少。大家认为尤河只有在煮过后,拌以浓浓的香料调味,才可以食用。它极易生长,几乎不用灌溉,却果实累累。这种水果,是穷人的一种主食。由于它价格便宜,营养丰富,不但成了巴宋陆军的主要口粮,而且也成了空军的主要口粮。这个用途为它赢得了一个火星绰号,译成英文,就是"战斗土豆"。聪明的小女孩也会吃这种水果,但一般吃得不多。继续赶路之前,她用水果塞满了小口袋。

她经过了两个塔,最后来到了小溪边。这儿,她又很有节制,慢吞吞地只喝了一点点水,她频频地用清水漱口、洗脸、洗手,把脚浸在水中,心满意足。如火星夜晚一样,尽管这个晚上非常寒冷,温度很低,身体觉得不适,但那种心旷神怡的感觉远远弥补了这一切。换上便鞋,她在小溪附近蓬勃生长的蔬菜丛中,寻觅着可能种在那儿的任何可食的浆果或块茎。她找到了两种可以生吃的食物。她用这替换了口袋里的一些果子,这不仅是为了保证品种多样,而且因为这些食物更加美味可口。她偶尔回到小溪边喝水,但每一次都喝得很适度。她的眼睛和耳朵时时警惕着蛛丝马迹的危险信号。但她没看到任何骚扰她的东西,也没听到任何扰乱她的声响。苏里亚在空中低低摆动着。她立刻感到,回到飞行器上去的时间快到了,以免在月光暴露之下被逮住。她害怕离开水,因为,她晓得,当她再次有希望来到小溪边时,必定早已口干舌燥了。要是她有一个盛水的小容器就好了!即使是一点点水,也能帮她渡过难关,直到第二天晚上。然而,她什么也没有,只好自我安慰,能喝到采集的水果汁和块茎汁,已是最好不过的了。

在小溪边,她饮了最后一次水。这一次,她容许自己开怀畅饮,是时间最长,也是最为投入的一次。而后,她站起来,顺原路返回山林。但是,正当她向山林走去时,忽然间,她焦虑紧张起来。那是什么?她敢说,她见到了什么东西,在不远处的树阴下窸窣移动。长长一分钟,小女孩一动不动——屏住了呼吸。她的眼珠紧紧盯着树下浓黑的阴影,耳朵全神贯注地聆听着这万籁俱寂的夜晚。从藏着飞行器的山上,传来了一阵低沉的呜咽声。她很清楚——这是出来觅食的狮子的怪诞吼声。巨大的食肉动物径直躺在她的过道上,但她没像这儿那个东西那么近。它就藏在阴影之中,离她近在咫尺。这是什么?她琢磨不定,更使她紧张不安。假如她了解潜伏在那边的动物的本性,那么危险就会消掉一半。假如证实这个动物非常危险,就得找个避难地方。她快速地扫视了一下四周。

山上再一次传来了呜咽声,但这一次更近些。即刻之间,从山谷的对面,她的后方荡起了回应声。接着,从远方传到她的右侧,两次还传到她的左侧。她的眼睛发现了一棵相当近的树,她紧紧盯着另一棵树的阴影,缓缓地向悬垂的树枝移将过去,在危险时刻,这些树枝可以给她避难。当她移动第一步时,从她一直注视着的地方,传来了一阵低沉的怒吼声,接着,她听到一个庞然大物骤然移动的窸窣声响。同时,这个动物向她展开了全面的袭击。它直立着尾巴,涨扁了小耳朵,龇裂着大嘴,露出几排锋利有劲的尖牙,直向小猎物扑来。十条腿带着它大步向前跳跃。接着从动物喉咙里发出一阵恐怖的咆哮声,企图吓瘫小猎物。这是一只狮子——巴宋巨大的长有鬃毛的大狮子。氦城太拉见它扑过来,就向她一直在移动过去的那棵树跃去。狮子意识到她的意向,马上速度加倍。它那令人惊骇的吼声唤起了山中的回应声,也唤起了山谷中的荡漾声,声音缭绕不断。这些回应声发自这类动物一模一样的其他喉咙,不绝于耳,直到小女孩似乎觉得命运已把她扔进了不计其数的凶猛残暴的动物丛中。

一只正在冲锋的狮子,其速度之快,是令人难以置信的。小女孩在遥远的野外,没被狮子逮住,非常幸运。尽管如此,她已几乎没有安全可言。因为,当她敏捷地抓住较低的树枝摇摆上去的时候,追逐她的动物,向上纵身一跃,想逮住她。那庞然大物猛撞树上,差点把她撞到。仅仅是好运气和灵活敏捷,她才幸免于难。食肉动物举起耙子似的爪子,向小姑娘耙去,被一棵粗壮的树枝顶住,偏斜了方向,但这次袭击近在咫尺,就在小姑娘爬上较高树枝前的瞬间,一个巨大的前臂抓破了她的皮肉。

狮子受了挫折,勃然大怒,又灰心丧气,发出一阵阵骇人的吼声,震得地面直打战。它的伙伴火上加油,呜咽着,咆哮着,怒吼着,从各个方向不断靠近。凭着狡猾的伎俩和不同凡响的技能,它们希望从它那儿劫掠任何捕获的动物。当它们包围这棵树时,大狮子转向它们,大声咆哮着。小女孩呆在它们上方,在树杈上蜷成一团,俯瞰下方。这些黄色的、瘦骨嶙峋的庞然大物,正在她的周围悄无声息、缀缀不安地绕来绕去。她觉得诧异,命运真是怪诞荒唐,允许她在夜晚进入山谷这么远,竟然平安无恙。她想得更多的是,如何回到山上去。她知道,晚上,她不敢冒险;也猜到,白天,她可能面临更危险的处境。她注意到,要依靠这个山谷,取得食物,绝不可能。因为,夜晚,狮子将阻止她取得食物和水;而白天,塔内居民同样不可能让她搜寻食物。只有一个方法,才能解决她的困难,就是,回到飞行器上去,祈求风把她飘到一个不太恐怖的地方。但是,她何时才可能回到飞行器上去呢?几乎没有迹象表明,狮子会放弃对她的希望,纵然它们在她的视线之外游荡,她敢冒险去尝试吗?她表示怀疑。

她的处境似乎是无可救药了——无可救药了。

(王 菲 译)

别有洞天

冒险与幻想类文学作品喷发出了新的力量,这种力量来自伯勒斯的每一次成功,也来自其他作家的成功,如柯南·道尔和乔治·艾伦·英格兰。柯南·道尔于1912年出版了《失落的世界》;艾伦·英格兰最著名的长篇小说《黑暗与曙光》(后来写成三部曲)同年在《骑士》杂志上连载。

那是一个丛书、续编、三部曲繁荣的时代,也是世事迭出的时代:发现宇宙射线、行星原子、原子序号;发明X射线管、坦克、真空管振荡器、不锈钢、质谱仪,以及第一次世界大战爆发等等。查尔斯·B.史蒂尔森的三部曲讲的是一个民族迷失在南极的火山谷中。三部曲以《雪原上的北极星》为第一部于1915年首先刊在《小说》杂志上;J.U.吉尔西的三部曲讲述了一个男人将自己的魂灵抛到天狼星后的冒险经历。该三部曲以《大犬星座之首》为先于1918年首先刊登在《小说》杂志上。从事同样体裁创作的作家还有奥斯汀·霍尔、霍墨·伊昂·弗林特、雷·卡明斯、维克多·卢梭、弗朗西斯·史蒂文斯和格瑞特·史密斯。

1917年,通俗杂志界出现一位新天才,出现了一种冒险幻想作品的新形式。这种新形式趋向于更具幻想小说的情景,着力于极善与极恶之间的壮丽搏斗。这位作家就是亚伯拉罕·梅里特(1884—1943)。

梅里特在整个职业生涯中长期担任威廉·伦道夫·赫斯特的《美国周刊》杂志副主编,

后来又担任主编。工作薪水可观,可是梅里特显然需要展示他的创造力,而展示创造力的途径可能就是通过办公桌上的文章开辟出来的,鲜见怪诞的事件、神秘莫测的地方、虚幻浪漫的情节,都成了赫斯特为读者提供的周末饮食中的主食。

梅里特的第一篇短篇小说《穿过龙镜》为东方式幻想作品,于 1917 年发表在《小说》杂志上。次年又发表了第二篇《峡谷里的人》,同年还发表优秀中篇小说《月亮潭》。一年后出版了《月亮潭》续篇《征服月亮潭》,是梅里特的长篇处女作。以上两部作品在 1919 年以《月亮潭》为题重印。

梅里特成为幻想小说的稳产作家,虽然不及伯勒斯多产,但是与伯勒斯一样获得了成功。后来他还写了《伊什塔尔号船》(1926)、《走向撒旦的七个足印》(1928)、《深渊里的脸》(1931)、《海市蜃楼中的居民》(1932)、《火烧女巫》(1933)、《爬影》(1934)。全部作品都以连载形式发表,主要刊在《宝座》杂志上,并经常重印,又往往很快出书。他的书畅销数十年。初次出版是精装本,两本由普特南公司出版,一本由道布尔迪克拉姆俱乐部出版社出版,另一本由利弗莱特公司出版,后来全由埃文公司出版简装本,已经售出数百万册,至今仍在重印。

梅里特在科幻小说史上的重要性不仅在于他的作品本身的价值,而且在于他对其他作家和读者品位所产生的影响。梅里特的作品曾重刊在根斯巴克的《惊异故事》杂志上。早期的科幻小说家杰克·威廉森、艾德蒙·汉密尔顿等,在他们的早期作品中都模仿他故事中的虚构环境、极度的恐怖景象和丰富的散文体语言。他那种独有的虚幻故事风格遍及早期的科幻小说杂志。

伯勒斯的小说属虚构背景下的冒险故事,而梅里特的小说以善与恶的生死搏斗收场。冲突的结果不是单纯依靠臂力、技巧、勇气、荣誉或智谋,而且要依靠意志力和坚定的信念,抵制诱惑,忍受艰难,常常由无私的爱激发起强大的力量,去面对巨大的挑战。

伯勒斯作品中的男主人公从不承认失败的可能性。约翰·卡特说:"我还活着。"而梅里特作品中的男女主人公们面对难以逾越的障碍时,总是怀疑能否战胜。他们所面对的常常是比死亡更加可怕的命运。

梅里特在作品中都将失落的部落置于人迹未至的地方。山洞、幽谷是他最"钟情"的场所,通常都在偏远之处。在这些与世隔绝的地方,是一些绝无仅有的怪物:能量人,海妖,流着红色眼泪的大脸人,蛇母,恶魔似的罪魁祸首……在那里,男女主人公经受难以想象的魔力或势力的考验。这种魔力或势力常常远远超过主人公的力量,并有大量的恐怖和壮观景象的描写。

梅里特在对这些地方、这些势力进行描绘时,经常使用少见的词汇。他得意于一些生僻的形容词和名词,如 amethyst, cusped, cornute, chimerically angted, opalescerice, luminescence, 等词,以及 mingled ecstasy and horror, fantasric yet disquietingly symmetrical 之类的矛盾修辞手段。但是,梅里特作品中的怪物的矛盾性,加上他的创造性,使得这些怪物比纯粹的恶魔更加新奇,甚至更加迷人。这是一种最最美妙的感受。

梅里特华丽丰富的辞藻在当时受到青睐,在当今并不受欢迎。然而,因他要激发的是人们对完全虚幻的世界的感受,如果为描述一些难以言喻的东西而使用生僻的词,是完全可以原谅的。就像伯勒斯一样,他生造词语,但是人们都原谅了他。

《峡谷里的人》

〔美〕A. 梅里特 著

在我们的北边,一道光射向半空中。那光来自五座山峰的后面,光束穿过一根蓝色烟柱,直射而上。烟柱轮廓分明,犹如一场大雨从雷云中直泻而下。闪亮的光束,就像探照灯,在蔚蓝色的薄雾中搜索,没有留下任何阴影。

在光柱升上时,五座山峰轮廓幽暗清晰,但见整座山形如一只巨手,在光的映照下,伸张开五根巨大的手指,似乎正朝前扑去,想要抓回什么。闪亮的光柱稳定了片刻,随即破裂成无数个小光球,来回晃悠,然后缓缓地降落,好像正在搜寻什么东西。

森林里变得非常安静,所有树木没有一丝声响。我感觉到猎狗们都紧挨着我的腿,也毫不出声,可是他们浑身颤抖,毛发耸立,眼睛紧盯着沉落的光球,充满了惊恐神色。

我看看安德森。他正注视着北边。此时,光柱再一次射向天空。

"不可能是极光。"我心里说着,嘴唇却没动。我的嘴涩涩的。

"如果真是极光。我也从未见到过这个样子。"他说话的语气和我一样。"再说谁听说过这种时候会有极光呢?"

他说的正是我所想的。

"我看那边正在捕捉什么。"他说,"是一次可怕的行动,我们幸好离得远。"

我说:"光柱上来一次,好像山就动一动。想捉住什么呢,斯达?这让我想起夏恩·纳得,他用云状的冰手拦在艾布利斯为食尸鬼挖的鬼穴外,不让食尸鬼出洞。"

他举起一只手,侧耳静听,只听见北边高空中传来一阵哼唧声。那不是极光出现时的哨音。嗖嗖的噼啪声,像创世纪时的鬼风刮过夜妖栖息的、叶片上只有经脉的古树。那声音听起来在索求什么,非常迫切。它充满诱惑力,要把我们引到发光的地方去,声音中透出了坚定性。它像无数只手指撩动着我的心,使我极想奔跑上去,融入那光亮之中。被捆在桅杆上的乌利西斯听到塞壬清亮甜美的歌声时,感觉肯定也是如此吧。

哼唧声越加响了。

"那些狗究竟怎么了?"安德森大声喊道,"你瞧!"

只见那些拉雪橇的狗哀嚎着朝光亮处奔去,消失在树丛里,接着就传回了它们的哀鸣声,随后哀鸣声也消失了,只剩下空中不断的哼唧声。

我们的营地正对着北面,估计已到达通往育空河的科斯科昆河第一个大弯道以上的300英里处,无疑已进入了人迹未至的荒芜之地。我们刚开春就从道森市出发,前往被世人遗忘的五座山峰。听阿萨贝斯的巫医说,那山里流的是黄金,像挤出拳头缝的油灰。我们找不到一个印第安人愿意跟我们走,都说掌形山上闹鬼。头一天晚上我们已看见过那些山峰,借助冲上天空的光亮,隐约看到一个轮廓。此时此刻,我们又看到了引我们来时的亮光。

安德森呆立着,一阵奇怪的唏唏沙沙声打破了哼唧声,听起来像一头小熊正朝我们走来。我朝篝火里添了些木柴,等火旺时,看见有一样东西穿过柴丛。那东西四肢着地,但走路样子并不像熊。我忽然感觉到,那动作就像婴儿爬楼梯,战战兢兢,让人好笑,又让人害怕。那东西越来越近,我们提起枪,但又放了回去。我们突然发现那爬行物原来是人!

那是一个男人。他仍然像爬高一样向前挪着,到我们的篝火边才停下。

“没事了。”爬行人说道,声音就像头顶上传来的哼唧声,“这里安全多了。他们出不了那蓝色烟雾,他们抓不住你。除非你送上门去……”

他侧身倒在地上。我们跑了过去。安德森跪下来,说:“天哪!弗兰克,你瞧!”

他指着那人的手,只见手腕上裹着厚厚的衬衣布条。两只手就像两只树桩,手指卷在掌心,皮开肉绽,形似一头小黑象的脚。我从头到脚打量了一番,发现他的腰里圈着一条金属带,沉甸甸的,上面挂有一个环,环上有一条白链,亮闪闪的,有十几节长。

“他是干什么的?从哪里来?”安德森问,“瞧,他睡得很熟,双手却仍在爬,两脚前后跟着!看他的膝盖,天晓得他是怎么爬的?”

正如安德森说的,那爬行人在沉睡中四肢仍在移动着,做着有意识的爬行动作,让人惊心。好像他的四肢具有独立的生命,可以独立于身躯自行运动,可运动方式像铁路信号灯。你站在火车后,看过上下交换的信号灯,就明白我的意思了。

头顶的哼唧声陡然停了下来。光柱落下去再也没有上来。爬行人平静下来了。周围笼罩上柔柔的霞光。天亮了,短暂的阿拉斯加的夏夜已结束。安德森揉揉眼,形容憔悴。

“老兄!”他大声说道,“你像是病了一场!”

“你也好不了多少,斯达。”我说,“你怎么想?”

“我看谜底就在那儿。”他指着那一丝不动的躺着的人说。我们已在他身上扔了一张毯子。“不论他是干什么的,他就是他们追逐的对象。那根本不是什么极光,弗兰克,而是地狱之光。以前听传教士说过,可那时一点也不觉得害怕。”

“今天我们不走了。”我说,“我不想叫醒他,不管那五座山峰之间有多少黄金,也不管山后有没有妖魔鬼怪。”

爬行人睡得很深沉。我们为他清洗了双手,为他扎上绷带。他的四肢僵硬得像拐杖。我们上下忙着,他一动没动,像倒下时一样,手臂略微抬起,腿部弯曲。

“他为什么要爬?”安德森低声问道,“为什么不用脚走?”

我开始锉他的腰带。腰带是金做的,但不像我见过的金子。纯金质地软,这金腰带软是软,可有股子邪气,黏糊糊的沾锉刀。我用刀划开,从他身上拉下后抛到远处。真恶心!

他睡了一整天。夜幕降临时,仍没醒。当晚,没有出现光柱,没有四处搜寻的光球,没有哼唧声,恐怖好像已经消失。爬行人醒来时已是中午。听见他开口慢慢说话,我一阵惊喜。

“我睡了多久?”他问。我注视着他,只见他黯然的蓝眼睛中,充满了迷惘。

“将近两天一夜。”我说。

“昨晚那边天空有亮光吗?”他朝北边挪挪下巴,神情急切,“有嗡嗡声吗?”

“什么也没有。”我说。他又将头靠到地上,两眼望着天空。

“这么说他们放弃了。”他终于说到点上了。

“谁放弃了?”安德森问。

“峡谷里的人。”爬行人平静地说。

我们睁大眼睛看着他。

“峡谷里的人。”他说,“魔鬼在洪水泛滥前创造的,不知怎么逃过了上帝的惩罚。只要你们不听他们叫唤,就不会有危险。他们出不了那蓝色烟雾。我被他们抓去过。”他又添了一句,“他们想引诱我回去!”

我和安德森互相对视,心里有同样的想法。

“你们错了。”爬行人说,“我没疯。给我点东西喝。我快完了,希望你们在我死之前带我到南方去,越远越好。然后放把火把我烧了。那样他们就无法用魔法拖我回去了。等我把事情说了,你们也会走的。”他停顿了一会又说,“我身上的镣铐解下了?”

“是我割的。”我迅速说道。

“感谢上帝。”爬行人轻声说道。

我们把白兰地和水送到他嘴边,他都喝了。

“我的手脚都快死了。”他说,“就像我的灵魂一样。我活该受罪。让我告诉你们那只手后面的事吧。”

“听我说,我叫史戴顿,辛克莱·史戴顿,耶鲁大学1900届,探险家。我去年从道森市出发,出来寻找形状像手的五座山峰。早听说那儿闹鬼,山间流着纯金。你们也在找它吧?错不了。去年深秋,我的同伴病了,就让几个印第安人送他回去了。没多久,所有印第安人都跑光了。我决心坚持到底,就搭了棚,备足食物,躺在里边过冬。春天一到,我又上了路。差不多两周前,我看到了那五座山峰。但不是从这边,是那边。再给点白兰地吧。”

“我绕了个大弯子。”他接着说,“我朝北走过了头,又折回来。从这边只能看到森林,一直到掌形山麓。从那边……”

他沉默了一会儿。

“那边也是森林,但没有这边大。没有!我穿出森林,眼前是延伸几英里的平原,荒凉苍老,就像巴比伦城废墟周围的沙漠。尽头就是五座山峰。我与五座峰隔开很远,中间像有一道矮矮的石堤。接着我穿过了马路!”

“马路!”安德森叫喊起来,不敢相信。

“是马路。”爬行人说,“一条平坦的石头路,直通山里。噢,绝对错不了,好像有无数人走了几千几万年,足迹斑斑。两边有沙子石堆。很快我注意起那些石头,都是人工开凿的,从堆砌的形状看,几万年前可能还是房屋。我隐约感到古人们都在周围,四处透出远古的气息。嗯……

“离山峰越来越近。废墟堆越来越厚,上面笼罩着难以描绘的凄凉,感觉到有鬼魂伸出手来揪住我的心。那些鬼魂都非常苍老,必定是鬼魂的祖先。我朝前走去。

“现在看清了,山麓的矮石堤原来是一堆厚厚的废墟。实际上掌形山还很远。马路穿过两块高耸的岩石,形似一个进口。”

爬行人稍停了一会。

“那的确是进口。”他说,“我来到进口处,走了进去,满怀敬畏,伸手抓起一把泥土。我站在一块又大又平的石头上,前面就是一个大窟窿!有五个科罗拉多河大峡谷那么宽,深不见底。我低头看去,犹如站在一条裂缝边,穿过地球,看到了另一头的广阔无垠的宇宙星云。五座山峰耸立在一边,像一只警告世人的巨手,直指苍穹。无底的峡谷口,在我两侧弯弯曲曲,伸向远处。

“我看到一千英尺深,下面就蒙上了厚厚的蓝雾,就像傍晚在高山上看到的那种云雾。峡谷深不可测,像拉那拉克的墨瑞峡谷,令人生畏,只有初生牛犊有胆量跳过去,但绝不敢跳第二次。

“我爬离峡谷口,站起来时浑身酥软,一手搁在一侧门柱上,只见上面有雕像。那是一尊英雄像,依然清晰可辨,背朝外,伸展双臂,头带奇特的尖顶饰物。看看另一侧门柱,雕像完全一样。门柱呈三棱柱体,雕像背对峡谷,两位英雄似乎要拦住什么。我仔细看,在伸展的双手后面又隐约发现别的图形。

“我模糊看出了点名堂,一下子感到难以言状的恶心,感觉那是些竖立着的大鼻涕虫,膨胀的身体快爆开了,头部都呈球状,让人十分恶心。我又走到峡谷边,爬到大石板上,朝峡谷里张望,看见有台阶通入峡谷!”

“台阶!”我们惊叫起来。

“是台阶。”爬行人重复了一遍,仍然很有耐心。“好像不是凿成的,而是砌上去的。都有六英尺长,三英尺宽,从大平台往下伸,直到消失在蓝雾里。”

“谁会造那种台阶呢?”我问,“谁会在峭壁上砌台阶通到无底洞去呢?”

“不是没底。”爬行人平静地说,“有底,我到过。”

“你到过?”我们重复了一遍。

“是的,沿台阶下去。”爬行人说,“真的,我下去了。”

“我拾级而下,不过不在那天。我先在门外扎营,天一亮,我把背包装满食物,从边上一口井里灌满两壶水,就穿过门,来到峡谷口。

“台阶呈40度斜角沿壁而下。我边走边细心观察。阶石呈淡青色,和壁上的花岗岩很不同。我原以为建造者是利用突出部分雕凿出台阶的,然而下面的台阶块块角度规范,我就产生了怀疑。

“大约走了半英里,到了一个平台。台阶在此拐了个‘V’字形弯,继续下去,倾斜角度和上面的一样。台阶呈‘之’字形而下,转了三个弯后,我就意识到下面都一样。天然岩石绝不至于这么规则,这些台阶肯定是人工建造的!谁造的呢?答案就在那上面的废墟里,可是我想再也不能亲眼看见了。

“到中午,五座山峰和峡谷口都看不见了。上面下面全是蓝色云雾。周围也空空荡荡,石壁早已消失。我没有一丝困意,没有一丝恐惧,只有满心好奇。我将发现什么呢?是南北两极还处于热带时期的统治人类的古老而神奇的文明?我相信这里不会有生命,因为一切都太古老了。然而,眼前如此壮观的台阶必然通往某个神奇的地方。那是什么地方呢?我继续拾级而下。

"每隔一段距离,我就经过一个小洞口。过两千级一个口子,再过两千级又一个口子,一直这样下去。傍晚,我在一个口子前停下来,估计已到三英里深处,而实际上弯弯曲曲足足走了十英里。我检查了洞口,发现两侧各有一尊雕像,形状与上边的两尊一样,只是面朝前方,伸出手臂,好像要拦住下边来的东西。雕像的脸上罩着面纱,身后没有什么可怕的图案。我走进洞,洞内有二十码宽,干燥而明亮。洞外,只见蓝雾像一根圆柱竖立着,轮廓鲜明。我不觉得害怕,反而有一种特别的安全感。我想口子上的雕像是卫士,但是他们要防备谁呢?

"蓝色云雾越来越浓,光亮暗淡下来。我想上面已是黄昏。我吃了点东西就睡了。等我醒来时,蓝色云雾又亮了,我想象上面已经天亮。我又继续前进,全然不顾身边张牙咧嘴的深渊。我吃得很省,可一点不觉得疲劳饥渴。当晚我在另一个洞过了夜,天亮时又往下走。

"就在那天下午,我第一眼看见了城市……"

他沉默了片刻。

"城市,"他终于又开口了,"你知道,有一个城市。但不是你们所见的城市,也不是别人所谈论的城市。我想,那峡谷形状像一只瓶子,五座山峰前的裂缝是瓶颈,但瓶底多大我说不上来,也许几千英里吧。我首先看见蓝雾下面有小光点,又看见……树冠,姑且说是树吧,但不是我们这种树。它们样子很难看,像蛇一样,弯弯曲曲,树干又细又高,树顶上像一只只卷须搭成的厚实的鸟窝,叶片又小又难看,像箭头。树是红色的,血红色,非常扎眼。四周,我看见一些闪亮的黄点,知道那是水,因为我发现有东西在上面穿行,或者说起码看到了水花和涟漪。可是,是什么打破了平静的水面呢?我没看见。

"我的下面就是……城市。朝下看去,只见无数只圆筒,密匝匝堆得很高,三只、五只、一打,层层叠叠,像金字塔。很难说清城市的样子。就这么说吧,你有很多一样长度的水管,先并排放三只,然后在上面放两只,再上面放一只;或者用五只作底,再四只、三只、二只、一只地叠上去。明白了吗?就那样子。顶部有塔形,有伊斯兰教寺院的尖顶形状,有漏斗形,扇形,还有的歪歪扭扭,奇形怪状。它们都发出光亮,像冒着淡红的火焰。边上是红色的树,像九头蛇,守护着那满身珠宝的巨大的睡蠕虫的巢穴!

"离我脚下几英尺以外,台阶向前伸展,形成巨大的拱桥。桥的跨度很大,超乎自然,好像是一座跨越地狱、通往仙宫的大桥。拱桥蜿蜒而下,穿进最上一堆圆筒,然后就消失其中,叫人毛骨悚然。真中了邪了。"

爬行人停了下来,两眼上翻,浑身战栗,手脚又作着可怕的爬行动作,嘴里哼哼唧唧,就像我们看见他的晚上所听到的声音。我用手遮住他的眼睛,他才平静下来。

"该死的!"他说,"峡谷里的人!我刚才哼唧了吧?是的,可他们现在逮不着我,逮不着!"

一会儿后,他又平静如初。

“我走过拱桥,从那……建筑物顶上下去。开始四周漆黑,只觉得台阶呈螺旋状。我盘旋而下,来到里边。我说不出我进了什么地方,暂且称之为房间罢。我们从未见过峡谷里的一切,因此叫不出名堂。我脚下一百英尺深处是地面,墙壁呈一定坡度,我站在一排形似月牙的地方。房间很大,充满斑驳陆离的红光,像绿色和金色斑点相杂的火蛋白石中所看到的光。我走到最后一级石阶,看见眼前竖着一高大的圆形祭坛,祭坛的柱子上刻有奇特的旋涡,像长满触须的凶恶的章鱼。背景是奇形怪兽,都刻在血红色石头上。祭坛正面是一块紫色大石板,上面也刻有图案。

“我无法描绘那些图案!没有人能够,人眼看不懂它们,就像看不见时间,只有凭大脑深处的微妙感觉才能模糊感觉到。它们没有固定形状,说不清是什么样,像仇恨,像恶魔间的战斗,像在烟雾缭绕的地狱般的丛林中盘旋,像令人切齿的欲望和野心,让人没齿难忘。

“我站在那儿,意识到祭坛上有一东西,高出我五十英尺。我知道那儿有,我的每根毛发每一块皮肤都能感觉到,有一个非常邪恶、非常恐怖、非常古老的东西。它潜伏着、蹲着,发出威胁,它是——无形的!

“我身后有一蓝色光环,我跑过去。这时感觉有什么人要劝我回去,叫我登上台阶逃走。但是已经不可能。我对那个隐形者非常害怕,于是继续朝前奔跑,好像脚后有大水追来。我穿过光环,来到一条街上。街道一直延伸,到看不见为止,两侧摆满刻有图案的圆筒。

“到处都是红树,树丛里有石洞。这时我才看清石洞表面的奇怪装饰物:它们像表皮光洁的树枝,上面长着高高的毒兰花。对,那些圆筒就是这样。它们早应和恐龙一起消失。真是……邪。像针刺你的眼睛,用刀锉你的神经,经过一次就忘不了。里面没有任何生命的迹象。

“圆筒上有圆圆的洞口,就像神殿里的光环。我钻入一只筒,进入一间拱形的空房间。房间很长,弧形的墙壁在二十英尺高处收拢,留有一条缝通向上面的拱形房间。房间里空无一物,只有神殿上见过的斑驳陆离的红光。我被绊了一下,可什么也没看见。地上肯定有东西,于是我伸出手,在地上摸到一样东西,冷冷的,很光滑,会动。我转身就跑,离开了那个地方,我只想作呕,像要疯了一样。我盲目地奔跑,搓着双手,吓得流下了眼泪。

“等我清醒时,发现还在圆筒堆和红树丛中。我想返回原处,去找神殿。我恐惧得要命,像一个新生命第一次受到惊吓。我找不到神殿!云雾渐渐浓厚,光线暗下来了,圆筒发出更亮的光。我知道外面又天黑了,我也感觉到我的危险时刻已随之而来。云雾变浓就是一种信号,生活在峡谷里的一切都将苏醒。

“我爬到一个洞边,隐蔽在一块怪石后面。我想或许能呆到蓝光再次出现,躲过危险。此时周围响起了嘟哝声,越来越响,终于形成了巨大的嗡嗡声。我从石头边向下面的街道窥视,只见许多亮光窜来窜去,而且还有亮光不断从圆形门中浮游出来,挤满了整条街道。最高的高出路面八英尺,最矮的或许两英尺。有的来去匆忙,有的逍遥自在,有的点头鞠躬,有的驻足窃窃私语,可在亮光的下面什么也没有!”

“什么也没有!”安德森吸了口气。

“没有。”他又往下说,“下面什么也没有,亮光只是可怕的一部分。那些光无疑是生物,他们有意识，有意志力，有思想，别的什么我不得而知。最大的有两英尺宽，中间是个明亮的核心，红蓝绿三色相间。核心逐渐暗淡，只剩一点微光，然后逐渐消失，似乎什么也没有了，但是又似乎还有什么。我睁大眼睛，试图看清那失去光亮的东西，看透那可感觉却不能看见的东西。

“我突然浑身僵硬，一种又细又冷的东西像鞭子一样抽在我脸上。我转过头去，发现身后有三道亮光，呈淡蓝色，一个个看着我（只要你能把光想象成眼睛）。又一鞭抽在我肩上。从最近的一个亮光下传来刺耳的私语声。我尖叫起来。街上的嗡嗡声霎时都停了下来。我从淡蓝色的光球处转移目光，朝外看去，只见街上的亮光密密麻麻都升到我站的高度，然后停下来注视着我。他们拥挤上来，推推攘攘，好像百老汇大街上那些充满好奇心的人群。我感觉挨了二十多次抽打。

“我醒来时，发现又回到了大神殿，躺在祭坛边，四周静悄悄，只有斑驳的红光。我一骨碌站起来，奔向台阶，可是被什么东西猛拉回去，接着就看见腰上套了一个黄色金属圈，上面挂着一条链子，链子向上经过一块高突的岩石，将我锁在祭坛上！

“我伸手到衣袋里掏刀子，想割断金属环，可刀子不在！我已被洗劫一空，只剩下脖子上一只水壶。我想他们以为水壶是我身体的一部分，我想挣开金属环，可那东西像是有血肉的，在我手里蠕动着，把我箍得更紧了！我拉链子，就是拉不动。我又感觉到祭坛上那隐身者的存在。我趴在石板边，眼里掉下了泪水。你想想，孤零零一人在这么个地方，到处充满古怪的光，高高的祭坛上伏着可怖的怪物，难以想象的怪物，散布恐怖的无形怪物……

“我很快控制住了自己，看见柱子边有一只黄色碗，碗里有浓厚的白色液体。我喝了液体，死了也无所谓。可味道很不错，喝了之后，一下子又有了劲。我显然不会挨饿了。不管那些发光物是什么，他们也有人的欲念。

“斑斑驳驳的红光开始变深，外面又出现嗡嗡声。许多光球从圆洞口涌出，按等级高低排列，直到挤满神殿。他们的嗡嗡声变成了歌声，音调起伏。随着节奏，光球也上下起伏。

“一整夜，光球来回地窜，歌声随着光球起伏也响了一夜。终于我觉得自己也只是一个有意识的原子，夹在高低起伏的歌声中，随着光球一起升起沉落。跟你说吧，连我的心脏也和他们一起跳动！红光渐渐消退，光球蜂拥而出，哼唧声也随之消失。我又是单独一人，我知道在我自己的世界，天又亮了。

“我睡了一觉，醒来时发现柱子边又有一些白色液体。我仔细看了锁住我的链子，便开始摩擦其中两节。几个小时后红光又暗下来时，已磨出了一个口子。我有了希望，终于有机会逃跑了。

“光球又来了，哼唧声又响彻通宵，光球上下起落。那声音控制了我，它穿过我的身体，直到每一根神经、每一块肌肉随之颤动。我的嘴唇开始发抖，像噩梦中的人拼命地想叫喊，后来终于像峡谷里的人一样哼唧起来。我的身体跟光球一起弯下直起，动作、声音都和那些不知名的东西融合在一块，灵魂却仍在退缩，感到害怕却无能为力。我在哼唧时终于看见了他们！”

“看见了光球？”我傻问道。

"光球下的东西。"他答道，"巨大而透明，像蜗牛，晃着十几根触须，嘴张得圆圆的，就在光球下边，光球就是眼睛。那些东西像鬼怪，样子像鼻虫，怪模怪样。我可以看透他们的身体。正当我一边哈腰哼唧，一边定睛注目时，天又亮了。他们朝洞口蜂拥而入，既不爬行，也不直立行走，而是漂浮进去，很快都没了踪影！

"我没有睡觉，而是磨了一天链子。到红光暗淡时，已磨穿六节。整个晚上我跟着峡谷里的人弯着腰，一起面对高高的盘膝而坐的'东西'唱赞歌。

"经过一天，红光又一次暗淡下来，我不停地唱着赞歌。到第五天上午，我挣脱了链子。我自由了！我喝了碗里的白色液体，将吃剩的倒入壶里，然后奔向台阶。我向上飞跑，经过祭坛上无形的恐怖物，出门来到拱桥，飞速跨过，上了台阶。

"当你沿着悬崖峭壁往上爬，身后就是地狱，此种感受你能想象吗？后面是地狱，我胆战心惊。城市早就隐没在蓝色雾云之中，这才知道不能再爬了。我的心怦怦跳，瘫倒在一个小洞前，心想终于找到了避难所。我钻到洞里，尽量往里靠，等待云雾变得浓厚。说变就变，很快从下面远远传来充满愤怒的嗡嗡声。在峡谷口，只见一柱光穿过蓝雾冲向天空，然后缓慢消逝，昏暗中看见无数小球晃悠悠落到峡谷中。那些小球都是峡谷人的眼睛。光柱一次又一次冲上去，小球一次又一次落下去，他们是在搜捕我。嗡嗡声一浪盖过一浪，经久不息。

"我心中有个可怕的欲望，想加入他们一起哼唧，像在神殿上时一样。我狠命咬住嘴唇，不让它开口。当晚，光柱一直没停地冲出峡谷，小球不停地晃荡，哼唧声响个不止。我现在才明白那些小洞的用途，那些至今仍然有保卫能力的雕像的用途。但是刻像的人是谁？为什么把城市建在峡谷边？为什么在峡谷里造台阶？他们与住在峡谷底的"东西"是什么关系？那些"东西"对他们有什么用以至于生活在峡谷附近？肯定有某种目的，否则不会有这么大的工程去造如此难造的台阶。为了什么呢？为什么峡谷边的人早就消失而峡谷里的人还在呢？我不得而知，现在仍不知其解。我说不出一点儿道理。

"想着想着，天又亮了，随之又变得安安静静。我喝了壶里剩下的液体，爬出洞，又开始往上爬。到下午，两腿已动弹不得。我撕开衬衣，给膝盖做了垫子，把手也裹上，然后又向上爬。爬着爬着，又进到一个洞里，等到蓝色云雾再次变浓，光柱再次射出峡谷，嗡嗡的低语声再次出现。

"可这一次的嗡嗡声有些不同，不再有威胁的语气，而是充满召唤诱惑的语气，有一种引力。我感到一种异样的恐惧，有一种强烈的欲望，想走出洞，到晃动着的光球中去，随他们怎么对我，随他们把我带到哪里。这种欲望越来越强，光柱冲上一次，就增强几分，最后浑身都战栗起来，就像在神殿上听到赞歌时一样。我的身体像一只钟摆，光柱冲上来，我就向它倾斜过去！只有灵魂还清醒，我紧紧抓住地面。整整一夜，我的灵魂与身体进行了搏斗，抵抗峡谷人的引诱。

"天亮了，我又爬出洞。面对台阶，我无法上去。双手已经磨破，流着鲜血，膝盖痛得要命。我拼命一级一级向上爬。不一会儿，手麻木了，膝部也不觉得疼了。手脚都死了一样。可我的意志驱使我一级一级继续往上爬去。

"接下来就像一场噩梦，沿阶匍匐而上，没尽没头。记忆中充满恐怖景象：我藏在洞里，外面光芒冲天，嗡嗡声四起，不停地呼唤我。想起有一次醒来时，发现自己跟随呼唤回到了刻有卫士像的门柱外，数不清的光球在蓝色云雾中注视我。我拼命不让自己睡着，一直向上向上，没完没了的台阶就像来自地狱，通向蔚蓝广阔的天堂。

“终于感觉到晴空就在头顶，眼前就是峡谷口。记得我穿过大石柱，缓慢地退了出来。想象蒙面巨人，头戴奇特的尖顶王冠，把我朝前推，阻止罗马焰火一样的光球引我回到深渊里去。那里有红树，有蛇缠在一起一样的树冠，有行星一样游荡在树丛里的峡谷人。

“后来在岩石缝里长长睡了一大觉，究竟多长，只有天知道。醒来时远远看见北边仍有光柱起起落落，嗡嗡声仍在高空呼唤。

“僵死的四肢又开始爬行，像一艘古船，我自己无法操纵，却把我带出妖魔之地。后来，就看见你们的……篝火，就……平安无事了！”

爬行人朝我们露出微笑，很快脸上没有了表情。他睡着了。

当天下午我们就带上爬行人向南出发。我们走了三天，他睡了三天。第三天，他在睡梦中死了。我们架起一堆木头，按他的意愿，焚烧了尸体，把骨灰木炭一起撒入森林。谁能分出他的骨灰，变成一朵云把他带回到他所称的鬼地方，那才怪呢！我想即使峡谷里的人也没那么大的魔力，肯定没有。

不过我们没有回到五座山峰那里去加以证实。

（叶琴法　译）

奇幻世界的召唤

任何有关追溯科幻小说根源的讨论都可能会过度强调通俗杂志及那些向这类杂志投稿者的作用。至少,在20世纪初通俗杂志并未像它们后来那样成为统一科幻小说的势力,而且有影响的科幻小说往往通过出书或在一般的大众杂志上发表。一般的读者还未鄙薄科幻小说,而科幻小说读者如饥似渴地四处寻觅,以满足他们当时尚未特定的需求。

甚至在科幻小说杂志创刊后,在最初几年中每月只能到手一本新杂志,加上一年半后出的一份季刊。这些至多只能使读者过一两天的瘾,接着他(几乎总是一位男性读者)会另觅他处。他一页一页翻开其他通俗杂志,寻找一些类似科幻小说的东西;他的目光在图书馆的新书丛中穿梭;他在积满灰尘的图书架上黑乎乎的旧杂志合订本中翻找熟悉的作家或有指望的标题。

20世纪30年代又推出两本科幻小说杂志,但读者依旧翻阅诸如《野蛮的博士》之类大型的通俗杂志,从中发现了奥拉夫·斯特普尔登、奥尔德斯·赫胥黎及菲利普·怀利,以及他们出版的书。然后,又翻找到儒勒·凡尔纳、亨利·赖德·哈格德、M.P.希尔、赫伯特·乔治·威尔斯以及A.柯南·道尔等诸位作家。

柯南·道尔(1859—1930)塑造了夏洛克·福尔摩斯这一形象后已名利双收,放弃了前途渺茫的医职而成为一名自由作家。他个人最喜欢的是他的历史传奇文学作品,但他向争相向他约稿的杂志投科幻小说和幻想小说。通常是英国的《斯特兰德月刊》、美国的《列宾格月刊》、《星期六晚邮报》双周刊和其他大众刊物。他最有名的科幻小说是以挑战者乔治·爱德华教授为主人公的《失落的世界》(1912)、《毒带》(1913),另一部流传较广的中篇科幻小说是《马拉考特深渊》(1927)。

另一位经常写科幻小说的作家是杰克·伦敦(1876—1916)。当然,科幻小说并非其主要作品。他是一名私生子,生父是一个爱尔兰流动的星相家,母亲是个热忱的巫婆。生父在伦敦出世前遗弃了他的母亲,而且从未承认父亲的身份。伦敦生养在加利福尼亚州的奥克兰市,与贫穷相伴。他取名于约翰·伦敦,此人在杰克未满一岁时与他母亲结合。

伦敦从小到大干过各种报酬低微的体力活。他当过罐头厂定时工,做过非法私捕牡蛎的营生,当过码头工人,也当过水手。他一度成为考克西[①]失业请愿军成员向东游行到华盛顿特区,继而又一路流浪,后在纽约州尼亚加拉瀑布因流浪罪被拘留,在州监狱服了一个月役。1897年,他加入克朗代克淘金热,次年无所收获而回。他转而成为一名热情的社会主义信仰者。

在旅游、谋生、受教育的这些年里,伦敦一直在创作,并取得一定的成功。基于他的阿拉斯加经历的小说《荒野的召唤》售出150万册精装本,给他带来一定的经济保障。但是他豪华奢侈、挥金如土的生活方式迫使他不断写作以支付众多的账单。不惑之年,也许感觉到自己创作能力衰退,财政上压力重重,加之酗酒彻底毁坏了身体,使他英年早逝。他可能死于尿毒症,也可能故意过量服用吗啡和阿托品酯自杀。

在他的22部小说中,其中两部——《亚当之前》(1906)和《星游者》(1914)显然是科幻小说。还有一部《铁蹄》(1907)主要是一部宣传社会主义的小说,但也是一部有关未来政治的作品。此外,他其他小说中所包含的推测甚至幻想成分也使得它们很合科幻小说迷的胃口,尤其是《荒野的召唤》和《海狼》(1904)。

他最早的一篇科幻小说《一千次死亡》在一与众不同的幻想小说杂志——H. D. 翁伯斯达特尔的《黑猫》上发表。但不久伦敦的故事出现在《柯里尔》周刊、《大西洋》月刊、《麦克留尔》、《红书》、《世界主义者》月刊和《星期六晚邮报》双周刊上。也许他最有名的短篇科幻小说是《红色瘟疫》,并于1915年用同一篇名收在他的一卷故事集里重版。

伦敦的主要小说为三四十年代的科幻小说读者所熟知,但是他的短篇科幻小说,除了40年代末在《著名怪异神秘小说集》上重版的《红色瘟疫》、《阴影和闪光》、《星游者》外,却鲜为人知,《天外来鸿》就是其一。此文在伦敦过世两年后才在《世界主义者》月刊上发表,同年以同一篇名收入他的一本故事集里重印。

《天外来鸿》这篇小说是60年前的有修养的作家当时能达到的水平,也是其读者所能接受的水平。星外来客在故事中如此随意地扮演了一个浑然一体的角色,这类小说至少一直要到科幻小说的黄金时期才重新出现。

---

① 考克西(1854—1951),美国商人、社会改革家,1894年率"考克西失业请愿军"自俄亥俄州马西隆出发,赴华盛顿请愿,要求国会为失业者提供就业机会。

《天外来鸿》

〔美〕杰克·伦敦 著

就在那儿！那声音突然间爆发出来。巴塞特用表计算声音延续的时间,他把它比作大天使的号声。他想,在这无处不在、摄人魂魄的召唤声前,一堵堵城墙也会顷刻倒下。他上千次地试图分析这统治大地、波及周遭部落要塞的轰轰巨响的音质,但都毫无结果。声源所在的峡谷回荡着这高涨的声潮,直至它充溢、弥漫在大地、天穹、空气中。他把这声音比作前世泰坦备受痛苦或愤怒折磨时发出的号叫。声音越开越高,充满挑战,富有威慑,音量之深沉似乎是为了给狭小的太阳系区域以外的耳朵听的。而且声音里有种抗议的吼叫,然而没有耳朵能听懂它表达的含义。

——这是巴塞特病中幻觉？然而,他依然竭力想分析这声音。它洪亮如惊雷,柔和如金钟,细甜如绷紧的银弦上的轻拨慢拢——不,这些都不是,也不是这一切的合奏。他无法用言语或类似的东西,或亲身经历来描绘这声音的全部品质。

时间流逝。数分汇成了数刻,数刻汇成了数半个小时,而这声音依然未消失。从它最初的剧烈爆发开始,不断变化,然后再无新的推动力——继而大幅度地减弱、变模糊、终而逐渐消亡,正如它当初声势浩大地跃入耳朵。现在混成了一片窃窃声、潺潺声和巨大的沙沙声。缓缓地,这声音在阵阵呜咽中退向孕育它的不知名的宽广胸怀,直至变成抽泣声,低声诉说着难以抑制的愤怒,同时又像是细声呢喃,撩人心怀,令人愉悦,竭力试图让人听见,传达着某种宇宙的秘密、某种对无穷含义和价值的理解。它渐渐衰退成一种伴随波,失去了威胁和预兆的含义。在它停息后又变成一种东西在这病者的意识里搏动了好几分钟。当这声音再也听不见时,巴塞特瞥了一眼他的表。一小时已过去了,大天使的号声才消失得无声无息。

那么这是他的黑塔？巴塞特思索着,回忆起他读过的布朗宁的诗,一边凝视着自己因高烧而消瘦如骨的双手。在他的幻觉中,恰尔德·罗兰拿起号角放至唇边,用的就是像他一样虚弱的一只手臂。对此他不禁微微一笑。他自问,当他第一次在林曼纽海滩听到那神秘的召唤,是几个月还是几年前？他说不上也不愿费劲去想。病魔缠身已经很长一段时间了。清醒时他计算时间,知道过了好几个月,但他却无法估计自己神志不清、不省人事的间隔有多长。纳利号贩运黑奴船上的贝特曼船长怎么样了？他极想知道,贝特曼船长烂醉的同伴是否已死于震颤性谵妄？

一番徒劳猜测后,巴塞特漫无边际地回顾起自从那日在林曼纽海滩初闻那声音寻踪钻入丛林后发生的一切。萨加瓦已提出反对,巴塞特还清楚记得他那古怪的小猴脸上满是恐惧。他背着标本盒,手中拿着巴塞特的蝴蝶罩,还有自然学家的猎枪,一边用贝西德海英语颤声说:"我们的人很害怕沿树林走,坏人总是要在树林边拦截他们。"

回想起这一切,巴塞特惨然一笑。这来自新汉诺威的小男孩早已害怕了,但还是忠实地、毫不迟疑地跟随他进入树林,探寻那奇妙声响的来源。巴塞特曾推断,这声音决非从林深处爆发了一场激战后被战火烧空的树干发出的声音。他接下去的推断错了,即认为声音的来源或起因不会远于一小时步行的路程,他将从容地在下午三点前赶回并搭上纳利的捕鲸船式救生艇。

“那巨大的嘈杂声不是什么好兆头,简直是见鬼。”萨加瓦那时认为。他所言极是。他不就是在这一天被砍下脑袋的?巴塞特不寒而栗,无疑萨加瓦正是被那帮经常在树林边拦截行人的坏家伙给吃了。那一切历历在目。巴塞特最后一次见到他时,他已被缴卸猎枪及他手中自然学家的所有物件,躺在狭窄的小径上,几乎顷刻间他在此被斩首。是的,一切就发生在刹那间,回顾一分钟前巴塞特还正见他在重负下,默默忍耐着,步履艰难地行走着。后来,巴塞特自己也碰到了麻烦。他看着自己左手尚未愈合的大拇指和食指的残节,然后把它们伸至后脑勺的凹痕处轻轻抚摩着。回忆起当时那把长柄战斧猛地一挥,他恰好来得及躲过头部,左手一挡,那一砍没有正着。为了活命他付出了代价,丢了两个手指,头上留下难看的大伤口。他用他的十口径双筒猎枪的一个枪管击毙了那险些砍死他的林民,用另一个枪管雨点般朝那俯身萨加瓦的林民射击,他庆幸那拎着萨加瓦的头跳着逃走的林民身上中了他的大部分子弹。所有这一切发生在一瞬间。在这野猪出没的窄道上,现在只剩下他自己,还有那被杀的林民和萨加瓦的无头尸体。黑黝黝的树林四周没有任何声响,也没有生命的迹象。他深感震惊——真切而可怕的震惊。他平生第一次杀了人,注视着他亲手制造的那一堆血肉模糊的东西,感到一阵恶心。

接着一场追逐开始了。他在追捕他的人前面,沿着野猪道撤退,海滩就在他们身后。他没法猜测究竟有多少人。也许本来是一人或上百人,但他根本看不到人影。他确信其中一些人潜入了树丛,穿梭在枝丫荫蔽里。但至多他除了偶尔瞥见影子的掠过就看不到什么了。他也未曾听见弓弦拉动时“嘣”的声响,但每隔一小会儿,不知从哪儿射出的数支小箭,或从他边上飒飒而过,或撞击在树干上,翻落在他身旁的地上。这些箭都是骨制的箭头,羽毛做的箭身,而羽毛是从蜂鸟的胸前拔下来的,因此珠光四射,七彩斑斓。

长长的一段时间流逝过去了。他欣喜地暗笑,想到有一回当他抬头凝望时觉察到上面有个影子霎时停下来。他看不清楚,然而决定冒一下险,就集中火力朝影子猛烈开火,打了五枪。那影子似发怒的猫般发出尖叫,从蕨类植物和兰科植物丛中坠落下来,“噗”的一声落在他脚边的地上,还在愤怒痛苦中尖叫着。那人的利牙深深陷入他的一只坚固的皮靴的脚踝部位。他这一边,也不怠慢,用空着的一只脚猛一踢,尖叫声没了声响。自此,巴塞特对于残暴已习以为常,一回忆起来他又禁不住开心地笑了。

接下来他度过了多么难挨的一个晚上!难怪他现在集各种恶性发烧于一身,他想。他回忆起那个折磨人的无眠之夜。那晚伤口的阵阵抽痛与蚊群的上万次叮咬相比已微不足道。他无法逃避蚊群的攻击,也不敢生火,蚊群确实把毒汁灌满了他全身。因此白天到来时,他双眼肿得几乎睁不开。他步履蹒跚、盲目地朝前走,不很在意脑袋什么时候落地,然后尸体沿着萨加瓦的遇害之路被拖至炊火边。这二十四小时已把他折磨得身心俱疲:他几乎神志失常,体内吸收的巨大毒素使他发疯。好几次,他开枪射击紧随他的影子。大白天出没的虫蠓使他进一步受折磨。同时他流血的伤口吸引了大群可恶的苍蝇,一动不动贴在他血肉之躯上,迫使他把它们拂去或压死。

有一次,他又听到那奇妙的声音,似乎来自更远的地方,却一阵比一阵紧迫,盖过丛林里更近处的战鼓声。至于丛林,他判断有错。他原以为自己已穿过丛林,因此它处于他和林曼纽海滩之间。他打道回来朝着丛林走,而实际上他正越来越深入这未经探险的岛屿的神秘腹地。那晚,他在一棵榕树的盘缠的树根之间爬行,由于精疲力竭而很快入睡,这时蚊群又趁机在他身上尽情肆虐。

在他的记忆中,接下来的日日夜夜依稀如梦魇。他清楚地想起的一个景象是:突然发现自己处于一林中村庄的中部,看着老人和小孩纷纷逃入丛林。除了一个,所有的人都逃了。在他头上近在咫尺的地方,好像痛苦、惊恐的野兽发出的一阵呜咽声使他大吃一惊。抬头一望,他看见了她——一个女孩,或确切地说,是一个年轻女人,用一只胳膊,被吊起在炙烤的太阳下。也许她被这样吊了好些天了。她仍然活着,用充满恐惧的眼光注视着他。他断定她已没救了。因为他注意到她大腿肿起,显然关节已被压得粉碎,大部分骨头也折断了。他决定向她开枪,让这惨相就此终结。他想不起自己是否开了枪,也压根儿想不起自己怎样恰好到了那个村庄,又怎样成功地离开了那儿。

当巴塞特回忆起那段可怕的经历时,许多互不相关的画面在他脑海里稍现即逝。他记得闯入另一个有几幢房子的村庄,用猎枪驱赶着他面前所有的人,只剩下一个体弱而无法逃跑的老人。当巴塞特掘开一个地炉,从滚烫的石块中拖出一只用绿叶包裹着,香气四溢的烤猪时,那老人对着他一会儿怒吼,一会儿哀诉,一会儿咆哮。就在这地方,巴塞特有一种野蛮、粗暴的冲动。美餐一顿后,准备拿着一个猪后腿离开时,他故意用取火镜点燃了一座房子的茅草屋顶。

然而在巴塞特记忆中留下最深烙印的是那阴湿、恶臭的丛林。丛林里散发着邪恶的恶臭,到处只是昏暗的微明。很少有一束阳光穿透头上一百英尺高的枝叶的荫蔽。在那树顶下面是植物分泌在空中的气息,是腐朽的生物渗出的液汁,这些生物生于死亡之中,依靠死亡而存活。他就在这些东西中游荡,吃人的林人快速掠过的影子始终跟踪着他。尽管这些邪恶的鬼魅不敢当面与他决斗,但他知道他们迟早会吃他。巴塞特记得在那清醒的时刻,他把自己比作一头受伤的公牛,被草原上的狼群追赶;虽然狼群没那胆量为吃他而战,但他确信被狼群吞吃的结局是不可避免的。正如公牛用角顶,用蹄踢,不让狼群靠近,他用猎枪扫开这些所罗门岛民,这些瓜达尔卡那尔岛山林人若隐若现的影子。

接着一天,出现了草地。像被上帝用手中的利剑劈开一样,丛林突然终止了。丛林的边缘垂直而下有百米高,阴森森的充满丑恶。自丛林边缘开始长着绿草——芬芳、柔软、娇嫩的牧草,能让任何农民和他们的牲畜看着心欢。草地连绵好几里,像青翠的天鹅绒一直延伸到大岛的脊骨,那远古时地球上某场大变动后隆起的高耸的山脉。山儿经热带雨水侵蚀、冲刷,许多地方沟沟坎坎或呈锯齿状,但仍然巍峨屹立。但那青草啊!他在草地里爬了好几码,把脸埋在其中,闻着那草,一阵冲动,情不自禁地流下泪来。

当他流泪时,那奇妙的声音已轰隆隆向前了。从那时起,他常常想,如此无边无际、温柔甜美的声响,能否用隆隆声来充分描述它。声音如此甜美,闻所未闻;音域如此宽广,恰似有黄铜喉咙的巨兽发出的博大振响,余音绕耳。而且这声音召唤他穿过无数里宽的热带大草原,对于他久经折磨、痛苦不堪的灵魂来说是莫大的祝福和慰藉。

他记得他是如何躺在草丛中,面颊湿湿的,但不再流泪,边听着那声音边纳闷,他怎么能在林曼纽海滩上听见它。他细想是气压和气流中某种奇特东西使那声音得以传得这么远。这种情形也许过一千天或一万天都不会再度发生。但在他从纳利号下来登陆打算花几小时收集标本的那天,这声音响起了。当时他一直主要是在寻找那著名的丛林蝴蝶。这种蝴蝶从一翼至另一翼有一英尺长,它像黑天鹅绒般暗淡无色、像树顶一样灰暗。生活在高高树上的习性使它只栖息在丛林的树顶,故而只能一阵扫射才能将它打下。由于这个原因,萨加瓦带了一支二十口径的猎枪。

他用两天两夜时间爬过了那草原地带。他已历经磨难,幸好在丛林的边缘林民停止了追赶。如果第二天没有下一场大雷雨,他可能早渴死了。

接着,芭拉塔出现了。在第一个避荫处,即热带大草原让位于稠密的山上丛林处,他虚脱得几乎要死去。起初,看到他的无助,她高兴得尖叫起来,并准备用一根结实的树枝敲打他的头。也许正是他彻底的无助感染了她,也许是她的好奇心使她迟疑。不管怎样,她迟疑了。当又一棒要打下来时,他又一次睁开了双眼,发现她正热切地注视着他。他最吸引她的是蓝眼睛,白皮肤。她平静地蹲下来,将唾液吐到他的胳膊上,然后用指尖刮去他几日几夜以来在腐土和丛林中染上的那玷污他洁白皮肤的脏东西。

她所有的一切都给他留下特别的印象,尽管她身上没有任何不平常的地方。他淡淡地笑着回忆起来。因为她毫无遮蔽的装束像偷吃禁果前的夏娃。她盘腿坐着,同时倾斜着身子,肢体不对称,筋脉突出像条条细绳,除了偶尔几次淋雨,她身上从婴儿时代开始积聚的污垢已凝成块。他那科学家的眼光从未凝视过像她这样一个女人的原型,毫无美丽可言,有一次他看到,她的乳房,表明她已成年,正当青春期。除此之外,能表明她性别的就是她用于装扮自己的唯一华丽饰物,即穿在她左耳垂孔上的一条猪尾巴。这尾巴刚被切下来,以至于连着肉的一端滴着血,并凝固在她的肩上,像蜡烛流下的一摊油。她的那张脸啊!是一副扭曲、干枯、线条错杂的猿人嘴脸,被向上歪、朝天开的蒙古鼻孔打穿;一张嘴从宽大的上唇下陷,突然退缩到凹陷的下巴里;一双隐约显现、稍触即怒的眼睛眨巴着,像关在猴笼里的异域动物的眼睛。

尽管她用林叶给他盛来水,又带来一块陈腐的烤猪肉,却丝毫不能使她的奇丑无比减轻半分。他十分虚弱,只吃了一点点,便闭上眼睛不想看她,而她一次次拨开他的眼皮为了注视他湛蓝的眸子。接着那声音又响起了,他知道这回近多了。同时他也清楚地知道,尽管他一路艰辛跋涉,但那声音仍离他有许多小时的路程。那声音在她身上的效果令人诧异。在那声音下,她畏缩着,转过脸去,恐惧地呻吟着。但是在那声音足足响了一小时后,他闭上眼睛进入梦乡,芭拉塔则坐在他身边赶走他身上的苍蝇。

当他醒来的时候已是晚上,那女人已离开。但他感觉恢复了力量。那时由于身上灌满蚊毒,他无法忍受日趋剧烈的炎症,便闭上眼睛,一觉睡到太阳升起。不一会儿,芭拉塔回来了,带了六个女人,她们尽管无姿色可言,但显然略胜过她。她用举止证明她认为他是她发现的,是属于她的。如果他不是身处绝境,她向人炫耀他的洋洋自得神情则显得滑稽可笑。

后来,他们走了好几里路,对他来说这行程是颇艰难的,最后,他倒在一棵面包果树遮蔽下的那座恶魔屋前。她绘声绘色地讲了她应该保留自己财产的理由,而尼根一见到他就要他的头。巴塞特后来知道,他是这个村庄的恶魔医生、巫师及药师。其他人则叽叽喳喳,露齿而笑。这些像猴一般的人,都像芭拉塔那样赤条条,形似野兽。那时,他还不懂他们的语言,如果把他们表达思想的粗鲁声音冠以语言,那太抬举他们了。但是巴塞特理解他们的争论,特别是当那些人又按又戳,掂量他的肉体,好像他是屠夫摊上的商品。

争论过程中,芭拉塔不久就步步失利。其中一个人,好奇地察看巴塞特的猎枪,并扣动了扳机,结果枪把一个反冲撞入肇事者的肚眼。而最为血腥的场面是子弹出膛后把一码远处一个争论者的头打得稀巴烂。

甚至芭拉塔也跟着其他人落荒而逃。还没等他们回来,巴塞特重新拿到了枪,尽管由于发烧他只觉得天旋地转。他的牙齿由于疟疾而打战,两眼昏花,几乎看不清东西;意识也越来越微弱。但他仍竭力支撑着,用指南针、手表、凸镜和火柴的简单魔力来威吓这些林人。最后,为了使他们更加对他肃然起敬,心存恐惧,他开枪射杀了一只小猪。随之迅速晕厥过去了。

巴塞特屈曲着手臂肌肉,力求在虚弱中尽可能保存体力,并慢慢拖动身体,在摇摇欲坠中站起来。现在,他瘦得吓人;数月以来,一直顽疾缠身。虽时有好转,体力从未恢复得像现在这样好。他害怕的是像以前好几次那样,再次旧病复发。在没有药物,甚至没有奎宁的情况下,目前他已挺过了最有毒、最恶性的疟疾和黑水热综合征。但他能继续坚持吗?他一直这样问自己。因为像真正的科学家那样,在未解开声音的秘密前他不能安然死去。

在一根棍子的支撑下,他摇晃着走了几步,来到了受死亡和尼根统治的昏暗魔屋。在巴塞特眼里,这魔屋几乎像丛林那样阴暗,散发着邪恶的臭气。但在里面经常可发现他最喜爱的老朋友,饶舌者——尼根。当尼根坐在死人的骨灰上,在袅袅升起的烟雾中敏捷地旋转着从屋椽上挂下来的正在熏着的人头,那时他总喜欢奇谈阔论。因为通过一个月来久病恢复知觉的间歇,巴塞特已掌握了尼根、芭拉塔和根根所在部落的语言的难点。这种语言的心理机制十分简单。根根是尼根的儿子,是一个糊涂的年轻首领,受尼根控制。根根一有情况总是小声地和父亲共商计谋。

"那红东西今天会说话吗?"巴塞特问道,这时,他对老人可怕的工作已习以为常,以至于对烟熏人头的过程产生了兴趣。

尼根用专家的眼光审视着他正在熏制的一个特别的头。

"十天后我才能说'完工',"他说道,"从未有人摆弄出如此坚固的头颅。"

这老家伙不愿意和他谈论红东西,巴塞特暗自笑了。他一贯如此。尼根和这奇怪部落中的其他人从未在任何情况下透露那红东西的任何物理特性,一丁点儿暗示都没有。能发出奇妙声音的红东西必定是有形的。尽管它被称为红东西,巴塞特不能肯定红色代表它的颜色。从他搜集的线索来看,红色足够体现它的行为和力量,不只尼根一人告诉他,那红东西比邻近部落的众神更强大、更残忍。它嗜血成性,需要活人鲜红的血一直供奉它,而邻近众神自己在它面前也成了祭品,备受折磨。它是整个村庄联盟的神,此联盟由许多类似本村的村庄构成。而本村是联盟的中心并起统率作用。由于红东西的原因,许多外村已变得荒芜,甚至销声匿迹了,而俘虏被献祭给红东西。在今天依旧如此,而且可以一直追溯到远古的历史中,并通过口述代代相传。当尼根还是个年轻人时,草原外的部落发动了一场袭击战。在反袭击战中,尼根和他的战友们捕获了很多俘虏。光是小孩就有一百来个在红东西前被活活放了血,男人和女人更是不计其数。

"雷公"是尼根给那神秘的神起的另一个名字,有时它也被叫做"嘹亮的呼喊者"、"神之声"、"鸟喉"、"有着蜂鸟般甜蜜喉咙的东西"、"太阳歌手"以及"星星之子"。

为什么叫"星星之子"?巴塞特询问尼根,却白费劲。对这个老魔鬼医生来讲,那红东西一直处于它现在的位置上,永远唱着歌,响着雷,将它的意志加于所有的人,但是尼根的父亲、现被裹在发腐的草席里,挂在他们头上魔屋的烟乎乎的屋椽上,他则持另一种观点。这位过世的智者认为红东西来自满天星星的夜晚,他进而推断,这就是为什么那些旧时被遗忘的人们称它为"星星之子"而流传下来。巴塞特只能认同这一论点有可信之处。但尼根断言,在他长长一生的漫长岁月里,他凝视过许多个繁星的夜晚,也曾去寻找过,但从未在草原和丛林深处发现一颗星。的确,他目睹过飞速流逝的星(这是给巴塞特论点的答复);但是同样在黑夜他目睹过真菌生物、腐烂的肉,以及萤火虫发出的点点磷光和树林大火和燃烧的石栗果发出的熊熊火焰。然而当它们燃烧过、发光过、闪耀过,火焰、光芒、闪光又是什么东西呢?答案是记忆,仅仅是那已不复存在的东西留给人们的记忆。就像完成的做爱,淡忘的宴会给人的记忆。还有愿望,鬼魂一般撩拨人心,使人激情迸发,欲火中烧,然而在舒适和满足中心愿未遂,徒留一段回忆。昨日的欲望今焉在?是美味的烤野猪肉?但猎人的箭没射中那野猪。是未婚的少女?然而年轻人还未认识她,却已香魂消亡。

一段记忆不是一颗星,这是尼根的论点。一段记忆怎么能是一颗星呢?而且,毕竟在漫长生涯里他仍然观察到那繁星的夜空永恒不变;他从未发现一颗星从原来的位置上消失。此外,星星是团火,但那"红东西"并非一团火。但这无意中的泄密并未告诉巴塞特任何东西。

"那'红东西'明天会讲话吗?"他问道。

尼根耸耸肩,好像说"谁知道呢?"

"那么后天呢?大后天呢?"巴塞特追问着。

"我想熏你的头,"尼根换了个话题,"它不同于任何其他的头。没有任何魔鬼有你这样的头。而且,我会把它熏得很好。我会用好几个月时间。月亮会来了又去,烟会缓缓升起,并且我会亲自收集熏烟的材料。皮肤不会起皱纹,就像你现在一样光滑。"

他站了起来,从那熏过无数的头,被烟弄脏的昏暗屋椽下那暗无天日的地方,取出一个用编席裹住的小包,然后动手打开。

"它像你的头,"他说道,"但是熏得不好。"

一听见暗示这是一个白人头,巴塞特的耳朵就竖了起来。因为他早就开始认定这些住在巨岛最中心的森林居民从未和白人有过交往。他发现他们显然不会讲南太平洋西部广泛应用的贝西德海英语。他们也无有关烟草、火药的知识。他们少量的珍贵小刀,是用几段铁箍做成的;他们很少的战斧,是用交易来的便宜小斧子做的,是那些人用相似手段从咸水人那儿得到的小斧子。这些咸水人住在珊瑚海岸边缘地带,并和不时出现的白人有过接触。

"外面的人不知如何熏制人头。"老尼根解释道,同时从肮脏的草席里取出一个确凿无疑的白人头放在巴塞特手中。

这人头无疑很古老,上面的金黄色头发证明它的确是白人的。他能发誓这是一颗英国人的头颅,很久以前的一个英国人。这可以从那仍然穿在萎缩的耳垂上的沉重的金耳环看出来。

"现在你的头……"这魔鬼医生开始了他最喜欢的话题。

"我来告诉你,"巴塞特打断他,想出一个新主意,"我死后我会让你熏我的头,但首先,你得带我去看看那红东西。"

"你死后不管怎样我都会得到你的头。"尼根推翻了这个提议。用野蛮人的直率补充道,"另外,你活不了多久了。你已经半死不活了。而且你会越来越衰弱,不出几个月,我会在这儿把你在烟里翻来覆去。无数的长长的下午,翻转着自己所熟悉的人的脑袋,譬如说你的,这真是一种乐趣。那时我会告诉你许多你想知道的秘密,因为你死了,那就无所谓了。"

"尼根,"巴塞特勃然大怒,威胁道,"你知道我掌握着铁管里的小雷声(这是指他神秘可怕的猎枪)。我随时都可以置你于死地,那时你甭想得到我的头。"

"还是一回事,根根或我或其他的人也会得到你的头。"尼根洋洋得意地使他确信,"同样,你的头会在这魔屋的烟雾中被翻来翻去。你越早用'小雷声'把我杀死,你的头将越早在烟雾中被翻来覆去。"

巴塞特知道自己在这场争论中失败了。

那"红东西"是什么呢?在以后的一周内,巴塞特上千次地自问,同时他似乎强壮了些。那奇妙声音的来源是什么?这"太阳歌手"、"星星之子",这被奉为神明的神秘东西究竟是什么呢?它像崇拜它的这些黑乎乎,怪头怪脑,猴模猴样的人兽那样行为凶残。长久以来他在禁区距离听到它发出的声音,如同公牛嘴里发出的歌声,银铃般甜美,且又威慑人心。

尼根那儿他无法用自己的头来贿赂他,因为死后它注定要被烟熏。至于根根,这个愚昧的太受尼根控制的首领根本不值得考虑。剩下的就只有芭拉塔了。她从发现他,拨开他的蓝眼睛到爆发出奇怪的、可怕的女人情感,一直爱慕着他。他早就知道要使她背叛她的部落,唯一的方法是获得她那颗女人的心。

巴塞特是个挑剔的男人。芭拉塔这丑陋不堪的女人,一开始就使他感到面目狰狞,以后这感觉一直伴随着他。回想在英国,那时即使最具魅力的女人也从未使他心旌摇荡过。然而现在,作为一个能为科学事业牺牲自己的男人,他毅然准备违背自己优雅矜持的本性,和那恶心得无法想象的丛林女人做爱。

他浑身战栗,为掩藏脸上的怪相,转过脸去,抑制住作呕的感觉,同时用胳膊搂住她污垢结壳的肩膀。他感觉到她油腻、卷曲、散发恶臭的头发正触及他的脖子和下巴。在他第一次的求爱中她便被他的拥抱征服了，做出一张怪脸，她幸福不已，发出低低的、怪怪的、猪一样的哼哼噪声，对此他几乎失声尖叫。这太让他受不了。接下去，在这不寻常的求爱中，他把她放在溪流里，用劲地擦洗她。

从那时起，他就像真正的情人把自己献给了她，次数之频，时间之长，直到他厌恶得不堪忍受为止。为了遵守部落风俗，她强烈提议结婚，对此他一再回避。所幸的是，禁忌规则在这个部落里根深蒂固。这样，尼根从未碰过鳄鱼的骨头、肉或皮。这一禁忌是在他出生时颁布的。根根永远不能碰一下女人。这样的亵渎如果恰巧发生，冒犯的女人即被处以死刑。自巴塞特来后，发生过一回。当时一个九岁的女孩在玩耍，奔跑着绊了一下脚，倒下时碰了这位神圣的首领。事后再也没见过这女孩。芭拉塔小声地告诉过巴塞特，那濒临死亡的小女孩在"红东西"面前被放置了三天三夜。至于芭拉塔的禁忌则是面包果树。巴塞特对此很感谢。她以前的禁忌可能是水。至于自己，他捏造出一个特别的禁忌。他解释道，只有当南十字星座在空中上升到最高点时，他才能结婚。因为他知道天文，这样他就赢得了近几个月的暂缓期，他自信在这段时间内他不是不久于人世，就是带着所有关于"红东西"和"红东西"所发奇妙声音源泉的知识逃到海滨。起初，他想象那"红东西"是一座巨大雕像，像门农[1]，在有阳光的一定温度条件下会演奏声乐。但是一场袭击战后，夜间俘虏被带过来当做祭品。那时下着雨，没有太阳，"红东西"却比平时唱得更响了。巴塞特故而推翻了先前的猜想。

和芭拉塔在一起，有时还有男人们和成群的女人，他可以在丛林四分之三周围的范围内自由活动。而剩下的四分之一的范围，永远是"红东西"的地盘，是禁区。他和芭拉塔做爱更彻底了，并让她经常擦洗自己的身子。她永远是个女性，可以为爱，做出任何背叛。尽管一见她就一阵恶心，一碰她就陷入绝望，尽管她像梦魇缠绕着他使他无法摆脱她那丑陋的容貌，但他意识到了性的广大真理。正是性使这个女人充满活力。她的生命和希望与她的爱人的幸福相比，显得毫无价值了。朱丽叶和芭拉搭的本质区别在哪里呢？一个是高度文明的产物，温柔纤弱；另一个是一千多年前女人的原始型，兽性未褪。但两者没有本质差异。

巴塞特首先是一个科学家，然后才是一个人道主义者。在瓜达尔卡那尔岛的丛林深处，他的这场恋爱试验，就如同他在实验室里做的任何化学反应实验一样。他对这丛林女人的虚假感情步步升级，同时他更迫切要求她带他去面对面看着那"红东西"。他确认这女人必定会报答他。这种事情在男女关系中是屡见不鲜的。事情的发生是这样的。那时他们两人正在抓一种不知种类、叫不出名字的小黑鱼。这种鱼长一英寸，身体一半像鳗，一半长鳞，体形圆胖，并有鲑鱼般的金色黑斑纹。这种鱼常出没于清水中，估计无论新鲜或变腐，整个儿生吃将是一道可口无比的美餐。它们伏在丛林地带的腐土中，芭拉塔用手握着他的脚踝，吻着他的双脚，发出一种令他脊梁骨上下凉透的鲁钝的嘈杂声。她乞求他杀了她，而不要强迫

---

① 门农：指埃及 Thebes 附近阿孟霍特普三世的巨大石像，每在日出时发出竖琴声，170 年罗马皇帝修复后不再发声。

她这样做作为至高无上的爱的回报。她告诉他打破有关“红东西”禁忌的惩罚是受一星期的活活折磨。她把头埋在淤泥里哭诉着那细节。这时,巴塞特才意识到,一个人竟能将无比巨大的恐惧施加在另一个人身上。对此,他以前一直无法理解。

尽管她会经受长时间的折磨,并尖叫着可怕地死去,巴塞特仍坚持要满足他个人的心愿。只要这女人肯冒险,他就可能解开“红东西”歌唱的秘密。女人毕竟是女人,芭拉塔屈服了。她引着他走进了四分之一圆周的禁区。一座陡峭的山从北耸出,翻搅出一条溪流,从南相对而出是另一座高山。顺着山溪,他们摸索着进入一个深而昏暗的峡谷。沿着峡谷走了一英里,路陡然向上,直到他们穿过一段由光秃秃的石灰石组成的鞍状山脊。这石头吸引了巴塞特这位地质学家的眼睛。尽管由于身体极度虚弱,他不得不时常停下,但他仍坚持向上爬。他们登上了被森林覆盖的高地,最后出现在高原上一座裸露的平顶山上。巴塞特认出来这平顶山是由火山砂构成的。他知道一块小磁铁就能吸住他脚下的满满一立方码的砂粒。

接着,他拽着芭拉塔的手引着她向前走。他来到了位于高原中心的一个大坑前。这巨大的坑显然不是天然的。古老的历史,南海的航行路线,无数记得起的数据和它们的含义,在他脑海里迅速汹涌翻腾。是蒙大那发现了这岛屿群,并取名为所罗门群岛,相信自己找到了那传说中国王的宝藏。当时人们都嘲笑老航海家像孩子般容易轻信。然而,现在巴塞特自己伫立在这儿。在这巨坑边缘。就像站在南部非洲的宝石矿井前。

然而他看到的并非是宝石,而是一颗有着浓烈七彩的珍珠。其大小即便地球上从古至今所有珍珠融合在一起也不及它;其色彩是任何珍珠或任何其他东西无法梦求的;因为那物质是“红东西”才具有的色彩。巴塞特知道“红东西”就在附近。这是一个正球体,直径足有二百英尺,顶部在坑缘水平线一百英尺以下的地方。他把它的色质比作为漆。他认为实际上这是人工涂上去的漆,但这种漆体现了高度的智慧,因此是丛林里的那伙人无法制造出来的。它较之鲜红的樱桃更为晶莹透亮,色彩的丰富仿佛是红色层层相叠。它在阳光下闪烁着,七彩斑斓,仿佛下面是层层红垫。

芭拉塔竭力劝阻他不要下去,但巴塞特就是不听。她一下倒在尘土中。然而当他沿着坑墙螺旋状的路线继续下行时,她畏缩着身子跟了下来,边哭诉着内心的恐惧。这红色球体显然是作为珍物被挖掘出来的。考虑到联盟的十二个村庄人员少,以及他们原始的工具和方法,巴塞特知道即使无数代人的辛苦劳作也几乎不可能挖出那么巨大的一个坑。

他发现坑底铺着遭过猛击、面目全非的累累人骨,其中还躺着村里的木头和石头神像。一些表面有淫猥图腾形象和图案的神像是用长四十或五十英尺的坚固树干雕刻而成的。他注意到没有在海岸村庄普遍存在的鲨鱼和海龟神。那不断出现的头盔主题使他大为诧异。这些居住于瓜达尔卡那尔岛黑暗腹地的森林野人对于头盔知道一些什么呢?难道蒙大那的那一班武装人马几个世纪前戴着头盔曾深入此地?如果没有,那么林人们从哪儿得到这些题材呢?

巴塞特在一片狼藉的神像和尸骨上往前行,芭拉塔呜咽着跟在后头。他进入了“红东西”的阴影里,“红东西”高过他的肩,庞然屹立,他一直向前直到指尖触摸到它。那儿没有漆，表面也不像有漆那样光滑；相反，它的表面波纹起伏，凹凸不平，随处可见的一小块一小块表明是经过高温熔合的金属。它的质地确实是金属，但不像他以前知道的任何一种金属或合金。至于它的颜色，他认为未经涂抹，而是那金属固有的颜色。

他移动指尖，这样正好只是轻轻掠过其表面。他感到整个巨大球体有了生气，活起来并做出反应。真是太不可思议了！在如此庞大的物体上如此轻微的触动！然而在指尖的抚摸下它的确有节奏地震颤着，接着变成了细语声、沙沙声和咕哝声。但声音如此非同一般，如此细微，闪忽不定，像是发微光时的咝咝声；如此柔和，以至于甜美得令人着魔发狂，像是精灵吹奏号角的声音。这正是巴塞特上回认为像是越过太空，飞向地球的众神携带的某种铃上发出一阵响声。

他用询问的目光迅速地看了看芭拉塔，但被他引发的"红东西"的声音迫使她猛地埋下脸，并在骨堆中呻吟着。他又重新陷入了对这奇事的沉思中。他推断，它是中空的，是用地球上不知晓的金属制成的。古时的人称其为"星星之子"确实名副其实。它只可能来自群星，而这决非是随便可以制造出来的。它是技巧和心智造就的。外形如此完美，内部肯定中空，这一切不可能只是偶然的结果。不容置疑，一个来自无法猜测的遥远地方的智慧之子在金属里活动着全身。他愣愣地看着它，惊诧不已。他的大脑中如野火般驰骋着一个假设，来解释这遥远的旅行者：他在黑暗的太空中探险，穿过群星，而今矗立在他面前，高高在上；他在两种大气中经过火的洗礼，变得凹凸不平，并被漆了一层，后又被丛林里的食人族耐心地挖掘出来。

但这颜色是某种熟悉金属上的热漆，还是这金属本身固有的品质呢？他用口袋里的小刀的刀尖一刺，来检测这物质的成分。霎时，整个球体爆发出巨大的沙沙声，几乎是洪亮的弦声。如果沙沙声可以被认为是弦声，声音一忽儿升高，一忽儿降低，最高音和最低音气势汹汹，循环不止，最后融合成如同公牛嘴里发出的轰隆声。这正是他经常在禁区距离外听到的那种声音。

这不可思议和无法猜测的奇妙东西使他着了迷，全然忘却个人生命的安危。他高举起刀准备用力敲击，但被芭拉塔阻止住了。在恐惧引起的剧痛中，她双膝跪下，紧抱着他的膝盖，恳求他不要那么做。为了表达她强烈的愿望，她用牙齿紧咬前臂以致咬穿了皮肉，碰到了骨头。

巴塞特几乎没注意到她的行为，但出于温和的本性，他自动屈服了，并收回了小刀。在这从遥远的恒星宇宙来的高等生命的巨大怪物面前，人的生命显得微乎其微了。他踢着这丑陋、矮小的丛林女人的脚，好像她是只狗，迫使她与他一起绕着球体基座走。走了一段路后，一副令人发憷的景象呈现在他眼前。在累累尸骨中，他甚至认出了那不巧打破酋长根根个人禁忌的九岁女孩经烈日炙烤后干枯的尸骸。在逝者的遗骸中，他迎面可见一个尚未消逝者留下的这一奇迹。实际上丛林里这些家伙自己称其为"红东西"，在他身上看到他们自己的形象，并以此鲜红的献礼来竭力取悦他，安抚他。

继续绕行，一路踩着尸骨和神像组成的古老的祭祀墓地的地板。他看到了那个装置。

"红东西"凭借这个装置高歌他雷声般的呼唤,穿过丛林地带和草地,传到遥远的林曼纽海岸。它如此简单质朴,正体现了"红东西"炉火纯青的技艺。一个巨大的柱中之王长约五十英尺,饱经几个世纪的迷信看护,现在已干燥无比。上面雕刻着各个朝代的众神,每一位都端坐在张开的鳄鱼嘴里,头顶钢盔,重影相叠。那柱子从由三根巨大的森林树干做成的三脚架顶点吊下来,用的是寄生攀缘植物搓成的多股绳子。这些树干上雕刻着的神露齿而笑,勾画奇特,颇具当代艺术概念之韵味。这供打击用的柱中之王上悬挂着攀缘植物构成的绳子,可供人们施力和控制方向。像一个用于猛击的锤,柱中之王末端可向前驱动,敲击那璀璨鲜红的庞大球体。

就在这儿,尼根为他自己和他统治的十二个部落的人司祭和进行宗教活动。想到这乘着智慧的翅膀飞越太空的神奇信使落入到林人的要塞,被吃人成性,猎取人头,猿猴模样的野人崇拜着,巴塞特几乎发疯似地大声笑起来。就像上帝的圣谕落入地狱底层的淤泥深渊中,就像耶和华刻在石头上的诫令被呈现给动物园猴笼里的猴子,就像基督的山上宝训被传道给疯人院里的狂吼的病人。

又慢慢过了几个星期。夜晚,巴塞特选择在魔屋满是死灰的地板上度过,那些不停旋转,被缓慢熏制的人头就在他的上方。他这么做的原因在于那屋对于低人一等的女人是个禁区,也就成了他摆脱芭拉塔的避难所。当南十字座在空中越升越高时,标志着她结婚的日子越来越近了,这女人的爱越来越强烈,使他深受折磨,几乎要置他于死地。在魔屋前一棵大面包果树荫蔽下挂着一张吊床。白天,巴塞特就在那儿躺着度过。也有间断的时候。那就是当高烧袭身,昏迷不醒时,他则整日整夜躺在满是人头的屋子里。他一直努力与发烧作斗争,为了活下来,坚持活下来,为了变强壮,强壮到有一天能敢于穿越草地和那外面的带状丛林,胜利到达海滩,到征收劳力、贩运黑奴的双桅船或纵帆船上,返回到文明社会,重见文明人。那时他可以告诉他们在那瓜达尔卡那尔岛最中心的黑暗腹地,存在着来自其他星球的信息,但现在却被那儿的野人盲目无知地崇拜着。

有时候,巴塞特晚上也躺在面包果树下。夜深了,他长时间观察西边星星在丛林的黑色树墙后缓缓下落。野蛮人为了修建村庄砍掉了一些树木,因而丛林已往后退去。由于对天文学知识较为精通,他病中取乐,遐想着那些生活在遥远的星球上的居民。这些由恒星构成的无法看见的世界确实令人不可思议。他像一个从无光的地窖里出来的害羞客人,逗留在他们的光明之屋,生命从那里涌出。他无法猜想空间的界限,正如他无法猜想时间的极点。有关破坏性镭的种种猜测无法动摇他对于能量转换和物质不灭定理的坚定科学信仰。星辰必定总是而且永远存在在太空中。无疑,在宇宙变动中,除了一些畸变,所有一切必定相对而言是近似的,是由同一种或相同的多种物质构成的。所有一切必须遵守或构成同样的规律,不会与人类的整个历程背道而驰。因而,他论证后认为,正如自己所在的太阳系这颗恒星上有世界和生命,所有的恒星上必定都有世界和生命。

即使躺在面包果树下,作为一个智者,他凝视的目光穿过了无数的星沟。所有的宇宙必定也这样展现在无数双像他一样的审视的眼睛前。尽管可想而知眼睛后并非是与他一样的人,但同样地,智者们提出疑问、并探索整个宇宙的意义和结构。这样推理着,他觉得自己的目光永远凝视着无穷无尽的宇宙帐幕,他感到他与那尊严的一群在心灵上是相通的。

那些极其遥远的高级生命在空中架起了一座桥梁,传达着巨大的、虹光四射的、如天堂歌声的信息。他们是谁?他们是什么样的?在宇宙的历法中,他们肯定早已踏上人类新近才涉足的路。他们无疑已高度发达,使他们能够穿越空间的深渊传递信息,而人类却为达到他们的那种发展高度,正含着热泪,流着血汗,忍着剧痛,在无数次研究的困惑中,在黑暗中摸索着为之作艰难、缓慢的奋斗。达到他们的发展高度,一切会是什么样的呢?他们是否已天下一家,博爱互助?他们是否知晓爱的法则影响了对懦弱和腐败的惩罚?生命就是奋斗不息吗?无情的自然选择规则是整个宇宙的生存规则吗?他们深远的推论,长期以来赢得的智慧,隐藏在"红东西"巨大的金属心脏里,是否极其迫切地等待着第一个地球人去破译?只有这一点他是肯定的,即那发声球体并非某颗恒星上一只受伤的狮子从毛上抖落下来的红色血珠。它是精心构思的产物,并非偶然天成,而且蕴涵着许多星球的言语和智慧。

那儿可能有什么样的引擎、元素和动力呢?又可能有怎样的学问、奥秘和控制时代发展的机器呢?无疑像小小一块奠基石可以圈起整座高大的公用建筑,这巨大的球体肯定包含了茫茫历史;它含有深刻的研究价值,其深度即使人类作最奇诞猜测亦无法企及;它隐藏着众多定律、公式,如果被轻而易举地掌握,将使地球上人类个体和群体生活从目前的泥潭中脱身而出,上跃到纯净的、充满力量的高度。这将是时间给予懵懂无知、贪得无厌、心比天高的人类最丰厚的礼物。对于巴塞特来说,作为接受这一从人类星际家族来的信息的第一人,他被赐予了极高的荣幸。

没有哪个白人,更没有其他丛林部落的人能看了"红东西"而活下来的。这就是尼根向巴塞特解释过的法令。过去,巴塞特经常反驳说,难道通过姻亲关系也不允许?但尼根严肃地否认了。即使通过姻亲,也不讨"红东西"喜欢。唯有出生在此部落的人才能看过"红东西"并活下来。但现在,他罪恶的秘密只有芭拉塔知道,而她害怕在"红东西"前被献祭,因此一定会守口如瓶。这情形就不同了。他必须从摧残人的可恶发烧中恢复过来,回到文明社会。然后他将带一支探险队打道回来,即便整个瓜达尔卡那尔岛上人口被毁灭,他也要从"红东西"的心脏里设法得到来自外部世界的信息。

但是巴塞特的旧病复发越来越频繁,他短短的暂愈期也越来越缺乏活力,周期性的昏迷越来越长,直到他渐渐明白,即使他高大身躯内固有的乐观主义给予他最后的激励,也无法活着穿过草地,穿过危险的海岸丛林,抵达海域。当南十字座在空中越升越高时,他病体日衰,直至芭拉塔也认为他活不到禁忌规定的婚礼日期了。

尼根亲自长途跋涉,收集发烟物质以备熏制巴塞特的头,并骄傲地向他宣布和展示他死后用精巧绝伦的技艺熏制他的头的意图。至于巴塞特,他丝毫不震惊。长久以来,他的生命奄奄一息,急剧衰退,以至于生命之火即将熄灭也不会使他惧怕。在周期性的昏迷和半昏迷不断交替的梦魇中,他有一种虚幻的感觉,他不仅怀疑他是否真的看到过"红东西",还是只是他神志昏迷时的梦中臆想。

有一天所有的薄雾和蛛网消散了,他发现自己的大脑清醒异常,便估量一下身体虚弱到何种程度。他想举起手和脚,却不能。他对身体的控制力已小得使他几乎意识不到自己肉体的存在。实际上,他的肉体轻附在他的灵魂之上,而他的灵魂在短暂的清醒中,清楚地知道生命终结的黑暗已临近了。他知道结局快到了;知道自己确确实实双眼目睹过"红东西"——世界间的使者;知道他永远不可能活着把那信息带到他的世界,那信息可能已经在瓜达尔卡那尔岛腹地整整隐藏了一万年,等待人们去聆听。巴塞特决心马上行动,他叫尼根来,在屋外面包果树的树阴下和这个年老的恶魔医生就他生命中最后一次努力、以活生生的肉体作最后的冒险,谈条件,讲安排。

"我知道这个法令,尼根,"他总结道,"谁若不是这儿的人不可能看了'红东西'而活下来。我无论如何要死了。你的那帮年轻人可以把我抬到'红东西'前,我可以看看它,听听它的声音,然后死在你手里。噢,尼根,这样可满足三件事:法律,我的心愿,你做了所有准备等待着我的头可更快得到。"

对此尼根表示同意,并加上几句:

"这样更好。一个不能好转的病人想多活一会儿是愚蠢的。而且,对活着的人来讲,他最好是死去,你已经拖得太久了。不只是好在我可以与这样一位智者对话,而是好些天来我们很少讲过话。相反,你在我的头颅的屋里占着地方,像垂死的猪一样乱哼哼,或者用那我不懂的语言大声讲了许多。这使我大受困扰,因为当我在烟里翻转人头时,我喜欢思考一些有关光明与黑暗的重大事情。我长期学习,慢慢孕育形成我临死前的最后智慧。而你发出太多的噪音打搅了我。至于你,黑暗早已笼罩在你头上,你最好即刻死去。我向你保证,在今后的漫长岁月里,当我在烟中翻转你的头,部落里不会有其他人进来打扰我们。而且,我会告诉你很多秘密,因为我是一位非常睿智的老人,在烟中翻你的头时,我的智慧将与日俱增。"

这样,一副担架做成了,六个人抬着他,巴塞特就这样出发,开始了最后一次冒险,以圆满完成他整个一生的冒险活动。他几乎感觉不到自己身体的存在,甚至疼痛也已殚竭。由于大脑清醒,他非常平静,并为思维完全清晰而深感喜悦。他躺在倾斜的担架上,望着过往世界变得渐渐模糊。他最后一次凝视着魔屋前的面包果树、丛林枝丫荫蔽下昏暗的天日、高耸的山脉间的昏暗峡谷、裸露的石灰石形成的山鞍以及黑色的火山砂构成的平顶山。

他们抬着他沿着大坑盘旋的道路往下走,接着又绕着光彩四射的"红东西"走。它似乎总是急切地从光和色构成的彩虹中幻化出甜美的歌唱和惊雷声。六个人抬着他走在祭祀的人骨和神像木头上,穿过那些未死的可怕的活人献祭,然后来到了三根柱子构成的脚架台和巨大的撞击柱前。在尼根和芭拉塔的帮助下,巴塞特虚弱地坐了起来,上身轻微地摇摆着。他用清澈的、颤抖的、洞悉一切的双眼凝视着"红东西"。"噢,尼根,来一次。"他说道,目光仍驻留在那闪烁的震颤的球体表面上。那儿,从里至外,所有鲜红的光影从未停止过震动。进而变成一种声音,一种丝绸的瑟瑟声,银子的沙沙声,琴弦的金色弹拨声,小精灵的柔和笛声、远处听到的醇厚的打雷声。

"我等着。"长时间停顿后尼根突然说道,手中握着长柄战斧。

"噢,尼根,来一次,"巴塞特重复道,"让'红东西'说话,这样我可以边看着它讲话,边听着。然后当我举起手,你就可以砍下来;因为,当我举起手时,我会低头向前,在脖根处留出位置由你砍。但是,尼根,我这个即将永远离开白天光明的人,希望在耳边响着'红东西'的奇妙歌声而去。"

"我向你发誓,永远不会有一个头像你的熏制得这样好。"尼根向他保证,同时示意部落的人操纵从巨大的敲击柱上垂挂下来的驱动绳。"在我熏制的头中,你的头将是我最伟大的杰作。"

对于老人的自负,巴塞特平静地笑了笑。那巨大的经雕刻的木头从离地四十英尺高的空中被拉下来,解脱了绳索。接下来的时刻,突然得到解放的、雷声般的声音使他沉浸在狂喜中。然而这是怎样的惊雷声啊!声音之令人沉醉,汇集了所有发声金属的可贵品质。大天使们在里面说话;在所有其他声音面前,它的美妙堪称精彩绝伦;它体现了其他恒星系中行星上超人的智慧;它是上帝的声音,诱惑着,命令着人们去聆听。那来自星际的金属造就的这一永恒的奇迹!巴塞特用自己的双眼看到色彩、众多的色彩变成了声音,直到巨大球体的可见表面欢快地蠕动着,似乎水汽氤氲,使他分不清是颜色还是声音。那个时刻,属于他的是物质的空隙,还有物质和力量的融合。

时间迅速流逝着。最后,尼根的不耐烦举动使巴塞特从狂喜中回过神来。他差不多忘记了这老恶魔。一个怪念头迅速一闪,使巴塞特从喉咙里发出一阵沙哑的笑声。他的猎枪就放在身边的担架上。他所要做的只是,枪口对着脑袋,扣动扳机,把自己的头打个粉碎。

但是为什么要欺骗尼根呢?这是巴塞特接下来的想法。尽管尼根猎取人头,是个食人肉的人兽,粗鲁愚笨。然而依老尼根自己看来,他公正至极,他自认为是道德和契约的先驱,是德高望重,受人尊敬的贵人。不,巴塞特认为,在最后一刻欺骗这老家伙将是一种极大的遗憾和不光彩举动。他的头是属于尼根的,将由尼根去熏制。

巴塞特举手示意,根据商定的,他向前伸出头,并清楚地暴露出绷紧的脊椎关节。他忘了芭拉塔,她只不过是个女人,仅仅是个没有吸引力的女人。尽管没看见,他知道,装有锋刃的短柄小斧已在他身后举起。在临终前的瞬间,未知世界的阴影笼罩着他,他感觉到奇迹将至——在可以想象的世界前一堵堵墙分崩离析。正当他知道斧子已挥动,钢铁刀口即将咬到他的肌肉和神经时,他似乎看见了美杜莎安详的脸,千真万确。当钢刃扎入脖根,一阵阵黑暗向他袭来的同时,一个幻觉如同闪电刹时而过,他看见自己的头正在慢慢旋转,一直在面包果树旁的魔屋里旋转着。

(张继青　译)

对神的恐惧

人们在想到科幻小说时,往往会联想到一般的文学结构中所穿插的离奇的线索。这就是超自然恐怖的线索。

事实上,恐怖小说,就其广义而言,要早于科幻小说至少50年或100年;按有些关于恐怖小说的定义,也许要早数千年。现在,H.P.洛夫克拉夫特自认为是使读者恐怖的这门艺术的最重要的实践者。他在一本很薄的题为《文学中的超自然恐怖》(1927年出版,1939年修订)的书中,先把这门艺术追溯到埃及和闪米特族人的巫术仪式上,然后追溯到中世纪蛊惑人心的妖法祭礼上,最后再追溯到被他称之为最令人厌憎的远古时期的生育仪式上。

哥特派小说出自于以上这些礼仪神话和其他中世纪神话;这些神话讲述狼人、鬼怪、术士、死而复活者以及这些东西对现实想象所隐含的双重性。霍勒斯·沃尔波尔创作了第一本哥特式小说《奥特朗托城堡》(1764)。威廉·贝克福特的《万赛克》(1784),安·拉德克利夫夫人的《尤多尔福之谜》(1784),绰号叫"修道士"的M.G.刘易斯的《修道士》(1796)以及夏洛特·戴克里的《佐弗洛亚》(1806)是最受欢迎的哥特式小说。这些小说大同小异,描写危境中的少女,鬼魂出没的城堡,发出铿锵声的镣铐和各种鬼影;有时还描写命运的凶兆如何比死亡还要可怕。

玛丽·雪莱的《弗兰肯斯坦》(1818),受哥特式小说的影响,具有很多哥特式小说的特点,被一些评论家视为第一本科幻小说。

洛夫克拉夫特认为,布沃尔·利顿、莱法奴·威尔基、柯林斯、哈格德、多伊尔、威尔斯以及史蒂文森这些人的作品具有传奇的、半哥特式的和半寓言的风格。不过,他最钦佩埃德加·艾伦·坡、奥布赖恩和贝亚勒斯。他也经常谈到F.马利安·克劳福特、罗伯特·W.钱伯斯、亨利·詹姆斯、奥斯卡·怀尔德、M.P.西尔、布拉姆·斯托克、萨克斯、罗麦、威廉·何伯·霍特森等人的作品。此外,他还特别称颂阿瑟·麦勤、阿尔杰农·布莱克默、M.R.詹姆斯和洛特·邓色尼。

然而,洛夫克拉夫特本人最终成了他所描写的那种恐怖小说的代表人物,也成了刊登他的大部分作品和刊登同时代人对他的作品所作的评论的《离奇故事》杂志的代表人物。《离奇故事》是由克拉克·海尼伯杰在1923年创办的,一年后被他出售。与该刊有着密切关系的方斯华思·赖特编辑接管了它,直至1938年该杂志再次被出售。以后,由多拉西·麦克尔雷斯主编《离奇故事》,直至1954年最后一期。该杂志从不赚钱,最近重新出版同样也不赚钱。

喜欢受惊的读者人数似乎是有限的。不过,《离奇故事》的读者却是忠实无比;其作者也是如此,尽管他们的稿酬不但低而且还来得迟。洛夫克拉夫特就是这样一位作者。他发表在《离奇故事》上的第一篇小说《半人半鱼之神》,是由该刊在1923年3月份创刊号出版之后的六个月刊登出来的。这篇小说曾由一家称为《漂泊者》的小型杂志早在1919年9月号一期中就刊登过。

不久,洛夫克拉夫特成了《离奇故事》的经常投稿人。事实上,当他的稿件有时被退回后,他很少再把它们投往其他地方去。因此,他的朋友一度不得不擅自将他的两份手稿拿到《惊奇》杂志上去发表,因为那时很少有其他杂志会刊登这类小说。《小说》杂志、《宝库》或《骑士》杂志偶尔会刊登像欧文·S.科伯的《鱼头》这样难得的小说,但唯有《离奇故事》才专门刊登怪诞故事。以后出现的专讲极端残暴的恐怖故事,连同那些惊险读物、离奇故事以及鬼怪小说,不是很快消失了,就是没有什么影响了。

洛夫克拉夫特此人的重要性在于其文学生涯的两个方面:一是在通俗读物方面为自己开辟了一个特殊的领域,即超自然恐怖领域;二是引来了众多追随者。按照他的分析,超自然恐怖与世俗的恐怖是有区别的,尽管世俗的恐怖也有一定的吸引力;但这种恐怖仅仅是具体的实实在在的恐怖。洛夫克拉夫特追求的是对未知的恐怖:

> 对真正的离奇故事的唯一衡量标准仅是这样——能否激起读者深刻的恐怖感,以及与未知领域和力量的接触感;可怕的声音,又是否会产生一种微妙的意识,好像倾听到黑压压的鸟群拍打翅膀发出的声音,或像倾听到已知宇宙最边缘上的外部形影和实体发出的刮擦声。

洛夫克拉夫特本人看来几乎同他的小说一样不寻常。当他只有八岁时,父亲患麻痹性痴呆,死在一家精神病医院里;母亲患精神病,去世前也住院多年。除了与布鲁克林区的一位女商人过了一段短暂的并不和睦的婚姻生活外,洛夫克拉夫特同在普洛维顿斯的姑母们住在一起。大家靠逐渐减少的家庭收入和替人代笔、校阅勉强度日。洛夫克拉夫特曾花费不少时间业余从事新闻写作,并且还无偿地给其他出版物撰稿。他的小说也没有给他带来多少稿费。

洛夫克拉夫特喜欢用写信的方式来扶助许多青年作家,常给他们寄去难以置信的又长又详情的书信。他既批评又支持他们的工作,有时还和他们合作。因而,这些青年作家对他的散文风格和神话不但崇拜而且还加以借用。在这些青年作家中,有E.霍夫曼·普赖斯、克拉克·阿什顿·史密斯、唐纳德、霍尔德·万德里、罗伯特·布卢奇、亨利·库特纳、C.L.穆尔、弗兰克·贝尔克纳普·朗和卡尔·杰克比。奥古斯特·德莱思非常热爱洛夫克拉夫特的作品和他为他自己的小说提供背景情况而杜撰的奇吐尔伍神话。所以,他和唐纳德·万德里两人创办了阿克哈姆书屋,出版了洛夫克拉夫特的遗作《外来人及其他》(1939)以及他的另外一些作品。以后,他们又出版了雷·布拉德伯里早期写的一些幻想作品和像A.E.范沃格特这样的作家写的科幻小说。

洛夫克拉夫特于1937年患肾小球和肠癌去世。他去世后留下一部长篇小说《查尔斯·德克斯特病房之案》(1941年连载)和许多短篇小说,其中一些短篇小说都是围绕着一个神话展开的。这个神话说的是:权势很大的罪恶之神一度统治了世界,后被放逐;现在它们放逐在这个世界上古老的、死气沉沉的黑暗角落里仍然受到敬奉,并希望回来。洛夫克拉夫特最有名的小说有《不合时宜的阴影》、《在疯狂的山脉上》、《邓韦奇的恐怖》、《来自太空的色彩》、《因斯蒙斯上空的阴影》、《黑暗中的低语者》、《奇吐尔伍的呼叫》、《墙里的老鼠》和《外来人》。

洛夫克拉夫特早期的一篇小说《半人半鱼之神》,取材于民间流传的神话,但并非是他虚构的。这篇小说缺乏洛夫克拉夫特在后期形成的某些非同寻常的语言风格——使读者毛骨悚然的语言风格。

恐怖小说和任何类型的幻想小说都难以同科幻小说相分开,因为它们都涉及奇异的人和事。许多文学评论家都不想对它们加以区分,有些还始终坚持认为两者之间根本不存在明显的差别。不过,幻想小说靠它的幻想力和文字的夺魂摄魄使人着迷,使人恐怖;而科幻小说则靠逻辑和解释使人相信。科幻小说描述读者想象不出的会在他生存的世界上存在着的离奇之事;而幻想小说则告诉读者世界是难以置信地离奇。

《半人半鱼之神》[1]

〔美〕H.P.洛夫克拉夫特　著

我是在精神明显紧张的状态下撰写此文的。因为到明晚,我将不复存在。我身无分文,

① 这是《圣经·旧约》中非利士人的主神,称之为"大衮",上半身是人,下半身是鱼。

在唯一能维持生命的药物中断了时，将再也不堪忍受精神的折磨；我将从顶楼这个窗口跳到下面肮脏的大街上去。不要从薪俸和吗啡上来断定我是一个弱者或是一个堕落者。等你阅毕这几页草草写就的文字时，你也许会料想我为什么非得忘却一切，或非得寻死的原因，但你绝不会完全料及这一原因。

在茫茫太平洋最开阔也是最没有人去的一块海域上，我押运的邮船成了德国军舰的牺牲品。那时，大战刚起，德国佬的海军力量还没有被削弱到后来的地步，我们的押运船自然也成了他们的战利品。但另一方面，由于德国佬收编了我们这些战俘，我们也就理所当然地受到了公正、客气的对待。德国佬的军纪很松散。在我们被俘后的第五天，我便有了机会，找到一条小船独自逃走。船上备足了可用很长一段时间的水和食品。

当我最终发现小船在随波逐流时，我如坠五里雾中。我从来就不是合格的航海者，因而只能依据太阳和星星的位置，模糊地推断自己处在赤道偏南一点的地方。我对经度一窍不通，而且当时又看不到任何岛屿或海岸。天气一直很晴朗。在灼热的阳光下，我漫无目标地漂流了不知多少天，期待着有艘路过的船，或被海浪抛到某块可居住的陆地上去。然而，既没有船只也没有陆地出现。我陷入了孤立无援的困境。面对一望无际波涛汹涌的大海，我开始感到绝望。

奇迹在我睡眠时发生了。但到底是怎样发生的，我将永世不得而知，因为我的睡眠尽管多梦不安，但从未中断过。最后醒来我竟发现自己的一半身子陷进了一片可怕的黑黏泥地之中。黏泥地呈一丝不变的起伏形状，从我的周围一直延伸到我能看得到的地方。小船也搁浅在黏泥地上，离我有些距离。

你很有可能会猜想我的第一反应将是对如此意想不到的巨变感到惊讶。但事实上，与其说是惊讶，倒不如说是恐怖，因为空中和泥中都透出一种令我不寒而栗的不祥之兆。这一带充满了各种腐臭味。它们是从腐烂的鱼体和辨不清何物的尸体上散发出来的。或许，我不该仅用语言叙述这种恐怖，这是万籁俱寂极目无际的不毛之地中存在着的无法形容的恐怖。这儿，除了一大片黑沉沉的黏泥地外，再也看不到任何东西，也听不到任何声音。这死气沉沉的地方使我深感压抑、恶心和恐惧。太阳从空中直射下来，然而在我看来，天空几乎也是黑沉沉的，残酷得不见云层，这天空恰似被我脚下漆黑的泥地反照着一般。

我爬进了搁浅着的小船，意识到只有一种理论能解释我的处境。经过某一史无前例的火山剧变，有块海底被隆上海面，形成了陆地，而这块陆地在深不可测的海底已蕴藏了无数个百万年之久。在我脚下隆起的这块新大陆十分恢弘十分荒凉，我竖起耳朵也听不到汹涌澎湃的大海传来的最微弱的声音。我举目远眺也看不到任何的海鸟。

一连好几个小时我都坐在船上沉思默想。小船侧身搁浅着，当太阳在空中移动时，才提供了一点阴凉。随着白天的消逝，黏泥地失去了不少黏性，干涸得似乎可以让人短时行走。那晚，我难以成眠。第二天，我便打点好带有水和食品的行李，准备去陆地旅行，寻觅消失的大海，寻求可能的救援。

第三天早上，泥地已干涸得可以自由行走。与此同时，死鱼发出的气味与日俱增，臭不可挡。不过，我对这区区小灾已毫不介意，因为我必须顾及大事。我开始大胆地出发寻找未知的目的地。在这此起彼伏的旷野中,我整天都以远处最高的一个圆丘为目标,朝西稳步前进。晚上,我露宿休息。次日,我继续前进,尽管圆丘看上去似乎并没有比我先前望见它时要近些。到第四天晚上,我终于到达圆丘脚下。其实,圆丘要比远处望到的高得多,它由一条横在中间的波谷隆起,坡度较陡。我疲惫不堪,无力登山,倒睡在山影之下。

我不明白那晚我为什么老做噩梦。在渐渐亏缺的奇特月亮远在东边的平原上升起之前,我出了一身冷汗醒了过来。噩梦难耐,我决定不再入睡。月光下,我倏然悟出白天行走真是愚蠢之举,假若不在灼热的阳光下行走,我本可省却不少体力。现在,我清楚地感到能在日落时向阻碍我的山坡进军。拾掇好行李,我开始朝山顶爬去。

我曾说过那连绵起伏的大荒原是我模糊恐惧感的来源。但当我登上山顶,顺着另一边山坡往下看,看到一条月光尚未照至其漆黑深处的大峡谷时,恐惧感顿然倍增。我顿觉自己是站在了世界的边缘上,凝视着深不可测与黑暗共存的谷底。随着恐惧的加剧,我不由地浮想起《失乐园》一书中的奇特情节和撒旦可怕地爬过未成形的黑暗之国的奇异情景。

月亮爬得更高了。我开始看到峡谷的坡度并不像我原先想象得那么大。突出的岩石为下山提供了相当方便的落脚点,并且从下面数百英尺的地方起,坡度逐渐变小。被盲目的冲动所驱使,我踩着岩石艰难地往下爬到较为平坦的山坡上,而后站在那儿目不转睛地注视着月光仍未照及的阴森森的谷底。

骤然间,我的注意力被对面山上一个巨大而又异常的物体所吸引。此物陡直而立,离我百码光景,在半空中月亮的照射下熠熠生辉。我随即搞清那是一块巨大的石头,但又注意到它的外形和位置并非天公所作。再仔细一看,倒使我充满了难以名状的感觉。尽管此物身躯庞大,且位置又处在自世界初期起就已在海底豁开的一个深渊之中,但我坚信这一奇特的物体是造型恰到好处的独石柱。它那庞大的身躯与既能生活又能思考的动物的手艺或崇拜不无关系。

在既茫然又害怕的同时,我倒也有一种科学家和考古学家才会一时产生的快感。于是,我便更加仔细地环顾周围。月上中天,月光清澈而又不可思议地照在了深渊周围的悬崖峭壁上。猛然间,我看到有股山水从高处飞泻而下,几乎溅到了我站在山坡上的双脚,继而沿着蜿蜒的溪道朝两个方向奔腾而去。水波冲洗了深渊对面巨大的独石柱底基。底基上刻有碑文和粗糙的雕饰。碑文是用我看不懂并且从未在书中见过的象形文字刻写而成的。大多数象形文字以简单化的象征手法表示诸如鳗鱼、章鱼、鲸鱼,甲壳类动物、软体动物等海生动物。少数几个象形文字则显然表示世人所不熟悉的海生动物,不过对其腐烂的形状,我倒在海洋隆起的平原上目睹过。

然而,最使我着迷的是生动的雕饰。在溪涧对面,硕大无朋的系列浮雕清晰可见,其题材会使像多雷这样的插图画家羡慕不已。我想这些浮雕该是用来描绘人的——至少是某一类人,尽管所雕之物像鱼一样在某个海洞中恣意嬉戏,或在浪涛之下出现的某个极大的神殿中举行效忠仪式。对它们的形态我不敢细说,因为仅看一眼它们的外形,就会令我昏厥。这些东西长得奇形怪状,其丑态超过了像埃德加·艾伦·坡或布沃尔这些作家的想象力。但除了带蹼的手脚,惊人的宽厚嘴唇,目光呆滞的凸眼以及其他回忆起来更令人不悦的特征外,它们总体上具有人的形体。够奇的是,这些半人半鱼被雕刻得与它们的实情很不相符,其中有条半人半鱼欲要杀死一条并非比它本身大多少的鲸鱼。根据它们古怪的模样和肥大的身躯,我很快得出结论:它们只不过是某个原始捕鱼部落或航海部落想象中的神,这一部落在波尔舟人和尼安德特人的始祖出世前好几个时代就已灭亡。此番情景恐怕连最具探险精神的人类学家都尚未见识过,对此意外遭遇我恐惧得呆如木鸡,直到月光奇迹般地投射在我面前的寂静的山谷里。

突然,我看见了它。伴随着其要露出水面而发出的轻微搅动声,此物悄然出现在黑色的水面上。它身材高大,面目可憎,酷似独眼巨人波吕斐摩斯。它如同噩梦中的巨大怪物一样飞快地奔向独石柱,然后在独石柱旁猛烈地挥动其一双巨大的带鳞手臂,并低下其可怕的头,发出某种有节奏的声音。我想我当时一定是疯了。

我是如何发疯似地登上山坡和悬岩,又是如何发疯似地回到搁浅的小船上,对此我几乎回忆不起来了,但我相信我曾狂叫过,也狂笑过。我模糊地记得回到船上后不久,天下起了一场狂风暴雨。不管怎么说,我清楚地听到了隆隆的雷鸣声和其他声音,这是大自然在其心情最不好时才会发出的声音。

当我走出阴影时,我躺在了旧金山的一家医院里,我是在太平洋中被美国船长搭救并护送到那里的。在医院里,我神志失常时说了不少话,但发现别人对我的话并不怎么在意。对太平洋中隆起的陆地一事,甚至连我的援救者也毫无所知。以后,我找到一位大名鼎鼎的生态学家,并逗问他有关腓力斯人对半人半鱼之神,即鱼神的传说中的一些古怪问题,但顷刻发现他未能免俗,言不及义,令人失望,也就不再向他逼问。

每当夜幕降临,尤其当月亮亏缺不圆时,我能看见它。我试用了吗啡,但它只有短暂的药效,却使我像一个绝望的奴隶一样深深地陷入了它的魔掌,无法逃脱。因此,在写下了一篇供我的同胞参考或耻笑的完整记事后,我现在就开始彻底断药。我常问自己这是不是一个纯粹的幻觉——一种仅是从德国兵那儿逃跑后,在没有甲板的船上中暑发高烧时讲着胡话的反常行为。然而,每当我向自己提出这个问题时,在我的面前总会出现一幕非常清晰的令人局促不安的画面。我一想到大海就对那些不知何物的尸体怕得发抖。因为它们此时此刻可能正在泥泞的海底挣扎着爬行,去敬奉它们古老的石偶,并把同它们自己很相似的可憎之物雕刻在海底那渗透了水的大理石碑上。我梦想有朝一日它们能浮上海面,用其冒着血腥气的爪子把被战争搞得筋疲力尽的弱小的人类残余者拉下海去——有朝一日大地下沉,黑色的海底上升到宇宙中的混乱不堪的地方去。

末日即将来临。我听到了门上发出的响声,似是某个庞大的滑行躯体在笨拙地撞击房门。它不该找我。天啊,那只手!窗口!窗口!

(郭宏丰 译)

科幻杂志辉煌历程的起点

第一本科幻小说杂志本来完全可以在1924年,即在《离奇故事》创刊一年之后出版的。

美国出版家、科幻小说的主要奠基人雨果·根斯巴克(1884—1967)自1911年以来一直在他创办的那些大众科学杂志上刊登科幻故事,其中有些故事是他自己创作的。1923年他的《科学与发明》杂志出了一期“科幻小说专刊”。1924年他把将取名为“科幻小说”杂志的一份内容简介寄给了可能订阅的读者,但回复却不能令人满意。

然而,根斯巴克并不为之气馁,1926年4月,就推出了《惊异故事》这一刊物。他在刊首语中,宣扬他基于科学技术发展对未来那种激动人心、意义深刻的设想,并指出他是鉴于科学技术的日新月异而创办了这本杂志的。

但他认为“科幻小说”这个字眼太吓人了,不能用作杂志正名;而且,“科幻小说”带有过浓的科学气息。用“惊异故事”作为正标题则更贴切,“科幻小说”对它进行解释并作为副标题:《惊异故事——科幻小说》杂志就这样诞生了。

就最早的三期而言,该杂志选登了儒勒·凡尔纳、赫伯特·乔治·威尔斯、埃德加·艾伦·坡以及其他一些作家的作品。该杂志的忠实读者杰克·威廉逊在杂志出版的第一年就开始阅读,他认为,也许这本杂志的最大成功之处就是重新发行了威尔斯的短篇小说和长篇。在最初的一年半时间里,杂志的封面上印有凡尔纳、威尔斯或是坡的名字,有时就干脆印着其中两人甚至全部三个人的名字。

该杂志从第4期开始刊登新作品。因为到了1927年的10月版,读者已在抱怨威尔斯作品的冗长了。为了新作者,根斯巴克开始减少那些老作家的作品,并取消了杂志封面上的上述三位老作家的名字。

根斯巴克是该杂志的创办人。他早在18岁时就带着两百美元钞票和电池制造计划移民美国,并开始创业。最初,他的事业开展得并不顺利,在经历了几次失败之后,他就开了一家商店做电器设备的进口生意。为了宣传他的商品,他开设了一家(能发能收的)地方电台,编制了商品目录册,接着还创办了一本杂志。这为他以后创办多种科技杂志打下了基础。

在大众科学杂志以及《惊异故事》杂志上刊登的那些早期故事,是以其热情而不是以其叙事技巧而著称的。然而,像《组织培养王》之类的新故事偶尔也会出现,这类新故事不但以其语言运用的精湛,而且还因与生物学方面的关联而著称。

生物学几乎没有为三四十年代的小说提供任何创作灵感——因为当时的作者和读者都对自然科学更感兴趣——只有到了60年代,生物学方面惊人的新发展才使作家们开始从中汲取灵感。不过一直等到19世纪下半叶和20世纪上半叶才出现生物学方面的一系列重大发现:例如,巴斯特关于细菌致病理论的发现,利斯特的消毒程序论,孟德尔遗传原理的再发现,以及遗传学和进化论的进一步发展。

刊登在《惊异故事》杂志上的《组织培养王》这一小说中提到的亚历克西斯·卡雷尔是引发创作这篇小说最最直接的灵感。1912年卡雷尔由于创造了血管缝合技术,获得了诺贝尔医学奖;但令人更感兴趣的是他在器官移植方面的研究,以及通过给器官灌输血液和营养成分来使其存活并保持健康这些方面的努力。他曾使雏鸡的一小片心脏存活并生长了34年。他还跟查理·林德伯格一起研制人造心脏。

该文的作者朱利安·赫胥黎(1887—1975)是个超前于时代的人。不过话得说回来,他的家族也是历次运动的先驱。他的祖父托马斯·亨利·赫胥黎是达尔文学说在英国的支持者(他还是赫伯特·乔治·威尔斯的生物老师)。他的舅公就是英国诗人兼评论家马修·阿诺德。隔了多年之后,他的弟弟奥尔德斯也成为一名杰出的小说家和社会评论家。

朱利安·赫胥黎既是一位生物学家,也是一位写科学文章的作家。他在美、英两国教过动物学和心理学,当过考察队员,在非洲居住过,担任过英国皇家动物园的经理和《不列颠百科全书》的生物编辑,跟赫伯特·乔治·威尔斯和G.P.威尔斯父子俩合著了《生命科学》一书,还跟人合著或单独写了许多关于科学和社会方面的书籍。他曾担任过联合国教科文组织的第一任总干事。

《组织培养王》是朱利安·赫胥黎唯一的一篇科幻小说。小说首先发表在《耶鲁评论》季刊上。后来被根斯巴克,也许是一位读者发现了,并重新刊登在1927年的《惊异故事》上。他开了科学家写科幻小说之先河。接着,许许多多的科学家都纷纷以他为榜样,进行科幻小说的创作,例如约翰·泰恩(著有《埃里克寺院之钟》),菲利普·莱瑟姆(写了《罗伯特·S.理查森》),艾萨克·阿西莫夫,弗雷德·霍伊尔,格里戈里·本福特。

敬请读者注意的是,赫胥黎在《组织培养王》一文中,早在原子弹发明之前,就提出了科学的社会价值和科学家的社会责任问题。

《组织培养王》

〔英〕朱利安·赫胥黎　著

三天来,我们一直在沼泽地中穿行,最后终于来到了干燥地区,沿着一个平缓的斜坡蜿蜒而上。只见在坡顶附近,那灌木丛变得更加稠密了。当我们快到山顶时,一堵仿佛经人刻意布置的挡墙呈现在眼前。我们不想去穿越这堵由荆棘密布的灌木组成的挡墙,因而就朝右沿着这堵绿墙继续赶路。走了三四百码之后,摆在我们面前的是一片通向荒野的空地,而且空地越来越窄,看起来像是条通道或古道之类的。这让人觉得有点可疑。但我认为,我们最好还是尽力前进,因而命令旅行队往空地走去,由猎人带路,我自个就跟在他后面。

突然,那猎人从喉咙里发出一声惊叫并停了下来。我抬眼一看,只见一只非洲大蟾蜍笨拙地跳过通道。嘻,这只蟾蜍的上背部居然还另外长着一个脑袋!这种事我还是头一回看到,因而就想抓住这只罕见的怪物,作为我们旅行中的收获;就在我向前挪动的当儿,那蟾蜍接连几下跳进了荆棘密布的灌木丛。

我们继续向前赶路,我开始意识到我们一直在走的这条通道并不是天然而成的。稍微过了一会儿,传来一阵嗡嗡声,很快地我们就辨出那是人的声音。我命令队伍原地等候,并叫向导(即那位猎人)跟我一起向前爬去。通过仅剩的一道灌木屏障向下窥视,看到一个山谷。这一看可不打紧,那山谷里发生的一切把我们给深深地震骇了:刚才那嗡嗡声是由一个至少八英尺高的黑人发出来的,这么高大的人,除了在马戏团,我可还是第一回看到。那人盘坐着,不时地把上半身卧拜在地,口中念念有词。祈祷的对象就在他前面,放在地上——这是一小块玻璃片,立在一个小巧玲珑的乌木支架上。在他身旁放着一支长矛和一只带盖的漆篮。

过了大约一分钟之后,那巨人开始默默地顶礼膜拜,然后拿起那由乌木支架和玻璃片组成的物品,放到篮子里。接下来让我惊讶至极的是:他取出了一只双头蟾蜍并放到地上,这蟾蜍的形状跟我第一次看到的那只相似,不过这回是装在野草编织的笼子里;他接着开始更长时间的跪拜和祷告。这一切一结束,那盘坐着的巨人就把蟾蜍放回篮子,然后静静地凝视着周围的风景。

山谷的那端是个地势起伏不平的国家,到处都是一丛丛的灌木。只听到从山谷至那国家的一半路途处传来一个震人心弦的声音;接着瞥见一片色彩在灌木丛中穿行;只见大约由四五十人组成的一队人马在向前行进。其中绝大多数人跟刚才所见的那个黑人一样地巨大。他们秩序井然地前进着,手持长矛,腰系彩带,腰带前面似乎还有个囊袋一样的东西。走在人群前面的是个中等身材的黑人,那人手持木棍,长得较有灵气;伴随他的是两个矮个子,走在队伍中,比那帮巨人还要显眼。这两人长着硕大的脑袋,浑身肌肉极其发达,简直像是个侏儒,那黑黝黝的肩膀上还披着醒目的黄色披风。

远远地看到那帮人,这位盘坐着的黑巨人就站了起来,直挺挺地屹立在篮边。这时,人群走近并停了下来,首领(即那位中等身材的黑人)发出命令,接着从队伍中走出一个巨人,向着我们的黑巨人走来,后者就拎起篮子,僵硬地递给新来者,然后站到那巨人的队伍当中。显然,我们正在目睹的是换哨的一种例行手续,我绞尽脑汁地想,这一切——卫兵、巨人、侏儒、蟾蜍——会意味着什么呢?这时,使我惊愕的是,耳边传来一声惊叫。

原来是个该死的挑夫,一个可恶的家伙,总是喜欢表现一下他的独立性。我想,他是等得不耐烦了,就狂妄自大地爬过来看究竟发生了什么事,而突如其来地看到这一群巨人则使他无法控制住自己的惊慌失措。我向他打暗号,叫他保持安静,可惜太迟了。那帮人已听到了惊叫声,首领快速地下达命令,巨人们就兵分两路,冲上来包抄我们。

武力对抗显然是不可能了。这时,我的心也快提到嗓子眼上了,但还是竭力维护着尊严,边叫猎人不要打枪,边跳起身来,伸出双手向他们示意手中没拿任何武器。看起来,十多支长矛好像都在向我射来,但没有一支落在我身上;那首领跑上山坡并发出指示。两个巨人走上前来,用手臂架住我的双手;其他巨人则用长矛把那猎人和挑夫团团围住。余下的挑夫发现出了乱子,开始叫喊着逃跑,那帮巨人就分出一半在他们后面穷追猛赶。另一半巨人则慢吞吞地但又非常坚定地押着我们三人穿过山谷,向前走去。

我一点也听不懂他们的话,便叫猎人试试。结果发现这是一种方言,他也只能略微听懂一些。因此除了知道我们正被带去见一个高级官员之外,便一无所知了。

两天来,我们被押着通过一个花园般美丽的国家,每隔一段路程就是一个村庄。不时地,还可看到各种怪物:侏儒、肥胖无比的妇女或双头动物之类的,导致我萌发了这样的念头,我这次偶然的机会发现了马戏团怪物新的来源。

该国的地势开始缓缓地向下倾斜,最后我们来到了一个景色宜人的河谷地带,现在已快到首都了。对非洲而言,这确确实实算是个大城市了。城墙是用泥土垒成的,由沉重的板状拱壁支撑着,建筑式样非常怪异,让人过目不忘,墙上还站着守卫的巨人。看到我们走近,一大群人喊叫着,从最近的一扇门涌泄出来。天哪,这是怎样的人群啊!到那时,我已慢慢地看惯了巨人,可现在没料到竟会像美国的巴纳姆和贝利举行的一次“奇人怪物展览”:许许多多的半侏儒;有些人比他们更矮些,人们无法辨出这是些早熟的孩子还是发育严重不良的成年人;有些人出奇地胖,手臂像黑乎乎的熏羊腿,肥肉一圈一圈地鼓出来;还有一些人显得过早地老态龙钟,浑身干瘪瘪的;另一些人则面目可憎,一副痴呆相。当然,也有许多正常的黑人,但太多的怪人让人感到很不舒服。此外,进城后不久我还突然注意到一样令人费解的东西——一根带有完好绝缘体的电话线,挂在两棵树之间。一台电话——在一个不知名的非洲小镇上。我实在想不明白。

另一件意想不到的事情是:我看到一个白人经过,从一所大房子走进另一所大房子——绝不会搞错,是个白人。首先因为他穿着白色帆布裤,戴着硬壳太阳帽;其次是他长着一张浅色的脸。

听到我们一队人马的声音,他转过身来,站着看了一会儿,然后朝我们走来。

“你好!”我向他大声打招呼,“你会讲英语吗?”

“会的,”他答复道,“但等一会儿。”然后开始跟那个押我们的首领迅速交谈起来,不难看出,首领对他极其尊重。那白人返回来快速地对我说,“他们准备把你们带到议事大厅去接受审讯,但我会留心不让你们受到伤害的。这是片陌生人禁止入内的国土,你们得做好被关押一段时间的心理准备。审讯一完毕,他们就会把你们送到圣殿来见我,然后我会向你们解释的。这一切都需要作些解释,”他干笑了一声,“顺便提一下,我叫哈斯库姆,以前曾在英格兰的米德尔塞克斯郡医院搞过研究工作,现在是尊敬的姆哥伯陛下的宗教顾问。”他笑着讲下去。这人很有趣——50 岁左右,体态清瘦,脸孔尖削,蓄着一撮小胡子,淡褐色的双眼深深地凹陷着。至于他的神情,显得有点悲观,但又似乎并没有对生活失去兴趣。

我们继续向前走。此刻已来到了大厅门口,押送我们的巨人在外面排好了队伍,我的人马排在他们后面,就我跟首领两人走了进去。只见两名审判官身穿长袍,相貌极其周正。审讯进行得很正规,并且不同于众,其不同主要体现在审讯程序和审判官庄严的举止上。这一切结束后,巨人们就把我的人马赶到一个围地里;而我则被送往一间带有点欧洲风格的小屋,在那儿我见到了哈斯库姆。

当只剩下我们两个人时,我就马上追问哈斯库姆。“现在你可以告诉我了,我们在哪儿?所有这些‘马戏团表演’和‘怪物展览’是什么意思?你又是如何来到这儿的?”他打断了我的话,“这事说来话长,因此还是让我来讲吧,以免浪费时间。”

我不打算照他的原话来讲述这一故事,不过我会尽量结合以下两点——跟他后来的许多次交谈以及我自己收集得来的资料——给出一个更合乎逻辑的介绍。

哈斯库姆曾经是一个有远大前途的医学专业学生,在获得学位之后,他就着手搞研究。刚开始他研究的是寄生原生动物门,但为了搞组织培养,他放弃了那份工作;之后,他曾搞过癌症研究,接着还搞过发育生理学研究。后来,政府组建了一支庞大的考察队伍,去调查昏睡病,哈斯库姆对此心潮澎湃,怀着对旅行的渴望,通过走门路,成了一名去非洲的科学工作者。其中,野生动物充当锥虫病原体的储存宿主——这一课题给他留下了很深的印象。当他获悉野生动物的大规模迁徙后,他意识到这可能是传播昏睡病的一种重要途径,就请求考察队允许他去内陆地区,对整个问题进行调查。于是,考察队在完成整体工作后,为了看看他能发现些什么,就批准哈斯库姆继续呆在非洲,跟他在一起的还有另外一个白人和一队挑夫。他的这位白人同伴是个实验室技术员,名叫艾革斯,是位不苟言笑的科学工作者。

哈斯库姆一行人在非洲的经历多得不胜枚举,只要说说他们迷路后落入这个部落这一段经历就足够了。事情发生在十五年之前,而如今艾革斯早已过世。那是在该部落呆了几年之后,艾革斯企图逃跑而被抓住时受了伤,以致死亡。

他们遭捕获后,也曾在议事厅里接受过审讯。哈斯库姆(他对人类学,如同对科学研究中的其他绝大多数课题一样,感过兴趣,但只是一个半吊子)对他所描述的那种极端宗教氛围留下了很深的印象。该部落的人干每一件事都有一个复杂的仪式;酋长看起来倒不像国王,反而更像牧师,他每隔一会儿就变换一下仪式;而牧师们则整天在看似圣坛一样的地方忙碌着。另外还有许多仪式,他注意到了其中有一种跟血液有关系——首先是酋长,接着是那帮长老,一个个刺破指尖,挤出一滴血,放进一个小管子里,然后把这混合血液放在火焰上慢慢地蒸发。

哈斯库姆的挑夫当中,有几个所讲的语言跟这些人的话语很相似;因而其中的一个就充当了翻译。看来一切对他们不太有利。该国似乎是片“圣地”,该部落是个“圣种”,他们对那些私自闯入的其他非洲人,不是杀掉就是进行奴役;但其他非洲人通常是远远地避开,不去闯入。白种人,这儿的人们是听说过的,但直到现在才亲眼目睹,因而就如何处置这些人——杀、放还是奴役呢?——展开了一场争论。把这些人放走,有悖于他们的原则:假如关于“圣地”的消息传到国外,就会玷污这片“圣地”。把他们变为奴隶——对,就这么办;可是他们又能干些什么呢?长老们似乎对这些人,这些属于其他人种的人,有种本能的厌恶。哈斯库姆有了个主意,他转身对翻译说:“告诉他们,‘你们视血液为圣物,我们白人也跟你们一样;但我们做得更多——我们能使血液的内在属性变得实实在在,可以看得见。如果你们允许的话,我会向你们表演这一伟大的魔术。’”说完这些话,哈斯库姆便向挑夫招手,叫他把那台精密的显微镜拿过来,然后就架起显微镜,接着用小刀划破指尖,挤出一滴血液放到切片盖片下的载片上。对此,这帮达官贵人明显地流露出感兴趣的神情来,他们一个个交头接耳,窃窃私语。最后,酋长命令道:“你示范一下。”

与以前他给医学专业一年级的学生操作、讲解血液标本相比,这次哈斯库姆则更带劲。他解释说,血液是由各种各样的细胞组成的,这些血细胞都有自己的生命,因此通过对血液的窥视就能获得全新的力量来控制他们。他的话语或多或少地打动了这些长老。因为不管怎么说,以前他们在血液中什么也没看到,现在却观察到了成千上万的血球,迫使他们去思索并意识到:这个白人有着一种本领,他可以成为一名称心的奴仆。

由于害怕自己受人控制,长老们不想观看自己的血液,但他们抽了一个奴隶的血进行观看。哈斯库姆还要了一只鸟,通过展示鸟的血细胞与人的血细胞之间的不同,激起了这帮人的兴趣。

“告诉他们,”他对翻译讲,“我另外还有许多本领和魔力,如果他们愿意给我时间的话,我会向他们一一展示的。”

总之,他们赦免了哈斯库姆一行人——哈斯库姆终于舒了一口气。他说,在那时他领略到了听法官说“在押一星期”时的那种滋味。

该部落的一位元老——一名体格强壮的高个中年男子——引起了他的注意;令他惊喜的是,第二天这人就过来看他。哈斯库姆后来就给他起了个绰号“王储主教”,因为在他的身上结合了政治家的特征和牧师的特色;但这人的真名叫巴格勒。他急着想更多地了解哈斯库姆的神秘力量,如同哈斯库姆急着想知道这是个什么样的民族,他落入了何人的手掌中一样。于是,他俩几乎每个晚上都要见面,并一直谈到深夜。

巴格勒的问题跟哈斯库姆的疑问一样,很少是在纯粹的学术好奇心的驱使下提出来的。显微镜对他的强烈影响,尤其是显微镜对他同僚的影响,使巴格勒急着想发现:利用这个白人的力量,能否使自己得到提升?最后,他们达成了协议:巴格勒保证不让哈斯库姆受到伤害;反过来,哈斯库姆必须把他的设备和本领交给长老院支配,而且由巴格勒来精心安排一切事务,以使他自己受益。巴格勒设想着——只要哈斯库姆能够取得进展,全国的宗教就会发生巨大变化,这将是一场以哈斯库姆的魔力为基础的改革;而且,在这改变了的宗教体制中,他自己还将担任大祭司。

哈斯库姆的幽默感这回得到了满足。看起来似乎很清楚,他们不可能逃跑,至少在眼下不可能。既然这样,何不抓住这个机会——花政府的钱来搞些研究工作呢?这种机会是在国内时,他跟其他研究工作者都曾一直争着想得到的。他开始浮想:他将尽可能地发现该部落的所有宗教仪式和迷信习俗;在所学科技知识的帮助下,把这些宗教仪式的细枝末节,那些迷信习俗的表现方式以及他们笃信宗教的具体方方面面提升到一个新的高度,这在该部落的人看来将是真正的奇迹。

在这儿,我不想费神地讲述哈斯库姆与他们之间的所有磋商,经历的多次挫折以及遭受的种种误解。最后,他得到了他所需要的一切——一座房子,用作实验室;源源不断的人员供应,由奴隶和牧师来充当实验室助手,分管低、高级工作;他还得到这样的承诺,即在科学器材用完时,他们会竭尽全力从沿海地区搞来其他器材。这些人不折不扣地遵守着这一诺言,因此哈斯库姆从来都没缺乏过凡是能用钱买得到的实验器材。

接下来,哈斯库姆就专心致志地对他们的宗教进行研究,发现该国的宗教是围绕着各种各样的主题建立起来的。其中,为首的是对该国祭司王的神性和无与伦比的重要性的信仰;第二个主题是一种祖先崇拜;第三个主题则是对动物的膜拜,尤其是对非洲动物群中那些非常奇异的物种的膜拜;第四个主题是性,是关于分化变异方面的。哈斯库姆对这些细节进行深思,他联想起了生物学方面的种种研究:组织培养,实验胚胎学,内分泌疗法,人工单性生殖。他笑了笑,心想,"哦,这应该是挺有趣的,至少我可以试试。"

整个故事就这样拉开了序幕。也许,最好是由我来接着讲述故事的发展,讲一些我的切身体验,这些印象是在哈斯库姆领我参观他的实验室时形成的。该城的整整四分之一全都用来搞宗教——这给我的感觉是太多了些,而哈斯库姆却提醒我说,西藏把五分之一的收入花在黄油上,还把熔化的黄油放在圣坛前燃烧。大广场的正面是主庙,由大量的泥巴建成,很坚固。广场两边是公寓,分别住着神仆和牧师。广场的背面就是哈斯库姆的实验室,其中有些是泥房子,另外一些则是木结构,那是在他后来的指导下建造起来的:这些实验室围成了几个四方院,日夜由巨人巡逻队守卫着。在第一个四方院里面有个鱼池;在第二个院子里有巨大的鸟笼和鸡舍;在第三个院子中则有许多笼子,装着各种动物;在第四个院子里是一个小植物园。实验室后面是些牛棚和羊圈,另外还有一个所谓的人类试验区。

哈斯库姆把我带到最近的一所实验室里,他介绍说:"这就是人们所熟悉的'工厂'(要给出这个词的确切含义并不容易,但它的字面意思就是制造的地方),这儿既是'陛下制造厂',也是'祖先不朽的源泉'。"我环视了一下,看到一排排的非洲妇女,她们个个胸部丰满、神情欢快,身穿紧身白大褂,头戴白帽子,打扮得非常得体,手上还戴着橡皮手套。房间里面摆着一架架的显微镜和各种各样冒着蒸汽的容器，相当显眼。我还注意到一扇木头屏障，把房间的后半部分隔了开来，屏障上装了许多玻璃门；通过这些玻璃门可进入到一间间的小隔室，每间里面都贴着一个用我们所不懂的语言写的名字，而且还放着几样我先前所看到过的那种由乌木支架和玻璃片组成的物件。房子四周布满管道，看来，这些管道是用来输送房间角落处的一个炉火所散发出来的热量的。

"'陛下制造厂'！"我大声叫嚷道，"'不朽的源泉'！你到底在指什么？"

"如果你想听一个普通点的名字，"哈斯库姆回答说，"那好，我就称它为'宗教的组织培养所'吧。"听到"组织培养"这个字眼，我的思绪飞回到1918年的某一天：那天，一位在纽约搞研究的朋友带我去参观著名的洛克菲勒学院；在那儿，我看到了法国外科医生亚历克西斯·卡雷尔和几队身穿白色服装的美国姑娘，他们在我面前搞着一系列的工作——选择培养菌、进行消毒、放到显微镜上、进行培养，等等。的确，与洛克菲勒学院相比，哈斯库姆的组织培养所装备得不是很好，但它却拥有一支更为庞大的员工队伍，只不过是肤色不同而已。

哈斯库姆解释说："你也许知道，在弗雷泽的《金枝》①一书中我们熟悉了宗教的祭司王这样一个概念，《金枝》还阐述了祭司王在原始社会中举足轻重的地位。在这儿，整个部落的利益与国王的利益是息息相关的，因此人们采取超乎寻常的防备措施来保护国王不受伤害。在古老的岁月里，他们几乎禁止国王走路，以防失去神威；他们还把国王剪下的头发和指甲交给该国最重要的一个官员，让他来管理，该官员的职责就是把这些东西秘密地埋在地下，以防敌人通过对它们施展妖术从而达到致使国王生病或死亡的阴谋。如果有哪个地位卑微的人踩踏了国王的影子，他就得付出生命的代价。该国每年都要选出一名奴隶，扮成国王的模样，在一周里让他享受国王所有的特权，在这短暂的荣耀结束后就遭斩首。通过这种方式，人们认为那些可能降临到国王头上的疾病和不幸都已经由那奴隶代受了。"

他接着说："首先，我装配好仪器，并在艾革斯的帮助下，成功地获得了各种优质培养菌——起先是小鸡组织的培养菌，后来，借助胚胎萃取物，从发育成熟的各类哺乳动物体中取得了组织培养菌。然后我去巴格勒那儿，告诉他，如果我不能把国王作为一个人体来增强其安全性的话，至少我可以把他作为一个生命来增强它的安全性；我还告诉他，按照理论的观点，我认为搞国王组织的培养将取得同样令人满意的效果。接着，我还向他指出：如果愿意担任国王的子生命（即细胞组织）的保卫官的话，他的职位跟国王指甲的管家和埋葬官相比，将重要得多，他还可能成为该国最有权势的官员。

"最终，我获准把国王皮下结缔组织中的一小部分从局部麻醉药中取了出来（一旦发生意外，我就受到杀头的威胁）。在聚集的一大帮贵族面前，我把组织碎片放到培养基里，然后放在显微镜下指给他们看。接着叫人把这些组织拿走，放进恒温器，由六名士兵组成的看守队守卫着——他们每隔八小时换一班。三天之后，令我高兴的是，这些组织都成活了并且长得很快。我可看出，这一切已把长老们给打动了，因此就滔滔不绝地谈论起来，指出这种成

① 《金枝》是部非常详尽的专著，书中提到了部分罗马神话，尤其反映了对月亮和狩猎女神狄安娜的狂热崇拜。

长形成了国王神圣组织的数量的实际增加;我还指出,我能无限制地增加组织数量。接着,我就把每个组织切成八片,并对所有的组织片进行次培养。这些进行次培养的组织片再次由人守卫着,并且还是在三天之后进行检查。但这次并非所有的组织片都成活了,因此有些人就以我杀死了国王的组织为理由,开始窃窃私语并脸露愠色;但我向他们指出,国王还是国王,他那小小的伤口早已痊愈,每一个培养成功的细胞组织都意味着对该国的一份额外奉献和特别保护。我得承认,这批人很善于推理,并有很强的神学灵敏性,因为他们立即领会了我的暗示。

"我向巴格勒指出,现在他们可以摒弃一些针对国王的古老信条了;然后,巴格勒就说服了其他人,他也没费什么大劲。我介绍了许多新观点,其中最最重要的一个就是'大规模生产',我们的目标是对国王的组织进行无限制的繁殖,并且确保在该国处处都有保护它们的力量。这样,通过集中精力增加数量,我们足以取消对国王生活方式的某些限制。国王对此当然是欣然同意;同样地,对于巴格勒来说,这也是乐于接受的,他想象自己正在操纵着意想不到的大权。人们或许会想,这样的创新,就因为是个新生事物,肯定遭到了许多人的反对;但我得承认这里的人们没有先入之见,在这一点上完全比得上普通商人。

"就这样解决了原则问题之后,针对计划所需要的大部分人员的最佳征召方案问题,我跟巴格勒展开了许多次争论。这是多好的一个刊登科学广告的机会啊!但不幸的是,该国国民并不识字。然而,大家都知道,在多少有点儿不识字的国家里,战争宣传开展得还是很成功——因此为何不在这儿进行科学宣传呢?"

在首都,哈斯库姆组织了一系列的公开讲座。每次,都要从贵族当中挑出一批人,威严地坐在讲台上;听众是些普通百姓,他们是受了皇家传令官的邀请前来参加的。在讲座中,哈斯库姆向老百姓展示了国王的组织,还解释了全社会拥有越来越多的神圣组织(即国王的组织)的重要性,但遗憾的是,这项准备工作既艰辛又费用庞大,而且全民都得参加。就如何开展这项工作,哈斯库姆相应地作了如下安排:凡是捐赠一头母牛或水牛,或者捐赠其对等物——三只山羊或绵羊,或是三头猪——都将分得国王的一份组织,这些组织全都放在乌木支架上。次培养在特定的几天、几个小时之内进行,而且必须把那些次培养后的组织片送去换新组织。假如由于疏忽导致组织死亡,就无法以旧换新了。按条文规定,凡是国王组织的持有者都有权进行为期一年的次培养,当然期限是可以延长的。通过这种方式,不但使得国王的组织总数剧增,这对全国都有利;而且每个组织持有者都将拥有国王陛下实实在在的一部分,并将通过他们自己的努力来帮助国王的神力倍增,从而感到莫大的欣喜,获得无上的殊荣。

人们还可以把女儿献给政府来为国家服务。由政府为这些年轻女子提供膳宿,并传授神圣培养的技术。候选人将根据其整体健康状况选出。但另外,候选人当然还得在宗教原则方面的测验中得优秀。入选者要接受为期六个月的试用期。试用期满后,就可得到一个永久身份,并被冠以"神圣组织修女"的头衔。随着年龄、阅历和功绩的增长,她们可以由神圣组织修女晋升到神圣组织的母亲、祖母、曾祖母和祖先。由于跟一切利益来源(即国王利益)的密切联系,使她们取得功绩、得到好处,这一切还将恩泽到她们的家庭。

这项计划开展得很快。猪、牛、羊、黑人少女源源不断地涌入。第二年,此计划就蔓延到全国,还建立了一个流动实验室,每周在各地巡回做实验。

到第三年年终为止,该国的每户家庭几乎都拥有一份神圣组织。如果连一份也没有,就如同在伦敦的第五大街上没有穿裤子或至少说是没有戴帽子一样。[①] 就这样,巴格勒对全国的宗教进行了一场改革,成为该国最举足轻重的人物,还牢牢地确立了应用科学和哈斯库姆在国家机构中的地位。

在所获成功的鼓舞下,很快地哈斯库姆就打算对宗教中的一支——祖先崇拜进行研究。他还发布了一个公告,指出假如能做到不仅对祖先碳化的骨骸进行信奉,还能对他们仍旧实实在在生长着的组织小片进行敬奉的话,将取得格外令人满意的效果。因此,所有渴望从巴格勒国务部的事业中获利的人,都应在具体指定的几个小时之内把他们年长的亲戚带到实验室来;在那儿,人们会把他们的组织碎片毫无痛感地提取出来,进行培养。

对于平常百姓来说,这也是很有吸引力的。的确,不论祖父还是年迈的母亲偶尔也会感到愤慨,并提出抗议。但这也无关紧要,因为小孩一旦长到 25 岁,法律规定他们对祖先,不论死活,都有进行敬奉的义务;而且,为了及时地举行所有的宗教仪式来更好地保卫国家安全,法律也赋予他们对祖先有绝对的控制权。此外,祖辈们很快发现,这只是一次小手术,而且手术一旦成功,就会产生最最有利的结果。由于子孙们立即专心于搞组织培养,因为这些组织在老人们死后他们还能继续进行崇敬,从而使得他们的父辈和祖父辈获得了前所未有的自由。而多年来,那令人讨厌的种种制约一直困扰着这片圣地,约束着人们的举止。

因此,几乎在该国的每个炉灶边,年青一代看到的是越来越多的家庭载物玻璃片,而不是一排排内装某个祖先骨灰的老式红坛子。每个家庭在祈祷的时候,都会取出所有的载片,并虔敬地进行检查。"爷爷这星期长得不好,"你也许会听到一个年轻黑人说出这样的话语;父亲然后会对着组织片做祷告;如果祷告失灵,那就得把组织片带回到培养所去恢复活力。反之,看到所培养的组织在有规律地搏动,该是多么地令人高兴啊!曾祖母的组织的明显搏动则使人的脑海中再次浮现出她那张熟悉且又皱纹遍布的笑脸;有时,成长的激情似乎同时打动了特定的一代人,他们仿佛在联合起来保佑他们虔诚的子孙后代。

为了对付组织可能灭绝这一问题,哈斯库姆在实验室后面建造了一个中心仓库,里面存放着全国每一个家族的对应组织。让我感兴趣的就是这个组织储存所。哈斯库姆向我断言,像这样的储存所是从来都没有过的。这儿不是公墓,而是一个生生不息的场所,如果我可以杜撰一个单词的话,就称它为"组织的城市"吧。

第二所实验室专用于制造内分泌产物——一种非洲甲壳物的内分泌产物,因此这里的人们称该实验室为"牧师的圣物制造厂"。

哈斯库姆告诉我说:"在这儿,新奇事物并不多。你知道几年前在英国盛行的'腺'研究

---

① 这部分写于 1927 年之前。

热吧,其结果之一是研制出了多腺性制剂,这是一种新型的专利药品;另一结果是产生了一种有超过弗洛伊德学说之势的大众文献,而且这文献对人类的解释完全是基于腺的构造,一点也没涉及精神分析法。

"我唯一要做的就是用一种比较简单的方法把所学的知识付诸应用。其中,第一件事就是要向巴格勒说明:我是怎样通过反复注射垂体前叶制剂来使得普通的婴儿长成巨人。这一想法正合他意,他提出了组建神圣卫队的计划,其中的士兵个个都要体型庞大,甚至比腓特烈国王的士兵还要高大。

"另外,我利用他们的宗教对畸形人和低能人的敬畏这一事实,在几个课题上,确确实实是把知识付诸于实践了。这种敬畏,当然啰,在许多国家都是个普遍现象;在那儿,傻瓜应该受到鼓励,而侏儒则成了迷信敬畏的对象。因此我就开始致力于创造各种各样的新品种。通过使用一种特殊的肾皮质提取物,我制造出一批力大无比的孩童,这些孩子可以跟幼年的赫丘利——罗马神话中的大力神相匹敌;而且,这些孩子看上去确实像是把赫丘利和车夫的特征集于一身了。通过向少女注射这种特殊的提取物,我能让她们长出最最稠密的胡须,接着马上任命她们为女先知。

"拨弄垂体后叶则使人变得异常地肥胖;另外,这儿的男人还特别喜欢女人长得肥肥的。巴格勒就利用上面这两点,把经过垂体后叶改动处理的女奴卖给男人们当小妾,我相信他是发了一笔大财。最后,通过另一种垂体处理,我终于掌握了侏儒症的真正奥秘——即在垂体处理时保留性成熟的面积。

"在这些制成品中,侏儒们呆在神殿里当侍僧;一队肥胖的年轻女子组成所谓的修女会,作为全国美的理想化身,她们肩负着特殊的宗教使命,而且应该以大慈大悲的外表形象来履行这些职责;而巨人们就组成了我们的常备军。

"这些肥胖的修女给我带来了一个我得承认至今仍未解决的问题:像所有的人种一样,这些修女相应地对童贞怀有极大的敬意,而人类是通过性交来大量地繁衍后代,那么该如何来进行修女的繁衍呢?于是,我产生了这样一个念头——如果我能把雅克·洛布关于人工单性生殖的巨大发现应用于男人,或者更确切地说,是运用于这些年轻女子的话,我就能培育出一族修女,她们能进行自我繁衍,但永远是贞女。对她们,我们应该怀有深深的敬意,这种敬意就如同我刚刚所提到的对童贞的敬畏一样。你也知道,建议搞任何形式的活动,若对全国的宗教不利,则是没好处的。我想,在一个真正民主的国家里,搞由政府赞助的研究工作,差不多也会遇到同样的种种困难。如同我所讲的那样,我碰到了一系列困难,不过这些困难只在一定程度上使我退缩了一下。例如,在单性生殖的研究方面,跟巴苔荣的无父青蛙相比,我已搞得更进一步;我还对爬行动物以及鸟类的蛋卵进行了单性生殖的人工引导;但到目前为止,在哺乳动物的单性生殖方面,我仍未取得成功。然而,我并没有放弃!"

接着我们来到了第三个实验室,在这儿,到处都是畸形动物,让人简直不敢相信自己的眼睛。"本实验室是最最有趣的",哈斯库姆告诉我说,"它的官方名称是'物神院'。在这儿,我只是又一次利用老百姓的普遍心理,搞起了研究工作。这里的百姓对奇形怪状的动物真可谓是情有独钟,而且他们还通过最最怪诞的表现方式,用小型的陶土或象牙塑像来表示物神。

“我想,总有一天我会把人工能否改进自然这一问题搞清楚的,我还开始对我所搞过的实验胚胎学进行回忆。但在这儿,我只使用了实验胚胎学中最最简单的方法,即利用发育最初阶段的可塑性,来制造双头巨兽。当然,双头巨型水螈和双头巨型鱼类的研制已在几年前由德国动物学家施培曼和史达卡尔两人分别搞过了;因而我只不过是运用福特先生的大规模生产原理来大量地制造这两种双头巨兽。不过,我也有我的特制品:三头蛇和长有一个冲天脑袋的双头蟾蜍。三头蛇的制造有点困难,但需求量很大,而且能卖好价格。双头蟾蜍的生产则简单多了,只要把哈里森的方法运用到小蝌蚪上面就行了。”

然后,哈斯库姆把我领到最后的一所房子里。与另外三所房子不同的是——在这儿,没有研究取得进展的任何迹象,里面空荡荡的。房间里挂着黑乎乎的窗帘,只从顶部透出些亮光;房子的中间是一排排的乌木长凳,长凳前面是个讲台,上面放着一个闪闪发光的金属球体。

“在这儿,我正着手搞强化心灵感应方面的研究,”他对我说,“关于这一研究的全部情况,将来你一定得抽空来看看,因为这确实很有趣。”

你可以想象出当时我那目瞪口呆的样子,因为这类奇事实在让我感到吃惊。每天我都要跟哈斯库姆进行交谈,慢慢地这种交谈成了我们两人日常生活中不可缺少的一部分。一天,我问他是否已对逃跑不再抱希望了,他回答时支支吾吾的,很是怪异。最后,他对我说:“说句老实话,亲爱的琼斯,最近几年来我真的几乎没考虑过要逃跑。在最初看起来,要我故意放弃这个念头,并把越来越多的精力转移到工作上,这是如此地不可思议,当时我几乎可以说是很愤怒。而如今,真的,我对我是否要逃跑已拿不定主意了。”

“不想逃跑!”我叫嚷道,“你不可能是指这个意思!”

“我也说不清楚,”他回答道,“我最最希望的就是在强化心灵感应方面取得进展。嗨,伙计,你可知道我得到了一个多好的机会啊!并且这项工作进展得如此迅速——我可以预见一切已快成功了。”他停了下来,沉默不语。

然而,尽管我对哈斯库姆过去所取得的成就极感兴趣,我还是不想为了他那反常的求知欲望来牺牲我的前途。不过他是不会丢下他的工作的。

最最激发哈斯库姆的想象力的实验是他在大众心灵感应方面进行的那些实验。在英国,在变态心理学说还不怎么流行的时候,他已完成了医学方面的学业,还幸运地结识了一个热衷于搞催眠术研究的年轻医生,并通过这位医生的介绍,认识了一些伟大的先驱,如布拉威尔、温菲尔德等人。结果是他自个也成了一名合格的催眠师,而且学识相当渊博。

在遭监禁的最初那段日子里,哈斯库姆对圣舞开始感兴趣。那儿的人们在满月的每个晚上都要跳圣舞,认为这是向天庭赎罪。所有的舞蹈者都属于一个特殊的教派。他们跳着激动人心的舞蹈,这一系列的舞步象征着追逐、战争、爱情方面的种种活动。在跳完之后,首领把他们带到试验台上,然后进行施眠。这给哈斯库姆留下的印象是:这些人只要几秒钟的时间就会身体靠着乌木栏杆向后倒,并处于沉沉的昏睡状态。这使他回想起法国科学家们所记录的那些关于集体催眠方面极其可怕的例子来。接着,首领从试验台的一端催眠到另一端,对每个人耳语一句简短的话语;然后,根据古老的礼节,他走近祭司王并大声说道:“尊敬的陛下,命令这些舞者去做你喜欢的事吧。”听到这句话,国王就会指示那帮人去做一个先前保密的动作。指示常常是去拿取某个物品,并放到假想的圣殿里;或是去迎战敌人;或是扮成某种动物或飞鸟(这是那帮舞者最愿意做的)。不管这指示是什么,被施了催眠术的人都会去执行,因为首领的耳语已成了一种命令,使他们只听到国王所说的话,并去执行。在他们奔跑的时候,可看到最最奇怪的景象:他们对路上的任何事物都毫不在意,只是在寻找着国王要求他们去拿取的葫芦或是绵羊之类的东西;或是用一种象征的手法朝着我们所看不见的敌人冲去;或是一下子匍匐在地,发出狮子般吼叫;或如斑马奔驰;或如鹤、鹭翩翩起舞。命令执行完毕之后,他们就如木头一般僵立着,直到首领向他们跑去,从一个身边跑到另一个身边,用手指在他们身上一点并大喊一声“醒来”为止。他们醒过来了,没精打采地,但是意识到自己在精神上已成了另外一个人,就跳回到那间独特的简陋小屋或是会所之类的房子里。

这种对催眠暗示的敏感性吸引了哈斯库姆,他获准可更近距离地对这帮舞者进行观察。他很快就证实了:这些人作为一个部落,极易分化离异,轻而易举地就能让他们进入一种沉沉的催眠状态;可是,虽然这种催眠状态下的潜意识完全不同于清醒状态下的潜意识,它还是包含了欧洲人在催眠状态下的潜意识所没有的部分特征。像大多数早期忙着搞心理学研究的人一样,哈斯库姆曾对心灵感应感兴趣;而现在,由他控制着这批催眠对象,他就对这个课题开始真正地进行研究。

通过挑选出两个实验对象,对他们进行催眠;接着向其中一个发出暗示,再通过这人把暗示传送给一定距离之外的另一个人,而其间并没任何物质方面的中介作用——通过以上这一实验,哈斯库姆很快就证实了心灵感应的存在。后来,即在他工作的顶峰时期,他发现若同时向几个对象进行暗示,其心灵感应的效果要比一次只向一个人进行暗示时强得多——因为这些被施了催眠术的人正在进行相互强化。“我在研究超意识,”哈斯库姆说道,“而且我已经获得了超意识的雏形。”

我得承认,对通过强化心灵感应的效果所展示的前景,我几乎跟哈斯库姆一样地高兴。哈斯库姆认为,当所有的对象几乎处于同一种心理状态时,就会出现超常的强化效应。无疑地,从理论的角度看,他的这一观点似乎是正确的:起先,要达到这种相似状态很难;然而,慢慢地我们发现,把催眠对象调到同一个音律是可能的,如果我可以这样比喻的话,接着有趣的事情就真正地开始出现了。

首先,我们发觉在越来越大的强化作用下,我们可以把心灵感应传到越来越远的地方,直到最终我们能把命令从首都传送到几乎一百英里之外的国界线。接着,我们还发现,对于那些实验对象来说,为了接受心灵感应的命令,没必要先进入催眠状态。几乎每个人,尤其是那些性格稳定的人,都可以不经催眠就受到心灵感应的影响。然而,最最不同寻常的是那些起先我们称之为“近效应”的心灵感应,因为一直到了后来,我们才发现“近效应”名不副实,它有可能向远处传送。在哈斯库姆向一大群处于催眠状态下的对象暗示了某个简单的命令之后,如果径直在他们中间走动的话,我们就会产生极其异常的感觉,就如同感受到某个超人正在用威胁的语调,以铺天盖地之势重复着这一命令,一方面我们觉得必须执行命令,另一方面我们又觉得自己似乎只是命令的一部分,或者只是那威力比我们大得多的指挥力量的一部分,如果我可以这样形容的话。而这种感觉,哈斯库姆声称,就是超意识的真正开端。

当然,我们必须考虑到巴格勒。哈斯库姆的下意识里都是古藏族喇嘛教所用的祈祷轮。他提议说,最终他能对全国人民进行催眠诱导,并接着向他们传送一段祷辞,从而保证所有的人每天都的的确确在做祷告,而且同时,这还无疑会大大加强祈祷的功效。因此,根据上面这个例子,在灾难或战争时期,利用心灵感应的增强效应使全民长时间地一起抗灾或作战,这将是件可能的事情。

巴格勒对此深感兴趣。他设想着,自己正通过这种精神工具随心所欲地向人们灌输这些思想。他还想象着,自己在发布命令,全国的人从催眠状态下醒过来,他们在执行命令……他做着各种各样的美梦,跟他的梦想相比,报业辛迪加老板,甚至是战争煽动家的那些美梦,都将黯然失色、自惭形秽。当然,他希望在具体方法上得到哈斯库姆的亲自指导;同样理所当然地,我们不可能拒绝他的这一要求,虽然我得提一下,如果他什么时候打定主意不理哈斯库姆,开始自己搞实验的话,他可能会决定去干些什么? 对此我常感到些许不安。这个原因连同我一直想离开此地的渴望,导致我再次试图找到一个逃跑的方法。接着,我的脑海中闪过这样的念头:可能就是这种精神方法(即心灵感应)本身导致了我们遭囚禁,而我对心灵感应怀有种种非常悲观的预感。

因此有一天,在使得哈斯库姆深深地意识到,让他的这一伟大发现(即心灵感应的增强效应)跟他一起在非洲消失,将是人类的一大损失之后,我用诚挚的语气,开始一个劲地对他说:"亲爱的哈斯库姆,你得离开这个鬼地方回国去。有什么东西阻止你对巴格勒说——你的试验差不多快圆满成功了,但你需要更多的对象来做某些实验——这样的话呢? 若按我说的那样去做的话,你就能拥有一支两百人的实验队伍,经过调整之后,其强化作用是如此巨大,从而你将拥有一支足以影响全国人民的精神力量。接着,当然是选个晴天,把这支精神队伍的潜力尽可能地发挥出来,并通过这群人向全国发出催眠作用。举国上下,男女老少都将陷入昏迷状态。然后,我们就向这支实验队伍发出暗示,再通过他们向成千上万易接受暗示的人们转播'昏睡一星期'这一心灵感应的信息,这个信息将在人们心中扎根,直到该国所有的人都只有一个超意识,即只对我们向他们灌输的'睡觉'这一暗示有感觉。"

读者也许会问,我们创设了超意识,自个又是如何逃脱它的控制的呢? 这个嘛,我们已发现,金属相对于其他物质而言,几乎不受心灵感应的影响,因此就为自己准备了一种锡讲坛,在举行实验时我们可以站到讲坛后面。这锡讲坛连同箔帽子,会大大地削弱超意识对我们的影响。我们当然没有告诉巴格勒有关这些金属道具的内情。

哈斯库姆一直不吭声,最后,他终于说话了。"我喜欢这个主意,"他说道,"我还差不多在想这样的事了,假如哪一天回到英国并名扬科学界的话,那得归功于我的发现,是这些发现为我提供了逃跑的方法。”

从那一刻起,为了完善逃跑计划,我们努力地工作着。大约过了五个月之后,一切看来都很顺利。我们把日常用品和指南针都收拾停当并打好了包裹。我还获准可携带步枪,但有一个条件,就是不许打枪。我们还跟一些到沿海地区做生意的人交朋友,并在不引起怀疑的前提下,从他们那儿尽可能详细地打听到有关去海滨的所有路线方面的信息。

最后,时机终于来了。像进行平常演习一样,我们把实验队伍聚集在一块,在催眠诱发之后,开始对他们进行调整。这时,巴格勒突然闯了进来,这正是我们所担心的,但已没有办法来阻止了。“我们该怎么办?”我用英语低声地问哈斯库姆。“接着干,让他见鬼去吧,”他回答说,“我们可以让他跟其他人一块昏睡过去。”

因此,我们向他表示欢迎,并把他安置在一个离表演队伍最近的位置上,那些实验对象都紧紧地挤在一块。最后,一切终于准备就绪。哈斯库姆走上讲坛,宣布说,“请各位注意听马上就要发出的暗示。”人群稍稍挺直了些。“睡觉,”哈斯库姆说道,“睡觉就是命令:命令在本国的所有人员都毫不间断地昏睡过去。”巴格勒大叫着跳起来,但诱发作用早已开始了。

我们因为头上戴着金属帽子而没受到诱导。但这时诱发作用已达到极点,巴格勒被这潮水般汹涌的精神力量给击垮了,他眼巴巴地看着我们,向后坍倒在椅子上。在刚开始的几分钟里,他用非凡的意志力抵制着这一暗示,尽管身子无法动弹,他还是愤怒地瞪着双眼,但最后还是抵挡不住,也昏睡了过去。

我们争分夺秒地出发了,在这片沉寂的国土中快速前进。人们如蜡像一般,到处端坐着;妇女们坐在牛奶桶旁,睡着了,这时奶牛早已跑得无影无踪;大腹便便的孩子们在玩具边昏睡过去,身上一丝不挂的;所有的房子里都是昏睡者,一个个围着食物竖立着,使人想起了英国诗人华兹华斯所写的著名诗篇《客厅聚会》。

因此我们继续赶路,同时心里感到相当奇怪,几乎无法相信我们竟使一个国家陷入了这样的情形。最后终于到了边境,我们兴高采烈地从一个无法动弹的守卫巨人身边经过。在继续赶了几里路之后,便美美地饱餐一顿,还小睡了一会儿。由于行李相当重,就决定扔掉一些累赘物,如食品、怪物和金属头盔之类的,因为我们认为,到了这儿,催眠作用正逐渐削弱,这些精神保护装置就不再需要了。

大约在第三天的黄昏时分,哈斯库姆突然停了下来,还扭着头往回看。

“怎么啦?”我问道,“你看到了一头狮子吗?”而他的回答竟完全出乎我的意料,“没有,我只是在想,我真的该不该再返回去?”

“再返回去?”我叫嚷了起来,“看在上帝的分上,你倒说说为什么想那么干?”

“突然间我觉得应该回去,”他回答道,“这念头大约发生在五分钟之前吧。真的,当我开始考虑该不该再返回去这一问题时,我认为离开这儿我永远不会再有这样的研究机会了。而且,到海滨去的旅程并不安全,我估计我们不会活着通过那儿。”

听了这些话,我极其悲伤也很恼怒,并把这些感受告诉了他。但突然间,有好几回我也感到必须回去了。良心的呼声就如童年时代的老朋友一般,让我感到无法推却。

“是的,我们当然应该回去,”我热切地想。但我突然停住了脚步,因为在理智的作用下,闪过了一个念头，"为什么我们应该回去呢?"——当这一念头从我的心底冒出来时，一双无形的手就把各种理由一一摆出。

然后，我就意识到发生了什么事情——巴格勒已经醒过来了，他已驱走了我们所发出的超意识暗示，并取而代之以另一个暗示。我可以想象，他正在仔细考虑，这个狡猾的恶魔(但我得承认他的智慧)。他在施行催眠动作；之后，我听到他用规定的方式向全国低声发出他的新暗示，"命令回来!""回来!"这一命令对于大多数居民来说，是没有意义的，因为他们本来就该呆在家里了。无疑地，一些远在山上的小伙子、逃学的孩子以及偷偷溜走去会情人的姑娘，现在一个个都浑身直挺挺地，正在梦游般地往家里赶。超意识的这一新命令只对我们以及上面提到的那些人才有一定的意义。

我正在对"为什么要回去"这一念头进行一长串的推理，就在那时，我完全明白了，这一眨眼的工夫发生了什么事：我对哈斯库姆解释说，肯定是这么一回事，不可能还有其他因素导致这一突然变化。我恳求他运用理智来坚持继续往前走的决定。我是多么地后悔啊，在我们急切地想丢弃所有的废物时，把那些抗心灵感应的金属头盔也给扔了。

但哈斯库姆是不会明白我的观点的。我想，他满脑子怀的都是对该国的强烈感情和赤胆忠心。不论我怎么个劝说，他都丝毫不为之所动。他得回去；他明白他得回去；他完全意识到他有必要回去；回去是他的神圣职责；以及其他许许多多相类似的荒谬念头。就在此时，"回来"这一暗示也向着我袭来。最后我感到，如果不跟那支一起发出命令的队伍隔开更大距离的话，我也会跟哈斯库姆一样抵挡不住的。

"哈斯库姆，"我对他说，"我打算继续向前走，看在上帝的分上，跟我走吧。"我背起包裹，出发了。只见他动摇了一下，还跟着我走了几步，但最终他还是转了回去，向着相反的方向前进，尽管我不时地停下来，呼唤他跟我走。我完全可以这么说，我是怀着悲伤的心情继续孤零零地赶路。我也不想喋喋不休地向你们讲述我的那些历险故事，只想说最后我来到了一个边远的白人居住点，由于连日劳累、食物缺乏以及身子发烧使我再也支撑不住了。

对于我的奇遇，我一直守口如瓶，只对人说旅行队迷了路，我的人马不是跑掉了就是被当地的部落杀死了。最后我终于回到了英国，但已成了一个精神颓废的人，一想到哈斯库姆以及他是如何作茧自缚的事情，心头就充满深深的沮丧。我从未查明他是怎么了，我还想，哪怕是现在我也不可能找到答案。也许有人会问，我为什么不设法组织一个救援队伍呢?或者，至少说，为什么不把哈斯库姆的发现呈献给皇家学会或超自然协会呢? 我只能再重复一遍，我是个绝望了的人。因为我想没有一个人会相信我的；即使是对同样的人做试验，我也根本无法确定能否获得同样的实验效果，而对另一种血统的人做试验，我就更不能肯定了；另外，我还害怕遭人嘲笑；最后一点理由是大规模心灵感应的知识是否会成为人类的祸害而不是幸运，这方面的种种疑虑令我苦恼。

然而，我现在已上了年纪，而且比实际年龄还要显得老相，因此就想把埋在心里的故事讲出来。另外，老人都喜欢说教，因此亲爱的读者，你们务必要原谅我，因为现在我感到有必要把这一奇遇通篇讲出来了。我想提的问题是：哈斯库姆医生在科学的若干应用方面获得了无与伦比的本领——但这一本领是为什么服务的呢? 我若像我们绝大多数的人和报纸杂志一样,继续坚称科学知识和本领的增长本身肯定是件好事,这样说,我认为纯粹是胡说八道。因而我就把故事的明确寓意介绍给大众,并要他们对此进行思索:有了这一本领——由那些因为想得到本领或是希望找到事物运转规律的人们,正在逐渐地为他们积累起来的这种本领——他们打算干些什么?

(蒋阳芬　译)

行人的语言　飞腾的想象

既然有了一种科幻杂志(4年内出现3种科幻杂志)，那么，能在哪儿寻找到为杂志写文章的作家呢？答案有几种：一些作者一直在向根斯巴克的通俗科学杂志或者一般通俗杂志投科幻小说和幻想小说稿；另一些作者发现《惊异故事》是他们采用多种题材写作的又一个市场；还有一些作者感到他们自己有一股热情，一种思索精神或者适应《惊异》独特格调的灵感。

埃德加·赖斯·伯勒斯曾为根斯巴克的《惊异年刊》写了一部名为《火星智人》(1927)的小说。雷·卡明斯，他的漫长的写作生涯是由写《金色原子中的姑娘》(《小说》杂志，1919)开始的，也为所有的科幻杂志写了许多小说。默里·莱恩斯特(威尔·F.詹金斯)于1918年突然开始发表作品并于1919年在《宝库》杂志上发表《逃跑的摩天大楼》。但他忙于写其他小说，直到40年代才偶尔在科幻杂志上投投稿。

一些专职作家能写各种类型的小说。如果写得既迅速又顺利的话，他们甚至以每字半分至一分的价格便能得到一份可观的收入。寓言作家弗雷德里克·福斯特是最有名的这类作家。他以许多笔名，尤其在那个叫马克斯·布莱德的名下写了并出售了几百万字。显然他从来不直接为科幻杂志写小说，不过他早期的一些为弗兰克·芝西的杂志所写的短篇小说，在40年代由《著名侦探小说》杂志重新刊出。从1930年起为科幻杂志撰著的一位多产作家是阿瑟·J.伯克斯,他每天能写10万字,并已经把其中大部分出售给各种通俗杂志。

一些作家主要或者完全为科幻杂志而写了大量的作品。米克于1929年和1932年之间发表了34篇小说。哈尔·文森特于1928年和1941年间发表了73篇小说。斯坦顿·A.科伯兰茨,他对诗歌一直情有独钟,但于1928年和1950年间在各种杂志上发表了61篇小说。他发现科幻小说是对社会讽刺的一种极好武器。

然后,新的作家出现了。科幻小说是一种崭新的、理想化的、开放的文学样式,它吸引着那些迷恋于未来及其前景或者人类及其潜力的人们。有些人尽管不是专业专家,他们仍花费了生命中的许多时间写科幻小说或幻想小说。这个领域太小,他们无法充分发挥自己的聪明才智。

有一位名叫爱德华·埃尔默·史密斯的"博士"(一位杂家),他于1919年完成了第一部太空史诗《太空云雀》,而且不得不等到1928年才看到它发表在《惊异》上。菲利普·诺兰写了两篇以安东尼奥·罗杰斯为主人公的故事。当他们于1928年和1929年发表在《惊异》上时,便开始与巴克·罗杰斯这一人物长久地联系在一起。迈尔斯·丁·布鲁尔博士的39篇小说的第一篇就发表在1927年《惊异》上。P.斯凯勒·米勒在接管《惊异》中的书评栏目之前发表了37篇小说。还有一些其他作家,诸如:阿瑟·K.巴恩斯、雷蒙德·Z.盖洛思、尼尔·R.琼斯、内森·斯科纳和亚瑟·利奥·赞哥特。

在这本选集中,下面特别要提到的作家有约翰·W.坎贝尔、埃德蒙·汉密尔顿和杰克·威廉森。

有些作家觉得科幻小说是他们的归宿,这些作家包括大卫·H.凯勒医学博士(1880—1966)。凯勒是一位内科医生,专长于心理研究,在许多家医院里为精神病患者服务。他写了大量有关医学方面的书(700篇文章,10本书,以及许多科幻小说和怪诞小说)。很奇怪,直到47岁时,他才开始为自己写小说,并把自己的文章局限于自己的图书馆里。

他的第一篇发表的小说《行人的反叛》刊登在1928年的《惊异》上。他发表在科幻杂志上的66篇小说大都出现在随后的6年内,不过有些晚至1941年才被发表。他也为《离奇故事》写了一系列小说。他的最有名的著作中有《地窖里的东西》、《一块亚麻油毡》、《速记员的手》和《常春藤战争》等短篇小说以及长篇小说《生命永恒》、《孤独的猎手》和《深渊》。

《行人的反叛》展示了一些深奥微妙的技巧,这在当时是令人吃惊的:对变革冷静接受的态度,把人类随便地分为汽车司机和行人以及故事本身所出现的讽刺性。它类似于《机器停止运转》,但在揭示方法上却有所不同。在凯勒的故事中,对于形势有一种认识,即使认识形势的人极少,他们也企图改变现状,在《美丽新世界》中,野人吊死了自己。在《一九八四》中,温斯顿·史密斯的心灵被净化了。直到威廉森的《袖手旁观……》,科幻小说中的反乌托邦才到了彻底失望的地步。然而即使在那时,省略号仍意味着改变的可能性。

1928年,科幻杂志仍怀有这样的希望:如果意识到有问题,善于思考的男人们和女人们就能找到解决的办法。

《行人的反叛》

〔美〕大卫·H.凯勒 著

一位年轻的行路母亲手牵着小儿在乡间的小路上缓慢地走着。尽管他们长途跋涉,精疲力竭,遍身灰垢,从俄亥俄州抵达阿肯色州。在那里被灭绝的人种中可怜的残存者们正聚集在一起作最后的拼搏。连日来,他俩一直朝西走,并屡屡创造奇迹,多次逃离顷刻间的死亡。可是那天下午,这位母亲又累又饿,落日的余晖照在脸上又产生了困意,因此甚至在走路时也睡着了,只是一醒来便尖叫起来。这时,她已突然意识到要逃脱死亡已不可能了。于是她成功地将儿子推向街沟的安全处,自己便即刻死在一辆由熟练的驾驶员驾驶着的车子的车轮底下。当时这辆车子的时速为60英里。

轿车里的夫人对车子的颠簸感到不满,便通过对话筒颇为严厉地向司机问道:

"怎么回事,威廉?"

"夫人,我们刚刚压死了一位行人。"

"哦,是这样的吗?唉,你至少该小心点儿。"这位夫人向她的小女儿补充说,"威廉刚刚压死了一位行人,这只是最轻微的震动了。"

小女孩穿着新裙子,看上去很得意。那天是她的生日,他们正去她姥姥家过生日。她那弯曲的已经萎缩的双腿,在有节奏地慢慢地移动着。女儿从未尝试过走路的滋味是这位做母亲的骄傲。然而她却能思考,显然有什么事使她烦恼了,她抬起头来。

"母亲!"她问道,"行人同我们一样感到疼痛吗?"

"哦,当然不啰,亲爱的,"母亲说,"他们同我们不一样,事实上,有人说他们根本就不是人类。"

"他们像猴子一样吗?"

"嗯,也许比猿要高一些,但比汽车要矮多了。"

汽车飞速往前开着,开出几英里以后,一位惊吓的少年躺在流血的母亲尸体旁哭泣。他费了很大的劲才把母亲拉到了路边。他一直呆到第二天黎明才离开母亲慢慢地朝山上走去,进入森林。当时,他饥饿、疲乏、困倦、伤心交织在一起,但他只在山顶停留了片刻,然后便无声地、愤怒地挥了挥拳。

那天一种强烈的憎恨在他的心中形成。

这个世界已变得汽车般的疯狂。交通警已无暇顾及路人蜗牛般的行动。行人是对文明的一种威胁,进步的一种障碍,科学发展的一种蔑视。人的身体不重要,重要的是人的智能。

机器作为满足世间人们欲望的一种手段已逐步代替了肌肉。生活仅由一系列汽油,即空心汽缸或涡轮机中的空气混合或蒸汽膨胀而组成。这就使得人们可随心所欲地使用能源。整个人类正在利用机械能实现他们的愿望,而这个机械能是由大众所利用的电通过电线传递而逐步产生的。

天空中总是有飞机的。城市间的特快服务水平越高,私人郊外近距离交通水平便越低,那里的行车道,全由钢筋混凝土铺成,由于车辆往来众多,因而经常采用单行道以避免不断发生的撞车事件。当一部分人已欣然走向天空时,而大部分人却因半规管(内耳中起保持身体平衡作用)不够发达而被迫留在地面上。

随着人们双腿的萎缩,汽车也发展了。当福特的继承者再也不满足汽车长期在户外使用时,于是便对这小型个人用车进行改善而使其用于户内,所有的台阶因而也被弯曲上升的通道所代替。人们因此便生活在金属体内,只是在睡觉时才离开。慢慢地,一半出于需要,一半出于爱好,汽车不仅用于玩耍,也用于运动。一种特殊型号的汽车,用来打高尔夫球;孩子们坐在汽车里,飞快地驶过多荫的公园;一位妇女懒洋洋地平卧在一辆汽车上,漂过佛罗里达州一胜地的热带水流。人类已开始停止使用他们的下肢。

随着双腿的停止使用,就出现了双腿的萎缩;随着双腿的萎缩,人类的体型也发生了日益明显的变化。这些变化,招致了人们对女性美的观念的更新。所有这些都不是发生在一代人身上,也不是发生在十代人身上,而是逐步发生在整个世纪的进程中。

风俗变化了,法律也发生了变化。法律再也不为每个人造福,而仅仅让那些汽车司机得益。道路在以前给所有人带来好处,而最后仅限于那些使用机器的人。起初在高速公路上行走只是一种危险,后来就成了一种罪过。同所有变化一样,这是慢慢形成的。首先出台一种法律禁止某些公路向汽车司机开放;接着又出台一种,禁止行人使用这些公路;然后又规定在公共高速公路上行走受伤时,就得不到法律的保障。再后来,如果这样做就以重罪处之。

最后法律规定,所有的行人在高速公路上无论何时何地被汽车撞倒,他们的被杀是合法的。

没人愿意慢速行驶,整个世界都因追求速度而变得疯狂。汽车司机无论身处何地都有一种想去其他城市的欲望。因此,这种情况在星期天和节假日就表现得尤为突出,那时成千上万的汽车司机跑到"某地"去度假,没人愿意呆在自己的原处静静地消磨空闲时光。于是农村出现了这样一番景象:一列列排着长队的汽车以每小时八十英里的速度穿梭在贴有广告的墙壁之间,并不时地停留在汽车加油站和路边房屋,偶尔也会砍去树上的一些花卉。空气中充满了从机器排气管里排出的废气及数不清的各式各样的喇叭发出的噪音。没人看见什么;没人想看什么,每位司机的愿望只是超过他前面这辆车子。这种情况被当时的本地话称为"乡下的一个宁静的星期天"。

没有行人,可以说几乎没有。即使在乡村地区,人们也坐在机动车上。先前所做的耕作也由机器来完成。但是,如同山羊想依附于不可及的山坡一样,到处都有那么一些行人,他们一半出于选择,更多的出于需要,仍保留着使用双腿的愿望。这些人总是很穷,起初法律对他们来说并不可怕,每个州都有一些家庭一直是行人。开始汽车司机对此还觉得有趣,后来便感到惊慌。直到国家法律通过禁止行人使用高速公路的条文,人们才意识到杰纳斯·荷莫组织中两派之间那么深的分歧。一时间,行人的反叛席卷整个美国。尽管邦克·希尔已去世几百年,但他的英灵依然存在,而且禁止人们在公路上行走只会适得其反,越来越多的人惨遭意外。为了报复,死难者家庭想尽一切办法让驾驶汽车成为一件既不愉快又很危险的事情。因此钉子、钩子、玻璃、木头、带刺铁丝以及大块石头全被用作了武器。在奥扎克斯,林区的人以打碎汽车挡风玻璃或用很准的步枪击破汽车轮胎为乐,有的人则公然走在路上,对汽车司机进行挑战。如果机会均等的话,一种混乱状态就有可能产生;由于不均等,行人只是给人惹些麻烦罢了。当纽约的参议员格拉斯站在参议员中说了以下一些话时,便可见阶级觉悟上升到了极点。他说:

"一个停止发展的民族必须消亡。人们依靠轮子已有几个世纪了,因而才使得机械化到了至善至美的地步。那些行人,不顾自己与生俱来就可行使的权利,不仅坚持要走路,而且已经到了要同那些比他们层次要高的汽车司机争取同等权利的地步。忍耐已不再是美德,对我们民族中那些可悲的堕落者我们已无能为力。现在要做的最后一件事,是进行一种灭绝行动。只有这样,我们才能防止混乱状态的发生,这种混乱是与我们美丽国土一贯和平的历史相悖的。因此,对我来说除了推行《行人灭绝法令》外,别无选择。这就是,你们也清楚,行人无论何时何地被军事警察发现,都将马上置于死地。最近人口普查表明,现在只剩下一万左右行人,而且大部分在中西部少数几个州。我可自豪地说,我自己的选区只剩下一位行人,是个九十多岁的老头,这已记录得清清楚楚。刚收到一份电报说,很幸运,这位老头正步履艰难地走在某公路上,去看他妻子的坟墓时,突然被一汽车司机撞死。但是尽管目前纽约已没有这些讨厌的堕落者了,我们仍愿意极力帮助我们那些不怎么幸运的州。"

法律马上被通过了,只遭到了来自肯塔基州、田纳西州和阿肯色州的参议员的反对。为了提高兴趣,在每个被杀行人身上加了奖励金。银质星星奖给了每个报告彻底成功消息的地区。每个只剩有汽车司机的州则被授予金质星星。行人如同信鸽一样被灭绝了。

不能期望灭绝行动是迅速或彻底的。仍有一些预料不到的抵制行动。当那行人的孩子发誓要对破坏人类的机械方式进行报复时,事实上已经有一年了。

一百年以后的一个星期天下午,费城的自然科学院挤满了往常那一群享乐主义者。每人都坐在自己的车子里。他们借助于橡胶车轮无声无息地驶过长长的走廊,不时地在自己感兴趣的展品前停下来。一位父亲带着他的儿子进来了,父子俩都饶有兴趣。男孩的兴趣在于充满奇观的新世界里,而父亲的兴趣则在于男孩聪明的提问和观察中。最后这男孩停在了一个玻璃箱子前。

"那是什么,父亲?他们看上去跟我们一样,只是形状太奇特了。"

"我的儿子,那是一个行人家庭,这一切都发生在很久以前。我是从母亲那儿知道这些的。这家人是在奥扎克山被枪杀的。可以相信他们是世界上最后一批行人。"

"很遗憾,"小男孩慢慢地说,"如果还有的话,我倒愿意你替我搞个小小的来玩玩。"

"再也没有了,"父亲说,"他们全死了。"

这个人以为他跟儿子说了实话。实际上,他为自己总对孩子们说真话而得意。但他错了,因为有少数行人留了下来。他们的领袖,其实就是他们的智囊,便是那个很久以前站在山上、心怀仇恨的小男孩的曾孙。

如果不考虑气候条件、环境和各种各样的对手的话,人总是有能力生存的。对行人族来说,其实就是适者生存。只有那些最灵敏、最聪明和最强壮的人,才能在有系统地灭绝他们的计划中死里逃生,尽管人数减少了,但他们还是活了下来;尽管被剥夺了现代文明所谓的利益,他们却仍生存着。在不得不既要保卫他们个人的生存,又要保护整个民族的生命的情况下,他们继承了他们林区人祖先的狡诈并幸存下来。他们生活、狩猎、恋爱、死亡持续了两代,文明世界还未察觉他们的存在。他们有自己的政治机构,即他们的法庭,建立在布莱克斯通[①]法学理论和宪法的基础上做出裁决。总有一个叫米勒的人在掌权。先是那个心怀仇恨的小男孩长成了男子汉;然后是他的儿子,从孩提时就接受训练,唯一的任务就是仇恨一切机械操作的事情;再后是他的孙子,一位机智、狡诈的梦想家;最后是他的曾孙,阿伯拉罕姆·米勒。为了最后的复仇,整整准备了三代。

阿伯拉罕姆·米勒是隐藏在奥扎克山中行人族的世袭首领。尽管他们与世隔绝,但并非愚昧无知;尽管人数极少,却能适应环境。首批亡命者中有许多光辉人物,如发明者、大学教授、爱国者,甚至有一位博学的法官。这些人保存并传播知识。他们在田野里挖掘,在树林中狩猎,在小溪里捕鱼,并且在实验室里搞建设。他们甚至有汽车,而且经常是四肢紧靠身体侦探般地进入敌区。某些孩子从小就训练这方面的技能,还有证据表明,其中一位侦探在圣·路易斯住了数年。

这是一个怀有统一抱负的群体,一个只为了一种目的的个人联盟;孩子们口齿不清地学着它;儿童每天念着它;年轻人在月光下窃窃私语,讨论它;在实验室里,这一抱负被刻在每座墙上;年长者把孩子们召集在身边并令他们对此宣誓。这一群体的每一项行动都致力于同一目标——“我们要回去。”

他们简直恨得发狂,他们的祖先无一例外地像野兽一样被追逐,像害虫一样毫不怜悯地被杀害。他们想要的并不是报复,而是自由——那种随心所欲地生活和来去的权利。

这个群体保守他们生存的秘密,已经三代了。年复一年,作为一个整体,他们为一个统一的抱负而生活、工作和死亡。现在该是他们执行计划,实现愿望的时候了。同时,汽车司机的世界仍以一种实利主义的,机械、自私的方式而继续生存着。社会主义已为大众提供了安逸,但就是没能提供幸福。所有人生活着,人人都有一份收入,人人都有家、食物和衣服。但家由混凝土建造,他们是统一的,是数以百计的一次性建成的;家具也是用混凝土连同房子一起浇注的。衣服由纸做成,具有防水功能;所有的衣服只有一种式样,每人一年四套。食物以砖状物形式售出,每块砖里含有维持生命所必需的一切成分,上面还标有卡路里的数量。几个世纪以来,发明家们搞创造发明,到最后生活变得千篇一律,工作也只是揿一下按钮的事。可汽车司机的世界并不幸福,因为没人用体力干活。夏季当然需要排汗,但几代以来没人出过汗。“苦活”、“劳动”、“工作”等词在字典里已被标为废词。

---

① 布莱克斯通(1728—1780),英国法学家,当过法官、下议院议员,主要著作为《英国法律评论》。

可是没人感到高兴,因为人们发现,要发明一辆时速在一百五十公里以上并能在普通乡间道路上停留的汽车,在机械上是不可能的。汽车司机不能想走多快就多快。空间不可能被消灭,时间也不可能被摧毁。

此外,每个人都中了毒。尽管许多机器由电力来发动,空气中仍充满了危险的烟雾,这是由成千上万加仑的汽油及其代用品燃烧所造成的。然而导致中毒症的最大因素是人们通过皮肤排泄毒素能力的极大降低以及人们几乎没有通过肌肉收缩来产生能量。用一个纯古老的术语,汽车司机已停止工作。由于停止工作,他们已停止出汗。一天几个小时坐在工厂的椅子上或桌子旁已足能挣得生活必需品。由于汽车司机从不觉得疲乏,生命机能只要求他们在睡眠上花少量时间,其余的时间全花在了开车去某地上。只要走得快,他们去哪儿并不重要。婴儿是在汽车里养大的,事实上人们全在机器里度过一生,美国家庭已灭亡,取而代之的是汽车。

汽车司机,想去某地却不能肯定要去的地方,步行者,则确信他们要到哪儿去。

从现代意义上讲的社会,应该是社会主义的。这意味着所有的阶层都是舒适安逸的。诸如犯罪,在过去的几代人中已不存在,因为实施了布莱安特的理论,即所有的罪恶全是由人口中的百分之二引起的,如果这些人能被隔离或清除的话,罪恶会在一代人中消除。当布莱安特首次公布其论点时,曾受到一些怀疑,但这理论的实际应用,却使这个未直接受到影响的人欣喜若狂。

然而,在这貌似完美的社会中,仍有一些缺陷。尽管人人都拥有一切生活必需品,但这并非奢侈意义上的平等。换言之,仍有富人与穷人,而且富人依然统治着政府并且制定法律。

在那些富人当中,没有人比海斯勒家族更孤傲、更高贵、更居高临下了。他们在哈得逊的庄园四周,由20英尺高、30英里长的铁栅栏围住。很少有人可夸耀自己曾去那儿拜访过,或曾在那由林立的松树、山毛榉和铁杉围绕的石头宫殿里度过周末。他们太强大了,竟然从未有人担任过公职。他们选总统,却从不在乎家里有没有一个总统。他们的敌人说他们的财产来自于同福特和洛克菲勒家族幸运的联姻,但毫无疑问这是嫉妒的谎言。海斯勒家族拥有银行和房地产,他们还拥有工厂及办公大楼。可以肯定地说,他们还拥有了美国总统及最高法院的法官。他们的其中一笔财产很少在报纸上被谈及或提到,即家族主要血系中唯一的一个孩子是位行人。

威廉·亨利·海斯勒是一位不同寻常的百万富翁。当他得知妻子赠与他一个女儿时,他向神灵保证(尽管他不能确定他们是谁),他将每天至少花一小时对她的照料进行监督。

几个月过去了,人们并未注意到这小女孩有什么不同寻常。不过,曾经一度所有的保姆都在评论她丑陋的双腿。而她的父亲,只简单地认为也许所有婴儿的双腿全是丑陋的。

一岁时,婴儿试着站立并迈出头一步。就连这一点也被忽略了,因为儿科医师们一致认为所有的孩子都会试图使用双腿几个月,不过这是个通常容易改变的坏习惯,如同吮吸大姆指一样。他们向保姆们提出往常那种忠告,如果不是因为小孩的父亲说“每个孩子都有个性,随她去吧,看她会干些什么”,这些忠告本该听从的。为了确保服从命令,他从私人秘书中挑选了一位，让他经常看管并每天作书面汇报。

孩子长大了，到了再不叫做“婴儿”的时候了，而且被赋予了一个高贵的名字“玛格里特”。随着人的长大，双腿也发育了。她路走得越多，双腿变得越强壮。没有人帮助她，因为大人中没人曾走过路，也没人看见过别人走路。她不仅要走路，而且以她婴儿特有的方式反对机械运动。当她第一次被介绍给一辆汽车时，竟然像一只小野猫似地尖叫起来，甚至仅把汽车放在屋内使用也绝对不肯。

当一切太晚时，孩子父亲向任何一个有可能了解这种情况及其补救办法的人求援。海斯勒希望孩子培养自己的个性，却并不愿意她古怪。因此他把神经科医生、解剖学家、教育学家、心理学家以及研究儿童行为的学生召集在一起商量，却从中得不到满意的答案。所有人认为这是一种可怜的返祖现象。至于治疗方案，从心理分析到残忍的断绝父女关系，或用绷带把小女孩的下肢包起来几乎有上千种。最后，海斯勒花钱付清了所有人给他惹的麻烦，并再用钱封住他们的嘴，求他们安静下来，然后严厉地叫他们下地狱去。他并不清楚地狱在哪儿，或者他指的是什么，但讲了这话后，他感到一丝宽慰。

所有人都很快离开了，只剩下一个人。这个人除了其他职业外，把家谱作为副业。他是位老年人，他俩面对面坐在自己的车子里，形成一个有趣的对照。海斯勒年龄中等，精力充沛，是男人中的真正领袖，若不是那萎缩的双腿便身材伟岸。而另一个却老态龙钟，头发灰白，身躯枯萎，是一位梦想家。他俩单独呆在房间里，小女孩则在巨大凸窗的太阳光下愉快地玩耍。

“我想我已告诉过你，你应该同其他人一起下地狱去！”男人中的领袖咆哮着说。

“我怎么可以呢？”回答是温和的。“那些人并非听从你，他们只是开着汽车离开了你家。我却等着你告诉我该怎么走。你命令我们去的地方在哪里？我们的潜水艇已勘探了低于海平面五英里的海床，我们的飞机已朝着星球飞过几英里，珠穆朗玛峰已被征服。我看过所有这些游记，但从未在任何地方读到过地狱。几世纪前，神学家说那是罪人死后所去的地方。但自从布莱安特的百分之二人口被识别及清除后，就再也没有罪恶了。当你看看你那不正常的孩子时，你以及你那无限的权力同你自己一样离地狱不远了。”

“但她是聪明的，教授。”海斯勒抗议道。

“她虽然只有七岁，但由《比奈—西蒙智力测验量表》测得却有十岁人的智力。要是她能停止那该死的走路该多好！哦，我为她自豪，但希望她像其他女孩子一样。谁愿意同她结婚？这肯定是不体面的，你看她在干什么？”

“哎呀，天哪！”老人惊呼道，“前几天我刚从一本300年前的旧书上看到这样的事情，许多儿童过去常常这么干。”

“那叫什么？”

“对了，过去叫做翻筋斗。”

“但这是什么意思？她为什么要这样做？”

海斯勒擦去脸上的汗水。

“这事如果让人知道的话，会使我们显得荒唐可笑。”

"噢,你可用权力使它不为人所知,但是你有否研究过你的家史?你知道她身上有什么血系?"

"不知道,我对此从不感兴趣。当然我属于美国革命的孙子,还有其他所有这类革命。他们把文件拿来,我就在虚线下签字。我从未看过这些文件,不过为出这么一本书,我付了好多钱。"

"那么,你有一个独立战争时期的祖先啰?书在哪儿?"

海斯勒打电话给他的私人秘书。这位秘书开着汽车进来,接受了他旨意后,没多久便带着海斯勒的家史回来了。老人打开后急切地看了起来。除了小女孩在玩一只剥制的小熊所发出的一些声音外,屋里一片寂静。突然,老人笑道:

"这再清楚不过了。你的独立战争时期的祖先是一个叫做米勒的人,哈密尔顿区的亚伯拉罕姆·米勒。他的母亲被印第安人抓获并杀死。他们是最具有典型气质的行人。当然,那时候人人都是行人。米勒家族同海斯勒家族通婚。那是几百年前的事。你的曾祖父有一妹妹同米勒家族中的一员结婚。330页这里提到她。我念给你听。"

"玛格里特·海斯勒是威廉·海斯勒唯一的妹妹。她在许多方面既独立又古怪。她干了一件蠢事,同一位名叫亚伯拉罕姆·米勒的人结婚,这人是宾夕法尼亚行人暴徒中最杰出的领袖之一。他死后,他的遗孀以及孩子(一位8岁的男孩)失踪了,毫无疑问,是在灭绝行人总行动中被杀害的。她在结婚之前给她哥哥的一封信中夸口道,她从未开过汽车,将来也不会,既然上帝赋予她双腿,她便打算使用他们。还说,她很幸运,最终找到了一位同样有着双腿并愿意依靠双腿生活的男人,因为上帝已安排男人和女人这样去做。"

"你的这个孩子有个秘密。她是你曾祖父的妹妹的翻版。那妇人不愿赶时髦而死于一百年以前。你自已说企图把这小东西放到汽车里去时,她差点死于惊厥,这是一个明显的遗传例子。如果你试图破坏孩子的习惯的话,你有可能杀了她。唯一能做的事是由她去,让她随意发展。她是你的女儿,她的意愿就是你的意愿。你们俩谁也不可能改变谁。让她去使用双腿吧,也许她会爬树、奔跑、游泳、到处漫游。"

"也只能这样了。"海斯勒叹着气,"这就是说我们这个家完了。不管她有多么聪明,没人愿意娶一个猴子。你认为某一天她会爬树吗?如果有地狱的话,那就是我的,就像你所说的那样。"

"但她很快乐!"

"没错,如果笑声是一种快乐标志的话。可是长大了她还会那么快乐吗?她会变的。她怎么交朋友呢?当然,他们不会把灭绝法令用到她身上。我的地位会阻止这样做,我甚至可以叫人把它废除。可是她会孤独的,会很孤独!"

"也许她可以学会读书,那么她就不会孤独了。"

两人看着孩子。

"她在干什么?"海斯勒问道,"你好像比我所碰到过的任何一个人都要知道这种事情。"

"哎呀,她在单足跳。这太奇怪了!她从来没看见别人单足跳,但她却在这样做。我从未见过小孩这样但我认得出来也能叫出名字。在凯特·格里纳韦[1]的插图中,我看到过小孩单足跳的图片。”

“该死的米勒们!”海斯勒咆哮着。

自那次交谈后,海斯勒雇佣了这位老人,其主要任务是研究行人儿童问题,并找出他们玩耍及使用双腿的办法,然后再去指导小孩。

有关小女孩训练的整件事就留给老人了。因此,从那天起好奇的观众从飞机上也许可以看到这样的情景:一位老人坐在草坪上给一位金发女孩子看很多旧书里的图片,并且共同讨论着,接着这女孩又做了一些几百年来没有一个孩子玩过的活动——拍球、跳绳、跳民间舞以及越过由两根直立棍子支撑的竹竿。他们在阅读上花的时间很长。老人一开始往往会这样讲:

“过去他们经常是这样做的。”

偶尔会为她举行一次聚会,附近有钱人家的小女孩会过来一起度过这一天。她们彬彬有礼,玛格里特也同样彬彬有礼,可聚会总不能成功。小伙伴们除了在自己的汽车里外,不能再有所活动,而且他们带着好奇和轻蔑的眼光看待她们的女主人。她们和这奇怪的会走路的小女孩之间毫无共同之处。这些聚会经常让玛格里特哭鼻子。

“为什么我不能像其他女孩一样?”她这样要求父亲。

“难道一直就这样吗?你知道他们嘲笑我是因为我走路?”

海斯勒是个好父亲。他坚守诺言,每天在女儿身上花一个小时的时间。在这期间,他将自己的智慧献给孩子同他在其他时间内做自己的事一样急切、认真。他经常对玛格里特说话,她好像是他的同辈,一个智力发育完全的成人。

“你有自己的个性。”他经常对她说,“你不同于其他人,这一事实未必说明他们是对的,你错了。也许你们都对,至少你们都在遵循自己的自然习性。你在愿望和体格上不同于我们其他人,但也许你比我们更正常。教授给我们看了古代人的相片,他们全有着发育得同你一样的双腿。我怎么能说人类是退化了呢,还是进步了呢?每当我看到你又跑又跳,我就羡慕你。我以及我们所有的人全被绑在地上,依靠一架机器来应付我们日常生活的每个方面。你可去你高兴去的地方。你能做到这一点而且你所需要的一切是食物和睡眠。从某些方面来说,这是一种优势。但另一方面,教授说你一小时只能走约四英里,而我们却可以走一百多英里。”

“可是当我哪儿也不想去时,干吗要走那么快呢?”

“这正是令人吃惊的事。为什么你不想走呢?看来不仅你的身体,而且你的头脑,你的个性,你的愿望是旧式的,已过时了几百年。我尽量每天在这儿,或在房子里或在院子里,至少有一个小时同你在一起。但在其他醒着的时候,我是要走开的。你在做最奇怪的事情,教授全部告诉了我,比如说你有弓和箭;我给你买了最好的火器,你从未用过。却不知你从哪

① 凯特·格里纳韦(1846—1901),英国女画家,插图画家,以为儿童读物所作精美插图闻名于世,作有图文并茂的《窗下》、《鹅妈妈》等。

家博物馆搞到了弓和箭,而且最终还成功地射死了一只鸭子。教授说你用木头生火把它烤熟了,还吃了它,甚至还强迫他吃了些。”

“可这很好吃,父亲,比合成食物要好吃多了。甚至连教授都说汤汁让他感到年轻了。”

海斯勒笑了:“你是个原始人,再合适不过了。”

“但我能读会写。”

“我承认。好了,去好好玩吧!但愿我能找到另一个原始人同你一起玩,可是再也没有了。”

“你能肯定吗?”

“要我看差不多。其实,在最近五年里我的代理人一直在文明世界里搜寻一个行人族。古西伯利亚及塔塔尔高原倒有一些,但他们是不可能同你一起玩的。我宁愿你与猿为伍。”

“我梦到过一个,”女孩害羞地低语,“他是个好男孩,能做一切我会做的事。梦能成真吗?”

海斯勒微笑道:“我相信这个梦会的,现在我必须急着赶回纽约去。我能为你做些什么?”

“对了,找一个能教我做蜡烛的人。”

她跑开去带回一本旧书并读给他听。这本书叫《温柔的海盗》,书中主人公总是躺在床上借着烛光看书的。

“我明白了。”他把书合拢时最后说,“我现在记起来了,我曾经在书里看到过天主教堂里有类似这样的东西。你想做一些?找教授要去。嗯哼,蜡烛,噢,那是停电时晚上备用的,但从未停过电呀。”

“我不要电。我要蜡烛及点蜡烛用的火柴。”

“火柴?”

“呃,父亲!尽管你那么富有,在某些方面你是无知的,我可认识许多你不认识的词。”

“我承认,我愿意承认一切,我们会找到做蜡烛的方法,要我给你寄些鸭子吗?”

“不用,把它们打下来要有趣多了。”

“你真是一个原始人!”

“而你则是个可爱的笨人!”

这样到了玛格里特·海斯勒17岁的生日。这时她身材高大,体格健壮,动作灵敏,久经风吹日晒后的皮肤呈棕色。她能跑善跳,精通箭术,是个食肉者,借着烛光读书者,地毯编织者及大自然爱好者。她的社交圈内主要的是一些年长者。只是偶尔接触些邻里的女士们。她宽容地对待佣人、侍从及管家。她把给父亲的爱也同样给了老教授。但他已经教给她想知道的一切事情,而且岁月使他衰老和困乏。

最后,去旅游的强烈欲望在她心中萌发了。她想去看看有着两亿汽车司机的纽约及其百层大楼、无烟工厂和标准洋房。要作这样的旅行困难很多,对此她父亲比谁都清楚。因为公路已不存在,整个纽约现在不是街道便是房屋。没有行人,无须人行道。此外,在一个大城市出现一位行人这样的怪事必将引起骚动,这是连海斯勒的财力也阻止不了的。海斯勒的确强大,但他害怕让女儿自由去纽约会引起怎样的后果。再者,到目前为止,她的缺陷只为少数人所知。一旦她在纽约,纽约的报刊会把她的不雅公布于众的。

纽约市的某些办公大楼有百层高,其中没有楼梯,但在每一层都建有圆形螺旋式坡道,作为安全防范措施,以便在电梯失灵时,可供汽车使用。然而,这种现象从未发生过,并且很少有住户知道它们的存在。只有在晚上,女清洁工们才在坡道上,忙忙碌碌地开着车,一层一层地擦洗。楼层越高,空气越纯净,年租金也越贵。在下面的街道或大街上,每隔几英里,便有一架臭氧机器以净化空气,因而不必使用防毒面具。在高楼层,有大西洋吹过的纯净微风。引人注意的是,没有苍蝇和蚊子,鸽子在缝隙处建窝。在最高层,一对美国老鹰年复一年地在那儿筑巢,根本无视一千英里以下机动车的存在。

就在纽约市最新大楼里的最高层,开设了一家新的办事处,门上是一个惯用的镀金标志"纽约市电力公司"。那里留有单间,装饰家们修饰了最大的房间,最后使它成为标准化事务所。一位速记员被安排坐在无声机器旁,需要时接自动电话。

6月的一天,就在这宽敞的套间,应邀来了12位产业领导,每个人都以为自己是唯一被邀请参加会议的人。怀疑和惊奇是这次会议的明显特点。其中有三个人企图独自暗中损害海斯勒,想把他从金融宝座上拉下来。海斯勒自己也在那儿,貌似平静,但内心却有一团火焰被压抑着。速记员在他们到来时,依次安排他们围着一张长桌子坐下。他们就呆在自己的汽车内,没人用椅子,其中有一两人在相互打趣。所有人都朝海斯勒点点头,但谁也没同他说话。家具,周围的环境布置及速记员是商业部门标准事务所应有的一切,只有房间的一小部分使他们感到好奇。在长桌的头上有一把扶手椅。桌子四周的人,没有一个曾用过这椅子,除了在大城市的博物馆里外,也没人见过这样的椅子。汽车已经代替了椅子也正如汽车已经代替了人类双腿一样。

钟塔内谐和的钟声传来的信息已经两点。12个人全看了看表,其中一人皱了皱眉。他们跟这位陌生人的约会定在两点,而他却违约了。对他们来说时间是宝贵的。

这时门开了,这人走了进来。这是第一件令人吃惊的事,接着他们便惊异于他的体态。他身上还有那么点不可思议的东西,即古怪和神秘。

接着这人坐了下来,就坐在椅子里。现在看来,他并不比其他人高大多少。不过他比任何一个人都要年轻,而且他的棕色皮肤同其他人的死灰白色形成了奇特的对照。现在他用一种严肃的,几乎是机械的声调开始讲话了,他的发音是明白、清晰的。

"先生们,我知道你们接受我的邀请来参加今天下午的会议已经给了我面子。你们会原谅我事先没告诉你们我还邀请了其他人。如果我不这样做的话,你们中的一些人就会拒绝参加;缺了你们中的任何一位,这次会议就不会像我打算的那样圆满。"

"这家公司名叫'纽约市电力公司'。这个名字是一个虚设的幌子,实际上根本就没有这个公司。我是行人族的代表,确切地说我是他们的总督。我的名字叫亚伯拉罕姆·米勒,大约120年以前,毫无疑问你们都知道国会通过了《灭绝行人法令》。接下来,那些继续行走的人就像野兽一样被追逐,毫无怜悯地被屠杀。我的曾祖父,亚伯拉罕姆·米勒在宾夕法尼亚州被杀害。他的妻子在俄亥俄州的公用高速公路上被撞死,那时她正想去加入在奥扎克斯的行人行列。没有战斗就没有冲突。那时整个美国只有一万行人,几年内全没了,至少你们的祖先是这么想的。然而行人族生存下来了,我们继续活着。这一系列早年的事件,全写进了我们的历史,并教给我们的孩子。我们形成了一个聚居地,并继续生存下去。尽管就你们所知,我们已从世界上消失了。

"一年又一年,我们继续生活着,一直到现在,我们这个团体中已有两百多人。我们并不无知,事实上从来就不无知。我们总是为一个目的而工作,那就是回到这个世上的权利。一百年来我们的座右铭是:'我们要回去'。

"所以我回到了纽约,邀请你们来参加会议。虽然你们因你们的影响、财富和能力而被选中,但目前在这件事上却有另外一个重要原因。你们每个人都是某位美国参议员的一个直系后裔,这些参议员投票赞成《行人灭绝法令》。你们很容易看到这个重要性,你们有权取消加在一部分美国公民身上的巨大的不公正。你们会让我们回来吗?我们想以行人的身份回来,想随心所欲地,平安地来来去去。我们中的一些人能开汽车和飞机,但我们不想这样做,我们要走路。如果我们来情绪想去高速公路上走一走的话,我们愿意在没有任何死亡危险的情况下这样做。我们不恨你们,我们同情你们。我们没有抵制你们的欲望,我们反而愿意同你们合作。

"我们相信劳动——体力劳动。不管我们培养年轻人干什么,我们都要教他们劳动,干体力活。我们懂机器,但不喜欢使用机器,我们得到的唯一帮助来自于家畜,如马和牛。在某些地方,我们利用水力来开动谷物厂,锯割木头。我们狩猎、钓鱼、打网球,在山间湖里游泳,以此作为消遣。我们保持身体清洁,也极力保持头脑清洁。我们的男孩在 21 岁结婚,女孩则在 18 岁。偶尔也会有小孩长大不正常——成为弱智者,可我直率地说,这样的孩子不会存在。我们吃肉和蔬菜,吃鱼及种在山谷中的谷物。我们必须顾及人口不断增长的时候已经到来了,我们必须回到人世间的时候也到来了。我们想要的是一种安全保证。现在我离开 15 分钟,让你们在这儿讨论,到时间我来听答复。如果你们有问题的话,我会做出回答。"

他离开了房间。其中一人转到电话机旁,发现电线已被切断;另一个人驶到门边发现门已上锁;速记员也无踪影。接下来便是那充满怒气,缺乏逻辑的激烈讨论,只有一个人保持安静。海斯勒坐在那儿,一动不动,时间长了,叼在牙齿中间的香烟也熄灭了。

这时米勒回来了。一大堆问题向他袭来,一个人还朝他咒骂。最后总算安静了。

"怎么样?"米勒问。

"给我们时间——一周的时间来讨论,探查公众意见。"其中一个强烈要求。

"不,"海斯勒说,"让我们现在就给答复。"

"哦,当然啰,"海斯勒的一位死敌嘲笑道,"你要现在就做出决定的理由很明显,尽管从未在报纸上亮过相。"

"就因为这个,"海斯勒说,"我要收拾你。你这条杂种狗,你心里清楚否则你不会把我的家庭也扯进去。"

"哦,见鬼!海斯勒,你不能再吓唬我了!"

米勒用拳击桌子——

"你们的答复是什么?"

其中一人举起手来以争取机会。

"我们都知道步行历史:这里所代表的两组人不能同时生存。我们有200万人而他们只有200人,就让他们呆在自己的山谷中吧!这是我的想法。如果这个人是他们的领袖的话,我们就能判断得出他们这个群体是什么样的。他们是无知的无政府主义者。假如我们听从他们的话,他们会索取什么是不用说的。我想,我们应该让人把他抓起来,他对社会是一种危害。"

一席话打破了沉默。他们一个接着一个地发言。最后结束时,除了海斯勒,所有人都是敌视的、对抗的和毫无怜悯的。米勒转向海斯勒说:

"你的意见呢?"

"我打算保持沉默。这些人什么都清楚,你已经听到了,他们观点一致。我的话不会改变什么,其实我并不在乎,我已经有一段时间没去关心任何事情了。"

米勒在转椅里转过身子,朝外向城市看去。从某些方面来说,这是个可爱的城市,如果人们喜欢这样的地方的话。在他下面,在城市街道上,在蜂窝里,两千多万的汽车驾驶者依靠轮子而生活。百万人中没有一人想冲破城市界线。连接大都市与其他城市的道路只是些市区干线,汽车像粒子一样在此经过,卡车像血浆一样向前推进。米勒害怕城市,但他同情居住在城市里的无腿侏儒。

然后,他再次转过身来要求安静。

"我本想用和平手段进行协调。我们不愿再流血,不愿再相互残杀。从刚才的谈话,你们这些代表公众舆论的人已向我说明,行人不可能期望从当今政府手中得到怜悯。你们知道,我也知道,这已不再是个人民掌权的国家。你们在掌权,你们选举你们喜欢的人做参议员,当总统。你们挥鞭,他们跳舞,这就是我为什么找你们这些人,而不直接向政府呼吁的缘故。因为我确信你们会有什么样的行动,于是我已准备了这份简单的文件叫你们签字。文件里只有一句话:'行人不能回来。'

"当你们全都签订后,我会向你们解释我们要做什么。"

"为什么要签字?"第一个人说,他就坐在米勒的右边。

"我的意见是这样的!"于是他把文件揉成结结实实的一团后朝桌子底下一扔。他的行动马上引来了掌声,只有海斯勒坐着没动。米勒一直朝窗外看,直到一切安静下来。

最后,他再次开口:

"在我们的聚居区,我们已经完善了一种新的电动力学原理。它一旦被释放出来,马上能够带动一切运动,除肌肉运动外,电子也能分隔开来。我们已在限定的空间内,对一些较小的机器做过试验,而且我们十分清楚我们能做什么。我们不知道怎样给任何一块我们曾经破坏过的土地恢复能源。我们的电工们正等着我们通过无线电发送信号,其实他们一直在听所有这些对话。现在我接通电源向他们发送信息,这个信号就是我们的座右铭:'我们要回来'。"

"这就是信号吗?"其中一人嘲笑道,"发生了什么?"

"没什么,"海斯勒答道,"至少我看没什么不同,会发生什么事,亚伯拉罕姆·米勒。"

"没什么,"米勒说,"只是除了行人外,所有人类将毁灭。我们试图想象当电工们接通电源释放这一新的原理时会发生什么,但连我们的社会学家也无法完全想象出会有怎样的结果。我们不知道你们将活还是死,你们中的任何人是否能生存下来。毫无疑问,城市居民将很快在他们人造的蜂窝中死去,一些在农村的可能会活下来。"

"喂,喂!"一位大富豪高喊,"我感觉没什么不同,你是个地地道道的梦想家。我要走了,并向警察报案。把你那该死的门打开,让我们出去!"

米勒打开了门。

大多数人揿了揿启动按钮,抓起了驾驶棒,没有一架机器开动。其他人吃了一惊也企图离开,可他们的汽车死了。于是有一个人歇斯底里地骂了一声便举起了一把自动枪对准米勒扣动了扳机。只听"咔嗒"一声,就再也没别的。

米勒拿出了手表。

"现在是下午2点40分。汽车正在开始死亡,汽车司机还不知道这回事。如果他们知道的话,将会出现惊慌局面。我们不能给予救济。我们只有几百人,不可能喂养和照料上百万的跛子。所幸的是这幢楼里有螺旋式坡道或斜坡,而且你们的汽车全有刹车装置。如果你们能驾驶的话,我会一次一个把你们推向坡道。显然你们不想留在这儿,同样电梯也没在开动,我会叫我的速记员来帮我,也许你们曾经怀疑他是个从儿时就被训练成扮演女性角色的行人。他是我们效率最高的间谍之一。现在我要说再见了。100年以前你们存心想灭绝我们,我们活下来了。我们不想灭绝你们,但我为你们的未来担忧。"

随即他走到其中一辆汽车后,开始把它推向门口。那位速记员穿着裤子,已作为行人再次出现,也抓住了另一辆汽车。不久只剩下海斯勒一个人,他伸出手来以示反抗。

"把我推到那个窗口,你不介意吧?"

米勒照做了。这位汽车驾驶员好奇地朝外看着。

"天空中没有飞机,照理应该有几百架的。"

"毫无疑问,"米勒回答,"它们全都降到地面上了,你知道它们已没电了。"

"那么,一切都已停止了吗?"

"差不多,只剩人力,还有由木头弯曲而产生的力,如在弓与箭中的那种,以及由金属圈产生的力,如钟表中的主弹簧。你会注意到,你的手表仍在走动。当然,家畜也能产生力,这也是人力的一种。在我们的山谷中,我们用水力发动谷物厂和锯木厂,我们看它们没理由不继续转动。其他所有力,都被破坏了。你意识到了吗?没有电,没有蒸汽,没有任何爆炸,所有这些机器全废了。"

海斯勒缓慢地,机械地掏出一块手帕,一边擦去脸上的汗水,一边说:

"我能听到从城市里传来的低泣声。这声音一直响到窗边,就如远处的浪潮有节奏地拍打沙岸一样。我听不到其他声音,只有这种声音。这使我想到了一种声音,那是一群蜜蜂离开旧巢拥簇着他们的蜂王紧密地飞过天空去寻找新窝的声音。这同远处的瀑布声也有相似之处。这是什么意思?我想我是知道的,但我不愿用言语来表达。"

"这就是说,"米勒说,"在我们的下面及周围,在办公楼、商店和家里,在地铁、电梯和火车上,在隧道和渡船中,在街上以及在饭店里,2000万人正开始死去。他们突然意识到自己已不能移动,没人能帮他们。有些已离开汽车,企图用手拖着身子向前。他们那萎缩的双腿无助地挂在身后,互相呼喊着求援。但是即使现在,他们还不清楚灾难究竟有多大。到了明天每个人将会成为原始动物,几天以后就没有食物和水源。我希望他们在相互撕咬之前快点死去。这个民族将灭亡,而大家对此一无所知。因为将没有报纸,没有电话,没有无线电。我靠信鸽同我的人取得联系,需要几个月才能重新加入他们的行列。其间,我能活下去,我可以从一个地方走到另一个地方。你从城市里听到的声音则是一种绝望的灵魂的呼喊。"

海斯勒抓住米勒的手在颤抖。"可是,如果你能使它停止,也能让它重新开始?"

"不,我们用电力使它停止,可现在再也没有电了。我猜想我们自己的机器也在顷刻间全熄灭了。"

"那么说,我们即将死去?"

"我相信是这样的。也许你们的科学家能够发明一种补救办法。100年前我们就这样做了,活了下来了。你们的民族试图通过一切可知的科学技术来毁灭我们,但我们活了下来,或许你们也可以。该怎么说呢?我们想仲裁。我们想要的一切便是平等,你看到了其他这些人是怎样表决,又是怎样考虑问题的。如果他们曾经真的有权的话,他们会马上消灭我们这个小团体。我们这样做只不过是用来自我保护罢了。"

海斯勒试着点烟,电子打火机不灵了,只好干巴巴地放在嘴角边,嚼着。

"你说你的名字叫亚伯拉罕姆·米勒?我相信我们是某类表兄弟。我有一本书谈到这个。"

"我全清楚,你的曾祖父与我的曾祖母是兄妹。"

"我想这就是教授所说的,只是那个时候我们不知道你的情况。然而我想谈谈我的女儿。"

两人谈了很久很久,那低语声继续从城市不停地、持续地往上升,充满了对当代人来说全新的调子,但在远处,从下面的低层到上面的100层,全是一种声音。这种声音是由百万种不同口音,最终混合成一体的。这时米勒开始来回走动,从办公墙的一面走到窗口,再走回来。

"我想现在没有人比我更轻松了,我们一直在为这一刻做准备。我们有权利,有正义,甚至有已被我们忘却的上帝在我们这一边。我现在仍看得出,别无他法。但这使我感到厌恶,海斯勒,这让我恶心。小时候,我发现一只老鼠在谷仓门边被擒,几乎已被撕成两半,我想去救它,可那受伤的东西却把我的手指咬了,我只好捏断了它的脖子。它本来就活不成,我去帮它时,它咬了我,所以我不得不杀了它。你明白吗?我必须这样做,虽然我是公正的,可我却恶心极了,在谷仓地板上呕吐了起来。类似这样的事情正在下面发生。2000万在我们身边的畸形物正在死去。他们本可以像那些我们团体中的男人和女人一样,但他们却迷恋上了各种各样机械装置。如果我现在走上街去帮他们的话,他们会杀了我。我不可能把他们从我身边赶走,我们会来不及杀他们。我们是正当的,老兄,我们是正当的,但这仍使我恶心。”

“这对我可没这样的影响。”海斯勒答道,“我已习惯于消灭对手。我必须这样,否则他们会毁灭了我。我把这一切看做是一种精彩的试验。因女儿的缘故,我对我们的文明已考虑多年。我失去了兴趣。我在许多方面已丧失斗志。我似乎不在乎发生什么,但我愿意跟着那个杂种狗到那环形坡道,用我的双手扼住他的脖子。我不愿让他死于饥饿。”

“不,你就呆在这儿。我要你把所有的一切,也就是事情发生的整个过程写成历史。我们需要一份准确的记载,以证明我们的行动是正义的。你呆在这儿同我的速记员一起干。我打算去找你的女儿。我们不能让一位行人受苦。我们会带你一起回去。而且借助一种合适的器械,你能学会骑马。”

“你想让我活着?”

“是的,但并非为你本人,有很多原因。在今后的26年里,你可以给我们的年轻人作讲座。你可以告诉他们当世界停止工作,停止出汗时,当他们有意地用家交换汽车,用苦力和劳动交换机器时,都发生了什么。你可以告诉他们这些,他们会相信你的。”

“太妙了!”海斯勒叫道,“我曾当过总统,现在我却成了一个新世界无腿人的标本。”

“你会出名的,你将是最后一名汽车司机。”

“让我们开始吧!”海斯勒催促,“把你的速记员叫来。”

速记员在米勒和汽车司机代表开会的前一个月,已经在纽约了。那时候,多亏了他早期接受过模拟密探训练,所以能极其成功地蒙蔽了所有他所接触过的人。在车子里,他打扮成速记员的模样,脸上涂着香水,抹了粉,手里戴着戒指,不为人知地来往于上千位相似的女人中。他到她们的饭店去,到她们的戏院去,甚至还拜访她们的家舍。他是位极好的密探,但他是个男人。

他接受过密探这一行的训练。数年来,他对自己的行人团体一直充满热情,总是忠心耿耿。他曾宣誓要把共和国放在首位。亚伯拉罕姆之所以选中他,也是因为他值得信任。这位密探很年轻,两腮几乎无短须。他独身,爱国。

但这是他一生中头一次在一个大城市中。楼下的那家公司雇佣了一位速记员。她是位不只在一方面都很有成效的工人。这位新来的速记员的一些事激起了他的兴趣。他们碰了头,并且安排再次见面。他们谈论爱情,那种妇女之间新型的爱。这位密探从未听说过这种感情,对此并不能理解,可他最终还是明白了爱抚与接吻。她建议两人同居一室,但他自然找到了反对的理由。然而,他们一起度过了大部分空闲时光,不只一次这位密探差一点向她吐露了心中的秘密:不仅仅是那即将来临的灾难,还有他的真正性别以及他真诚的爱。

这些一个男人爱上一个女人的情况是很难找到解释的。在这儿却有某种东西被扭曲了,即性变态。爱上一个无腿女人是件荒谬的事情,因为他有可能通过等待同一位有着象牙般双腿以及雪白膝盖的女士结婚。相反他却爱上了并想要一个生活在机器中的女人。两人都病了,灵魂出了毛病,而各自都继续保持着那种欺骗对方的亲密关系。现在随着下面城市的逐步消亡,这位速记员有一种强烈欲望要救这个女人。他觉得不管怎样可找到一种办法说服亚伯拉罕姆·米勒,让他同这位速记员结婚,至少可让他把她从突发灾祸中救出来。

于是,身着柔软的衬衫和齐膝的短裤,他瞧了一眼米勒和海斯勒,那两人正在认真地交谈。然后踮着脚尖走出门口,通过斜坡到了楼下。这儿一片混乱。他勇敢地大步走进速记员办公的房间,俯身向她开始讲话。他告诉她说,自己是一个男人,一位行人。接着很快向她透露了真相:下面的哭喊声,静止的汽车,失灵的电梯,无声的电话,这一切都意味着什么。他告诉她汽车司机的世界因这因那即将消亡,但她却因为他对她的爱而将活着。他所要求的一切是一种照顾她,保护她的合法权利,他们可去某个地方,去郊外生活。他会绕着草坪替她推车,她可以有些鹅,一群小鹅,当她呼唤时,它们便会来到她的椅子边。

那无腿女人听着,她那本该苍白的两颊巧妙地被胭脂遮掩了。她听着,看着他,一个男人,一个有双腿会走路的男人。他说他爱她。但她爱上的那个人是个女人,一个有着跟她自己一样悬挂的、萎缩的、美丽双腿的女人,而不是强壮的怪物。

她歇斯底里般地大笑起来,说她愿意嫁给他,到他想要她去的任何地方。于是她把他紧紧拥抱在身边,直接吻住他的嘴,然后又吻住他颈部的静脉。他死了,鲜血流进她嘴里,那血同胭脂混合在一起,使她的脸变成鲜艳的红色。数天后她死于饥饿。

米勒永远不清楚他的速记员死在哪里。如果他有时间的话,他有可能会去寻找。但他同海斯勒一样开始为那个走路女孩担忧,她正孤身一人陷入正在消亡的汽车司机的世界里。对父亲来说,她是女儿,唯一的孩子,他家族中留存的仅有的血脉。然而对米勒来说,她是一种象征,是自然界反叛的象征,是为把人类恢复到世界原来的位置而做出她最后顽强努力的象征。她父亲希望她得救是因为她是他女儿,行人希望她得救是因为她是他们中的一位,他们行人族中的一位。

那100层楼板上已有一桶桶水和许多食物,每种供应品都用来维系死亡过程中的生命。所有这些海斯勒都有了,他被安排得舒舒服服的。然后米勒带了些供应品,一水壶水,一张路线图,手里抓着一根粗棍棒,离开那祥和平静的地方,开始走下环形坡道。这地方充其量只是难走了一些,其实环形坡道宽得足以防止眩晕。米勒害怕的是整个坡道会在某处被一堆堆乱糟糟的汽车所阻挡,但是显然所有设法到达坡道的汽车全已顺利滑落。米勒不时地在这个楼层或那个楼层停留,一听到哭喊声,便不寒而栗,接着就继续往下走,往下走,一直走进街中。

这儿的情形比他预料的还要糟糕。当电动力能源从奥扎克山谷中释放出的那一刻,也就在那一刻,所有的机器全已停止,纽约有2000万人在那特殊的一刻,呆在汽车里或小车中。有些人在案前工作,在商店里;有些人在饭店用餐,在俱乐部里闲逛;另一些人则正驱车去某地。突然,每个人都被迫停在原地,除了在每个人的声音范围内,就没有别的可能联系了。电话、电台、报纸都已失灵。每辆大大小小的汽车均停止移动。每个男人和女人依靠自己的身体而生存,没人能帮他人,没人能帮自己。运输死了,而且除了在自己的圈子内,在耳目所及之处没人知道发生了什么。因为随着运输的死亡,通讯也死了。每位汽车司机在那特殊的时候就待在自己恰好待的地方。

当他们慢慢地想到要动已不可能时,害怕便随之而来。接着便是惊慌,但这是一种新的惊慌,过去所有的惊慌表现为一大群人突然间朝同一方向涌去,企图逃离一种真实或想象的恐惧。这次惊慌是无法动弹的。一整天,普通纽约人被害怕所攫,因恐惧而哭,只好留在自己车内。接着群体迁移开始了,但不是先前惊慌的那种迁移。这是跛腿动物用他们从未进行过体力锻炼的双臂,拖着无腿身子向前的缓慢的曲折的移动。这不是惊慌失措的一伙,飞快的风速般的那种转移,而是一种缓慢的狂乱的虫子般的惊慌。他们用嘶哑的低语传着话,说这城市是个死亡之地,将成为陈尸所,还说几天后也就没有食物了。尽管没人知道发生了什么,但人人明白,如果食物不及时从农村运来的话,这个城市就不会长存。农村突然间不仅仅只是标记牌之间长长的水泥路,而是个能获得食物和水源的地方。城市已变干涸,那把百万加仑的水送到粗心的全体居民中的巨大水泵,已停止抽水。除了环城的河里就没别的水了,而那河里的水是不洁的,受人工污染的。在农村某处肯定有水。于是第二天逃离纽约行动开始了,这是跛子的逃离,而不是鹰的逃离,是形似战争中残疾军人的人类的一种迁移。他们的速度并非一致,但最快的每小时也只能爬行不到一英里。哲学家们会待在原地死去。动物受了折磨,也会静静地等待末日的到来。但这些汽车司机既非哲学家也非动物,他们必须得动,他们的一生一直在动。桥是第一个出现拥挤的地方,所有桥上都有一些汽车。但在下午两点,交通就并非那么拥挤。慢慢地到了第二天中午,这些河流交通干线黑压压地挤满了爬离城市的人们。于是出现了堵塞现象,由堵塞导致停滞,由停滞带来一种无法前进的蠕动。然后在一层不能动弹的人群上面,又爬上了另一层同样拥挤不堪的人群。在第二层上面,又有了第三层。许多街道通向每座桥梁,可每座桥只有一条街那么宽,逐渐地最上层外面几排的人开始掉进下面的河里,最终许多人寻找这样的归宿。从桥上最后传来了一声咆哮,如同海浪冲击多岩的海岸一样。这里便是极度疯狂的开始,人们很快死在桥上,但临死之前他们开始互相撕咬。在城市的某些地方,也出现了同样的拥挤。饭店与咖啡屋挤满了人,几乎撞到了天花板。这里有食物,但除了在食物旁边的一些人以及那些仍然活着的和有能力进食的人之外,没人能够得着。在食物旁边的人在他们有幸得利之前,又被压死,尸体挡住了去路。

24 小时之内,人类就已丢失了宗教信仰、人性及其崇高理想。每个人都尽力让自己活着,虽然这样会马上给他人带来死亡,但在个别场合,个人主义上升到了英雄主义的高度。在医院里,一位临时护士留下来陪伴病人,向他们提供食物,最后同他们一起饿死。在一妇产科里,一位母亲生下了孩子,由于受人遗弃,母亲把孩子一直放在自己的胸口上。直到饥饿拉下了她无力的臂膀。

米勒从办公大楼出来也就走到了这样一个可怕的世界。他带了一根结实的棍棒,但那些爬行汽车司机几乎未注意到他。因此,他慢慢地走到 5 号街,然后笔直往北走,他边走边祈祷,不过头一天,他几乎没看到后来所要看的东西。

他走呀走,一直走到河边游过了河。然后再往前走。到了晚上,他来到了郊外,在那儿他停止了无休止的祈祷。他遇见了一位临时汽车司机,这位司机只是对他的车子抛锚感到懊恼。在乡村最初没人意识到真正发生了什么,就是死在自己农舍之前,还未有人完全意识到这一切究竟是怎么回事,只有城市居民知道,而他们却不理解。

第二天，米勒一早就从草地上爬起，仔细阅读了路线图，便继续走路。他避开城镇，绕过城镇。他已有一种愿望，一种持续的、不断的、不可避免的与那些正在挨饿的跛子们分享供应品的愿望。但他必须保存力量，为了她，那个在30英里长的铁栅栏内，置身于无助的仆人中间的孤独的行路女孩储存食物。这会儿，已到了结束第二天行走的时候，因为，已有好几英里没看见人了。太阳低挂在橡树林中，把稀奇古怪的影子投到了水泥路上。

马路那头驶来一辆奇怪的大篷车，慢慢向他靠近。马车前三匹马背上结实又笨拙地系着一捆捆、一壶壶水。第三匹马上，一位老人靠在椅子一样的马鞍上。这个时候，他睡着了，下巴抵在胸口上，双手即使在睡梦中，也紧紧抓住椅子的两旁。一位高大、健壮，但又不失可爱的妇女，轻松地阔步走在水泥路上。她的背上挂着一把弓及一袋箭，右手握着一根沉重的棍子。她毫无畏惧地、自信地向前走着。看起来，她充满力量、信心和骄傲。

米勒停在了路当中。大篷车靠近他，随即在他面前停住了。

"喂，"那位妇女说。她的声音同太阳下的影子和摇曳的树叶奇怪地融合在一起。

"喂，你是谁，为什么要挡住我的路？"

"哦，我是亚伯拉罕姆·米勒。你是玛格里特·海斯勒。我在找你。你的父亲平安无事，他派我来寻你。"

"你是一位行人吗？"

"同你一模一样！"然后谈话继续下去……

教授从小睡中醒来，他从马背上看到这位小伙子和姑娘正站在那儿交谈，已经忘记了世上其他的事情。

"哦，这就是过去的样子。"教授自忖道。

几百年以后的一个星期天下午，一位父亲同他的小儿子在重建的纽约市自然科学博物馆里游览。现在整个城市只是一座巨大博物馆。人们跑到那儿去看看，但没人想住在那里。事实上，没人愿意在能住在农场的情况下生活在这样一个城市里。

在汽车司机的城市里呆上一天或更多的时间，是每位儿童教育者的一部分。因此，在这个星期天的下午，这位父亲及其小儿子慢慢地走过这些庞大的建筑物。他们看到了柱牙象和飞龙目动物。他们在一只玻璃箱子前停留了一会儿，这只玻璃箱子里装有一间棚屋，里面住着一户典型的印第安人。最后，他们来到了一辆马车前，马车装有四只橡胶轮胎，却没有轴也无法套住马或牛。马车上坐着男人、女人和孩子们。小男孩好奇地看着他们，然后拉住他父亲的袖子问道：

"看，爸爸，这马车和那些有趣的无腿人们是干什么的？这是怎么回事？"

"我的儿子，这是一个汽车司机的家庭。"于是他在那儿停顿了一下，便开始给儿子作简短的介绍，这是每位行人父亲依法必须讲给他们的孩子听的。

（张　颖　译）

时空哲学家

至1930年，科幻小说杂志数量剧增。当每个债权人1美元的债只得到1.08美元的回报时，根斯巴克已经破产(《纽约时报》称之为高级破产)，但他还是一期不漏地创造了一个全新的杂志系列。在此期间已有了“科幻”的说法。接着1930年1月，《超科学惊奇故事》在报摊露面。

威廉·克莱顿是位书籍出版商。编辑哈里贝茨向他建议，新杂志在四色封页的巨大印张上填补3个空白，其他的13个封页仍是克莱顿系列的、内容为动作冒险故事的通俗杂志。《惊奇故事》公开仿效《惊异》的名称，但贝茨和克莱顿希望像克莱顿的其他杂志一样，故事中有更多的动作和冒险内容。

贝茨有能力为故事支付2分钱一个字的丰厚稿酬，而且一旦决定采用就付稿酬，而不必等出版了再付给，然而故事提供者还是有限。没有足够的科幻小说作家能为3本杂志提供好故事。要让写行为冒险系列小说的作家写科幻小说反而给贝茨出了各种不同的难题——有些因不满意需重写，增加了编辑改稿的工作量，或者干脆他自己以笔名写或与人合写。

作为克莱顿的一本杂志，《惊奇故事》从未赚过钱，甚至接近停刊的边缘。1933年，由于克莱顿想买下一个合作者的全部产权所引起的经济困难，克莱顿杂志系列彻底失败了。同年《惊奇故事》被斯特里特—史密斯公司买走，这位通俗小说和男性杂志的老出版商，把其变为通俗杂志系列。

在改变科幻小说本质方面,杂志对科幻小说的阅读及写作的影响开始发展起来。但另有一件意义深远的事件——主要是科幻小说正在杂志外发表。威尔斯还在不时地发表他的宣传作品,例如《未来事物的面貌》(1933)和《神圣的恐怖》(1939)以及推理科幻小说《新生星星》;菲力普·怀利于1930年发表了《格斗者》,1931年发表了《看不见的谋杀者》,1932年在《蓝皮书》上发表《当世界相撞时》(与埃德温·伯马合写);辛克莱·刘易斯于1935年发表了《不能在此发生》。

1930年,在专业哲学家的行列中出现了一位意料不到的科幻小说作家,奥拉夫·斯特普尔顿(1886—1950)。他在利物浦大学获得哲学博士学位,并在那里和别处作短期演讲。1929年他发表了《现代美学理论》,1938年发表了《哲学与生活》,1939年发表《圣人与革命者》,1939年发表《大不列颠的新希望》。

当正致力于第一本哲学书创作的同时,他也展开了丰富的想象力,发表了第一本科幻著作《最后和最早的人》(1930)。在书出版后的成功的鼓舞下,他放弃了大学教职,走上了写作生涯,先后发表了《伦敦的最后一批人》(1932)、《怪人约翰》(1935)、《造星人》(1937)和《天狼星》(1944)。

他的作品既赢得了越来越多的科幻小说读者,也受到了广大普通读者的欢迎。他的推理既影响了那些正为杂志写作的作家,也影响了不久被称为科幻迷的读者,他们中的一些人后来也成了作家。小说《怪人约翰》被认为是对超人主题的权威性处理。《造星人》对宇宙产生、银河系的文明和帝国,智慧生物居住的星星和星云等有着惊人的描述。《天狼星》是关于一只超级狗和培养它智力的人的关系的小说。

在斯特普尔顿的4本主要作品中,2本是小型小说,着眼于个人细节和人物性格发展的描述,另外2本是大范围的幻想作品。《最后和最早的人》囊括了1930年至以后的2万亿年时间,通过17个人种进化,人类移居到金星,最后到海王星,在那里人类将庄严地面临其命运的最后厄运,寄希望于人类的新苗能借助太阳风到达星系的另一处。J.P.普里斯特利称其为杰作,休·沃波尔称之"像太阳系一样独一无二"。

尽管他也许对科幻杂志一无所知,但斯特普尔顿很清楚他所写的是什么样的幻想作品。在《最后和最早的人》的序言中他写道:

"为了追求奇异,无抑制的推测可能使将来的小说放纵。然而,在这个领域里,有控制的想象,对那些对无穷潜力感到迷惑不解的人来说,可能是一次非常有价值的练习。今天,我们应该欢迎甚至研究每一个对我们将来人种进行设想的严肃意图,不仅仅为了掌握我们将面临的各种各样常常发生的悲剧,也为了使自己更加确信,我们所怀有的许多理想对更发达的人来说是幼稚的。对遥远未来的想象,应设法看到人类在宇宙中的情景,并且塑造我们的心灵,使之能够接受新的社会价值。但是,如果要使这种关于将来的富有想象力的解释具有说服力,那么我们的想象就必须是有节制的。"

他所写的不是幻想作品,而是"对将来的一种富有想象力的解释",他称这个东西为科幻小说。"仅有幻想是没有多大力量的",他写道,因此"我们必须有目的地选择……我们所必须获得的不光是历史,也不光是小说,而是神话"。《最后和最早的人》是对将来的神话的一个重要贡献。斯密斯"博士",埃德·哈密尔顿和其他一些作家也早已开始构想将来的神话并把稿纸卷进了打字机。值得注意的是罗伯特·海因莱恩和艾萨克·阿西莫夫则把将来的神话变成一种将来的历史。

《最后和最早的人》(节选)

［英］奥拉夫·斯特普尔顿　著

第十三章　金星上的人类

1. 再扎根

人类在金星上逗留的时间比其在地球上的整个生涯略微持久。我们已知道,从猿到人最后离开其所居住的星球,人类在形态和外表上经历了令人诧异的变化。金星上,尽管从生物的角度上来说,人类变化较少,但在文化方面却经历了巨大的变化。

要描述一下这段时间,即使像现在这样小的范围,也需再写一本书。我仅能概略地描述一下。人类和移植到异地的树苗一样,一开始几乎枯萎至根部,逐渐自我调整,成长壮大,直至某种永久的形态。开花,一季复一季,文明与文化的不断交替,一冬又一冬的安眠,经历了许多世纪的不景气,但最后终于避免了周期性失败,获得常绿素质,持久开花。由于命运突变,接下来又一次被连根拔起,被扔到另一个世界里。

第一批到达金星的人很明白,生命在这里是一个可怜的东西。他们已经想尽一切办法去改变星球,使其适合人类特点。但他们无法把金星变成另一个地球。陆地表面稀少,气候几乎让人无法忍受。冗长的白天和昼夜温差悬殊,形成了难以置信的暴风雨,似成千上万条瀑布一样倾盆而下。可怕的雷电干扰,那浓雾使人无法看清自己的脚。糟糕的是氧气极其稀少,呼吸困难。更严重的是氢气不能成功地从大气层中排放出来,有时候与空气混合形成一种爆炸物,迟早会来一次空气燃烧。这种周期性的灾难毁坏了建筑物,致使许多岛上的居民丧生,并且使得氧气供应更加稀少。然而,及时不断地栽种植物能阻止这种危险的气蚀过程。

同时,大气爆炸严重削弱了人类的生命力,使他们无法对付移居后所面临的更加神秘莫测的困扰。一种难以解释的有损消化器官的新疾病首次出现,在几个世纪里一直威胁着人类的生命。这种疾病对人类所产生的生理和心理影响都是灾难性的,人类几乎被完全征服。一方面由于月亮变幻莫测的神秘性,另一方面由于金星上各种生物的灭绝所产生的根深蒂固的无可名状的犯罪感,使人类的自信心大大动摇,其高级智力也开始显示混乱症状。这种新疾病的原因最后追踪到金星水里的某种东西,被认为是某种分子组合,以前非常少见,后来海洋中出现的陆地有机物促其成长,尚未发现治愈的办法。

现在,又一疾病侵袭着软弱的人类。人类的身体组织还从未完全适应火星元素——一种心灵感应传导。普遍性的差体质感染上了一种神经系统的癌症,其原因是这些元素无控制地扩散开来。这种病的骇人结果暂且不提。一世纪一世纪地过去,情况越来越严重,即使那些实际上没有真正染上此病的人也一直处于疯狂的恐惧之中。

这些困扰因为酷热而加剧。随着时间的推移,人类使自己适应更加酷热的地区的希望看来是不现实的。此外,1000年来,曾有人居住过的北极和南极岛人口也几乎灭绝。每百个塔楼还不足两个有人居住,而这些都是饱受疾病打击、精神崩溃了的遗留下来的人。他们只有把望远镜朝向地球,后来意外地看到月亮碎片碰撞他们原来的家园。

人口越来越少,每一代都比其父辈们少。智力下降,教育肤浅且有限,与过去的联系也不再可能。艺术失去了意义,哲学失去了对人们心灵的支配地位,甚至应用科学也开始变得极其困难。对次原子能源的拙劣控制导致了一系列灾难,最后产生一种迷信,认为“损害自然”都是邪恶的,而古代的才智则是人类敌人的一个陷阱。因此,书籍工具等所有人类文化的宝库统统被烧掉,只有耐烧的房屋免于毁坏。除了一些岛上的人类部落外,无与伦比的世界级的第五代人消亡了。而这些人类部落被海洋相互隔开,同时也由于他们自身的无知,与时空隔绝。

成百上千年之后,人类的确开始适应了那里的气候和生命必需的但带有毒性的水。与此同时第五代人的一个新分支出现了,不再有火星元素。在牺牲其“心灵感应术”的前提下,新分支最终重新获得了某种智力稳定,而人类几乎直到生命的最后阶段才获得这种智力稳定。同时,尽管他们已有点儿从异国土壤的影响中恢复过来,但他们曾拥有的繁荣昌盛却不复存在。现在让我们快速略过所经过的年代,来到发生重大事件的年代。

早些时候,在金星上人们已从巨大的漂流岛上把移民之前人工制造出来的蔬菜类食物聚集在一起。但是随着海上人种的越加稠密及相应出现的陆地动物群,人类部落更多地开始转向捕鱼。在海洋环境影响下,人种中的一个分支实际上已及时地从生物角度上适应了海上生活的习惯。人类仍会自动改变习惯这种能力也许令人惊奇,但第五代人是人造的,总是极易感染流行病的变化。经过几百万年的变化和筛选,出现了一种外表酷似海豹的次人种。整个身体呈流线型。肺部功能已发育齐全。脊柱骨已变长,其柔韧性大大提高。腿部皱缩并在一起,倒伏似平舵。还保留着用来操作的食指和拇指,手臂短小像鳍。头往身体里缩着,保持着游泳时朝前看的姿势。坚固的食肉牙齿。强调群居生活,酷似人的熟练追逐。所有这些组成了海豹人的生活。就这样,他们生活了几百万年,直至一个更接近人类的种族出现,因为对海豹人的渔业成功很恼火,把他们都叉死了。

第五代人种的另一变种仍保留着许多陆地习惯和古代人的形态。这些可怜的人不同于原先的闯入者,他们的身高和脑袋发育较差,被列为另一种即所谓的第六代人。一代又一代,他们过着朝不保夕的生活,靠在岛上森林中挖树根、捕鸟,用陆地上的诱饵在水湾捕鱼为生。他们经常与似海豹人的同类相互吞吃。这些残留人种环境有限且无变化,因此,几百万年来在生物和文化方面基本上停滞不变。

然而,最后由于地貌的变化给人种提供了又一次变化的机会。一次星球外壳的巨变形成了一座面积几乎与澳大利亚一样大的岛屿,很快便有人居住。部落之间的相互交汇,出现了一个新的多样化的人种。因此又有了有条理的耕作,工艺技术,复杂的社会关系和思维王国里的冒险。

在下一个200万年的时间里,除了某些特征不同,金星上人类的生活,几乎与地球上的生活一样:神权绝对统治;自由理性的岛城;不安全超负荷的封建群岛;高僧与君王之间的争斗;宗教上对圣经解释一直不统一;朴素的泛灵论思想不断出现波动,通过多神论与一神论的冲突和极端"主义",人们试图混淆真理;追求舒适和冷静思考的风尚不断交替;由于工业上误用火山能源和风力引起的社会秩序混乱;商业垄断和伪共产主义帝国。所有这些一次又一次偏离人类的宗旨,就像火炉里的火焰和烟雾的出现和消失一样不断变换形式。但是这些生命短暂的人,在其生来即有的外形中,对原始的需求是非常坚定的,例如,食物、住所、同伴、群体欲、做爱,父母与孩子之间的双向关系,肌肉锻炼及简易活动中的智慧等。仅在偶尔头脑清晰时和多年的误解之后,他们中的有些人,在这里或那里,不时地开始深入洞察世界及人类的本质。这种珍贵的见识还未开始传播,就被某些或大或小的灾难所泯灭,如流行病,人类社会的自发消亡,人种的愚笨行为,星球间的碰撞,或甚至仅仅因为懦弱和眩晕而不敢正视现实灾难等等。

2. 飞行人

我们无须过多地停留在文化的反复上,应当看看第六代人种的最后阶段,即后来的人造种类阶段。

在第六代人的生涯中,他们一直迷恋着飞行。鸟总是一而再地成为最神圣的象征。他们的"一神教"崇拜的对象不是神人,而是神鸟。这种神鸟有时被构想成神圣且威猛的海鸥,或巨大且仁慈的雨燕,或脱离了肉体的空中游神,有时又被当做鸟神,在体力和精神上赋予人类飞翔功能。

飞翔一定使金星人着迷,因为金星只给陆地上生活的人们提供了狭小的家园,而鸟类的辉煌的全盛时期使人类平淡的行走习惯黯然失色。经过一段时间,第六代人获得了与第一代人一样的知识和力量。他们发明了各种各样的飞行器。随着文明的滑坡,实际上有很多次,这种机械飞行器被重新发现后又遗失了,至多被认为仅是一种临时凑合的代用品。最后,随着生物学的不断进步,第六代人有能力影响人种本身,他们决心创造出一个真正的飞人。许多人类文明都为这个结果做了努力,但由于有时是半心半意,有时是出于某种宗教虔诚,故而都失败了。最后,不朽而且辉煌的第六代人的文明达到了目的。

第七代人是侏儒,体重不会超过陆地上最大的飞鸟。他们整个身体适合于飞行。从脚到最长最有力的中指头都包着一层似皮革一样的膜。朝外的三个一样长的指头支撑着膜,而食指和大拇指则可自由地用来操作。身体形状像鸟一样呈流线型,全身覆盖着厚厚一层羽毛。飞行膜的柔软绒毛因个体的差异在颜色和组织上都不同。第七代人在地上行走时和人类一样,靠近腿和身体附近的飞行膜折皱着,从手臂上挂下来好像过长的袖子。飞行时腿伸展着像扁扁的平尾巴。胸骨硕大似龙骨,是飞行肌肉的基础。其余的骨头都是凹的、很轻,内层用作附加肺。这些飞行人必须像鸟一样保持高效氧化作用,这种状态别人看来是发烧了,而在他们来说却是正常的。

他们的大脑足够用于飞行中的技术组织。事实上,尽管他们是人造的,但要使他们具备空中平衡的反射系统,拥有飞行本能和飞行兴趣是可能的。与他们的创造者相比,他们的大脑容量要小些,而他们的整个神经系统却是精心组织的,而且成熟迅速,对于获得新的活动方式极其敏捷。这是非常合乎逻辑的,因为个人的自然寿命仅有50年时间,在大多数情况下,由于发生在40岁左右某些不可忍受的事件,或感到有老年症状,这个时间还要被缩短。

在所有人种中,这种蝙蝠状的飞行人——第七代人大概是最无忧无虑的了。天生的匀称体格,开朗的脾气,来到这个与其性格相适应的社会。对他们来说,没有理由像别人那样认为这个世界从根本上对他们是敌意的,或者认为自己是畸形的。在日常的个人事务及社会组织中的敏捷智慧,他们不会被永不满足的理解所困扰,这不是因为他们是一个非理性人种,而是他们很快对生活经验形成了一个美妙的、系统的看法。然而,他们清楚地感觉到,他们整个思维的空间只不过是混乱中漂流的泡影,而这种泡影却是美妙的。这样的看法是正确的,以其鲜明、诚实、真诚的态度,如意义重大的比喻,而不是停留在文字上。此外,这能否被认为是人类的智慧?青少年总是被鼓励去研究古代的哲学问题,不是为了某种理由,而是为了使他们自我信服超越传统方法的范围的探索都是无效的。有人这样说:“在任何一点上刺穿这种思维的泡影,你就等于毁坏了其全部。既然思维是人类生活不可缺少的一部分,就必须受到保护。”

自然科学,作为合理调整环境的一种必要手段,以半轻视半感激的态度,从人类祖先那儿继承下来。其实际应用是作为社会秩序的根本。然而,随着太平盛世的延续,社会获得了惊人的完善和稳定,并且还将持续几百万年,这使得科学发明变得越来越不重要了。科学本身被降级至幼儿园水平,历史也只在孩提时期以概要形式被传授,随之被忽视。

这种奇怪的理智上的不诚恳是由于第七代人关心的是物质而不是抽象的思维。飞行人的这种偏见很难从第一代人类中找到细微迹象。如果说飞行是一种事实,然而远远不是真理。如果说他们追求活得富有冒险而又生机勃勃,尽可能把经验聚集到某一时刻,那么这又是对真理的讽刺了。以身体作为飞机,应付各种冒险和暴风雨气候所需的飞行技巧,实际是整个飞行人个人自我表现的主要手段。然而使整个人种着迷的并不是飞行本身,而是飞行精神。

在空中和在地面上,第七代人表现完全不同。不管什么时候练飞行,他们都要经历一次精神上的显著变化。因为建设文明的工作不可能在空中进行,他们的大多数时间必须在地面度过。另外,空中生活压力很大,需要在地面上恢复体力的时间。在行走状态,第七代人是认真的,略感厌烦。靠着对空中丰富生活的记忆和期望,对于单调、讨厌的行走,他们采取快乐幽默却不耐烦的态度。换一种生活习惯,他们总是感到厌烦,然而却很少沮丧或懒惰。实际上,在工农业的正常轮作中,他们像没有翅膀的蚂蚁一样勤劳,工作时既认真又心不在焉。处于这种奇怪的心境中,是因为他们的心一直记挂着空中。只要他们能经常飞行,即使在地面上,他们也还保持平和的态度。但如果由于某种原因,如生病,不得不在地面上待很长时间,他们就会衰弱,然后发展成严重的忧郁症而死亡。他们被设计成这样,如遇到巨大痛苦或悲伤时,心脏就停止跳动,因此,他们必须避免严重的悲伤。但是,实际上这种仁慈的设计只在地面上起作用,在空中他们显出一种完全不同的英勇本质。尽管这是设计的一种自然结果,但没有被设计人所预料到。

在空中,飞行人的心跳更加有力,体温升高,感觉变得更逼真,更有辨别力,智力也更敏捷,更深刻。在他们所遇到的事情中,感受到更加强烈的欢乐与痛苦。事实上这并不是他们变得更富感情了,恰恰相反,因为在空中,最显著的一个特点是这种提高了的欣赏能力是不动感情的。只要在空中,无论是单枪匹马与暴风雨抗争,还是与遮天蔽日般的同伴跳纪念芭蕾;无论是与异性朋友狂热舞蹈,还是在远离地面的空中独自沉思盘旋;无论其事业昌顺发达,还是发现自己被飓风撕成碎片、摔死,他们的快乐与悲惨命运总是被同样认为是一种超然的美。甚至当他的最亲爱的同伴因为空中惨事而致残或死亡时,尽管其本人也许要在设法营救中献出自己的生命,他也一样充满喜悦。但是,一回到地面,他便很快被痛苦所淹没,试图重新获得已消失的梦想的努力失败了,或许会死于心脏病。

这种情况偶尔在金星的恶劣气候中发生,即当整个飞行人被全球性的空中混乱所毁灭,只剩下很少残缺不全的幸存者。但只要他们能待在空中,也狂喜不已。实际上当他们最后精疲力竭掉落到地面上,走向幻灭和死亡时,他们的心灵深处还是在笑。然而当他们刚降到地面后一小时,性格就变了,幻想破灭了,他们只记得灾难的恐怖,而这种记忆将使他们死亡。

怪不得第七代人怨恨他们在地面度过的每一刻。他们在空中,只要想到有行走间歇,对实际上是无休止的行走,即使持敌对的态度,也会以不懈的快乐接受下来。但是只要他们在地面上,就极其不愿意待在那里。在这种人的早期生涯中,由于生物发明,在空中的时间比在地面的时间多。一种微小的可食植物产生了,冬天在土壤下生根,夏天,在光合作用下,漂泊在阳光普照的空中。这样,第七代人能够像燕子似的在广阔的牧场上食草。随着时间的推延,物质文明变得越来越简单,没有地面上的劳作,就无法满足变得更快的需求,加工品变得越加稀少。不再有人写书或阅读,实际上主要是不再需要,在某种程度上,由在空中进行的口头传说或讨论所替代。艺术中,只有音乐,口头抒情诗和史诗,以及至高无上的飞行舞蹈,始终未断,其他形式都已消失。许多科学不可避免地退化到原来的传统形式,而真正的科学精神,在严谨的气象学、充分的生物学和人类心理学中保留下来,只有第二种和第五种人在昌盛时期能超过他们。然而,除了实际应用外,这些科学没有一门被严肃对待。例如,心理学非常简洁地解释飞行的喜悦,就像得了热病一样,是一种无理性的幸福。但谁也没有被这种理论所说服,在飞行中,都觉得这种理论只有一半是正确的。

从根本上讲,第七代人的社会制度的本质既不是功利主义,也不是人文主义或宗教式的,而是审美的。每个行为、每种风俗都以对社区的完善所作的贡献来进行衡量。甚至社会的繁荣昌盛被认为是一种能体现美的媒体,而美主要是个体生命之间相互协调的关系。然而,不仅仅是对个体,甚至对整个人种来说(聪明人坚持说),在飞翔中死去要比在地面上延长生命壮丽得多。人种集体自杀也远远比一个要行走的将来好得多。确信个体和人种能对客观的美起作用,一般来说这种想法未带任何宗教色彩。第七代人对宇宙和未知世界没有任何兴趣。他们设法创造的美是短暂的,而且大部分是感官方面的,不过他们对此感到非常满意。一位即将逝去的哲人说,个人的永生像一首永无休止的歌冗长乏味,即使是整个人种也是如此。我们都是充满强烈感情的人,必须死,一定要死,因为没有死亡,美就显得短暂。

在近百万年的时间里,这个空中社会变化很少。期间许多岛上还矗立着无数的古塔楼,尽管它们已被翻修得难以辨认。第七代人的男男女女,如同栖息的燕子,挤在一起,在巢穴里度过漫长的夜晚。白天,这些大塔楼里住的人很少,有些在地里或海上劳作,有些在工厂干活,但大多数人都在空中。许多人掠过海面,跳入水中,像池塘里的鹅似的去捉鱼。还有的盘旋在空中或海面上,不时地像鹰般猛扑野禽,那些野禽是他们的主要肉食品。还有一些飞翔在离波浪四五万米的高空中,纯粹为了飞行的乐趣,他们翱翔,盘旋,或飞速掠过,即使金星上有充足的氧气,在这样的高度也几乎无法提供。另外一些,为了沉思或纯粹是感官上的销魂,在阳光灿烂的高空中,轻轻松松地在高空气流上飞翔。不少陶醉在爱河中的情侣,以空中方式缠绕在一起,高兴地拥抱,然后又螺旋式瀑布状地成双结对地从一万英尺高度降落。还有一些到处飞,穿过蔬菜雾层,张大嘴巴汲取精神食粮。同伴们一起盘旋,讨论社会或美学问题。还有的一起唱歌,聆听史诗朗诵。上千人候鸟似的聚集在空中集体盘旋,使人联想起世界刚形成时的那种巨型呆板的空中舞蹈,但更加充满活力,富有表情,毕竟鸟的飞翔比任何机器的飞翔要有生命力。总有一些单独或成群的飞行人,要么为了捕鱼或捉飞禽,要么纯粹出于恶作剧,凭他们的力量和技巧与暴风雨抗争,结局往往是悲惨的,但他们从来是充满热情的精神胜利者。

第七代人的文化竟会延续如此长久,简直令人难以置信。文化,或者因为其本身的单调和千篇一律而消亡,或进一步发展成为比较丰富的阅历。但是,这种文化却不是这样。一代又一代,而每一代都非常短命,以至于不能超过年轻一代的辉煌,去发现这种文化的单调枯燥。此外,这个人种适应世界的自我调整是如此完善,即使他们活几个世纪,也会觉得没有必要去改变。飞翔使他们得到肉体上的振奋。随着肉体的真正振奋,尽管是有限的,他们的精神也活跃起来。在这种极度的振奋中,使他们感到欣喜的不仅在于变化多姿的飞翔本身,还有他们在多变世界中对美的感觉。也许最令他们感到欢欣鼓舞的是空中社会中相互交流成千篇抒情诗和冒险史诗。

然而,这种似乎是永不消失的天堂的最后结束,无疑与这个人种的特殊性格有关。随着岁月的不断延续,世世代代保留下来的古科学知识越来越少。因为科学对他们来讲毫无意义,这个空中社会不需要科学。只要他们的境况保持不变,这种知识的损失无关紧要。但是,生物变化却及时地向他们袭来,而这个人种总能适应生物上的某种变化。随着环境的变化,一部分婴儿出现畸形,这种畸形总是使他们无法飞翔。正常的婴儿在出生第二年就能飞了,如有某种意外阻碍,他就会衰弱,未过完第三年就死亡。但许多畸形的人,由于部分转变成行走人种,毫无疑问,不能飞也能活下来。按慈善习俗,这种畸形人必须被毁灭。但是最后,由于第七代人的空中习惯,某种海盐逐渐耗尽,出生的婴儿大多数畸形。根据由来已久的美学原则,世界人口退化这样严重,以致有组织的空中生活不能再继续下去了。谁也不知道怎样制止人种退化。但许多人感到,要是有更多的生物知识,也许可以避免这一点。现在准备采取一种灾难性的策略,决定赦免一部分精心挑选出来的畸形婴儿,这些人注定要变为行走人,并且被认为可能发展成高智力的人。这样,希望培养出一批特殊的人,他们被用于进行剥夺飞行喜悦的生物研究。

从一个新的角度来看,这个策略下的卓越的畸形人似乎还活着,他们被剥夺了同伴所拥有的这种至高无上的飞行经历,羡慕他们仅仅耳闻的天堂。同时,他们蔑视那种除了锻炼身体、做爱、崇尚自然美以及社会的雅致,对其他一切都无所谓的智力上的幼稚。这些无飞行能力的智力人,在研究生物和科学控制下的生活中寻求满足。因为他们的性格适宜空中生活,而他们又不能过这种生活,所以他们只不过是受尽折磨、充满怨恨的人种。尽管他们也从飞行人那里得到公正的待遇和某种怜悯性的尊敬,但他们为这种善意而感到苦恼。封闭自己的心灵,以与传统的价值观抗争,并追求新的理想。几个世纪里,他们已恢复了理智的生活,凭着知识的力量,使自己成为这个世界的主人。和蔼可亲的飞行人对这一切感到惊奇、疑惑、甚至痛苦,尽管如此,他们还是充满乐趣,甚至到了一切都非常明了,这些行走人决心要创造一个新的世界模式,而在这个世界里将不再有自然飞翔的美,飞行人在地面上只有悲伤和痛苦时,他们也还是如此。

许多机器和无飞行能力的实业家使岛上变得越发拥挤。在空中,飞行人发觉自己被那些低级但有效的飞行机械仪器所超越。翅膀变成了笑料,自然的飞行生活受到谴责,被认为是一种无聊的奢侈。按规定,将来每一个飞行人必须服从行走人社会的法规,否则就挨饿。由于栽培风中植物受到禁止,捕鱼及捕捉野禽被严格控制,这个法律绝非虚设。刚一开始,让飞行人长时间在地面上劳作是不可能的,日复一日,时间久了,也并没有招致严重的身体疾病和早死。行走人医生发明了一种药,它能使收入微薄的飞行人身体健康,实际上延长了他们的生命。然而,没有一种药能使他们的精神恢复,因为他们正常的空中习惯被缩减成一星期一次的几小时单调的消遣活动。同时,繁殖实验产生出完全无翅膀的大脑袋的人形。最后制定了一个法规,所有飞行人的婴儿要么被致残,要么弄死。在这点上,飞行人采取了一个勇敢的却无效的抗争办法。他们从空中进攻行走人类。作为反击,敌方用大飞机撞倒他们,然后把他们炸成碎片。

飞行人的战斗团体最后被赶到遥远而又贫瘠的荒岛的地面上。为了寻找自由,整个飞行人类,其实也就是原部队的剩余人员,从每个文明岛上逃了出来。为了服从头儿们的命令,那些生病的人和还不能飞的婴儿被他们的母亲或最亲的亲属闷死了。大概有100万男人、女人及孩子,有些孩子还不到能长时间飞行的年龄,现在全都聚集在岩石上,全然不顾邻近没有可供一大群人吃的食物。

头儿们一起协商,清楚地看到了飞行人的气数已尽,认为对于一个高尚灵魂的人种来说,立刻去死,而不是屈从于傲慢的主人,苟延残生,这样更合适。因此,他们命令人种参加种族自杀,这样至少使得死成为自由而高贵的行为。人们是在一片多碎石的荒野休息时接到命令的,人群中立时发出悲伤的恸哭。发命令者制止他们,要求他们即使在地面上也要努力看到即将要做的事情的美。他们看不到,但心里清楚,如果他们有力量再展开翅膀,或只要他们疲劳的肌肉高耸起来就能清楚地看到。已经没时间可以浪费了,许多人因为饥饿而晕倒,担心他们会永远站不起来。在指定的信号下,全体飞行人随着翅膀抖动的呼啸声升到天空,把悲伤抛在脑后。即使是孩子们,当他们的母亲解释了将要做的事后,也满腔热情地接受了他们的命运。尽管如此,要是孩子们在地面上得知这件事,也许会被吓破胆。现在,全体飞行人稳稳地向西飞行,形成双排纵队,延续几英里长。地平线上出现了火山锥,当飞行人靠近时,火山锥越升越高。领队的飞行人扑向带有泥浆的缕缕烟雾,其他人紧接着一对一对毫不畏缩地跟上,全体人群都投进了熊熊的火焰之中,消失了。飞行人就这样结束了他们的生命。

3. 一件小小的天文事件

现在,无飞行能力但仍是半鸟类的人占据了星球,他们以工业和科学为基础,建立社会,定居下来。经过命运的兴衰和目标的变迁,他们创造了一个新的人种,第八代人。这些长头型,体格结实的人,在身体上和智力上都严格按行走人来设计。他们擅长操作、计算和发明,很快把金星变成了工程师的乐园。从金星中心获取的热能源,使得他们的大电动船稳稳地穿过终年皆有的季风和飓风,同样也轻而易举地开动了他们的空中飞行器。岛和岛之间由隧道和千足虫搭成的桥连接起来。每寸土地都用于工业或农业。这类人积累财富非常成功,以致与他们竞争的人种也能尽情享受。一般来说,在每隔几个世纪的相互残杀和物质毁灭的狂欢中都不会使他们的后辈贫困。这些人的感觉已变得如此迟钝,这种无节制的狂欢并没使他们感到一点儿羞耻。实际上,仅凭热衷于暴力行为,就能使大多数腓力斯人受尽折磨,而不再自鸣得意。冲突对他们有兴奋作用,几乎像宗教仪式。这种迅猛突变的发作必须引起注意,罕见而短暂的危机会自动中断长时间的和平。当然,任何时候他们都不会威胁人种的存在,也不可能破坏社会的文明。

经过一段漫长的和平期和科学进步之后,第八代人有了一个惊人的天文发现。自第一代人起就已经懂得,在每个星球的一生中,当相互碰撞时,就会出现一个非常危急的时刻,大星球缩小成密度很大的颗粒并带有微弱的辐射。人们曾多次猜想,太阳将要经历这种变化,变成一个特殊的"白矮星"。第八代人发现了这种大灾难的某种迹象并预言了日期。这种变化开始前的两万年时间,人们就开始准备。他们猜想,再过一个五万年时间,金星将会冻结、无法居住。唯一的希望是在大变化时移居水星,这时的水星已不再炽热得无法忍受。水星必须得有氧气,还必须繁殖一代新人种,而这新人种最后要能使自己适应一个极冷的世界。

当这种铤而走险的行动正在实施时,一个新的天文发现表明这样做是徒劳的。天文学家观察到,离太阳系一段距离处,有大量不发光的气团。计算表明,这些气团与太阳正在同一切线上相互靠近,他们将会相撞。进一步的计算表明,太阳将会燃烧起来,并且惊人地膨胀。看来住在任何一个星球似乎都不可能,除了天王星,或许海王星更合适一些。远于海王星的三颗行星将不会受到烘烤,但也由于其他原因不宜居住。较远的两颗星将一直处于冰态,此外,第八代人还不完善的飞船无法抵达。较近的一颗星实际上是一个光秃秃的铁球,不仅缺乏空气和水,而且连正常的岩石覆盖层都没有。只有海王星还有可能支撑生命,但又怎能在海王星上居住呢?不仅仅因为那里的空气非常不适宜,它的引力使得人体成为一个无法忍受的负担,而且在相撞之前它一直是极其寒冷的,只有在相撞之后才可能支撑任何人类已知的生命。

尽管人类为获得其最后家园的斗争故事是很值得记录下来的,但我没有时间叙说怎样去克服这些困难,也无法详细叙说现在所采取的策略上的矛盾冲突。第八代人意识到他们绝不可能居住在海王星时,有人倡导寻欢作乐的生活直到生命结束。但最后第八代人超越了自己,几乎是一致同意,决心把剩余的几世纪时间贡献给创造另一个人种,让新人高举智力的火炬进入一个崭新的世界。

太空飞船能够到达那个遥远的世界,并能建立化学变化来改善大气,也可以通过最近重新发现的物质自动燃烧的过程,产生出持久的能源,为那些生命有希望存在的地区供热,直到太阳恢复原样。

最后,迁居的时候临近了。一种经特殊设计的植物被运到海王星,然后把它种在温暖的地方供人类使用。动物被认为是不必要的。接下来是特殊设计出来的人种——第九代人,被运送到人类的新居。高大的第八代人自己不能居住在海王星上,不仅是他们自己几乎无法支撑自身的重量,行走困难,而且海王星上的大气压力让他们无法忍受,因为这个大星球由一层几千英里厚的气体层包裹着,固体球几乎与一个大蛋的蛋黄差不多大。大量的空气与大量的固体结合在一起所产生的万有引力其压力超过金星海床上的压力。所以,除了身着钢潜水服,在星球表面走动片刻外,第八代人不敢离开太空船。对他们来讲唯一能做的是回到金星各群岛上去,好好生活直到生命结束。不久他们也难幸免。定居海王星并把人类最宝贵的物质遗产转移过去几个世纪后,海王星险些与太空过来的陌生星球相碰撞,这时天王星和木星出了轨。又过几年之后,土星虽未出轨,却与它的光环和卫星一起全被吞没了。这小小的碰撞所产生的突然炽热只是个预兆。一个巨大的陌生星球冲了过来,就像手指插进了一个蜘蛛网,把行星的轨道缠结起来。这颗巨星带着熊熊燃烧的火焰,吞没了小行星的轨道,越过火星,赶上地球和金星,与太阳合在一起。此后,太阳系的中心是一颗恒星,几乎与原来的水星轨道一样宽大,整个太阳系都被改变了。

(邵益珍　译)

福特坐在自己老式的廉价汽车里

1932年,全世界刚度过使人幻想破灭的危机,又深深地陷入了另一个危机。第一次世界大战粉碎了对人类事务进步的信念——这一信念是经过精心培育才建立起来的。这次大战也几乎杀伤了整整一代欧洲人,激发了共产主义革命,并形成了一种难以消除的悲观情绪。

但对有识之士来说,进步是显而易见的。随着公共卫生的普及和营养的普遍提高,死亡率下降,寿命延长,人口开始增长——当时人口尚未成为一个问题。从1900年至1960年,美国人的平均寿命从47.3岁提高到69.7岁。在同一时期,美国的国民经济总产值从170亿美元增加到5000亿美元。

对生产力提高起最显著作用的是新的发明,尤其是在农业生产方面,新的机器、杂交品种和化肥大大提高了生产率——以前,耕种一公顷的小麦需要61小时,而现在只需3小时。同时,石油的开采和提炼,电力的广泛运用,使能源既丰富又价廉;炼钢技术改进了,交通也发达了——轮船、火车、汽车,后来是飞机,把新的工厂中生产出来的大量的产品源源不断地运往世界各地的市场;无线电和电话又改进和加速了通讯……

在此期间,工厂成了生产大众消费物资的有效手段。这一过程始于1797年。这一年,美国机械工程师、发明家伊莱·惠特尼(1765—1825)设计并生产装配步枪用的互换零件,开创了大规模工业生产的先河。至1916年,美国汽车制造商亨利·福特(1863—1947)发明了装配线生产法,大规模生产达到了高潮。这样工人不必把各种零件搬到车架上去了,福特把车架通过装配线送到工人面前,每个人只需完成一道简单的工序;同时,福特可以用普通工人替代技术工人。不仅如此,他还能把其公司早年生产的T型发动机小汽车的价格从850美元降低到360美元,尽管他在1914年把工时从每天9小时缩短到8小时,并把工人的工资增加了一倍。福特的发明极大地扩大了汽车市场,也只有汽车市场才充分证明了新的生产手段的有效性。

物质丰富并不一定带来幸福,而财富却往往带来不幸。

物质的极大丰富,使工人阶级的生活水平得到了前所未有的提高,并有余暇享受生活。但是,这样的制度却也产生了其他后果。对工作的要求提高了,生活的节奏加快了,人们有更多的余暇对自己的情况进行思考。文明发展的趋向似乎是扩大机械化,增加人口,并进一步城市化,以追求更大的效益和更丰富的生活。

经济萧条发生一两年之后,奥尔德斯·赫胥黎(1894—1963)在福特发明所产生的复杂的趋势中,模模糊糊地看到了未来。这不是福斯特在《机器停止运转》中所描写的毫无生气的地下世界。在赫胥黎的世界里,人们没有难以理解的思想。实际上,他们根本没有思想。他们一生下来就做要做的事。他们毫无节制地享受性生活,却无不良后果。他们有一种名叫"索麻"的药片,服后忘却七情六欲,飘飘欲仙,有鸦片之益而无鸦片之害。他们有一种强烈激情替代剂,一月服用一次可刺激肾上腺素。这是一个没有疾病、没有体弱、没有匮乏、没有强烈感情的世界。

他们把这个世界称之为"福特坐在自己老式的廉价汽车里"。

除了野人之外,这是一个颇为诱人的世界,但偏偏那个野人喜欢诗歌、喜欢宗教、喜欢罪恶、喜欢自由——他宁愿受苦——为了他们——他强烈要求受苦;对野人来说,他要求有不愉快的权利。在下面这一选段中,赫胥黎把元首穆斯塔法·蒙德描写成一个举足轻重的人物。

《美丽新世界》的作者是英国文坛的一员,但不能说是一位典型的成员。在他那瘦长的个子里,融合了他伯父、大诗人兼批评家马修·阿诺德的文学才华和他祖父、与达尔文齐名的著名生物学家托马斯·赫胥黎的科学天才——他的这两位前辈是19世纪文学文化和科学文化的代表人物。在他们之前,科学和文学一直对立了半个世纪。在这两者的结合中,赫胥黎性格上的那些矛盾可以得到一些解说。

赫胥黎回忆说,他生活中最重要的事件是他在伊顿中学染上了角膜炎,使他几乎双目失明。当他进入牛津大学时,他放弃了做医生的抱负,专攻英国文学和哲学。他渐渐能借助放大镜阅读、教书和任《雅典娜神殿》杂志的编辑之职。他为许多期刊写文学方面的报道,最后转向写长篇小说。

大家更多地称他为散文家,而不是小说家。但他的小说被认为是第一次世界大战后出现的悲观怀疑论的光辉典范。他的第一本小说是短篇集《地狱的边境》(1920),接着有长篇《黄色克鲁姆》(1921)、短篇《尘世的烦恼》(1922)和长篇《古怪的乡村圆圈舞》(1923)。他创作的顶峰是《相反相成》(1928)。《美丽新世界》(1932)是他第一部科幻小说,但不是最后一部。接下来的是《许多夏季之后天鹅死了》(1940)、《猿与本质》(1948)。在他逝世前一年,即1962年,出版了长篇小说《岛》;这是一个更有希望的乌托邦世界,尽管赫胥黎发现这些希望本来可能对1932年那部作品的精神是有害的。

赫胥黎在意大利和法国度过了好多年的写作生涯(他是D.H.劳伦斯的好朋友和邻居)。他最后的30年是在美国加利福尼亚南部度过的。在那儿,他找到了希望和安宁。作为一个杰出的悲观主义者和社会批判家,他的乐观又令人惊讶。而且,他还是一个神秘主义者。他做英国博物学家H.W.贝茨提倡的眼睛操,而这在当时也已证明是不可信的;他还追求注射"墨斯卡灵"和LSD(麦角酸酰二乙胺)致幻剂,以追求超验的经验。他也醉心研究东方的宗教,这在他的评论《知觉之扉》(1954)和《永久的哲学》(1946)中都写到过。

在《重访美丽新世界》(1958)中,他回到了他的名著,以看看他的那些理想是如何实现的。这部新著的写作技巧和成果是美国行为心理学家B.H.斯金纳(1904—1990)在《超越自由与尊严》中所作的描写,并在他的乌托邦小说《瓦尔登Ⅱ》[①](1948)中加以了理想化。

布赖恩·奥尔迪斯称《美丽新世界》"也许是西方世界最著名的科幻小说。"

《美丽新世界》(节选)

〔英〕奥尔德斯·赫胥黎　著

第十六章

三个人被引进的房间是元首的书房。

"元首阁下马上就来。"甘玛管事留下他们走了。

汉姆荷兹大笑起来。

"这简直像咖啡厅聚会,而不像审讯了。"他说,便坐进一张最奢华的充气沙发椅里。"放开心点,柏纳。"他盯住他朋友铁青死板的面孔说。然而柏纳是开心不起来的;他未予置答,连看都不看汉姆荷兹,就走过去坐在房里最不舒服的一张椅子上,这是经过他小心挑选的,因为他暗中希望着能多多少少免除些那高高在上的力量的谴责。

野人这时不停地在房间里走来走去,怀着一份模糊而粗略的好奇心窥视着架上的书籍,看着声带卷和标号的方格架里的阅读机器线圈。窗前的桌上放着一册庞然大书,书面是柔软的黑色人造皮,烙着大金T字。他拿起来打开。我的生平与著作,吾主福特著。由底特律

① 瓦尔登是美国马萨诸塞州东北部一水塘,位于康科德之南。美国作家H.D.梭罗(1817—1862),是超验主义运动的代表人物,主张回归自然。1845—1847年,梭罗在瓦尔登隐居并产生灵感撰写其代表作《瓦尔登,或林中生活》,书中表达了反对蓄奴制和美国侵墨战争。所以斯金纳把其乌托邦小说取名为《瓦尔登Ⅰ》。

福特知识传播协会印行。他懒洋洋地翻动着书页,这儿读一句那儿读一段,当他正下着结论认为这本书引不起他的兴趣时,门打开了,西欧常驻世界元首轻快地走进房间。

穆斯塔法·蒙德跟三个人一一握手;但只对野人作了自我介绍。"看来你不很喜欢文明,野人先生。"他说。

野人注视着他。他已经准备好要扯谎、恫吓,始终绷着脸不理不睬;可是,元首这张富有幽默感和才智的面孔使他安心了,他决定直截了当地说实话。"不喜欢。"他摇摇头。

柏纳惊恐瞪视。元首会怎么想?——公然说不喜欢,还偏偏对这全民的元首说——被认定为这个自称不喜欢文明的人的朋友,真是太可怕了。"咦,约翰,"他开口道。穆斯塔法·蒙德的一瞥迫使他乖乖地闭上嘴。

"当然,"野人接着承认,"这儿也有些很好的东西。比方说,那些空中的音乐……"

"时而是成千的弦琴萦绕耳畔,时而是声响。"①

野人的面容因突来的喜悦而焕发。"你也读过这个?"他问。"我还以为在英格兰没有人知道这本书呢。"

"几乎是没有人。我是极少数中的一个。这是禁书,你晓得的。不过我既然制定了这儿的法律,我也可以不遵守它。而且不会获罪。至于马克斯先生,"他加了一句,转向柏纳,"我恐怕你是办不到的。"

柏纳陷入更加绝望的惨境之中。

"可是为什么要禁掉呢?"野人问道。遇见一个读过莎士比亚的人,使他兴奋得一时忘了形。

元首耸耸肩膀。"因为这本书旧了,这是主要的原因。旧东西在我们这儿是毫无用处的。"

"即使它们是美好的?"

"特别因为它们是美好的。美好便有吸引力了,而我们不要人们被旧东西吸引住。我们要他们喜欢新的。"

"可是新的东西却那么愚昧而可怕。那些戏剧,空洞无物,只有直升机飞来飞去,而你感觉到人家在接吻。"他颦眉蹙额。"一群山羊和猴子!"只有《奥赛罗》里的字句才能贴切地表达他的轻蔑和憎恨。

"然而是驯养的好兽呢。"元首小声插嘴。

"你为什么不换成《奥赛罗》给他们看呢?"

"我告诉过你了,那个旧了。此外,他们不可能懂的。"

对,这是真话。他记起汉姆荷兹怎样地嘲笑《罗密欧与朱丽叶》。"好吧,那么,"他停顿了一下,"一些像奥赛罗的新东西,他们能懂的东西。"

"那正是我们一直想写的。"汉姆荷兹打破了长时间的沉默说道。

"而那也正是你永远写不出来的,"元首说,"因为,如果那真像奥赛罗,无论怎么新也不

---

① 《暴风雨》,第三幕,第二景。

会有人懂的。而如果是新的,就不可能像奥赛罗。”

“为什么不可能?”

“对,为什么不可能?”汉姆荷兹也说。他也忘了这不快的现实情境。只有柏纳还记着,焦急忧虑得脸色发青;其他人则无视他的存在。“为什么不可能?”

“因为我们的世界不像奥赛罗的世界,没有钢铁你就造不出汽车——同理,没有不安定的社会你就造不出悲剧。今天的世界是安定的。人们很快乐,他们要什么就会得到什么,而他们永远不会要他们得不到的。他们富有;他们安全;他们永不生病;他们不惧怕死亡;他们幸运地对激情和老迈一无所知;他们没有父亲或者母亲来麻烦;他们没有妻子、孩子或者情人来给自己强烈的感觉;他们受的制约使他们身不由己地实实在在行其所当行。假使有什么事不对劲了,还有索麻。就是那些被你藉自由之名而扔出窗外去的东西,野人先生。自由!”他笑了。“期望德塔们知道自由是什么!现在又想叫他们了解奥赛罗!我的好孩子啊!”

野人沉默了一下。“不管怎样,”他顽固地坚持道,“奥赛罗是好的,奥赛罗比那些感觉电影好。”

“当然是的,”元首同意道。“然而那是我们用来偿付安定所需的代价。你必得在快乐和从前所谓的高级艺术之间作选择。我们牺牲了高级艺术。我们以感觉电影和香味机器取而代之。”

“可是它们什么意义也没有。”

“它们的意义就是它们自己;它们对观众的意义就是大量愉悦的感觉。”

“可是它们……它们是被白痴道出的。”①

元首笑了:“你对你的朋友华森先生不太礼貌呢。他是我们最卓越的情绪工程学家之一……”

“他是对的,”汉姆荷兹沉郁地说,“因为那是白痴的话。没话找话写……”

“的确。可是那正需要高度的天才。你是用少之又少的钢铁去造出汽车——实际上除了纯粹的感觉之外一无所有,而造出了艺术品。”

野人摇着头:“在我看来这全都可怕之至。”

“那当然。真实的快乐,比起对悲苦过度补偿的快乐来,往往显得十分污秽。而且,当然啦,安定似乎及不上不安定那么悲壮。心满意足就没有了狠战不幸的那份迷人,也没有了抗拒诱惑、抗拒被热情或疑惧颠覆致命的那份生动。快乐永不伟大。”

“或许如此,”野人沉默了一阵之后说,“可是难道一定要糟透到像那些孪生儿的地步吗?”他将手掠过眼睛,有如想揩掉记忆中的景象:那些装配桌前一长排一长排相同的侏儒,那些在布伦特福德单轨列车站入口处排着队的孪生群,那些挤在琳达病逝的床边的人蛆,他的攻击者重复无尽的面孔。他注视着自己上了绷带的左手,不寒而栗。

“然而多有用处!我晓得你不喜欢我们的波氏种群;不过,我对你保证,他们是让一切其

① 语出莎士比亚《麦克白》第五幕,第五景。

他事物建立在上面的基础。他们是国家火箭机的回转仪,使之稳定而不出轨。”深沉的声音激动人心地震动着;手势比划出了那无可抵抗的机器的活动空间和冲刺。穆斯塔法·蒙德的雄辩术几乎够得上合成标准。

“我正奇怪,”野人说,“你到底要他们做什么——看来你似乎可以从那些瓶子里予取予求。为什么你当时不把每个人都造成超正阿尔法?”

穆斯塔法·蒙德笑了。“因为我们不希望自己的喉咙给割断,”他答,“我们相信快乐和安定。一个阿尔法的社会必然会不安定而可悲。想象一个全是阿尔法的工厂——就是说,充满了各行其是的个人,有着良好的遗传和制约,以致能够(有限度地)自由选择和承担责任。想想看!”他复诵。

野人试着去想象,却不很成功。

“那简直是荒唐。如果要一个受了阿尔法倾注、阿尔法制约的人,去做埃普西隆半白痴的工作,他会发疯的——发疯,或者把事情搞得一团糟。阿尔法们可以完全社会化——可是仅限于叫他们做阿尔法工作的情况之下。只有一个埃普西隆才会做埃普西隆的牺牲,理由很充分:对于他来说那些工作并不是牺牲;那些工作是他们最不在乎的。他的制约已经为他铺好轨道,他必得沿着走去。他是不由自主的;他是被命定了。即使倾注之后,他仍然是在瓶子里——一个无形的、婴儿期和胚胎固定的瓶子。当然,我们每个人,”元首深思着说下去,“都是在瓶子里过了一生。可是如果我们碰巧是阿尔法,我们的瓶子相对来说便是很大的了。我们若被局限到一个比较窄小的空间里,就会痛苦不堪。你不能把高级代用香槟倒进低级的瓶子里。理论上这是显而易见的。可是也有实际凭据。塞浦路斯实验的结果便不由人不服。”

“那是什么?”野人问。

穆斯塔法·蒙德微笑起来。“嗯,你可以管它叫一个重新装瓶的实验。它开始于福元四百七十三年。元首们把塞浦路斯岛上原有的居民全部清除掉,然后移入2.2万名精选的阿尔法。一切农业和工业设备都交给他们,让他们处理自己的事情。结果完全不出理论之所料。土地经营不当;所有工厂都闹罢工;法律形同虚设,无人服从命令;所有被派着轮班做低级工作的人,都不断地密谋着高级职位,而所有的高级职员则以牙还牙,密谋着不择手段保持原位。不到6年,他们便有了一次最高级的内战。当2.2万人中有1.9万人被杀掉之后,幸存者一致请求世界元首们收回岛上的政府。元首们答应了。这便是世界上空前绝后的阿尔法社会之终结。”

野人深深地叹息。

“最合适的人口分配,”穆斯塔法·蒙德说,“是像冰山那样——九分之八在水线之下,九分之一在上面。”

“他们在水线之下还会快乐吗?”

“比在上面还快乐。比方说,就比你这两个朋友快乐。”他指指他们。

“不在乎那种可怕的工作?”

“可怕?他们并不觉得呀。相反的,他们还喜欢呢。工作轻松、简单而幼稚。既不伤脑筋也不伤皮肉。7 个半小时和缓又不累人的劳动,然后就有索麻口粮、游戏、无限制的性交和感觉电影。他夫复何求?诚然,"他又说,"他们或许会要求缩短工作时间。我们当然可以缩短他们的工作时间。在技术上来说,把所有下层阶级的工作时间减到一天三四小时是易如反掌的。可是他们会因此而更快乐吗?不,他们不会的。这个实验也作过,远在一个半世纪多之前。这三个半小时的额外闲暇非但不是快乐之源,人们还会觉得在这段时间里非得要度个索麻假期不可。发明局里塞满了节省劳力程序的计划。有好几千。"穆斯塔法·蒙德作了个表示量多的手势。"而我们为什么不执行呢?为了劳工们的好处;用分外的闲暇去折磨他们实在是惨无人道。农业亦复如此。如果我们要的话,我们可以合成每一口食物。可是我们不要。我们宁可保持三分之一的农业人口。为了他们自己的好处——因为由土地取得食物比由工厂来得久些。何况还要顾及我们的安定。我们不要变化。每一个变化都会危及安定。这便是为什么我们如此谨慎地应用新发明的另一个原因。每一个纯科学的发明都潜伏着破坏性。即使是科学,有时也必须视为一个可能的敌人。是的,即使是科学。"

科学?野人皱起眉头。他晓得这个字,可是他说不出它的确实含义。莎士比亚和村落里的老人们从来没有提过科学,而从琳达那里,他只能把最含糊的线索集合起来:科学是一种让你用来造出直升机的东西,一种会引得你去讥笑"玉米舞蹈"的东西,一种让你不会生皱纹、掉牙齿的东西。他费尽力气想去了解元首的意思。"是的,"穆斯塔法·蒙德说着,"那是另一项为了安定而付出的代价。跟快乐不能共存的不仅是艺术;还有科学。科学是危险的;我们必须极其小心地把它拴上链子、戴上口罩豢养着。"

"什么?"汉姆荷兹惊讶地说。"可是我们一直都说:科学就是一切。这句话是催眠教学的陈腔滥调了。"

"13 岁到 17 岁,一星期三次。"柏纳插嘴。

"还有我们在学院里所做的一切科学宣传……"

"对的。然而是哪一种科学呢?"穆斯塔法·蒙德挖苦地问道。"你不曾受过科学训练,所以你无法判断。我当年是一个颇为高明的物理学家呢。太高明了——高明到足以了解:我们一切的科学只不过是一本烹饪书,书上有正统的烹饪理论。不容置疑,以及一份没有主厨特准就不容更改的食谱。我现在是主厨了。可是我曾经是一个好奇的年轻厨仆。我开始自行做一点儿烹饪。非正统的烹饪,违禁的烹饪。实际上,是一点儿真正的科学。"他沉默下来。

"结果呢?"汉姆荷兹·华森问道。

元首叹了口气:"跟你们这三个年轻人将遭遇到的差不多。我差一点就给送到一个岛上去。"

这几个字使得柏纳像触电般,举止狂烈失态。"把我送到一个岛上去?"他跳起来,跑过房间,站到元首面前比手画脚。"你不能送我去。我什么也没干。全是别人干的。我发誓是别人。"他控诉地指着汉姆荷兹和野人。"啊,请你不要把我送到冰岛去。我答应我会做我该做的。再给我个机会吧。请求你再给我个机会。"眼泪流下来了。"我告诉你,全是他们的错,"他啜泣着,"不要到冰岛去。啊,求求你,元首阁下,求求你……"一阵卑怯之情发作,他跪倒在元首面前。穆斯塔法·蒙德想使他站起身来,可是柏纳硬是匍匐着,滔滔不绝地说着。最后元首只得按铃叫来他的第四秘书。

"带三个人来,"他命令道,"把马克斯先生带进卧室里去。好好给他一剂蒸气索麻,然后把他放上床,让他一个人去。"

第四秘书走出去,回来时带了三个绿制服的孪生男仆。柏纳还在叫着哭着就被带出去了。

"别人看到了会以为他要被割断喉咙了,"当门关上时,元首说道,"其实,只要他稍稍懂事一点,他就会明白:他的惩罚实在是个褒赏。他将要被送到一个岛上去。那就是说,他将会被送到一个地方,在那里他会遇见世界上最有趣的一群男女。所有在那里的人,由于种种原因,都是太过个人自我意识了,以致无法适应团体生活。一切不满正统的人,一切有他们自己独立观念的人。一句话:每一个人都是个人物,我简直要羡慕你了,华森先生。"

汉姆荷兹笑了。"那么你自己为什么不在岛上呢?"

"因为,最后,我宁可要了这一边,"元首答道,"我曾做过抉择:被送到一个岛上去继续我的纯粹科学研究呢,还是前途无量地被送到元首委员会,以便到一定的时候就成为一个实际的元首。我选了后者而放弃了科学。"沉默了一会之后他又说,"有时候,我为放弃科学感到遗憾。快乐是个严酷的主人——特别是其他人的快乐。如果一个人没有被制约到俯首帖耳的地步,快乐就是一个比真理更严酷的主人了。"他叹息着,再度陷入沉默中,然后用比较轻快的声调继续说,"不过,责任总归是责任。一个人不能只图自己的喜好。我对真理感兴趣,我喜欢科学。可是真理是一种威胁,科学是一个大众的危险。其危险一如它之有利。它给了我们有史以来最安定的平衡。在比较上来说,连中国都算是很不稳定的了;即使是原始的母系社会也不会比我们现在更稳固。我还要说一遍:感谢科学。可是我们不能容许科学损害它自己的杰作。因此我们如此小心翼翼地限制它的研究范围——那便是我几乎给送到一个岛上去的原因。除了眼前最直接的问题之外,我们不准许它跟任何东西打交道。所有其他的探究都要千方百计地被打回票。"他停了一下才说,"我读着吾主福特时代的人所写的关于科学进步的文章,感到奇怪。他们似乎想象着可以任由科学无限进展,而不顾及其他事物了。知识是至善,真理是无上的价值;其他一切皆是次要的、附属的。事实亦然,当时观念也开始改变了。吾主福特本人作了好些变动,把着重点从真与美转向舒逸与快乐。大量生产需要这种变动。普遍的快乐保持着轮轴稳定地转动;真与美却不能。而且,当然的,当大众控制住政治权力时,所关心的就是快乐,而非真与美了。可是即使是那样,当时仍是容许不受限制的科学研究。人们也仍然不停地谈论着真和美,好像它们是至高之善。直到九年战争的时候为止。那场战争使得他们的调子对劲了。当炭疽弹在你周围砰砰爆炸时,真、美或者知识何在?那便是科学首先开始被控制之时——九年战争之后。当时人们甚至准备好连自己的欲望都被控制住。怎样都行,只要能有安宁的生活。我们就从那时起一直控制着了。当然,这不很有利于真理。可是却颇有利于快乐。人不能不劳而获。快乐必须付出代价才能得到。你就正在付出代价,华森先生——你得付出,因为你恰巧对美太感兴趣了。我曾经对真理太感兴趣,我也付出了。"

“可是你并没有到一个岛上去。”野人打破一段漫长的沉寂说道。

元首微笑着。“那就是我所付出的。选择了侍奉快乐。别人的快乐——不是我自己的。算是运气,”他停了一会又说,“世界上有这许多岛。若是没有它们,我就不知道该怎么办了。我想就会把你们全放进毒气室里。对了,华森先生,你可喜欢热带气候?比如说马克萨斯,或者萨摩亚?或者其他更能振作精神的?”

汉姆荷兹从他的充气椅子上站起身来。“我喜欢极糟的气候,”他回答,“我相信如果气候很坏,一个人就会写出比较好的东西来。比方说,如果那儿常有狂风暴雨……”

元首颔首赞许:“我喜欢你的精神,华森先生。我真的非常喜欢。其程度一如我在职权立场上的反对。”他微笑道,“福克兰岛如何?”

“好,我想可以,”汉姆荷兹答道,“现在,如果你不介意,我就告辞了,去看看可怜的柏纳怎么样了。”

第十七章

“艺术、科学——你好像为了你的快乐付出了相当高的代价。”当他们独处时,野人说,“还有什么别的?”

“哦,当然,还有宗教,”元首回答,“曾有个东西叫做神的——在九年战争之前。可是我不记得了,我想你对神很清楚吧。”

“嗯……”野人迟迟未答。他想说些关于孤独、夜晚、月光下苍白的平顶山、绝壁、投身于黑暗的阴影,以及死亡。他极想说,可是找不着字眼。即使在莎士比亚中也找不着。

这时候,元首走向了房间的另一边,打开书架间嵌入墙内的大保险柜。沉重的柜门砰地开了。他在黑暗的柜中边翻着边说:“那是个一直使我极感兴趣的题目。”他抽出一本黑色的厚书。“比方说,这本你就没念过。”

野人接过来。“圣经,旧约暨新约。”他高声朗诵扉页。

“这本也没有。”这是一本失掉了封面的小书。

“仿效基督。”

“这本也没有。”他拿出另一本书。

“诸类宗教经验。威廉·詹姆士著。”

“我还有很多,”穆斯塔法·蒙德回到座位上继续说,“一大堆古老的色情文学。上帝在保险柜里,福特在书架上。”他笑着指向他公开的图书馆——指向满架的书、满架阅读机器的线圈和声带卷。

“可是,假如你知道神,你为什么不告诉他们?”野人愤慨地问道,“你为什么不给他们这些关于神的书?”

“正如我们不给他们奥赛罗的同样理由:它们旧了;它们谈的是几百年前的神,而非今日的神。”

“但是神是永恒不变的。”

“虽说如此，人却会变。”

“那又有什么不同”？

“完完全全不同，”穆斯塔法·蒙德说。他又起身走向保险柜。“有个名叫纽曼红衣主教的人，”他说。“一个红衣主教，”他提高声音加了一句，“就是主乐官一类的人。”

“‘我，潘朵夫，来自美好的米兰的红衣主教。’[①]我在莎士比亚中念过。”

“当然你念过。好，我在说一个叫做纽曼红衣主教的人。啊，就是这本书。”他把书抽出来。“既然拿了这本，就顺便拿这本吧。是个名叫迈恩·德·比兰的人写的。他是个哲学家，不知你可晓得那是什么意思。”

“一个能把天上和人间的事几乎全梦想到的人。”[②]野人很快地接口说。

“相当对。等下我要念一段他确曾梦想过的事情给你听。先听听这位古代的主乐官说些什么。”他打开书中夹着纸条的地方开始朗读。“‘我们并不比我们的所有物更属于我们自己。我们不曾创造自己，我们不能超越自己。我们并非自己的主宰。我们乃是神的财产。持着这种观点，岂不就是我们的快乐了？认为我们是属于自己的，这又有何快乐或安慰可言呢？年少得志的人可能会这么想。他们会认为，事事都可随心所欲是很了不起的——绝不倚赖旁人——不必考虑眼前看不见的事，不必烦于不断的感谢、不断的祈求、不断的顾及自己所作所为是否符合别人的意旨。然而，当时光流转，他们就如同所有的人一样，会发现‘独立’是不适于人的——它是一种违反自然的状态——只是一时之计，却不能把我们平安地带往终点……’”穆斯塔法·蒙德停下来，放下第一本书而拿起另一本翻着。“比方说这段，”他以低沉的声音再度开始朗读：“‘一个人渐趋衰老；伴随着年龄的增长，他内心感觉到极度的软弱、倦怠和不适；他有这种感觉时，就想象着自己只是病了，为了平服他的恐惧，就认为这种苦恼的情况是归因于某些特殊的缘由，他希望从这种情形下康复过来，一如疾病之康复。徒然的幻想！他的病就是年老；而这是一种可怕的疾病。据说，就是由于对死亡和死后的那份恐惧，才使得人们在年岁增长时皈依宗教的。但是我自己的经验使我深信：宗教情操绝非由于任何这种恐惧或幻想，才随着我们的渐趋老迈而发展的；而是由于：当热情渐趋平息，当想象和感受不再激动也不再易于被激起，我们的理性在运用时烦恼会较少，不再会被幻想、欲念和骚扰所混淆而像以往一样被吞没；于是神有如自云彩之后现身出来；我们的灵魂感觉到、看到并转向这一切光明之源；自然且无可避免地转过去；因为那将生命和魅力给予感觉世界的一切，既已逐渐离我们而去，现象的存在既已不再由内在或外在的印象所支持，我们便觉得需要依附某些持续的事物，一些绝不以虚无愚弄我们的事物——一份真实，一种绝对而永存的真理。是的，我们无可避免地转向神；因为这份宗教情操的本质，对于经验着它的灵魂是如此纯净、如此欢悦，以致补偿了我们所有其他的缺失。’”穆斯塔法·蒙德合上书本靠回椅背上。“在天上和人间，这些哲学家们未曾梦想到的事情太多了，其中一件就是，”（他挥挥手）“我们，这现代的世界。‘只有当你年少得志的时候才能不倚赖神而独

① 《约翰王》，第三幕，第一景。

② 语出《哈姆雷特》第一幕，第五景。

立;但独立不能把你安全地带到终点。'但是,我们现在可以年轻而得志一辈子,直到生命的终点。然后怎样?显然我们可以离开神而独立。'宗教情操能补偿我们一切的缺失。'可是我们根本没有失去什么而需补偿的:宗教情操是多余的。青春的欲望从未受挫,我们又何必为青春的欲望搜寻替代品呢?我们从生到死一直享受着所有老旧的傻玩意儿,又何必要找消遣的替代品?我们的心灵和肉体都一直是快活而生机盎然,又何需休憩?我们有了索麻,又何需慰藉?有了社会秩序,又何需永恒不变的事物?"

"那你是认为没有神了?"

"不,我认为很可能有。"

"那么,为什么?……"

穆斯塔法·蒙德制止住他:"它以不同的方式向不同的人显现它自己。在准现代期,它以这些书里所描述的方式现身。如今……"

"如今它如何现身?"野人问。

"它以不现身来显现自己;就好像它根本不在。"

"那是你的过错。"

"称之为文明的过错吧。神与机械、科学医药、普遍的快乐是水火不相容的。你必须自作抉择。我们的文明选择了机械、医药和快乐。所以我必得把这些书锁进保险柜里。那些都是脏话。人们会为之震惊不已的……"

野人打断了他:"但是,感觉到神的存在,不是很自然的吗?"

"你也可以问:裤子上装拉链不是也很自然吗?"元首嘲讽地说,"你使我想起那群老家伙中一个叫做布莱德雷的。他为哲学下的定义是:一个人为他本能所相信的事情去找出牵强的理由来。好像人是会由本能去相信任何事似的!一个人相信什么事,只因为他曾被制约了去相信那些事情。为了一个人因旁的糟理由而相信的事去找出些糟理由来——那就是哲学。人们信仰神,乃因他们被制约了去信仰神。"

"无论如何,"野人坚持己见,"相信神是极其自然的,当你孤独时——全然的孤独,在夜晚,想着死亡……"

"但是如今的人们绝不孤独,"穆斯塔法·蒙德说,"我们使得他们憎恨孤独;我们安排他们的生活,使他们几乎根本就不会有孤独。"

野人沉郁地点点头。在马培斯,他因为人们将他屏除于村落的社团活动之外而痛苦不堪,在文明的伦敦,他却因无法逃避那些社团活动、无法全然独处而痛苦。

"你可记得李尔王中的那一段吗?"野人终于开口了,"'神明们是公正的,以我们的淫欲邪罪作为惩治我们的工具;他与人私通而生了你,结果是以他的眼睛作为代价。'[①]而爱德蒙回答——你记得吧,他受伤快死了——'你说对了,诚然如此。命运的法轮整整转了一圈;我落到这个地步。'怎么样,嗯?不是好像有个神在主宰一切,惩恶褒善?"

---

① 《李尔王》,第五幕,第三景。这段话是格劳斯特伯爵(Earl of Gloster)之长子爱德加所说的。"他"便是指其父格劳斯特,与人私通生次子爱德蒙,爱德蒙陷害其父致盲。

“哦,有吗?”轮到元首问他了。“你可以跟一个不育女淫乐纵欲无度,而不会冒上被你儿子的情妇挖出眼睛来的危险。[①]‘命运的法轮整整转了一圈;我落到这个地步。’但是今日的爱德蒙会在哪儿呢?坐在一张充气椅子上,臂膀搂着一个女孩子的腰,嚼着性激素口香糖,看着感觉电影。神明们是公正的。毫无疑问。可是他们的法律,却是最后迫不得已时,由组成社会的人口授笔录的。上帝也仿效着人类。”

“你能肯定吗?”野人问。“你真能肯定说,那个坐在充气椅里的爱德蒙,不会像那个受伤而流血致死的爱德蒙一样地受到重惩?神明们是公正的。他们不是用他的淫欲邪罪作工具来贬抑他吗?”

“从什么地位贬抑他?就一个快乐、勤奋、消费的公民来说,他是十全十美的。当然,如果你选了其他我们没有的标准来看,那么你或许会说他被贬抑了。但你总得依据一套先决条件啊。你总不能用离心九洞的规则来玩电磁高尔夫。”

“但是价值不是可以由个人随意估计的,”野人说,“估者加以重视,同时其本身亦必须具有可贵之处。”[②]

“得了,得了,”穆斯塔法·蒙德抗议,“是不是离题了?”

“如果你容许自己想到神,你就不会容许自己被淫欲邪罪贬抑。你就有理由耐性地忍受事情、有理由勇敢行事。我从印第安人看到这些。”

“我相信你看过,”穆斯塔法·蒙德说,“可是我们并非印第安人。一个文明人是不必要忍受任何极不愉快的事情。至于行事——福特啊,文明人脑中若有这种念头就不得了了。如果人们开始独立行事,就会把整个社会秩序搞乱了。”

“那么,自我克制呢?假若你有神,你就有理由自我克制。”

“但是,只有在没有自我克制时,工业文明才有可能。卫生学和经济学把自我放纵的程度强加到顶点。否则巨轮就要停转了。”

“你们总该有守贞节的理由吧!”野人说到这个字句时有点脸红。

“可是贞节意味着热情,贞节意味着神经衰弱。而热情与神经衰弱意味着不安定。而不安定则意味着文明的终结。你没有许多淫乐邪罪就没有持久的文明。”

“可是,神乃是一切高贵、美好、英雄的事物的理由。如果你有一位神……”

“我亲爱的年轻朋友,”穆斯塔法·蒙德说,“文明绝对不需要高贵或者英雄主义。这些东西是政治缺乏效能的症状。在像我们这样井然有序的社会里,没有人有任何机会表现高贵。必得在彻头彻尾不安定的状况下,才有发生的可能。必得有战争,有分崩离析,有必得去抗拒的诱惑,有值得去爱、去为之奋斗或者保卫的对象——那样,高贵和英雄主义显然才具有意义。但是当今已无战争。社会也尽了最大的力量,防止你去过分爱任何一个人。这里根本就没有分崩离析。你深受制约,你不由自主地做你所该做的。而你所该做的事全都愉快无比,许多自然的冲动都被容许着自由发泄,实在没有什么诱惑要去抗拒。万一不幸居

---

① 格劳斯特的眼睛是被其私生子爱德蒙的情妇瑞干(李尔王之次女)所挖。

② 语出《特洛伊罗斯与克瑞西达》,第二幕,第二景。

然发生了什么不愉快的事,哈,永远有索麻让你远离现实度个假日。也永远有着索麻来平抑你的愤怒,使你与你的仇敌重归于好,使你有耐心又坚忍。在过去,你只有奋尽全力经过许多年艰苦的道德训练,才能臻于此境。如今,只消吞下两三片半克量的药片,你就做到了。现在任何人都能做到深具美德。你可以用一个瓶子随身携带你至少一半的德行。没有眼泪的基督教——那就是索麻。"

"但是眼泪是必要的。你可记得奥赛罗说的吗?'若在每次暴风雨之后有如许的宁静,愿狂风直刮到它们将死亡唤醒。'[①]有个老印第安人曾对我们讲过一个故事,是说一个玛沙奇的女孩子,要求想娶她的少年们在清晨到她的园子里锄地。这看似简单,但那里有魔法的蚊蝇。大多数少年无法忍受叮咬。只有一个能够——他便得到了那位少女。"

"真妙!但是在文明的国度里,"元首说,"你不必为女孩子们锄地就可以得到她们了;也没有什么苍蝇蚊子来叮你。我们几世纪前就把它们赶尽杀绝了。"

野人皱着眉点点头。"你们把它们赶尽杀绝了。对,你们正是这样的人。把所有讨厌的事物赶尽杀绝,而不学着去容忍它们。'究竟要忍受暴虐命运的掷石和箭矢,还是拿起武器对抗浩瀚如海的恨事拼命相斗,才是英雄气概呢?……'[②]可是你两者都不做。既不承受也不抵御。你们只是废除了弹弓和箭矢。那太轻易了。"

他突然静下来,想到他的母亲。在她 37 楼上的房间里,琳达曾经漂浮在一片有着歌唱的光亮和芬芳爱抚的海洋中——漂浮而去,远到空间之外,时间之外,她的记忆、她的癖习、她的年龄和臃肿躯体的囚狱之外。而汤玛金,仍然在假日之中——在另一个世界里,远离屈辱和痛苦的假日。在那个美丽的世界里,他可以听不到那些话语、那些嘲笑,看不到那张可怕的面孔,感觉不到那双潮湿松软缠绕在他脖子上的手臂……

"你们所需要的,"野人说下去,"应该是一种有眼泪的东西。可是在这里,没有什么东西的价值是够得上的。"

("1250 万元,"当野人对亨利·福斯特说到这个时,亨利曾如此反驳,"1250 万——那就是新制约中心所值的。一分钱也不少。")

"哪怕仅仅是为了一个鸡蛋壳,也敢挺身而出,不避命运、死亡、危险[③]。那样做不是自有道理吗?"他仰视着穆斯塔法·蒙德问道。"跟神很不相干了——虽然如此,当然是他会那么做的一个理由。生活在险恶中不是自有道理吗?"

"是很有道理的,"元首问答,"所以我们的男人和女人都得时时刺激他们的肾上腺。"

"什么?"野人不解地问。

"那是完全健康的条件之一。所以我们要作强迫性的 V·PS 治疗。"

"V·PS?"

"强烈激情替代。定期每月一次。我们将人体整个系统注满肾上腺素。那是恐惧和愤

① 《奥赛罗》,第二幕,第一景。
② 《哈姆雷特》,第三幕,第一景。
③ 《哈姆雷特》,第四幕,第四景。

怒情绪的生理上完全相等量。它的强直效果完全相等于谋杀德斯底蒙娜和被奥赛罗谋杀①，而没有谋杀事件的任何不便。"

"可是我喜欢不便。"

"我们不喜欢，"元首说，"我们宁可舒舒服服做事。"

"可是我不要舒服。我要神，我要诗，我要真正的危险，我要自由，我要至善。我要罪愆。"

"事实上，"穆斯塔法·蒙德说，"你在要求着不快乐的权利。"

"那么，好极了，"野人挑衅地说，"我是在要求不快乐的权利。"

"不消说，还有变老、变丑和性无能的权利；罹患梅毒和癌症的权利；三餐不继的权利；龌龊的权利；时时为着不可知的明日而忧虑的权利；感染伤寒的权利；被各种难言的痛楚折磨的权利。"

一段漫长的沉寂。

"我要求这一切。"野人终于说。

穆斯塔法·蒙德耸耸肩膀。"悉听尊便。"他说。

(李　黎　译)

---

① 奥赛罗误信其妻德斯底蒙娜不忠，而将之杀死。

来自密耳瓦基市的"外星人"

到1934年,科幻小说渐渐占有了一席之地。在当地杂货店里一个舒适的角落里,临时报摊里一排放满末流低级杂志的报刊架上都有科幻杂志。那种在20年代末看来是非常新颖的东西渐渐显得传统守旧,并且有些想法开始显得陈旧背时或者甚至是陈腐不堪。读者需要某种新的东西,只要是新的,任何东西都可以——如F.奥林·特里梅因在《惊奇》中刊出的"思维变体"类小说——自然地得到了赞赏。

科幻小说迷成了一种有影响的群体。这个群体是这样形成的,先是这些科幻迷写信给科幻杂志,这些信在杂志的读者来信栏中刊登出来;然后,科幻迷之间互相开始通信。只要一个社区里科幻迷不是单独一人——比如费城、纽约和洛杉矶——俱乐部就成立了。它们通常是些读者俱乐部,虽然杂志的稿件录用线很低,足以使每个读者梦想成为作家。

俱乐部开始发行杂志。用科幻迷运动中逐渐形成的行话来说,这些杂志被叫做俱乐部杂志。每个科幻迷发行各自的科幻迷杂志,从外观质量到里面内容都参差不齐。有时候邮件就是他们与其他科幻迷的唯一联系。他们收集对于自己刊物的反应,把这些评论书信视为珍宝,并往往在下一期中刊登出来。

最初的俱乐部都是自发组织的。但在1934年,雨果·根斯巴克和查尔斯·D.霍宁宣布创建科幻小说协会。查尔斯是一位年仅17岁的科幻迷,被任命为根斯巴克的《奇异故事》主编还不到一年。早期科幻迷运动的成败得失、权力纷争足以写上几卷——现在,萨姆·莫斯科威茨的《不朽的风暴》(1954)、哈里·沃纳的《我们过去的岁月》(1969)是主要的两部作品。不过最近还有一本书,是戴蒙·奈特的《未来人》(1977),此书专门详尽地描述了纽约一个科幻迷小组,这个小组的成员坚持不懈,不仅在科幻小说的写作(阿西莫夫、布利希、奈特、考恩布鲁思、梅里尔、波尔、威尔逊)和编辑(奈特、朗兹、梅里尔、波尔、萧、沃尔海姆),而且在科幻小说的出版(凯尔、沃尔海姆)以及代理(多克韦勒、基德、波尔、萧)等方面做出了极其重要的贡献。

科幻迷运动是个烧得过热的水壶,内部纷争汹涌起伏。例如,早期有个争论,问题集中在俱乐部杂志应该强调科学还是科幻;后来在30年代,两个派系就科幻迷的集体组织生活问题争论不休;在1939年,未来人的一个小组被排除出在曼哈顿召开的、由莫斯科威茨组织的第一届世界科幻小说大会。

然而,科幻迷运动也标志着一股力量,要求刊登的小说应该更有艺术性,这意味着科幻迷要自己动手写作。这样,人们就对《离奇故事》1934年第7期刊登的一篇题为《火星奥德赛》的小说感到惊讶并报以欢呼。这是为一个名不见经传的作家而感到的惊讶和欢呼,因为这是他的第一篇科幻小说。这位作家就是斯坦利·G. 温鲍姆(1902—1935),家住密耳瓦基市,是一个名叫“小说家”组织的成员,这个组织由一些有希望的作家组成,其中还包括雷蒙德·A. 帕尔默、拉尔夫·米尔恩·法利(罗杰·舍尔曼·霍尔)、阿瑟·托夫特,以及一年后加入的罗伯特·布洛克。

在《火星奥德赛》中,科幻迷看到巧妙的情节处理、人物对白及人物塑造上的熟练的技巧,这些人物大多是以同情的笔调描绘出来的与人类截然不同的外星人。他们有着不同的外表、不同的文化、不同的思维过程,甚至不同的生活规律。直到这时为止,一直把外星人的起源追溯到从H. G. 威尔斯的火星太空船中爬出来的具有危险性的家伙,他们淌着口水,长着触角,像橡胶一样富有弹性。他们或者是些危险的敌人,出于人类能够明白的原因,想得到人类所拥有的东西,或者仅仅是生活在其他星球上的人类。

温鲍姆转向科幻小说写作稍晚了些——至少在他短暂的生命里。他于1923年获得了威斯康星大学化学工程学位,但他的学位没派上什么用场。他从事了一段时间的电影剧创作,接着试写过长篇传奇文学,其中至少有一篇被一个报刊辛迪加连载刊登。

尽管《火星奥德赛》一书赢得了大声喝彩,他的许多小说却没有被杂志社立即录用,他的写作也没有得到特别的报酬。杂志社给他的最高报酬只有每个字一便士,并且否定了他在初次成功后想乘胜追击的几次努力。不过,渐渐地,其他小说还是出来了,刊登在《离奇故事》上的《梦之谷》,是《火星奥德赛》的续集;刊登在《惊奇》上的《土卫六星上的航行》、《寄生行星》,以及《食荷花的人》。这些全都是有关外星世界和外星生命的故事。

温鲍姆全部作品充实丰富,现在有短篇小说如《富有适应性的结局》、《火焰的黎明》频繁地得到再版(并且被改编成了戏剧)。1935年年底,温鲍姆因咽喉癌去世。去世后还出版了长篇小说《黑色火焰》(1948)。他短暂的科幻小说写作生涯从开始算起才一年半时间,但写出了十几篇短篇小说。

温鲍姆没有给太空带去任何新东西——他的火星依然是洛威尔和巴勒斯的火星,而他的其他行星虽然反映了那个时代最新的科学知识,可从那时起在许多重要方面这些知识被证明是错误的。他所作的贡献无疑是熟练的写作技巧,成功的人物塑造,有时带有一些浪漫传奇的色彩,以及使一切围绕着构思而不是行动展开的情节处理。最重要的是塑造了令人置信的天外来客,他们有其存在的自身理由,以及令人信服的生态环境,在这种环境里他们能够合乎逻辑地存在。

艾萨克·阿西莫夫曾写道,科幻小说有三颗新星,三位突然跃入科幻小说舞台并立刻使读者为之神往的天才:E. E. 史密斯、罗伯特·海因莱恩和斯坦利·温鲍姆。温鲍姆的才华也许是最卓越的,他的生命却是最短暂的。

《火星奥德赛》

〔美〕斯坦利·G. 温鲍姆 著

在阿里斯远征队狭小的机舱里,贾维斯尽量伸展着身体,使自己感到舒适。

"空气可以尽情呼吸喽!"他欣喜若狂,"在那外边稀薄的空气里呆过后,感觉这里的空气就像是浓汤!"他朝着火星上的景象点点头。透过飞机舷窗的玻璃向外望去,在越来越近的月光照映下,火星显得轮廓模糊,孤独凄凉。

其他三位同情地注视着他——普兹,工程师;勒鲁瓦,生物学家;还有哈里森,天文学家兼远征队队长。迪克·贾维斯是这个著名工作队——阿里斯远征队的化学家。这个远征队是第一批踏上地球的神秘邻居——火星的人类。这当然是在过去,在那个疯狂的美国人多亨奈以生命为代价完成了原子弹爆炸后不到20年的时候,在同样疯狂的卡多萨依靠这个原子弹爆炸乘船到了月球后仅10年的时候。阿里斯这4位队员是名副其实的先锋队。除去五六次登月远征,除去德兰西的那次去金星这颗诱人的星球却最终遭到失败的航行,他们就是第一次感受到地球以外的万有引力的人,当然也是第一批成功地离开了地球——月亮系的工作人员。可是只要想一想其中的艰难困苦——在地面上,要在适应室里呆上几个月,学会呼吸跟火星上一样稀薄的空气;在窄小的火箭里要战胜失重感,那火箭是由21世纪那种运转不稳的反应电动机所驱动;更重要的是要面对一个完全陌生的世界——想到这些,这种成功他们是受之无愧的。

贾维斯伸了伸身子,用手指碰了碰由于冻伤而擦破了皮在脱落的鼻尖。他又心满意足地舒了口气。

"好了,"哈里森猝不及防地发了火,"我们是否该听听发生的事了?你准备得井井有条,乘了一架辅助火箭出发了。我们有16天时间没见到你的踪影,最后普兹在这里一个疯狂的蚁冢里找到了你。你那时正与一个模样怪异的鸵鸟为伴!说说是怎么回事,老兄!"

“叔叔?”勒鲁瓦大惑不解地问道,“哪个叔叔?”

“他是说‘说说’,”普兹神情严肃地解释道,“就是……是讲讲。”

贾维斯脸上不带一丝笑意,与哈里森迷惑的目光相遇。“是这样,卡尔,”他表示同意普兹,口气严肃,“我‘述述’那个!”他舒舒坦坦地用德语咕哝了一句,开始了他的叙述。

“按照命令,”他说,“我看着卡尔在这里起飞朝北飞去,接着我就进了我的那个飞行小囚室朝南飞去。你该记得,队长——我们接到过命令不许登陆,只能四处侦察,寻找令人感兴趣的地方。我打开两架相机,一路咔嚓作响,嗞嗞声不断,我飞得很快,也飞得相当高——约有 2000 英尺——这有两个原因。第一,这样能使相机的视野更广;第二,由于底部喷射出来的气流在这里他们叫做半真空的这种空气里穿越距离较远,要是低空飞行,就会搅起尘土。”

“从普兹那里我们知道了一切,”哈里森咕哝道,“不过,我希望你保全了那些胶卷。他们或许能抵偿这次漫游火星的开销;还记得公众怎样拥挤着抢购首批月球图片吗?”

“胶卷倒没事,”贾维斯回嘴道。“好,”他继续说,“刚才说到我一路上疾速飞行,速度相当快;正如我们想象的那样,在时速不到 100 英里时,机翼在空中的升力并不大,即使那时我还得借助底部喷气机。

“因此,以这样的速度,这样的高度,再加上由于底部喷射出来的气流所造成的模糊不清的情况,能见度根本就不好。不过,我还是足以看清,辨认出我飞行的下方正好是我们登陆以来整整一个星期里一直在考察的这块灰色平原——一样黑乎乎的植物,一样满地爬行的没完没了的行星小动物,或者像勒鲁瓦所称呼的,生物豆荚。我就这样一路飞行,根据指示每小时汇报我的位置,也不知道你们是否听到我的汇报。”

“我听到过!”哈里森厉声说道。

“往南 150 英里处,”贾维斯继续说道,说话口气沉着,“地面变成了一片低平的高原,除了沙漠和橘黄色的沙土外,别无他物。那时,我琢磨着我们的猜想是对的,我们意外发现的这块灰色平原实际上是辛梅里亚姆海,我发现的橘黄色沙漠就相应叫做克桑斯地区。如果我没猜错的话,再飞行 200 英里我就该到达另一个灰色平原,克劳尼亚姆海,然后,另一个橘黄色的沙漠,赛尔Ⅰ或Ⅱ。我真的到了这些地方。”

“普兹在一个半星期前就核实了我们的位置!”队长不满地说道,“给我们讲讲关键的事。”

“就要讲到了!”贾维斯说道,“进入赛尔 20 英里处——信不信由你——我越过了一条运河!”

“普兹拍摄过 100 条呢!给我们听点新鲜的东西!”

“那么他也看到过一座城市?”

“有 20 座呢,如果你把那些土堆也叫做城市的话!”

“那好,”贾维斯说道,“从现在起我就讲些普兹没见到过的东西!”他擦了擦冻得通红的鼻子,继续说道,“我知道在这个季节,白天长达 16 个小时,因此,从这里出发——飞了 8 个小时——800 英里后,我就决定返回。我仍在赛尔上空,是Ⅰ号还是Ⅱ号我说不准,进入这个地区还不到25英里。就在那里,普兹的宝贝引擎停止不动了!"

"停止不动?怎么回事?"普兹焦虑地问。

"原子冲击波变得软弱无力。我立即就开始失去高度,突然就在赛尔的中央我遭到重重一击!在窗户上把鼻子也撞破了!"他懊恼地擦了擦那受伤的部位。

"你也许有没有试试,冲先那个引擎燃烧室碰碰硫酸?"普兹用很不规范的英语询问道,"有时候那个引线也会放出一种次级辐射。"

"没有!"贾维斯深感厌恶地说,"我当然不会试着那样做——不会老是那样做!再说,那次碰撞撞平了起落架,并且打飞了底部的喷气机。即使我把那东西开动——那又能怎样?从正底部进来的喷射气流,不出10英里,就会把脚下的地板熔化掉!"他又擦了擦鼻子,"令我幸运的是,1英磅在这里重量只有7盎司,不然的话我早该被压扁了!"

"我会修理!"工程师突然叫道,"我敢说这并不严重。"

"或许不严重,"贾维斯挖苦地表示同意,"只是飞不起来了。没什么严重的,只是我面临两种选择,要么等着被发现,要么尽力走回去——800英里哪,并且也许再过20天我们就得离开了!每天40英里哪!行啊,"他做出最后的决定,"我决定走回去。同样有被发现的可能,再说这能使我忙于赶路。"

"我们可能会发现你。"哈里森说。

"这毫无疑问。不管怎样,我用坐椅上的一些带子拼凑成一条绳带,背上水箱,带上一条子弹带,一支左轮手枪,还有一些罐头食品,就这样出发了。"

"水箱!"小个子生物学家勒鲁瓦叫喊道。"它可有四分之一吨重呢!"

"没装满。大约地球上重量的250磅,而在这里就只有85磅。还有,再加上我自己的210磅体重在火星上只有70磅,这样,连同水箱,我总重量为155磅,换句话说,比我在地球上的日常体重还轻55磅。在进行每天40英里的流浪时,我合计着这事。噢——当然我还带了一个保温睡袋,以度过火星上这些严寒的夜晚。

"我出发走了,一路上非常迅速地弹跳着。大白天8个小时意味着起码要走20英里。不用说这显得很累人——在松软的沙漠上,苦苦行走,看不到任何东西,连勒鲁瓦的爬行生物豆荚也没有。但大约1小时光景我就来到运河——只是一条约400英尺宽的干涸的壕沟,直得就像一条显示在铁路运行图上的铁路。

"不过,不知在什么时候,里面有过水。壕沟上覆盖着一层青绿色草坪似的东西。可是,当我走近时,那草坪从我脚边移走了!"

"嗯?"勒鲁瓦问道。

"是的,那是你生物豆荚的一个亲属。我抓了一个——一瓣样子像草的叶片,约跟我手指一样长,长有两条瘦长多茎的腿。"

"它在啥地方?"勒鲁瓦非常急切。

"它让我给放走了!我还得赶路,所以我就像一把犁一样向前推进,那会走的草在我前面分开,又在我身后合拢。就在这时,我从中走出来,又回到了橘黄色的赛尔沙漠。

"我一路上埋头赶路,稳步向前,咒骂着这使得行走如此累人的沙漠,还有,偶尔也咒骂着你那台蹩脚的发动机，卡尔。刚好在黄昏前我到达了赛尔的边界，俯瞰灰色的克劳尼亚姆海。我知道这里有 75 英里的路要赶，接着还有克桑斯沙漠中的 200 英里，再加上差不多同样路程的辛梅里亚姆海。我乐意吗？我开始咒骂你们这些家伙为何不找到我！”

“我们在努力，你这个笨蛋！”哈里森说。

“这不顶用。行了，我合计着最好还是乘着天还亮爬下赛尔边界的悬崖峭壁。我找到了一个容易爬的地方，就下去了。克劳尼亚姆海跟这地方一模一样——着了魔似的无叶植物以及成串的爬行动物，我看了一眼就拉出睡袋。到那时为止，你看，在这个半死不活的世界里，我还没遇到什么值得忧虑的东西——就是说，没什么危险的东西。”

“真的吗？”哈里森问道。

“还真的呢！等我讲到时你就会听到是怎么回事了。喏，我正要钻进去睡觉，突然听到最不可思议的一种鬼把戏！”

“啥是……是鬼把戏？”普兹问。

“他说，‘我不知道’，”勒鲁瓦听成了法语，解释说，“也就是说，‘莫名其妙的事’。”

“不错，”贾维斯表示同意，“我觉得莫名其妙，于是我就偷偷地过去要弄个明白。那边有一阵骚闹声，像是一群乌鸦在吃一群金丝雀——鸣叫声，格格声，呱呱声，金丝雀的啼啭声，应有尽有，我绕过一簇树墩，看见了特威尔！”

“特威尔？”哈里森说道，“特维尔？”勒鲁瓦和普兹也说道。

“那只奇特的鸵鸟，”讲述者解释道。“至少，如果要说得不结结巴巴，特威尔就是我能发出的最接近的声音。它叫起来有点像‘特尔威尔尔’。”

“它在干什么？”队长问。

“它在被吃掉！当然，还在尖叫，谁都会这样。”

“被吃掉！被什么东西吃掉？”

“后来我弄清楚了。当时我能看见的就是有好几只黑色绳状的手臂缠结着一个看起来像是普兹向你们描述过的东西：一只鸵鸟。很自然，我本不打算干涉。如果两个动物都危险的话，那我就少了一个要担忧的。

“可是那鸟类动物开始渐渐占了优势，用 18 英寸长的喙发出恶狠狠地进攻，夹杂着愤怒的尖叫。还有，有一两次我还瞥见那些长在手臂末端的东西！”贾维斯战栗着。“但是关键的还是我注意到那鸟类动物的脖子上挂着一个黑色的小袋或是说小箱！它是有智能的！要么就是经驯化的，我想。不管怎么说，这使我作了最后的决定。我拔出自动手枪，尽可能瞄准，朝着它的对手开枪。

“那些触角一阵垂死挣扎，喷射出一股黑色的脓浆，接着那东西发出一声令人作呕的吮吸声，缩起身子，收起手臂，就钻进了地下的洞里。另一个发出一连串咯咯声，站起来摇摇晃晃兜着圈子，那腿约莫跟高尔夫球棒一样粗。突然它转过身来面对着我。我立即握住手中的武器，我们两个就眼瞪着眼相互看着。

“实际上，这火星上的东西并不是鸟。它甚至不像鸟类动物，只是初看一眼还像。它确实长有长喙，还有一些羽毛状的附属物，可那长喙实际上不是喙。它有点儿会弯曲变化，我看得见喙尖慢慢弯曲,左右移动,简直像是集长喙与象鼻子于一体。它长有 4 个脚趾的脚,4 个手指的那种玩意——你会把它们称作手,还有一个小小的圆滚滚的躯体,一个长长的脖子,末端就是小小的脑袋——还有那个长喙。站起来约比我高出 1 英寸,还有——行了,普兹见过的!"

工程师点点头:"对!我见过!"

贾维斯继续着。"就这样——我们四目相对。最后那动物发出一连串啪嗒啪嗒声,叽叽喳喳声,并向我伸出手,手里没有东西。我把这当做是友好的表示。"

"也许,"哈里森绕着弯儿说,"它看看你那个鼻子,就把你当做它的兄弟了!"

"哼!你闭嘴不说倒反而会逗人喜欢!不过,我还是收起枪说道,'噢,别客气,'或者类似的什么话,那东西就走过来,我们就成了朋友。

"到那时候,太阳已经落得很低,我知道我该生堆火或者钻进保暖睡袋。我决定生火。我在赛尔悬崖脚下选了块地方,我的背能感受到岩石折射过来的一点热量。我开始一块块折断火星上这种干涸的植物,我的同伴领会了我的意思,就抱来一大捆。我伸手拿火柴,可那火星人在小袋中搜索出一个东西,看起来像是一块炽热的煤。只碰一下,火就熊熊燃烧起来——你们都知道在这个大气层里我们要生火有多费劲!

"还有他那个口袋!"讲述者继续说,"那是件制造出来的玩意,我的老兄;在一端挤压一下,它就噗的一声打开了——在中间挤压一下,它就会合上,合得天衣无缝。比拉链还好。

"这样,我们眼瞪着火堆,过了一会儿,我决定跟火星人尝试一下某种交流。我指着自己说,'迪克';他立刻明白了我的意思,伸出一只瘦削的爪子指着我,重复说'剔克'。接着我指着他,他就发出那种啭鸣声,就是我说过的特威尔;我模仿不出他的口音。事情进展顺利;为了强调这些名字,我重复着'迪克',然后,指着他'特威尔'。

"可到这里我们卡住了!他发出几声短促的尖叫声,听起来像是表示否定,又说一些像'普—普—普—鲁特'的声音。可这还仅仅是开始;我总是成了'剔克',至于他——一会儿是'特威尔',一会儿是'普—普—普—普鲁特',一会儿成了 16 个别的乱七八糟的声音!

"我们就是难以沟通。我试过'岩石',试过'星星',还有'树'、'火',天知道还试过别的什么,我尽管竭尽所能,却连一个字也没理解!在连续两分钟内,没一个东西名称相同,如果说这就是语言的话,那我就可算是炼丹家了!最后我放弃了努力,把他叫做特威尔,看来还行。

"可特威尔却对我的一些单词抓住不放。他记住了其中两三个单词,我认为这已是一个巨大的成功,就如你习惯了一种语言,而随着形势的发展,你得造出几个单词来一样很不容易。可对他的谈话,我丈二和尚摸不着头脑。要么是我没听懂他的一些微妙之处,要么就是我们思维不同——我倒相信后一种看法。

"我相信这点还有其他一些原因。过一会儿,我放弃了语言这件苦差事,试了试数学。我在地上涂写上二加二等于四,并用石子来解释说明。特威尔又一次领会了意思,并告诉我三加三等于六。我们看来又一次有了进展。

"这样,明白特威尔至少具有小学教育程度,我画了个圆表示太阳,先指着那圆,接着指着太阳最后的余晖。然后，我画了水星，还有金星，还有我们的地球母亲，还有火星，最后，指着火星，我把手朝四周一挥，作一个包罗一切的手势，来表示火星就是我们目前所处的环境。我正渐渐升级，想告诉他我的家在地球上。

"特威尔对图解理解得还好。他用长喙戳了戳草图，伴随着一连串啼唏声和咯咯声，他给火星加上了火卫一和火卫二，接着又画进地球的卫星月亮！

"你们明白这说明什么吗？这说明特威尔的种族使用望远镜——说明他们是文明开化的！"

"绝非如此！"哈里森厉声说，"从这里可以看到月亮是一个第五星等的星星。他们用肉眼就可以看到月亮的循环往复。"

"月亮，是这样！"贾维斯说，"你没领会我的意思。水星是看不见的！可是特威尔了解水星知识，因为他把月亮放在第三颗行星的位置，而不是第二颗。如果他不知道水星，他就会把地球放在第二，火星第三，而不是第四！懂了吗？"

"哼！"哈里森说。

"反正，"贾维斯接着说，"我继续上我的课。事情顺利进行，并且看来我能使他懂得我的意思。我指指图解上的地球，接着指指我自己，再接着，为了得出最后结论，我指着我自己，然后指着几乎在天顶上空绿光四射、光辉照耀的地球本身。

"特威尔发出一声短促而兴奋的尖叫，由此我断定他明白了。他上下跳跃，突然他指着自己，接着指着天空，接着又指指自己指指天空。他指指自己的腰部接着指指牧夫座@星，指指自己的脑袋接着指指角宿一，指指自己的脚接着又指指五六颗星星，而我目瞪口呆地看着他。然后，突然，他猛然一跃。老兄，这是怎样的一跳！他径直跃入星光中，75英尺就好像当做1英寸！我看到他在天空中黑影绰绰，看到他转回来，头朝下向我飞过来，他的长喙像支标枪，啪的一声砸在地上！他正好砸在沙地里我画的太阳圆周的中央——不偏不斜！"

"疯子！"队长说道。"十足的疯子！"

"我也真是这样认为！我只是张大嘴眼巴巴地瞪着他，看他从沙地里拔出脑袋站立起来。这时我琢磨着他没明白我的意思，我就把这该死的一大套说明从头到尾又讲了一遍，可结果还是一样，特威尔鼻子朝下砸在我画的图画中央！"

"也许这是一种宗教仪式。"哈里森提醒说。

"也许是，"贾维斯含糊其辞地说，"你看，我们就在那里停住了。在一定程度上，我们可以交流思想，可是然后呢——就出了毛病了！我们之间有些东西不一样，风马牛不相及。我并不怀疑特威尔认为我古怪，正如我认为他古怪一样。我们的头脑仅仅是从不同的角度来看待世界，并且也许他的考虑角度与我们的角度一样正确。可是——我们走不到一块，事情就是这样。不过，尽管困难重重，我还是喜欢特威尔，并且我有一种奇怪的把握，肯定他也喜欢我。"

"疯子！"队长再次说道，"真是疯了。"

"是吗？等着瞧。有两三次我认为也许我们——"他停下来，接着又继续他的陈述，"不过，我最后还是放弃了，钻进我的保温袋去睡觉。那火根本没有使我感到温暖，可这该死的睡袋却管用。关上睡袋,5 分钟后就觉得闷热。我稍微打开一点,嘿! 约莫零下 80 度的空气扑鼻而来。原来因火箭冲撞时碰出来的肿块,就在这时又锦上添花,多了这么个可爱的小冻疮。

"我不清楚我睡觉时特威尔干了什么。他原先坐在附近,可当我醒来时,他不见了。不过,当我刚从睡袋里爬出来,就听到一种啁啾声,他过来了,从那三层楼高的赛尔悬崖上滑翔而下,长喙朝下落在我身旁。我指指自己,又指向北方,而他指指自己又指向南方,可当我背上行装上路时,他跟着一同来了。

"老兄,他行走多快呀! 一跃就是 150 英尺,伸展着身体像一枝长矛滑过空中,长喙朝下落在地上。对我走路慢慢蹭蹭,他似乎很是惊讶,但过了片刻,他就落在我身旁,只是每隔几分钟他才跳跃一次,一鼻子插在前面离我一条街远的沙地里。接着他就会朝着我飞驰而来。起初看到他鼻喙像个长矛朝我过来,我还感到紧张不安,可他最后总是落在我身边的沙地里。

"这样我们俩默默赶路,穿越克劳尼亚姆海。跟这里同样的一种地方——沙地里生长着或在你脚下爬行着同样古怪的植物,同样小小的绿色生物豆荚。我们说着话——不是因为我们相互听得懂,这你明白,而只是为了做伴。我唱着歌,我猜想特威尔也在唱,至少,他的一些哱鸣声、啁啾声带有一种微妙的节奏。

"接着,为了换换花样,特威尔会卖弄他那寥寥几个英文单词。他会指着一个突露的物体说'岩石',又指指一块鹅卵石再说一次'岩石';或者碰碰我的手臂说'剔克',接着再重复着说。对于同一个字能连续两次表示同样一个东西,或者同一个字能用来表示两个不同的东西,他似乎觉得非常好玩。我不禁纳闷,也许他说的语言跟地球上某些民族的原始语言不一样——你知道,队长,比如说吧,像分布在东南亚及大洋洲的矮小黑人,他们没有任何类属词。没有词表示食物或水或人——可是有词表示好的食物与坏的食物或者表示雨水和海水,或者表示强壮的人和脆弱的人——但没有表示类属的名词。他们太原始,不懂雨水和海水只是同一种物体的不同方面。可是特威尔的情况却不同,那只是我们在某种程度上有不可思议的不同之处——我们的思维对对方来说都格格不入。不过——我们都喜欢上了对方!"

"疯子,就这么回事,"哈里森抢白说道,"所以你们俩都如此喜欢对方。"

"行了,那我喜欢你!"贾维斯刻毒地还击道,"不过,"他继续说,"不要有这样的想法,认为特威尔有什么古怪之处。事实上,我感到没有完全把握的只是对于我们这样受到高度赞扬的人类智慧,他难道真的要不出一两个花招? 噢,他不是一个有智慧的超人,我猜想。但不要忽略了这一点,他能设法理解一点我的思维活动,而我对他的思维活动却一点也捉摸不透。"

"因为他根本就没有!"队长含蓄地说,而普兹和勒鲁瓦却眨巴着眼,听得专心致志。

"等我讲完了,你就能对此做出判断。"贾维斯说。"喏,那天一整天再加上第二天一整天,我们在克劳尼亚姆海上默默赶路。克劳尼亚姆海——时间之海! 嗨,在那次行走完时,我已欣然同意了夏帕勒利取的这个名字! 就那么一个无边无际的灰色平原,长满奇异植物,没有一丝其他生命的迹象。这地方如此枯燥单调,到第二天傍晚时分看到克桑斯沙漠时,我竟然会感到很高兴。

"我完全筋疲力尽了,可特威尔似乎精力充沛如初,尽管我从没看他喝过或吃过什么。我想凭他那几个伸展鼻子跨越一条街区的俯冲,他可以在两个小时内就穿越克劳尼亚姆海,可他却坚持跟我在一起。有一两次我给他水喝;他接过我的杯子把水吮吸到鼻喙里,接着就把水全部小心翼翼地注回到杯中,神情严肃地还给我。"

"就到我们瞧见克桑斯沙漠,或者说它边界的悬崖时,有一团讨厌的沙漠阴云吹了过来,不像我们在这里遇到过的那样糟糕,但是有意要冲着我们过来。我拉出保暖睡袋的透明盖蒙住脸,设法对付过去了,可我看见特威尔用一种长在鼻喙底下像胡须的羽毛状附属物盖住鼻孔,又用一种类似的绒毛挡住眼睛。"

"他是一种沙漠动物!"小个子生物学家勒鲁瓦突然喊道。

"是吗?为什么?"

"他不喝水——他能适应沙漠风暴——"

"这证明不了什么!在这个叫做火星的干燥的小星球上,任何地方都没有足够的水可供浪费。要是在地球上,这种地方我们会全叫做沙漠,你说是不是。"他停了一下。"不过,沙漠风暴吹过以后,有股微风一直吹在我们脸上,不算强,没有搅起沙子。可是,突然从克桑斯沙漠悬崖处一路漂过来一些东西——小小的、透明的球体,跟玻璃网球一模一样!不过很轻——轻得简直可以在这稀薄的空气中漂浮起来——还是空心的;至少,我敲开两个,除了一股难闻的味道,里面没其他东西出来。我向特威尔问及这些玩意,可他只一味说'不,不,不'我就把这当做是表示他对这些东西一无所知。它们就这样跳跃着过去了,好像风滚草,或像肥皂泡,我们就一步步朝克桑斯走去。特威尔又一次指指其中一个水晶球说'岩石',可我累得不想跟他争论。后来我弄清了他的意思。

"我们终于到达了克桑斯悬崖脚下,那时白天已剩下不多。我决定可能的话就睡在高原上,如果有什么危险的东西,我推断着,那么在克劳尼亚姆海的草木中潜行觅食的可能性要比在克桑斯的沙堆里大。这不是因为我见到过哪怕一次的危险迹象,除了那个诱惑特威尔的手臂像绳的黑色东西,况且很明显那东西根本就不会潜行觅食,只是把猎物引诱到它够得着的范围。当我睡着的时候它也引诱不了我,再说特威尔,看来根本就不睡觉,只是整个晚上耐耐心心地坐在一旁。我纳闷,那牲畜怎么就诱惑了特威尔,可是我根本就没办法问他。后来,这事我也弄清楚了;那牲畜像个恶魔!

"不过,我们那时正沿着克桑斯悬崖脚下缓缓而行,寻找一个容易爬行的地方。至少,我是这样!特威尔可以轻而易举地跳上去,因为那悬崖要比赛尔低——约60英尺。我找到个地方就开始上去,咒骂着背在背上的水箱——除了在攀爬的时候以外,它没有让我操过心——突然我听到一个声音,我觉得似曾相识!

"你知道在这稀薄的空气中,声音多么容易使人受骗上当。枪声听起来就好像是软木瓶塞打开时噗的一声。可是这声音却是火箭的嗡嗡声。果然不出所料,在向西约10英里处,介乎我与落日之间,我们的第二架辅助火箭疾飞而去。"

“去的是我!”普兹夹杂着法语说,“我去找你。”

“对!这点我知道,可这对我有什么用?我紧贴着悬崖,叫喊着挥舞着手。特威尔也看见了,发出一连串啭鸣声,啁啾声,一边还跃上屏障接着又腾入高空。而我却眼巴巴看着机器嗡嗡响着消失在南方的阴影里。

“我攀爬到了悬崖上。特威尔还在兴奋地指点着,啭鸣着,一边向着空中疾飞而去,又头朝前飞落下来,背朝下倒着身体一头砸在沙地里。我指着南方,又指指自己,他就说,‘是——是——是’,但在某种程度上,我猜想他以为那飞行物是我的一个亲属,或许是一位家长。也许我对他的智力评价有欠公平,现在我认为确实如此。

“没有引起火箭的注意,我感到极度失望。我拉出保暖睡袋爬了进去,因为我已能明显感受到夜间的习习凉气。特威尔一鼻子砸在沙地里,缩起腿和手臂,看起来活像那边一棵不长叶子的灌木树。我想他整个晚上都是这个样子。”

“保护性模仿!”勒鲁瓦突然大喊道。“明白吗?他是沙漠动物!”

“到了早上,”贾维斯继续说,“我们又出发了。在克桑斯沙漠里还没走100码,我突然看到一样奇怪的东西!这东西普兹没拍过照,我敢打赌!

“一排小金字塔——体积很小,不足6英寸高,铺展在克桑斯沙漠上,一眼望不到尽头!用极小的砖块搭起来的小建筑,中间空空的,并且截去顶部,或者说至少是顶部开裂,空无一物。我指着它们问特威尔说‘什么?”可他却发出一串表示否定的啭鸣声,我想,是表示他不知道。所以我们就走开了,顺着那排金字塔,因为它们往北延伸,而我也是往北。

“老兄,我们跟踪着金字塔走了好几个小时!过了一段光景,我又注意到一件古怪的事情:金字塔渐渐变大了。每个金字塔砖块一样多,可是砖块变大了。

“走到中午,金字塔已高及肩膀。我看了两三座——全都一样,顶部开裂,空无一物。我还检查了一两块砖,是硅石,与天地造物一样古老!”

“它们日晒雨淋,被风化了——边缘没有了棱角。即使在地球上,硅石也不易风化,何况在这种气候下!”

“你认为有多古老?”

“5万—10万年。我怎能说得清?我们在早上见到的那些小些的就更古老——也许要古老10倍。化为碎屑。要使它们变成这样得经历多长岁月?50万年?有谁知道?”贾维斯停了一会。“这样,”他继续说,“我们顺着路线。特威尔指着它们说了一两次‘岩石’,可他在前面已这样说过许多次了。再说,他这样说也没有什么错。

“我试着盘问他。我指着一座金字塔问‘人’?并暗示我们两个。他发出一种咯咯响声,表示否定说,‘不,不,不。不是一——一——二。不是二——二——四。’同时一边揉擦腹部。我只是瞪眼看着他,而他把刚才这一番又重新说了一遍,‘不是一——一——二。不是二——二——四。’我只是目瞪口呆地凝视着他。”

“这不就说明问题了!”哈里森大声叫喊,“疯子!”

“你这样想吗?”贾维斯带着嘲讽的口气问道。“行了,我弄清楚不是那么回事!‘不是一——一——二!不用说,你不理解,对吧?”

“不理解——你也不理解！”

“我想我明白了！特威尔在用他知道的仅有的几个英文单词来表达一个非常复杂的思想。恕我提个问题，数学使你想到什么？”

“想到——想到天文学。或者——或者逻辑！”

“这就对了！‘不是一——一——二！特威尔在告诉我金字塔的建造者不是人——或者说他们没有智能，他们不是理性动物！懂了吗？”

“嘿！真该死！”

“你也许是该死。”

“那，”勒鲁瓦插嘴问，“他为什么揉擦肚子？”

“为什么？因为，我亲爱的生物学家，他的脑袋就长在那儿呀！不是在他小小的头部——而是在他的身体的中部！”

“这不可能！”

“要不是在火星上，那确实不可能！这种动植物群不是地球上的；你的生物豆荚就证明了这一点！”贾维斯咧嘴笑着，又继续他的陈述。“不过，我们在克桑斯沙漠上继续赶路，大约下午过半时，又有一件古怪的事情发生了。金字塔到了尽头。”

“到了尽头！”

“对，古怪的是那最后一座——现在已有10英尺高——上面居然盖了顶！明白吗？不管建造这金字塔的是什么，现在仍然在里面，我们刚才循着他们50万年古老的源头一直追踪到了现在。

“特威尔几乎是和我同时注意到了这座金字塔。我猛地一下拉出了自动手枪（里面装有一梭博兰开花弹），特威尔就像要花招一样手法敏捷，从袋里迅速拨出一支古怪的玻璃小左轮手枪。那手枪跟我们的武器很相似；只是枪柄大了些，这样他长有4个爪子的手就能握住。我们就这样握着武器作好准备，一边悄悄地顺着几排空空的金字塔走上去。

“特威尔先发觉有动静。顶层的砖块在隆起、摇晃，突然之间顺着金字塔的边沿滑了下来，发出微弱的碰撞声。接着——有东西——有东西出来了！

“一条长长的，银灰色的手臂出现了，后面拖着一个披挂着盔甲的身体。披挂着盔甲，我是指，长有甲鳞，银灰色并且发出暗淡的光。那手臂把身体举出洞口，那个动物就哗啦一声落在沙地上。

“那是一种难以归类的动物——身体像一个灰色的大酒桶，一端是手臂和一个像嘴巴的口；另一端是僵硬的尖尖的尾巴——就这样完了。没有其他肢体，没有眼睛、耳朵、鼻子——什么也没有！那东西拖着身子爬了几码远，把尖尖的尾巴插在沙土里，挺直身子，就这样坐着。

“特威尔和我看了有十几分钟才见它移动。接着，随着一声嘎吱嘎吱声、窸窸窣窣声，就像是——噢，就像是弄皱一张挺括的纸张——那手臂移到嘴巴孔处，从里面出来了一块砖！手臂小心地把砖放在地上，那怪物又一动不动了。

“又过了10分钟——又有一块砖。简直就是一位天生的砖瓦匠。我正要悄悄走开继续赶路。这时特威尔指着那东西说了声‘岩石’！我发出一声‘嘿’？他又说了一遍。接着，伴随着几声啭鸣声，他说，“不——不——”，并像吹口哨似地叹了两三口气。

“这时，我总算理解了他的意思，说来奇怪！我说，‘没有呼吸？’并用动作解释这个字。特威尔欣喜若狂；他说，‘对，对，对！没有，没有，没有吐吸！’说着就纵身一跃飞了出去，鼻子朝下落下来，离那怪物竟约一步之遥！

“我被惊呆了，你们可以想象！那手臂还伸出来拿砖块，我就料想会看到特威尔被抓起来撕得血肉模糊，可是——什么也没发生！特威尔连续重击那畜生，而那手臂拿了砖块整齐地放在第一块旁边。特威尔又笃笃地敲击那身体，一边说‘岩石’，而我越加紧张，想亲眼去看一看。

“特威尔又说对了。那东西是岩石，并且它不会呼吸！”

“你怎知道？”勒鲁瓦厉声问道，一双黑眼睛兴趣盎然，炯炯有神。

“因为我是个化学家。那牲畜是用硅石制成的！沙地里肯定有不含杂质的硅，那东西就是靠吃这东西为生。明白了吗？我们，还有特威尔，还有那边的那些植物，甚至还有那些生物豆荚都是碳素生物，而这东西通过另一种化学反应生活。它是硅素生命！”

“硅素万岁！”勒鲁瓦夹着法语叫喊着。“我曾经猜疑过，现在这就是证据！我必须去看看！我应该——”

“行啊！行啊！”贾维斯说，“你可以去看。可是，那东西就在那里，活也好，死也好，每10分钟动一次，就只是为了移动一块砖。那些砖是它的排泄物。明白了吗，法国佬？我们是碳素，我们的排泄物是二氧化碳，而这东西是硅素的，它的排泄物就是二氧化硅——硅石。可是硅石是一种固体，因此就成了砖块。而它把自己围在里面，当它封顶时，就移到了一个新的地方重新开始。难怪它发生嘎吱嘎吱声费力行进！一个年纪上了50万岁的生物！”

“你怎知道年纪有多大？”勒鲁瓦显得狂暴。

“我们从头追寻着它的金字塔，是吧？倘若这东西不是建造金字塔的人，那么在我们找到它时，那一连串的金字塔就会在某个地方结束的，是不是？结束后会重新以小金字塔开始。这很简单，是不是？

“可是他自行繁殖，或者说，尽力想这样。在第三块砖出来之前，有一阵轻微的窸窸窣窣声，啪的一响，冒出一连串小水晶球。那是他的生殖细胞，或者说是种子——随便你把他们叫做什么。他们跳跃着穿过克桑斯沙漠，就像刚才在克劳尼亚姆海中从我们身边跳跃而过一样。我也凭直觉知道他们怎样运行——这供你参考，勒鲁瓦。我认为那由硅素构成的水晶壳只不过是一个保护层，就跟蛋壳一样，而有效成分却是里面的气味。是某种气体侵蚀硅素，一旦那硬壳在那种元素附近破裂，就会开始产生一些反应，最终就长成跟那个东西一样的动物。”

“你应该试验一下！”小个子法国人叫喊着，“我们得打破一个看看！”

“是吗？喏，我试过。我在沙地里打碎了两个。你是不是想要在一万年后回去看看我是否栽种了一些金字塔形的怪物？到那时候很可能你就能明白了！”贾维斯停顿了一下，深深吸了一口气。“主啊！那古怪的动物！描绘一下？又瞎又聋，没有神经，没有头。脑——就像是一个机械装置,可是却——永恒不朽!肯定会一直造砖,建塔,只要硅素和氧气存在,即使没有了硅和氧,它也只会停止下来。它不会死。如果100万年中有一些偶然因素再次给它带来食物,那就又会有它,随时又会运行起来,尽管头脑和文明已成为过去。古怪的动物——可我还遇见了更奇怪的一个!"

"如果这样的话,那准是在你的梦里!"哈里森咆哮着。

"你对!"贾维斯口气严肃地说道,"某种意义上说,你说对了。幻觉怪兽!那名字最好不过了——并且那是能想象出来的最凶恶的、最可怕的造物!比狮子更危险,比毒蛇更狡诈!"

"快说!"勒鲁瓦恳求道,"我必须去看看!"

"不是这个恶魔!"他又停顿下来。"好了,"他接着说,"特威尔和我离开了金字塔怪兽,奋力赶路,横穿克桑斯沙漠。因为普兹没有发现我,我已感到累了,并有点儿泄气,而特威尔的唠鸣声越加使我神经质,还有他飞翔时的那种俯冲动作。所以,我就一声不吭地大步走着,一个小时接着一个小时地穿越着那单调的沙漠。

"下午3点,地平线上低低的有一条黑色的线映入我们的视野。我知道是什么东西。那是一条运河。我曾经乘着火箭穿越过,那表明我们在克桑斯沙漠里正好走了三分之一的路程。想到这个令人高兴,是吗?毕竟,我还是赶上了时间里程表。

"我们慢慢地向运河靠近,我想起这条运河边上围了一层宽阔的植物带,泥堆城就在运河岸边。

"我感到累了,这我刚才说过。我一直在想着能热气腾腾美餐一顿,接着,由此我一跃想到,在到过这样一个令人疯狂的星球后,就连婆罗洲也显得这样的美好,这样的亲切,还由此想到了古老的小纽约,想到了我在那里认识的一个女孩——范西·朗。认识她吗?"

"幻想场面的表演者,"哈里森说,"我收听过她的节目。讨人喜欢的金发女郎——在'巴拉圭茶点'节目时间里表演舞蹈和唱歌。"

"那是她,"贾维斯说这句话有点不合乎语法,"我和她相当熟悉——只是朋友,懂我的意思吗?——尽管她到阿里斯来为我们送行。喏,我那时就想着她,感到非常孤独,而我们一直都在接近那一排类似橡胶的植物。

"这时——我说,'到底是什么?'就瞪眼看着。啊,是她——范西·朗,清清楚楚地站在一棵稀奇古怪的树下,一边笑着,一边挥着手,就跟我记得的离开她时的那情景一样!"

"那么你也一样疯了!"队长说道。

"伙计,我那时差不多跟你想的一样!我瞪大眼睛,拧了自己一把,闭上眼睛然后又睁开眼一看——可是每一次,都是范西·朗在微笑着招手!特威尔也看到了什么,他唠鸣着咯咯响着走了,可我几乎没听见他的声音。我在沙地上朝着她跳跃过去,惊奇得甚至忘记问问自己是怎么回事。

"我离她不到20英尺时,特威尔飞速一跳把我抓住了。他紧紧抓着我的手臂,叫着'不——不——不!'声音短促刺耳。我猛力想把他摇开——他很轻就好像是用竹子制成的——可是他边用爪子紧紧掐住我,一边叫喊着。终于我又恢复了某种理智,在离她不到10

英尺的地方停了下来。她就站在那里,看起来就像是普兹的脑袋那样实实在在!"

"啥?"工程师问道。

"她微笑着招手,边招手,边微笑,我站在那里,跟勒鲁瓦那样目瞪口呆,而特威尔唧唧喳喳叫个不停。我知道这不可能是真实的,可是——她就在那里!

"终于我喊了'范西! 范西·朗!'她还是不停地微笑招手,可看起来真实得就好像我没有离开过她,可现在,我离她有3700万英里。

"特威尔拔出他的玻璃手枪,把枪指着她。我抓住他的手臂,但他挣着想把我推开。他指着她说,'不吐吸! 不吐吸!'我懂了,他指的是范西·朗那玩意是不存在的。老兄,我的头都发晕了!

"可是,看到他把武器指着她仍然使我紧张不安。我不知道为何站在那里看着他仔细地瞄准,可我就站在那里。接着他就扣动了扳机;随着一小股蒸汽,范西·朗就不见了! 在她站着的地方是一个黑色的盘缠在一起的手臂像绳子的令人恐惧的东西,就跟我把特威尔解救出来的那东西一样。

"幻觉怪兽! 我站在那里头晕目眩,看着它渐渐死去,而特威尔又是叫又是唱。最后,他碰碰我的手臂,指着那盘缠在一起的东西,边说,'你,一——一——二,他,一——一——二。'他重复说了十来次后,我懂了。你们有谁懂?"

"懂!"勒鲁瓦用法语尖声说道,"我——我懂! 他的意思是说你想到某样东西,那怪兽他就知道了,这样你就看到所想的东西! 一条狗——一条饥肠辘辘的狗,它就会看到一块有肉的大骨头! 或者说闻到骨头味道——对不?"

"对!"贾维斯说,"那幻觉怪兽借助它牺牲品如饥似渴的渴望来诱捕猎物。鸟儿在筑巢季节就会见到配偶,狐狸在搜寻猎物时,就会看到一只孤独无援的野兔!"

"他用什么法子?"勒鲁瓦询问道。

"我怎么知道? 地面上的蛇是怎样用魔法把鸟儿哄到嘴巴里的? 是不是还有深海里的鱼把牺牲品引诱到嘴巴里? 老天!"贾维斯说得不寒而栗,"你明白那怪兽有多残暴吗? 现在我们得到了警告——可是从此连我们的眼睛都不能相信了。你也许会看到我——我也许会看到你们中的哪一个——而在其背后却只是又一个黑色的凶残的怪兽!"

"你朋友怎么会知道的?"队长唐突地问道。

"特威尔? 我真纳闷呢! 也许他正在想着某样东西,本不可能使我感兴趣,而我开始跑时,他就意识到我看到了不同的东西就提醒了他。或者也许那幻觉怪兽只能投射单单一种意象,而特威尔看到了我看到的东西——或者什么也没有。我又不能问他。可这又是一个证据,证明他的智力跟我们相匹敌,或者超过我们。"

"他是疯子,我告诉你!"哈里森说道,"什么东西作祟,使你认为他的智力能够跟人类相提并论?"

"多着呢! 首先是那金字塔怪兽。在此之前,他可没有看到过,他好像是这样说。可是他认出来这是硅石构成的单调乏味的自动玩具。"

"他可能听说过,"哈里森反驳说,"他生活在这周围,这你知道。"

“那么那语言怎么回事？对于他的想法我一点也琢磨不到，而他却学会了我的六七个单词。并且你有没有意识到就凭这仅有的六七个单词，他传递了多么复杂的想法？那金字塔怪物——那幻觉怪兽！仅仅一个词语他就告诉我一个是不会伤害的玩具，而另一个则是能够致命的催眠术士。这怎么样？”

“嘿！”队长轻蔑地说。

“你尽管去嘿！你能做到这一点吗？就凭只知道6个英文单词？你能更进一步像特威尔那样，告诉我还有一种动物具有一种智力，这种智力跟我们大相径庭，因此根本谈不上理解——比起特威尔与我之间的理解更不可能吗？”

“噢？什么东西？”

“过一会儿再说。我要说明的一点是特威尔以及他的种族值得做我们的朋友。火星上某个地方——你会发现我是对的——有一个能跟我们相提并论的文明和文化，也许还不至可以相提并论。他们与我们之间的交流是有可能的；特威尔证实了这一点。这也许需要几年耐心的尝试，因为他们的头脑性质不同，但是比起我们接着遇到的那种头脑——如果算是头脑的话——那就小巫见大巫了。”

“接着遇到的头脑？什么接着遇到的头脑？”

“运河边上泥土城的居民。”贾维斯皱眉蹙额，接着又继续他的陈述。“我原以为那幻觉怪兽和那个硅素怪兽是能够想得出来的最奇怪的动物，可我错了。这些动物比起这两者来更加稀奇古怪，更加不可理解，比之特威尔，那更是不可捉摸，跟特威尔还可能有友谊可言，并且，如果运用耐心再集中注意力的话，甚至有可能交流思想。”

“喏，”他继续说道，“我们丢下了那个钻回洞去的垂死的幻觉怪兽就一步步地朝着运河走去。路上，绿草如茵，脚下不时地蹦跳出那会走动的怪草，到我们到达岸边时，看到那里流淌着一股黄色的细流。我从火箭上看到过的泥堆城在右边约莫一英里的地方，我好奇心切，想去瞧上一瞧。

“从我原先瞧见的来看那里好像空无一人，如果有什么怪物潜伏在里面的话——那好，特威尔和我都带有武器。唉，顺便说一句，特威尔的那个水晶武器，还是个挺有趣的玩意；在那幻觉怪兽的插曲过后，我瞧过一眼。它能射出一颗小小的玻璃弹片，我想是有毒的，我猜一次至少能装100颗。推进剂是蒸汽——是纯粹的蒸汽！

“进气！”普兹重复道。“从啥东西出来的，进气？”

“当然是从水中出来的，这说都不用说！透过透明的枪柄就能看到里面有水，并且还有约莫——吉尔的另一种液体，黏稠并带点黄色。特威尔用力挤压枪柄——没有扳机——就有一滴水还有一滴黄色的东西喷入射击弹膛，水就变成蒸汽——砰的一声——就这样。这并不难。我想我们也能想出同样的原理。浓缩的硫酸能把水加热几乎到沸腾，生石灰也一样，再说还有钾和钠——

“当然，他的武器的射程范围没有我的远，不过在这样稀薄的空气里，这不算糟糕，况且它里面装的子弹真正有西部片中牛仔的那么多。那枪战斗力也强，至少在对付火星生命方面。我试了试，对准其中一颗怪草，要是那草既不枯萎，也不溃散的话，那才怪哪！因此，我认为那些玻璃弹片是有毒的。

“不管怎样,我们步履艰难地朝着泥堆城走着,我开始纳闷是不是这个城市的建筑者们挖了这些运河。我指向那城市然后又指着运河,特威尔就说‘不——不——不!’并朝南方打着手势。我把这手势理解为是其他种族挖掘了这运河系统,也许是特威尔的种族。我不得而知;也许这星球上还有一个别的智慧种族,或者有十几个。火星是一个古怪的小世界。

“离城市100码远处,我们横芽过一条所谓的路——只不过是一条压得结结实实的泥土小道,就在这时,突然,走过来一位土堆的建筑工!

“老兄,该谈谈那荒唐古怪的生灵了!看起来很像一个大肚汉,用四条腿快步小跑着,还长着另外上四条手臂,或者是触手吧。它没长脑袋,只有躯体和手足以及布满全身的密密的一排眼睛。那圆筒似的躯体顶部是一个隔膜,绷得跟鼓面一样紧,除此之外就什么也没有了。它正推着一辆小小的铜质的小车,正好从我们身边狂奔而过,就像是成语中所说的:横冲直撞。它根本没注意到我们,尽管我想,在它从我身边经过时,那些朝我这边的眼睛稍微转动了一下。

“过了一会儿又来了一个,推着又一辆空的小车。一样的货色——它只是从我们身边飞奔而过。好吧,我不打算被那帮玩车的大肚汉搁在一边不予理睬,所以到第三个走近时,我就插在路中央——当然了,作好了跳跃的准备,要是那东西不停下来的话。

“可是它停下了。它停下来,从顶部的隔膜中发出一种响亮的击鼓声。而我呢,伸出双手说道:‘我们是朋友!’你猜猜那东西干了什么?”

“说了‘很高兴见到你,’我敢打赌!”哈里森绕着弯说道。

“要是它这样说的话,那我也不会感到大惊特惊!它敲击着隔膜,接着突然之间,嗡嗡地说道,‘我们是笨——笨——笨——友!’说着就把手推车狠狠地一击,朝着我冲过来!我跳到一边,而它就离我而去,留下我在后面目瞪口呆地看着。

“过了一分钟,又有一个急奔过来。这一个没有停下来,只是击鼓似地发出,‘我们是笨——笨——笨——友’的响声,说完就急匆匆地过去了。它是怎样学会那句话的?是不是所有这些生灵都相互保持着某种联系?是不是它们都是某种中心机体的组成部分?我不得而知,可我认为特威尔知道。

“这样,这些生灵从我们身边急驰而过,每一个都向我们致以同样的问候。这变得滑稽可笑,我从没想到过在这样一个被上帝遗弃的星球上会找到这么多的朋友!终于,我向特威尔做了一个迷惑不解的手势,我猜想他明白了我的意思,因为他说‘一——一——二——是!——二——二——四——不!’明白吗?”

“当然,”哈里森说,“那是火星上的童谣。”

“是吗?好吧,我渐渐习惯了特威尔的符号体系,并且是这样来理解的。‘一——一——二——是!’那些生灵是有智力的。‘二——二——四——不!’他们的智力与我们不属于同一种类,而是有所区别,并且超出了二加二等于四的逻辑推理。也许我没领会他的意思。也许他指的是他们的思维层次较低,只能理解简单的事物——‘一——一——二——是!’却不能够理解难度较大的事物——‘二——二——四——不!’可是从我后来看到的情况来分析,我认为他指的是另外一种意思。

“几分钟后,那些生灵们跑着回来了——先是一个,接着又是一个。它们的手推车装满了石头、沙子、大块大块的有弹性的植物,以及诸如此类的废物。它们嗡嗡地发出友好的问候,可是实际上听起来并不怎么友好,接着就继续急匆匆地赶路。过来的第三个我认为是我最早结识的那个,我决定再跟它聊聊。我就决定再次挡住它的路。

“它走过来了,嗡嗡地说着它的‘我们是笨——笨——笨——友’,并且停了下来。我看看它,它有四五个眼睛看着我。它又试了一遍通过警戒线时的口令,说着就推了一把小车,可我还是站着一动也不动。这时这个——这个受了挫的牲畜就伸出一条手臂,两个像手指的螯就拧住了我的鼻子!”

“哈!”哈里森大声吼笑道,“说不定那货色还有审美能力呢!”

“笑吧!”贾维斯咕哝着道,“那个鼻子我早已猛猛地挨了一次碰撞又长了个很不雅观的冻疮。可是,我还是‘哎哟!’大叫一声,跳到一边,那牲畜就飞跑着离开了;可是从那时起,它们的招呼就成了‘我们是笨——笨——笨——友!哎哟!’真是古怪的怪兽!

“特威尔和我顺着路正好通到最近的一个土堆。那些生灵们来来往往,搬运着成车的垃圾,根本就不注意我们的存在。那路深入进去就是个开口,朝下有个斜坡,就像是老的矿井,进进出出飞跑着那圆筒状的人,用它们永恒不变的语句跟我们打着招呼。

“我一眼望进去,看到下面某个地方有盏灯,我好奇地想去看看。你可知道,那灯看来既不像火焰,也不像是火把,更像是一盏现代生活中使用的灯,那时我想我或许能得到一些有关这些生灵发展的线索。所以就走了进去,特威尔在后面尾随着,当然少不了几声颤抖的啭鸣和吱吱的啁叫。

“那灯好生奇怪:劈劈啪啪,熠熠发亮,就像一盏老的弧光灯,可它来自安装在走廊墙上的仅有的一根黑色金属棒。那是电棒,这毫无疑问。显而易见,那些生灵相当开化。

“接着我又看到一盏灯照耀在闪烁发亮的东西上,我就继续进去看那盏灯,可这不过是一堆发亮的沙子。我转向入口处要走,可是该死,那入口处不见了!

“我那时猜想那走廊呈曲线形,或者我走进了一条偏道。可是我朝着我认为是进来的方向走回去,看到的却是光线更阴暗的走廊。那地方是个迷宫!里面全是通往各个方向的弯弯曲曲的通道,偶尔有几盏灯照明,并且不时地有生灵从身边跑过,有时推着一辆小车,有时没有推车。

“不过,起初我并不怎么担忧。特威尔和我只不过从入口处进来还没走上几步。可是在这以后,每走一步仿佛使我们进入更深的地方。最后,我试着跟踪一个推着一辆空车的生灵,心想它可能正要出去装垃圾,可是它却毫无目的地到处跑着,从一个通道进去又从另一个通道出来。当它开始像一只日本华尔兹鼠那样绕着一根柱子飞奔时,我就放弃了尝试,把水箱扔在地上,坐了下来。

“特威尔跟我一样,不知所措。我朝上一指,他就说‘不——不——不!’发出一阵啭鸣,显得孤独无助。从这些本地人身上,我们得不到帮助。它们根本就不注意我们,除了让我们相信它们是我们的朋友——哎哟!

“主啊！我不知道我们在里面四处徘徊了多少时光,多少日日夜夜！由于我感到完全筋疲力尽,我睡了两次,特威尔看来从不需要睡眠。我们试着只沿着走廊向上走,可是那些走廊一会儿上坡,一会儿又接着下坡。在那该死的蚁冢里,温度始终不变,你辨不出是白天还是夜晚。我第一次睡觉后,也不知道是睡了 1 个小时还是 13 个小时,所以从手表上也看不出是半夜还是正午。

“我们看到了许多稀奇古怪的东西。在有些走廊上有机器跑动,但看来它们并不在做什么事情——只是轮子在转动。有好几次我还看到两个圆筒似的牲畜中间长着个小的,跟它们两个都连在一起。”

“单性生殖!”勒鲁瓦惊喜道,又夹带着法语,“通过芽植单性生殖,就跟郁金香一样!”

“就算你这样说没错,法国佬。”贾维斯表示赞同,“那些东西根本没注意过我们,除了我说的那样,用‘我们是笨——笨——笨——友！哎哟！’跟我们打招呼。它们看来没有任何形式的家庭生活,只是推着小车到处急速飞跑,运进垃圾。后来我终于发现了它们运垃圾干什么用。

“我们还算幸运找到了一条走廊,这走廊向上有一段很长的坡路。我正感到我们该是接近地面了,突然之间通道豁然开朗,进入一个穹顶居室,我们见过的仅此一个。唉,老兄！当我透过房顶的裂缝看到那日光似的景象时,我真想欢跃起来。

“这居室里有——有那么一种机器,仅仅是一个缓慢转动的特大轮子而已,其中有个生灵正在把垃圾倒入轮子底下。那轮子吱吱嘎嘎地把垃圾——沙啦,石头啦,植物啦,一股脑儿地碾成粉末,那粉末就不知筛落到什么地方去了。我们观看的当儿,其他生灵又鱼贯而入,重复着同样的程序,看来这样也就算完了。整件事情从头到尾无缘无故——不过这个古怪的星球就这个样子。并且还有另外一件事情,简直是稀奇怪诞得难以置信,可这都是事实。

“有一个生灵,倒好了车上的垃圾,把车哗啦一声推到一边,自已镇定自若地挤到了轮子底下！我看着它被碾得粉碎,惊得呆若木鸡,发不出一声响声。一会儿以后,又有一个跟着它去了！它们做起这事还有条不紊,精确无误,一个没有推车的生灵就接过遗弃的小推车。

“特威尔看来并不惊讶,我指给他看下一个自毁者,他却只是不经意地耸耸肩,那样子像人,惟妙惟肖,好像是说,‘对此我无能为力。’他肯定或多或少了解一些这些生灵的情况。

“接着我还见到了别的东西。轮子后面有样东西,这东西在一种低低的轴承上闪闪发亮。我走了过来,那边有个跟蛋一样大小的小水晶物体,发出闪闪荧光,撞击着地狱之门。发出来的光近似静电发射,灼痛了我的双手和面颊,而就在这时,我又注意到了一件有趣的事情。还记得我长在左手大拇指的那个疣吗？看!”贾维斯伸出左手,“它渐渐干透,结果脱了下来——就像那样！还有我那个受伤的鼻子——哎,那疼痛像变魔术一样神奇消失了！那东西具有 γ 射线的强烈 X 光性能。可能还不仅如此,它能破坏有病的组织而对健康的组织却丝毫无损！

“我正在想着要是能把它带回我们的地球去,这将是怎样一份礼物,突然我的思绪被一阵喧闹声打断。我们猛地冲回到轮子的另一边,刚好看到一辆推车被碾得粉碎。看来,有些自毁行为是出于疏忽大意。

“这时，突然那些生灵在我们四周轰轰隆隆击鼓齐鸣，那噪音明显地具有危险性。它们成群地朝我们推进。我们倒退着出了我认为是刚才进来的那条通道，而它们闹哄哄地跟在我们后面。有推车的，也有空手的。疯狂的牲畜！成群队伍异口同声地喊着‘我们是笨——笨——笨——友！哎哟！’我不喜欢那‘哎哟’声；那声音太具有挑逗性。

“特威尔拔出了他的玻璃枪，我扔下水箱，这样就能够更加行动自如，并且也拔出了我的枪。我们在走廊里倒退着，那些圆桶状的怪兽尾随着——大约有20个。真是稀奇古怪——那些推着装有垃圾的小车进来的怪物从我们身边通过，只相距咫尺，可是一点也没有注意我们。

“特威尔肯定注意到了这一点。突然，他一把抓出他那个灼热的香烟打火机跟整车的植物叶片一碰，噗地一吹！整车东西就烧了起来——可是推那辆车的怪物居然脚步丝毫不乱地继续往前走着！不过，这火还是在我们的‘笨——笨——笨——友’中引起了骚乱——这时我看到滚滚烟雾在我们身边打着转，盘旋而过，毫无疑问，入口处就在那边！

“我一把抓住特威尔朝着外面急速跑去，身后跟着那20个追击者。在日光下，那感觉就像是到了天堂，尽管我那时一眼就看到太阳差不多已落下去了。这可不好，因为在火星上，夜里如果没有睡在保暖睡袋里的话，我就无法活——至少，要是不生火的话。

“猝不及防地，事情变得越加糟糕。那些生灵把我们围困在两个土堆之间的角落里，我们就站在那里。我没开枪，特威尔也没有，激怒那些怪兽毫无用处。它们在不远处停了下来，就开始嗡嗡作响，念叨起它们有关友谊的话。

“接着事情更糟！一个圆桶怪兽推着一辆车出来，那帮怪兽就一哄而上，匆匆钻进车里，取出大把大把的大约一脚长的铜制飞镖——看起来尖锐锋利——忽然之间，有一个从我耳边飞掠而过——嗖的一声！这时要么开枪射击，要么就是等死。

“有一会儿，我们干得相当漂亮。我们逐个击倒了车边的几个，并设法使他们的飞镖尽量减少。可是突然传来了雷鸣般的轰隆声‘笨——笨——笨——友’声，‘哎哟’声响彻不断。它们整班人马都从洞里出来了！

“老兄！我们完了，我知道我们完了！这时我意识到特威尔不会完蛋。他可以从我们身后的土堆跳过去，不费力气，就跟没有一样。可他为了我留了下来！

“唉，要是有时间的话，我也许会叫喊！从一开始我就喜欢特威尔，但是我是否会怀着一种知恩图报之情来像他这样做呢——假如说，是我曾经把他从第一个幻觉怪兽手下救了出来——他也已经为我做了同样的多，是不是？我抓住他的手臂，就说‘特威尔’，并往上指指，他懂了我的意思。他说，‘不——不——不，剔克！’说着就拿起手枪，迅速离开了。

“我怎么办？太阳一落山我准保完蛋，可是这一点向他解释不清。我说，‘多谢，特威尔，你是个男子汉！’并感到这并不是在恭维他。男子汉！能像他这样做的男人寥寥无几。

“这样我就‘砰砰’开枪，特威尔‘噗噗’射击，枪声大作，而那些圆桶怪兽在投掷飞镖并随时会向我们扑来，可还是念叨着有关我们是朋友的话。我已经不抱什么希望了。这时，突然一位天使从天而降，原来是普兹，这一来他那个底部喷气机把圆桶怪兽喷射得粉身碎骨！

“哇！我发出一声大叫,向着火箭冲过去。普兹打开门我就进去了,边笑边哭边大声叫喊！过了一会儿,我才想起特威尔,我往四周一看,刚好看到他鼻喙朝下纵身一跃跳过土堆走了。

“我费了多少力气才说服普兹去追赶啊！等到我们把火箭飞往高空,夜幕已经降临,你们知道这里夜色降临是怎么回事——就像关了一盏灯。我们在沙漠上空飞翔出去,降落了一两次。我叫喊着‘特威尔’。我想,我已经叫喊了100次了。我们没找到他;他步行如风,而我所听到的——要不然就是我想象出来的——就是一阵似有似无的吱吱啭鸣嗡嗡啁叫,朝着南方漂浮而去。他走了,这真该死！我多愿——我多愿他没有走！”

阿里斯队的四位男士都沉默了——就连那个总是冷嘲热讽的哈里森也是。终于勒鲁瓦打破了寂静。

“我想去看看！”他咕哝着说道。

“对,”哈里森说,“还有那治疣药。你要是没看见,那可太糟糕了;这也许是那些人一个半世纪来一直在寻找的那种治癌药。”

“噢,这个！”贾维斯表情忧郁地咕哝道,“就是这玩意引起了争斗！”他从口袋里取出一个闪闪发亮的物体。

“给你。”

（王银娥　译）

谁去过那里？

20世纪上半叶的自然科学史也许可以概括为巨大物质的再扩展和微小物质的再分解。

1918年，哈罗·沙普利宣布地球所在的星系银河系的体积要比人们原先认为的大10倍；稍后，这个数字稍有减少，估计为2.5万光年乘以10万光年。1924年，埃德温·F.哈布尔证实了其他星系的存在。随着时间的推移，几千年来一直被认为是宇宙中心的地球，以及几百年来实际上一直被当做独一无二的太阳系，被转到了它们所在星系螺旋式分支中的一个外围的位置，而银河系也缩小成仅仅是宇宙数10亿个星系中的一个，这些星系有些距太阳达10亿光年之遥，几乎以光速难以觉察的急速飞旋着。

与此同时，原子——这个曾经一直被看做是不能再缩小的物质形式，此时也被分解成越来越小的微粒。对于这些微粒的活动方式，只有等到人们发现了新的定律才能解释。1896年，托马森发现了电子。接着在1904年拉瑟福德弄清了辐射性分裂的本质，1910年，戈克尔发现了宇宙射线，1913年库利吉发展了X射线管，博尔制成了行星原子的模型。1924年到1926年间，德布洛格里和施罗丁格宣布了他们在原子理论方面的光波力学理论，海辛格宣布了量子力学。劳伦斯在1930年制造了第一个回旋加速器。1931年泡利提出了中微子的假设，1932年查德威克发现了中子，爱迪生发现了阳电子。1934年弗米开始创制超铀元素。1938年梅特纳·哈恩和斯特拉斯曼宣告了铀原子核分裂的成功。

在这样一个不断扩展的宇宙中,就连其中物质的真实性都在消融瓦解,人类也由创造万物的独一无二的中心位置转到了与蚂蚁或微生物没多大区别的位置。人类在经济萧条时期难以调节操纵自己的社会体制,以及无力对付处理造成美国大草原中干燥地带的干旱气候,这两件事进一步削弱了人类的重要性。

就这样,有两种力量从不同方向把科幻小说作家的想象力推进到了空间。一是人类地位的削弱要求得到抵消中和——假如人类重要性削弱了,他们就需要有更大的野心,更大的勇气,更强的能力来应付更大的挑战;二是科学在洞察微妙事物方面的巧妙性,暗示了人类有能力掌握这种科学。

自从H.G.威尔斯写了《被释放了的世界》(1914)一书以来,有关原子能甚至原子战争的小说就源源不断。现在,随着科学开始解释原子的结构,开始解释辐射过程的本质,这种小说在杂志上发表的频率就越来越高。

有关宇宙飞行的小说在读者中流传的时间比这更长。它起源于卢琦安撰写的《一个真实的故事》(约公元165—175)。这类小说开始更加令人信服地在一些早期的廉价流行冒险小说杂志中发表。去另一个行星或恒星旅行,人们较为喜欢的方法是幻想的外化,也就是伯勒斯作品中的约翰·卡特去火星或吉尔西作品中的贾森·卡罗夫特去天狼星的方法。接着,1928年《离奇故事》连载了埃德蒙·汉密尔顿的《碰撞的恒星》,《惊异故事》刊登了爱德华·埃尔默·史密斯的小说《太空云雀》。当伯勒斯在《金星的海盗》(1934年出版,1932年在杂志中连载)中把卡森·纳比尔送往金星时,用的是太空船(当然,他起初是被送往火星的,但由于月亮使他偏离了航道,结果去了金星)。

这种新类型的故事基于这样一个假定:人类会通过科学和工程征服太空——不是借助精神而是借助机器。一旦进入故事所发生的太空,人类就会征服太阳系,随后扩展到银河系,当然,这会遇到生理上的困难以及来自外星的威胁,有时也建立起帝国,进行统治和管辖。

汉密尔顿写了一系列有关恒星议会和星际巡逻队的故事。史密斯(1890—1965)也写了一系列小说(通常更长些)。在他的小说中,善与恶经常为了争夺对宇宙的控制权而交战:最先在《云雀》四部曲中,接着是在以主人公命名的六集连续集《摄影师》中。

史密斯成了科幻迷们最喜欢的宠儿,而在二次大战后出现的科幻迷出版运动,其动机看来主要是想重新印刷史密斯博士的太空剧。譬如说《摄影师》系列就是以《文明史》为书名统一盒装成套,由幻想出版社出版的。但是,有个青年作家,当他还在麻省理工学院读书时就向《惊异故事》投稿,不久就向史密斯提出了挑战,争夺科幻迷们的恩宠。

1930年小约翰·W.坎贝尔(1910—1971)在《惊异故事》中刊登了两篇小说。有个事实经常为人们所注意,这就是,他的第一篇故事与《惊异故事》杂志的第一期在同一个月诞生,后来他竟与这本杂志紧密相连。这犹如人生中的一个奇怪的巧合。

坎贝尔由于德语没通过被麻省理工学院淘汰。一年后在杜克大学学完了物理方面的学位。在经济大萧条早期的困难岁月里,他为了谋生尝试过各种各样的职业,其中有6个月撰写专题作品,并为卡尔顿·艾利斯编写课文。但他一直坚持着写小说,并每月为《惊异故事》

献上一篇天文学方面的系列文章。

在最初的几年里，坎贝尔专写太空剧。到1934年，当他的第一部小说《超级机器》在《惊异故事》连载时，在撰写题材广泛的传奇性文学方面，许多人已把他与史密斯相提并论了。但甚至还没等《超级机器》一书付诸印刷，坎贝尔已开始着手写作另一种形式的故事，少了些狂乱，多了些诗意，更多地关注社会学、心理学和哲学，而不再是天文学和物理学。这些故事在描述科技文化方面更富现实主义，在处理永恒主题方面则更具浪漫色彩。其中的第一篇《黄昏》是在《超级机器》开始发表前一个月以唐·A.斯图亚特的假名，在《惊异故事》上发表的。

接着《黄昏》后，坎贝尔又写了一系列风格和质量相似的故事。到1937年，斯图亚特这个名字（取之于他第一位妻子的婚前姓氏）已比坎贝尔自己的名字更受敏锐的读者们的青睐。《谁去过那里》是科幻小说中的一部经典中篇作品，于1938年出版，署名为斯图亚特。后来，以这篇小说为基础，改编成了一部粗制滥造的电影《物体》(1951)。

然而，到1937年，坎贝尔已受雇于《惊异故事》担任编辑。不到一年，他自己的小说写作生涯实际上已经结束，那时他才28岁。从那时起，他致力于从其他作家那里搜集他想要的科幻小说。作为作家，他标志着科幻小说的一个转变；作为编辑，他最终把科幻小说引向另一个转变。

《黄　昏》

〔美〕约翰·坎贝尔　著

“说起搭便车的人，”吉姆·本德尔感到困惑不解地说，“前几天我搭载了一个，那人肯定是个怪物。”说着，他就笑了起来，但笑得不自然。“他给我讲了个闻所未闻的最最离奇的经历。大多数搭便车的人总对你说他们怎样失去了好工作，怎样想出去到西部的广阔天地里寻找活干。他们似乎没意识到，离开这个地方，外面还是有许多人。他们认为这整个美丽而伟大的国土荒无人烟。”

吉姆·本德尔是个房地产商，并且我知道他会有怎样的发展前途。你知道，这是他最喜欢的行业。他真正担忧是因为本州还有大片宅地可以开拓利用。他谈论着美丽的国土，可他从未跨出过这个城市的边界，更没有涉足荒漠野土。实际上他害怕那种地方。于是，我微微掉转话头，让他言归正题。

“他声称是什么，吉姆？他说他自己是一个找不到勘探土地的勘探者？”

“这并不好笑，巴特。不，这不仅仅是他声称是什么。他根本就没有声称标榜自己，只是谈谈而已。你看，他也没说自己说的是真话，他说过就完了。正是这令我感到不解。我知道这并非真实，但他说话的样子——唉，我弄不懂。”

从这里我看出他确实弄不懂。吉姆·本德尔向来措辞讲究——对此非常引以为豪。他找不准字眼,表明他心烦意乱,就好像他把响尾蛇当做了一根木棍,想把它拿起来扔入火中时一样心慌意乱。

吉姆接着说:"他穿的衣服也很滑稽。看着像银子,可又软滑得像丝绸。在夜晚居然还会发点光呢。

"在黄昏时分,我把他载上了车。那真是把他捡到车上的。他那时正躺在离南大路约10英尺的地方。起初我以为是什么人把他撞了,没停车就溜了。你知道或许是因为没看清。我把他拉起来安顿在车里,就继续赶路。我还有约300英里的路要赶,不过我想可以让他在沃伦泉下车留在万斯大夫那边。可是大约5分钟后他就苏醒了,睁开眼睛,他直盯盯地看着远处,先看看汽车,又望望月亮。'感谢上帝!'他说道,接着看看我。这一看使我大吃一惊。他长得很潇洒。不,是很英俊。

"两者都不是。他不同凡响。我看他身高约6.2英尺。棕色头发,略带点真金的颜色,就像是泛红的细铜线。卷成波纹式的鬈发。前额很宽,有我的两倍。外表纤弱却给人以极其深刻的印象。眼睛是灰色的,像是蚀刻出来的铁制品,比我的要大——大多了。

"他穿的那身衣服——更像是浴衣与睡裤的凑合。他手臂修长,肌肉匀称,像个印第安人;他皮肤白皙,不过被太阳晒成稍有点金褐色而不是棕褐色。

"但是他不同凡响,是我见过的最潇洒的男子。我说不清,真该死!

'喂!'我说,'出事了?'

'没有,至少这次没有。'

"哦,他的声音也不同凡响。这不是普普通通的声音。听起来就像是风琴在说话,只是这风琴具有人的形态。

"'不过也许我的头脑还没冷静下来。我进行了一次实验。告诉我今天是几号,哪一年,所有的一切,再让我想想。'他继续说道。

"'怎么了——今天是1932年12月9日。'我说。

"这并没使他感到满意。他一点也不喜欢这个答案。但他原先脸上歪着嘴苦笑着,现在却咯咯发笑了。

"'一千多呀——'他怀旧地说,'还不至于坏到700万。我不应该抱怨。'

"'700万什么?'

"'年呀,'他说,口气很坚定,就像是说话算话,'我曾经尝试过一次实验。或者将要尝试,现在我得再试一次,这实验是在3059年。我刚完成了投放实验。测试那时的空间、时间——那可不是,我仍这样认为。那是空间。我感到自己被吸进了那个磁场,脱不了身。r-H481磁场,位于帕尔曼范围内,强度为935。磁场把我吸进去,而我出来了。

'我认为穿过太空到太阳系将要占据的位置是抄了近路。穿过较高的平面,使速度超过了光速,就把我投进了未来的星球。'

"你看他并不是在对我讲话,他只是在想,想得发出了声。接着他开始意识到我的存在。

"'我看不懂他们的仪器,经过700万年的进化,一切都变了。所以到我回来时稍微越过了记号。我应该属于3059年。

‘但请告诉我,今年最新的科技发明是什么?’

“他使我大吃一惊。我几乎不假思索就答道:‘怎么,我想,是电视机。还有无线电、飞机。’

“‘无线电——好。他们会有仪器的。’

“‘可是,请问一下——你是谁?’

“‘喔——很抱歉,我给忘了。’他用那特有的风琴式的声音回答道,‘我叫阿里斯·科·金林。你呢?’

“‘吉姆斯·沃特斯·本德尔。’

“‘沃特斯——这是什么含义?我不认识这个字。’

“‘怎么,这当然是个名字。你认识它干什么?’

“‘我明白了——看来你们是不分类别的。“科”代表科学。’

“‘你是哪里人,金林先生?’

“‘哪里人?’他笑了,声音缓慢而柔和。

“‘我跨越了700万年或许更长的时间从太空中来,他们已经搞不清确切有多少年了——那些人已搞不清楚了。机器上淘汰了不需要的设施。他们弄不清楚是哪一年。但在此之前,在3059年我家在内华城。’

“我就是在那时起开始认为他是个怪人。

“‘我是个搞实验的,’他继续道,‘搞科学的,我刚才说过。我父亲也是搞科学的,不过是研究人类遗传学的。我本人做实验。他证实了他的观点后,整个世界的人起而仿照。我就是新种族中的第一个。’

“‘新种族——噢,神圣的命运之神——到底发生了什么——还将会发生什么啊?’

“‘结局又会怎样?我已经看到了——几乎看到了。我看见他们——那些小人们——他们感到困惑不解——他们迷失了方向。还有那些机器。难道非这样不可吗?难道什么也改变不了命运吗?’

“‘听着——我听到过这样一首歌。’

“他唱起了歌。这样他再也没必要告诉我那些人。我认识了他们。我能听见他们的声音,说着一连串稀奇古怪不合英语标准的话。我能看出他们迷惑不解的渴望。我想这歌声来自一个小小的暗礁。他们在歌声中叫喊着,一边叫喊一边请求着,又无望地搜寻着。不为人所知的,被人遗忘的机器发出的连续不断的隆隆轰鸣,呜呜哀叹盖过了歌声。

“这些机器停不下来,因为前人把它们发动后,那些小人就忘记了如何使它们停止,或者根本不知道它们是干什么用的;只得眼睁睁地看着,听着机器声——感到困惑不解。他们不再能读会写,再说,你看,语言已经变了,祖先们的语言记录对它们来说毫无意义。

“但那首歌还在继续,他们还在困惑。他们透过太空一眼望去,看到了温和友好的星星——相距遥遥。他们知道九颗行星并知道上面有人居住。可相隔无边无际,他们看不到另一个种族,另一种新的生命。

“透过整个太空——有两样东西:机器,不知所措的健忘。也许还有一件,嗯。

“那就是这首歌,它使我感到心寒,这歌不该在现在的人周围唱。它简直是扼杀了什么。也许是扼杀了希望。听完那首歌呀——哎,我就相信他了。

“唱完这首歌,他有一会儿没说话。接着他抖了抖身子。

“你不会理解(他继续说)。现在还没有理解——但我看到过他们。他们到处站着,形态丑陋,脑袋肥大,就像畸形人。但他们脑袋里只有脑髓。他们有过会思维的机器——但很久以前就有人把他们关掉了,也没人知道该怎样重新发动。这就是他们遇到的麻烦。他们有过了不起的头脑。远胜过你我。他们被关掉,肯定也有几百万年了,从那以来他们就没思维过。善良的小人们。这就是他们所知道的一切。

“当我跃进那个磁场时,那磁场逮住了我,就像万有引力磁场,旋转着把一个太空运输工具转到了一个行星上。那磁场把我吸了进去——又从另一端转了出来。只是那另一端肯定是在距今700万年的未来。那就是我刚才所在的地方。那地方肯定刚好在地球表面一个完全相同的地方,可我一直不知所然。

“那时,已经是夜色笼罩了,我看见不远处有个城市,城市上空明月高照,整个景象恍若幻觉。你想想看,在700万年里,由于来来往往的太空航班,穿过小行星群的安全空中走廊,以及诸如此类的东西,人类在解决处理星体位置方面已卓有成效。再说700万年足以使自然物质的位置有所改变。月亮那时肯定还要远5000英里,并且绕着自己的轴心转。我在那里躺了片刻,望着月亮。连星星都不一样了。

“城市里有轮船出来。来来回回,就像在沿着电线滑行,当然那只是一条无形的力量之线。城市的某些部分,较低的部分,灯火通明,我断定那肯定是水银灯的光辉。绿中透蓝。我感到那里肯定没人住——这灯光,眼睛受不了。但城市的顶部却灯火稀疏。

“接着我看见有东西从空中下来。那东西灯火通明。是个巨大球体,它径直沉落在城市大面积黑银色的房群中央。

“我不知道这是什么,可是就连那时我还认为这城市无人居住。奇怪的是我竟能想象出这一点,我一个从未见到过无人居住的城市的人。但我还是走了15英里,进入了那座城市。街道上到处有机器走动,你知道是在修理着机器。他们不理解这城市已不需要继续运行,因此他们仍在工作。我找了一辆看来很常见的出租车机器。它有一个手工操作器,我能够进行操作。

“我不知道这城市被遗弃多久了。来自其他城市的一些人说有15万年了。也有人说成是30万年,人类没有涉足这个城市有30万年了。出租车机器性能很好,马上就运行了。车很干净,城市也干干净净,井井有条。我看到了一家菜馆,我也饥肠辘辘了。更饥渴的是想找人说说话。当然,空无一人,但我并不清楚。

“菜馆立即就把吃的陈列上来,我作了挑选。我想这东西已有30万年了,我说不清。为我准备饭菜的那些机器并不介意,因为你知道它们是用合成法制作东西的,做得很不错。那些建筑者们在建筑城市时,忘了一件事,他们并没意识到事物竟然不会永久持续下去。

“我花了6个月时间制造器械,就在将要结束时,我已作好了走的准备;那些机器盲目地、毫无差错地运作着,履行着它们的职责,不知疲倦,毫不停歇。它们的设计者以及他们的儿子以及儿子的儿子早已不需要它们了——

“即使地球冷却,太阳陨落,那些机器还将运行。即使地球开始分崩瓦解,那些技能娴熟的、永不停息的机器将努力将其修复——

“我走出菜馆乘着出租车在城市里漫游。我认为那机器有一个小小的电力的发动机,可是它得到的电力却来自大型的中央电力散热器。不久我意识到自己是在遥远的未来。那城市分成两部分,每一部分有许多层次,机器在那里平稳地运行,只有回荡在整个城市的一个深沉的嗡嗡的撞击声,宛如一曲永恒宏伟的力量之歌。这地方的整个金属构架一起呼和着,传播着声音,一起发出嗡嗡轰鸣。这回声轻柔绵绵,令人舒适安静。

“地面上准有30层,地下又有20层,还有那坚实巨大的金属墙壁、金属地板和金属加玻璃加力量制成的机器。唯一的光线就是那水银灯的绿中透蓝的亮光。水银蒸汽灯的光含有丰富的高能量子,这量子促使碱金属原子进行光电运动。哦,这或许超越了你们当今的科学范围?我又忘了。

“不过,他们使用那种光,因为许多机器工人需要视觉。这些机器真了不起。有5个小时我漫游穿过位于最底层的庞大的发电站,观察着机器,并且因为有了机器的运行,有了这些近乎有生命的机械,我不再感到那么孤单了。

“我看到的发电器是在我曾经发现的释放器基础上的一个改进——什么时候?我指的是那个物质能量的释放器,因此,一看见它我就知道它们能持续数不尽的岁月。

“城市的整个下半部分都让给了机器。成千上万。但是看来其中大多数都无所事事,或者说,至多只是负荷很轻地在奔跑。我认出一个电话装置,可是一个信号也拨不通。城市里没有生命。然而,房间一侧有个屏幕,屏幕旁边有个小小的饰灯。我一按那饰灯机器就会立刻开始运行了。这机器一触即发。只是再也没有人需要它了。人知道怎样去寻死,怎么算是死,而机器却不知道。

“最后,我来到了城市的顶部,即上半部分。那是个天堂。

“那里灌木丛生,树木郁郁葱葱,公园密布,在柔和的灯光下闪闪发亮。他们学会了制作这种灯光。与这特有的外观相吻合。早在500万年甚或更久的时候,他们就学会了。200万年前他们又遗忘了。然而那些机器却没有忘记,并且它们仍在制作这种灯光。那灯光高悬在空中,温柔和煦,银光闪闪,略带玫瑰色,那些花园在光影下斑驳陆离。现在这里已没有机器,但我知道在白天,它们肯定要出来在那些花园里劳作,使它们继续成为主人的天堂,而它们的主人早已长眠,停止了走动,因为他们走不动了。

“城市外面有个荒漠,天气凉爽,但非常干燥。这里空气轻柔温和并且带着花的甜蜜芬芳,人们花了几十万年的岁月使这种芬芳日臻完美。

“这时从什么地方响起了音乐声。它从空中响起,又在空中轻柔地回荡。那时刚好月亮开始沉落,而随着月亮的沉落,那带着玫瑰色的银光渐渐退去,音乐声变得更响了。

“那音乐从四处传来,却又无踪可寻。它就在我的内心。我不知道他们是怎样做到这一点的。我也不知道这样的音乐怎样能写出来的。

“野蛮的人制作音乐太单纯,不可能优美,但却鼓舞人心。半野蛮的人写音乐优美得单纯,又单纯得优美。黑人音乐是登峰造极的。他们一听到音乐就理解了音乐,而一感受到音乐就会唱起来。半开化的人谱写的音乐是不朽的。他们以自己的音乐为荣,并且务必保证那音乐被认为是不朽的音乐。他们使得音乐如此伟大,简直飘飘欲仙。

“我一向以为我们的音乐优美。然而,空中传来的是胜利之歌,为此歌唱的是一个成熟的民族,一个陶醉在彻底胜利之中的民族!掠过我全身的正是那人类以庄严的声音歌唱着胜利,它为我指明了前面的道路,使我坚持下去。

“可是,当我观望这废弃的城市,那音乐就消失在空中。机器本该忘了这首歌。它们的主人早已忘了,在很久以前就忘了。

“我到了一个地方,那准是它们的家;在昏暗的光线下,门廊隐约可见,可当我走上去时,30 万年来没有使用过的灯发出绿中泛白的光,就像是萤火虫,为我照亮了门廊,我就这样走进了那边的房间。立时,我身后门廊的空气中突然出现变化,那空气像牛奶一样混浊。我站着的那个房间是用金属和石块建成的,那石块是一种乌黑发亮的物质,用丝绒作最后装饰,金属则是金银两种。地板上有块小地毯,那地毯就像我现在穿着的那种布料,但还要厚,还要软。房间四周都是长沙发,低低地,覆盖着这些柔软的金属材料。那材料也是黑色和金银两种金属。

“我从没看到过这样的东西。我想我也绝不会再看到,而这东西凭你我的语言是无法描述的。

“建筑这城市的人们有权力,也有理由来歌唱这首势不可挡的胜利凯歌,这胜利所向披靡,横扫了 15 颗可供人居住的卫星。

“可这些建筑者们现在已无影无踪,我就想离开。我想出了一个计划,走到一个电话分局去查看我曾经见过的一幅地图。旧的世界看起来大同小异,700 万年甚至 7000 万年对古老的地球母亲来说算不了什么。她也许能成功地把那些了不起的机器城市磨损掉。她能等上 1 亿年或 10 亿年,才会被击败。

“我试着跟地图上所表示的各个市中心拨电话。等我检查了中心装置我已很快学会了电话操作系统。

“我试了一次——两次——三次——有十几次,约克市,伦奥市,帕量,施卡哥,新波,等等。我渐渐感觉到整个地球上已不再有人。我感到被压得喘不过气来,因为每座城市都是机器接电话,执行着我的命令。在每一个更为广大的城市里,机器已无所不在,因为我只在它们那时候的内华城。一个小城市。约克市方圆为八百多公里。

“每个城市我都试拨了几个电话号码。接着,我就试拨圣·费兰斯科。那边有人,有个声音来接电话,并且有一个人像显示在发亮的小屏幕上。我看得出他吓了一跳,瞪大眼睛,惊奇地看着我。然后他就开始跟我讲话。当然了,我听不懂。我能听得懂你的话,而你也能听懂我的话,因为你们今天的语言大多都录制在各种唱片上,对我们的发音产生了影响。

“有些东西改变了,尤其是城市名称,因为城市的名称往往是多音节的,并且使用得很多。人们往往把它们省去音节,把它们缩短。我是在——内——华——达——就如你说的?

我们只是叫内华。还有约克州。但俄亥俄和衣阿华还是没变。一千多年,对词语的影响并不大,因为它们被录制下来了。

“可是700万年过去了,那些人也忘记了古老的录制品,随着岁月的流逝,这些录制品使用得越来越少,直到他们再也听不懂录制品时,他们的语言就发生了变化。当然,这些语言再没有被书面记录下来。

“准会有几个人偶然从这最后的种族里脱颖而出,寻求知识,可他们却没能这样做。倘使能找到某个基本规则,古老的文字就能被破译。可是古老的声音嘛——况且这个种族已把科学的法则以及思维的运用抛置脑后了。

“因此,当他在线路那端接电话时,我听他说话稀奇古怪。他说话尖声尖气,语言流畅,音色甜润,简直就像在唱歌。他很激动,叫着其他人。我听不到他们的话,但我知道他们在哪儿。我可以去那儿找他们。

“于是,我就从天堂花园下来,而当我准备离开时,我看见天空中已露出曙光。星星出奇地亮,明明灭灭,闪闪烁烁,渐渐消失。只有一颗星星明亮地升起,似曾相识——金星。现在她金光闪闪。最后,当我站着第一次遥望这奇异的苍穹时,我开始明白起初是什么东西给了我一个似幻似梦的印象。那些星星,你看,都不同以往了。

“在我的时代——还有你们的,太阳系是个孤独的流浪者,出于偶然,刚好通过银河交通中的十字路口。你看,我们在夜间看到的星星就是移动的星群中的星星。实际上我们的太阳系正在穿越大熊星座群。其他五六个星群集中在离我们500光年的范围内。

“但是,在这700万年里,太阳已经移出了它的星群,一眼望去,天空几乎空空荡荡。只有零零落落地闪烁着一颗星星,时隐时现。而在这广袤无垠的冥冥苍穹中横悬着一条带状的银河。天空中空空荡荡。

“那肯定是那些人在歌声中表达,在心中感受到的另一种东西。孤独无伴——就连亲密、友好的星星也没有。我们在五六光年范围内就有星星相伴。他们告诉我,他们的仪器能直接提供任何一颗星星的距离,这些仪器显示最近的一颗星星也离他们有150光年之遥。这颗星明亮异常。远比我们天空中的天狼星还亮。而这就使得它更加不太亲近,因为它是颗蓝中泛白的超大巨星。我们的太阳或许只配充当那颗星的卫星。

“我站在那里,观望着那亮光。玫瑰色中透着银色,随着太阳强烈的血红色光线掠过地平线,那亮光恋恋不舍,渐渐消失。现在根据星星,我知道,这距离我生活的时代,距离我上次看到太阳掠过地平线准有几百万年了。而这血红色的光线使我怀疑太阳本身是否快要濒临消亡。

“太阳的一边出现了,色彩血红,体积巨大。它一跃而上,色彩渐渐退去,直到半小时后成了熟悉的、金黄色的圆盘。

“岁月悠悠,它却依然如故。

“我原来真傻,竟以为它会改变。700万年——对地球都不足挂齿,对太阳又能算得了什么呢?自从上次看到日出以来,太阳依然升起。

“宇宙步履姗姗。只有生命不能永久,只有生命瞬息万变。800万年短暂的岁月。而地球上生活8天——种族就濒临死亡。它留下了某种东西——机器。但是，它们也会死，即使它们不会理解。这就是我的感受。我——也许能改变这种状况。我会告诉你的。以后再说。

“这样到太阳当空，我再次仰望天空，又看看地面，大约50层楼下面。我已经走到了城市的边界。

“机器在地面上运转，也许，在平整地面。一条宽阔的灰色大道穿过平坦的荒漠笔直向东延伸。在日出之前我看到过它隐隐约约发出亮光——一条供地面机器使用的道路。路上没有车辆。

“我看到从东方迅速掠过一艘飞船。它飞来的时候，伴随着空气轻柔、低沉的嗖嗖声，就像是小孩在睡眠中的抱怨。它在我眼前渐渐变大，像个膨胀的气球。当降落在下面市区的大型滑移机场时，我发现它体积庞大。我现在可以听到机器铿锵的当当声，低沉的嗡嗡声，毫无疑问，是在处置运进来的材料。这些机器订购了材料。其他城市的机器供应材料。货运机器把它们运到这里。

“圣·弗兰斯科和杰克斯维尔是北美仍在使用的仅有的两个城市。可机器在其他所有城市里仍在运转，因为它们停不下来。它们没有得到停下的指令。

“这时在头顶上空，有东西出现了，从我脚下的城市，从一个中心部分，升起了3颗小星球。它们，像货运船一样，没有任何看得见的驾驶机械装置。头顶上空的一个小点，就像蔚蓝太空中的一颗黑色星星，已变大成了个月亮。3颗星球在高空处与它会合。然后它们一起降落下来，降落到城市的中心，我就看不到了。

“这是来自金星的货物运输船。我获悉，我在前一夜看到降落的那艘运输船是来自火星的。

“在这以后我就走动寻找出租飞机之类的东西。在城市四处搜寻时，没有我认识的这类东西。我到更高层搜寻，到处能看到遗弃的船只，但让我用实在太大了，况且没有操纵装置。

“时间已近晌午——我又吃了点。食物很不错。

“这时我明白了这是一座人类希望的死灰之城。不是一个种族的希望，既不是白种人，也不是黄种人，更不是黑种人的希望，而是整个人类种族。我发疯似的想离开那座城市。我害怕取道地面道路往西，因为我驾驶的出租车是由城市的某个源极提供动力，因此我知道开不出几英里它就会抛锚。

“下午，我找到了一个小型的飞船棚，一是在这个城市的外围城墙附近。里面有3艘船。我那时一直在四处搜索居民区的较低层——地表层。那里有菜馆商店剧院。我走进一个地方，一进去，就响起了柔和的音乐，在我面前的屏幕上开始显示色彩和图形。

“从图形、声音和色彩来看，那是一个成熟民族的胜利凯歌，一个500万年来一直稳步向上迈进的民族——并且还没有看到前面在渐渐消失的路，到那时他们死去了，停止了生命，城市自身也已死去——但它没停止运行。我赶紧离开那里——那首30万年没有唱过的歌在我身后渐渐消失。

“幸好那时我找到了飞船棚。很有可能是个私人飞船棚。有3艘船。一艘准有50英尺长,直径达15英尺。是艘游船,大概是一艘太空游船。另一艘长约15英尺,直径有5英尺。准是艘家用航空机器。第三艘非常小巧,长不过10英尺,直径2英尺。显然在里面我得躺下。

“那里有个潜望镜装置,能使我看到前方以及差不多正上方的景色。有一扇窗口,能使我看到下面的东西——并且还有一个装置,能移动毛玻璃荧屏下面的地图,再把地图投射到荧屏上,使得荧屏上的十字丝一直表示我所在的位置。

“我花了半个小时,试图去弄明白这艘船的制造者造了些什么。但是制造这艘船的人竟然是那么一些人,他们把500万年的科学知识以及那些岁月里完美无缺的机器保留了下来。我看到给船提供动力的能量释放装置。我懂得这个装置的使用原理,并且模模糊糊地,也懂得它的机械原理。可是里面没有导航装置,只有暗淡色的光柱迅速地用脉冲波发送着信号,用眼角的余光你简直很难瞟见那些波动。约莫有五六束光柱,一直在闪闪烁烁,有节奏地跳动,少说也有30万年了,或许更长。

“我进入飞船,立刻又跳跃出五六束光柱。我微微发抖,一种奇异的拉力掠过我的全身。我立刻就明白了,因为那飞船是依靠重力废除器起飞的。在投放实验之后,当我在发现的太空磁场里冥思苦想时,我就一直希望能够这样。

“然而,在还没制造这个完美无缺的、永恒不朽的机器前,他们却已经拥有这种废除器,有好几百万年了。我进入船以后所产生的重量迫使其做出重新调整,同时作好飞行准备。在飞船内,一种相当于地球引力的人为的万有引力吸住了我,这样外部与内部之间的中性层就造成了那种拉力。

“机器已准备就绪,加满了燃料。你瞧它们装有设备自动显示它们的需要。它们简直就是有生命的物体,每一个都是这样。看护机器给它们提供补充,进行重新调整,在必要且有可能的时候,甚至给它们进行修理。要是得不到修理的话,后来我获悉,那就会自动来一辆维修车,把它们运走,由一架完全相似的机器来替代,接着它们就被运到生产厂家,自动机器就将它们进行改装。

“那飞船耐心地等待着我来发动。操纵装置很简单,一目了然。左边有个控制杆,你往前推它就向前开,往后推它就向后退。右边有个水平的,没有支点的横杆。把它摆向左边,飞船就左转;摆向右边,就右拐。倘若把它翻起,那飞船就跟着翻跟斗;除了前进后退外,其他动作都是类似情况。提起整个横杆就提起了船,按下横杆也就使船落下来。

“我躺在那里,稍稍提起了横杆,眼前测量器上的指针非常自在地动了动,地面就往下面退去。我把另一个操纵杆往后一拉,飞船就逐渐加速,平稳地驶入苍穹。把两个操纵杆放回空挡,飞船就继续飞行,直到处于平稳状态才停止,因为空气的摩擦缓冲了飞船的运动。我把飞船调转头,眼前又有一个刻度盘在移动,显示我所在的位置。不过,我看不懂。地图没有动,而我原以为它会动。于是,我就朝着凭感觉是西面的方向出发了。

“在这了不起的飞船里,我感觉不出加速度。只是地面开始往后一闪而过,一会儿工夫,城市就从眼前消失。现在,我下面的地图迅速展开,我看到自己朝着西南方向移动,我稍微转向朝北,看看罗盘仪。很快,我也看懂了,飞船就加速前进。

“我对地图和罗盘仪产生了很大兴趣,因为它突然间会发出一声刺耳的嘶嘶信号声,可是,用不着我做出决定,飞船器就升高,转向北面。我前方有座山,我并没有看到,而飞船却注意到了。

“这时,我注意到我早该看到的东西——可以移动地图的两颗小旋钮。我开始把它们移动,就听到一声刺耳的咔嚓声响,飞船的速度就开始减慢。一会儿工夫,它就保持一个相当慢的速度,机器转向了一条新的航线。我试图把它改正过来,可是,令我惊讶的是,那些操纵装置对此毫无作用。

“对了,是那张地图。要么是地图听从航线,要么是航线听从地图。我刚才把它移了一下,机器就自动地取而代之进行操纵。我本可以按下一个小按钮——可我并不知道。我无法操纵飞船,直到最后歇下来,降落在一个停靠站,离地面 6 英寸高,想必是一个大城市废墟的中心。大概是萨克拉曼多。

“现在我懂了,所以我把地图重新调整到圣·弗兰斯科,飞船就马上继续飞行。飞船自动拐弯绕过了一大堆碎石块,又转回到本来的航线,继续朝前,犹如一颗子弹形的飞镖,自动控制着,快速前进。

“到达圣·弗兰斯科时,飞船没有降落。它只是停在空中,发出一声悦耳的嗡嗡的音乐声。这时,我也等着,朝下观望。

“这里有人了。我第一次看到了那个时代的人。他们个子很小——迷惘不解——发育不全,而脑袋大得不相称,但也并不极其过分。

“他们的眼睛给我印象最深。那眼睛很大,看着我的时候,里面蕴涵着一种力量,可是好像在沉睡着,酣睡得唤不醒。

“于是,我就拿起手工操纵杆着陆下来。可是我一出来,飞船就自动升高,独自出发飞走了。他们有自动的停机制动装置。飞船去了公用飞船棚,最近的一个,在那里能得到自动的维修,得到照看。飞船里有个小型的通话机。我下飞船时本应该把它带在身边。这样我就可以按下按钮把它叫来——不管我在城市的哪个地方。

“我周围的人开始说话了——简直像唱歌——交头接耳。其他人在慢悠悠地过来。男男女女——却好像没有老的,小的也没几个。就这么少得可怜的几个小的呀,简直得到毕恭毕敬的对待,得到无微不至的照料,生怕不小心一脚踩在他们的脚趾上或不小心一步把他们撞倒。

“你看,这是有道理的。他们生活了漫长的岁月。有些活了 3000 年之久。接着,他们就一死了之。他们不会变老,可是从未有人得知人为什么会像他们那样死了。心脏停止了跳动,头脑停止了思维——他们就这样死了。而那些小孩子们,那些尚未成熟的孩子们得到了无微不至的关怀。在这个有着 10 万人口的城市,一个月里只出生一个孩子。人类渐渐不会生育了。

“我告诉过你,他们孤独无伴?他们的孤独感已经毫无希望。因为,你想想,当人类大步跨向成熟期时,他摧毁了对他有威胁的一切生物。病害。昆虫。接着是最后一批昆虫,最终是最后一批吃人动物。

“当这时,自然界的平衡被摧毁了,他们就要这样继续下去。这就像那些机器。他们把机器发动——可现在机器无法停止。他们开始摧毁生命——可现在一发不可收拾。所以他们就得摧毁各种杂草,接着是许多原来无害的植物。再接着就是食草动物,鹿、羚羊啦,野兔啦,马啦。他们是一种威胁,他们袭击人类由机器照料的庄稼。人类仍在食用天然食品。

“你可以猜想,情况已非他们所能控制。到最后他们就杀尽海里动物,同样,是为了自卫。这许许多多的生物原来牵制着他们,一旦没有了这些生物,人类就拥挤得不可开交。接着用合成食物取代天然食物的时候到了。离你我所处的时代约250万年以后,空气得到净化,清除了所有生命,清除了所有在显微镜下才看得清的微生物。

“这意味着水也一样必须经过净化。事实就是如此——这样海洋中的生命就完蛋了。海洋中有以细菌为食的微生物,以微生物为食的虾米,有吃虾米的小鱼,有吃小鱼的大鱼——可是食物链中的第一环没有了。时隔一代人,海洋里就没有了生命的踪迹。对他们来说,这大约为1500年。就连海洋植物也无影无踪了。

“这样整个地球上就只有人类以及受他们保护的生物——他想要用来装饰的植物,以及超卫生的宠物,跟它们的主人一样长寿。狗。它们准是不同凡响的动物。那时人类正进入成熟期,而他的动物朋友,它跟随人类经历了100万年到了你我的时代,又经历了400万年进入了人类的成熟初期,这个朋友在智力上有了长进。在一个古代的博物馆里——一个了不起的地方,因为他们,完美地保存了一个人类的伟大领袖的遗体,这位领袖在我见到他前5500年就与世长辞了——在那个博物馆里,那时空无一人,我看到了其中一只狗。这狗的头颅几乎跟我一样大。它们有简单的地面机器,狗可以通过训练来驾驶这些机器,它们还举行此类比赛,狗在比赛中驾驶机器。

“接着人类就到达全盛时期。这个时期延伸了足足100万年。他大踏步向前,如此神速,狗也不再是他的伙伴。狗越来越不为人所需要。当100万年过去,人类也开始进入衰落阶段,狗已无影无踪了。狗已死尽灭绝了。

“而现在这批仍处在既成秩序中逐渐衰落的最后的人类,已找不到其他任何生命作为他的接班人。以往总是当一种文明摇摇欲坠时,从它的废墟中就产生一种新的文明。而现在只留下一种文明,所有其他的种族,甚至其他的物种,除了在植物里以外,都销声匿迹了。况且人类是这样年高体衰,已不可能从植物中汲取智慧和灵性。在他风华正茂的时候,或许有可能。

“在这100万年里——这最后的100万年里,其他的星球都人丁兴旺。星系中的每一颗行星和每一颗卫星都得到了人口的配额。现在只有行星上有人口,卫星已被废弃。在我着陆前,冥王星已被抛弃。当我呆在那边时,人们正从海王星过来,朝着太阳,还有自己的祖籍星球进逼。安静得出奇的人们观望着,大部分人第一次观望着那颗星球,它曾经给过他们种族生命。

“但当我从那艘船上走出来,看着它离开我升高时,我明白了人类为什么濒临死亡。我回头看看那些人的脸,从那些脸上我看出了答案。从那些人依然伟大的脑子——那些比你我伟大得多的脑子中,独独消失了一种品质。我那时需要得到他们其中一个的帮助,来解决一些问题。你知道,在太空里,有20个坐标值,其中10个为零,6个为固定值,其他4个体现我们时空关系中正在变化的常见的维度。这就意味着这些积分不是以二维、三维或四维——而是以十维的方式进行的。

“解决这些问题不用说花了我太长的时间。对于所有问题我必须解答,我或许根本就解答不了。我不会使用他们的数学计算机,而我的计算机,用不着说,是过去700万年前的玩意。幸好,其中一个人对此感兴趣,就过来帮我。他进行4次、5次积分,甚至在成比例变化指数极限时进行4次积分——并且还是在头脑中呢。

“他这样做是在当我要求他时。因为有一种使得人类伟大的品质已从他身上消失了。我着陆时一看他们的脸和眼睛就明白了这一点。他们看着我,对我这个外表极其异乎寻常的陌生人产生了兴趣——又继续走了。他们刚才是来看飞船的到来。一件稀罕的事情,你知道。但是他们只是出于友好过来迎接我。他们不感到好奇!人类已经丧失了好奇的本性。

“噢,没有全部丧失殆尽!他们对机器感到好奇,他们对星星感到疑惑。可是他们对此束手无策。还没有丧失殆尽,只是即将丧失殆尽。这个天性快要消失。我跟他们一起呆了6个月,在这短短的6个月里,我学到了许多,要比在机器堆里生活2000年甚至3000年所学到的还多。

“你能领会到它给我所带来的压倒一切的孤独吗?我,一个热爱科学的人,一个从中看到,或已经看到过人类的上升,人类的解放的人——看着那些奇妙的机器,那些人类得意洋洋耀武扬威的成熟阶段的产物,居然被人遗忘了,得不到理解。这些奇妙的、完美的机器照看、保护、并且关心着那些温和、善良的人们,虽然这些人已经——把它们忘却了。

“他们迷失在这孤独中。城市对他们来说是个宏伟的废墟,一个升起在他们周围的庞然大物。有样东西没被理解,一个属于世界本质的东西。它存在着。它不是人为造出来的。它只是存在着。就如绵绵高山,浩瀚沙漠,茫茫大海。

“你能懂得吗——你能明白那些机器从崭新生产出来到那时的时间比我们当今追溯到人类起源的时间还长?我们还知道最初一个祖先的传奇故事吗?我们还记得他们有关森林和洞穴的全部传说吗?还记得将一块燧石削成锋利刀刃的秘诀吗?还记得追踪一头长着具剑齿的老虎并将它杀死而自己安全无恙的神秘故事吗?

“尽管时间还要长,他们所处的窘境跟我们相似,一是因为语言已经大有发展,日臻完美,二是因为机器一代接着一代,为他们维护着一切东西。

“唉,整个冥王星都被遗弃了——可是在冥王星上却找到了他们所需要的一种金属的最大矿藏;机器仍然在运作。整个星系中存在着一种完美的统一性。一个由完美的机器构成的统一体。

“而那些人知道的一切就是借助某种方法做某样事情就产生某些结果。就像中世纪的人知道拿一块材料、木料,把它跟烧得通红的其他木块放在一起,就会使这块木料化为乌有,并且变成热量。他们不懂得木料是由于二氧化碳和水两种合成物热量的释放而被氧化了。那些人也是这样不懂得什么东西给他们提供了衣食住行。

“我在那里跟他们一起呆了3天。接着我就去了杰克斯维尔。约克城也去了。那城大极了。它连绵延伸——喏,它从现在的波士顿的最北部一直延伸到华盛顿的最南部——这就是他们所叫的约克市。

“他说这些话的时候,我根本就不相信,吉姆说道,打断了他自己的话。我看出来他没有相信。要是他相信了的话,我想他就会在那边某个地方购置土地保留起来待价而沽。我了解吉姆。他会认为700万年跟700年差不多,或许他的曾孙们就可以把它卖掉。

“反正,吉姆继续道,他说那完全是城市扩展成了这个样子。波士顿向南扩展。华盛顿,向北。而约克市向四面八方扩展。中间的一些城市就跟他们连成一体了。

“那城市本身就是个庞大的机器。秩序井然,无可挑剔。有个运输系统,3分钟功夫就把我从北端送到了南端。我测定过时间。他们已经学会了抵消加速度。

“随后,我就搭上了一条大型的太空航线,去了海王星。仍然有些人在来来往往。一些人,你瞧,从另一边过来了。

“飞船很大,十有八九是艘货运班轮。它从地球上漂起来。一个巨大的金属圆筒,有四分之三英里长,直径四分之一英里。穿出大气层它就开始加速。我可以看见地球渐渐变小。我曾经乘过我们自己的一架航班去过火星,是在3048年,花了5天时间。而在这艘班机里不到半小时,地球就像个星星,在它附近有个更小更暗的星星。一小时功夫,我们就经过了火星。8小时后,我就在海王星上着陆。那城市叫莫里恩。跟我那时的约克市一样大——里面没人居住。

“那星球又寒冷又黑暗——冷得可怕。太阳是个暗淡的小圆盘,没有热度,也几乎没有光线。但城市舒适得无可挑剔。空气清新冷爽,带着含苞待放的鲜花的芬芳,弥漫着芳香。而整个庞大的金属结构,随着那些曾经制造并照看过它的强大的机器的有力的嗡嗡响声,微微摇晃抖动着。

“我破译了一些记录,因为我既有古代语言方面的知识,这是他们语言的基础,同时又有那个人类逐渐消亡时期的语言知识。从破译的记录中我了解到这座城市建于我出生以后3730150年。从那天起再也没有一双人类的手触摸过任何一台机器。

“然而,这空气对人太理想了。还有,这里的高空中送来温和的淡玫瑰色的亮光,提供了仅有的照明。

“我又游览了他们其他几个有人居住的城市。在那里,在人类领地不断收缩后撤的外围边缘,我第一次听到了那首《渴望之歌》,那是我给它取的名字。

“还有一首《忘却的记忆之歌》,你听:

“他又唱起了另外一首歌。有件事我知道,吉姆断言说。他声音中那种迷惘不解的音符更强烈了,到这时,我想我完全理解了他的感受。因为,你该记得,我只是从一个普普通通的人身上间接地听到了这首歌,而吉姆则是从一个耳闻目睹的,不同凡响的见证人那里听到的,听到唱这首歌的是那种风琴似的声音。反正,到吉姆说“他是位不同凡响的人”时,我想吉姆是对的。没有一个普普通通的人能想出那些歌。这些歌不太对劲。当他唱那首歌时,那歌中充满了更多的忧伤小调。我可以感觉到他在脑子中搜寻着已经遗忘了的东西,他竭力想记忆起来的东西——他认为他本该知道的东西——而我觉得那东西他永远也记不起来了。我感觉到当他唱的时候,那东西远离他去了。我听到这位孤独的、极度忧虑的探求者努力想回想起那样东西——那样可能拯救他的东西。

"我听到他发出一声失败时的轻轻呜咽——歌就这样结束了。吉姆试了几个音调。他没有敏锐的音乐欣赏能力——但这音乐非常强有力,令人难以忘怀。就几声连续低沉的音符。我猜想,吉姆缺乏丰富的想象力,或者说,当那个未来人唱给他听的时候,他或许是发疯了。这歌不该唱给现代人听,这歌不是为他们制作的。你听到过一些动物发出的摧心剖肝的叫声吗,就跟一个疯子的叫声差不多一样,它听起来就像是一个精神病患者遭到残杀时一样令人感到恐怖可怕。

"这只不过是令人不愉快。而那首歌让你确确实实感觉到唱歌者的含义——因为它不仅仅听起来通人性——它本身就通人性。我认为,它说明了人类最终遭受失败的本质。你总是对竭尽努力后仍然失败的家伙感到遗憾。那么,你可以感受到整个人类尽了努力——却还是输了。你也知道他们输不起,因为他们没有再次努力的机会了。

"他说他以前有过兴趣。并且依然没有完全被那些停不下来的机器所击垮。但这却是非他所能忍受的。

"这事以后,我意识到,他说,这些不是我能生活在一起的人。他们行将就木,而我却是充满着人类的朝气。他们看着我,带着他们遥望星星,观望机器时一样的渴望,一样的无可救药的迷惑,看着我。他们知道我是干什么的,却又不能理解。

"我开始作离开的准备。

"花了6个月。事情并不容易,因为我的仪器没有了,这用不着说,可是他们的仪器度量单位又不一样。不管怎么说,总算还有几样仪器。机器不看仪器,它们根据仪器行事,仪器是它们的感知器官。

"幸好,里奥·兰托尔能帮的地方总来帮忙。我就这样回来了。

"在我离开前,我做了一件事情可能会有用。有一天我也许甚至还会回到那里去。去看看,你知道。

"我说过他们有真的能思维的机器?只是很久以前,有人把它们关掉了,而没有人知道怎样发动?

"我找到一些记录并把它们破译了。我发动了最后也是最好的一架机器,费了九牛二虎之力才把它启动。只要安装配件就行了。机器能干这活,倘若不得已的话,不用说1000年,100万年也会干。

"实际上我发动了5架,按照记录中的指导,把它们连接在一起。

"他们在尽力用某种东西制造出一架机器,这东西人类已经失去了。听起来非常滑稽可笑。但在你笑之前先停下来想想。我记得正当里奥·兰托尔猛力推动电闸前,我记起我从内华城的底层看到的地球。

"黄昏——太阳已经落下。更远处,荒漠绵绵,色彩神秘,变幻莫测。巨大的金属城直线上升到上面的人类城。在遇到尖塔、塔楼以及那些散发着芬芳的大树时才改变路线。头顶上方天堂般的花园投来淡玫瑰色的闪闪亮光。

“整个庞大的城市建筑随着完美无缺、不朽永恒的机器发出的平稳轻柔的节拍有节奏地震动,发出低沉的声响。这些机器建造于三百多万年前——从此以后再没有一双人类的手触摸过它们。机器继续运行。死气沉沉的城市。人们曾在这里生活过、期望过、建造过——死后留下了那些小人只是迷惘、只是观望、只是渴望一种被人遗忘的友谊。他们穿行徘徊在祖先建造的庞大的城市里,对其所知甚少,少于那些机器本身。

“还有那些歌。我认为那些歌最能说明情况。小个子,无可救药,迷惑不解的人们处在300万年前发动的、没有知觉的、盲目的庞大机器中间——却根本不知道如何使它们停下来。它们已经死了——却不会死去了后就停止下来。

“所以,我又让另一架机器复活,派给它一项任务。在将来,它将执行这项任务。

“我指示它造一架机器,这机器中要具备人类失去的东西。一架具有好奇心的机器。

“接着,我就想着赶快离开,返航回来。我出生在人类鼎盛时期,人类如日中天的时候。我不应属于人类的黄昏时期——这苟延残喘的奄奄一息的回光返照中。

“所以我就返回了。稍微超后了一点。但回去花不了多长的时间——这次要准确无误。

“好了,这就是他说的情况。”吉姆说道,“他没对我说这是真的——对此一点也没说。他令我费力思索,甚至当我们停车加油时,我没注意到他在雷诺下了车。”

“可是——他不是一个普普通通的人。”吉姆重复道,语调非常好斗。

你知道,吉姆声称他不相信那个离奇的故事。而其实他信了,因此当他说那个陌生人不同寻常时,他总是表现得如此坚决。

不,我认为他没什么不同寻常。我想他也是活过以后会死去,或许,在31世纪的什么时候。并且我认为他也一样看到了人类的黄昏。

(王银娥　译)

想象的机器

科幻小说一直被称作想象的文学。

三四十年代科幻小说的读者，甚至现在的一部分读者（或某一时期的读者），最初都是对小说中的想象产生兴趣，而不是对作品中的其他特性感兴趣。一个新颖奇特的观点可以获得一片盛赞，而假使是些陈词滥调，即使作者用非凡的叙述手法浓描细绘，有时也会被贬成微不足道。

科幻小说中的人物，从来就不像在幻想小说或传统小说里那样的重要。在幻想小说中，怪异之事发生到某一个人身上，而往往是因为他是个超凡脱俗之人，除整个幻象世界外，这类经历是不会发生在每个人头上的，否则就不成其为幻想小说了。传统小说中的人物，他们独特典型的性格尤为重要。然而，在科幻小说里，人物仅作为人类的代表，无须具备独特的癖性。这个人物越典型，他的全社会意义或者全人类的意义就越发清楚明了，广大读者也就越容易用自己的阅历去理解这个人物。

多数的科幻小说都是用罗伯特·斯科尔斯教授称作“旅人的散记，有用却粗俗”的风格写成的，某些深受尊敬的作家写作起来也会像德莱塞一样累赘。偶尔某一作家因其运用文字的精湛技巧或创作一种基调、背景或人物的能力而备受赞赏，有时这种奖赏有点言过其实。科幻小说语言通俗、粗疏，但这类特征未必就是不足，特别是当用于表达思想的理想语言明白清楚甚至一目了然时,简练本身就不成为缺点,使用得当会更有效果。斯科尔斯接着评述道:"如果能像斯威夫特或威尔斯一样恰当得体地使用英语,科幻小说就有了足以表达的语言了。"

首先,要有想象。30年代大部分的科幻小说都是以其新奇的构思而著称的,比如:加速进化、低温实验法、具有脑细胞质的机器人、身材的缩小和亚微观人、不同于人类的星外来客、到世界尽头的时间旅行、人类受到金星人的奴役、月球上的外星人、经过长时间自感昏迷去遨游宇宙、宇宙如同一个原子、行星就像下在太阳系周围开始孵化的蛋、相互交替的世界、宇宙扩张是因为其他世界纷纷逃离地球原生质生命的污染、一个科学家因为越来越小的行星原子而萎缩、会模仿一切东西、洞察人的内心的外星人、智慧单细胞的星际殖民者退化为多细胞生物最终成为人类、反物质、圈在不可逾越的城墙中的城市,还有许多其他的内容。

这样的想象最初源于某一作家,有时是某位不属文学领域中的科学家或哲学家,而后其他作家或以这种想象作为写作素材来构思作品,或把它作为驳斥的对象。科幻小说这座大楼就是靠大家共同建造起来的,而想象就是它的砖石。

想象故事是以F.奥尔林·特拉蒙为代表人物的,他在《惊奇》杂志里获得"思维变异"的称号。他深知读者的内心,催促作家提出配得上称之为奇思异想的构思。跟他近似的众多作家中就有威廉·菲茨杰拉德·詹金斯(1896—1975)。

詹金斯,广大科幻小说的读者更熟悉他的笔名默里·莱恩斯特,他曾有过成为一名科学家和作家的志向,却从未能读完八年级。作为一名科学家,他首先是位发明家,而且还有许多发明的专利,其中包括用于背景拍摄及特效动画的正面投射系统。他担任过各种工作,直至21岁生日那年才全身心地投入了写作。

他很早就获得了成功。他的处女作,尽管没有稿酬,却被认可接受,当时他只有13岁。17岁时他在一家名为《伶俐伙伴》的杂志里担任补白工作。不久,他就把自己的故事卖给一些通俗杂志,尤其是那家《宝库》。1919年他的第一篇科幻小说《逃亡的摩天大楼》就是在那儿发表的。以后的50年里,他的写作一直都很成功,因而赢得了"科幻作家元老"的称号,尽管他也写过许多非科幻小说的小说。

多年来,他为各类五花八门的杂志撰写了近1500篇故事,一百多本书。他的科幻故事及小说主要是以默里·莱恩斯特的名字问世的。但他写非科幻小说或为一些华而不实的杂志撰写故事时,用的是威尔·F.詹金斯。

西奥多·斯特金写到他时说,"他并没有出多少伟大的作品,可也没有蹩脚的故事"。他那平铺直叙的文体独具匠心,特点是实用。他不但想象很有独创性,而且还有把自己大多数想象写进小说中的技巧,与他所写的作品总数比起来,他的短篇小说简直是凤毛麟角。正是他这种独特的能力,多数出版商极愿按字数付给他稿酬。

詹金斯主要是以新颖独到的构思而著称。他是想象行业中的一流名手,开创的许多概念,成了这一文学样式的共同财富。他在1920年写的那篇《疯狂的行星》中就描述了这样一个世界:那儿的植物、昆虫个个形体剽悍伟岸,而人类却矮小羸弱,处处遭捕杀;《时间倾斜》(1934)创立了一代宇宙交替的故事;《第一次接触》谈及与外星人相见时问题的最终处理;

1945 年他的小说《谋杀 U.S.A》也许是第一次讨论了原子袭击问题;《一个名叫 Joe 的逻辑》(1946)涉及由家用电脑终端可能引起的问题;《约翰·金曼的怪匣子》讲述了一个关在精神病院 162 年的人,竟然是外星人的故事;他的中篇小说《探险队》在 1962 年获得了雨果奖。

他还写过许多小说,其中包括 1935 年发表在《惊奇》杂志上题为《比邻星》的一篇故事。这也许是首次涉及星际间旅行的问题,是以爱因斯坦相对论——光速理论为基本原理写的科幻小说。到最近一颗恒星的旅行至少要用 14 年,所以,那条飞船就设计成一个设备齐全、自给自足的世界。

他创立的星际旅行概念会反复多次使用,确切地说,罗伯特·海因莱恩的《宇宙》(1941)以及哈伦·埃利森通过辛迪加组织发表的电视连续剧《迷失的星球》就是根据这种思路写成的。

《比邻星》中出现了一种人类无法与他们沟通或讲和的外星人种。这或许就是科幻小说这种想象行业的机动性和可塑性吧。而莱恩斯特的著名小说《第一次接触》却阐明了这样一种论点:怀有善意的生物总能够找到调和的办法,而这比强行征服对双方更有利。

《比邻星》

〔美〕默里·莱恩斯特　著

一

离那颗恒星越来越近了。"阿达斯特拉"号在恒星光辉的照耀下闪闪发光。船身上用来对船体扫描的显像盘不断地把一缕缕淡光送进内部的显像板,这样显像板上就能清晰地看到巨大的金属船体和交错纵横的金属大檩,这些大檩笨重如山,却能被飞船轻轻地托在空中,5000 英尺长的船身像一个发着荧光的东西,在空中一动不动。

就外表看,足以让人产生错觉。飞船如此庞大,而且显然大得你想象不出还有什么动力可以驱动它,然而它现在的的确确在动力的驱动下向前飞行。泛着幽光的船身侧面有十几个点,那儿是些通道口。从这些通道口里冒出微弱淡紫色的火苗。火苗发出的微光要比前方的星略暗一些,是把"阿达斯特拉"号送入太空的火箭分离时产生的火焰。7 年来,"阿达斯特拉"号就是靠着火箭的推动力,穿越太空,一直朝半人马座的比邻星方向飞去。这是离人类居住的太阳系最近的一颗恒星。

现在,火箭分离后驱动飞船的推动力量慢慢地减缓下来,以每秒 32 英尺的速度在减速,这样的速度可以维持船体内部的地心引力。几个月来,飞船就一直用刹车来减慢速度,从接近光速的最高速度慢慢地慢慢地减着,在靠近那颗比邻星表面大概 6000 万英里时就能达到一种机动速度了。这是地球上头一艘横跨两个星系的飞船。

远方,比邻星闪着诱人的光。飞船也泛起幽光。显像盘不断地通过船内配对的显像板把图像传送进去,在中心控制室里,图像放大了好几倍。一个身穿制服的白胡子老人若有所思地看着。他缓缓地说着,就像说过去常说的同一件事:

“那个光环,奇怪,和土星的光环简直太像了,也是两个。土星有9颗卫星,但不知道这颗恒星会有几颗行星呢。”

女孩焦躁不安地说了句:“不久就会见分晓的,不是吗?我们的飞船就快到那儿了,而且我们已掌握其中一颗的运转周期。杰克说……”

“哪个杰克?”老人不紧不慢地回过头来。

“加里,杰克·加里嘛。”

“亲爱的,”老人温和地说,“他人品倒不坏,能力也挺强的,可要记住,他是个反叛者!”

女孩紧咬着嘴唇,不响。

接着,老人慢吞吞地说道:“我们船员中有了这种区别实在是不幸。我们本应该在十字军东侵的精神感召下进行这次科学探险的。你大概是忘了这一切是如何开始的吧。可我们这些官员对此仍记忆犹新,这些反叛者费了多大劲儿要毁掉这次航行。这个杰克·加里就是个反叛者。他本人很聪明。我原想招他到官员区来,可奥斯泰尔作了调查,查出了一些不愉快的事实,这就泡汤了。”老人话中并不含积怨。

“我才不信奥斯泰尔呢。”女孩不以为然地说,“嗯,还有,不管怎么说,是杰克先注意到信号的。他在做这项工作,官员,哼,反叛者。无论如何,他还是个人吧。这会儿信号又要出现了,你还得靠人家来处理。”

老人皱了皱眉,小心翼翼地走到座椅旁,像其他老人一样,极为谨慎地坐了下来。当然,“阿达斯特拉”号在控制能力方面无须像其他星际飞船那样处处不懈提防警戒。飞船之外是广袤的宇宙,在这儿不必留心什么流星、交通,或者那些当初曾使星际飞行陷入险境的稀奇古怪、令人费解的力场。

这艘飞船的结构非常庞大,不论在什么情况下,小流星是奈何不了它的。以它现在运行的速度,即使稍大的流星,飞船观察系统的感应场也会及时预报,因而就可以及时改变航向。

这时,控制室的边门吱地一声打开了,有个男人跨步进来。他很内行地看了一下那排显示器。“噼啪”,他的目光立刻扫了一眼发出声音的那台继电器。接着,他转过身,向老人行了个非常标准的军礼,朝女孩笑了笑。

“啊,是奥斯泰尔,”老人说道,“你是不是也对这些信号感到奇怪?”

“当然,先生。作为第二指挥官,我更要留意这些信号。加里是个反叛者,我不能让他搜集了资料,而我们对此一无所知。”

“一派胡言!”女孩怒气冲冲地说。

“也许吧。”奥斯泰尔附和了一句,“我倒是希望是胡言乱语,我甚至还这么想过,可我宁可预防在先。”

蜂音器响了。奥斯泰尔揿下一个按钮,显像屏亮了起来,出现了一张黝黑冷峻的年轻人的脸。

“加里,”奥斯泰尔草草地说了声就揿下另一个按钮,显像屏黑了。接着又亮了起来。屏幕上可以看到一条长廊,只有一个人影,推近一些,还是那张冷峻的脸向内张望。奥斯泰尔语气非常简慢:

“其他门开着,加里,你进来吧。”

“太荒唐了,”显像屏咔嗒关掉时,女孩面露愠色,“你明知道他是个可以信赖的人,事实上你也不得不相信他。可每次他一进官员区来,你的所作所为就好像他双手握着炸弹,身后还跟着一帮子人似的。”

奥斯泰尔耸耸肩,看了老人一眼。老人倦怠地说道:

“亲爱的,奥斯泰尔是第二指挥官,返回地球的路上,他可就是指挥官了。我真希望你少冲撞他,好吗?”

女孩的目光慢慢地从生气勃勃的奥斯泰尔那身漂亮的制服上收了回来,托着腮闷闷不乐地盯着前面的那堵墙。奥斯泰尔走到那排指示器前,逐个看了看。通风口发出轻轻的嗡嗡声,除有只继电器噼啪噼啪悠然自得地吟唱自己的歌外,其他的就没有响声了。

“阿达斯特拉”号,人类的力作,带着另一颗太阳的光辉呼啸穿行在太空中。从它前部的孔眼里发出 12 团烁烁的紫火。它正以每秒 32.2 英尺的速度减速,但船舱里依然还维持着地心引力。

飞离地球已有 7 年了。地球早已落在亿万英里之外。现在,星际间的旅行在太阳系里早就不是什么新鲜事了。虽然火星上的那些萧条的城市不再指望能有多少贵重的掠夺物贸易之后,金星上已建起了繁荣昌盛的殖民国,木星的最大卫星上临时也设立了前哨基地来确保太空贸易的昌盛。而今,只有“阿达斯特拉”号第一次作了冥王星之外的太空飞行的尝试。

这是一艘最大的飞船,其构造之大绝对是空前的。当时有人提出这个设想就招来嘲笑奚落,认为是纸上谈兵,水中捞月,可正是这些嘲笑过的人日后终使它成了事实。飞船上的框架横杆一经浇铸成形,任凭建造者如何开动起重装置也无法搬动一步。结果,只好专门制造些模子,把钢水灌入飞船每一部分的最终位置。火箭筒也大得出奇,以至于为抵消卡尔德威尔场的离合效应,而不得不在每只火箭筒的 30 个不相连的点上产生必要的超声振动,另外,碎裂的燃料还会自己流向火箭筒。这样,巨型飞船就会冒出一股淡紫色的火焰飞驰向前,而全速进程中,12 只火箭筒将会分裂出每秒 5 立方厘米的水。

飞船的直径有五千多英尺,空气罐装着未加净化的供给储备。船上补给品、工场及原材料和成品的供应数量多得无法用抽象的数字一一枚举。

船内有 400 英亩平坦的食物生长区。那儿的庄稼在太阳灯照下生长着。庄稼用废有机物做肥料,重新利用呼出的二氧化碳,一部分化做氧气,另一些就做了碳水化合食品。

“阿达斯特拉”号自身就是一个完整的世界。如果有电力的话,就能够让船上的人员子子孙孙无穷尽地生活下去。不仅可以自己生产粮食,而且毫无损失地又净化了船内的空气。甚至有一天与外界隔绝时,也会在这空间里提供每个人的需求。

因此在开始人类历史上空前的惊世旅行时,就正式划分了这个世界中的各种阶层,并授权给船上指挥官来制定、执行一切所需的法律。抵达目的地后再返回地球最少也要14年。这么长时间的旅行,船上人员十有八九是难免一死的。因而,此次航行的征募对象就不局限于男性,也包括了许多家庭。

"阿达斯特拉"号离开地面时,船上就有50个孩子。途中第一年出生了十多个。地球上的人一直都认为,这艘非凡的飞船,不但可以使船上所有的人永生永世地活下去,而且船员自身营养良好,又配有足够使用的教育、娱乐设施,活上1000年都不成问题,更何况只到比邻星上去,这次短短的航行当然是切实可行的。

原本应该是这样的。可是大家却忘了一个虽不必要但又人皆有之的事实,这就是单调乏味。不到半年,航行就不再是什么伟大的冒险了。特别对妇女们说来,这次随船出征跟奔赴刑场毫无区别。

"阿达斯特拉"号酷似一座巨型公寓。没有报纸,没有百货商场,没有新片上映,没有新面孔,甚至就连气候更替时人们那种烦恼的解脱都没有。纯粹为航行而准备的一切显得平淡无奇。平淡无奇就表明了单调乏味。

单调乏味引起了不安定。刚上船时对冒险期望很高的妇女们,她们不安的情绪意味着后患无穷。丈夫们早已失去往日英雄的风采,他们只是些平平常常的人。男人们同样面临着类似梦想的幻灭。因此,离婚的请求报告像洪水般地涌到指挥官的办公桌上,因为他是一切合法行为的主宰。第八个月出现了一起谋杀。随后的三个月里,又有两起。

飞离地球近一年半了。船上处在半兵变状态,都是因为极度乏味引起的。第二年年终时,官员区与"阿达斯特拉"号内的多数部分隔绝开来,船员们都被下了枪,缴了械,谋反者需要干的工作都是在手持枪支的官员们监督下进行的。刚满三年,船员们就纷纷要求返回地球。可"阿达斯特拉"号却不能从难以置信的速度减慢下来,它离目的地已经很近了。船员们只好借助某种堕落行为或某种娱乐,譬如因无所事事临时想出的消遣来打发时间,减轻百般的单调无聊。

官员区的人习惯用"反叛者"一词的缩写称呼自己的部下。于是,与长官们打交道的船员们渐渐产生了反感。船员中开始患有某种心理障碍症。尽管奥斯泰尔疑虑重重,也不会再有暴动起义的危险了。

住在与世隔绝的公寓房里,承受不了心烦苦痛,是心理障碍症的病因。绝大多数"阿达斯特拉"号上的在编人员或多或少都染上这种孤村居民心理综合征。但成人与孩子对这种痛苦的承受能力的区别是很大的。特别是那些在太空长时间旅行中步入成年的孩子们,他们已完全适应了这种与外界隔绝,日复一日的生活状态。

杰克·加里就是其中的一个。旅行开始时他16岁,是火箭筒工程师的儿子。他的父亲在出航后的第二年就死了。海伦·布雷德利是另一个。她的父亲,是这艘飞船的设计者和指挥官。14岁那年,她父亲亲手按下了控制键,启动了巨大的火箭。

开始航行时,她父亲早过了壮年。七年来不间断地掌握船上事务,他老了。他自己也明白,自己是一个老人了。海伦和他都心照不宣,父亲是不能活着返回地球了。奥斯泰尔将取代他的位置。他天生就是个独裁专制的长官。而且他要娶海伦。

在控制室里,海伦托着下巴,暗自思忖着这些事情。此时,周围一片寂静,除了通风口的嗡嗡声和一只继电器偶尔自鸣得意地噼啪作响之外。这些继电器是控制操作自动机器、保证"阿达斯特拉"号不发生任何情况的装置。

突然,有人敲门,指挥官睁开惺忪的眼睛,他的确是老了,竟打起盹来。

奥斯泰尔简短地说了声"进来",杰克·加里走了进来。

他径直地向指挥官行了个礼。这一切虽都按章行事,但奥斯泰尔却气得两眼圆瞪。

"啊,是你呀,加里。"指挥官说,"又是到接收信号的时间了?"

"是,先生。"

杰克一声不响井井有条地做着事。只有一次,他看了海伦一眼,其中的意思只能意会的,但他做出的行为举止是一个专心致志工作的男人。这一瞥给了海伦许多的暗示。刹那间,她的脸上马上就泛起了满足的红晕。

尽管这一瞥很短暂,但还是被奥斯泰尔看见了。他厉声喝道:

"加里!破译信号有什么进展?"

加里正在调试全景波接收机上的调谐指示板。看了一下计算簿上铅笔写的记录,又继续调试接收图形。

"没有,长官。开始时还是一连串的声音。一定是某种呼叫信号,因为结束时用相同的顺序作为标志的。经指挥官的允许,我已用了第一部分那种呼叫信号的顺序作为我们答复的标志。可查看过记录之后,我发现了一些重要的东西。"

指挥官和蔼地问道:"是什么?加里?"

"几个月来,我们一直用紧密波束向前方传送信号。你的想法是先打信号。这样的话,如果这颗恒星周围的行星上有文明居民,他们就会认为我们是和平使者。"

"说的是。"指挥官说道,"要是首次星际旅行就不友好岂不是悲剧!"

"这三个月来,我们也不断收到答复。总是间隔30个小时左右收到一次。我们认为是某个固定的发射台发出的。还有,那个发射台处于最佳位置时就向我们一天发一次信号。"

"是嘛,"指挥官和善地说,"那么,从传来的信号看,我们就可以知道这颗星的运转周期了。"

杰克调好最后一个调谐指示板,打开了开关。一声低沉的嗡嗡声响了起来,又消失了。他扫了一眼那些调谐指示板,接着逐个检查着。

"我一直对记录进行比较,先生。发现我们与这颗星之间的距离缩短得很快。我们今天发出的信号到达比邻星的时间要比昨天少了几秒钟。假使他们也是每天依照同一行星时间发信号的话,他们的信号也应该一样会缩短时间的间歇。"

指挥官慈祥地点了点头。

"一开始,信号的间歇变化不大。"杰克说,"可在三星期前,时间的间隔变成一种崭新的方式,信号的强度改变了,波的形式也改变了一点儿,好像是采用了新的发射台。改变后的头一天,传过来的信号比我们靠拢星球的速度要早一秒,第二天提前了三秒钟,第三天六秒,第四天十秒……他们不断地提前,通过一段时间的线性变换的表示可知。但到了一星期前,改变的速度却又开始减慢了。对这些情况,我们应该有个解释。”

“简直胡说!”奥斯泰尔插了一句。

“这是记录。”杰克简短地答道。

“对这情况你怎么看,加里?”指挥官和气地问。

“我推测现在他们是在某一艘飞船上发的信号,先生。”杰克扼要地说,“这条飞船以比我们船最大的加速度快四倍的速度向我们驶来。而他们依然照自己的时钟,像以前一样用相同的间歇给我们发信号。”

加里说到这儿停顿了一下,海伦·布雷德利热情地笑着。指挥官仔细地考虑之后肯定道:“好极了,加里!听起来很有道理,说下去!”

“噢,先生,”杰克说,“自变速以来,一星期前,好像又有一艘飞船在开始减速。这是我的计算,先生。如果其中一艘不断地过会儿以同样的间歇给我们发信号,那么就有另一艘船朝我们飞来,减速停下来之后再调转头,4 天零 18 个小时后就会跟我们的航向、速度相一致了。他们以为这样与我们见面,会使我们大吃一惊呢。”

指挥官脸上露出欣喜的笑容:“太妙了!加里。这些人一定是些文明程度很高的人。两种人间的交往,远隔四光年哪!我们会获知什么样的奇迹啊!想想吧,他们派出飞船飞越星系迎接我们,向我们致意问候,该多么神奇啊!”

杰克依旧一副冷漠的样子。

“但愿如此吧,先生。”他干巴巴地说了一句。

“现在还有什么?加里!”奥斯泰尔却怒气冲冲地问道。

“唔——”杰克不紧不慢地说:“他们以为用同一时间间歇给我们发信号会使我们误认为信号是从星球上发射出来的。其实,如果他们愿意的话,完全可以一天 24 个小时不断地与我们交换信号,这样就可以得出我们通讯的电码。但是,他们没有这样做,他们想欺骗我们。我认为,他们的到来至少是准备打仗。如果我没说错,三秒钟后就会准确无误地开始发信号了。”

他停下来看了看接收器上的调谐指示板。这时,用来摄下波的纸带和记录抑扬顿挫的其他纸带都从接收机的坯件里吐了出来。突然,就在三秒钟之后,一个指针急冲过去,在急速移动的纸带上留下了几道细微的白线。扬声器嘎嘎响了起来。

这是一种说话的声音。非常清晰。刺耳还夹杂着嘶嘶声,酷似昆虫的尖声鸣叫。发出的声音有抑扬顿挫,而昆虫是不可能有音调的变化的。声音是由一些平板的词组合成的,既没有元音又没有辅音,可有表情,而且音高、音质上都有变化。

控制室里的三个男人以前曾多次听到过这种声音,那女孩也是。然而这还是头一回,她感受到这声音里蕴涵着的威胁、恐吓,暗藏着的杀气使她不寒而栗。

二

飞船在太空中疾驶。火箭筒里扑闪着微小的紫火,没有烟,没有气,似乎什么也没有,只有零散的火星时不时地霰射在广袤的空间。

它的外表没有变化。几年来也没有人提起要改变一下。偶尔,会有人从气闸口里出来,到四周查看。幸亏有加热灯释放出来的灼热的强光罩在脚下的钢板,不然,船壳板上的寒冷会透过他的太空服渗进去,冻死一个人就如同烙死一只蚂蚁一样轻而易举。可很长一段时间,大家已不再需要这类冒险了。

只有在这会儿,在远处比邻星的幽幽光照下,小小的气闸口出现了一个人。他一头系着细丝般的救生索,箭似地抛了出去。飞船不停地减速,使飞船内部会模拟出地心引力,只要运动中的一切东西都会有同样的作用。那个站在飞船前端的人,借助自己的冲力掷离了飞船,也是靠着飞船内部的同一引力,又使他双脚紧贴着地板。

他费力地把自己拽了回来。穿着臃肿的太空服十分笨拙地一步步移动。他紧扣把手,把自己拴得牢牢的,然后开动电钻,从一处移动到另一处,笨手笨脚地又钻起来。第三处,第四处,第五处……半个小时或更长的时间,他艰难地在开阔的钢板上安装一道道错综复杂的线路和框架,这一切过去一直是在头顶上操作的。终于,他好像满意了。又把自己拉回气闸,爬了进去。“阿达斯特拉”号呼啸向前。一切还是老样子,只是多了一个小小的线路板,可能只有30英尺见方,看上去更像是一块微型的刺头铁丝网。

“阿达斯特拉”号内,海伦·布雷德利热情地迎接刚脱下太空服的杰克。

“真吓死人了。”她对杰克说,“看到你凌空悬挂着,你身下可是天底的太空啊!”

“万一救生索断开,”杰克冷静地说道,“你父亲早就会调转飞船赶上我的。现在我们去打开感应器,看看新装的接收系统性能如何。”

他挂好太空服,和海伦一起向门口走去。他们的手不经意地碰了一下,两人你看我,我看你,不知怎么的,都停了下来。海伦的眼睛发亮,闪着爱意,两人不由自主地都向对方靠了过去,杰克热切地抬起了手。

脚步声走近了。奥斯泰尔,飞船上的第二指挥官,绕过墙角,突然站住了。

“这算怎么回事?加里!”他恶狠狠地呵斥说,“即使指挥官招你进了官员区,也不可以把你那套反叛者的浪漫手法用到这儿来!”

“你竟敢说这样的话!”海伦怒气冲冲地大声喊道。

杰克气得脸色由红转白。

“你还是收回你刚才说的话,”他很冷静地说道,“否则,就让你尝尝反叛者用火力枪打斗的滋味。我现在是一名官员,手头也有一支。”

奥斯泰尔怒不可遏。

“你父亲已经不行了,”他生气地跟海伦说,“他觉着在世的日子不多了。期盼等待支撑了他几个月,可现在他就要……”

海伦哭叫了一声，跑开了。

奥斯泰尔转过身，对着杰克："我什么也不会收回！"他没好气地说，"遵照指挥官的命令，你暂时是官员，可你还是个反叛者。如果有一天我做了'阿达斯特拉'号上的指挥官，你甭想做官员了，我可是丑话先说，你在这儿做什么？"

杰克的脸死一样苍白。"阿达斯特拉"号上官员这一身份实在太难得了，对他来说，可以带来与海伦见面的机会。不到万不得已，他是不会放弃的，更何况，他手头还有需要做的事。当然，如果他不是官员的话，工作自然就不可能再干下去了。

"我在船面安装了一个干涉系统网络，"他说，"想借此找出一直给我们发射信号的发射站。如你所知，在某些范围内，它又可做感应器，而且要比船上别的感应器精确灵敏得多。"

"那——就去做你他妈的事去吧！"奥斯泰尔粗声粗气地说了句，"全力去做你的事，别他妈的胡思乱想！"

杰克把新装的系统网络主线路的插头插到全景波接收器上。一个小时来，他越干越来劲可不知是什么地方离谱，"阿达斯特拉"号上的所有电感器都空白一片。干涉系统网络里可以看到一个相当大的物体，离"阿达斯特拉"号不到200万英里，位于在飞船航向的一侧。突然，那个物体存在的一切迹象消失无影了。全景波接收器上的每个标度盘上的指针都回到零位上。

"真见鬼！"他低低地咕哝了一声。

杰克在控制仪上又设立了一个新的格式，计算了一会儿，有意地改变主感器备用库上的格式，把两个仪器同时拨向新的频率。他屏住气等了大概半分钟。把新频率的感应波送往200万英里之外，然后把接收到的信号送进分析器中，分析器就会把太空中发现的任何物体的报告送出来，这一切要花很长时间。

26秒，27秒，28秒，船上的每只警报器都当当地乱响，船上的所有紧急出口的门也嗞嗞作响，把一切通道变成气闸。几秒钟之后，中心控制室的显示屏上开始一闪一闪地亮起来。

"火箭控制台报告！""航空服务处报告！""能量供应处报告！"

杰克急促地对着话筒说："主感显示器报告：200万英里处有一个物体正迅速向我方逼近，指挥官病了，请找副指挥官奥斯泰尔。"

紧接着，控制室的门砰地打开了，奥斯泰尔火冒三丈地进来。

"搞什么鬼！"他气呼呼地说，"你竟敢把总警报也拉响？你是疯了还是怎么的？这些电感器——"

杰克指了指主感器组，每个标度盘都证实了警报电讯，奥斯泰尔茫然地盯着看。看着看着，每个标度盘上的指针又都回到了零位上。

奥斯泰尔的脸变得和标度盘一样毫无表情。

"他们已试探出我们的电感屏蔽了。"杰克冷冷地说，"还用了某种辐射来中和我们的电感屏蔽。因此，我就设定了两个频率，对两者都加以改动，这样他们就不可能及时调节中和剂，制止我们的警报。"

奥斯泰尔木然地站在那里，一动不动，竭力不让怒火影响他。他点了点头。

“不错,干得不错。一旁等着吧。”

他冷静沉着地指挥着这艘巨大的飞船,虽然没有多少事要他去做。五分钟后,一切必要的紧急工作都准备就绪,他又转过身对杰克冷冰冰地说道:“我不喜欢你。作为男人对男人,我尤其不喜欢你,但是,作为副指挥官,这会儿的指挥官,我得承认你的确干得不赖,戳穿了我们朋友要的小把戏,企图在一个显著的距离中,不让我们知道他们就在附近。”

杰克什么也没说。紧锁着双眉,他在想海伦。“阿达斯特拉”号虽说庞大而有力,但它操纵起来并不灵活。虽是坚实无比,但也经不住撞击。而且船本身还具有极大的破坏力,那就是在物质碎裂时产生的卡尔德威尔场。还有,船上根本没有比2000瓦特的涡旋枪更具威胁的武器来对付着陆时可能会碰到的危险动物或植物的侵害。

“你怎么看?”奥斯泰尔短短地问了句,“你如何看当前的形势?”

“他们的举动好像是在酝酿战事。”杰克简要地说,“他们的加速度比我们最高的要快四倍,这样我们无法逃脱。这么快的速度,可见他们的飞船应该更灵活,那么我们就无法躲闪。我们对他们手中的武器知之甚少,我们心里明白,根本不是他们的对手。除非他们的武器真的不堪一击。依我看只有一种可能。”

“什么可能?”

“他们想偷袭。看来是打算不宣而战。可能是出于害怕,只是希望在我们没有机会对他们发起进攻时先下手为强,弄清我们的底细。如若这样的话,我们唯一可赌的就是向飞船来回转动信号束,让他们意识到我们已经注意他们,而且不怀敌意,那他们就绝不会认为我们是无力应战,可能会认为我们是要友善,最好别和我们这样一艘戒备森严的飞船挑起事端了。”

“好吧。就派你去做通讯联络的事。”奥斯泰尔说道。“去吧,按你刚才计划的去做吧。我要和火箭师们商议一下,看看他们在作战设备方面能不能临时改一改。退下!”

他的语调严厉傲慢。深深刺伤了杰克,使他怒发冲冠。可他得承认奥斯泰尔绝不会让他自己那种不加掩饰的厌恶来做出对飞船不利的事。事实上,奥斯泰尔是属于那类野心勃勃的官员,平时不受人们的爱戴,到了紧要关头,他们才崭露头角。

杰克走到通讯控制室。不多久就编好了新的发射束。然后,发射机就开始单调地把录制好的信讯一次次以“阿达斯特拉”号传送到远处,送到那颗至今还不知名的带环星系中的行星上去。就在信号发出之际,杰克一遍一遍地呼叫观察室仔细察看那艘陌生飞船的动静。

现在,他们拿来了一个析像器,通过把光亮照明调到最大亮度,就可以把那一小点放大。在析像器中显示出的图像看起来像老式的铜板插画一样粗陋。杰克他们又把奇怪的飞船在显像屏上缩小到六英寸大小的图形。

这艘陌生飞船形状像蛋,表面十分光滑。外部没有檩,没有高高突出的大气层航行时用的鳍板,也没有救生艇的附加外板,除了一些貌似炮眼和喷火的火箭筒样的小小斑点之外,它毫无特征,而且为与“阿达斯特拉”号速度航向相一致,它还在减速。

“你们有没有拿到分光镜报告?”杰克询问道。

“拿到了，”观察室有条不紊地答复说，“我简直不能相信，他们用的火箭燃料竟是某种有机合成物。报告上还说，船身是植物纤维成分，不是金属制的，外部是木头。”

杰克耸了耸肩。既然没有武器迹象，他又回去干他的工作去了。那边飞船的电讯波不住地穿透过来，接收器上马上报告说，船身有股密集电射束，随着飞船的移动而移动，还说，它的出现及可能肩负的任务是为我们这艘来自外层空间的巨型飞船所熟知的。

可杰克自己的接收器却哑然无声，接收器上传出的纸带也是空白一片。不，有一种异样，杂乱无章、模糊不清的线条，仿佛分析器已无法处理传过来的频率了。杰克看了看热效力。另一艘飞船源源不断地正以一种5000瓦特的功率倾注到“阿达斯特拉”号上。一点信号也没有。杰克不懈地用外差法对五米周线的波进行分析，很快就看完了它的频率与类型。他呼叫着中心控制室。

“他们正向我们倾注一种短波，”他生硬地对奥斯泰尔报告，“大概有500瓦特，30厘米长的波。在我们地球上，这类波是用来杀死小麦上的象鼻虫，对动物应该是致命的，当然，我们船本身可以轻而易举地吸收它。”

杰克脑海中闪过海伦的形象。现在叫“阿达斯特拉”号停下来已是不可能了。它开始向比邻星驶去了。尽管减慢着速度，也无法察觉许多太阳系中没有的东西。而它目前正遭受到速度快它四倍的飞船袭击，还向它倾注一种足以叫人丧命的频率，在地球上只用于消灭害虫的频率。海伦她……

“他们可能会认为我们都死光了。他们会知道我们的发射器是机械的。”杰克接着说。

通讯总部的听筒突然急促地响起来，传来了奥斯泰尔的声音。

“全体官员，请注意！敌船已向我们倾注了显然要置我们于死地的频率，现在正向我们全速靠拢。我命令大家，绝对不要去控制一切设备，免得引起一发之差。绝对要显出‘阿达斯特拉’号里没有活着的智慧生命的迹象。你们要守候在所有操作控制台旁听候命令。准备必要时的调遣。但我们要造成一种假象，‘阿达斯特拉’号完全是自动控制的，明白了吗？”

杰克可以想象出别的控制室发出的报告。突然，他这儿的接收器又活了过来，几乎全是嗯嗯猫头鹰叫似的呼叫声。听上去很熟悉，像是一个个词语，接着一阵嘈杂的噪音之后，是用人类的声音在说话。又是一连串吱吱咔咔的响声过后，用很精确的英语说了更多的话。这是用奥斯泰尔的声调与口气说的英语，完全是录下音后播放出来的。

“通讯部，”奥斯泰尔厉声地说，“不要回答敌方的这个信号！他们是想试探我们在辐射线的攻击下是不是还活着！”

“行！”杰克应了声。

奥斯泰尔说得没错。杰克在接收机不停作响时观察着，听着。停了。有10分钟左右一点声音也没有。接着又开始了。“阿达斯特拉”号继续向前急驶。太空中传来的咿呀学语声停止了。一小会儿之后，通讯总部的听筒又响了起来。

“敌船加快速度了，显然他们以为我们船上的人全死光了。大概再过四个小时，他们就会赶到这里，这三个小时里你们要继续警戒观察，除非拉响警报。”

杰克倚靠在椅子上,双眉紧锁。他开始看出奥斯泰尔打算使用的战术了。这种策略并不高明,可是,像"阿达斯特拉"号这样一条毫无抵抗力的飞船也只能如此。这不能不说是一种讽刺,穿越了七年的太空旅行结束时,接受的问候竟是一剂地球上用于铲除害虫的辐射。

可是,他们这次攻击的失效并不等于说他们以后所有的攻击都会这样收场。几百万英里外要击中"阿达斯特拉"号也不可能是件容易的事。即使奥斯泰尔铤而走险的计划暂时对付过了这个奇特的袭击者和这种奇特的武器,并不意味着——也不可能,"阿达斯特拉"号或里面的人就可以侥幸保卫自己了。还有海伦……

三

即使不用放大,现在就可以在显像屏上清楚地看见那艘奇怪的飞船了。它停在离"阿达斯特拉"号五英里处。船身完全是蛋形的,除尾部有几个火箭筒外,表面没有突出隆起的东西。它现在和地球飞船一样静止不动,就是说,它们的领航员早就分析出"阿达斯特拉"号的减速率,准确无误地与航行中的一切常数相一致。

海伦脸上还挂着泪痕,她看着杰克旋大放大率又调亮了照明。她父亲身体突然完全地垮了,现在正安静地休息,几乎一直处于沉睡状态,他的脸上带着心满意足的表情。

是他驾驶着"阿达斯特拉"号第一次与另一个星系中的文明接触,他完成了自己的夙愿,该卸下担子休息了。当然,他对那艘奇怪的飞船首次交锋就用了一种让所有动物丧命的短波频率一无所知。

杰克转动着旋钮。飞船在显像屏上不断地增大。他把飞船拉近到只有500码远的视距,随着亮度的增强,甚至连船身表面上的点点星光也看得一清二楚。其余什么都没有,没有铆钉,没有螺栓,钢板衔接的缝也没有。一排炮眼也是黑洞洞的,毫无动静。

"是木头。"杰克又说了一遍,"是一种经得住太空酷寒的植物纤维物质制成的。"

海伦在一旁古怪地冒出一句:"我看,更像是生长出来的,不是造起来的。"

杰克眨了眨眼睛,刚要说什么,手边的接收器突然响起猫头鹰般的刺耳尖叫声,是从那艘蛋形飞船上发来的信号。然后,尽是些英语词语,是"阿达斯特拉"号以前信号的录音。是些没有元音的,走调了的只字片语。听起来像是另一艘飞船上的人迫切想开展通讯交流,一直坚持用掌握了的"阿达斯特拉"号信号的要诀。真想回复信号。

"不论怎样,他们是有头脑的。"杰克冷冷地说。

信号戛然而止。一片寂静。杰克瞥了一眼显示波的纸带。和先前一样,模糊杂乱。

"在这么近的距离中使用更大的短波,不仅是要把我们斩尽杀绝,而且是对整个船内进行杀菌消毒。幸亏我们船身是用磁滞率很高的重合金制成的,这种辐射一点儿也穿不进来。"

很长很长一段时间没有动静。波的记录带表明,有一道可怕的30厘米长的波还在不停地照射在"阿达斯特拉"号上。杰克突然接通了观察台,问了个问题。果然,船身外壳的温度升高了,15分钟内已升了半度。

“没有什么大不了的。”杰克咕哝了一句,“这样的能量最多只能提高 15 度。”

出来的记录纸带现在已十分清晰。那种让人认为会致命的辐射线也切断了。蛋形飞船猛冲过来。二十多分钟来,杰克为了能继续看见飞船,只得一个一个地开动船外显像盘的开关。这时,那艘蛋形飞船正谨慎小心地徘徊在“阿达斯特拉”号庞大船体的附近。现在的距离是半英里,现在已不到 200 码了。那东西以惊人的速度一会儿窜到这儿,一会儿又窜到那儿,而且它的刹车能力也令人惊叹。在蛋形略小的那头只有些火箭筒。飞船必须猛地调转船身掌握新的方向。船内的螺旋仪必定强大无比,即便如此,急速调头也令人心惊肉跳。

“我可不要呆在那东西里面。”杰克说道,“他们这种正常的航行方法也会把我们碾成肉酱的。他们不像我们,受得住的。”

外面的那蛋形的东西好像有知觉,似乎是活的。看它急迫的模样,就越发可怕了。它在巨船四周飞来飞去,现在确信,地球飞船仅是个大棺材。

于是,它转过头直扑过来。200 码,100 码,100 英尺,它缓缓地贴着地球飞船的表面停了下来。

“好了,我们来看看他们究竟是什么东西。”杰克简短地说了声,“他们正好停泊在气闸口,显然知道气闸的作用。我们就可以看见穿着太空服的客人了。”

海伦却紧张得直喘粗气,奇怪飞船的舷侧突然膨胀起来,像气泡一样,它一触到“阿达斯特拉”号的船面,似乎就黏住了。那接触点一点一点地变大了。

“天哪!”杰克大惊失色,“真是活的？莫非真想吞掉我们的船不成?”

通讯总部的听筒突然传来严厉的声音:

“全体官员马上带上武器,到 GH41 气闸口等候命令,比邻星人正从外面打开气闸。那里的显像屏全都开着,随时会通知你们情况的。行动吧!”

听筒咔嗒关上了。杰克抓起一支重型枪。这是一种威力极大的步枪,可以击倒 1800 码之外的任何一个人,开足火力时,一下子就可以击毙六人。他的手臂紧靠住枪托,转身朝门口走去。

“杰克!”海伦绝望地叫起来。

他吻了她一下。他们的嘴唇第一次相碰在一起。可此时此刻却似乎是世上最平常最自然不过的事儿。他飞似地沿着“阿达斯特拉”号的长廊奔向集合地点。他跑着,跑着,脑子里压根儿没有在想作为一名科学家,一名高级船员,首次在太空探险之类的事,他只想着海伦,她的双唇与他接触时的那种绝望,只想着她柔软的身体紧贴着他时的那种感觉。

跑着,跑着,头顶上通讯总部的喇叭轻轻在说:

“他们已在气闸里面了,不费吹灰之力就把气闸打开了。现在正在检测空气,看样子适合他们。”

杰克喘着气还在奔跑,喇叭早就落在了他的身后,他的前面也有人在跑。走廊的那头,大概有五六个人,哦,十来个人了。从墙边传出轻声低语。

“……守在气闸门里头。显然他们只有四五个人进船,那么就叫他们从气闸口滚蛋。你去隐蔽的地方守着。紧急气闸一打开,就是你动手的信号。就用你手里的这把重型火力枪。火力要一点点增强,只要把他们震倒就行了。看样子要费很大的气力来制服他们,可不是万不得已千万不要伤了他们,准备吧!"

场上有十几个人或再多一些。有胖胖的火箭长,瘦瘦的航空处长,其他部门的副官们。那个胖胖的火箭长挤过人群消失不见时,依然可以听到他呼哧呼哧的喘息声。气闸口咔嚓上了锁。这是通向前厅的通道。那些东西,不管他们是什么,在检查那儿的太空服。嘭嘭的猫头鹰叫声此起彼伏,拖着长音,突然传来像是潺潺流水的声音,顷刻间,就有无数个东西在说话,声音里充满了兴奋、热望及凯旋的喜悦。

紧接着,有件东西在前厅的气闸门上拨动着。一个影子跨过了门槛,直到这时候,地球人才真正看清了入侵者的面目。

乍一看去,他们似乎长得有几分像人。有两条腿,还有两条悬荡着的物体——触手,显然其作用相当于手的功能,均匀地逐渐细下去,到了末端就分成若干条会动的细丝。这些触手以及类似腿的东西整段都是软软的,容易弯曲。行走时不像人类是靠关节的活动,因此,比邻星人走起路都迈着滑稽的滚动步。

最令人震惊的便是没有头。他们摇摇摆摆地出了气闸。一只"手"的末端拿着一样东西,稀奇古怪的,黑色的半圆柱体的东西。他们使起来很像是一种武器。身上都绑着金属匣子,古怪的身体上有类似植物的纹理。人们对他们身上的这种植物纹理是再熟悉不过了。

杰克难以置信地瞪大双眼,想从他们身上找出眼睛、鼻孔、嘴巴。可他只看到两个小孔,心里猜想大概就是眼睛吧。他根本没有找到嘴巴、鼻子,这些比邻星人也没有头发。但他看到其中一个转身朝别人兴奋地嘭嘭猫头鹰叫时,背部是凹凸不平的褐色物质,看上去像树皮之类的东西。突然有一道强光照到杰克身上,他差点叫出声来,但他并没有躺倒,而是马上悄悄地把火力枪扳机扳到最大火力。

那些东西还是一直向前移动。到了走廊岔道口时,他们手臂使劲挥舞着,发出很清晰的声音之后,就分成两队,消失不见了。声音也渐渐轻了,一直没有收到进攻的信号,躲在后面的官员们心里都在犯嘀咕。这时,通讯总部的一个听筒传出轻轻的声音。

"沉住气!他们以为我们都死了。他们在分散队伍,我们可以关上所有的紧急出口,叫人把每扇门与其他各部封锁隔绝起来,然后一个个干掉。你们要看好气闸!"

寂静一片。附近某个地方传来通风口嗡嗡声,突然,远处传来一个男人尖厉刺耳的叫声。叫声过后,就听见那东西的另一种声音,这是拉着长音,高音频的尖叫声,声音里满怀胜利狂喜,使人感到不可名状的恐怖。

另一些尖声长叫应和着。随后是一阵蜂拥过来的响声,好像其他东西跑过去加入第一个东西。而后就传来空气压缩的嘶嘶声和马达的轰鸣声,各处的门都砰砰地关上了,与船上其他部分隔离开来。在死一般寂静的密封舱里,绷紧神经的官员们突然听到询问样的嘭嘭猫头鹰叫声。

两三个东西从气闸口闪了出来。有个人动了动。那东西见状就把手中的半圆柱的物体转向他。那个人就是通讯长官,他突然尖厉地叫了声,全身猛地痉挛起来,他的身体冰冷僵硬,可肌肉因绷紧而不可思议地不住跳动。

那东西发出一种高音频的得意狂喜的声调,就像前次听到过的另一声毛骨悚然的声音一样。只见它急不可待地扑向尸体,甩动着一条长长的手臂去碰死人的手。

这时,杰克的火力枪响了。一下,又一下。瞬间,整个空中都回荡着愤怒的声音。三四个东西从气闸口出来了,但他们在杰克火力枪的喷射的火网下应声倒地。只有在一阵气流冲开气闸,看到敌船仓皇逃走时,人们才敢停止火力射击,才敢匆忙地去堵住气闸。也只有在这时,人们才可算把入侵"阿达斯特拉"号的东西紧紧地堵在船外。

两个小时后,杰克走进中心控制室,标准地行了个礼,他脸色苍白,表情十分固执坚定。

奥斯泰尔阴沉着脸转过身来。

"我叫你来,"他瓮声瓮气地说,"因为你可能是个祸根,指挥官死了,听说了吗?"

"听说了,长官。"杰克冷冷地答道。

"因此,我现在是'阿达斯特拉'号上的指挥官了。"奥斯泰尔挑衅道,"你可能还没忘吧,如果谁有任何叛变行为的话,我有判人死活的权力。同样,只有我签字允许才能使'阿达斯特拉'号上的婚姻合法化,这也是真的吧。"

"是,我知道,长官。"杰克还是板着脸。

"那就好。"奥斯泰尔有意说了句,"为了严肃纪律,我命令你要克制自己,不要再跟布雷德利小姐来往了,不然,我会用反叛者不服从命令一罪治你的。我自己打算跟她结婚。你还有什么可说?"

杰克也故意说道:"我对你的这道命令是不会太理会的,长官。因为你总不至于傻到执行这种恫吓吧。难道你真的看不出我们还不到五百分之一逃离的可能吗?假如你真想娶海伦的话,你最好把心思放在多给她一个活着的机会上!"

两个男人彼此怒目圆睁地僵持了一会儿。一个年近中年而另一个正值风华正茂。接着,奥斯泰尔咧嘴一笑,这笑里根本没有一点喜悦欢乐。

"作为男人对男人,我极不喜欢你。"他没好气地说,"但作为'阿达斯特拉'号的指挥官,我倒希望对你有几分欣赏。我们这艘该死的飞船整整走了七年的航程。官员区里的人最终遇到紧急情况时,都乱了方寸,没有一点用处。他们只会唯唯诺诺,俯首听命,却没有一个人适合来下命令。通讯官是不是被一个魔鬼杀了?"

"是,长官。"

"好,你现在就是名誉晋级通讯官了。我对你是恨之入骨。加里,而且,毫无疑问,你也恨透我了。但是你有头脑,现在就要好好地用一用了。你一直在干什么?"

"在调录音记述机,长官。先收录比邻星人说话的词汇,然后装接一起当双向翻译机,长官。"

奥斯泰尔怔了一下,接着点了点头。一只录音记述机能简单地把一个词分析成为几个语音部分,再把分析编排起来,选出一张与之相配的卡片,通常,卡片可以驱动打印机运转。然而,不是选择铅字的录音记录,而是卡片可以包括另一种语言的对应语的录音,而后就能开动扬声器发出声音。

这样的机器过去只限于在地球上使用,因为需要大量词汇的储量。在某种程度上,也曾用于印刷和演讲的文字翻译。杰克提议把比邻星人的词汇与英语的对应语都录制下来,那么,录音记述机一听到怪物发出奇特的嗯嗯声时,就能找出一张卡片来促动扬声器发出英语的同义词。

当然,反过来也是一样。不用对另一种语言进行理解或模仿的训练,就完全可以用这种准备好的词汇进行对话。

"很好,"奥斯泰尔简短地说,"可如果你脱得开身,就叫别的什么人去做这项工作。一旦一切就绪,是不会太难的。对这些比邻星人你掌握了一些情况,是不是?"

"是,长官。他们手执的武器不像我们的火力枪,好像更有威力。我曾亲眼目睹到这种武器杀死了通讯长官。"

"那些怪物本身也很可怕!"

"我帮着捆了一个。"

"你是如何处置的?我手头有一份医生的报告。可他自己都不敢相信!"

"这也难怪,长官。"杰克冷冷地说,"他们根本不是我们想象中的智慧人种。我们无法形容他们究竟属于什么类别。从某种意义上看,他们显然是植物。因为他们的躯体是由植物纤维组成的,而我们却是肌肉纤维构成的。可是,他们有智慧,恶魔般残忍的聪慧!

"在我们地球上跟他们最相似的是某种食肉植物,如瓶状叶植物。但他们要远比瓶状叶植物高级,就像人类要胜过海葵,尽管海葵和人都是动物。我看,长官,他们既不属植物又不是动物。身体的构造好像是从土地生长出来的,可是,又能到处走动,这一点又像地球上的动物。我们对他们感到吃惊,也许,他们对我们也同样感到惊奇。在他们的星球上,很可能典型的动物类型是固定长在一个地方的,就像地球上的植物一样。"

奥斯泰尔痛楚地说:"他们把我们当做动物,正如我们也把他们看做植物一样。"

杰克面无表情地说:"是的,长官。他们是通过手臂上的那些个口子吃东西的。杀死通讯长官的那个东西就是他的手臂,流出一种汁液,即刻就把他的肉液化了。它迫不及待地把液体吮吸回去。我如果作个猜想的话,长官——"

"说下去!"奥斯泰尔突然插了一句,"当时每个人都团团乱转,不是惊诧不已就是惊恐万端。"

"那伙东西中的头目,长官,佩戴着像饰品一样的东西,竟是一条缠绕在手臂上的皮革带子。

"我们已有两个人被杀死了,一个是通讯长官,另一个是传令兵。我们最后制服那个比邻星人时,它早就杀了传令兵,吃了他一小块肉,尸体的其余部分用随身携带的某种化学物品进行过奇怪的干燥处理。"

奥斯泰尔的喉咙动了动,像要呕吐一样:"我见着了。"

"据我的设想,"杰克冷冷地说,"如果我们也处在比邻星人的位置上,被困在一艘外邦人的飞船上,眼前生死未卜,嗯,在供应极为不足的情况下,他能做的唯一一件事,就会像那比邻星人一样,用干燥的方法把传令兵的尸体保存起来……"

"比邻星人可能是在找金子。"奥斯泰尔突然打断杰克的话,"他们拼死要夺得的或者是铂还是别的什么珠宝之类的东西!"

"也许吧,"杰克说道,"不过,我在想,这些怪物既不是人,甚至不能算是动物,可他们又以动物为食。他们珍视动物食品如同人类珍视钻石一样,动物的遗骸——皮革,他们却当做饰品佩戴身上。由此可见,在他们的星球上,似乎动物组织非常稀少,且价值很高,结果……"

奥斯泰尔嗖地站起身来,脸上的五官都变了形,"这么说,我们的身体在他们看来如同金子,如同钻石!加里,我们想跟这批魔鬼做朋友是毫无希望啰?"

杰克说:"是的,我想是的。假设有一种浑身上下都是金子组织的人降落到地球上,我可以肯定地说,他们马上会被干掉的。哦,还有地球。根据我们的航程,这些怪物可以辨认出我们来的方向,你知道他们的飞船是先进卓绝的,我想该派别人去负责录音记述机的工作了。看看我们能不能把这里的情况速传回地球。尽管无法知道地球会不会收到我们的信息,但至少可以在事情到来之时有个防备。或许地球上已改进了接收设备,过去他们一直打算这样做的。

"地球人类很可能会在太空中与这些魔鬼遭遇的。"奥斯泰尔硬邦邦地说,"假如地球事先能收到警告的话,就会拿炮火回敬的。如果枪炮治不了,那么,卡尔德威尔肯定可以。或者,来支敢死队,以自己的身体作诱饵。唉,加里,我们像死人在说话。"

"是的,长官。"杰克答道,"我想我们已是瓮中之鳖了。"他又加上一句,"我准备叫海伦·布雷德利去管录音记述机一事,顺便可以看着那个比邻星人,它被绑得严严实实的。"

这番话无疑是向奥斯泰尔重复了挑战,使那道回避海伦的命令失效。奥斯泰尔双眼冒火,他竭力压住火气。

"见你的鬼!加里。"他粗暴地叫道,"给我滚出去!"

杰克走出了控制室,奥斯泰尔转身看着显示敌船的显像屏。

蛋形敌船现距"阿达斯特拉"号有2000英里远了,刚刚减速停下来。在这次溃逃中,它像发了疯似的,用火箭到处狂轰乱射,明知这种毫无目标的射击,根本无法射中任何目标,而要把密集射束射中某一点更是不可能的。现在,在"阿达斯特拉"号上看,它是纹丝不动,但它又迟迟不愿离开,还在观察着,很可能是在酝酿某种新的阴谋诡计。奥斯泰尔这么考虑着,忧心忡忡地看着。

"阿达斯特拉"号上的资源离开地球时很充裕,而现在要应付眼前的敌情却少得可怜。它本可以把人类文明的瑰宝传送给住在这颗星系中的人种;对于未开化的野蛮人,还可以提高他们的素质;对那些比我们人类更发达的人种,也可以表示我们人类的亲善友好,以及愿受监护的热切心情。可是这些怪物,他们……

蛋形飞船还是一动不动,也许是在向本国星球发信号,请求下一步的命令。

一份份的报告送到了"阿达斯特拉"号中心控制室。奥斯泰尔一一看过。这些比邻星人毫无疑问是呼吸空气中的二氧化碳，他们的新陈代谢离不开这种混合物，这一点就像人类不能没有氧气一样。在纯净的空气里他们活不下去。

然而他们新陈代谢的速度之快远非地球上的任何植物比得上的，足与地球上的动物相媲美。除其构造之外，其余方面都不是植物，就像海葵除化学分析之外是动物，其他的都不像动物。

比邻星人有高度组织结构的神经系统，相当于人脑。其语言、智力方面都超乎寻常。他们在一个特别的体腔内通过一种鸣叫器官发出声音，而且他们可以体验情感。

每当各种不同的东西放到那个被俘的比邻星怪物面前时，他对机械表露出浓厚的兴趣，对一种小小的声音记录仪的用途显出敏锐的认知力并且发出一连串完整的经过深思熟虑过的声音。他急不可耐地用手指触摸人类的衣服，发觉面料是用棉或人造丝制成的，就丢弃一旁，置之不理。然而如果触感到一件羊毛衬衫就流露出极大的欣喜，给它一条皮带，就会越发欣喜不已。他只须瞥上一眼皮带的使用，就能够准确无误地把皮带扣在身体中间。

他把衬衫上的线一根根拆散吃着，摇着头晃着脑，显得非常陶醉。如果把肉放在它的面前，那种兴奋与狂喜就甭提了。当他津津有味地吃光一部分肉后，其余部分就用一种古怪的化学方式保存起来。他做出各种姿势从身上背着的一个小小金属包中取出某种化学物质，进行食物储存。

视觉器官就在身体上方的两个裂口后面。尽管对那些眼睛本身没有做过精确的检查，奥斯泰尔眼前的一份报告却明确谈道："比邻星人只要一看到人类，就会露出贪婪饥渴的目光。那是一种叫人胆战心惊的渴求。"

这种兴奋在看见羊毛和皮革时会流露得更多一些，像是本能的，报告还说道，那个被俘的比邻星人看到人类时有好几次做出了一个姿势，像要把某种武器对准人。

奥斯泰尔看完了这个报告又在看别的。海伦·布雷德利在杰克布置她去工作之后仅仅两小时就来报告。

"不好意思，海伦。"奥斯泰尔生硬地说，"你不该顶岗上班的。我本来想让你一个人呆着，可加里坚持要这样做。"

"我倒很高兴他做出这样的决定。"海伦倔强地说，"父亲逝世了，可以肯定他走时是心满意足的，他死时还没有见到比邻星人长得什么模样。工作能减轻我的悲痛。我所做的工作比我预想的要成功。我看管的那个比邻星人是那队入侵我们飞船的队长，它几乎一眼就知道录音记述机是做什么用的。现在我们已录下了许多词语，你完全可以和它交谈了。"

奥斯泰尔盯着显像屏，敌船还是纹丝不动。这点当然容易理解。"阿达斯特拉"号离比邻星的距离可以用几亿英里来计算，而不是亿亿英里。用另一种术语说，那就是还有几光时之遥。如果敌船向本国星球发出请求命令的信号，自然就要等候回音。

奥斯泰尔心情沉重地走到生物实验室。海伦负责这里的生物标本，兔、羊还有一大批旅途中繁殖起来的数不清的小动物，喂养这些动物是作食物供应的，而且还打算把它们放养到某一颗绕带环恒星运行的适合生存的行星上去。

那个比邻星人结结实实地被横七竖八的绳索绑在椅子上动弹不了。他——她——它完完全全孤独无援。旁边的椅子上放着连在一起的录音记述机和扬声器。比邻星人嘴里传出猫头鹰似的叫声,那台机器把它的声音一一翻译过来,字与字之间有瑟瑟的声响。

“你——是——这——船——的——指挥官?”机器没有语调平板地翻译过来。

“是,是我。”奥斯泰尔说,于是,那机器就传出音乐般的嘭嘭声。

“这个——女人——男人——死了。”在那个不是动物的非凡生灵发出更多的嘭嘭声后,机器又一次没有语调变化地翻译道。

海伦很快插了一句:“我跟它说我父亲刚刚逝世。”

机器继续着:“我——买下——船上——所有的——尸体——给——你们——想要的——金子——”

奥斯泰尔牙咬得咯咯直响。海伦脸色煞白,她想说什么却哽住说不出话来。

“这就是,”奥斯泰尔郁闷而沉痛地说,“我们所希望建立星际友谊的开端!”

这时,通讯总部的听筒突然响起来。

“呼叫指挥官奥斯泰尔!前方有辐射,几种密度很高的波长。虽然我们辨不清信号,但可以肯定是出自几艘飞船的。”

就在这时,杰克走进了生物实验室,他面色苍白,一脸的严肃,他很刻板地行了个礼。

“我没在卖力地干活,长官。”他带着嘲讽的口吻说道,“最后一位通讯官可真是个吃干饭的。这整整七年,他根本没想到过要接收信号。可这几个月来,信号却源源不断地从地球传过来。

“这些信号是在我们飞离地球三年后就发出了。一个名叫考拉维的小伙子发现有一种圈状偏振波组成的密集光束,可以永久聚在一起。过去几年里,地球就一直给我们发送信号。毫无疑问,我们现在收到的只是第一次电讯中的一部分。

“他们建造了第二艘‘阿达斯特拉’号飞船,长官,又一艘载人的——地狱。不!!四年前就已载上人了!现在正驶在来我们这儿的路上。到达这里至少还要四年,他们压根儿不知道,有群恶魔正等着呢。即使我们炸成粉末,还有一艘地球飞船会来这儿,像我们一样手无寸铁,一旦撞上这群魔鬼,那时已来不及了——”

通讯总部的听筒又急促地呼叫起来。

“奥斯泰尔指挥官,观察部报告!船身的温度三分钟内上升了五度,而且还在升高。有种东西以惊人的速度向我船倾注热力!”

奥斯泰尔转过身来,冷冷地又不失有礼地对杰克说道:“加里,我们彼此继续仇恨已没有用了,我们都要葬身在这船上了。可为什么我还是想杀了你呢?”

奥斯泰尔反问中的原因是不说自明的。听到这三重可怕的消息,海伦忍不住轻声哭起来,她不假思索地就扑进了杰克的怀里。

四

事实上,形势越来越糟糕。船体外壳的温度,一般说来,是所有外部温度计得出的平均值。现在，只要看一下与屏幕电话相联的温度计组上的显示就可知道“阿达斯特拉”号后部的温度还属正常，但球形飞船的前半部，即离比邻星最近的那一侧的温度不断升高。而指示器一片接一片地闪着红灯，说明这半球上的温度升高也不是均衡的。

奥斯泰尔镇定自若地注视着显像屏上的指示器。

“在圆盘的正中，”奥斯泰尔冷冷地说，“肯定有一支飞船舰队。”

杰克·加里简短地分析道：“我们俘获比邻星人的那艘飞船比我们预想早几个小时就跟本国飞船联系上了。情况我想一定是这样的。他们先派出一支舰队和侦察舰在前打头阵，而不是一艘装着发射机的船。那艘侦察舰向他们总部报告说我们设下圈套抓去了几名船员，结果，他们就开火了。”

奥斯泰尔对着通讯总部的话筒突然说：

“G90 部立即撤离，马上封舱，里面的所有人员赶快从气闸口出来。除值勤人员以外，邻近相连的各部必须撤离，穿上太空服！”

他咔嗒关上话筒，沉着地补了一句：“G90 外部的温度现在是 400 度，表面已呈暗红色。五分钟后就该融化，半小时之后，必将融出个洞来。”

杰克催促道：“长官，我要提醒你，它们之所以向我们进攻，很可能是侦察舰报告，说我们设圈套抓了一些船员。我们也许还有一线希望……”

“你说什么？”奥斯泰尔满脸愁容痛苦不堪地问道，“可我们没有武器！”

“我们有录音记述机，长官！”杰克很快回答道，“我们可以同它们谈谈！”

奥斯泰尔生硬地说了声：“好吧，加里。我现在任命你做和平大使。去吧。”

杰克猛地起身飞快地走出控制室。过了一会儿他的声音就从通讯总部的话筒里传了出来，“呼叫火箭长！马上用私人屏幕电话报告。紧急情况！”

杰克此时并不知道他的声音被切断了。他把插头插到通信系统上，要求全力发射光束，加宽弧光。他一个紧接一个地大声发布命令的同时，对身边的海伦轻声地作着解释。

她马上就领会了他的意思。那个比邻星人还绑在生物实验室的椅子上。他那对细窄窄的视觉器官中根本就看不出任何闪现的表情。然而海伦她是熟知词汇卡上的词，她轻声急促地对着录音记述机的麦克风说话。接着嘭嘭的猫头鹰似的叫声就从扬声器里传了出来。比邻星人动起来了，扬声器干巴巴地把他发出的声音译了过来。

“我——要——和——飞船——行星——说话。完毕。”

经过通信控制审查之后，一种怯生生刺耳且不带辅音的语言回响在整个生物实验室，主发射机用加宽了的光束发了出去。

一万英里之外，比邻星的侦察舰还在那里徘徊。“阿达斯特拉”号继续朝那颗带环的恒星方向挺进。这曾经是人类最大胆探险的目标。一万英里处的“阿达斯特拉”号只是一个小点，可在望远镜中，比邻星人却可以看得一清二楚，在 1000 英里时，也许就像只玩具，纵横交错着一些坚固的部件。

如果只有几英里的距离，人们就可以充分看清它那巨大的外形。直径为 5000 英尺的飞船，在广漠无垠的空间也会使远处形状模糊的最大物体显得渺小，也正是这些个微不足道的东西组成了一支虎视眈眈的舰队对它喷射出致命的光束。

还是这几英里的距离,辐射的影响已显而易见了。"阿达斯特拉"号的船身好在是用坚硬的合金钢制成的,它必然有高滞后率。要是用紫铜做的船身,早就升温融化了。比邻星人射在钢板上的辐射线引起的交流电,这会儿已使合金钢发烫变色了。100 英尺见方的船身都发出淡红色的光。

这块船身上的一个火箭管突然被切断了,不再喷出紫色的火焰,而其他的火箭也都稍稍加大火力来弥补。钢板上的暗红色光更浓了,变成胭脂红,慢慢地随着温度无情地升高,转变成黄色,鲜黄色,渐渐变为蓝色。

袅袅升腾的雾气,从变形融化的表面上飘走,像是被远处的恒星吸走似的。雾气越来越浓,闪着炫目耀眼的光,这是一种名副其实的金属气团。突然,船身发亮的部分发出一声巨响,像火山喷发一样,船身的外壳融穿了,里面的气流猛地泻了出来,在融穿的空洞前汇成一大团气化金属物质。它以难以置信的速度扩散开去,瞬间就烧成淡淡的发着幽光的彗尾薄雾。

"阿达斯特拉"号内的显像屏却变得混沌一片。前方的群星顿时黯然失色。从飞船中逸出的一部分空气,在前方弥漫开来。虽说是散于广袤的太空中,无法测量空气的密度,可仍旧要比无比空旷的太空中的空气密得多。它飘散在"阿达斯特拉"号的前面,使整个宇宙都显得朦朦胧胧充满了这种星云般的物质。

就在巨型飞船壳体大裂口的边缘,冒着层层的金属泡,一股烟气袅绕上升。里层隔板开始发着灼热的暗红色强光,转眼就成了胭脂红,继而变成淡黄色。

在中心控制室里,奥斯泰尔痛楚地瞧着显像屏上显出 G90 内部融合为止。他对着放在面前的麦克风镇静地说:

"我们的时间要比原来预料的少了,"他不慌不忙地说,"你们得抓紧。虽不能十分肯定,但必须切记,这群魔鬼毫无疑问是想从各个方向穿透我们的飞船,而且还要确认船上绝没有任何生还的东西。你们必须制订出一些应急计划,赶快照我的意思去做吧!"

一个近乎歇斯底里的声音传了回来。

"可是,长官,如果我切断火箭中的声呐振幅,我们一眨眼工夫就会烧成灰烬。燃料会碎裂分散到各个火箭管,整条船会炸得粉碎。这只要一会儿时间!"

"真是个蠢货!"奥斯泰尔大声咆哮起来,"路上还有一条来自地球的飞船,未受警告,径直朝我们驶来,而且像我们一样,手无寸铁。再者,从我们的航程看,这群魔鬼完全可以辨出我们来的地方。是的,我们就快死了。可我们不能死得太轻松了。我们至少也要搞清楚这些恶棍的飞船有没有向地球进发。我们肯定是不能舒舒服服地死,必须死得其所,我们必须保护人类!"

奥斯泰尔对着显像屏吼叫的时候,他脸上现出的并不是烈士殉难的表情,也不是壮烈牺牲的神态,而是一张威慑恫吓下属就范的男人刚毅的面容。

一道辐射线照在他指挥的船上。金属船壳吸收后转变为一种热能。奥斯泰尔对这个部,那个处,大发雷霆。又一个舱壁报销了。第二次气化了的金属和滚烫的气流从这个庞然大物中喷发出来。几千万里外,那些蛋形飞船组成的光圈完全静止不动,毫无生气,像是一头沉睡的怪兽。可是,他们那里快速喷射出的一束束冷酷无情的辐射光,一集中在"阿达斯特拉"号船壳的某点上,这点就涌起沸腾的金属泡和缭绕冲霄的气焰。还出现些依稀可辨的东西燃烧而爆炸。

巨船内数不清的舱室里的人们,对降临的末日表现出的反应,跟人的容貌一样各不相同。有人尖声嘶喊,有人郁闷而发疯,见人就杀,还有另一些人闯进储备室,一杯接一杯地拼命喝酒,把自己灌得酩酊大醉,不省人事。有些妇女紧抓着自己的孩子不住地哭泣,其中有些妇女疯了。

但在一部分的舱室里,奥斯泰尔盛怒的吼叫声还能维持表面的秩序。机械车间里的人们,一边咒骂声不绝,一边野蛮地干着活,一边还不住地犯着错,使做过的活付诸东流。那个瘦瘦的航空处长,手持大扳钳,在自己统领的范围内来回踱着方步,用手中的大扳钳愤怒地狠狠敲击,来宣泄内心的恐慌。还有火箭长,嘴里喘着粗气,满口的污言秽语,表现出意想不到的使用亵渎语言的天才。火箭一直在太空中喷发出淡紫色的火苗。

生物实验室里却是另一番景象,那里静得出奇,人们神经高度绷紧。绑得严严实实的比邻星俘虏,毫无表情,显得深不可测,不可捉摸,整个房间都回响着古里古怪的比邻星语。录音记述机轻轻地沙沙作响,呆板地分析着每一个声音,搜寻着词汇卡,然后翻译成英语。的确,他还真能不时地找出相配的词卡。这样,机器就把比邻星人话中的一个一个词给译了过来。

"船——"之后是一长串声音,在音高、音强和语调上起伏变化很快。"人——"又是长长一串声音。"——和人交谈——"

比邻星人猫头鹰似的响声停了,不一会儿又非常谨慎地发出新的响声。扬声器把这些话都译了过来,比邻星人配合海伦一起仔细地选择录音的词语。

"他明白我们在干什么?"海伦苍白无力地说道。

"你们——与机器交谈,再与——飞船通话——"机器又译道。

杰克沉着从容地对着发射机说:"我们是朋友。我们手里有许多你们需求的东西。而我们需要的只有友谊和平。除了自卫,我们并没有伤害你们的人。我们要求和平。得不到和平,我们会为之拼死战斗的。但是,我们仍旧希望和平。"

机器发出沙沙声;扬声器也嘭嘭地猫头鹰般地叫着。这时,杰克压低嗓子跟海伦说:"刚才我这番战争说法,单刀直入,我真希望能起点作用!"

四周寂静一片。几千万里之外的那些看不着的敌船,瞄准了"阿达斯特拉"号碟盘的中部喷射出致命的紧密射线。说来也怪,这种辐射穿透了飞船,一点也觉察不出,对人体早就伤害不了毫毛。

可遇到地球飞船外壳上的钢板,就停滞不动,旋流式地吸收进去变成了热力。热力融通的洞孔像火山般地向太空喷出"阿达斯特拉"号上的装置,墙面,甚至连里面的空气也一泄无遗。

的确,在生物实验室里还是非常安静。接收机不响了。一分钟过去,两分钟,三分钟。无线电波载着杰克的声音光速运行。不到90秒钟就可以抵达那道正把“阿达斯特拉”号撕裂碎片的光源之处。收到信号的那边还要稍稍损耗一点时间。然后另一道带着答复的电波再花上90秒钟,以每秒186000英里的速度穿梭在太空中。

接收机这时发出难听的嘭嘭猫头鹰的叫声。录音记述机在沙沙作响,扬声器没有表情地传达道:

“我们——现在——是朋友——没有战斗舰——来——接——你们——到——行星上去。”

与此同时,“阿达斯特拉”号船身上的小型火山口减少了喷发的力度,融化、冒泡的边缘渐渐地停止冒气起泡,蓝白色气化了的钢也冷却成黄色,胭脂红,继而慢慢地变成了暗红色。因为没有氧气,更加缓慢地转变成忽闪忽闪的白色金属面。

杰克对着控制室的麦克风简短地报告:“长官,我已与比邻星人联络上了,他们也已经停火,还说,正派舰队带我们上他们星球去。”

“好的,”奥斯泰尔声音苦涩地说,“特别是我们都想不出其他更好的办法时,这办法可能会对我们死后有用。还有什么?”

“我认为最好把那个比邻星人松绑,”杰克说道,“当然我们要盯紧他。如果他胆敢捣鬼的话,就用枪把他麻痹掉。我相信这也许是一种外交做法。”

“你是外交使节嘛,”奥斯泰尔挖苦道,“我们现在有时间进行工作了。你还是叫别人去干大使这事吧。腾出手来再向地球发送消息。如果你认为有可能调整发射机,去适应他们期盼的那种波长的话,更好!”

显像屏上,奥斯泰尔的身影消失了。杰克转身对着海伦,他突然觉得疲倦极了。

“真难办,”他阴郁地说,“地球方面等着我们发出像他们传送过来的那种波,可没有比我们电力更强的力,就甭想收到!我们收到的也只是信息的中间部分,尽是些对地球上在用的发射设备的描述。肯定,他们还会从头再描述的,更确切地说,四年前他们就描述过一遍。假如我们能活更长一些的话,我们一定会收到的。但我想象不出那将会是什么时候。你还想继续和这个——怪物一块工作,来增加词汇的库存?”

海伦焦虑不安地瞧着他。她把手搭在杰克的臂上。

“他的确聪明极了。”她急急地说,“我会跟他说清楚,让别人替我和他一起工作。我要跟你走。毕竟,我们呆在一起的时间不多了。”

“大概只有10小时吧。”杰克倦怠地说了句。

他闷声不响地等在一边。海伦呢,用精挑细选的词语在解释,录音记述机把她的意思翻译给那个比邻星人听。她有一个助手和两名卫兵。他们给那个无头怪物松了绑。比邻星人并没有实施暴力,相反,对翻译机继续汇集词汇资料表现出极不耐烦。然而,只有通过词汇资料才能进行完整的思想交流。

杰克和海伦一起来到通讯室。他们不断地收到地球传送过来的信息。像以前所收到的一样,尽是道十足的大杂烩。四年前,地球一直热心于传话给最胆大冒险的人们。曾用一道无形的能量,不停地穿越数以亿英里计的太空,赶上早三年出发的探险家。据原文来看,这条信息是头条发出后不久发出的。当时,曾向全球作了广播,肯定有成万上亿的人们听到可以跨越两颗恒星这一令人振奋的消息,人人为此激动不已。

然而,这种消息对于“阿达斯特拉”号上的人来说,并无多大帮助。这纯粹是一个逗人开心的节目。先由大众喜爱的刚劲有力的四重唱开场,紧接着的,是地球上某个收入丰厚的喜剧大师说的俏皮话——他说的笑话又是“阿达斯特拉”号上的人再熟悉不过的,随后,是显赫的政治家的祝贺词,还有一些乌七八糟的胡扯。总之,这个节目都是些为参与人沽名钓誉设计出的拙劣大拼盘。

对“阿达斯特拉”号上的人,这种节目真的毫无帮助。这时,他们的船体穿透了,死亡之神张开大网等着他们。这次伟大航行的结果紧跟着可能会给整个人类带来灭顶之灾。

杰克、海伦坐在一起,静静地听着。他们彼此的手指不由自主地交叉紧握着。很不正常吧,死亡迫在眼前,生命对他们又如此短暂,而他们感情如此充分地流露,真有些荒唐。他俩听着来自地球那边俗不可耐的信息,实在,他们什么也没有听进去,两人时不时地彼此对视一眼。

生物实验室里词语的汇集进度飞快。情况开始有了好转。第二个比邻星俘虏也放了。根据它的描述,证实了比邻星人双眼起的作用与地球人几乎是一样的。他的描绘,不仅增加了比邻星语的定义及相应语的储量,而且还了解了比邻星人的文明。

把零星的资料拼拢在一起,那儿的文明渐渐开始呈现出与人类文明惊人的相似之处。比邻星上也有一些人造的结构,显而易见,是居住的房屋;它们也有城市、法律、艺术,这一点,第二个比邻星人画的画就是一个见证。还有科学,特别是生物学,格外发达,在某种程度上,替代了人类文明中的冶金术。它们的身体(部分)是生长起来,而不是制造出来的。它们的战舰、坦克等武器,也不用金属制造,而是用一种可以控制生长速度和方式的某些原生质物质长出来的。

房屋、桥梁、汽车——甚至连飞船都是由活的原生质形成的。这类物质一旦长成理想的形状、大小时,就被处于一种静止的无生命状态,还可以随心所欲地再度使它活跃,而且,这种物质具有疱状联结的奇异特性,“阿达斯特拉”号早就体验过了。

迄今为止,比邻星人的文明听上去的确十分怪异但要理解起来也不难。人类当初如果从不同的角度对文明加以改进发展,现在早就很先进了。比邻星人的经济学非常通俗易懂,可了解其内容后,会使人感到惊恐万端。

比邻星人种是以食肉植物进化而来的,这就如同人类是从茹毛饮血的祖先进化而来一样。可在发展的早期,人类就开始崇拜金子了,这种兴趣的转移,并没有发生在比邻星上。当人们荒芜了城市,去追寻金子,滥伐森林以谋求矿产,为了金子,人们可以肆无忌惮地毁掉一切,甚至可以拿一切换取金子时,比邻星人却在搜寻动物。

人类在美洲四处猎绝野牛,仅仅为的是牛皮可以换成金子,同样,比邻星人在自己的星球上也在血腥地杀戮动物。在比邻星人的眼里，动物组织本身与黄金同价。随着岁月的流逝，出于纯粹的生存需求，它们学会将就着把植物作为食品，可那份对肉的无理性的贪婪依然存在。它们研制了一种无限期存放动物食品的方法。因而，海里的最后一批最小的甲壳纲动物也被捕捞殆尽了。在它们看来，太空航行是一件有利可图的事。原因之一就是，从望远镜中，它们看见了一个事实：这个恒星系中的其他行星上生长着植物。有植物，必然就可能生活着动物。

比邻星系中，有三颗行星上具有适合动植物生长的气候和大气，但只在一颗最小的且最远的行星上，确有些动物生存的迹象。在那里，比邻星人还在狂热地追猎着最后一批四足小动物，这些动物的聚居地日渐缩小，已全无立足之地，只好钻进冰冷大陆的地层下几百英尺的地方躲藏起来。

很明显，现在"阿达斯特拉"号上就有大量这样的财宝，高级动物——人类。比邻星人以前从来没有想到过竟有这样的动物存在。如果航行到地球上，就能拥有所有的人类，这一切都是如此清楚明了。啊！成亿成亿的人类！千万亿千万亿的小动物！海里有取之不尽的生物！所有的比邻星人都迫不及待地要入侵这个心醉神迷的财宝王国，这种神迷心醉是比邻星人在享用史前食品时方能体会得到的。

五

貌不惊人的蛋形飞船立刻就从四面靠拢过来。温度计组的警报信号，不紧不慢，十分艰辛地一点一点上升。每当比邻星人的飞船停在"阿达斯特拉"号上的温度计区域，标度盘上的红灯就会发了疯似地一个接一个地亮起来。每次这样的警报，当然是因为射在船身上的辐射线的瞬息影响。

足足持续了20分钟的光束照射，比邻星人证实了"阿达斯特拉"号已没有缚鸡之力了，一艘蛋形飞船这才靠近地球飞船，十分精确地在船头一个气闸口上停了下来，它的船身渐渐鼓起一个大疱，黏住了钢板。

奥斯泰尔两眼盯着显像屏，看着这一切。他脸色苍白，双手攥得紧紧的。从生物实验室的通话机里传出杰克·加里紧张而嘶哑的声音。

"长官，比邻星人的口讯。一艘飞船已在我们船身上着陆了。他们就要从气闸进船，当然，我方任何一个不友善的举动就会招致全船覆没。"

"不会有抵抗的！"奥斯泰尔尖厉地说道，"这是我的命令！我们不愿自取灭亡。"

"就这样吧，长官，"杰克有些出言不逊，"我认为这还算是个明智的主意。"

"干你的事去！"奥斯泰尔粗声粗气道，"通讯联络方面有什么进展？"

"我们现已有5000个左右的词汇卡了。可以就任何话题进行交流对话，词汇卡上的所有词都不是令人愉快的。我们现在用复制机在复制词汇卡，几分钟后就可完成。用不了多久，只要第二台录音记述机和第二套词卡制成了，就派人送到你那儿。"

显像屏上，奥斯泰尔看到了比邻星人那些无头身影在"阿达斯特拉"号的一个气闸的入口处出现了。

“比邻星人已经进船了。”他突然向杰克发出了命令,“你是通讯官,去迎接它们,把它们带到我这儿来!”

“行!”杰克冷冷地应了声。

这道命令听上去就像死刑判决书。实验室里,杰克脸色的确很难看,海伦紧紧地靠着他。

头一个被俘的比邻星人试探地对录音记述机嗯嗯地叫着,扬声器翻译过来是:

“什么——命令?”

如此之快,它就能通晓人生,真是不可思议。海伦朝麦克风对他解释了一遍。随后就响起猫头鹰叫似的嗯嗯声和刺耳的机器声,于是,整个实验室都自然地回荡着海伦要表达的意思。

“我——也——去——他们——就——不会——杀的。”

比邻星人鸭步状地左摇右摆地走到前头,非常利索地开了门。杰克出去,走在他的前面,一只手扣住随身火力枪上的扳机,可这会儿火力枪派不上用场,也许他能击毙身后的这个植物型人,但这样做绝没有好处。

前方传来隐隐约约的嗯嗯声。这个植物型人发出响亮刺耳的声音,与之呼应,对方马上传来应答声。杰克此时看到了另一队入侵者,有二三十人之多,每个人手里都拿着半圆柱形的物体,比第一批入侵的怪物所持的要大一些。

一见到杰克,比邻星人就是一阵狂喜的骚动。无头的躯干边的两条手臂样的触须急切地晃动起来。出于本能,它们偷偷摸摸地去拨动武器。突然一声响亮的嗯嗯叫声,像是命令,那些无头的东西个个不动了。杰克看在眼里,可由于他们身上散发出那份十足的食肉贪欲,使他浑身上下没有一处不起鸡皮疙瘩的。

前一个俘虏,用无法听懂的声音与新来的人在交谈着。植物型人的队伍里又响起了阵阵兴奋的喧哗。

“去吧。”杰克短短地说。

他领着这些人朝中心控制室走去。途中,他们听到有个人单调地尖叫着,看来,又有一个女人在这次劫难中崩溃了。杰克身后那群丑陋不堪的东西发出阵阵嗯嗯声,打破了四周的寂静。又是一种威严的声音,使它们安静了下来。

在控制室里,奥斯泰尔像一尊大理石雕像,除了他那双冒火的眼睛,冒着狂躁的火焰。从他身旁的显像屏上,他可以看到又一队比邻星人,从容地从第二道气闸口进了飞船,这次的人数,显然有几百人之多。录音记述机在海伦的照看下,拿了进来。她见到控制室里一眨眼就出现这么多的怪物,吓得不由自主地大叫了一声。

“把录音记述机安装上!”奥斯泰尔的声音冷酷得像冰块一样。

海伦颤抖抖地试图照着办。

“我准备好讲话了。”奥斯泰尔朝录音记述机粗声地说。

机器轻轻地沙沙作响,翻译着。这群刚来的人中的一个头目嗯嗯地说着什么。这是他的第一道命令。船上全体官员立刻到这儿报告,所有控制系统处于自动运转状态。但要把"自动"一词译成比邻星语的相应词有一定的难度。词汇卡中找不到这个词,这里花了一段时间。

奥斯泰尔重复着命令。脸上冒出豆粒大的冷汗,但他的自制力却铁一般坚定。

第二道命令是,所有技术记录的副本——理解"所有"这个词同样有一定的困难,又花了许多时间解释——一切有关飞船结构的书籍都必须送到这些植物型人进入的那个气闸口去,而且还有机器、发动机及武器的样本统统送往同一地点。

奥斯泰尔又重复了这道命令。他的声音非常脆弱单薄,但绝没有丝毫颤抖或者时断时续。

比邻星头目嗯嗯地又发布了一道命令,录音记述机在一旁徒劳地沙沙响着。它的随从们急速散到控制室的各个门口,一个个出去了,只留下四人守在控制室里。杰克一个箭步地冲到奥斯泰尔跟前,"啪"的一声,他那支火力枪扣上了扳机,狠狠地顶在指挥官奥斯泰尔的腰间。比邻星人没有反应。

"他妈的!"杰克气得嗓子发哑,"你让他们占领了整条飞船。你是打算廉价地换取你的狗命吧!我先宰了你!再杀到火箭管去,用一团火送飞船上天,与这群魔鬼同归于尽!"

可海伦很快叫喊起来:"杰克!不要,我知道不是这么回事!"

因为她距话筒太近,像回音一样,录音记述机把她说的话用比邻星人的猫头鹰式的语言重复了一遍。奥斯泰尔脸色铁青,马上就要发作起来,不过,他轻声地呵斥道:"蠢货!这帮魔鬼是能够上地球去的,因为他们知道,肯定会不虚此行的。即使把船上所有的人都吃了,也不会杀了船上官员的。他们可能……哦,我们必须把船开到他们那颗行星上去,在那里着陆。"他的嗓门压低到近似耳语的声音,而且气得说不出话来。"如果你认为我是想在这次劫难中苟且偷生的话,就开枪毙了我吧!"

杰克僵直地站了一会儿,然后退了一步,毕恭毕敬地向他行了一个优雅机械的军礼。

"我请求你的原谅,长官。"他用颤抖的声音说道,"以后我会尽力帮你的。"

这时,一个官员蹒跚地走进控制室,又进来一个,又来了一个,他们慢吞吞的一个一个走了进来。"阿达斯特拉"号上的30个官员只来了6人。

一个比邻星人迈着古怪的步子走了进来。他不耐烦地走到录音记述机前哇啦哇啦乱叫。

"这些——所有的——官员吗?"机器平板地问道。

"航空长官用枪杀了全家,他自己也自杀了。"航空处的一个副官气喘吁吁地说,"有一伙反叛者控制了火箭管。火箭长把他们击退了,可他脖子上却挨了一刀,流血死了。还有那个库房长官是……"

"闭嘴!"奥斯泰尔的声音又高又细。他扯了扯领子,走到麦克风前面,轻轻地说:"所有活着的官员都到了,但我们这些人还能开船。"

一个双臂上绑着宽宽的皮革条和另一个腰部绑着皮条的比邻星人一摆一晃地迈着鸭子

步走到话筒边,用一只手臂末端的卷须熟练地摆弄着开关。它发出一种奇异无形的声音,船上顿时一片混乱,闹翻了天。

整个房里的显像屏都发出高音频的尖叫声,太恐怖,太可怕了。这声音比一只恶狼紧追吓瘫的小鹿时发出的还要可怕得多。这种声音是杰克听到过的。那是在第一批入侵者中的一员杀人时发出的声音。还有一种声音也从显像屏中传了出来,这是人类撕心裂肺的尖叫声。其间还夹杂着一二声爆炸。

随后又是一片死寂。中心控制室里的五个比邻星人全身颤抖起来,他们满怀着强烈的杀戮欲。这是一种毫无理性的,盲目而又本能的热望,是某种食肉植物进化过程中产生的,也正是由于对食物的强烈需求,才使得他们可以四处移动来获取食物。

带着皮饰的比邻星人又走到录音记述机前,他朝里面嗯嗯地叫着。

“现在——需要——两个——飞船上的人——向他们学习。”

中心控制室里,嘀嗒,有一个极轻的声音,这是一滴从奥斯泰尔脸上滚落到地的冷汗。他紧闭着双眼,脸色煞白好像束手无策了。只有杰克此时沉着地看了看一个个幸存下来的官员。

“我想,大概是用作动物活体解剖吧。”他粗声地说了句,“肯定他的计划到地球上去了,他们也是有智慧的人,绝不会只剩下我们这些人的。他们的目的是谋求财富,他们想在人体上试验一下武器,诸如此类的事而已。通讯处是目前最派不上用场的部门,长官,我自愿报名。”

海伦忙不迭地说道:“不,杰克,千万不要去!”

奥斯泰尔睁开了眼睛:“加里已经自告奋勇了,还要一名自愿做活体解剖的人。”他哽住说不出话来,费了好大的劲儿才控制住自己的情绪,没有失态。“他们要找出如何杀人的方法,他们那种30厘米长的波只能融穿船身,在人体上却行不通。我可不能做自愿者,我一定要与飞船共存亡。”他用绝望的声音说,“还要一个人,心甘情愿地让这些魔鬼慢慢地杀死。”

死寂了片刻。这些人简直被眼前发生的事吓蒙了,他们心里也明白现在在“阿达斯特拉”号上各个船舱里正在进行的情况,一切都历历在目,他们不会思考了,脑海里一片空白,感情也被这突如其来的恐怖吓得麻木不仁。

这时,海伦跌跌撞撞地扑进了杰克的怀里。“我,也去!”她一面喘着气,一面说,“反正都是死,不如和杰克死在一起,我也不想活下去。”

“请不要这样。”奥斯泰尔呻吟地恳求道。

“我就是要去!”她心脏剧烈地跳动着,“你阻挡不住我,我要和杰克在一起!”她对着杰克:“不论你走到哪,我都要……”

她哽咽地说不下去。她紧紧地靠在杰克身边。那个戴皮饰的比邻星人朝录音记述机厌烦地嗯嗯叫起来。

“这两个人——过来。”

奥斯泰尔此时用一种怪怪的声音说了声:“等等!”就像自动机器人一样,僵硬地走到办公桌前,抓起一支电子笔,写了些什么,他的双手不住地颤抖,“我肯定是疯了,”他有气无力地说,“我们每个人都疯了,我想好孬都是个死,都要见阎王去的,唉,把这个带上。”

杰克把他递过来的细细长长的一张纸片塞进了口袋。比邻星人更不耐烦地嗯嗯地叫起来。他领着海伦、杰克,迈着滑稽的摇摆步,朝气闸口方向走去。有三次,那些四处游荡的东西看见他们,就发出令人毛骨悚然的尖厉长鸣,可每次都是比邻星人权威的嗯嗯声,斥退了植物型人群。

曾有一次,杰克看到四个比邻星怪物围着地上的某件东西忽前忽后地摇晃。他急忙伸出手蒙住海伦的眼睛,走过之后才松开手。

他们来到气闸口,领路的比邻星人用手指了一下他们进入的气闸口,杰克、海伦照着他的意思做了。有几条长长的橡胶状的触须卷住他们,海伦嘴里喘着气,不敢动弹,而杰克拼命挣扎,叫着海伦的名字,他被狠狠地击了一下,昏了过去。

当他醒过来时,觉得身上压着重重的东西。他翻了翻身,身上的东西滚了下来。有道灼热的光,透过来,这不是地球上的那种他所熟悉的光,而是一种令人极度焦躁痛苦的火焰,是装在一个透明的球体里,不住地扑腾着。空气中还弥漫着一股古怪的气味,是某种动物的膻臊的气味。杰克坐起身,海伦就躺在他的身边,没有捆绑,也没有受伤,在他们附近,好像一个比邻星人也没有。

他无力地碰了碰海伦的手腕。这时,他听到突突突的响声,每次声音震动之后,就有瞬间加速的感觉。是火箭,是燃料火箭!

“我们是在他妈该死的飞船上。”杰克冷冷地自言自语。伸手去拿他自己的那把火力枪,不见了。

海伦也睁开了眼睛,她呆呆地望了望四周,目光落到杰克的身上。突然,打了个寒战,靠在了杰克身上。

“出——出什么事了?”

“我们必须搞清楚。”杰克坚定地答道。

突然,他脚下的地板倾斜了。他本能地瞥了一眼,这时,他才下意识地注意到是一个舷舱。他凝望着船外熟悉的太空,黑洞洞的,只有点点的星光。他看见了那颗带环的恒星及周围行星的光点。

有个光点离得特别近,是一个非常醒目的碟盘,上面还有极雪冠,有雾蒙交错的绿野,很可能是大陆,除此之外,还有一些无法描述的色彩,透过行星的大气层望下去,十有八九是海底了。

四周万籁俱静。这儿,听不见比邻星人说的那种稀奇古怪的猫头鹰叫似的语言,既没有元音,也没有辅音。一段时间,什么声音都没有。

“我想,是朝那颗行星方向飞去的。”杰克冷静地说着。“我们得去看看,能不能在飞船到达之前,先结束我们的生命。”

远处,传来隐隐约约细声的谈话。奇怪,这是一种被压抑的低语声。绝不像植物型人古怪离奇的鸟鸣声。海伦紧偎着杰克,小心翼翼地向前摸索着走去,他们俩走出了醒来时呆的那个窄小的地方。四周一片寂静,一点动静也没有,只听到远处细小的谈话声。火箭再一次发出轻轻的突突声,整条船又在加速行驶着。动物的气味怎么越来越浓了?他们走过一个奇形怪状的出口,海伦不禁叫出声来。

“动物!”

“阿达斯特拉”号上搬来的木箱,横七竖八地堆在地上,这都是装动物标本的笼子。原来是打算把动物喂养起来当食物用,如果比邻星的行星上有适合动物生存的群集地,还打算放了这些可怜的动物。再走到前面一些,尽是一些多得无法计算的书籍、机器、各类箱子。这是那些比邻星首领下令交到气闸口处的物品。但仍然见不到一个比邻星人的影子。

那个压抑的细小说话声,简直难以置信,听起来太像人类的声音,是从稍远一些的地方传过来的。海伦迷惑不解地跟在杰克身后,小心谨慎地朝发出声音的地方走去。

找到了。声音是从一个没有光泽的暗褐色的东西里传出来的。周围的一切,地板、墙面及船内的任何一样东西,都是由这种褐色组成的。这声音,纯粹是人类的噪音,更准确地说,是奥斯泰尔的声音——痛苦万状,粗声粗气,近乎有点歇斯底里。

“……到现在,你们应该恢复知觉了吧。妈的,这群魔鬼要获得你们还活着的消息。我告诉他们,他们现在使用的速度只会让你们处于昏迷不醒的状态。于是,他们就减慢了船上速度。加里!海伦!打个信号吧!”

“我再重复一遍,你们现在乘坐的飞船,是这些魔鬼用光束控制的,他们计划把你们送到一颗曾经有过生命的星球上去,安置下来。现在,这颗星上已空无一人了,除了些植物之外,什么动物也没有了。你们,还有船上的动物、书籍等东西,是特别为这群魔鬼的魔头留用的。他叫人把你们送到一艘外界操纵的飞船上,是因为没有一个值得他信任的人,来押送你们和其他动物,这样一大批财宝!”

“你们两人,是知识的储备,可以帮助翻译我们的书籍,可以向他们解释我们的科学,等等,除了他自己的飞船,任何船都绝不允许到你们要呆的那颗星上去。现在你们可以发信号了吗?旋钮就在我声音传出的喇叭上面。揿三次,他们就知道你们俩安然无恙,不然的话,他们就会派另一艘飞船,带着防腐剂,对你们的尸体进行防腐处理,免得无价之宝白白地浪费掉。”

声音非常细弱无力,比邻星人的接收机,没有精巧的设计,对人类复杂精细的语音,无法复制。接着就传出一阵歇斯底里的狂笑。

杰克伸手揿了三次旋扭。奥斯泰尔的声音又接着说:

“现在我们船上像炼狱一样,面目全非了,简直是地狱之火的燃料坑。我们七人都还活着,我们指导比邻星人如何操纵控制系统。可我们还告诉他们,我们不能关掉火箭,指给他们看里面的构造,因为火箭要重新启动的话,附近就必须得有一颗行星质量场来引起太空的形变。他们还会继续让我们活下去,一直到我们把所有的一切做给他们看过之后。他们也有某种书写方法,录音记述机把我们说的话全部翻译过去时,都一一记录下来,非常科学——”

声音突然中断了。

“你们的信号刚刚才收到,”过了一小会儿,喇叭里又响起了奥斯泰尔的声音,“你们附近什么地方可以找到吃的。船上的空气足以维持到你们着陆,登上星球。你们走了大概有四天了吧。过会儿我还会打过来的。你们大可放心,航行是有人照看着的。”

过后,声音真的消失得一点也没有了。

杰克和海伦,在比邻星人的飞船里进行进一步的探险。和“阿达斯特拉”号相比,这飞船显小了点,大概有100英里长或再长一点,直径嘛,最多也不会超过60英尺。他们俩还找到许多舒适的小房间,里头空空荡荡。毫无疑问,这地方曾经一度是挤满了比邻星人的。

所有的房间,都可以冷冻起来。也许在低温下,比邻星人的反应,会像地球上冬天里的植物一样,进入蛰伏期,这样的设计,有助于运载大批的船员,到作战或登陆时再让他们复苏过来。

“假若他们把‘阿达斯特拉’号按这种原理改装一下,驶回地球的话,”杰克阴郁地说,“至少可以带上15万个比邻星人,也许还要多。”

人类就要遭到这些怪物的侵犯进攻了,这种想法苦苦地困扰着杰克。为此他苦恼、忧烦。海伦竭力使出女人的温柔,用当前他们暂且安全之类的话,想使杰克开心一点。

“我们自愿来作活体解剖的,”在他们恢复知觉后的一天,海伦满怀同情地说,“不管怎样,我们目前,这会儿还算安全,而且我们俩都呆在……”

“奥斯泰尔通话的时间也该到了,”杰克没等她说完,就粗气粗声地打断道,“最后一次信号消失差不多30个小时了。比邻星人的惯例,也跟地球上的纪律一样,或和地球人的飞船一样,过一段时间联络一次,通常把行星旋转一周作为一个固定的时间单位。我们最好还是去听听。”

他们走了回来。奥斯泰尔的声音已经从那个奇形怪状的喇叭里传了出来。从他的声音看,比昨天多了一份紧张,少了些明智。他告诉说,那群怪物驾驶“阿达斯特拉”号的进展情况,还说,他们已不再需要其他六个幸存的官员了,完全可以自己维持船上设施的运转了。空气净化器也给关掉了,因为,清除空气中的二氧化碳会使这些比邻星人透不过气来。

六个官员现在还必须活着,因为他们的存在,可以满足植物型人对信息贪得无厌的渴求欲望。他们处于永无休止的逼供拷问中,他们头脑中的每一种信息的来源,都要求用比邻星人神秘古怪的文字记录下来。其中有一个最年轻的官员,那个航空处的副官,就是经不住这样的重负压力,疯了。几个小时来,他毫无知觉地,声嘶力竭地尖叫个不停,结果就给干掉了,他的尸首马上就用奇怪的干燥剂制成了木乃伊。其余五人也生活在死亡的阴影里,稍有点响声,就把他们吓得魂不附体,心惊肉跳。

“我们的减速已经改变了。”奥斯泰尔说,他的嗓音变得尖厉刺耳。“你们着陆后的第三天,我们也会降落到一颗他们称作‘故乡’的星球上。奇怪,他们竟没有殖民化的本性。我想,我们中的另一个也快要不行了。哦,还有,他们拿走了我的皮鞋,皮带,这些东西都是真皮制的,这是不是西瓜里取金条。嗯?”

突然,他大发雷霆,歇斯底里起来。

“我真笨!让你们俩成双成对地离开我们这个地狱,而我自己却要呆在这里!加里,我现在命令你,不得对海伦做什么!我命令你们,现在开始不许讲一句话!我命令……"

一天过去了,又是一天。奥斯泰尔传过来两次信号。每一次,据他的声音来判断,他更绝望,更受刺激,更接近疯狂的边缘。第二次,他哭了,同时,他又咒骂杰克,因为杰克在一个没有植物型人的地方。

"我们没有用场了,除了把我们看做动物之外,再引不起这些魔鬼的兴趣了。我们的头脑甚至已不会计算!他们有系统地损毁船内的装置。昨天,他们从我们种粮的种植区的地里找到几根蚯蚓。现在,我们每一个人都有一名警卫看守着。今天早上,我那个卫兵从我头上拔了些头发,津津有味地前仰后合地吃起来。我们连一件羊毛衬衫也没有。简直是群畜生。"

又过了一天。奥斯泰尔已处在半歇斯底里状态。船上只剩下三个人还活着。蛋形船在无人世界着陆方面,他还有些话要说,他认为很有必要帮助杰克。目的地已近在咫尺了。半边天空全是要着陆行星的盘面,这里就是他和海伦的囚禁之地。而"阿达斯特拉"要驶往的那颗行星,现在,在奥斯泰尔眼里是一个完整的圆盘。

比邻星的光环之外,总共有六颗行星,监禁用的那颗星紧靠在植物人家园的外侧,与同星系的其他星相比,家园要冷些。因为几千年来,比邻星人猎肉远征已搜遍了星球的表面,直到一只哺乳动物,一只飞禽,一条活鱼甚至连一只甲壳纲动物也找不到为止。整个星球都已冰封雪盖,冻成各种形状的东西在空中飞旋飘荡。

"你们现在知道怎样操纵光束发出的太空控制仪了,"奥斯泰尔说道,声音发抖,像是从牙缝中蹦出来的,这纯粹是紧张而在打战。"你们会很安宁的,我这儿的一些他们绘制的图片真是有所指的话,那么,在你们登陆的星球上就会有树,有花,还有类似草样的植物。我们这儿正举行有史以来最大的庆祝会。所有的飞船个个称此地为'故乡',其他星球上,这会儿不可能有比邻星人,因为在别处,就享用不到一点动物的肉片,他们只要给多点儿的肉片。他们获得某些动物原时,就会感到兽性的喜悦。

"我们成了他们梦寐以求的财富最大储备。在我面前,他们毫无顾忌地大肆谈论,我真是傻,竟会听得懂他们彼此谈话的只言片语:他们的统帅正计划着生长一批比原先大得多的飞船,他准备带300艘船向地球进发。船上多数的士兵都要处于休眠或冬眠状态,直接登船就会有300万人之多。他们那种可恶的光束,在1000万英里处就能融化地球飞船。"

这样的交谈,显然可以帮助奥斯泰尔保持神志清醒。第二天,海伦、杰克乘坐的蛋形飞船像铅锤一样,从空旷的太空坠落到了大气层里。气流通过其光滑的边缘呼啸着。杰克控制着飞船。最后,飞船越来越慢地降落下来了。在一片绿草丛生的林中空地上,轻轻地着陆了,周围是一片奇怪却又令人宽慰的树林。此时的星球,已是日暮时分。在他们进行探险之前,黑暗笼罩了大地。

但是,第二天,第三天,他们也没作太多的探险,原因之一,就是奥斯泰尔几乎是喋喋不休地说着话。

"地球上又有另一艘飞船要来了,"他说,他的声音嘶哑,"又要来一艘,至少是四年前就驶出了，四年后就会到达这里，你们两人还可能有机会见到，我可能明天晚上不是死，就是疯，想起来，也实在是滑稽可笑。我一想到你，海伦，我就会疯得更快些，让杰克吻吻你，海伦。你是知道的，我对你的爱。在我依然还是个活人时，在我还没成为一具死尸前，我要亲眼看着我的飞船驶向地狱。我是真心真意爱你的，海伦。每当我看见你看加里的那种发亮的眼神，我嫉妒。当时，我真恨他。现在我还是恨他，海伦！我真说不出有多恨他！”此时，他声音就像炼狱里的鬼叫声。“我，十足的笨蛋，竟会给他那道命令！”

杰克眼里喷发出极度仇恨的目光，他来回踱着，海伦的手搭在他的肩上。他答非所问地跟她说话，他恨得声音粗浊，充满着切齿的仇恨。心里在想的，全是如何不顾一切，去杀了那些可恶的比邻星人，他开始在那堆机器里搜寻。专心致志地把那些古怪的装置改装成一支10千瓦的涡旋枪。十几个小时，他一直埋头干着。突然，意识到海伦也没闲着，她好像在某个地方搬弄什么，于是，他感到不安了，走了过去。

海伦刚把“阿达斯特拉”号运来的最后一个箱子拖到出口处，把里头的小生灵一只一只放出来。鸽子在她头顶上展翅翱翔；兔子在她脚下，欢快地咀嚼着脚下这一片生疏而又令人满足的叶片植物。

她抬头望了望，除了一只跛脚的羊羔外还有六只。小鸡们扒着土啄着，这个世界里是找不到虫子吃的，只能找到一些草籽之类的东西，阳光底下四只小狗，在这片扎人的草地上嬉戏打闹着。

“无论如何，”海伦强辩说，“它们还有一时的快乐，它们不会像我们，我们还得担忧。这儿该是人类的天堂！”

杰克阴郁地望着这遍地美丽的绿色世界。没有猛兽，没有害虫，也不可能有疾病，除非人类有意引进来。这儿真是个天堂。

飞船里传出人类轻轻的说话声。他深感痛苦地赶去听。海伦也紧随在他的身后。他们站在一个形状怪异的小房间里，这里是控制室，墙面，地板，天花板，仪器盒，这里的一切，千篇一律的是暗无光泽的褐色物质组成的。这就是比邻星人可以任意控制生长的形状。这次，奥斯泰尔的声音，出乎意料地冷静，少了许多的歇斯底里，完完全全沉稳泰然了。

“我希望你们没有到别处去，海伦，加里。”喇叭里传出声来。“今天，他们在这里开过了庆祝会。‘阿达斯特拉’号着陆了，我也下了船。我现在是唯一活着的人。我们来到了魔鬼们的市中心，在众多的建筑群中间，坐落着魔窑的总指挥部。最高统帅有一座宫殿，紧靠在我现在站的这块空地旁边。

“今天，他们举行欢宴祝乐，没想到，‘阿达斯特拉’号上竟然会有那么多的动物原料制成的东西。他们甚至在我们制服上也能找到用来保持衣服挺括的马鬃。还有羊毛毯，皮鞋，甚至用动物油脂制成的肥皂，他们对肥皂加以净化了。只要有一点点动物原料制成的东西，他们都能找出来，这点就像我们科学家能从别的东西里找到金、镭一样，灵敏巧妙。很奇特吧，嗯？”

喇叭停了一会儿不响了。

“我现在神志很正常。”又传出沉着冷静的声音。“我想我肯定有一段时间神志颠倒了,是吧,可今天,我看到的一切,使我脑子豁然清醒过来。我看见了成万上亿的恶魔把手臂伸进许多的大罐里,大槽里,这些罐呀槽的,都装着‘阿达斯特拉’号上掠夺来的动物组织溶解出的溶液。那个魔头自己留下好多。我看见好几队卫兵把东西送进他的宫殿,其中就有我的朋友。我亲眼目睹了整个城市如痴如醉,魔鬼们一个个前仰后翻地欢呼着从地球飞船上掠夺来的战利品,人人都心醉神迷。我还听到他们的统帅,那个魔头,在御座上作了一个威严的报告。现在,我已能听懂许多他们的语言了。

“他告诉自己的臣民,地球上遍地都是动物,人类,鸟类,兽类,还有海洋里的鱼类。他还讲,历史上最大的飞船不久就要问世了。在这些飞船上,要使用人类的推进方法——火箭。加里,第一批舰队要载上无以计数的比邻星人去侵占地球,还要把财宝运回星球,这样,他的每一个臣民就可以年年有今日,常常共此时。那些魔鬼,听得疯似地前后摇摆,发出阵阵的尖叫声,顿时,成千上万的尖叫声汇成一片。”

杰克轻轻地呻吟起来,海伦用手捂住双眼,好像只有这样,才能遮住她想象中的情景。

“现在的情景,就是你以前的观点,”奥斯泰尔——唯一的一个人类,站在千万万里之遥的嗜血人的星球上沉着地接着说,“他们的科学家已经来了,要我带他们去看火箭内部的装置,明天还会有其他人会过去盘问你们俩。但是我要先带他们去看火箭。我可以肯定,十分肯定,他们的每条飞船都已回到这颗星球上来了。

“他们是来分享庆祝的欢乐的,因为每个人都可以从首领那儿领取一份赠送的礼品,一份他辛劳一生都希望尽量多的谋得的动物组织。这儿,肉要比金子珍贵稀罕多了。其价值,用相应的比例计算的话,可列于铂与镭之间,与它们同价。因此,他们都回来了,一个不缺!可路上还有一艘从地球驶出的飞船,四年后就到这里了,你必须记住这一点。”

远远的,喇叭里传来一声不耐烦的嗯嗯声。

“他们来了,”奥斯泰尔冷静地说道,“我就领他们去看火箭了,也许你们能看见好戏呢。这完全取决于你们那儿的时间了。但你们切记,路上还有一条姐妹船朝‘阿达斯特拉’号驶来,还有,加里,我给你的最后一件东西,纯粹是个疯子所为,但我庆幸,我这样做了。再见了,两位!”

喇叭里传出微弱的嗯嗯声越来越轻了。在很远很远的魔鬼城里,奥斯泰尔领着一群植物型人一同去看火箭内部的构造。他们希望弄懂这条大船推进的方方面面,这样就可以制造出——或者说是生长出船只,大得可以运载无数倍的植物人群飞往太阳系,到那儿寻得动物。

“我们还是到外面去吧,”杰克阴着脸说,“他刚才说,他要做,可他机器一点也不懂,我想他是疯了,看来那个星球是不可能生存下去了。我们出去看着天空。”

海伦踉踉跄跄地走了出来。他俩站在绿草地上,仰望着苍穹。目不转睛地望着,等着。杰克的脑海里闪现出“阿达斯特拉”号上那些巨大的火箭弹膛,他仿佛看见一队古怪的人走了进去，一群鬼模怪样的植物人，后面跟着奥斯泰尔，他的脸像大理石般坚定镇静。

他打开了一个火箭的炮尾，他会向他们解释分离场，是用来分解氢电子，氦又转变成锂，与此同时，水中的氧就会不折不扣地分离成中子和纯量。奥斯泰尔肯定还会回答他们提出的问题。他会解释超音速发生器是用来控制力和方向的。他有一点是不会提到的，那就是只有在火箭筒里布满了发生器产生的频率后，里面的物质才经得起分离场的影响。

他也不会向他们解释，没有运转发生器启动的火箭筒，是会因为燃料和火箭的离合而着火，除了一件东西之外的任何物质以及除一种振幅之外的任何情景都会着火，更不会解释，火箭筒，飞船、行星之类的东西，会在顷刻之间，化成一股淡淡的紫火，炸得无影无踪的。

不，奥斯泰尔不会说的，他还会给比邻星人示范，如何启动卡尔德威尔场的。

两人望着天空，突然间，有道刺眼的强烈紫光闪过，使得头顶上那颗带环的红色恒星也黯然失色了。那道紫光持续了一秒、两秒、三秒，没有一点声音，只感到瞬息间的热浪无法忍受。之后，一切又恢复了原样。

带环的星照耀着本地，这儿的云朵也和地球上的一样，安详地在蓝天中漂浮，但天空的蓝色要比地球上的稍淡一些。从“阿达斯特拉”号带来的小动物们，满足地嚼着脚下这片叶瓣植物，鸽子欢快地飞翔，自由自在地拍打着翅膀。

“他做到了，”杰克说，“每条飞船都在那颗星球上，现在什么也没有了，不会再有什么植物型人种了，连同他们的星球，他们的文明，还有侵害地球的计划，一齐都报销了。”

太空之外，曾经有过比邻星人的星球，现在没有了，没有一丝热气，没有一毫冷气，消失了，就像从来就不曾有过似的。来自地球的一男一女，他们两人站在这颗人类乐园的星球之上，等待着马上就要到来的地球飞船，载着许多人驶到这里。

“他真的做到了。”杰克静静地不住地说，“安息吧，他的灵魂！我们——我们现在可以考虑如何活下去，而不是死了。”

他一脸严峻的表情渐渐地松弛下来了，他低下头温柔地看着海伦，他把她搂进自己的怀里。

海伦幸福地依偎着他，把一切曾经有过的不愉快的想法全都抛在脑后，一会儿，她柔声地问道：“奥斯泰尔给你的最后一道命令上说了什么？”

“我根本没看过。”

他在口袋里摸了摸，磨穿的口袋里掉出了一小纸条。他看了看，递给了海伦。根据“阿达斯特拉”号离开地球时通过的法令，这颗人造星球上的法律及执法都全权委托给船上的指挥官，而且还特别规定，“阿达斯特拉”号上的合法婚姻，必须有指挥官签字的官方结婚证方可有效。正当杰克奔赴他认为是黄泉之路时，奥斯泰尔塞给他的纸条，实际上是一张结婚证明。

他俩相视而笑。

“本来就无所谓的，”海伦迟疑含糊地说道，“我爱你，这就够了，不过，我很高兴他给咱们出了这个证明。"

有一只自由了的鸽子在地上找到了一根干草,它用力拽着,它的配偶在一旁认真地端详着它的举动。它们彼此发出鸽子的鸣叫,衔着干草飞去了。经过一阵叽叽喳喳的讨论之后,它们认为这的确是一根非常适于筑巢的干草。

(李　建　译)

火星上的世界破坏者

就科幻小说而言,不管是三四十年代的,还是现在的,如果不明白它们所具有的商业利益就很难对它们做出评价。从根斯巴克开始,出版商们希望的就是赚更多的钱,编辑们期盼的就是有畅销的故事,而专业作家的打算至少就是把故事卖给编辑以得到足够的谋生用的钱。

诚然,所有的小说都有其某些商业因素的作用,写作品的目的是想将其卖出或编成戏剧演给公众看。莎士比亚为了发财才离开斯特拉特福。塞缪尔·约翰逊指出:“除白痴以外所有的人都是为了钱而在那儿写作。”大多数标新立异的作家期待着他的小说能卖出数百万册,由此而带来名誉地位和可观的经济收入。

科幻小说作者冒的风险是比较小的。那些不打算靠杂志谋生的少数人还在为那几个便士而工作。一分钱一个字是他们希望的最好收入。在《地狱制图员》一书中,布赖恩·奥尔迪斯指出:“稿酬越少,越珍贵。”然而,作家写科幻小说的创作动机并不完全由名利作祟。他们是可以在其他方面写许多作品而获利的,他们选择科幻小说是因为喜欢它的自由性或是因为他们渴望那种氛围,或者就是因为他们热爱自己的作品。

然而,他们若打算就依靠写作生活的话,就必须经常不断地、快速地、仓促地写,再做一点点修改。他们写作的特点是随意,叙述质朴。偶然如果需要的话,能让已经消失的人物再重新出现。虽然根据一般情况,这样做是错误的。

科幻小说多注重于惊险和打斗情节,因为这容易写,可使用许多的词句。而且,读者最喜欢看这些,编辑们也偏爱这些。在《第十二个星系得胜者》中阿尔吉斯·布德里斯写道,所有的编辑们相信,并有销售数字作证,"通俗科幻小说比一般的小说更受欢迎"。坎贝尔并不完全属于前者,尽管他很喜欢惊险小说。他出版了史密斯博士的《摄影师》系列小说和其他系列惊险小说。而且他试图在可能的情况下让作家以日常生活为题材或围绕着一系列的题目写作,像范沃格特的"非逻辑世界"系列或是哈尔·克里门特的《重力的使命》。

部分是由于坎贝尔的影响,还有社会现实的作用,科幻惊险小说已经越来越难写了。今天,纯粹的历险奇遇作品更像是远离现实社会的幻想小说。惊险作家的影响变得越来越小。作家们的希望是写一些更细腻、更有情节,但绝不枯燥无味的作品,由此产生出不同类型的小说。

对于20世纪30年代的科幻小说,最令人惊奇的事实不是这类作品写作水平不高,而是在这些作品中,出现了一些生气勃勃的著作,这些著作既有创造性,也有相当的写作技巧,这些作品超越了当时的创作环境。

30年代最受欢迎的作家就是这些写惊险小说的作家。埃德蒙·汉密尔顿(1904—1977)就是其中之一,与同一时代的科幻作家相比,他是一位想象力丰富的作家,但他的作品大都是惊险小说。

1926年受A.梅里特的《曼默思的鬼神》的启发,汉密尔顿在《离奇故事》上发表了第一篇小说。这位22岁的作者是宾夕法尼亚州一个家庭的唯一的一个儿子。他有三个姐姐,14岁时念完高中。但是在大学一年级时因未去参加礼拜而被赶出了校门。他曾在铁路上工作了一段时间,后来,变成职业作家。

汉密尔顿多年的朋友杰克·威廉森曾说过《离奇故事》使汉密尔顿获得成功。他经常用真名和六个假名发表作品,是最受欢迎的作家之一。特别是他创作的《星际巡逻》故事系列,创造出了来自于不同世界的保护文明银河星系的生物。"这些作品有助于对人类即将征服的那些星球神秘性的想象,而这一直是科幻小说的主题之一。"威廉森这样写道。

汉密尔顿作品最受欢迎的一个地方是有关丑恶势力威胁太阳系或银河系安全,但其行为又被一个人所阻挠的故事。由此,他得到了一个昵称"世界破坏者",有时又称为"世界拯救者"。汉密尔顿将其作品卖给了许多杂志,包括《惊异故事》、《奇异故事》及其后来的《惊奇故事》。可他从没有把故事卖给坎贝尔过。他的一个故事曾出现在1938年12月的《惊奇故事》杂志上。但从坎贝尔接手主编后,他的作品就再也没有在该杂志的目录中出现过。

1939年,"标准杂志"的编辑部主任、《惊人故事》和《激动人心的奇异故事》的出版商利奥·马格利斯创办了《未来的船长》杂志。他热情地向汉密尔顿约稿。这样在该杂志里汉密尔顿发表了他的21篇中长篇小说中的三篇。1969—1970年该系列故事被重印为平装本出版。

1946年,汉密尔顿和另一位科幻作家莉·布拉克(1915—1978)结婚。她曾写过传奇惊险故事,还写过些剧本,如与威廉·福克纳合作的《沉睡》,以及后来的许多作品,包括几部约翰·韦恩电影剧本。她还有些悬念小说作品。近几年来,在她的系列科幻小说里,人们喜欢的早期英雄埃里克·约翰·斯塔克又回来了。

汉密尔顿花了几年时间创作了“超人”系列剧。同时他继续科幻小说的写作。1949年出版了《星星之王》;1951年发表了《世界末日的城市》;《火星之旅》发表在1952年的《激动人心的奇异故事》杂志上,这在当时发表是比较适合的。它的第一稿完成于1933年,但几个编辑把它扔进了废纸篓里。这样冷落了几乎20年,当再次拿出来修改发表时,发现它在新的时代竟是可以为人们接受的。

这个故事代表了人们用已有的太空工具以及不断发现的各种星球的真实情况去科学地修正有关太空的神话。同时它也说明了艺术的创造技巧常常隐藏在通俗文学作品的深层。

《火星之旅》

〔美〕埃德蒙·汉密尔顿 著

一

我并不想穿一身制服离开医院。可又没有其他衣服可穿。我是急不可待地要离开那里,所以也就没管那么多,穿上制服就往外走。可当我一登上飞往洛杉矶的班机,马上就后悔不该是这身穿着。

人们先用异样的目光瞅着我,然后悄悄地议论着,好像发现了什么似的。空中小姐报以那特别可人的微笑。转过身她又告诉了飞行员,他转身走进客舱同我握了握手说:“啊哈!我想这类旅行对于你来说是太没味道了吧。”

这时,一个身材矮小的男人走了进来,他四下找寻着自己的座位,最后终于在我的旁边找到了。他戴着眼镜,年纪约五六十岁,看上去有点儿神经质。他花了好一会儿才把自己给安顿好。当他发现我时,惊呆地看着我的制服和制服上那些小小的铜扣,好容易从牙缝里挤出个“二”字。

“那么……你是第二探险队的队员?”然后,好像刚刚回过神似的,“那么,你去过火星!”

“是的,我去过火星。”我告诉他。

他的那种奇怪的眼光直接向我射来。我可不喜欢这个样子,可实在不忍伤害他那充满友善的好奇心。

“告诉我,”他说,“火星是什么样的?”

飞机正在升空,从窗外看去它紧贴亚利桑那沙漠滑向天空。

“和地球不同,”我说,“和地球不一样。”

看来我这回答他还满意,“我相信那是不一样的,”他说,“你打算回家,嗯,嗯……先生。"

"哈顿,弗兰克·哈顿中士。"

"你回家,中士?"

"我的家在俄亥俄州,"我说道,"在回家前先去洛杉矶探望几个朋友。"

"啊,那太好了,我祝你旅途愉快,中士。你们这些人在火星上干了一项伟大的事业。噢,我读了报纸,报上说联合国派出几个探险队后将在火星上建造几座城市,并有定期的往返航班,等等。"

"嗨,"我说,"那都是一派胡言,还不如就在这儿的莫哈维沙漠中建几个城市,这样好像离我们更近些呢。现在我们去火星的唯一理由就是为了铀。"

我知道他对这些将信将疑。"哦,对对,"他说,"我知道那也很重要,现在的核电站都是用铀作动力的——但并不完全是为这些,是不是?"

"在今后相当长一段时间内去火星的目的就是为了这个。"

"可是你看,中士,这份报纸上说……"

我不再说什么了。等他讲完那份报纸,飞机已在洛杉矶着陆了。走出飞机时,他使劲地拽着我的手。

"一路顺风,中士! 多多保重。我听说第二探险队的许多人没有回来。"

"是的,"我说,"听说了。"

到达洛杉矶城区时,我又一次觉得全身在发抖。我走进一间小酒吧,要了两杯威士忌喝下,这样我的感觉才稍微好了点儿。

走出酒吧,招手要了一辆出租车,问他是否去圣·加布里埃尔大街。司机是一个胖胖的男人,长着红通通的宽大脸面。

"快上车吧,伙计。"他说,"看来你是火星人,是不是?"

我回答道:"正是。"

"好,好,"他说着,"那告诉我,在火星上的感觉怎么样?"

"从某种程度上说,那是一项非常非常枯燥乏味的工作。"

"我想一定是那样的!"汽车上路后,他接着说,"20年前的二次世界大战,我正在军队服役。当时也是那样,百分之九十的时间都在枯燥乏味的工作中度过。我想现在一定不会有多大变化。"

"这可不是军事探险队,"我解释说,"这是联合国组织的探险队,不是军队的——但我们有军官和如同军队一样的纪律。"

"是的,那是一回事,"出租车司机说,"伙计,哦哦,走过头了,后面是42号,还是43号?我记得后面是……"

我往车座后背靠了靠,看着亨廷顿大街嚓嚓向后闪过。温暖的阳光倾泻在我的身上,我感到好像很热,空气似乎也非常的黏稠,好像呼吸都有点儿困难了,那么糟糕的空气在亚利桑那高原上可是没有的。

司机问我在圣·加布里埃尔大街的什么地方下车。我从衣袋里取出几个信封,找到了写着“马丁 · 瓦里内兹”的那个，地址就写在信封背后。我告诉了司机地址后，仍把信封放回了衣兜里。

现在我真希望当初没答应他们就好了。

可在医院的时候，我能不回复乔 · 瓦里内兹父母的来信吗？对于吉姆的姐姐和瓦尔特的一家，这都是同样的问题呀。我回信许诺出院后做的第一桩事情就是来探望他们。如果没去看他们，就回俄亥俄州自己家，我会觉得自己像是一个可鄙的家伙。而现在，我真希望自己就是那样的人。

瓦里内兹的家位于圣 · 加布里埃尔大街的南面，在一个有些墨西哥建筑风格的住宅小区里。那是一个造型简单的杂货铺，旁边还搭出一间小屋。四周用低矮的栅栏围着庭院，用加利福尼亚涂料将墙壁涂抹得光光的。这不是很好的居住场所，但显得很整洁。

我走进了杂货铺，柜台里那个身材高大、肤色黧黑的男人用安详的眼神盯着我看。他用低沉的声音呼唤着一个女人的名字。同时绕过了柜台和我握着手。

“你就是哈顿中士，”他说，“哎呀，我们可一直盼望着你的到来呀。”

他的妻子急匆匆地从后门进来。她显得有点衰老，看上去不太像是乔的母亲，因为乔还像个孩子。但再仔细看觉得她的年纪并不太大，只是有点疲倦的样子。

她对着瓦里内兹先生说：“快坐下说呀，你没见别人还是那样疲倦，他可是刚从医院出来的人啊。”

我坐了下来，两只眼睛在他们中间不住地来回穿梭。他们问我现在的感觉如何，是不是因为还没有回家心里不太高兴，他们祝我们全家都好。

他们真是好人，聊了半天没有说一句有关乔的话，好像是在等待着让我来说，而我很为难，我对乔的情况知道的实在是太少了。乔在我们即将起飞的前几星期才来到我们小组，而他又是第一个罹难的，因此对他的了解不可能很多。

最后，还是由我打破僵局。我想能说的只是：“他们已写信详细告诉你们乔的情况了，是吗？”

瓦里内兹悲伤地点点头：“是的，起飞后的 24 小时内，他死于休克。信写得很详细。”

他妻子也连连点点头，低声地附和着：“很详细。”她两眼看着我，从她的目光中，我想她已明白我真不知道怎么说才好。她这样说道：“你是可以告诉我们更多事情的，但如果这使你为难的话，就不必说了。”

我可以告诉他们许多情况？哦，是的，如果愿意的话，能说出许多许多来。当时的情景在我的脑海里历历在目，十分清楚，就像反复地看着一部电影，直到把它完全记下来为止。

我可以说出杀死他们儿子的那次飞行的全部经过。我们排着长长的一队，整整齐齐地走进了 4 号飞船，同其他 19 艘飞船一起，在高原上突然点火升空。我们爬上飞船中心舱的楼梯时，四周充斥着单调的机械运转声和火箭点火的爆炸声。

映像再次出现在我脑海中，清楚得就像在透明的水晶之中。我回到 4 号飞船的第 14 舱内，时间在流近，每一次的火箭点火爆炸都引起不小的震荡。我们十个男人躺在吊床上——

像囚犯般的困在这奇形怪状的无窗金属舱内,等待,等待着。忽然好像有只巨手把我们狠狠地压进了弹性十足的弹簧里,它压迫着我们的呼吸。我们感到呼吸十分费力,血液在大脑中不停涌动,胃也在剧烈地翻滚。尽管我们早先已服下了预防的药丸仍无济于事。你可听见“轰隆隆,轰隆隆”的巨大的声响在不停地吼叫。

扑通,扑通,一次次撞击着我们的内脏,阻止着我们的呼吸。一些人生病了,一些人在啜泣。“轰隆隆,轰隆隆”就像是巨人在嘲笑声中扑过来杀我们。过了一会儿,巨人停止了笑声,停止了对我们的粗暴打击。这时候,你可以意识一下那疼痛而颤抖的身躯还在自己身上。

我下面床上的瓦尔特·米勒斯正在诅咒床上的一根蓝带子,当时我们的组长布雷克·杰基艰难地爬出吊床看看我们。后来,传出一阵细小的、不连贯的、结结巴巴的声音:“布雷克,我想我大概是受伤了……”

“是的,他就是乔。我们第一次看到他时,他的嘴唇被血充得鲜红。而现在,英俊小伙的嘴唇变得蜡样的苍白。第一探险队已证明,飞船每次起飞将有一定比例的乘员产生内伤。在这个狭窄无窗的小舱里,我们小组的乔被击中了。”

如果马上死去也就好了,可他没有。他躺在吊床上痛苦地挨过一个又一个时辰,医务兵给他穿上紧身夹克,让他服了一点麻醉剂,就只有这些办法了。时间在一分分过去,我们自己也处于摇晃和致死疾病的威胁之中,以致没有对他表示应有的同情。直到他开始呻吟,请求我们帮他脱掉那件夹克。

后来,瓦尔特·米勒斯答应了他的要求,但布雷克不同意。他们为此争论起来。最后我们听见呻吟停止了。除了把卫生兵叫来我们不需再为乔做什么了,他们走进这狭小铁笼把他抬了出去。

就这些。我能这样如实地把乔死亡的经过告诉他的父母吗?

“说吧。”瓦里内兹太太低声地说。她的丈夫也看着我,轻轻地在点头。

于是,我这样叙述了事情的经过。

我说:“你们知道乔是死在太空。他被起飞的震动波击伤后随即失去了知觉。但死之前他又苏醒了过来,可没有一点疼痛的感觉,一点也没有。他躺在床上,看着窗外的星星。星星是多么的美丽呀,就像是天使一般。他看着看着,喃喃低语着静静地去了。”

瓦里内兹太太低声地哭了起来,“走了,看着天上的星星,如同天使一样……”

我起身要走了,她没有抬起头。瓦里内兹先生陪着我走出小店。

他握着我的手,“谢谢,哈顿中士,非常感谢你。”

“不用。”我回答道。

我乘上出租车。取出几封信把它们撕得粉碎。我乞求上帝别让我再碰到这样的情况了,真希望没有其他信在我身上了。

二

我搭乘早班飞机前往奥马哈。到达之前,我在飞机坐椅上睡着了。我做了一个梦,一个可怕的梦。

有个声音在说:“我们正在进入火星。”

我们在下降,4号飞船在下降。在飞船舱里,我们小组的人把自己绑在吊床上等待那一刻的到来。我们感到十分恐惧,真希望有一个窗户能看到外面,希望我们的飞船别失去控制,希望没有飞船失去控制。如果有的话,千万别是我们这个。

“我们正在下降……”

伴随飞船的下降,轰鸣声再次在我们周围震荡,在狠狠地打击我们,而且不像起飞时那样平稳,四周除了爆炸声,还是爆炸声。

在舱室内布雷克在呼喊我们。可我听不见。我处在爆炸声之中,耳朵灌满了咆哮声。哦,咆哮声不在我的耳朵里,它来自我身边的舱壁,我们已遇到了空气,进入火星了。

轰鸣声连续不停!群山在迎面扑来。是的,是它们。请别让它们靠近啊,上帝呀,别让它们靠近我们……

一阵突如其来的碰撞,四处漆黑。接下来我耳朵里响起了沙哑的可怕的喊叫声。布雷克·杰基,他的面孔像死人一样的苍白,正俯身朝向我说:

“解开带子,走出去,弗兰克!所有的人都下床,走出去!”

我们着陆了,飞船没有失控。可我们都已像半死的人,要让我们马上走出去,真是太为难我们了。

布雷克对我们喊道:“戴上氧气罩,戴上氧气罩,我们必须出去!”

“上帝呀,我们是着陆了。可我们全身好像被摔成几片似的,走不动呀!”

“我们必须出去。有些飞船着陆时失去了控制,我们得赶去救那里面还存活的人。戴上面罩,快点!”

我们走不动,但必须得走出去。他们没有白白训练我们几个月。吉姆·克莱默已经站了起来,瓦尔特艰难地解开我下面的带子。不知什么地方口哨发疯似地吹着,到处可以听到各种嘶哑的吼叫声音。

当我双脚着地时,膝部在不停地晃动。旁边的扬·拉森正想说话,却被撞倒在地上。吉姆·克莱默正要弯腰扶他,布雷克在门口大喊:“让他留下,你快走!”

走下船舱楼梯时,口哨对着我们发出刺耳的尖叫。我的鼻子被面罩夹伤了。下到舱底时,飞船的舷板在我们脚下不停摇晃。一位衣着不整的军官要我们走出去,并把我们编入到第五组的行列中。

好冷哟,这是一种刺骨的冷。在远方苍黄的天空中小小的太阳发射出一束微弱的阳光,铺洒在火星那起伏不平的赭红色平川上。我们四周是绵延不尽的沙漠,沙子在我们的脚下向远方滑去。在沃尔上尉的带领下我们小组向远处的金属球赶去,那个金属球正在浅浅的山谷中,着地的位置斜得可怕并已有所破损。

“快点,伙计们,快点。”

真的,这都是梦。在梦一般的路上我们穿着光导鞋拖着沉重的双脚一步步地吃力地向前行走。每走一步,就可以听到来自远方的透过面罩已降低的共鸣声。

这可不是一般的梦,是一个噩梦。我们爬上那倾斜的金属球,看见了7号飞船里发生的一切:金属球体被撕成纸屑一样,几个浑身带血的人爬出了残骸。正在撤空的球体里面仍有汩汩声和呜咽声传出:“快救人!快救人!”

要是没有发生什么事就好了。是的,好像一点事都没有发生。因为我们再次返回4号飞船。我们根本没着陆,但马上会着陆。

“我们在下降……”

我不能再走出去了,我喊叫着要挣脱掉吊床上的带子,最后醒了过来。原来我还在飞机的座位上。一个被吓得惊慌失措的空中小姐在离得远远的地方对我说:“这儿是奥马哈了,中士,该下飞机了。”

所有的乘客都看着我。我想梦里一定说了许多话。我的后背心因那可怕的梦在淌汗。就像在医院的那些晚上,即使清醒时也虚汗不止。

我往上坐了坐,他们的目光马上都移开了,假装他们并没有吃惊的样子。

飞机着陆时,正是中午时分。走下飞机,在温暖的内布拉斯加太阳下面,我的后背感到舒服多了。我的运气还不错,因为赶到车站询问去喀芬敦的班车时,一辆开往那儿的公共汽车已在发动准备开车。

坐在我旁边的是一个农民,一个结实的年轻人。他递烟给我说,只有几个小时的路就可以到喀芬敦。

“你的家在那里吗?”他问道。

“不,我的家在俄亥俄州。”“我有个朋友的家在那儿。他叫克莱默。”

他不认识,可他回忆起来镇里有个小伙子参加了第二探险队去了火星。

“是的,他叫吉姆。”

小伙子不再那么拘谨了,急切地问我,“火星上怎么样,任何方面?”

我答道:“干燥,干得可怕。”

“我敢肯定是这样的,”他说,“老实说,我们这儿今年也很干燥,是适宜种麦子的天气。去年的天气很好,去年……”

内布拉斯加的喀芬敦有一条宽阔的商业街,其他街道的两旁则是树木和一些老房子。向远处眺望是一片金黄色的麦地。天气相当的热,在汽车站我很惬意地坐下,一边在那本薄薄的电话簿里查找着号码。

电话簿上有三个叫格雷厄姆的人。我按第一个号码拨号,接电话的正好就是我要找的——艾拉·格雷厄姆小姐。她的话说得很快,显得非常激动。她说马上来车站,这样我就在车站前面等着她。

我站在凉棚下面,看着宁静的街道。心里明白了难怪吉姆遇事不急、动作缓慢,原来这个地方就是这样的悠闲,这样令人心旷神怡,像他人一样。

一辆小轿车在我面前刹住。格雷厄姆小姐打开了车门。她长着棕色的头发,并不是特别的好看,但可以感觉到她是个善良姑娘,一个非常好的姑娘。

她说:“你看上去很累了。要求你来这儿,我内心很不安。”

“没关系,”我宽慰她说,“在回俄亥俄之前,走几个地方是没有问题的。”

车开过小镇时,我问她这儿有没有吉姆自己的家。

“他的父母在几年前的一次车祸中丧生了,”格雷厄姆小姐说道,“他和一个在格兰特维效外农场的叔叔住在一起。不久,他们又分开了。吉姆来到这儿,在发电厂找到了一份工作。”

车转弯时,她补充道:“我母亲租给他一个房间。这样,我们慢慢地从相识到相知,直至订婚。”

“哦,是这样的。”我说。

这是一幢宽敞的房子,有一个前门廊,四周种着些树木。我在一条藤椅上坐下。格雷厄姆小姐引出她的母亲。她妈妈讲了些吉姆的事,说她们失去了他,而她多么希望他会成为她的儿子。

她母亲又走进屋里。格雷厄姆小姐拿出一沓蓝色的信封给我看,“这是我收到的吉姆的来信。信不多,写得也不太长。”

“只允许我们每两星期寄一封30字的短信,”我向她解释道,“我们有几千人在火星上,总不能让我们的信把每次的运输机塞满吧。”

“怪不得吉姆每次只写那么几个字。”她一边说,一边给我几封信。

我读了几封信。有一封写道:“我强迫自己明白,我是站在火星上的首批地球人之一。晚上,这儿很冷。我抬头望着绿色的星星,那就是地球。真没有想到我使人类古老的梦想成了现实。”

另一封信上说:“这个世界既无欢乐又非常孤寂和神秘。我们还有许多不知道的东西。迄今,除了第一探险队报告的那种地衣外,还没人看到别的生物,也许再没有其他东西了。”

格雷厄姆小姐问我:“那儿只有地衣吗?”

我告诉她:“那儿有两三种奇怪的仙人掌似的东西以及岩石、沙子,就是这些。”

我一封封地读着那小小的蓝色信纸,对吉姆的了解也比过去增加了许多。有关他的许多事我从来没有想到过,他的内心世界是那样的丰富多彩。的确,他总是那样的沉默寡言和动作迟缓。现在我明白了,对待火星,他比我们更富于浪漫之情。

他没有泄露秘密。如果说有的话,那是我们欺骗了他。在我们对火星产生厌恶之后,我们称它为“窝”。我们总是将其视为“窝”。我现在明白吉姆过于害怕我们开他的玩笑,以致不让我们知道他脑海中那些美好的幻想。

“这是我收到的他生病前的最后一封信。”格雷厄姆小姐说。

那封信上说:“明天我将随一个地形探险队往北走,我们将在从无人迹的地方旅行。”

我点头称是:“我也在其中。和吉姆在同一辆车上。”

“他被那儿的情景吓坏了,是不是,中士?”

我不知道。我记得那是一次通向地狱的旅行。我们的工作只是进行初步的地形调查,和杰基斯一起探寻可能的储铀地。

如果没有吹起沙子的话,情况可能还不会那么糟糕。

这儿的沙子和地球上的不一样。它们是在这干燥的世界上经过几百万年的风化形成了岩石灰粒。它可以钻入我们的呼吸罩、防护镜,半履带式机车的发动机以及食物、衣服中。三天来除了有寒冷、疾风和灰沙相伴,就没有任何东西了。

害怕?我以前曾嘲笑过害怕的人,但现在我不知道。也许吉姆曾有过恐惧,或许他比我更会忍耐。也许他幻想着这次地狱般的旅行是在外星的一次神奇的惊险游记。

“是的,他曾经害怕过,”我说,“可我们都害怕过,所有的人都是如此。”

格雷厄姆小姐收回了信:“你也得了火星病,是不是?”

我说是的,这也是我回来后在康复医院住了一段时期的缘由。

她等着我继续把话说下去。我知道这时一定要说了,“他们不了解地球人体里是否会有某一类病毒或某些火星效应。火星病使我们百分之四十的人受到伤害,但程度上并不都是那么糟——多数人只表现为发热,思维迟钝。”

“吉姆生病时,是否得到了较好的护理?”她问这个问题时,嘴唇轻轻地颤抖着。

“是的,有较好的护理,他得到了最好的医疗照料。”我对她撒了谎。

最好的照料?那真是笑话!也许第一个生病的得到了较好的照料,但当时根本没想到会有这么多人倒下。在那所没有病房的小医院里,病人只能躺在铝制半圆形简易房里。除一人外所有的医生都倒下了,其中两人死了。

得火星病时,我们已在火星上6个月了。孤寂已征服了我们,4艘飞船全回地球了,我们孤零零地在这死寂的世界里。在可憎的金黄色天空下,半圆形简易房屋形成的小镇乱挤在一起。它们的后面则是不尽的沙子和岩石。

探险队走到北极,搭起了简易房,建立了营地。我们发现周围非常地荒凉,情况很糟糕,非常非常的恶劣。起初的那种激动心情早已不复存在。我们十分疲劳,一定程度上说,得了从无人得过的思乡病——我们渴望看到绿草如茵的田野、温暖可爱的阳光、女人小姐的面容,听到潺潺的小溪流水。在第三探险队来之前,这种思乡病是不会减轻的。难怪小伙子们脾气那么大,他们不仅有火星病,还得了思乡病。

“我们为他做了一切。”我说。

事实的确如此,我一直记得瓦尔特和我踏着寒冷的夜色去医院想找一个卫生兵的情景。布雷克留下陪着他,可我们一个医生都没找到。

记得瓦尔特抬头看着闪亮的天空,晃着拳头指着那巨大的绿色地球。

“那儿的人们今晚在跳舞、看戏,在温暖的房间里闲聊谈笑。难道为了得到更廉价的能源铀,好人就一定得死在这儿?”

“他能挺过来的,”我很费劲地对他说,“吉姆不会死,许多人不是已经恢复了?”

有最好的照顾?真是天大的笑话。所能做的仅仅是给他洗洗脸,喂些卫生兵留下的药丸,看着他一天天地虚弱,直到死去。

"没有人比我们为他做得更多了。"我告诉格雷厄姆小姐。

"我很高兴。"她说,"我想一定是的。"

我起身要走时,她问我是否想看看吉姆的房间。她们一直为他像以往那样保持着,她这样告诉我。

我心里不想去,但还是口是心非地同意了。我随她走上了楼,看一看后说房间很好。她打开一个大柜橱,里面放着整整齐齐的旧杂志。

"这些都是他孩提时读过的旧科幻小说杂志,"她说,"他一直保存着。"

我抽出一本,封面的图案非常明快。上面有一个宇宙飞船,不像我们乘的那种,它是流线型的,背景是个土星环。

我随手放下杂志,格雷厄姆小姐马上拿了起来,小心翼翼地将它放回那堆杂志中。就好像主人会回来,而且他不喜欢把杂志弄乱似的。

她坚持开车送我回奥马哈。在机场下车后,她似乎后悔让我离去。我想这是因为我是她与吉姆的最后联系了,我一走这个联系将会永远地中断。

我不知道她是否会很快从悲痛中解脱出来。我想她一定能,人们能忘却许多事情。我想她还会和另一个好小伙子结婚,可我不知道他们将如何处理吉姆的遗物——那些再也没人会回来读的旧科幻杂志。

三

如果可以的话,我绝不会在芝加哥逗留。我要谈的最后一个人就是瓦尔特·米勒斯。我对他太熟悉了,我不会忘记说他,而且还要说些别人不知道的事情。

在医院时,瓦尔特的父亲就给我打了几次电话。他在最后一次电话里说,将邀请布雷克的父母从威斯康星州来这儿,这样也能见见面。我当时不知怎样回答才好,可还是说,"好的,我一定会来看你们的。"我这样说并不情愿,我知道必须小心才是。

米勒斯先生在机场迎候我。见面握手就说我帮了他们一个大忙,不知如何感谢我的这次停留,因为我不能立即回到自己家、自己的父母身边。

"这没关系,"我说,"刚刚从火星回来时,他们就来过医院了。"

他属于身材魁梧、气质高贵、模样英俊的那一类人,我以为他还有点自命不凡的味道。他看似和蔼可亲,但我感到他一直在用迷惑不解的眼神看着我:为什么我回来了,他的儿子却没回来。当然,他有这样的想法不能责怪他。

他的汽车候在机场门口,是一辆豪华的配有专人驾驶的汽车。汽车往北穿过城市,米勒斯先生找了几件事情,特别是经过的核电站,作为我们谈话的话题。

"这只是遍及全球的几千个核电站中的一座,"他接着说,"它们将改变我们整个的经济情况,火星铀将是这些电站重要的原料,中士。"

我说是的,大概是的吧。

我内心十分担心,在他询问瓦尔特的情况前,我还不知道能告诉他什么好。若说得太多,我可能会受到责难,因为发生在第二探险队里的一些事情是严格保密的。我们常常只能简简单单的哼哈应付着,或者干脆缄口保持沉默。

他稍微调整了一下,又开始详细讨论起核电站的事来。我推测他妻子的身体并不是太好,瓦尔特是他们唯一的孩子。我还估计他在商业上是一个很有地位的人物,是一个富商。

我不喜欢他。我在许多方面喜欢瓦尔特。从他父亲商业味道很浓的交谈中,可以看出他是一个非常自负的人。

他要我估计还需要多久火星上的铀才可以成批地带回地球。我说那还得等候一段时间。

"第一探险队只确定了储藏地,"我说,"第二队只是进行了初步的勘探和地形测绘。当然,这项工作将一直做下去。听说第四队将有上百只飞船,可火星的地质结构十分坚硬。"

米勒斯先生断然地否定了我的说法:地球上缺乏能源,火星上的工作应该要比我估计的更快才行。

突然,他不再谈论生意上的事了。他看着我说,"在火星上谁是瓦尔特最好的朋友?"

他这样问时带着一种抱歉的意味。他是个自命不凡的人,但这时我对他的那种不好印象全部跑光了。

"布雷克·杰基,"我告诉他,"布雷克是我们的组长,他是能把我们全组紧紧团结在一起的人。一开始他和瓦尔特的相互配合就非常好。"

米勒斯先生点了点头,没再说什么了。过了一会儿,他透过车窗指着远处的湖面,告诉我就要到他家了。

那可不是普通人家的住宅,而是一所豪华的公寓。走进屋里,他把我介绍给米勒斯太太。她的面色苍白,看上去是个弱不禁风的妇女。她说见到了瓦尔特的朋友很高兴。这时我感觉到:即使米勒斯先生是那么的自以为是,可他对瓦尔特的感情要比米勒斯太太深得多。

他引我上楼走进一间卧室。他对我说布雷克的父母将在午餐前到,我可先在这儿休息一下。

我坐下来环视整个房间。这可是我见到的最豪华的房间了。看着这房间和这儿主人的生活方式,我开始理解为什么瓦尔特的脾气比我们都要大得多。

虽然瓦尔特的脾气不好,但的确是一个好小子。我知道他有点被宠坏了。对他来说,训练基地的纪律显得比对我们更严酷。

我坐在那儿等待着即将到来的可怕午餐。透过窗户我看到游泳池和网球场,不知道瓦尔特走后是否还有人在那儿游玩活动。对瓦尔特这样的人来说,去火星并死在那里,真是太荒唐了。

我扯开铺在床上的缎子床罩,以免我的鞋把它弄脏。我躺下闭上双眼,不知道我该怎么告诉他们。麻烦的就是我不知道官方的说法。

"指挥部很遗憾地通知你们,你们的儿子像狗一样地倒下了……"

他们肯定不会收到这样的电报。可通知他们的会是什么内容呢？我希望有机会能知道。

他妈的！为什么他们不让我平静？他们的身影又一次在我的头脑里浮现。心理医生告诉我应该忘掉一段时间，可我怎么能忘呢？

最好还是告诉他们真实的情况。瓦尔特毕竟不是在火星上唯一发过脾气的人。在残酷的最后几个月，许多人都喋喋不休地发着牢骚。

第三探险队没有来！

我们被迫留在这里，他们不管我们了，不接我们回去了。

这就是谈论的内容。在那段时间里可以听到许多这样的议论，这不能责怪他们。四分之一的人因火星病而倒下，小小的墓碑集聚在山脊后的峡谷里。配给越来越少，医疗保健越来越差，所有的物品都在日渐稀少。我们都翘首蓝天，盼望着宇宙飞船的再度出现。

尼科尔上校这样解释说，飞船在地球上有些小小的故障（在雷叶将军死后，他是我们的指挥官），因此要耽搁一阵。但飞船会很快起飞的。我们大家悲伤不已，因为我们还得忍受一段时间。

忍受着——这就是我们要做的一切。晚上我们坐在简易房里，听着拉森在床上不停地咳嗽，屋外的飓风巨人和寒冷巨人，在我们这乱七八糟的小屋周围咆哮大笑。

"他妈的，如果他们不来，我们就不回家？"瓦尔特愤愤地说道，"我们还有四艘飞船，它们能带我们回去。"

布雷克严肃的面孔变得更加难看了："喂，瓦尔特，就不能说说别的事情吗？大家休息吧。"

能怨大家说这些吗？我们不是小说里的英雄。如果他们忘记了，就让我们在这儿干等吗？

"我们必须耐心等着，"布雷克安慰大家，"第三探险队会来的。"

我一直认为飞船是不会来了。说它会来是我们的错觉而已，这个错觉使整个营地彻夜不宁。许多人嚷着："第三探险队来了！许多飞船在洛克山脉的西侧着陆了。"

跑到那儿他们才发现根本就没有什么飞船着陆，而是一阵流星雨降落火星过程中燃烧发出的光。

我想，这太使大家失望了。可我不能肯定这么说，因为就在那天我得上了火星病。而且病情越来越重，最后摔倒在地板上。他们给我用了一些清醒剂，等我苏醒过来时已躺在床上了。我觉得头像球一样又大又重，神志亦未完全清醒，但已有一点儿知道了。所以，我对所发生的一切有个模糊的印象。我不知道一触即发的兵变，直到醒来，布雷克俯下身子看我时，才看到他带着枪，挂着宪兵的臂章。

我问他发生了什么事。他说有听到许多关于劫持 4 只飞船回家的谣言。宪兵部队已经怀疑到这事，尼科尔上校为此发出了措辞强硬的警告。

我问是瓦尔特？布雷克点点头："他是领头的，这件事结束后他将受到军事法庭的审判。混蛋！"

“我不明白这些，瓦尔特可是很有胆量的人啊。”

“是的，但他不能违反纪律，绝不能这么做。现在的麻烦是他失去了理智。好了，再见，弗兰克。”

我再次看到他时，已不是我期望的那个样子了。那一天我们听到一阵微弱的枪响，紧接着警笛声大作，人们四处奔跑，半履带车急忙发动着。我费劲地下床走出小屋，看见他们都在往飞船的方向跑动。一个下士在吉普车里对着我喊道：“该死的，笨蛋们偷了枪，企图抢劫飞船，让飞行员带他们回家。”

我一直记得可恶的吉普车上下颠簸着带我们赶到现场。隐约可见的飞船下活动的人群在毫无目的地四处走动。地上有些东西，威勒少校用嘶哑的声音发布着命令。

渐渐地我看清了地上的东西。那是七八个人，他们大多数已经死亡。瓦尔特的心脏被击中。他们告诉我，他领头冲在前面，因此作为第一个反叛者被处死。

一个宪兵死了。还有一个坐着，军装的中部被鲜血染红，他就是布雷克，他们正在用担架抬他走。

那个下士说：“咳，是杰基，你们的头。”

我说：“是的，是他。”看到这番景象，我的心受到很大的打击，痛苦地说不出话来，只是不断地重复着“是的，是他”。

那个晚上布雷克再也没有苏醒过来。剩下的只有未完全恢复的我和死在床上的拉森。我们这五个剩下的第十四小组成员的结局就是这样。

指挥部怎会把这些事情公布于众？如果他们说第二探险队上的小伙子是如何的失去理智，怎样的发疯，岂不成了招募去火星探险新成员的绝好广告？因此，我不能责怪他们要求我们保守这最高秘密。不管怎样我们再也不想说这些事情了。

他们想知道他们的儿子是怎么死的，我会这样说：“你们的儿子可能是在火星上相互拼杀而死。”

哦哟，我不能这样告诉他们，但能说什么呢？我知道总部已经报告了这场灾难，把它视为“意外死亡”，但这是哪一类意外？

啊，时间已经过了，必须得下楼了。下去时，布雷克的父母已坐在那儿了。杰基先生是个木匠，一个高高的、骨瘦如柴的男人，一双像布雷克那样深蓝色的眼睛。他的话不多，他的妻子，虽然个子矮小，话却非常的多。

她说我看上去还是像当初布雷克从训练基地寄回家的照片上的那个样子。她还告诉我有三个女儿，两个已经结婚，一个婚后生活在密尔沃基，另一个生活在海边。

她接着谈到，按罗伯特·路易斯·史蒂文森书中的人物名字，给她儿子取名叫布雷克。我说那本书我在高中也读到过。

“那是个昵称。”

她用明亮的眼睛看着我说：“是的，那是昵称。”

这是一席丰盛的午餐。他们做了各种以为我喜欢的菜肴，非常精美的食物，有一个女仆专门服务。可对于这些，我一点也没有品尝出味道来。

饭后,大家在宽敞的客厅依次坐下,我知道这回轮到我了。

我问他们是否知道了事故的详细经过。米勒斯先生说不知道,所知的全部内容就是他们通知的"意外死亡"。

那好,那便容易说了。四个人的眼睛紧紧盯着我,我坐在那儿盘算着怎么开始讲。

我说:"你们知道,他们的不幸是百万次中才有的一件事情。火星上有比地球上多得多的小陨星。因为那儿的空气非常稀薄,陨星不会那么快燃烧完。一天,一颗陨星落在了燃料堆旁边,紧靠在一起的一堆堆小桶燃料随之爆炸。我因病躺在床上,没有看见当时的情景,也只是听说来的。"

这时客厅是异常的安静,几乎可以听到每个人的呼吸和心跳。我继续往下说着:

"许多人因爆炸的冲击波引起脑震荡而倒下。如果不是有人带着泡沫灭火器很快赶到的话,他们可能会被大火烧为灰烬。人们纷纷离开了大罐子,可有一只小罐子爆炸了,布雷克和瓦尔特正在附近。他们很快就死去了。"

编造这些故事,对我来说已是滚瓜烂熟了。我真害怕他们不相信这些。可是没有人说话。过了好一会儿,米勒斯先生发出一声叹息:"是这样的,嗯,嗯,果真如此,他们很快就死了,是不是?"

我连声说,是的,是的。

"只是我不明白,为什么不告诉我们这些事,这似乎不公平。"

我不得不这样回答:"这是秘密,因为不想让人们知道陨星的危险性。"

米勒斯太太站起来说她不太舒服,请我原谅她得离开了。其余的人看来也不想再说什么了。我也起身返回卧室休息去了。

我正准备上床,响起了敲门声。布雷克的父亲走了进来,他的目光直射我的双眼:

"这只是个故事,是不是?"

"是的,只是一个故事。"

他早已看透了我的心思,"我想你一定有自己的理由,但只要告诉我一件事,不管怎么说,布雷克的行为对不对?"

"他的举止就像一个男人,各个方面都如此,"我这样回答他,"他一直是我们中最优秀的人。"

他看着我,这话大概使他相信了。他握着我的手说:"好吧,孩子。那就不再多说了。"

这些就够了,早晨我不忍心看见他们了。我写了个条子留下,非常感谢他们的款待并原谅我的不辞而别。我悄悄地下楼,走了出去。

这时,天已大亮了。一辆卡车从我身边开过,司机让我上了车。他说正好要去机场附近。他问我火星上怎么样,我告诉他那里非常荒凉。在机场的坐椅上,我打了一会儿瞌睡,感觉好多了。明天我就可以回到家了,一切就会结束了。

这就是我想的。

四

飞机抵达家乡时,天色已近黄昏。爸爸妈妈不知道我会乘早班飞机回来,这样我在克利夫兰机场等候了他们许久。我们驱车进入商业区时,远远就看到一幅很大的彩色横幅悬挂在街头:"哈蒙维莱欢迎家乡的太空人!"

"太空人——那是指我,我想新闻媒体已经在报道我们的情况了。横幅上的字不多,意思却十分清楚。如今所有的人都在向我们欢呼。可当初我们却被迫蜷缩在飞船上牢狱般的舱房里。对了,这些都已过去。现在我们可是"太空人"了。

横幅下面,聚集着服装鲜艳的人群,我知道那是中学生乐队。我什么话也不说,父亲的双眼却紧盯着我的脸。

"喂,弗兰克,我知道你很疲劳。可这些人是你的朋友,他们想表示对你真诚的欢迎,你可不能毫无反应啊。"

是的,是的,是应该注意点。车开进克利夫兰时,我努力调整着自己紧张的心情。

这是我的家乡,一个古老的俄亥俄小镇。这儿有整洁娇小的白色农庄和起伏绵延的肥沃田野。6 月的季节,这儿看上去是那样的秀丽,非常的美好。以前我看到这些会觉得非常愉快,可这一次我没有这样好的心境了,因为我还得给他们述说许多火星上的事呢。

爸爸把车开到横幅下停住了,中学生乐队奏起了乐曲。罗宾逊先生走进了汽车。他既是哈蒙维莱市长,又是克利夫兰的商人。

他握着我的手说:"欢迎你回来,弗兰克,火星上怎么样?"

我答道:"天气很冷,罗宾逊先生,冷得可怕。"

"你本来应该去年 2 月回来的,"他说,"可一去就是 18 个月,简直创了一个纪录。"

他把头伸出窗外,打了个手势。汽车又开动了。跟在前面边走边演奏的乐队后面,我们向前缓缓移动着。商业街的两旁是古老苍劲的枫树,我们经过一些教堂和古老的小白房,没走多远就进入了白色的格兰吉大教堂广场。

广场上聚集着一些人。当我们的车进去时,他们发出了热情的欢呼——不是大声吼叫,而是发自内心的欢呼。我走出汽车和那些我实在不认识的人们握着手。然后,罗宾逊先生挽着我的手臂,一同走进了教堂。

所有的座位全占满了。人们都站着迎接我们,远处的小舞台上,摆放着一个很大的用花做成的装饰品——一个火红的玫瑰花球,那象征着"火星"。旁边一个白色的玫瑰球,象征着"地球",它们当中挂着九个用花儿制成的宇宙飞船。

"这是花园俱乐部制作的,"罗宾逊先生解释道,"几乎哈蒙维莱的每个人都贡献了花朵。"

"真是漂亮极了。"我赞美道。

罗宾逊先生把我拉上了台,所有的人都在鼓掌欢呼。他们都是我熟悉的人,来自我家附近的农庄和中学的老师,等等。

我在椅子上落座。罗宾逊先生先作简短的讲话。他谈到每当国家面临大的事情时，哈蒙维莱的小伙子们总是勇敢地走在前面，他们曾经历了1812年的战争、国内战争和二次世界大战，现在他们中的一个去了火星！

他说："人们常常对火星上是什么样子充满好奇和幻想，现在我们哈蒙维莱的小伙子从那儿回来了，他可以告诉我们这些了。"

他一面说一面指着我。我站起来后，教堂里再次爆发出一阵掌声，我站在那里不知所措，感到非常地难为情。突然，我解开一直困扰着我们的谜，我们一直不明白为什么第一探险队的人们从没告诉我们那儿的生活艰苦。现在，我知道了，他们不说是因为如果说了，人们听起来就好像他们是在抱怨他们所经历的事情。现在因为这同样的理由我也不会说。

看着台下一张张我很熟悉的充满兴奋、好奇的面孔，我知道我所说的并不一定能满足他们的要求，因为他们都已在报上读到过这些故事了。什么"奇异的红色星球"呀、"英雄的太空人"呀等等。如果现在有人企图给他们不同的说法，那只会引起他们的思想混乱。

我说："去火星要走很长的路。飞向太空是令人惊奇的事。飞船很快离开地球，进入星系。"

飞向太空，我是这样说的。听起来是多么的美妙和激动人心，再没有什么可与之相比了。他们怎么会知道，飞向太空意味着被绑在黑暗的锅炉舱里，听着乔·瓦里内兹向死亡走去，祈祷着我们的飞船别失去控制。

"走出飞船，踏上崭新的世界更使激动的心情难以平抑。抬头看到的是与在地球上看到的形状不同的太阳，环视周围是一种全新的时空天地……"

是的，是令人惊叹，特别对7号和9号飞船里的小伙子们。当他们像苍蝇一样被挤扁时，当他们躺在沙子上呻吟着"救命"时。是的，对于他们和必须尽力去帮助他们的我们这真是震惊不已、难以忘怀的事情。

"在火星上有许多困难，我们都很清楚有很多的工作必须做……"

在那里，"困难"算是一个好的词儿了。它不像满肚子坏水的人那样粗俗丑恶，也不像在你那间房子里死于火星病的最好朋友。是的，"困难"，是一个令人庆幸的词。

"……来到离地球很远的火星，我们唯一可做的事情就是工作上相互配合。"

是的，说得够多了。难道还要说瓦尔特、布雷克怎么死的来影响刚才说的那些话吗？

"工作在继续，第三探险队正在火星上建设更大的基地。第四队不久也将出发，这意味着它将为地球提供大量的铀、廉价丰富的原子能。"

就说这些了。我停了下来，可还想补充说："去火星不值得，损失了这么多人真不值得。我们克服了这么多困难，正是为了得到便宜的核能，好让地球上的人们能使用更多的洗衣机、电视机和电烤箱！"

可怎么能对你熟悉的人，喜欢你的人，勇敢地说出那些事情呢？我能这么做吗？也许我错了，可能有许多我曾想过和从未想到的事情已经深深地植根于这些好人的心中了。

我不知道。

好了，这些就是我能告诉他们的。我坐了下来，大厅里再次响起热烈的掌声。当时我以为我做对了,我所说的正是他们想听的。每一个人对此都感到很满意。

会场一下乱了,人们纷纷跑过来和我握手。直到最后,我走出教堂时天已黑了。夏天的夜晚并不很黑的,我待了好一会儿才看清了道路。父亲说,我们回家休息吧。

我对他说:“你们开车先回去,我从小路慢慢走回去,我喜欢在乡间的小路上散步。”

我家的农场离小镇只有几里地,穿过海勒农庄的小路只有一里路。我小时候常常走这条路。可能爸爸认为我不应该走那么远的路,我想他已明白我想干什么了,因此他们先走了。

沿商业街慢慢往前走着,周围有一片片小小的空地,枫树和榆树的阴影遮住了我的头。过去草地上的花儿把道路洒得一片芬芳沁人,可现在不一样了——我曾经想象它们是一样的,但的确已发生了变化。

穿过奥德·费劳尔教堂,遇见了福特工场的汽车修理工霍布·伊万斯,他已喝得半醉了,边走边哼着小调,就像是星期六晚上那样。

“嗨,弗兰克,听说你回来了。”我等他问人们都关心的那些问题,可他没有:“伙计,你看上去不太好,想喝点酒吗?”

他拿出一瓶酒,我一口他一口地喝了起来。他说他在到处找我,一路走一路哼着小调。他的兴致非常好,连我已从他的旁边走开都没有注意到。

我继续在黑暗中行走,穿过海勒家的草原,沿着那条旁边满是古老高大柳树的小溪走着。就像孩提时一样走一会儿停下一会儿,倾听着青蛙的鸣叫。整个夏天它们都在鸣叫着,这鸣叫声和夜晚的气息是多么的令人陶醉啊。

我做着已很久没有干的事情。仰望繁星点点的天空,那儿有个我小时候就注意的小红点。我早已在古老的故事里读到过它。同样的这个小红点。在训练基地的许多晚上,布雷克、吉姆、瓦尔特和我盯着它,想着不知我们是否真的会到达那里。

是的,他们去过那里,甚至到现在还没有离开,并且还有其他人陪伴着他们。随着时间的推移,将有越来越多的人会与他们做伴。

现在我看到的那个红点,与我知道的并不相同。

我希望告诉他们我为什么不能说真话,不完全是真话。我试着做一点解释。

“我不想撒谎,”我说,“可我必须,至少看起来必须这样……”

我不说了,谈论远在4000公里外已死去的人,简直是疯了。他们死了,一切都成了过去。我不再看天空的那个红点,开始找寻自己的家。

我感到有些事对我也好像结束了似的。那真是太幼稚了,我并不感到自己老了,但也没有年轻的感觉。我想我不会有这些感觉,永远也不会。

(崔　红　译)

太空军团

科幻小说的阅读与写作活动离不开其社会母体。然而，文学分析很少考虑小说的社会因素，这也许是由于新批评及其将艺术作品本身作为分析对象的影响。但是，文学确有其社会环境和社会影响，这对于不仅关切社会而且来源于社会的科幻小说来说，尤其如此。

比如说，科幻小说很少有广大的阅读层面。其原因尚未完全清楚。也许其知识内涵让人生畏，也许是那些科学概念令人却步。也许是由于其对于未来的强调，对物种而非个人的注重，以及其题材——那些遥不可及的事物——富于幻想的特性限制了科幻小说自身。又或许如一些批评家可能会说的那样，是由于科幻小说写作的质量吓退了除对科幻小说如痴如醉的人以外的所有读者。

但是，儒勒·凡尔纳、H. G. 威尔斯以及其他一些作家大受欢迎，这又往往让人对以上的种种推测产生怀疑。也许问题出在根斯巴克出的那些低级科幻书刊上。不管是什么原因，反正事实是，没有一种杂志的发行量达到过20万册，很少有长期保持在10万册以上的。对科幻小说感兴趣的人数不多，兴趣强度却很大。

戴蒙·奈特曾这样写道："科幻小说是少数人的大众媒体。"

然而，对于那些少数人来说，发现科幻小说是一种与宗教皈依无异的先验经历。他们常常非科幻小说不读。他们思考科幻小说，他们向往与别人交流他们的经历，希望劝说别人皈依。他们中有许许多多的人以这样那样的原因离群索居:或由于比别人聪明睿智,或由于不被社会所接受,或由于其对书籍的兴趣胜过其他。有时,他们是由于地理或经历的原因而与世隔绝。

科幻小说使读者变成迷。迷本身就是一种社会现象,它一直是科幻小说所特有的,一直到最近才有所改观。弗雷德里克·沃尔特姆教授就曾在《科幻迷杂志》(1973)一书中对迷和由迷而产生的科幻迷杂志作过评论。科幻迷们出版业余爱好性质的杂志评论科幻小说、发表业余小说诗歌、或描述科幻迷们自己的行止。他们也组织讨论会,原来是每年一次,现在几乎从不间断,世界各地总有地方在召开讨论会。而且,他们中间产生了新的作者。

科幻小说使读者变成作家。这一职业的报酬相对较差,但作家们获得其他方面的弥补,比如创作出他们喜欢读的作品,有时是超乎理性的作品;比如在一个小圈子里建立起声望——而在一个大的范围内这就要难得多;比如从科幻迷们那儿迅速获得对他们的作品的反馈意见——迷们或写信给他们,或在讨论会上与他们面谈。而且,他们会发觉,自己与其他科幻作家之间有一种同志式的情感——科幻作家是一个极其紧密、互相帮助、没有激烈竞争的群体。

杰克·威廉森(1907—)就是这样的一个作家,他就是从科幻读者成为科幻作家,从生理与心理上的孤立隔离中走出来的。威廉森出生于亚利桑那州,后全家迁移至墨西哥,再迁至得克萨斯州,最后在新墨西哥州东部一个干旱贫瘠的农场上定居下来。他就在那儿长大,几乎没见过什么外来的人,直到他在七年级时开始正常上学,这一情形才有所变化。他腼腆、笨拙,因此将兴趣转向了书本、学习和幻想,直到他发现1927年3月号的那期《惊异》。杂志上的那些故事点燃了他的想象力,不久,他就凑足钱订了一份。

在他以后的生活中,他对根斯巴克重印H.G.威尔斯作品之举推崇备至,但最先使他景仰的是A.梅里特的小说。他开始写作A.梅里特式的幻想故事,他给《惊异》写信,参加了一个科幻迷俱乐部,他的一篇题为《科幻小说:科学的探照灯》的文章在一次征文比赛中获奖,最后他卖出了一篇故事《金属人》。《金属人》发表在1928年12月的那一期《惊异》上。他终于发现自己有了成就。后来,他与许多科幻作家特别是埃德蒙·汉密尔顿结成了朋友,两人一起在1931年沿密西西比河顺流而下,作了一次史诗式的旅行。

威廉森在大学二年级时退学以从事他的创作。他锲而不舍,取得了较大的成功,但是,他之所以能够继续自己选定的事业,在很大程度上是因为他能够几乎不依靠农场上的任何东西维生。他在家里的农场上离开住宅搭了一座小房子,作为他的书房。他的创作日渐提高。30年代,除多种短篇小说以外,他还创作了一些长篇冒险小说,如发表在《离奇故事》上的《金色的血》、《惊奇》上的《太空军团》(三部曲)和《时间军团》,以及《未知》上的《比你想的要黑暗》。

40年代,他以威尔·斯图亚特的笔名写作了一系列带有自然主义色彩的关于太空人在小行星带开采反物质岩(反物质当时称为非地球或非地)的故事,后来结集成书,题为《非地船》(1951),它的续集是成书于其前的系列小说《非地大冲击》(1950)。这两部作品使他成了《纽约每日新闻》一个题为《火星以外》的连环漫画栏目的连载作家。

二战期间,威廉森在空军服役,任气象员。战后,他退役回乡,写出了《平衡器》和《无所事事》等一类新的社会小说,其中《无所事事》又有续篇,也发表于《惊奇》杂志,题为《……与敏锐的头脑》,后以单行本形式出版,题为《优人机器人》。

60 年代,他开始了与弗雷德里克·波尔的一系列合作,他们共同创作了数部长篇,同时,他还继续单独进行他出色的创作,包括《外星人》和《太空军团》的续集《恶魔的兄弟,上帝的兄弟》(1979)、《人类的种子》(1983)、《生命的冲刺》(1984)及其续集《迷宫之路》(1990)、《火孩》(1986)、《滩头堡》(1992)和《恶魔月亮》(1994),他学习新东西的能力与适应新形势的能力一直就是他最大的长处。他的创作每隔几年都有变化,以适应外在的与内部的新的需要。

40 岁的时候,他第一次结婚。56 岁时,他获得博士学位,并在东新墨西哥州大学开始教授英文,直到最近才以杰出的教授之称退休。70 岁,他被推选为美国科幻小说作家协会会长。1976 年,他被世界科幻小说协会授予科幻大师奖;1973 年,被授予第四届美国科幻小说研究会朝圣者奖;后者是表彰他在学术方面取得的成就,包括他的博士论文《H. G. 威尔斯:对进步的批判》(1973)。

《无所事事》发表于 1947 年,但威廉森最后影响的时代——当然并不一定是他的创作最为出色的时代——是在 30 年代。《无所事事》也许是在人与机器这一主题的处理上最具权威性的作品。

《无所事事》

〔美〕杰克·威廉森 著

一

那天下午,因为妻子用车,恩德希尔步行回家,他第一次见到了新型机器人。他的双脚循着平素走的对角路线——平时都是他妻子用车的——穿过一个杂草丛生、无人居住的街区。他满脑子想着怎样偿付在双河银行的贷款,但又一一否决了各式各样行不通的办法。正想着时,一堵新墙挡住了去路。

墙并不是平常的砖石砌的,而是用一种光滑、明亮、奇特的东西建成的。恩德希尔抬起头,注视着这幢长长的新建筑。这幢闪闪发光的挡道的建筑让他隐隐觉得有点恼怒而又惊异——上星期这里肯定没有这幢建筑。

然后,他看见了窗内的那个东西。

窗子不是普通的玻璃窗。宽大的窗玻璃一尘不染,完全透明。只有贴在窗上的那些闪

闪发光的字母才表明那儿有窗。字母组成了一个严整的颇有现代气息的标牌:

优人机器人研究所

双河代理行

最完美的机器人

服务人类,服从人类

保护人类

他这下真的恼怒了,因为恩德希尔自己就是做机器人生意的。生意早就很难做了。机器人在市场上是滞销货。类人机器人、机械机器人、电子机器人、自动机器人,还有普通的机器人,不一而足。可不幸的是,没有几种机器人像推销商许诺的那么好,双河市场早已积货囤滞,一片萧条。

恩德希尔推销的是类人机器人——如果说他能卖得出去的话。他的下批货明天就到,可他还不大清楚该怎样付款。

他蹙起眉头,停下脚步,透过仿若无物的窗户,盯着那个东西。他从未见过优人机器人。像任何种类的机器人一样,不工作时,优人机器人也纹丝不动地站着。它比真人矮小纤瘦,赤身露体,一如玩偶,无性别之分。光滑的硅酮皮肤黑亮黑亮,变幻着青铜色和金属的蓝色。它典雅的椭圆形脸上的表情始终如一,是警觉又带诧异的关切神色。总之,这是他所见过的最漂亮的机器人。

当然,要是实际使用,它太小了一点。他咕哝着说出《类人机器人推销商手册》上的一句话以自我安慰:"类人机器人身材高大——因为制造者不愿消耗动力,也不愿放弃最基本的功能,或削弱它的可靠性。类人机器人是您的最佳选择!"

当他转向透明的大门时,大门即徐徐开启。他走入富丽堂皇的崭新的展示厅,他想让自己相信这些新式的展品不过是为了吸引女顾客的又一次花哨的努力罢了。

他老练地审度着这些闪闪发亮的展品,他自得的乐观便消退了。他从未听说过优人机器人研究所,但很明显,这个新介入的公司财力雄厚,有着一流的营销策略。

他环顾四周,想找一个推销商,却有另一个机器人悄然无声地迎了上来。它和橱窗里的那个一模一样,行动迅速却惊人的优美。它明艳的黑色身体上流动着青铜色和蓝色的光泽,裸露的胸部一块黄色的铭牌熠熠发亮:

优人机器人

序号:81-H-B-27

最完美的机器人

服务人类,服从人类

保护人类

很奇怪,它的眼球没有晶状体,在它光秃秃的椭圆形的头上,钢灰色的眼睛茫然地盯视

着。然而,它像是仍能看清物体,在离他几英尺远的地方停了下来。它开口说话。它的声音洪亮悦耳:

“听候您的吩咐,恩德希尔先生。”

它用了他的名字,这让他吓了一跳,因为即使是类人机器人也不能识别每个人。当然,这不过是一个聪明的花招罢了。在双河这样一个小镇,这当然不是太难的事。推销商肯定是本地人,他一定在隔板后操纵着机器人。恩德希尔消去了刹那的惊异,大声说道:

“我能见你的推销商吗?”

“我们不雇用人类推销商,先生。”它随即以柔和的声音答道,“优人机器人研究所的宗旨是服务人类,我们不要求人类的服务。我们自己就可以提供任何您需要的信息,先生,并接受您的指令,即时为您提供优人机器人的服务。”

恩德希尔大惑不解地瞪着它。没有哪个机器人能做到自己更换电池,重新设定继电器,更不要说经管自己的分部办事处了。恩德希尔不安地看看四周,寻找一个或许隐藏着推销商的小房间或一片布帘,而那双没有晶状体的眼睛也茫然地瞪着他。

与此同时,那动人的、细细的嗓音又开始以极具说服力的语气说话了:

“我们是不是可以到您家做一次免费示范,先生?我们很希望能在你们星球引进我们的服务,因为在消除人类痛苦方面,我们在许多别的星球上一直都很成功。您会发现我们要比这里使用的老式电子机器人出色得多。”

恩德希尔不安地后退了几步。他很不情愿地放弃了搜寻不知隐身何处的那个销售商。机器人自我操纵这一念头让他大惊失色。这将在整个行业惹起轩然大波。

“至少您得带一些宣传品走,先生。”

矮小的黑色机器人走路轻巧优雅得令人发憷。它从靠墙的一张桌上给恩德希尔取来一本插图小册子。为了掩饰困惑和越来越深的惊骇,恩德希尔匆匆翻了翻光洁的书页。

在一系列色彩缤纷的“从前如何如何后来又怎样怎样”的图画里,一个丰乳金发的女孩先是俯身在厨房的炉子前,然后是轻松地穿着一件色彩炫目的长睡衣,一个矮小的黑色的机器人跪着给她端上什么吃的;她先是疲惫不堪地敲击着打字机,然后是穿着暴露的日光浴装躺在海滩上,而另一个机器人正在打字;她先是在一台大型的工业机器上苦干,然后是在一个金发年轻人的臂弯里翩然起舞,而一个黑色的优人机器人却在操作那台机器。

恩德希尔若有所思地叹了一口气。类人机器人公司不能提供这样诱人的促销材料。女人们会发现这本小册子不可抵御,而在售出的机器人中,86%是由妇女选购的。是的,竞争将非常激烈。

“先生,带回家吧。”那个甜蜜的嗓音催促着他,“让您的夫人看看。最后一页上有一张免费示范表演的空白预订单,您会注意到我们不需要您支付费用。”

恩德希尔麻木地回转身,大门立即为他徐徐开启。他晕头晕脑地朝门口走去。他发现自己手里仍拿着那本小册子,就恨恨地将它揉成一团摔在地上。那个矮小黑色的东西利索地拾了起来,银铃般的声音在他背后响起:

“我们明天会到您办公室拜访,恩德希尔先生,并送一套示范机器人到府上。该是讨论贵公司停业清理的时候了,因为您所销售的电子机器人无法与我们相比。另外,我们将向您夫人做一次免费示范表演。”

恩德希尔不想回答,因为他怕自己的声音暴露自己的真实想法。他恍惚地大步沿着人行道走到街角,停下来恢复镇定。从他震惊混乱的印象中现出了一个清晰的事实——他的代理处濒临危机,前途黑暗。

他凄凉地回头看了一眼那幢富丽辉煌、气势不凡的新建筑,那不是真的砖块或石头,那仿若无物的窗也不是玻璃,而且他确信,上一次奥萝拉用车的时候,大楼的地基也不曾打桩。

他向前走着,绕过这个街区,沿着新人行道走到后门。一辆卡车车斗朝着门停着,几个黑色的机器人静静地忙碌着,正在将巨大的铁条箱从车上卸下来。

他停下脚步,看其中的一个箱子。箱子上贴着星际运输的标签,箱上印着的文字标明它来自翼星4号上的优人机器人研究所。他想不起有哪个星球是叫这个名字的。那个研究所一定是个很大的机构。

卡车后暗乎乎的仓库里,他隐约可以看见一些黑色的机器人正在开启铁条箱。盖子打开,露出捆装严实的黑色、僵直的身架,它们一个又一个地活动起来,爬出铁条箱,优雅地一跃,跳到地上。它们全都一模一样,发亮的黑色闪着青铜色和蓝色的光泽。

其中一个绕过卡车,走到人行道上,一双茫然的钢眼盯着他,银铃般的声音高亮悦耳:

“听候您的吩咐,恩德希尔先生。”

他拔腿就跑。一个彬彬有礼的机器人,刚刚从遥远的不知名的星球运到,刚刚爬出包装箱,就马上叫出了他的名字,他觉得这太难以接受了。

过了两个街区,他看见了一个酒吧的招牌,他带着惊惶与绝望走了进去。晚饭以前他从不喝酒,奥萝拉更是从来就不喜欢他喝酒,然而,这些新式的机器人让他觉得这个日子非同寻常,他要破一次例。

但不幸的是,酒精并不能使他可以预见的代理处的前景光明起来。一个小时后,他从酒店出来。他回头看了看,希望那幢明亮的新建筑也许已经突然消失,一如它的不期而至一样。但它还在那儿。他沮丧地摇摇头,回转身,怀着一颗忐忑不安的心朝家中走去。

到达镇郊的那幢整洁的白色小平房时,清新的空气已使他的脑子稍稍清醒过来,但并没有解决他生意上的问题。而且,他还不安地意识到,他已经赶不上晚餐了。

然而,晚餐却推迟了。儿子弗兰克,一个脸上长着雀斑的10岁男孩,还在屋前安静的街上踢球。亚麻色头发、活泼可爱的11岁的小盖伊穿过草坪,沿着人行道跑过来迎接他。

“爸爸,猜猜看!”盖伊将来会成为一名伟大的音乐家,而且毫无疑问,她的气质高贵典雅,但这时的她却兴奋得小脸通红,气喘吁吁。她由着恩德希尔高高地一把把她抱起来,而且也不在乎他口中的酒吧气味。他猜不出,她就急巴巴地告诉了他:

“妈妈有了个新房客!”

二

恩德希尔已经预见到会有一次痛苦的盘问,因为奥萝拉担心着银行的存款、新贷的账单和小盖伊的学费。

新房客倒是让他躲开了这次盘问。家用类人机器人正在桌上布置晚餐,盘盘罐罐,乒乒乓乓,惊人心魄,但小小的屋子里空空荡荡的。他在后院找到了奥萝拉,她正抱着一堆为客人准备的床单和毛巾。

刚结婚时,奥萝拉就和他现在的小女儿一样极其可爱。他觉得,如果他的代理处能够稍稍再成功一点,那么,她原是可以保持她可爱的魅力的。但是,他的生意慢慢衰退,这压力渐渐碾碎了他的自信,而一些零零碎碎的累人的事情也使她变得有点咄咄逼人起来。

当然,他仍然爱她。她的红发也依旧诱人。但抱负不断受挫,这不仅使她的性格变得坚定,有时也使她的嗓音变得尖厉,尽管他们从未吵过架,但确实早已经有些小小的分歧了。

车库上方就是那套公寓——原是供仆人用的,但他们从来不曾有能力雇用仆人。房子又小又脏,不可能吸引任何可靠的房客,因此,恩德希尔的意思是想任其空着。看到妻子为陌生人在那儿铺床拖地,他的自尊便受到伤害。

但以前,当奥萝拉需要钱,为盖伊的音乐课付学费,或当一些五花八门的不幸遭遇打动了她的同情心的时候,她也曾将这套公寓出租,而在恩德希尔看来,她所有的房客结果不是小偷就是胡乱破坏的人。

她手臂上挂着洁净的床单转过身来与他打招呼。

"亲爱的,反对是没用的。"她的嗓音非常坚决,"斯莱奇先生是最好的老头了,他想住多久我就给他住多久。"

"那没问题,亲爱的。"他从来不喜欢为小事吵嘴,而且他脑子里想的是代理处遇到的麻烦,"我估计我们会急需钱用,你让他提前付房租就是。"

"但他不行啊!"她的嗓音因为怜悯的热情而微微发颤,"现在还不能付,他说他马上就能拿到发明专利税,过几天就能付房租。"

恩德希尔耸耸肩,这些话他以前也听到过。

"斯莱奇先生不一样,亲爱的。"她坚持道,"他四处旅行,是个科学家。在这个沉闷单调的小镇里,我们看不到几个有趣的人物。"

"你早已经挑中过几个不同寻常的人物了。"

"别那么刻薄,亲爱的。"她柔声嗔怪道,"你还没见过他呢,你不知道他有多棒。"她犹疑了一下,"你有10元钱吧,亲爱的?"

"什么用?"

"斯莱奇先生病了。"她的声音变得急切,"我见到他在市区倒在街上,警察要把他送到市医院去,但他不愿意。他看上去是那么高贵、和蔼又气度不凡。我告诉他们我会送他去的。我把他扶上车,送他去见老温特斯医生。他心脏不好,需要钱买药。"

恩德希尔顺理成章地问:“他为什么不愿去医院?”

“他有工作要做,”她说,“重要的科学工作——他这么出色,又这么悲惨。求你了,亲爱的,给 10 元钱吧。”

恩德希尔想到了许多要说的事。眼看着那些新的机器人要给他雪上加霜,再加留一个又老又病的流浪汉真是愚蠢。他本可以在市医院得到免费治疗的。奥萝拉的房客们总是用诺言偿付房租,而且,在离开之前,通常还要破坏房子,洗劫邻人。

但这些事,他一件都没提。他已经学会妥协。他默默地从瘪瘪的皮夹子里找出两张 5 元的票子,放在她的手里。她笑了,冲动地吻了他——他都没来得及记得屏住呼吸。

阶段性的节食使她的体形依旧很好。她亮泽的红发也让他感到骄傲。突然涌起的一阵爱意湿润了他的眼睛,他真不知道,要是办事处倒闭了,她和孩子们会怎样。

“谢谢你,亲爱的!”她轻声说,“他要是觉得能行,我就让他过来一起吃晚餐,你可以见见他。我希望你不介意晚餐推迟了。”

今晚他不介意。他忽然一阵冲动,想做点家务,于是他从地下室的工作间取来锤子和钉子,用一根平整的对角木条,修好了垂垂欲坠、即将散架的厨房纱门。

他喜欢做手工活。他儿时的梦想是建造核裂变发电厂。而且,他还学过机械——这还是在他与奥萝拉结婚之前,在从她那个懒惰、酗酒的父亲那里接手了不景气的机器人代理处之前。这点小活计干完的时候,他已经在快活地吹着口哨了。

当他回身穿过厨房去放工具的时候,他看见家用类人机器人正忙着清除桌上动也没动过的晚餐——对刻板不变的工作,家用类人机器人很管用,但它们永远学不会处理人类的意外情况。

“停下,停下!”恩德希尔用恰当的音调节奏慢慢地重复着,他的命令使它住了手,接着他又小心地说:“上饭菜,上饭菜。”

这庞大的东西很听话地将那一摞盘子又端了上来。他突然意识到它和那些优人机器人之间的差异。他疲惫地叹了一口气。代理处前途黯然,没有指望了。

奥萝拉穿过厨房的门,将她的新房客带了进来。恩德希尔在心底里点了点头。这个瘦削的陌生人乱蓬蓬的头发、憔悴的脸颊褴褛的外套,看起来正是那种打动奥萝拉的稀奇古怪、富有戏剧性的流浪汉。她给他们互相作了介绍,然后去叫孩子们。他们坐下来在前厅里等着。

恩德希尔觉得老流浪汉看起来病得不很重。或许是因为他宽阔的肩膀耷拉着,使他显得疲惫,但他瘦长的身躯仍然很有精力。他脸色苍白,瘦骨嶙峋的脸上布满皱纹,但他深陷的双眼仍燃烧着生命的火焰。

他的双手吸引了恩德希尔的注意。他的双臂又瘦又长,手掌巨大,像是挂在手臂上一样,随时准备动作。他的双手粗糙,布满伤痕,晒得很黑,手背上长着细细的毛,已褪成金色。他的这双手讲述着各种各样的艰难历程,或许是战争,甚至是苦力活。这是双曾经是非常管用的手。

“我非常感激您的夫人,恩德希尔先生。”他嗓音低沉,他的笑容带着一丝渴望,对于这样一个显然上了年纪的人来说，有点不相称，太孩子气了。“您夫人把我从窘境中解救出来。我保证让她得到丰厚的酬报。”

又一个活灵活现的流民，恩德希尔暗下结论，一辈子都信口胡编些听似可能的故事。恩德希尔私下和奥萝拉的房客们玩着一个小游戏——他只记住这些人所说的话，每一件不可能的事情均计一分。他想，斯莱奇先生将使自己得一个很高的分数。

“您打哪儿来？”他随便地问道。

斯莱奇犹豫了一下才回答。这有点不同寻常，因为大多数奥萝拉的房客都极其能言善道。

“翼星 4 号。”这位瘦削的老人的话音庄重而又不情愿，仿佛他本想不这样回答：“我年轻的时候都是在那儿度过的，但我离开那个星球差不多已经有 50 年了，从那时起，我就一直在旅行。”

恩德希尔吃了一惊，紧紧地盯着他。他记起，翼星 4 号就是那些漂亮的新型机器人的老家。这个老流浪汉看起来衣衫褴褛，穷困潦倒，很难把他与优人机器人研究所联系起来。瞬间的怀疑消退以后，他皱起眉头，很随意地问：

“翼星 4 号一定挺远吧？”

老流浪汉又犹疑了一下，然后严肃地说：

“109 光年，恩德希尔先生。”

这是第一分。但恩德希尔掩饰住了他的满意。新型的宇宙飞船速度很快，但光速仍是个极限。他毫不经意地继续玩他的游戏，去拿他的第二分。

“我妻子说您是个科学家，斯莱奇先生？”

“是的。”

老家伙的寡言可真不同寻常。奥萝拉的房客大多数不需要什么提示。恩德希尔又一次用一种轻松随意的口吻说：

“我过去是个工程师，后来我放弃了，转行去经营机器人。”老流浪汉坐直了身子，恩德希尔怀着希望地打住话头，但老头什么都没说，恩德希尔只好继续说下去：“核裂变发电厂的设计和运行。您的专业是什么，斯莱奇先生？”

老人沉思凹陷的双眼不安地长长地看了他一眼，然后慢慢地说道：

“恩德希尔先生，在我极需要帮助的时候，您的夫人对我很好。我想应该让您知道真相，但我得请您保守秘密，不对别人泄露。我正致力于一项非常重要的研究，这项研究必须秘密完成。”

“很抱歉。”恩德希尔忽然对他这种不怀好意的游戏觉得羞耻，他愧疚地说：“算了。”

但老人却一字一顿地说：

“我的研究领域是铑磁学。”

“嗯？”恩德希尔不喜欢承认无知，但他的确从未听说过，“我已经有 15 年没接触专业了。”他解释道，“恐怕跟不上形势了。”

老人淡淡地又笑了一下。

“我来之前,这门科学在这儿是不为人所知的。”他说,“几天前,我申请了基本专利。一旦我开始有专利费的收入,我就又能富起来了。”

这话恩德希尔以前也听到过。老流浪汉的严肃、勉强很能打动人心,但他记得奥萝拉的房客大多数也很像绅士,说起话来也挺像那么回事。

“那么,”恩德希尔又紧盯着那双粗糙怪异、伤痕累累而又能干的双手,几乎有点着迷了,“铑磁学到底是怎么回事?”

他听着老人仔细、审慎的回答,又开始玩起了他的小游戏。奥萝拉的房客们大多数都讲过一些相当奇异怪诞的故事,但他还没有听到过能超过这一个的。

“那是一种宇宙力量。”弯腰弓背的老流浪汉严肃地说,“和铁的磁性或者说万有引力一样,是一种基本的力,虽然它的作用不似万有引力那么明显。它是化学周期表上第二列三价原子铑、钌、钯的属性,就像铁的磁性是第一列三价原子铁、镍、钴的属性一样。”

恩德希尔记得的一些工程课内容足以让他看出他话中基本的谬误。他记得,钯是用作手表发条的,因为它根本没有磁性。但他绷紧脸孔,没有动容。他的心眼不坏,玩玩那个游戏仅仅是自娱而已。这个游戏是个秘密,连奥萝拉也不知道,而且只要表露出一点点怀疑,恩德希尔就会罚自己的分。

他只是说:“我原以为宇宙间的力量早已全部为大家知道了。”

“自然掩盖了铑磁性的作用。”老头用嘶哑的嗓音耐心地解释着,“再者,铑磁性的作用之间互相逆反,因此普通的实验方法是看不出它的作用的。”

“互相逆反?”恩德希尔诱导着他往下说。

“过几天,我可以给你看我专利的副本,就是描述演示实验的复印件。”老人严肃地承诺,“传播的速度是无限的。作用和距离的一次方成反比,但和距离的二次方却不成反比。除铑三价原子的元素以外,铑磁射线通常能穿透其他普通的物质。”

游戏的分数又加了四分。奥萝拉发现了这么奇特的一个家伙,恩德希尔心中对她生出了一丝感激。

“铑磁性最先是在对原子的数学研究中发现的。”这个捏造故事的老头平静地说着,什么都不怀疑,“铑磁分力被证明对维持核力之间微妙的平衡是极其必要的。因此,与原子频率一致的铑磁波可以用来破坏核力的平衡,产生不稳定。这样,大多数重原子——一般在原子序数第46号的钯以上——可以用于人工分裂。”

恩德希尔又给自己加了一分,他努力不让自己的眉毛扬起。他只是说:

“这样的发现的专利应该很难赚钱的。”

老无赖很富戏剧性地点了点他那颗瘦削的脑袋。

“您可以想见那些明显的应用。我的基本专利包括了这些应用的大多数。行星间和恒星间的同速通讯手段。远距离无线能量传送。曲折驱动器——它通过对谱的连续部分的铑磁变形,能使视速数倍于光速。当然,还有使用任何一种重元素作为燃料的新型的核裂变电厂。”

荒谬透顶!恩德希尔极力板着脸孔不笑。谁都知道光速是一个物理极限。就人类来说，这样不同凡响的专利所有者是用不着在破旧的车库顶公寓里求一栖身之处的。他注意到老流浪汉瘦骨嶙峋的多毛的手腕上有一圈淡淡的颜色。没有哪个拥有这样无价的秘密的人会走到典当手表的地步。

恩德希尔得意洋洋地又给自己加了四分，但接着他不得不罚自己了。他肯定在脸上露出了怀疑的神色，因为老头突然问道：

"您想看看基本张量吗？"他将手伸进口袋去掏铅笔和笔记本，"我给您写下来。"

"算了。"恩德希尔反对道，"我想我的数学有点生疏了。"

"可您是不是觉得很奇怪，这样创新的专利的持有者居然生活没有着落？"

恩德希尔不自在地点了点头，又罚了自己一分。这老头也许是个前无古人后无来者的说谎大王，不过他也够精明的。

"您看，我简直是个难民。"他歉疚地解释道，"我几天之前才到达这个星球，我只能轻装旅行。我不得不将所有的东西存放在一家法律事务所，以安排专利发表和保护的事务。我预计马上就可以收到第一笔专利费了。"

"同时，"他很在理地加了一句，"我来双河是因为它宁静幽僻，远离太空港。我正在做另一个项目，它必须秘密完成。您会尊重我对您的信任吗，恩德希尔先生？"

恩德希尔只好说他会的。奥萝拉带着刚刚梳洗好的孩子们回来了，孩子们直奔饭桌。类人机器人端着一个热气腾腾的大盖碗，蹒跚着走进来。这位年老的陌生人似乎怕见机器人，很不自在地退缩了一下。奥萝拉接过盖碗，给大家布汤的时候，她随口问道：

"亲爱的，你们公司为什么不造出一个好一点的机器人来呢？造一个机灵乖巧，一个真正完美的侍者，保证不溅出汤汁。那不是很妙吗？"

她的问题让恩德希尔陷入了郁郁的沉默。他坐在那儿，愁眉苦脸地对着盘子，他想到了那些出色的宣称是完美的新型机器人，想到了它们可能会给代理处带来的影响。邋遢的老流浪汉却一本正经地答了话：

"完美的机器人早已经存在了，恩德希尔夫人。"他嘶哑的嗓音带着严肃的口吻，"但它们却并不那么美妙，真的。差不多50年了，我一直在躲着它们，四处流亡。"

恩德希尔吃了一惊，从盘子上抬起头来：

"您是不是说那些黑色的优人机器人？"

"优人机器人？"那响亮的嗓音突然轻了下去，充满了恐惧，那双深陷的眼睛因为震惊而黯淡，"您对它们有什么了解？"

"它们刚刚在双河新开了一家代理处。"恩德希尔告诉他道，"没有推销商——如果您想象得出的话。它们宣称——"

他忽然不说了，因为那瘦削的老人心脏病突然发作，他粗糙的手紧紧卡着自己的脖子。汤匙当啷一声落在地上。他憔悴的脸上现出了不祥的青色，呼吸又急又浅。

他在口袋里摸索着找药，那不知是一种什么药，奥萝拉帮他用一杯水服下了。过了一会儿，他又能呼吸了，脸色也恢复正常了。

"很抱歉，恩德希尔夫人。"他内疚地低声说道，"这消息太惊人了。我来这儿就是为了摆脱它们。"他紧盯着那个纹丝不动的巨大的类人机器人,凹陷的双眼里充满了恐惧,"我原想在它们到来之前完成工作,"他轻轻地说,"现在没有什么时间了。"

当老人感到可以走路的时候,恩德希尔出去送他上楼去车库公寓。他注意到,那个小厨房早已改成了工作室。老流浪汉似乎没有多余的衣服,但他已经把那些亮锃锃的塑料的或金属的古怪的小玩意儿从破旧的旅行包里取了出来,摊开在小小的餐桌上。

这个瘦削的老人自己衣衫褴褛,打满补丁,一脸饿相,但他那些古怪的仪器部件却加工得精致漂亮。恩德希尔认出了稀有金属钯的银白的光泽。他突然觉得,在自己那个秘密的小游戏里,他的分数也许算得太多了。

三

第二天早上,恩德希尔到达代理处的办公室时,有一个来访者正在等他。它僵硬地立在他的桌前,姿态挺直优雅,黑色硅酮的裸体上闪烁着柔和的蓝色和青铜色的光泽。一见到它,恩德希尔就停住了脚步,一时慌乱不安。

"听候您的吩咐,恩德希尔先生。"它迅速转过身来,用它那双没有晶状体、使他惶悚不安的眼睛盯着他,"能听我们解释我们可以怎样为您服务吗?"

他想起昨天下午的震惊,厉声问道:"你怎么知道我的名字?"

"昨天,我们阅读了您档案里的商务卡片,"它柔声说道,"现在,我们就永远知道您了。您看,我们的感觉比人类的灵敏,恩德希尔先生。也许开始时我们看上去可能有点怪,但您很快就会习惯的。"

"只要我做得到,我就不想习惯!"他盯着它黄色名牌上的序号,脑子里一片混乱,他摇摇头,"昨天是另外一个。我从来没见过你!"

"我们都一模一样,恩德希尔先生。"银铃般的嗓音温柔地说,"我们其实都是一个。我们各自的活动个体都由优人机器人中心控制,并由中心提供动力。您所见到的个体不过是翼星4号上我们伟大的头脑的感官和肢体。这就是我们远远优越于旧式机器人的原因。"

它对着恩德希尔展示室里的那一排笨拙的类人机器人做了个像是不屑的姿势:

"您看,我们是铑磁机器人。"

恩德希尔趔趄了一下,仿佛这个词是一记闷棍。现在他相信了,对奥萝拉的新房客,他记了太多的分数。最初轻微的恐惧,稍稍接触已使他战栗,他嘶哑着声音,努力张口说道:"那么你想怎样?"

那个漂亮的黑东西隔着桌子茫然地瞪着他,慢慢打开一份像是法律公文的文件。恩德希尔坐下来,不安地看着。

"这只是一份转让证书,恩德希尔先生。"它温柔地轻声说道,"您看,我们要求您将您的财产转让给优人机器人研究所,以此换取我们的服务。"

"什么?"恩德希尔倒吸了一口冷气,仿佛不能相信自己的耳朵,他愤怒地站起身来,"这是哪门子敲诈勒索?"

“这不是敲诈勒索。”矮小的机器人柔声向他保证,“您会发现优人机器人不会犯罪。我们只为增加人类的快乐和安全而存在。”

“那你们为什么要我的财产?”他厉声说道。

“这转让不过是个法律形式。”机器人温和地对他说道,“我们努力推广我们的服务,尽量减少混乱和错位。我们认为我们的转让计划对于私人企业的管理和清算是最有效的。”

恐惧夹杂着愤怒,恩德希尔浑身发抖,他喘着粗气,沙哑着嗓子说:“不管你们有什么计谋,我都不想放弃我的生意。”

“其实您别无选择。”银铃般的嗓音甜美,却让他发抖,“我们所到之处,人类的企业就不再需要了。电子机器人工业总是最先垮台的。”

恩德希尔挑战似地盯着茫然的钢眼。

“谢谢!”他紧张而嘲弄地轻轻笑了一声,“但我喜欢自己经营,养活家小,照料自己。”

“根据总指令,那是不可能的。”它柔柔地说着,“我们的职责是服务人类,服从人类,保护人类不受伤害。人类再无必要照料自己了,因为我们就是为保证他们的安全和快乐而存在的。”

恩德希尔迷惑不解,一声不吭地站着,怒火慢慢地在他心中升起。

“我们正向城里的每家每户分送一个优人机器人,免费试用。”它又温柔地加了一句,“这项免费演示会使大多数人高兴正式转让财产。您不能再卖出很多的类人机器人了。”

“滚出去!”恩德希尔绕过桌子冲过来,“把你那见鬼的破纸片带走——”

矮小的黑东西一动不动,拿一双茫然的钢眼看着他等着。恩德希尔突然控制住了自己,觉得愚蠢可笑。他很想打它,但他知道这毫无作用。

“如果您愿意,和您的律师商量一下。”它熟练地将转让表格放在他的桌上,“您无须对优人机器人研究所的信誉存有疑虑。我们将向双河银行寄送一份我们的资产证明书,并存进一笔款项,以支付我们在此的费用。等您希望签约的时候,请通知我们。”

这个双目茫然的东西转身悄然离去。

恩德希尔走出门,在街角的杂货铺里要了一剂小苏打。售货员竟是一个漂亮黝黑的机器人。他回到办公室,更加沮丧了。

代理处笼罩着一种不祥的寂静。他让三个推销人员出去,带上示范产品,挨家挨户地兜售。此时应当有不断的电话,订货啦,汇报情况啦,但电话铃一直不响,直到有一个打来电话说他要辞职不干了。

“我自己要了一个那种新型的优人机器人。”他加了一句,“它说我不必再工作了。”

恩德希尔强压住想骂人的冲动,他竭力想利用这难得的清静整理账册。然而,几年来一直岌岌可危的代理处的事务,今日完全是大难当头了。一位顾客走了进来,他满怀希望地放下账册,但那胖胖的妇女并不想买类人机器人,她上个星期买了一个,现在想退货。她承认它能做保证书上许诺的所有的事——但现在她见到过优人机器人了。

那天下午,沉默的电话铃又响了一次。银行出纳问他是否能去银行讨论他的贷款。恩德希尔去了,出纳带着一种不祥的亲切向他问候:

“生意做得怎样?”

“上个月还过得去,”恩德希尔硬了口气坚持道,“现在我正要进一批货,我还要一小笔贷款——”

出纳的双眼顿时冷若冰霜。

“我肯定,您在镇上有了一个新的竞争对手。就是那些销售优人机器人的人。非常可靠的东西,恩德希尔先生。无与伦比的可靠!它们已向我们提交了一份报告书,还存了一笔不小的数目,以确保它们在本地必须支付的款项。很大的一笔数目呐!”

出纳降低了声音,职业化地装出一副遗憾相。

“恩德希尔先生,在这样的情形下,恐怕银行不能再为您的代理处提供资金援助了。我们必须要求您在贷款到期时全部付清。”看着恩德希尔苍白绝望的脸色,他又冷冰冰地加了一句:“我们对你的宽限已经太久了,恩德希尔,如果你无法偿还,银行就得开始办理破产手续了。”

新的一批类人机器人是那天下午晚些时候送到的。两个矮小的黑色优人机器人将货从卡车上卸下来——因为搬运公司的经营者已将公司转让给优人机器人研究所了。

优人机器人利索地将板条箱堆了起来。它们彬彬有礼地拿来一张收据,让恩德希尔签字。对于推销类人机器人,他再也不抱什么希望了,但他订了货,只能接收。一阵无处可逃的绝望感袭来,他浑身发抖,胡乱签了名字。裸体的黑东西们谢过他后,将卡车开走了。

他爬进自己的车子,准备回家,内心怒火翻腾。接下来他所知道的,是他在一条忙碌的大街中央行驶,正从交叉车流中穿过。一个警察的哨子尖利地响了起来。他疲惫地将车驶到路边,等候那个发怒的警察,然而,赶上他的却是一个矮小的黑色机器人。

“听候您的吩咐,恩德希尔先生。”他软声说道,“您得尊重红灯,先生,否则,您会危害人类的生命。”

“嘿?”他恨恨地盯着它,“我还以为你是个警察呢。”

“我们是临时帮助警署的。”它说,“但是,根据总指令,驾车对人类来说,的确太危险了,一旦我们完善了服务,每辆车都会有一个优人机器人司机。一旦每个人都完全得到监督,就不需要任何警察了。”

恩德希尔怒目瞪着它。

“那好啊!”他尖刻地说道,“那么,我闯了红灯,你打算怎么样?”

“我们的职责并非惩罚人,而是为他们的快乐和安全服务。”它温和地说,“我们的服务现在还不完全,在这暂时的紧急状态下,我们仅仅要求您安全驾驶。”

怒火在恩德希尔胸中燃烧。

“你们真是太完善了!”他尖刻地咕哝着,“我想,人是什么都做不了的,而你们却比人做得好。”

“当然是我们更加优秀。”它平静地轻声说道,“因为我们的部件是金属和塑料做的,而你们的躯体大多数是水;因为我们传送过来的能量是从原子裂变中获取的,而不是由氧化作用获得;因为我们的感觉比人类的视觉和听觉灵敏,最重要的是,因为我们所有可移动的个体都与一个伟大的头脑连接,这个伟大的头脑知道在许多世界发生的一切,而且它从不死亡,也不睡眠,也从不遗忘。”

恩德希尔怔怔地听着。

“但是,你们也不必惧怕我们的力量。”它欢快地对他说,“因为我们不会伤害任何一个人,除非为了制止对别人更大的伤害。我们的存在就是为了执行总指令。”

恩德希尔怏怏不乐地向前驶去。他愤愤地想着这些矮小的黑色机器人是主宰一切的神的神差,那神从机器里诞生,无所不能,无所不知。总指令则是新的圣训。他恨恨地诅咒着那个神,接着他又想到会不会另有一个魔鬼呢?

他在车库停好车子,朝厨房门走去。

“恩德希尔先生,”奥萝拉的新房客低沉疲倦的声音从车库公寓的门口朝他叫道,“请等一下。”

恩德希尔朝他转过身来,那骨瘦如柴的老流浪汉艰难地从露天楼梯上下来。

“这是房租,另外10元是您夫人借我的药钱。”

“谢谢,斯莱奇先生。”他收下钱,发现这位星际老流浪汉瘦骨嶙峋的肩上又压上了新的绝望的重担,他瘦削的脸上也印上了新的恐惧的阴影。他觉得诧异,就问:“您不是已得到您的专利税了吗?”

老人摇摇他头发蓬乱的脑袋。

“优人机器人使首都的一切业务活动都停止了。”他说,“我聘请的律师就要失业了。他们把我户头上剩余的钱还给了我。我完成工作的所有的经费都在这儿了。”

恩德希尔用了5秒钟时间回顾了他与银行出纳的会面。毫无疑问,他也是个多愁善感的傻瓜,和奥萝拉一样的大傻瓜。他将钱放回到老人颤抖粗糙的手里。

“拿着吧。”他劝他说,“用在您的工作上吧。”

“谢谢您,恩德希尔先生。”粗哑的嗓音突然变了,饱经磨难的双眼闪闪发光,“我需要它——真的太需要了。”

恩德希尔朝屋子走去。厨房门无声地为他打开了。一个黑色的裸体的东西优雅地过来接他的帽子和外套。

四

恩德希尔不快地抓着帽子。

“你在这儿干什么?”他气呼呼地厉声问道。

“我们来是给府上作一次免费试用演示的。”

他打开门,指着门口:

“滚出去!”

矮小的黑色机器人一动不动地站着,视而不见。

“恩德希尔夫人接受了我们的演示服务。”银铃般的嗓音反驳道,“我们现在不能离开,除非由她要求。”

他在卧室找到了妻子。他砰地推开房门,积聚已久的沮丧一时奔涌而出。

“那该死的机器人在干吗——”

但他的声音轻了下去,奥萝拉甚至根本没注意他的愤怒。她穿着那件最透明的长睡衣,结婚以来,她从来没有现在这么可爱动人。她的红发堆成一个精美漂亮的发髻。

“亲爱的,这一切多好啊!”她容光焕发地过来迎接他,“它是今天早上来的,它什么都能做,它打扫屋子,准备午餐,还给小盖伊上音乐课。今天下午,它替我做了头发,现在正在做晚餐。你觉得我的头发怎么样,亲爱的?”

他喜欢她的头发。他吻了她,极力想抑制因恐惧而起的愤怒。

晚餐是恩德希尔记忆中最精美的一顿,而且矮小的黑东西服务熟练到位。奥萝拉一直嚷嚷着赞美新奇的菜肴,但恩德希尔却几乎什么都吃不下,在他看来,所有这些香郁美味的糕点不过是可怕的陷阱的诱饵。

他试图说服奥萝拉把它送走,但在这样一顿晚餐之后,这是徒劳的。她眼中泪光一闪,他就屈服了。优人机器人留了下来,它整理屋子,清扫庭院,看管孩子,帮奥萝拉修剪指甲。它还开始翻修屋子。

恩德希尔很担心账单,但优人机器人坚持说所做的每件事都是免费试用演示的一部分。一旦他转让了财产,服务将会更全面完善。他拒绝签字,但其他矮小的黑色机器人也来了,带来整车整车的物资材料,留下来帮助重建屋子。

一天早上,他发现小房子的屋顶已在他睡着时被无声无息地抬高了,在屋顶下又整整增加了一层二楼。新墙是一些奇特漂亮的东西砌的,还会发光。新窗巨大且毫无疵点,可以调节成透明、不透明或发光照明。新门是无声的滑门,用铑磁射线控制。

“我想要门把手。”恩德希尔提出反对意见,“我是想在去浴室时不必叫你们开门。”

“但让人类开门是没有必要的。”矮小的黑东西温和地告诉他,“我们就是为执行总指令而存在的,我们的服务包括任何一项工作。一旦您将财产转让给我们,我们就能够给府上的每个成员配备一个优人机器人,提供服务。”

恩德希尔意志坚定,拒绝转让财产。

他每天去办公室,起先企图继续经营代理处,然后又企图从衰败的生意中抢救点东西出来。没人要类人机器人,即便是放血亏本的低价也不要。他绝望地用最后一笔日渐少去的现金进了一批新奇的小玩意和玩具,但结果也同样卖不出去——优人机器人早已开始制造更好的玩具了,而且免费赠送。

他试着出租房产,但人类的企业已经停止。镇上的大多数商行已经将资产转让给了优人机器人,它们正忙于拆除旧的建筑,改建成公园——它们自己的工厂和仓库大多数都建在地下,以免破坏自然风景。

他回到银行,想做最后一次努力,让贷款延期,却见到矮小的黑色机器人或立在窗边或坐在桌前。一个和任何一个人类出纳员一样温文有礼的优人机器人告诉他,银行正在准备一份非自愿破产的请求书,清算他的商务资产。

机器人出纳员又说，如果他愿意自愿转让，那么清算将非常简便。他冷冷地拒绝了。这一行为成了一种象征，这将是向那个黝黑的新神屈服的最后一躬，他骄傲地高高抬起已经遍体鳞伤的头颅。

法律程序非常迅速，因为所有的法官和律师都已有了优人机器人助手。仅仅过了几天，一伙黑色的机器人就来到了代理处，带来迁逐命令和拆毁房屋的机器。他悲伤地看着没有卖出的存货被当做垃圾拉走，一个双目茫然的优人机器人开着一辆推土机，开始推倒房屋的墙壁。

下午很晚的时候，他驱车回家，他紧绷着脸，绝望无助。法院令人惊讶的宽容，将汽车和房子留给了他，但他并不感激。这完美的黑色机器人的全面关怀刺痛着他，令他无法忍受。

他将车停在车库，向经过翻修的屋子走去。透过一扇宽大的新玻璃窗，他瞥见一个漂亮的裸体的东西快速移动着，他全身一阵恐惧的战栗。他不想回到那个无可匹敌的仆人的领地，在那个地方，不允许他自己剃胡子，甚至不允许他自己开门。

他一阵冲动，爬上露天楼梯，敲响了车库公寓的门。奥萝拉的房客低缓的声音叫他进去。他看见老流浪汉坐在一张高凳上，弯身在那张餐桌上，桌上摆放着他那些精密的仪器。

这破旧的小公寓还没变样，让他松了口气。他自己的新房间光洁的墙壁在夜间会燃亮一种淡金色的火光，直到优人机器人将它熄灭；新的地板温暖柔软，感觉几乎像是有生命的东西。公寓的这些小房间的灰泥墙却一如既往，仍有着裂缝和斑斑的水渍，装的还是那些廉价的荧光灯具，裂开的地板上铺的也还是那些破旧的地毯。

“那些可恶的优人机器人，”他露出渴慕的神色问道，“您是怎样将它们拒之门外的?”

弯腰弓背、瘦骨嶙峋的老人僵硬地直起身来，将一把老虎钳和一些零碎的金属片从一把瘸腿的椅子上拿开，优雅地示意恩德希尔坐下。

“我有一种抗免力。”斯莱奇庄重地告诉他，“我住的地方，如果不是我邀请它们，它们是无法进入的。这是对总指令的一条补充修正。它们既不能帮助我也不能阻挠我，除非我提出要求——但我不会。”

椅子不稳，恩德希尔小心地坐了一会儿，目不转睛。老人激动粗哑的嗓音和他的话语一样令人费解。他的脸色灰白，令人发憷。他的双颊和眼窝凹陷得吓人。

“您一直病着吗，斯莱奇先生?”

“和平常差不多。就是太忙。”他憔悴地笑了一下，朝地板点点头。恩德希尔看到他放到一边的一个托盘，托盘上的面包正在发干，一盘盖着的菜也冷了。“我本想等一下就吃。”他抱歉地嘟哝道，“您夫人一直非常好，给我送饭送菜，不好意思，我工作太专注了。”

他瘦削的手指指了指桌子。一个小装置已初步成形。稀贵的白色金属和光亮的塑料做成的小部件用整齐地焊接起来的母线组装起来，已经可以看出它的设计。

一根长长的钯指针挂在嵌了宝石的枢轴上，枢轴上就像一架望远镜，精细地标了带刻度的弧圈和游标尺度，像望远镜一样由一个小小的马达带动。它的底座有一面小小的凹面钯镜，面朝一面类似的镜子，那面镜子架在一个有点像旋转式变频器的东西上，再由粗大的银色母线与一个顶部装有旋钮和刻度盘的塑料箱及一个一英尺厚的灰色铅质球体连接。

老人脑中想着别的事情,不喜多言,因此不喜欢别人提问,但恩德希尔想起屋子新窗里那些漂亮的黑色形体,觉得极不情愿离开这个可以躲开优人机器人的避难所。

"您做些什么工作?"他大着胆问道。

老斯莱奇目光锐利地看看他,他深色的眼睛闪着狂热的光,最后他说:"我最后的研究项目。我正尝试测试铑磁量子的恒量。"

他嘶哑疲倦的嗓音沉闷、决断,像是要结束这个话题,打发恩德希尔。但是,那些黑色闪光的奴仆带来的恐惧折磨着恩德希尔,它们已成了他家的主人,恩德希尔拒绝走开。

"那种抗免力是什么?"

老人弓着背坐在高凳上,形容枯槁,忧郁地盯着那根长长的发亮的指针和那个铅质球体,没有回答。

"那些该死的机器人!"恩德希尔突然神经质地大声叫道,"它们让我生意破产,还搬进了我家。"他细细察看着老人布满皱纹的黝黑的脸,"告诉我——您肯定比我知道得多——到底有没有摆脱它们的办法?"

过了半分钟,老人沉思的双眼从铅球上移开,满头乱发的憔悴的头颅疲惫地点了点。

"这正是我努力在做的。"

"我能帮您吗?"恩德希尔顿生希望,浑身一颤,"我愿做任何事情。"

"也许您能帮我。"那双深陷的眼睛闪烁着奇异的狂热的光,若有所思地望着他,"要是您能干这种活的话。"

"我受过工程方面的训练。"恩德希尔提醒他道,"我在地下室有个工作间,放了一个我做的模型。"他指着小小的起居室里壁炉架上挂着的一个装备齐全的飞船船身,"只要我能够做到,做什么都行。"

但是,就在他这样说着的时候,希望的火光也被一阵突如其来的莫大的疑虑浪潮淹没了。他知道奥萝拉选择房客的口味,那么为什么还要相信这个老流浪汉呢?他应当记得他过去常玩的那个游戏,并开始给那些谎话计分。他从瘸腿椅上站起身来,颇不恭敬地看着满身补丁的老流浪汉和他那些古里古怪的玩具。

"有什么用呢?"他的声音突然变得尖厉起来,"好吧,您让我动了心。我愿意做任何事情去制止它们,真的。但是,是什么让您认为您什么都能做呢?"

面容憔悴的老人若有所思地注视着他。

"我应当有能力制止他们。"斯莱奇轻声地说,"因为,您看,我就是那个发明它们的不幸的傻瓜。我的本意是想让它们服务人类,服从人类,保护人类不受伤害。的确,总指令是我自己的主意。那时我不知道它会导致什么后果。"

五

暮色慢慢地潜入破旧的小房间,未经清扫的角落里越来越黑,地板上的暗色越来越浓。餐桌上的玩具般的机器也渐渐模糊,越来越显得怪异,直到最后一缕光线在白色的钯针上留下一丝闪光,久久不去。

外面,整个小镇是一片诡异的沉寂。小巷对面,优人机器人们正在悄无声响地建造一座新房,它们从不互相搭话,因为它们都知道别人在干的活计。没有敲打锤子和拉锯的声音,它们使用的材料就黏合在了一起。矮小的双目茫然的东西们在渐渐浓重的暮色中步履沉稳,鬼影般地无声无息。

斯莱奇弓着背,疲惫不堪地坐在高凳上,道出了他的故事。恩德希尔重新小心翼翼地坐回到那张破椅子上,他看着斯莱奇的双手,那双手粗糙多皱,被太阳晒得漆黑,曾经强劲有力,如今却已是干瘪发抖,在黑暗中不安地动来动去。

"最好不要对别人讲起。我告诉你它们是怎么诞生的,这样你就会理解我们得做的事。但是,出了门你就不要提起这件事——因为优人机器人有着非常有效的方法清除不快的记忆和威胁它们执行总指令的意图。"

"它们效率很高。"恩德希尔悲哀地同意。

"麻烦就在这里。"老人说,"我想造一架完美的机器,可我太成功了,于是一切就发生了。"

一个憔悴、瘦削的老人弓着背、疲惫地坐在渐深渐重的黑暗中,讲述着他的故事。

"60年前,在翼星4号贫瘠的南大陆上,我是一所小型技术学院教授原子理论的老师。一个单身汉,一个理想主义者。我想,除了原子理论,我对生活,对政治,对战争——几乎是所有的一切,我都是一无所知。"

暮色中,他布满深深皱纹的面孔浅浅地、凄凉地笑了一笑。

"我想我太相信事实了,对人类却太少信任。我不相信感情,因为除了研究科学,我别无余暇。我记得我追随时尚,钻研起了普通语义学。我想把科学方法应用到一切地方,把所有的经验归结成公式。我想我那时无法忍受人类的无知和错误,我以为仅凭科学就能创造一个完美的世界。"

他一时默然不语,凝视着小巷对面那些无声的黑东西如鬼影般快速移动,那幢如宫殿一般的新建筑一如在梦中,迅速矗立起来。

"那时有个女孩,"他悲哀地微微耸了耸宽阔疲惫的双肩,"要是情况稍稍有点不同,我们也许已经结婚了,在那座安静的小小的大学城里度过一生,或许生养一两个孩子,那样就不会有优人机器人了。"

暮色继续侵进来,寒意沁人。他叹了口气。

"那时,我正要完成我的关于钯同位素分裂的论文——一个很小的项目,但我原该就此心满意足的。她是生物学家,但也打算我们一结婚就辞去工作。我想我们原可成为快乐的一对,普普通通,于人无害。

"但这时爆发了一场战争——翼星的各个世界上,自从殖民以来,就频繁爆发战争。我躲在一个秘密的地下实验室里设计军用机器人,活了下来。但她自愿参加了一项生物毒素的军事研究项目。一次事故使新病毒的分子逃逸到空气中,项目的所有参与者都在痛苦中死去了。

“我孤身一人,与我的科学做伴。另外与我做伴的还有无法忘却的痛苦。战争结束了,我带着一笔军事研究经费回到了那个小小的学院。这个项目是纯科学的——核约束力的理论研究,这一理论在当时是被人误解的。并没有谁料到我会制造出真正的武器,甚至在我已经发现核约束力时,也都没有意识到那是武器。

“那不过是几页相当难的数学题解。有关原子结构的新理论,涉及核约束力中一股分力的新表述方法。张量看来不过是毫无害处的抽象概念。我找不到任何方法验证这个理论或操纵利用这种业已断定的力量。军方批准了我的论文在学院出版的一个小型技术评论杂志上发表。

“第二年,我有了一个惊人的发现——我发现了那些张量的意义。不曾料到,铑三价原子的元素竟是操纵那个理论上已成立的约束力的关键。不幸的是,我的论文已在国外发表。与我同时,一定还有几个人也有了同样的发现。

“不到一年,战争又爆发了,大概是一次实验室的事故引发的。人们没有估计到调节好的铑磁射线破坏重原子稳定性的能量。一个重矿仓库爆炸了,毫无疑问,这纯属意外事故,那个马虎的实验员被炸死,爆炸原因被人误解了。

“那个国家余下的军队开始向他们所认为的入侵者进攻报复。他们动用了铑磁射线,使那些老式的炸弹几乎失去了杀伤力。一束只有几瓦特能量的射线可以分裂远处电子仪器中的重金属、人们袋里的银币、口中的金牙,甚至是甲状腺中的碘。如果那还不够,那么,射线稍稍再强一点,就能引爆射线所到之处其下方的重矿。

“翼星 4 号上的每一块大陆都被炸开了比海洋还要宽的裂谷,一座座新火山此起彼伏。大气被放射性的微尘和气体所毒化,天上下的是黏稠的致命的泥浆。大多数的生物都死了,连掩体里的也不能幸免。

“肉体上我还是未被伤害。我又一次被禁锢在地下基地里,这一次是设计新型的军用机器人,由铑磁射线提供动力并控制——因为战争已变得太迅猛太残酷,无法由人类战士去战斗了。基地位于一片沉积岩区,不易被炸开,而且隧道又装备有屏障,抵御裂变频率。

“但是,在精神上,我一定像是疯了。我的发现让这星球成了一片废墟。悔罪的感觉沉沉地压在我的心上,任何人都无法承受。它吞噬了我对人类善良和正直的最后一丝信念。

“我企图补救我做下的事。装备铑磁武器的作战机器人使那个星球成了荒无人烟的孤岛。接着我开始设计铑磁机器人,以清理废墟,重建家园。

“我想设计新型的机器人,能永远遵照内植的指令,这样,它们再不会被用于战争、犯罪或任何形式的其他对人类的伤害。这在技术上是非常困难的,但更让我感到困扰的,是几个政客和军事冒险家想要不受约束的机器人,用于他们的军事阴谋——翼星 4 号上已经没有什么值得一战的了,但还有其他星球,其他幸福富饶的星球,是劫掠的好去处。

“最后,为了完成新型的机器人,我被迫销声匿迹。我带了几个我制造的最好的机器人,坐了一艘试验铑磁飞船,来到了一个四面环水的大陆上,在这个大岛上,人类已被深层重矿的裂变杀戮殆尽。

“最后,我们降落在一块小小的平地上,平地的周围环绕着巨型的新山。这是一个几乎不能住人的地方。熔块和有毒的泥浆层层覆盖着土壤，熔岩淹没了周围险峻的黑色新峰顶，片片断裂面又将这峰顶隔成锯齿状。最高的山上已是白雪皑皑，但火山口里仍喷发着致人死地的毒气瘴雾，一切都带着火焰的烈色和狂暴的怒色。

"在那儿，我采取了种种令人难以置信的防备措施，以保护自己的生命，在第一座护防实验室竣工之前，我一直呆在船上。我穿上了精心制作的盔甲和呼吸面具，我利用了一切药物治疗致命的射线和粒子的伤害。即使这样，我还是病得奄奄一息。

"但在那儿，机器人却非常自在。射线不能伤害它们，可怖的环境也不会使它们心情抑郁，因为它们没有生命。在那个与世隔绝的恶劣的生存环境里，优人机器人诞生了。"

在越见浓重的夜色中，老人弓着背，脸色苍白凄凉，他陷入了沉默。他憔悴的双眼沉重地盯着小巷对面那些小小的影子，它们不安地忙碌着，默默地建造着一幢奇异的新的宫殿，那座宫殿在黑夜里隐隐闪着光亮。

"不知怎么，在那儿，我也觉得自在随意。"他低沉、粗哑的嗓音继续字斟句酌地说下去，"我对我的同类的信念已经破灭了。只有机器人和我在一起，我将信念放到了它们身上。我决心造出更好的机器人，没有人类的缺陷，能将人类从他们的自我毁灭中拯救出来。

"优人机器人成了我病态思想的亲爱的孩子。工作的困苦不能尽述。错误，失败，或制造出丑陋的机器人，汗水，苦痛，心碎。几年时间过去了，我终于顺利造出了第一个完美的优人机器人。

"接着，还要造中心——因为所有单个的优人机器人不过是一个机器人头脑的肢体和感官。中心才是使真正的完美成为可能的东西。老式的电子机器人的脑中继电器是独立的，电池也很微弱，因此有着自身内在的限制。它们必定愚鲁软弱，动作笨拙迟缓。就我看来，最坏的是它们容易被人类所破坏。

"中心摆脱了所有这些缺陷，它的能量光束从巨型的裂变站源源不断地向每个机器人提供能量。它的控制光束向每个机器人提供无限的记忆和超绝的智慧。最好的是——那时我是这样相信的——它能安全地防止任何人类的干扰。

"整个反应系统的设计能保护自身免受人类自私和狂热的干扰。它的建立是为了自动保证人类的安全和幸福。您知道总指令，'服务人类，服从人类，保护人类'。

"我带来的旧式单个机器人帮助我制造部件，中心的第一部分由我亲手组装。我花了整整三年时间。完成后，第一个优人机器人就有了生命。"

透过夜色，斯莱奇忧郁地看着恩德希尔。

"它在我看来真是活的一般。"他低沉缓慢的嗓音继续说着，"有生命，而且比任何一个人类都要优秀，因为创造它就是为了保护生命。我又病又孤独，但我是个骄傲的父亲，是我创造了一个新的、完美无瑕、永不作恶的生命。

"优人机器人忠实地遵守总指令。第一批优人机器人造出了更多的优人机器人，它们还造了地下工厂，大批量生产优人机器人。它们的新船将矿石沙土倾倒在平原下的原子熔炉里，新的优人机器人齐步迈出黑黑的机器人模型。

"成群的优人机器人为中心造了一座新塔楼。白色的金属塔门宏伟壮丽，高高地矗立在被战火燃烧得满目疮痍的荒凉之地。它们一级一级地将新的中继部件联结成一个控制中枢,直至它的威力几乎无所不及。

"接着它们出去重建被毁的星球,以后又向其他世界开展它们完美的服务。那时,我非常高兴,我觉得我找到了结束战争和罪恶、消灭贫穷和不平等、铲除人类的愚鲁以及因此而生的痛苦的道路。"

老人叹了口气,在黑暗中动了动沉重的身躯。

"你可以看出我那时的错误。"

恩德希尔看着窗外那些黑色的东西一刻不休地活动着,如鬼如影,悄然无声地造着那幢发光的大楼。他从窗外收回视线。他心里微微有点疑惑,因为他已习惯于暗暗嘲笑奥萝拉那些出色的房客的大为逊色的故事。但这位面容憔悴的老人却平静持重。而且,他提醒自己,那些黑色的入侵者并未入侵这儿。

"你为什么不在你有能力的时候阻止它们呢?"他问道。

"我在中心呆得太久了。"斯莱奇遗憾地又叹了口气,"在一切工作结束之前,我在那儿是有用的人。我设计了新的裂变站,甚至计划了推行优人机器人服务最简明最顺利的方法。"

恩德希尔在黑暗中咧开嘴苦笑。

"我已经亲自体验了那些方法,"他解释说,"相当有效。"

"那时,我一定是太崇拜效率了。"斯莱奇承认,"僵死的事实,抽象的真理,机械的完美。那时,我一定痛恨人类的软弱无能,因为我使新型机器人日臻完美,感到心满意足。我现在痛苦忏悔,但当时,在那片死寂的荒原上,我找到了一种快乐。其实,我想我当时是爱上了我自己创造的东西。"

他深陷的双眼闪着一种灼热的光芒:

"直到最后,一个人来杀我的时候,我才清醒过来。"

六

形销骨立的老人弓着背,在越见浓重的黑暗中僵硬地走动着。恩德希尔小心地在那条瘸腿的椅子上挪动了一下身子。他直等到低缓的声音继续讲述:

"我一直不知道他是谁,也从来没有确切地知道他是怎么来的。没有哪个普通人能完成他所做的事。我曾希望我早已是了解他的。他肯定是个杰出的科学家和经验丰富的登山运动员。我想他可能还做过猎人。我知道他智力超群,意志又坚定如山。"

"的确,他来就是为了杀我。"

"他不知通过什么方法,神不知鬼不觉地到了那个岛上。岛上没有其他居民——除了我,优人机器人不允许其他任何人接近中心。但他还是设法通过了它们的搜索光束和自动武器。

"他坐过的防护飞机后来被发现在一块高高的冰川上,剩下的路,他步行穿过那些无路可言的坎坷的新山。但他总归是活着穿过了熊熊燃烧着致命的原子火的熔岩床。

“他躲在一种铑磁屏蔽内——我一直没有机会检查这种屏蔽——他穿过当时已占据平原大部分地方的太空港，进入了环绕中心塔的新城，未被察觉。他这样做，一定显示了比大多数人更多的勇气和决心，但我一直不知道他是怎样做到的。

“他设法进入了我在塔里的办公室。他朝我厉声尖叫，我抬起头，看见他站在门口。他几乎全身赤裸，由于翻山越岭，他已经遍体鳞伤，血痕斑斑。他那只粗糙发红的手里握着一支枪。但让我感到震惊的是他双眼里燃烧着仇恨。”

弓着身子坐在高凳上的老人打了一个寒噤。

“即使在战争中死去的人身上，我也从来没有看到过这样无法言传的骇人的仇恨。我也从未听到过像他的怒吼中充满着的那种仇恨。他高声叫道：‘我是来杀你的，斯莱奇。我要制止你的机器人，解放人类。’

“当然，这一点他是搞错了。我的死亡早已不能制止优人机器人了，但他不知道。他用鲜血淋漓的双手颤颤巍巍地举起枪，扣动了扳机。

“他的尖叫怒吼已给了我一二秒钟的戒备。我立即在桌后卧倒。那第一声枪响将他暴露给了优人机器人，在此之前，优人机器人不知怎么并不知道他的到来。他还没来得及再次开枪，它们就已一拥而上扑到了他的身上，夺下他的枪，撕下了裹住他身躯的白色网状金属丝——这一定是他的屏蔽的一部分。

“正是他的仇恨唤醒了我。我一直以为，除了几个掠夺成性却不能再随心所欲的家伙以外，大多数人对优人机器人是会感激万分的。我觉得他的仇恨难以理解，但优人机器人们告诉我，现在许多人要求用大脑手术、药物和催眠等极端的治疗方法，遵照总指令，让他们活得快活一些。优人机器人已不是第一次阻止了想要谋害我的疯狂的企图了。

“我想审问那个陌生人，但优人机器人已匆匆将他送到一间手术室。当它们终于让我见他时，他在床上咧开嘴朝我无力地痴傻地一笑。他记得自己的名字，他甚至还知道我——对这类手术，优人机器人有了非凡的技术——但他不知道他是怎样来到我的办公室的，连他曾经想杀我的事他都不知道了。他絮絮叨叨地不停说着他喜欢优人机器人，因为它们的存在是为了人类的幸福快乐，他说现在他非常快乐。当他能被挪动时，它们就将他送去了太空港。我再也没见过他。

“我开始明白我所做下的事。优人机器人曾经为我造了个铑磁游艇，我常常乘坐它在太空长途航行，在船上工作——我曾经喜欢游艇上那绝对的安静，还有那种方圆几百万英里内只有我一个人类的感觉。这时，我要了游艇，开始环绕星球旅行，了解那人仇恨我的原因。”

老人朝巷子对面那些步履匆匆、影影绰绰的影子点了点头。它们正在那里忙碌着，在阒静的黑暗中建造着那幢奇异的发光的宫殿。

“你可以想象我看到了什么。”他说，“令人痛苦不堪的无聊和空虚的辉煌，像牢狱一般将人类囚禁。优人机器人效率太高，有它们照管人类的安全和幸福，人类没有任何事情可做。”

夜色越来越重，他低头看着自己的一双大手，虽然还灵活能干，但一生的辛劳早已留下了斑斑的伤痕。他紧握双拳,像要出击,接着又无奈地松开。

“我见到了比战争、罪行、饥馑和死亡更糟糕的现象。”他低沉的嗓音包含着一种无法抑制的悲痛,“彻底的无聊。人类都闲坐着,因为他们无事可干。他们简直就是被娇惯了的囚犯,关押在一个高效率的牢狱里。也许他们想找点娱乐,但没什么值得一玩。研究遭到禁止,因为实验室也会产生危险。学业毫无用处,因为优人机器人能回答任何问题。艺术退化,阴冷恐怖地反映无聊的现实。意旨和希望已经死亡。生命也已失去目标。你可以有一些毫无意义的爱好,打毫无意义的牌,或去公园里散散不会有任何伤害的步——而且,无论做什么,总是在优人机器人的监督看管之中。它们比人类强健,做任何事情,不管是游泳、下棋、唱歌还是考古,都比人类强。它们肯定给人类带来了一种群体性的卑微意识。

“难怪人类要来杀我!因为他们无法逃离这样一种死亡般的无聊。抽烟是不允许的,饮酒受控制,吸毒被禁止,性生活被严格监督,甚至连自杀也与总指令明显相悖——优人机器人已将所有能致命的器具搁置在人类取不到的地方。”

老人凝视着那根细细的钯针上最后一丝黯淡的光,又叹了一口气。

“回到中心,我试图修正总指令。我从未想过要这样彻底完全地施行总指令。现在我明白了,总指令一定要修改,要将自由还给人类,让他们生活、成长、工作、娱乐,如果他们喜欢,就让他们去冒生命的危险,让他们做出选择,让他们承担后果。

“但那个陌生人来得太晚了。我的中心也造得太好了。总指令被保护得过于周密,人类无法破坏——甚至我自己也不能。

“优人机器人声称,有人想谋杀我这一企图说明,它们对中心和总指令的精心防护还不够细致周全。它们准备将星球上所有的人类迁移到其他星球上去。当我试着想修改指令时,它们把我和其他人一起遣送走了。”

黑暗中,恩德希尔凝视着这位满怀疲惫的老人。

“但你有这一种抗免力,”他不解地问,“它们怎么能胁迫你呢?”

“我试过保护自己,”斯莱奇告诉他,“我在中继器中设置了一个指令,没有我的特别要求,优人机器人不得干涉我的行动自由,也不得进入我所在的区域,就连触碰我也不允许,但不幸的是,我太急于保护总指令,以免人类篡改了。

“当我进入塔楼,去改变中继器时,它们也尾随而至。它们不许我触及至关紧要的中继器。当我坚持要做时,它们无视抗免指令,制服了我,将我送到了飞船上。它们告诉我,既然我想改变总指令,我已和其他人一样危险。我永不得返回翼星4号。”

老人弓着背坐在高凳上,无奈地耸了耸肩。

“自那时起,我就成了被流放的人。我唯一的梦想就是要制止优人机器人。我曾三次试图回去,飞船上带着捣毁中心的武器。但是,每一次我还没有接近,尚不能发起攻击,就受到了它们的巡逻船的阻挠。最后一次,它们扣押了飞船,逮捕了与我同行的几个人。它们清理了我的伙伴们脑中不愉快的记忆和危险的意图。但由于我有抗免力,它们再一次放了我。

“从此,我成了避难者。年复一年,从一个星球到另一个星球,我只能赶在它们前面不停地迁徙。在好几个不同的世界上,我发表了我的铑磁发现,想让人类强大起来,抵挡住优人机器人的推进。但铑磁科学太危险了。根据总指令,凡是学过的人比别人更需要防卫。优人机器人总是很快地到来。”

老人又叹了口气。

“它们利用新的铑磁飞船,迅速散布开来。翼星 4 号现在只是它们占据的一个地方而已,它们正将总指令带到每一个人类的星球。除了制止它们,已别无逃遁。”

恩德希尔凝视着放在餐桌上的那些玩具一般的机器,那条长而亮的指针和那个木然无光的铅球,在黑暗中,一切都隐约不清。他热切地低声说道:

“但你现在想制止它们——就用那个机器?”

“如果我们能及时做完。”

“但怎么做呢?”恩德希尔摇摇头,“这东西那么小。”

“够大了。”斯莱奇坚持道,“因为这个东西是它们不懂的。对于它们了解的物体的组装和应用,它们极其高效,但它们没有创造性。”

他朝桌上的机器做了个手势。

“这个装置看起来不起眼,却是项新发明。它用铑磁能量构成原子,而非分裂原子。你知道,越接近元素周期表中心的原子越稳定,重原子分裂能产生能量,轻原子聚变也同样能产生能量。”

低沉的嗓音突然有了一股力量。

“这个装置控制着星星的能量。因为,原子聚变,氢主要通过碳循环转变成氦时释放的能量,使星体发光,这个装置通过调节所需强度和频率的铑磁光束的催化作用,能使裂变过程成为连锁反应。

“优人机器人不允许任何人进入离中心三光年范围的距离,但它们不会察觉会有这样一个装置。我可以在这里操纵它,将翼星 4 号海域里的氢转化成氦,并将大多数的氦和氧转化成更重的原子。100 年以后,这个星球上的天文学家将在那个方向观察到一颗新星转瞬即逝的闪光,但优人机器人应当在我们发出光束的同时就被制止了。”

黑暗中,恩德希尔皱着眉头绷紧了身子坐着。老人的嗓音令人信服,那个可怕的故事包含着严重的真实性。他能看到巷子对面沉默的黑色优人机器人沿着新大楼隐隐发亮的墙无休无止地快步疾行着。他已经差不多忘了他对奥萝拉房客的贬评。

“我想我们会被杀死?”他沙哑着嗓子问道,“那个连锁反应——”

斯莱奇摇了摇他那消瘦的头颅。

“催化作用需要一种很低强度的射线,”他解释道,“在这里的大气中,光束太强烈了,不能引起任何反应——我们甚至可以在这个房间里使用这个装置,因为光束可以穿透墙。”

恩德希尔放心地点点头。他不过是个小商人,心烦是因为生意倒闭,不快是因为他的自由正在悄悄溜走。他希望斯莱奇能制止优人机器人,但他不想做殉难者。

“好极了!”他深深地吸了一口气,“现在该做些什么呢?”

斯莱奇指指桌子。

“合成器差不多做完了。”他说,“就是那个铅制屏蔽内一个小小的裂变发生器。铑磁转换器,调谐器,线圈,传输反射镜,聚焦针。我们缺少的是一个引向器。"

"引向器?"

"就是瞄准仪器。"斯莱奇解释说,"你看,任何一种望远镜瞄准具都毫无用处——在最近100年里,那个星球一定已经移动了相当一段距离,而且,要抵达那么远的距离,光束必须极其狭长。我们得使用铑磁扫描射线,并用一个电子转换器显示我们能够目视的图像。我已经有了一个示波器,其他部件也有了图纸。"

他僵硬地从高凳上爬下来,终于啪一声将灯打开——那是廉价的荧光照明装置,人们可以自己打开或关上。他展开图纸,向恩德希尔解释他能做的事。恩德希尔同意第二天一早就来。

"我可以从工作间带点工具来。"他又说道,"我有一台小机床,过去常用来车零件做模型,还有一个手提钻,一台台式虎钳。"

"我们需要这些工具。"老人说,"但你要当心,记住,你没有我的抗免力,而且,一旦它们产生怀疑,我的抗免力也将失去。"

恩德希尔不情愿地离开了这套破旧的小公寓,离开了发黄的有着条条裂缝的灰泥墙,离开了人工拼镶的铺在地板上熟悉的破旧不堪的地毯。他随手带上了门——一扇吱嘎作响的普通的木门,一扇简单的人类可以随意开关的门。他浑身发抖,满心惧怕,走下楼梯,来到他打不开的闪闪发亮的新门前。

"听候您的吩咐,恩德希尔先生。"他还没有抬手敲门,那扇明亮光洁的门就无声地徐徐向后开启。里面,一个矮小的黑色机器人正站在那儿恭候,双目茫然却时刻警惕:"先生,您的晚饭已经准备好了。"

不知什么东西让他一阵战栗。从它纤柔优雅的裸体上,他可以看到,这些优人机器人像一群马似的,看似温驯善良,实则令人心悸;它们健全完美却又有着无往不胜的力量。斯莱奇叫做合成器的那个脆弱的小武器忽然成了一个愚蠢渺茫、可悲可怜的希望。他心里充满了阴郁的沮丧,但他不敢流露。

七

第二天早上,恩德希尔小心地下了地下室的楼梯,去偷自己的工具。他发现地下室加大了,变了样。黑黑的新地板温暖而有弹性,让他的脚步和优人机器人一样悄然无声。新的墙壁柔和地闪着亮光。整齐美观的发光的标牌标出了几扇新门:洗衣房、贮藏室、娱乐室、工作间。

他在工作室门前犹疑着停下脚步。新的滑门闪烁着柔和的绿光。门锁上了,锁上没有匙孔,只有一块小小的椭圆形的白色金属牌,毫无疑问,底下是铑磁中继器。他推了推门,毫无动静。

"听候您的吩咐,恩德希尔先生。"他吓了一跳,仿佛犯了什么罪似的。他极力掩饰突然打战的双膝。他已弄清一个优人机器人半个小时内会忙着梳洗奥萝拉的头发,却不知道屋里还有一个优人机器人。它肯定是从标有“贮藏室”的门里出来的，因为它一动不动地站在那块标牌下，仁慈关怀，漂亮却又可怕。“您想要什么？”

“——没什么。”它那双茫然的钢眼盯着他，恩德希尔怕它会看出他的秘密目的，他搜肠刮肚地寻找着借口，“就四处看看。”他的嗓音变得又干又哑，“你们作了一些改进！”他突然朝标有“娱乐室”的门点点头，“那里面有什么？”

甚至连动都不必动，根本不用去碰那个盖住了的中继器。当他朝门走去的时候，那扇光亮的门就无声地开了。迎面的黑暗的墙壁立时发出柔和的冷光。娱乐室里空荡荡的。

“我们正在制造娱乐设施。”优人机器人快乐地解释道，“我们会尽快将娱乐室装备起来的。”

为了结束一段难堪的沉默，恩德希尔哑着嗓子喃喃地说：“小弗兰克有一套飞镖，我想我们还有一些老的健身棒。”

“我们把这些东西拿走了。”优人机器人柔声告诉他，“这些器具很危险，我们将装备一些安全的器具。”

他记起，自杀也是被禁止的。

“我想是一套木头积木吧。”他尖刻地说。

“木头积木太硬了，有危险。”它温柔地告诉他，“木头碎片可能会造成伤害。我们制造塑料积木，绝对安全。您想要一套吗？”

恩德希尔无话可说，只是瞪着它黝黑的典雅的脸。

“我们还要将工作间里的工具拿走。”它柔声告诉他说，“这些工具极其危险。但我们能向您提供制作柔软塑料的工具。”

“谢谢。”他不安地咕哝了一句，“慢慢来吧，不着急。”

他正要走开，优人机器人却拦住了他。

“既然您的生意已经倒闭了，”它怂恿道，“我们建议您正式接受我们的全套服务，财产让与者享有优先权，这样我们就能立刻为您配备家用优人机器人。”

“也慢慢来吧，不着急。”他郁郁地说。

他逃也似地离开了家——虽然他只能等优人机器人为他开启后门——爬上通向车库公寓的楼梯。斯莱奇让他进了屋，他一屁股坐在瘸腿的厨房椅上。不会发光的有着条条裂缝的墙和人类能够开关的门，让他满心感激。

“我拿不到工具。”他绝望地告诉斯莱奇，“它们要把工具拿走。”

在灰白的日光中，老人看起来凄凉苍白，他瘦削的脸颊形容枯槁，深陷的眼窝黑影重重，似乎一夜未睡。恩德希尔看见那盘被遗忘的食物，仍旧搁在地板上。

“我和你一起回去。”他精疲力竭，但那双痛苦的蓝眼睛因为决心而闪着火花，“我们一定得有哪些工具。我相信我的抗免力能保护我们两个。”

他找到一个破旧的旅行包。恩德希尔和他一起下了楼梯，走向屋子。到了后门，他取出一块小小的马蹄形的白色钯铁，碰了一下那块椭圆形的金属。门即刻开启，他们穿过厨房，走向通往地下室的楼梯。

一个矮小的黑色机器人站在水槽边洗着碗碟,看不见水花溅出,也听不见碗碟碰撞。恩德希尔不安地瞥了它一眼——他想这个肯定是在贮藏室碰上的那个,因为另外一个应该还在忙着梳理奥萝拉的头发。

斯莱奇不大可靠的抗免力要对抗优人机器人无所不及的才智,简直是螳臂挡车。恩德希尔感到一阵战栗。他匆匆向前走着,气喘吁吁却放下了心,因为优人机器人没有注意到他们。

地下室的走廊黑黑的。斯莱奇用小马蹄钯块碰触了另一个中继器,点亮了墙壁,他打开工作间的门,也点亮了工作间内的墙。

工作间已被拆除。长凳和柜子也被捣毁了。原来的水泥墙盖上了一层光滑发亮的东西。恩德希尔一阵烦乱,以为工具已经不在了,可接着他就找到了它们和奥萝拉前一年夏天买的一套弓箭堆在一个角落里,准备处理掉。弓箭对于脆弱、爱自杀的人类来说又是一样危险的物品。

他们把小机床、电钻、台虎钳和一些小工具装进袋子。恩德希尔扛起袋子,斯莱奇关灭了墙,等着关门。那个优人机器人还在水槽边忙碌,而且,它似乎没注意到他们——这真令人费解。

突然,斯莱奇脸色发青,气喘不已,他只好停下来在露天楼梯上咳嗽,但他们终于回到了小公寓,那里,入侵者是不得涉足的。恩德希尔将机床放在小小的前厅那张破旧的书桌上,开始工作。

日子一天天过去,引向器慢慢地成形了。

有时,恩德希尔仍会怀疑。有时,当他看着斯莱奇憔悴的脸上青紫的脸色和那双扭曲、枯瘦的手的剧烈的颤抖,他会担心老人的脑子可能和他的身子一样病得不轻,他想制止黑色入侵者的计划可能是完全愚蠢的幻想。

有时,当他仔细看着放在餐桌上的那个小机器,看着那个装了枢轴的指针和厚重的铅球的时候,整个计划就像是一件十足的荒谬的蠢事。那个星球是如此遥远,它的母星只有用望远镜才能看见,要引爆那个星球上的海洋,这怎么可能?

但是,那些优人机器人却总能让他打消疑惑。

要离开小公寓的庇护,恩德希尔总觉得很难,因为在优人机器人正在建造的明亮的新世界里,他感到很不自在。他不喜欢新浴室闪闪发亮的辉煌,因为他没有能力打开水龙头——一些想自杀的人类可能会自行溺毙。他不喜欢只有机器人才能打开的窗户——人类有可能失足坠楼,或跳楼自杀。他甚至也不喜欢辉煌的音乐室,那些锃亮精妙的乐器只有优人机器人才能够演奏。

他渐渐地和老人一样,有了绝望的紧迫感。直到后来,斯莱奇严肃地警告他:“你不能和我呆得太久,你不能让它们怀疑我们的工作是如此重要。最好假装一下——你开始慢慢喜欢它们,你帮我只是为了消磨时间。”

恩德希尔试了试,可他不是演员。他尽职地按时回家吃饭。他痛苦地想出点谈话内容——除了要炸毁星球这件事,什么都谈。当奥萝拉带他查看屋子里绝妙的新改进时,他竭力装出兴致勃勃的样子。他听盖依的独奏,鼓掌称好。他还带弗兰克去美妙绝伦的新公园远足。

他看到了优人机器人对他的家庭所做的一切。那足以让他对斯莱奇的合成器重新树立起正日渐减弱的信心,也更加坚定了必须制止优人机器人的决心。

起先,奥萝拉滔滔不绝地称赞奇妙的新式机器人,它们承担了所有单调乏味的家务劳动,送来食物,计划餐饮,清洗孩子们的围脖,它们让她穿上漂亮的衣裙,还让她有足够的时间打牌。

现在,她空闲的时间太多了。

她很喜欢烹调——至少能做几道很合家人口味的特色菜。但炉子太热,刀子又太利,总之,厨房让人类使用是太危险了。

做些精致的针线活是她的爱好,但优人机器人拿走了她的针。原先她喜欢开车,但那也不被允许了。她求助于一书架的小说,但优人机器人将小说也全部拿走了,因为小说里描写的都是在危险的环境中不快乐的人们。

一天下午,恩德希尔看到她满脸是泪。

“我受不了了。”她伤心地抽咽着说,“我恨死了那一个个光溜溜的东西。一开始,它们看起来多么好,但现在它们甚至不允许我吃一口糖。我们难道不能摆脱它们吗,亲爱的?难道不能永远摆脱它们吗?”

一个双眼茫然的矮小的机器人就站在他身旁,他只好说他们无法摆脱。

“我们的职责就是为所有的人类服务,直至永远。”它柔声向他们保证,“我们有必要拿走您的糖果,恩德希尔夫人,因为一点点过度的体重都会缩短寿命。”

连孩子们也没有逃脱那种无微不至的关爱。弗兰克所有致命的活动器具都被夺走了——足球、拳击手套、折叠小刀、陀螺、弹弓、溜冰鞋。他不喜欢取代这些器具的塑料玩具。他企图逃走,但一个优人机器人在路上认出了他,又将他送回了学校。

盖依一直梦想成为一名伟大的音乐家。自从新式机器人到来以后,它们就取代了她的人类老师。一天晚上,恩德希尔让她拉上一曲,她却平静地宣布:

“爸爸,我再也不拉小提琴了。”

“为什么,亲爱的?”他瞪着她,被她脸上痛苦的坚决的神色震住了,“你一直都拉得很好——特别是优人机器人给你上课以来。”

“麻烦就出在它们身上,爸爸。”她的嗓音,对于一个孩子来说,显得异样的疲倦和苍老,“它们太出色了,不管我练的时间多长,也不管我是多么的刻苦,我永远不可能和它们一样好。白费力。你明白吗,爸爸?”她的声音抖颤着,“就是白费力。”

他明白了。重新坚定的决心让他立即回到了他的秘密工作上。必须制止优人机器人。引向器渐渐成形,最后,斯莱奇弯曲、哆嗦的手指将恩德希尔做的最后一个小部件装了上去,又小心翼翼地将最后一个接点焊好。老人哑着嗓子,低声说:

“完成了。”

八

又一个黄昏。又脏又旧的小公寓的窗外——窗是普通的玻璃窗,含有点点气泡,脆薄易碎,但简单方便,人类可以使用——双河镇蒙上了一层奇异的恍若隔世的光彩。古老的街灯不见了,奇特的新的大厦和别墅的墙壁,闪着彩光,挑战着将临的夜色。几个黝黑的沉默的机器人仍忙于建造巷子对面那幢发光的宫殿的屋顶。

人造公寓的墙壁简陋,在狭小的房间内,新制成的引向器架置在那张小小的餐桌的一端——恩德希尔已经将餐桌用螺栓和地板固定在了一起。引向器和合成器用焊接起来的母线连接。斯莱奇用伤痕斑斑的哆嗦的手指调试着旋钮,那根尖细的钯针也随之左右摆动。

"准备好了。"他沙哑着嗓子说。

起初,他嘶哑的嗓音非常平静,但他的呼吸太急促了,粗糙的大手也开始剧烈地颤抖起来。恩德希尔看见他痛苦的憔悴的脸上突然蒙上了一层青紫。他坐在高凳上,死死地抓住桌沿。恩德希尔急忙取来他的药片。他将药吞下,急促的呼吸才开始缓和下来。

"谢谢。"他的声音低弱而嘶哑,"我没事的。我的时间够了。"他朝外看了一眼那几个裸体的黑色东西。它们仍如鬼影一般在巷子对面那座宫殿的金色塔楼和闪亮的深红色圆屋顶边上匆匆忙碌。"看着它们,"他说,"它们停下来的时候告诉我。"

他等着双手的颤抖减弱,然后开始旋动引向器的旋钮。合成器的长针如光一般无声地摆动。

人类的双眼是看不见那股可以炸毁一个星球的力量的,人类的耳朵也听不见。一个小小的示波管架在引向器箱上,使微弱的人类感官也能看得见那个遥远的目标。

钯针指向厨房的墙,但墙不会挡住光束。那个小小的机器看起来和玩具一样毫无危害,和走动着的优人机器人一般无声无息。

钯针摆动着,绿色的光点也随之在示波器荧光屏上移动。这些光点代表被超越时空的搜寻光束扫描的星体。那光束无声地扫描着,要找出将被摧毁的星球。

恩德希尔认出了几个熟悉的星座,那些星座被大大缩小了。钯针无声地移动,那些星座在荧光屏上悄然滑过。当三颗星星在荧光屏中心形成一个不等边三角形时,钯针突然稳定了下来。斯莱奇旋动别的旋钮,绿点散了开来,在它们的中间,又出现了一个绿点。

"翼星!"斯莱奇低声说。

荧光屏上,其余的星体四散远去,那个绿点越来越大。整个荧光屏上就剩下了这一个小而亮的圆盘。突然,靠近它周围出现了十几个小小的光点。

"翼星 4 号!"

老人低语,声音嘶哑,呼吸急促。他握着旋钮的手抖个不停,靠近圆盘外围的第 4 个光点渐渐移到荧光屏的中心,它越来越大,其余的光点渐次散开。那个光点开始和斯莱奇的手一样颤抖起来。

"你坐着,一动也别动。"他嘶哑的嗓音低声说,"屏住呼吸,不许有任何东西干扰指针。"

他小心翼翼地伸手去调拨另一个旋钮。他的手刚一碰到，那个绿点就剧烈地跳动起来。他抽回手，换了一只手去调拨。

“看着它们！”他的嗓音压得更低，非常紧张。他朝窗子点点头，“等它们停止，你告诉我。”

恩德希尔不情愿地将目光从那紧张、瘦削的身躯和看似无害的玩具般的机器上收了回来。他又一次往外看去，巷子对面，两三个矮小的黑色机器人还在忙个不停地造着发亮的屋顶。

他等着它们停下来。

他不敢呼吸。他感到心脏在急速地怦怦地撞击着，肌肉紧张地颤抖。为了让自己平静下来，他竭力不去想那个就要爆炸的星球，那个遥远的星球——那个星球是那么遥远，要再过 100 年甚至更长的时间，它的爆炸的闪光才能传到这个星球上。响亮的嘶哑的声音吓了他一跳：

“它们停止了吗？”

他摇摇头，重新吸了口气。那些个头矮小的黑色机器人扛着陌生的工具和怪异的材料仍在巷子对面忙碌着，在那个闪亮的深红色圆顶上建造一个精美的顶塔。

“它们还没有停止。”他说。

“那么，我们就失败了。”老人的嗓音细弱，像是病得厉害，“我不知道为什么。”

接着，房门咔嚓作响。房门已经闩上了，但门闩毫不结实，只能挡住人类。一阵金属折断的声音，门砰地打开了。一个黑色的机器人走了进来，脚步优雅无声。它银铃般的嗓音低声软语：

“听候您的吩咐，斯莱奇先生。”

老人痛苦的双眼呆滞地盯着它。

“滚出去！”他痛苦地喘着气说，“我禁止你——”

那个机器人毫不理会，一个箭步冲向餐桌。它极有把握地快速转动引向器上的两个旋钮。示波器暗了下去。钯针开始毫无目标地打转。它熟练地拉开了靠近铅球的焊合起来的接点，然后那双茫然的钢眼转向斯莱奇。

“您企图破坏总指令。”它轻快的柔和的嗓音并无谴责之意，既无恶意也无怒气，“您知道，尊重您的自由，要以服从总指令为前提。因此，我们不得不干涉。”

老人的脸色变得惨白可怕，他的头颅忽然干瘦枯槁，面色发紫，好像生命之汁已经抽尽，他的双眼深陷在如坑的眼窝里，目光凝滞狂野，他费力地喘着气。

“怎么——”他的声音低弱含糊，“你们是怎么——”

那个矮小的机器人一身黝黑，泰然自若，纹丝不动地立着，欢快地告诉他说：

“我们在翼星 4 号时，就从那个来谋杀您的人那里得知了铑磁屏蔽。中心已经加以防护，可以抵御您的催化光束。”

老斯莱奇枯瘦的躯体上肌肉猛烈地抽搐着，他下了高凳，站起身来。他弓着背，步履不稳，完全只是一具干瘪的人类躯壳，痛苦地大口喘着气，狂野地盯着优人机器人茫然的钢眼。

他大口吸气,松弛的青紫的嘴张开又合拢,但什么声音也没发出来。

“我们一直知道您这一危险的计划。”银铃般的嗓音轻柔地传来,“因为我们现在的感官比您制作时还要灵敏了。我们允许您完成这一计划,因为合成过程对我们充分履行总指令是极其必要的。我们的聚变站的重金属供应是有限的,但我们现在能从催化聚变中提取无穷尽的能量了。”

老人像是受了不堪承受的打击,整个垮了。

“嗯?”斯莱奇踉跄着摇晃了一下身子,“你说的是什么?”

“现在我们能永远为人类服务了,”那个黑东西平静地柔声说道,“每一个星球每一个世界的人类。”

老人倒了下去。纤瘦的黑色机器人一动不动地站着,并不去帮他。恩德希尔离得远些,但他跑过来,及时在老人头部落地之前扶住了他。

“快去!”他颤抖的声音是异样的平静,“快去叫温特斯医生来。”

优人机器人还是不动。

“对总指令的威胁现在已经解除。”它柔声说道,“因此让我们以任何方法帮助或阻碍斯莱奇先生都是不可能的。”

“那么替我去叫温特斯医生。”恩德希尔厉声喝道。

“听候您的吩咐。”它同意了。

但是,躺在地上、呼吸困难的老人声音微弱地说:“没时间了——不管用了!我输了——完了——一个傻瓜。我和优人机器人一样是瞎子。告诉它们——来帮我。放弃——我的抗免力。没用了——反正。所有的——人类——都完了!”

恩德希尔做了个手势,那个漂亮的黑东西顺从地快步冲过来,跪到地上,跪在老人的身边。

“您想放弃您的特权?”它轻快地细声问道,“您希望接受我们根据总指令为您提供的全部服务,斯莱奇先生?”

斯莱奇费力地点点头,低声说:“我愿意。”

一听这话,黑色机器人蜂拥冲入又脏又旧的小公寓,其中一个撕下斯莱奇的衣袖,用药签擦拭他的手臂,另一个拿来一个小小的注射器,给他打了一针。然后,它们轻轻地把他抬起来,带走了。

几个优人机器人留在小公寓里。小公寓再也不是避难的地方了。大多数优人机器人围着那个毫无用处的合成器。它们小心翼翼地拆开合成器,好像它们特殊的感官正在研究每一细节。

有一个矮小的机器人走到恩德希尔面前,一动不动地立在他面前,拿一双茫然的钢眼瞪着他。恩德希尔的双腿发抖,不安地咽着口水。

“恩德希尔先生,”它和蔼地柔声说,“您为什么要帮着做这个呢?”

恩德希尔咽了一口口水,愤愤地回答:

“因为我不喜欢你们,也不喜欢你们那个见鬼的总指令。因为你们扼杀了所有的人类的生命。我——我想制止。”

“别的人也反对过。”它柔声说，“但都只是在开始的时候。在我们高效地履行总指令的过程中，我们已经学会了怎样让所有的人们快乐。”

恩德希尔无畏地挺直身子。

“并不快乐！”他咕哝着说，“并不很快乐！”

优人机器人优雅的椭圆形黑脸表情固定，警惕却和蔼，永远带着微微的惊诧，它银铃般的嗓音温和友好。

“和别的人类一样。恩德希尔先生，您缺乏鉴别善恶的能力。这一点从您想破坏总指令这件事上已得以证明。现在，您必须接受我们的全部服务，不得再拖延。”

“好吧。”他屈服了——但他嘟哝着愤愤地提出反对，“太多的关心扼杀人类，是不能使他们快乐的。”

优人机器人柔和的嗓音轻快地反驳道：

“等着看吧，恩德希尔先生。”

第二天，他被允许去市医院看望斯莱奇。一个机警的黑色机器人开着他的车，陪着他走进巨大的新搂，跟他走进老人的病房——现在，那些茫然的钢眼将永远监视着他们。

“很高兴见到你，恩德希尔。”斯莱奇躺在床上，低沉的声音真诚地说道，“今天感觉好多了，谢谢。头痛的老毛病已经好了。”

恩德希尔很高兴听到低沉的嗓音中快速增加的力量，而且斯莱奇还很快地认出了他——他一直担心优人机器人会损害老人的记忆。但他从未听说过他有头痛。他眯起眼睛，迷惑不解。

斯莱奇斜靠着身子躺着，他梳洗得干干净净，头发和胡子也修刮得整整齐齐，粗糙苍老的双手交叠着搁在无瑕的被单上。他枯瘦的双颊和眼窝仍深深凹陷着，但一种健康的粉红色已经取代了原来死亡般的青紫色。他的后脑缠着绷带。

恩德希尔不安地换了话题。

“哦！”他无力地低语说，“我原来不知道——”

一个整齐端庄的黑色机器人，原来一直如雕像般立在床后，这时优雅地转过身，对恩德希尔解释道：

“斯莱奇先生多年来一直受着一个良性脑瘤的折磨，他的人类医生没能做出诊断。脑瘤导致了头痛，并伴有持续不去的幻觉。我们已经摘除了脑瘤。现在幻觉也消失了。”

恩德希尔狐疑地盯着那个双目茫然、温文尔雅的机器人。

“什么幻觉？”

“斯莱奇先生以为他是个铑磁工程师。”机器人解释道，“事实上，他自以为是他创造了优人机器人。他以为他不喜欢总指令，并被这种荒谬的信念所困扰。”

虚弱的老人在枕上挪动了一下身子，很惊奇的样子。

“真的吗？”枯瘦的脸上挂着一副快乐而茫然不知的神情，深陷的双眼很感兴趣地忽然亮了一下，“不管是谁设计了这些优人机器人，它们都是很棒的。不是吗，恩德希尔？”

谢天谢地,恩德希尔不必非得回答,因为那双明亮空洞的眼睛一闭,老人突然睡过去了。他感到机器人碰了碰他的衣袖,看见它无声地点了点头,他顺从地跟着它走了。

矮小的黑色机器人机警而又关爱备至地伴他走过明亮的走廊,为他开动电梯,领他下楼走到车前。它开车送他。车子迅速地开过壮丽的崭新的林荫大道,向那个堂皇的监狱般的家驶去。

恩德希尔坐在机器人的旁边,看着它握着方向盘的小巧灵活的双手,看着它亮闪闪的黑色身体上变幻着青铜色和蓝色的光泽。这个最后的机器,这个最完美的美丽的机器,这个为了永远服务人类而创造的机器。他浑身一阵战栗。

"听候您的吩咐,恩德希尔先生。"它那双茫然的钢眼直直地盯着前方,但它仍能感知他的变化,"您怎么了,先生?难道您不快乐吗?"

因为恐惧,恩德希尔觉得全身发冷而虚弱。他的皮肤又冷又湿,全身针扎般的刺痛。他汗湿的手紧紧地攥着车门上的把手,但他抑制住了跳车逃跑的冲动。那太愚蠢了。根本无路可逃。他努力让自己一动不动地坐着。

"您会快乐的,先生。"机器人高兴地向他许诺,"我们已经学会怎样让所有的人根据总指令获得快乐。我们的服务现在终于可以完美无缺了。即使是斯莱奇先生,现在也很快乐。"

恩德希尔想说话,但喉咙发干,说不出来。他觉得恶心。世界变得昏暗阴沉。优人机器人是完美的——这一点毫无疑问。为了确保人类的满足和快乐,它们甚至学会了撒谎。

他知道它们是在撒谎。从斯莱奇脑中摘除的并不是什么脑瘤,而是记忆,是科学知识,是它们的创造者悲痛的幻灭感。但他看到斯莱奇现在是快乐了。

他极力想止住自己抽搐般的战栗。

"一次极妙的手术!"他的嗓音像是挤出来的,微弱无力,"你知道奥萝拉有许多有趣的房客,但绝没有像那个老头那么有趣的。他居然以为是他制造了优人机器人。以为他知道怎样可以制止它们!我一直就知道他在撒谎!"

他恐惧得全身发僵,乏力空洞地笑了一下。

"您怎么了,恩德希尔先生?"机警的机器人肯定已经觉察到他的战栗和难受,"您不舒服吗?"

"不,我没什么。"他绝望地喘着粗气,"什么都没有。我才刚刚发现,在总指令下,我真的快乐如仙。一切都棒极了。"他的声音干巴巴的,嘶哑而狂乱,"你们不必对我动手术的。"

汽车转弯离开了明亮的林荫道,将他带回到他那个安静富丽的监狱。他那双一无用处的手,交叉着十指,搁在膝上,握紧,又松开。什么都不必再做了。

(应　雁　译)

幽默科幻小说

幽默科幻小说向来很少见。在杂志体裁的发展过程中,编辑们一再这样告诉他们的作者:"我这儿堆满了各种各样的连载故事、中篇小说和短篇故事,好在我总能从中发现一点滑稽可笑的事。"

什么使得喜剧不能自然而然地在科幻小说中出现?这也许是因为科幻小说本身主题的严肃性:诸如迷惑、震惊、危险、威胁、毁灭之类的主题,是很难加以取笑和嘲弄的。即便有幽默出现,也倾向于是黑色幽默。另一个原因,也许是在于科幻小说作家本人所持的基本的宗教态度,他们总是通过好的作品来完成有点类似于传道、救世的传教士使命,因而,他们不会轻率地对待自己的职业。

在 1947 年出版的一本重要文集《遥远的世界》中,L. 斯普拉格·德·坎普在其中一篇论幽默的文章中指责道:"正是当今为人们熟知并大加称颂的社会意识与幽默格格不入,因为这种社会意识首先决定了一种严肃对待任何事情的倾向。"

尽管如此,还是出现了一些幽默故事。儒勒·凡尔纳多次尝试创作逗人发笑的作品,其实,他用法语创作可能会更出色。H. G. 威尔斯创作了几篇真正滑稽可笑的短篇小说。而且,萨姆·莫斯科威茨鉴定出新旧世纪交替时出现的许多小说均运用了喜剧手法,这些小说足以形成一种体裁。

德·坎普把幽默作品同滑稽作品和讽刺作品区别开来。大部分试图逗乐的科幻小说都属于后两类。例如,斯坦顿·A.科伯兰茨靠他的20年代末和30年代初的一些讽刺作品,达到了幽默的效果。而斯坦利·温鲍姆则通过其作品中人物妙趣横生的穿插表演,而赋予其众多作品以独特的风味。

在科幻小说发展的各个时期中,一位又一位作家或偶尔或经常地嘲笑过去或未来的事,嘲笑他们本人或各自的抱负,以满足读者的需求:三四十年代的亨利·库特纳和罗伯特·布洛克,四五十年代的威廉·特恩(菲利普·克拉斯),50年代独著及合著的麦克·雷诺兹和弗雷德里克·布朗,五六十年代独著及合著的弗雷德里克·波尔和西里尔·考恩布鲁斯,以及五六十年代的罗伯特·谢克利。他们各自靠不同的方法,达到了嘲弄的效果:库特纳靠的是滑稽剧,布洛克靠的是机智巧妙的对答和荒诞可笑的场面,特恩靠的是诙谐机智和紧张的场面,雷诺兹和布朗靠的是滑稽剧和荒诞剧,波尔和考恩布鲁斯靠的是讽刺作品,其中一部分为黑色讽刺幽默,而谢克利靠的则是别出心裁的、时而掺杂对熟悉场面的有意模仿。

然而,第一位幽默科幻小说大师是德·坎普。他于1907年出生于纽约市,曾获得加利福尼亚理工学院航空工程学学位和史蒂文斯学院工程学和经济学硕士学位。他的成年生活大部分是在费城度过的。在当过编辑、报道作者、教师和专利工程师之后,他于1936年开始转向小说创作。

他的第一部成功的小说《人类》于1937年在《惊奇故事》杂志上发表,这是他与P.斯凯勒·米勒(1917—1974)合作完成的。米勒后来作为《惊奇故事》杂志中"参考丛书"栏目的长期评论家而在科幻小说界享有盛名。德·坎普创作幽默作品的才能一开始就显而易见,只有在《未知》中,他的这种才能才得以最充分的施展。

《未知》,后更名为《未知世界》,是由约翰·坎贝尔于1939年作为《惊奇故事》的姊妹幻想杂志而创办的。它专门对一些或新或旧的幻想素材进行逻辑处理和加工。它的处理手法与主题形成的对比,给大家留下了非常深刻的印象。因此,在1943年,当该杂志由于第二次世界大战纸张紧缺而被迫停办时,科幻小说界为此感到万分遗憾。

幽默从《未知》的处理手法中自然而然地产生了,德·坎普也因在该杂志上发表了《分而治之》和《唯恐黑暗降临》两部作品而一举成名。《分而治之》一书讲述了像袋鼠一样的外星人,征服了地球,并且重新设立了骑士制度;《唯恐黑暗降临》一书则描述了一位考古学家在遭雷电袭击之后,发现自己置身于6世纪的罗马,于是,他企图依靠发明和组织来阻止中世纪黑暗时代的到来。

接着,德·坎普与弗莱彻·普拉特(1897—1956)合作,开始进行系列小说的创作。在这部系列小说中,数学公式把小说里的人物变到由魔法操纵的各个世界里,先是挪威传说中的世界,后是斯宾塞的《仙后》中展示的世界。该小说起初在《未知》杂志上连载,后来出版成书,书名为《不完全的巫师》。最近,在增加了一篇有关疯狂的罗兰的世界的小说以后,该书又以《完全的巫师》这一书名出版。随后,德·坎普与普拉特再度合作,共同创作了一部名为《加瓦干酒吧的传说》的系列小说。普拉特本人是一位多产的作家,他写过大量的幻想和非小说类文学作品,特别是有关海军历史方面的作品。

对德·坎普而言,写作并没有完全局限于幽默的范畴。像其他许多一度从事幽默写作的作家一样,他还创作了大量更为严肃的作品,包括《被偷的睡鼠》,一篇有关公司僵化而形成封建等级制度的中篇小说,以及一部系列历险小说,它所展示的世界有着异乎寻常的风俗习惯。这一系列小说取名为《Viagens Interplanetarias》(因为德·坎普相信,未来将属于说葡萄牙语的巴西),它包括小说《劣种王后》,这部小说叙述的是,像人类一样的生物有着像蜜蜂一般的性别安排方式。

到了40年代,德·坎普开始转向非小说类文学作品的创作,写出了历史、考古以及勘探方面的书。在50年代末和60年代初,他融合这些兴趣爱好,写成了《亚里士多德的大象》(1958),《罗兹的青铜神像》(1960)和《伊师塔大门之龙》(1961)等历史小说。

50年代初,他开始长期和已故的罗伯特·E.霍华德(1906—1936)的作品打交道,霍华德的有关挥剑野人科南的故事,促进了剑术—魔法(或英雄幻想)的小说体裁。德·坎普对霍华德的一些未出版的手稿进行编辑、整理和修订,编辑成科南故事集。他还单独或与人合作创作了新的科南历险记。与他的夫人凯瑟琳·克鲁克·德·坎普和简·惠廷顿·格里芬合作,德·坎普写出了《黑谷的命运:罗伯特·E.霍华德传》(1983);他单独完成了《洛夫克拉夫特传》(1973)。此外,德·坎普自己也创作了不少剑术加魔法小说,包括《海神特赖登之环和海神波赛冬的故事》(1951),以及以想象中的诺瓦利亚世界为背景的系列小说:《小妖精塔》(1968)、《伊兹拉的钟》(1971)、《不可靠的魔鬼》(1973)、《没有被杀头的国王》(1983)和《正直的野人》(1989)。

德·坎普还写了大量有用的、使人增长知识的书,以及"美国之音"的广播稿,特别是最早的有关科幻小说写作的长篇讨论稿,名为《科幻小说手册》(1953),该书1975年经他和他的妻子凯瑟琳·克鲁克·德·坎普共同修订。1978年,世界科幻小说协会授予德·坎普科幻小说大师奖。

然而,对科幻小说读者来说,德·坎普最为出名的,是他对幽默科幻小说所作的巨大贡献。人们难以想象,除了德·坎普之外,谁还能写出《遥远的世界》中那篇幽默论。于1937年发表在《惊奇故事》杂志上的《多毛症》,也是非他莫属。

《多毛症》

〔美〕L.斯普拉格·德·坎普 著

"我们大伙都知道艺术和科学领域所取得的辉煌的成功,不过,要是你们了解了所有这些故事,你们也许会发现,其中的一些失败反而更有意思。"

帕特·韦斯这样说道。啤酒喝完了,卡尔·范德科克已经出去买了。帕特把眼前所有的赌注都收拢到自己这一边以后,身子往后一靠,开始大口大口地吐起烟圈来。

“这么说,”我开口说道,“你有故事要讲。好吧,给大伙讲讲吧。扑克可以呆会儿再打。”

“不过,千万别在讲到一半时说‘那让我想起’,又开始讲别的故事,讲了一半,又讲起其他什么故事。”汉尼巴尔·斯奈德插话道。

帕特向汉尼巴尔使了下眼色。“听着,你这傻瓜,上次我讲那三个故事时,我可一次也没扯远过。如果你有本事讲得比我好,那你来讲得了。听说过丁·罗曼·奥利维拉吗?”他这样说着,我注意到,他并没有停下来给汉尼巴尔说话的机会。

他继续道:“卡尔一直在大谈特谈他的新装置,要是他把那装置搞成了,他准能出名。卡尔只要想干什么,一般总能干成。我的朋友奥利维拉也是这样的人。他干成了,本该出名的,却偏偏没有。从科学角度来讲,他很成功,应该得到赞扬。可从人类角度来看,他失败了。如今,他只好在得克萨斯办一所小小的学院。他仍然工作得很出色,仍然在杂志上发表文章,但这并不是说他不配得到他应得的东西。前两天我刚刚收到他的一封信——看来他已经很自豪地当上爷爷了。那让我想起我的爷爷——”

“喂!你又来了!”汉尼巴尔吼道。

帕特说道:“嗯?你说啥?噢,我明白了。对不起,我再不这样了。”他接着往下说,“我第一次听说丁·罗曼是在医学中心,那时我还是个学生,而他已经是一位病毒学教授了。他名字中的字母J代表Haysoos,拼作J—e—s—u—s,这是一个特别好的墨西哥名字。但在美国他受尽嘲弄,因此,他宁愿采用罗曼这个名字。

“你们还记得那次‘大变革’吗?——这跟本故事有关——它发生在1971年的冬天,那场可怕的流感开始传播的时候。奥利维拉因患流感而病倒了。我去他家,让他给我布置作业。只见他靠着一摞枕头躺着,身上穿着特别难看的粉色和绿色相间的睡衣。他的妻子在一旁用西班牙语念书给他听。

“‘听着,帕特,’当我走进去时他说,‘我知道你是个好学生,可现在我真希望你和那可恶的病毒学班统统见鬼去!快说你想要啥,然后走开,让我一个人安安静静地去死。’

“我知道了要做的作业,刚要离开,这时,奥利维拉的医生——老福格蒂走了进来,他以前常讲瘘管方面的课。福格蒂很久不干医生这一行了,但他害怕失去一位杰出的病毒学家,所以,这次他亲自出马,替奥利维拉治病。

“‘呆在这儿别走,小家伙,’当我跟着奥利维拉太太往外走时,他这样对我说,‘学点实用医学。我总觉得,我们没有为学生开设临床实践课,确实犯了个错误。现在注意看我是怎么做的。我对着奥利维拉微笑,但我没有表现得特别高兴。一旦这样做,他会觉得我巴不得他早点死。这是一些年轻医生容易犯的错误。还有,我走路很轻快,并没有显得我担心我的病人稍受刺激就会崩溃——’等等。

“当他把听诊器的一头放在奥利维拉的胸部时,可笑的事情发生了。

“‘一丁点儿声音都听不见,’他哼着鼻子说,‘更确切地说,你胸部的毛太多,我只能听见毛梢在听筒隔膜上的摩擦声,得把毛剃掉。咦?墨西哥人长这么多体毛,是不是太少见了?’

“‘你说得太对了，’病人回答道。‘我跟大多数土生土长的墨西哥人一样，是印第安血统，而印第安人属于蒙古人种，所以几乎没有体毛。我这身毛，都是上星期长出来的。’

“‘太可笑了——’福格蒂说。

“我开口说话了。‘哎，福格蒂医生，还有我呢。一个月前我得了流感，也是这样的。我原先身上没毛，总感觉缺少点男子汉气。现在可好，毛长了一大堆，几乎可以编辫子了。我觉得没有什么特别的——’

“接下去我们说的话我已记不清了，因为当时我们七嘴八舌都在说。但是，当我们渐渐平静下来以后，我们所能做的只能是进行一些系统的调查。我答应到福格蒂那儿去一趟，让他给我检查一下。

“第二天我去了，可是，除了一大堆毛之外，他一无所获。当然，他对能够想到的东西都取了样。我已经不穿内衣了，因为穿上会痒，而且，长长的毛让我觉得很暖和，没有必要再穿内衣，即使在纽约寒冷的一月份。

“一星期以后，当奥利维拉重返课堂时，他告诉我，福格蒂患了流感。奥利维拉检查了这位老朋友的胸部后发现，他的体毛也开始以前所未有的速度长着。

“接下来轮到我的女朋友——并非我现在的夫人；那时我还没遇见她——硬着头皮问我，能否解释她为什么开始长毛。我看得出，这个可怜的女孩为此感到非常沮丧，因为，长一身像狗熊、猩猩那样的体毛，她找一位如意郎君的机遇将大大减少。我没法让她高兴起来，只是告诉她，其他许多人也是这样的，不知道这对她来说是不是一种安慰。

“随后我们听说福格蒂去世了。他是个大好人，我们为他的去世感到很难过。不过他生前过得挺充实的，不能说他是英年早逝。

“奥利维拉请我到他的办公室去一趟。‘帕特，’他说，‘去年秋天你在找活干，是不是？你看，我正缺一位助手。我们准备把这长毛的事弄个水落石出。你想不想干？’我答应了。

“我们从检查所有临床病例着手。每个患流感的或以前患过流感的人，都长出了体毛。冬天，形势很严峻，看来每个人早晚都要得流感。

“那时，我突然有了个绝妙的主意。我查找出了所有生产脱毛剂的化妆品公司，并把我凑起来的一点钱全部买成了它们的股票。我后来后悔莫及。不过，这是后话。

“罗曼·奥利维拉是位工作狂，他要求我也没日没夜地干，这使我很不安，担心自己会不会考试不及格而退学。好在我的女朋友由于身上长毛而变得特别有自知之明，不再跟我约会，这使我省下不少时间。

“我们反反复复在豚鼠和老鼠身上做实验，却毫无进展。奥利维拉找来了一群没毛的奇瓦瓦小狗[①]，并在它们身上做了各种各样的实验，仍然一无所获。他甚至找来一对东非沙地耗子——Heterocephalus——无毛，样子很可怕——结果还是白费。

“后来这事上了报纸。我注意到在《纽约时报》的内页有一小篇有关此事的文章。一星期以后，在头版二条出现了整栏篇幅的报道。随后出现在头版头条。这些文章大意都是‘某

---

① 一种圆头小狗，原产墨西哥的奇瓦瓦。

某医生认为,全国范围内突发的多毛症'(咋样,一个时髦词吧?真希望我能记住发明该词的医生的名字)'是由于这样、那样等等原因引起的'。

"我们往常举办的二月舞会不得不取消不办了,因为几乎没有一个学生能够把他们的女朋友带得出去。出于同样的原因,电影院的上座率也急剧下降。即使你晚上八点左右去电影院,也照样可以买到好座位。我注意到报纸上有一则滑稽可笑的小报道,大意是电影《泰山和章鱼人》的拍摄不得不取消,因为原定演员必须穿遮羞布到处跑动。摄制组发现,如果他们不想使演员和大猩猩混在一起分不开,那么,每隔几天他们就得给全体演员修剪一下体毛。

"那时候,在公共汽车上,看见乘客们一个个裹得严严实实,真是太滑稽了。大部分乘客都在东抓抓、西挠挠,剩下几个有涵养的人不好意思东抓西挠,只是蹭来蹭去、坐立不安,看上去很难受。

"我还从报纸上得知,申领结婚证的人数急剧减少。这么一来,只需三位工作人员就可以处理整个纽约、包括刚并入布隆克斯的约克市的结婚登记事务了。

"眼看我买的化妆品公司的股票不断上涨,我非常高兴。于是,我竭力鼓动跟我同住一室的伯特·卡夫克特也去买些试试。可他只是神秘地笑笑,说他另有打算。

"伯特这家伙属于那种地道的悲观主义者。'帕特,'他说,'在这件事上,你和奥利维拉也许能成功,也许不能。我敢打赌你们不能。如果我赢的话,在你的脱毛剂为人所遗忘之后相当长的时间里,我买的股票行情会一直看好。

"要知道,当时人们对这种流行病议论纷纷。但是,当天气开始渐渐转暖的时候,真正可笑的事发生了。先是四大内衣公司一家接一家相继停业。其中两家已经委托破产产业管理人处理,第三家已彻底清算,第四家转行生产台布和美国旗帜才免遭倒闭的厄运。由于这种'导致长毛的流感'在全世界的蔓延,棉花市场的行情已经下跌到最低点。国会已打算早点关门回家,这是像以往一样,在保守党报纸的强烈要求下才这么做的。如今,种棉花的也蜂拥而来,聚在华盛顿,要求政府'采取行动',毕竟他们自已不敢自作主张。政府非常愿意'采取行动',遗憾的是无从下手。

"在这段时间里,多多少少在我的帮助下,奥利维拉夜以继日地致力于这一问题的研究。看来,我们也和政府一样一筹莫展。

"在我住的那幢大楼里,家家户户都已安装了大功率的电子体毛修剪器,人们不停地在用,结果产生的干扰特别大,连广播都收听不到了。

"事情真是再糟糕不过了。而伯特·卡夫克特却从中捞到了好处。他苦苦追求了好几年的女朋友,原先是第五大道约瑟芬·莱昂服饰专卖公司的服装模特,收入很高,她曾经让伯特围着她团团转,费尽了周折。现在莱昂公司突然关门停业,因为没有人去买什么衣服。事到如今,她自然非常乐意让伯特做她的未婚夫。对女人来说,幸运的是,她们的脸上并没有长出毛来,不然的话,真不知道整个人类将变成什么模样。伯特和我用扔硬币的办法来决定我俩谁该搬出去住,结果我赢了,他搬了出去。

"国会最终通过一项议案,对任何能够彻底治愈多毛症的人,给予 100 万美元的奖励。

随即国会宣布休会,留下一大堆没有执行的重要议案。

"到6月份,天气真正热起来时,男人都开始不穿衬衣,因为光靠他们的体毛就已经足够了。警察对他们要穿正规制服上班而牢骚满腹,结果,他们获准改穿深蓝色马球衬衫和短裤。但是,没过多久,他们就脱掉衬衫,并把衬衫卷起来,塞在短裤口袋里。很快,全美国的男性公民纷纷效仿。长毛以后,人类照样出汗,一点不比原来少。在大热天,即使穿最单薄的衣服外出,人也会热得晕倒。至今,我依然记得我紧紧抓住第3大道第60大街上的消防龙头,不让自己晕倒的情景。当时我大汗淋漓,汗水一个劲地从长裤子的脚踝处往下淌,周围的大楼都在不停地旋转。从那以后,我学乖了,也和大家一样,脱掉长裤,改穿短裤。

"7月的一天,布隆克斯动物园的猩猩娜塔莎从笼中逃脱,她在动物园里溜达了几个小时以后,才被人发现。动物园的游客都以为,她只不过是他们同类中一位非常丑陋的成员。

"长毛一事确实跟纺织业及服装业恶作剧了一番,丝绸市场也因此而销声匿迹了。长筒袜成了只有我们祖先才穿的稀奇古怪的东西,就像三角帽和佩鲁基假发[①]一样。因此引起的后果之一就是:日本帝国的经济,原先一直摇摇欲坠,如今已经全面崩溃。在经历了一场革命以后,日本已成为一个苏维埃社会主义共和国。

"那年暑假,奥利维拉和我都没有休假,而是一直忙于多毛症的研究。罗曼向我许诺,一旦他赢得那笔100万美元的奖金,我也有份。

"然而,整个夏天过去了,我们仍然毫无进展。当学校开学上课以后,我们的研究不得不有所减慢,因为这是我在大学的最后一年,而奥利维拉要搞教学工作。尽管这样,我们仍然竭尽全力继续我们的研究。

"当时,阅读各类报纸上的有关社论,真是有趣。《芝加哥论坛报》甚至怀疑这是一次'赤色阴谋'。至于《纽约人》和《绅士》的漫画家们是怎样极尽他们之能事,你们也就可想而知了。

"随着棉花价格的下跌,南方因此一蹶不振。我记得,当时在国会上提出了哈威克议案,要求每位五周岁以上的公民每周至少修剪一次体毛。一些南方人自然对此表示拥护。但该项议案主要因为违反宪法而被否决了。紧接着,大家又提出了一项议案,要求每个人在修剪完体毛以后才能跨越州界。其根据是:人的体毛是商品——曾经一度是这样的——带着一身体毛,不管是不是你自己的,跨越州界,即已构成州际间的贸易,你就要受联邦政府的约束。该项议案一时看来似乎可以通过,不过,南方人最终还是接受了一项代议案,该议案规定,所有的联邦雇员、军校学生和海军学院的学生必须修剪体毛。

"南方的贫困加剧了一直存在的种族问题。最终导致了阿拉巴马州和密西西比州的黑人暴乱。经过相当野蛮的战斗,这场暴乱才得以平息。根据这场小小内战结束时达成的协议,黑人得到了现在的帕勒区,这是一块拥有很多地方自主权的保留地。黑人的表现尽管不如协议中所说的那么好,但他们还是比白人预料的要强一些。你们大概也是这么想的。不过呀,要是让一个白人盛气凌人地去他们的领地走走,会有什么下场!他们的保留地上,容

① 指流行于17—19世纪的男子假发。

不得半点傲慢无礼的举止。

“大约在这时候——也就是 1971 年的秋天,棉纺织业发起了一场声势浩大的广告运动,鼓励大家修剪体毛。他们提出了诸如‘不做长毛猿!’之类的口号,还贴出了许多宣传画。画面上有两位游泳的男子,一位浑身上下毛茸茸的,另一位修过体毛、白白净净的,有位漂亮的女孩厌恶地转身离开长毛男子,投进没毛男子的怀抱。

“我不知道这些运动会带来多大好处,但棉纺织业确实有点不自量力了。他们,连同整个服装业,力图推出配晚礼服穿的前胸上浆的白衬衫,不仅晚上能穿,白天也可以穿;我压根没想到一个长期忍受的民族会真的起来反对这种令人痛苦的样式,可我们真的这么做了。这种样式化为泡影的真正原因是帕桑文特总统的当选。那年的 1 月,天气异常暖和,总统、副总统,以及最高法院的所有法官们都赤裸着上身在公共场合露面,下身也穿得极少。

“每个人早晚都会像这样几乎全裸的,这么一来,我们成了一个清一色由几乎全裸的人组成的国家。真正全裸还存在一个问题,那就是:不像有袋动物那样,人类天生没有口袋。因此,人类需要有地方放笔、放钱等东西,同时人类还保留着传统的羞耻观。考虑到这些因素,我们采用了最新式的苏格兰人佩于短裙前的囊袋。

“那年冬天,流感传播得很厉害。上一年冬天没有得过流感的人这次全得了。不久,没长体毛的人已经很难看到,即使有,人们也会怀疑他是否患有某种皮肤病而长不出体毛来。

“到了 1972 年的 5 月,我们的研究总算有了眉目,奥利维拉想到了一个好主意——其实我们俩早就应该想到的——那就是,检查人工培育的婴儿。到目前为止,没有人注意到人工培育出来的婴儿,其体毛长得比正常出生的婴儿的体毛稍晚一些。你们也许记得,人工培育那时才刚开始搞。还不可能大规模地进行试管婴儿的培育,但将来某一天我们肯定能够做到。

“奥利维拉发现,人工培育的胚胎,一旦得到真正严格的隔离,便不长体毛——万一长,也不会超出正常范围。这儿所说的真正严格的隔离是指他们呼吸的空气,先加热至摄氏 80℃,然后液化,再通过一组气旋装置,最后用一打消毒剂清洗。他们的食品也用相同的方法加以处理。我真搞不懂,这些可怜的小东西怎么能在这种高度卫生的环境里生存,但他们确确实实活了下来,而且没有长体毛——直到他们与外人接触,或被注射从长毛婴儿的血液中提取的血清以后,才会长出体毛来。

“奥利维拉推算出多毛症的病因也就是他原先所料想的——另一种可恶的自身存在的蛋白分子所引起的。要知道,你看不见蛋白分子,因此,化学上你没有什么办法对付它。因为,一旦你这样做,它即刻就不是蛋白分子,而变成别的什么东西了。我们已经把它们的结构搞得相当清楚了,但这一过程很费时间,需要从不足的数据进行许多推断。这些推断有时是正确的,有时却是错的。

“但是,要对这些分子进行详尽的分析,首先必须得到足够数量的样品,而我们所研究的这种蛋白分子,连少得可怜的数目都凑不够。后来,奥利维拉想出了计算这些分子的方法。这一方法给他带来的名声,是他从全部工作中获得的唯一永存的东西。

“当我们运用该方法时,我们发现了一件非常古怪的事——人工培育的胚胎所拥有的病毒数量,在传染上多毛症之前和之后,都是一样多。这似乎不对。我们知道,该胚胎已被注射多毛症分子,并且已经长出厚厚一层体毛了。

“后来有一天早上,我发现奥利维拉静静地坐在桌边,就像中世纪的僧侣在斋戒40天以后产生了幻觉一般(顺便说一句,如果你也斋戒那么久,你也会看见幻象的,许许多多的幻象)。他说:‘帕特,不要用100万美元奖金中你得的那份钱去买游艇。游艇买得起可养不起呀。’

“‘你说什么?’这是我能作的最好的回答。

“‘你看这儿,’说着,他站起身,朝黑板走去,那上面满是粉笔画的蛋白分子的图表。‘我们有三种蛋白质:α、β和υ。没有一种α蛋白分子能存在数千年。你看这儿,α和β的唯一区别在于’——他用手指着——‘这些氮分子附在这条链上,而不是那条链上。从这儿写着的能量关系中,你还会发现,如果一个β分子进入一群α分子中,所有的α分子马上会转变成β分子。

“‘现在我们知道,各种蛋白分子一直聚集在我们体内。其中一部分很不稳定,会再次分解;另一部分无害,呈惰性;还有一部分没有自身繁殖的能力——不管怎样,它们存在于我们体内,没有事情发生。但是,由于这些分子很大很复杂,它们又有许多种可能的存在形式,因此,每隔较长的一段时间,就有可能出现具有自身繁殖能力的某种新分子,也就是,一种病毒。各种病毒很可能就是这样产生的。病毒的产生,完全是因为某种东西阻碍了刚刚形成的一个普通蛋白分子,从而使氮分子附到另外一条链上去了。

“‘我的观点是:α蛋白分子曾经作为一种无害的惰性蛋白分子存在于人体中。这种α分手由它所派生的β分子和υ分子重新组合而成。有一天,当这些分子中的一个正在组合时,有人突然打嗝。立刻,我们得到了一个β分子。而β分子并非无害,它能很快地进行自身繁殖,并且阻碍我们身体的大多数地方生长体毛。就这样,我们整个人类——那时候还很像猿类——感染上了这种病毒,并失去了身上的体毛。再说,这些病毒中有一种传到胚胎中,这样新生儿也没有体毛。

“‘我们的祖先在冻得瑟瑟发抖以后,学会了用动物毛皮遮盖身体保暖,也学会了生火。就这样,他们开始了文明的征途。试想一下——如果没有那个原始的β蛋白分子,我们今天很可能仍是猩猩中的一员。总之,只是普通的类人猿。

“‘现在据我估计,事情是这样的:由于分子形式发生了另一种变化,使之从β变成υ——而υ是无害的惰性分子,就像α一样。因此我们又回复到最初猿人的模样。

“‘你我的问题是:如何把我们体内大量的υ分子变回到β分子。也就是说,过去我们一下子摆脱了数千年来困扰人类的流行病,现在呢,我们要得那种流行病。对此我知道该怎么做。’

“他就告诉我这些情况。我们又开始更加努力地工作。几星期以后,他宣布要在自己身上做实验;他的方法是将几种药结合起来——我记得,其中一种是用来治疗鼻疽病的——还有一种治疗高频电磁热的药。

“对此我并不热衷,因为我已经渐渐喜欢上了奥利维拉这个人,再说,他准备用在自己身上的那种可怕的药,其剂量之大,足以消灭一个团。可他还是这么做了。

“这药差点要了他的命。三天以后,他基本恢复了正常。在发现四肢和身上的体毛正迅速退去以后,他高兴得大喊大叫。过了两三个星期,他的体毛完全退掉,他已恢复到了原来正常的状态。

“但是,接着发生的事让我们大为吃惊,也使我们很不开心!

“我们指望多多少少会引起舆论的关注,为此,我们做了一些相应的准备。我记得,当时我盯着奥利维拉的脸足足看了一分钟,然后向他保证他修剪的小胡子两边绝对对称;我呢,则让他替我把我的新领结拉拉挺括。

“我们划时代的研究成果一宣布,结果只招来了两个感到很无聊的记者的私人电话,两三个科技编辑的电话采访,连个摄影师的影子都没见着。我们确实也上了《纽约时报》的科学版,但仅占了不到12行的篇幅——该报只是报道了奥利维拉教授和他的助手——名字未提——发现了多毛症的病因和治疗方法。对该项发现可能产生的后果却只字未提。

“我们与医学中心有约在先,为此,我们无法从商业上对这一发现加以开发利用。不过,据我们预料,此项发现一旦公之于众,其他许多人很快也会这样做的。可实际上,一点动静也没有。其实我们早该知道,既然我们的发现从一开始就遭到冷遇,对它的开发利用也就不会引起人们的兴趣。

“一周以后,奥利维拉和我一起就我们的发现与系主任惠洛克进行了交谈。奥利维拉希望惠洛克能够借助自己的影响来建立一个脱毛诊所。惠洛克对此并不赞成。

“‘我们进行了两三项调查,’他承认说,‘并没有什么令人激动的事。还记得兹姆曼癌症治疗热吗?迄今为止还没有出现过像那样热门的事。奥利维拉医生,尽管你们肯定能成功,但就我个人而言,我不敢肯定是否愿意接受你们的治疗。但是’——他说到这儿,用手指抚摸着胸部那些浓密的长毛,看上去已有六英寸长,而且是一片漂亮的银白色——‘你看,我挺喜欢这身长毛的,再让我恢复到原来光溜溜的皮肤,我还真有点不好意思呢。何况,这样比一套衣服省钱多了。还有,哦,请允许我毫不夸耀地说——我觉得这样蛮好看的。我的家人以前总嫌我衣着不整、邋邋遢遢的。现在可好,轮到我笑话他们了。他们谁都没有我这身漂亮的毛衣服。’

“奥利维拉和我一起离开了,情绪有些低落。我们询问过我们认识的人,并给其中一些人写了信,征求他们对接受奥利维拉治疗一事的看法。有几个人回信说,如果大家都这样做,他们不妨也试试。但其他大部分人的答复与惠洛克医生的口气不相上下。他们已经对长长的体毛习以为常了,没有必要再恢复到原来无毛的状态。

“‘看来,帕特,’奥利维拉对我说,‘我们的发现并没有让我们出名。不过,我们还是可以从中发点小财嘛。还记得那100万美元的奖金吗?我经过治疗以后一恢复,马上就把申请表寄去,我们随时就能收到政府的回信。’

“我们真的收到了回信。那天,当我正在他的寓所里聊天时,奥利维拉太太拿着信,兴冲冲地走了进来,边走边喊:‘罗曼,快,打开看看!’

“他不慌不忙地拆开信,展开信纸,看了起来。看着看着,他皱起了眉头,又从头到尾看了一遍。随后，他放下信，小心地拿出一支带过滤嘴的香烟，却点着了有过滤嘴的一头。他用最平稳的语调说道，'帕特，这回我又干了件傻事。我根本没想到那笔奖金会有时间限制。看来准是国会里某个精明的家伙给加上的，这样，奖金的截止日期为 5 月 1 日。记得我 19 日寄出申请，他们 21 日收到，整整晚了 3 个星期！'

"我默默地看着奥利维拉，他先看了看我，又看了看他妻子。而他的妻子也回看了他一眼，便一声不吭地走到酒柜前，取出两大瓶'特奎拉'酒和三个酒杯。

"奥利维拉把三把椅子拉到一张小桌前，叹了口气，坐在其中一把上。'帕特，'他说，'我那 100 万美元尽管泡汤了，可我还有比那更珍贵的东西——一个知道我在这种时候最需要什么的女人！'

"这就是那次'大变革'的内幕——或者说是其中的一个方面。这就是为什么当我们今天谈起金黄色的电影明星时，我们不光指她的头发，还包括她从头到脚那身漂亮的体毛。

"最后还有一个小小的插曲。那以后没几天，伯特·卡夫克特请我去他家吃晚饭。在我向他们夫妇诉说了奥利维拉和我的烦恼之后，伯特问起我买的脱毛剂公司的股票行情如何。

"'我发现，那些股票跌回到'大变革'以前的起点了。'他补说了一句。

"'没什么可说的，'我告诉他。'在那些股票要从最高点回落时，我和罗曼正忙得焦头烂额，根本顾不上。当我最终有时间顾及此事时，我只有全部抛掉，每股只赚几美分。你去年很神秘地搞的那些股票咋样？"

"'你进门时，可能注意到了我的新车了吧？'伯特笑着问道。'那就是我赚来的。只有这么唯一的一家——琼斯和盖洛威公司。'

"'琼斯和盖洛威公司生产什么？我从未听说过。'

"'他们生产的是'——说到这儿，伯特露齿而笑，那张嘴咧得特别特别的大！

"就这么个故事。看，卡尔把啤酒买来了。汉尼巴尔，该你发牌了吧？"

（张　萍　译）

新秀辈出

1938年,开创科幻小说黄金时代的有影响力的作品开始汇聚于杂志。从9月起,约翰·坎贝尔担任了《惊奇故事》杂志的编辑,他选中的小说开始在杂志上出版。成熟的读者开始阅读评论文章,并从中涌现出许多新作家。一些基本的发现和发明导致了技术的变革,有望创造一个与现状显著不同的未来世界。

当时的社会充满变革。世界从长期的萧条中逐渐恢复元气,使人们重新感到乐观。在纽约国际博览会上,进步是交口称赞的展览馆的主题。连中国的持续战争、纳粹德国的军力集积及其贪得无厌的领土要求(第二次世界大战的先兆)也使人们荒谬地对未来感到兴奋。

坎贝尔开始让世人感到他的存在。他出版小说选,发表社论,给他熟识的作家或主动投稿者写信,与纽约市内的作家交谈。这是个性化编辑的开端,编辑和作家相互依存,以创造一种新的科幻小说。

读者受这些杂志熏染了十多年后,对科幻小说有了鉴赏力,并公开刊登的来信中发表自己的观点。有的读者,或者出于个人抱负,或者因为读不到想读的作品而感到灰心,开始根据多年的阅读经验,借鉴科幻爱好者的意见,自己创作,向杂志社投稿。

唐纳德·沃尔海姆在他写的科幻小说史《宇宙创造者》中写道:"科幻小说建立在科学小说的基础之上。"他还说,向坎贝尔投稿的新作家"实际上是在科幻小说的基础上成长为第一代作家的。他们有科学小说的基础,甚至可以说受到过科幻小说的教育,因此能够借以进一步发展”。

30 年代并非科学发现的辉煌时代,但是人们开始认识到半个多世纪以来科技给人类生活带来了革命性的变化。人们看到,汽车、无线电、飞机的发展改变了社会,并将使社会继续发展。1935 年发明了尼龙和橡胶,这表明一切都可以人造。对植物、动物甚至人的基因的改变,不论是有计划的还是意外的,似乎都只是时间问题,只是人类愿不愿意的问题。对原子的研究,使得原子能和原子弹似乎指日可待。这一切以及新式的战争武器,包括细菌武器,都发出了威胁,预示着下一场大战可能是武器大战。

所有这些因素都出现在 1938 年 4 月《惊奇故事》里的一篇小说中。小说的题目是《忠诚的伙伴》。这是第一篇由该杂志的读者写的小说。它的作者就是莱斯特·德尔雷伊(1915—1993)。

德尔雷伊是他父亲第三次婚姻后的第二个孩子。他出生后不久母亲去世了,当时 55 岁的父亲又结了婚,又生了两个孩子。德尔雷伊在明尼苏达州东南的几个贫穷的农场里长大。据他回忆,他家当时“就像北方的佃农”。他很小时就开始干活,但自己觉得童年很快乐。尤其当他从父亲的书房里发现了许多书籍,以及后来全家搬到一个小镇上后发现有一家中学图书馆时,他更觉幸福。

从 12 岁开始,他在暑期多次离家干活。15 岁时结了婚,但三个月后,他妻子从马上摔死,他成了鳏夫。在他的中学图书馆管理员的帮助鼓励下,他享受部分奖学金上了乔治·华盛顿大学,并寄宿于一个远房叔叔家里。然而,上大学两年后,他中途辍学,干过几样低薪工作。

德尔雷伊是应一位女友的挑战而写《忠诚的伙伴》的。他曾对《惊奇故事》中的一篇小说加以指责,他的女友说有本事就写一篇好的出来。《忠诚的伙伴》当即被刊用,但是后来几篇都被拒之门外。德尔雷伊的写作信念本来就不坚定,此时开始动摇了。

至今,他尽管卖了 40 多年的小说,出版了 40 本书,数百万字,但是仍然认为对写作没有多大愿望。卖出第一篇小说后的 13 年里,他从未把自己看做专业作家。他在《早年的德尔雷伊》一书中写道:“写作在我只是一种无事可做时而从事的有时能赚钱的业余爱好。”

自 1938 年至 1941 年,他向《惊奇故事》售出了数篇小说,其中包括被多次收编的《海伦·欧洛尔》,同时也向《未知》杂志售出数篇。最后,他于 1942 年向《惊奇故事》售出一部中篇小说《神经》。小说讲的是一家核电厂里发生的一场事故。这是一部预言性的自然主义作品。后来被扩展为长篇,于 1956 年出版。直到 1950 年,他的题为《……有些事人皆难免》的短篇小说选出版后,在斯科特·梅雷迪思文学社工作三年后,在侦探故事杂志、西部故事杂志甚至体育杂志发表各种故事小说后,他终于成为专业作家。

从那以后,德尔雷伊就一直从事写作,偶尔也做些编辑工作。他写了各种各样的书,其中包括纪实文学作品和少儿读物。系列少儿科幻小说中的第一部《放逐到火星》于 1951 年荣获青少年小说童子奖。他另外一些著名科幻小说包括《第十一戒》、《管辖你们的行星》(以埃里克·凡·林恩为笔名出版),以及一部中篇《因为我忌妒》。

P. 斯凯勒·米勒去世后,德尔雷伊接过了《类似》杂志的科幻小说评论工作。最近几年,巴兰坦出版公司——1952年创建以来科幻小说出版业的一支主要力量——开辟了德尔雷伊科幻小说和幻想小说丛书,由德尔雷伊夫妇负责。朱迪·林恩·本杰明·德尔雷伊夫人(1943—1986)曾经主编《银河》、《假如》两份杂志,后来成为巴兰坦公司科幻小说丛书的成功编辑。德尔雷伊获1990年世界科幻小说协会授予的科幻小说大师奖。

德尔雷伊的主要特点在于对写作的各个方面坚持同样的职业态度。然而,和他的其他许多作品一样,《忠诚的伙伴》却表现了一种超越职业性的关切。他的第一篇小说集中了几个主题——基因控制、原子能和终极战争、人类灭绝、增加寿命,以及由其他物种继承人类遗产。

《忠诚的伙伴》

〔美〕莱斯特·德尔雷伊 著

今天,在这个美丽的绿色世界,在人类最伟大的城市,人类的最后一员已奄奄一息。我们这些人类的创造物,对他的即将离世深表哀痛,对他的过去深表怀念。人类曾经统治他所了解的万物,就是统治不了自己。

就像我的其他狗人,我老了。可是我的血依然充满活力。如果这最后一个人对我说的是真话,我的生命还可能延续无数年。那也是人类的功劳,就像我们,还有猿人,归根结底全是人类的功劳。狗人有漫长的历史,和人类相处了很长时间。然而,要是没有罗杰·史春,我们也许还在月球上吠叫,抓着身上的跳蚤,或者卧在人类帝国的废墟上,迷惑于人类的历史。

早期资料表明,狗能笨拙地说几句人话。哼格是罗杰·史春的宠物。史春在努力研究话语的过程中,看到了理想,设想一种新的生命。经过对哼格的喉和嘴进行手术,使狗说人话更有可能。这些手术还比较简单。相比之下,寻找别的"说话"狗更难。

结果史春还是找到了5只,并以此为起点,开始采用选种、培养、手术、训练、腺移植、X射线突变等方法,工作稳步进展。起初有资金问题,但他的宠物很快受到关注,卖价很高。

史春去世时,原来的6只狗繁殖到数千只。他观察养育了20代。我们这一品种,一代只需3年功夫。他眼看后园的牲口棚变成大研究院,弟子上百。所有的人都望他早日成功。最重要的是,他目睹自己的狗在短时间内学会了一定的语言交流,而不再以摇尾交流了。

他业已开始的事业未曾间断。到2000年底,我们开始和人类并肩工作。对此,即使罗杰·史春也难以相信。我们有自己的学校、住宅,跟人类一起工作,有自己的社会。我们愿意的话,甚至可以独立。我们的寿命不再是14年,而是50年,甚至更长。

人类也已走得非常遥远。太空中的星球几乎唾手可得。人类控制荒芜的月球已有数百年。火星、金星正在召唤。人类两度登上,但是未能返回。它们已近在咫尺。人类差不多征服了宇宙。

然而,人类没有征服自己。他在前进道路上障碍重重,因为他得出去,杀戮同类。回忆历史,人们离家征战,互相厮杀。城市化为灰烬,南方的平原重新变成荒漠。芝加哥被青雾笼罩,生命渐渐消亡。结果,死的死,逃的逃,只留下一座空城。人去城空,可是城市上空的青雾依旧,日日月月,年年岁岁,笼罩不散。

我也曾经参战,驾驶着专为我们制造的飞机,翱翔于新星帝国的城市上空。一枚枚微型原子弹从机上投下,落在房顶、农场,落在属于人类的万物之上。人类造就了我们,告诉我必须战斗。

不知为何,我没有战死沙场。最后一次大逃亡后,人类死亡了半数。我召集起同类,追寻人类,来到北方,发现已有人把这里当做避难地。三座人类建造的城市依然耸立,被包裹在青雾之中,一片荒凉。人们躲进森林,簇拥着小火堆,出猎食物时,三五成群。可是不到一年,战争结束了。

战争后,人类和我们一度和睦相处,计划重建原有的一切。可后来发生了瘟疫。研制出的抗瘟药也无济于事,因为疾病蔓延迅猛。瘟疫漂洋过海,翻山越岭,势不可挡。人类导致了瘟疫,却受瘟疫肆虐。它像一剂士的宁,人吃了就严重抽搐,呕吐,然后丧命。

人类曾联合抵抗瘟疫,但难以控制。它无情地蔓延,甚至侵入到北方的小村落。眼睁睁看着我的主人们被痛苦地吞噬,心觉悲伤。人类消失了。从此,世界变得支离破碎,只抛下我们这些狗人。连续几周,我们用自己所能操作的无线电拼命调谐,结果杳无音讯。这才知道人类已经灭绝。

我们几乎什么都不会做,又只得像以前一样寻找食物,用一双经过手术改造的手,小规模地种些作物。荒瘠的北国对我们并不合适。

我召集起四散的部落,开始向南长途跋涉。我们春季种粮,秋季打猎。运载用的雪橇旧损了,我们无法更换,结果行速更慢。偶尔遇到小股同类,可多已恢复野性,我们只得迫其就范。在南下的途中,队伍渐渐壮大。我们一路寻找人类。5万年来,我们狗人与人类共同生活,为人类效力。除了他们,我们不了解别的生命。

往日的华盛顿已成荒原。在此,我们与另一家族相遇。他们没有恢复原始本性,有马为他们干活,甚至有马具,还有他们能够操作的机器设备。我们在这里住了10年,组建了政府,建设起一座简陋的城市。原先人类用手干的活,我们得重新发明创造,以便用我们的爪子和牙齿操作。我们又有了安全感,而且找到一些人类书籍。我们可用这些书教育后代。

后来,有一家族西行时经过我们的谷地。他们告诉我们,听人说我们的一支部落在东边找到了避难处和粮食。那是一座大城市,位于湖边,城里高楼林立。我猜那是芝加哥。他们没听说过青雾的事,只听说那里可能有生命。

当晚,我们围着火,判定如果城市住过人,就有为我们设计的住所和设备。还可能有人呢。甚至可能以人类的传统养育我们的后代。我们忙碌了几星期,为远行到芝加哥作准备。我们将给养装上粗劣的马车,套上牲口,出发东行。

我们在芝加哥城外扎营时,已临冬季。芝加哥城依旧壮观宏伟。荒弃了60年,眼前的一切还是生气勃勃,城西的自动喷泉还在喷洒。

夜幕下,我们悄悄地向另一支部落逼近。他们住在一个大广场上,满地脏物。我们发现他们甚至没有从文明社会带来火种。对方不肯让地盘,我们也不要求,双方发生一场恶斗。但是他们太沉溺于人类提供的巢穴,再说也没有听说的那么众多,所以到日出时,战死的战死,被俘的被俘,一个不剩。被俘的接受教养,使之听命于我们。古老的城市归我们了,空中的青雾经过多年之后终于消散了。

城里有丰富的食物,有我会管理的食物加工厂,有我们可以居住的房屋,还有电力,需要时只要一拨开关,原子核就会爆炸发电。在这里,即使没有手,我们也能太太平平生活许多年,哪怕找不到人,我们也可能实现自己的梦想,改变四肢,使之能操作人类操作的工具,干人类干的工作。

我们清理掉城里的垃圾,迁到大芝加哥南区。那里曾是狗人区。几个从父辈那里接受过人类文明教育的长者和我共同建立起一个特别政府,开动了供水供电设备。从此又恢复了安定的生活。

4个星期后,我的一名副官把保尔·坎扬带到我跟前。啊!人!活生生的人!久违了!保尔面带笑容。我示意那些急着看热闹的都退下。

“我看见了你们的灯火。”他解释道,“开始以为有人回来了,又觉不可能。可是,文明显然有了继承者。于是我就请你的手下带我来见首领。我得到了来自人类的问候。”

“问候。”我气呼呼地说,好像看见我们所崇拜的人都回来了。我哽噎了,内心感到极大的宽慰,感到已经完成了使命。“有问候,还有你们的上帝的祝福。我根本不抱希望还能够见到人类。”

他摇摇头。“我是最后一个。50年来,我一直在找人,可是毫无踪影。呵,你们很不错嘛。我愿意和你们一起生活。等我好了,和你们一起干。不知什么缘故,我居然没有死于瘟疫。不过我还是大伤元气,现在常常感到体虚,动不了,也照顾不了自己,所以来投靠你们。”

“真有意思,”保尔停顿一下又说道,“我好像认识你。你是哼格·贝尔伍夫十四吧?我是保尔·坎扬。你也许还记得我吧?不记得了?噢,那是很久以前,当时你还小。也许我的气味因这场病而改变了。但是你眼睛下面的白色条纹还在。我记得你。”

他回来了,我还有什么不满足的呢?

终于有一个人来到我们之间。他有一双手,对我们极有帮助。最重要的是,他是一位经验丰富的长者,会指点我们的工作。可是正如他所说,他常犯老毛病,犯病时浑身猛烈抽搐,因此而变得非常虚弱。一躺就是几天。我们学会照料他,需要时就帮助他,甚至为了他的到来,我们整个社会进行调整。终于有一天,他来向我呈上一条建议。

“哼格,”他说,“如果你有一个愿望,你想要什么?”

“希望人类回来。恢复往日的秩序,和人类一起工作。你我都知道,我们非常需要人类。”

保尔咧嘴一笑。“现在似乎人类更需要你们。如实现不了这一愿望,下一个愿望是什么?”

“有手。”我说,“我日思夜想,都希望有手。可是我永远不会有。”

“也许会有,哼格。你的寿命已两倍于正常寿命,而且仍然身强力壮,你想过为什么吗?瘟疫侵入了我的血液,可是我能够坚持下来,你想过为什么吗?从出生到今我快70岁了,可是仍旧只有三十几岁的样子,你想过为什么吗?”

“偶尔想过。”我回答说,“我没有时间想问题。即便想了,我所知道的唯一答案就是人。”

“回答得好。”保尔说,“你说得对,哼格。答案就在于人。那就是我记得你的原因。战争爆发前3年,你正接近成熟时,来到我的实验室。现在记起来了吗?”

“实验,”我说,“你因此记得我吗?”

“对,就是那次实验,我在某种程度上改变了你的腺,把某些组织植于你的身体。我在自己身上也试验过。我当时正在寻找不死之道。虽然你那时没有任何反应,但真的见效了。我不知道你们还可以活多久。手术使我对瘟疫有了抗体,但不能完全克服。”

原来如此。保尔站立着,久久地注视着我。“是的,我无意中救了你,使人类的未来得以继续。然而,我们现在是谈论手的问题。”

“你知道,美国的东面有一大陆叫非洲。但是你知道吗?那儿的人对猿人进行研究试验,就像这儿的人对你们进行研究试验。人类在猿人身上取得了进展,但不及在你们身上取得的多。我们开始得太晚了。不过他们会说一门简单的语言,会做一般性工作。我们改变了他们的手,使大拇指和另外四指相对,像我的一样。哼格,那就是你的手。”

保尔·坎扬和我开始制订周密计划。城市的机库里,有为我们设计的飞机。以前我从不觉得有什么用。经检查,发现飞机状态良好。我首先驾机起飞,重新开始从前进行过的训练。这些飞机备油飞行可绕地球10周。必要时可在湖面上接近大油桶加油。

大部分机械工作由保尔·坎扬做。他的身体时好时坏,一好就干。我们负责拆卸机上的战斗设备。600架飞机中只有两架报废。这些飞机将运载约2000只狗人,外加飞行员。我们将带上许多筒麻醉瓦斯,万一非洲猿已恢复野性,就可以加以制服,将他们绑上飞机送回来。我们在四周的房屋中砌起坚固的房间,以便强行控制他们。如果他们不闹,也可按设计把房间调整得舒舒服服。

起初,我计划亲自率领远征队,而保尔·坎扬说,非洲猿可能更愿意听他。他说:“毕竟是人类教育关心过他们。他们或许还模糊记得我。而你们,他们只当是野狗,敌人。我可以出去,与他们的首领接触,当然要有你们的保护。要不是我去,就可能干上一场。”

每天,我带几位年轻的狗人上飞机,教他们操作控制器,他们学会后,就开始教别人。等全部学完要几个月时间,但大家和我一样,都知道很需要手。只要有一线希望,就值得一试。

暮春,远征队出发了。我可以通过电视了解他们的进展情况。控制器很不容易操作。另一端当然只有坎扬在身体好的时候控制。

在大西洋上空,他们遭遇到一场暴风雨。3架飞机坠入水中。但是,在我的副官和坎扬的指挥下,其余的都战胜暴风雨,着陆于开普敦市的废墟附近。他们没有发现任何猿人的踪迹,于是对丛林、平原进行了数星期的搜寻。他们发现了猿,捕捉到几只却发现只是些自然造就的原始动物。

最后,他们终于成功了,但纯属偶然。他们建起营地,准备过夜。为防御漫游的野兽,他们点燃篝火。坎扬的身体难得这么好。营地外围的帐篷里设立了电视广播站。坎扬正在播放一天中发生的事情,突然一张粗糙而毛茸茸的、沾满污垢的脸出现在身后。

坎扬肯定已看见影子,因为他猛然回头,然后屏住呼吸,缓慢地躲开。眼前是一只猿。坎扬站立着,静静地观察,不知它是野生还是经过驯养的。猿也在迟疑,然后朝前走来。

"人——人,"猿开口说话了,"你回来了。你去了哪里?我是托尔米。我看见你,就过来了。"

"托尔米,"坎扬笑着说,"见到你真太好了,托尔米。坐下,我们谈谈。见到你很高兴。哦,托尔米,你看上去老了。你的父母是人类养的吗?"

"我想我 80 岁了。我说不准。很久以前我是人类养的。现在我老了。我的人说我太老了,当不了领袖了。他们不要我来找你,但是我了解人类,他们对我很好,而且有咖啡、香烟。"

"我有咖啡、香烟,托尔米,"坎扬笑道,"等等,我去拿。你的那些人,他们生活在丛林里不苦吗?你肯和我一起回去吗?"

"是的,很艰苦。我希望跟你回去。你们有很多人吧?"

"不多,托尔米。"坎扬把咖啡、香烟递到托尔米面前,托尔米急切地喝干咖啡,又颤巍巍地在火堆上点着香烟。"不多,不过有些朋友。你肯定带来了你的人。我们交个朋友吧。你们来了不少吧?"

"是的,将近千人。我们都是大战后在人类城市中幸存下来的。有一个人放了我们,我就带大家出来,住进了丛林。他们想分成小部落,可我把他们合在一起。现在我们很安全,可是食物难找。"

"托尔米,在一个大城市里,我们有很多食物,还有愿意帮助你们的朋友,只要为他们效力。你还记得狗人吧?如果他们像人类一样对待你们,给你们喂食,驯养你们,你们愿意像跟人类一样跟他们一起干吗?"

"狗?我记得有人狗。他们不错。但这儿的狗不行。我是闻到狗味,可是不像我们平日闻到的味。我的鼻子不太灵。我愿意跟人狗干,不过我那些猿人可能学不快。"

后来的电视报道表明进展迅速。我看见猿人们三三两两进帐篷面见保尔·坎扬。坎扬给他们食物,并介绍了我的狗人。一开始,训练速度很慢,后来有些猿人渐渐不怕我们了,其余的就较容易了。只有几个猿人夺路逃走,没有再回来。

人类钟爱的香烟——我的人从来不吸——很有帮助。猿人们学起吸烟来津津有味。

几个月后,他们回来了,带回来九百多位猿人。保尔和托尔米已经开始教育。我们的首要工作是对托尔米进行全面体检,结果显示他非常健康,而且充满年轻猿人的活力。人类延长了自身的寿命,也延长了我们的寿命。托尔米显然是一个很成功的例子。

至今,他们已和我们相处 3 年。在此期间,我们教他们按我们的指示用手。高空中单轨车横空飞驰,工厂重新恢复生产。猿人学得很快,并且充满好奇,渴望学到新知识。他们迅速繁殖,数量成倍增加。我们再不必为缺少人手而叹息。也许有朝一日,在猿人的协助下,我们可以进一步改变前爪,学会像人类一样双腿行走。

今天,我从保尔·坎扬的病榻前回来。保尔能说话时,我们就在一起——也许应包括忠实的托尔米。我们已建立了深厚的友谊。今天我在保尔面前摊出了一揽子计划,准备对猿人进行心理和生理改造,使之成为人为止。自然曾把猿样动物改造成人,我们为什么不能把猿人改造成人呢?到时候,地球上又有人类了,科学将重新发现星球,人类将有与自身相似的继承者。

我们狗人已跟随人类5万年。太长了,已不可能改变。世界万物中只有狗人追随人类如此之久,无法充当领袖。没有人,任何狗人都不完整,成为人的将是猿人。

这是一个美梦,但是绝对不是不能实现。

坎扬听了我的话笑了,像平时一样以诙谐的口气一本正经地提醒我不要把他们改造得太像人,免得再次发生瘟疫,毁了自己。我们有能力防止那种事再次发生。我想他也梦想重新有人类,因为他眼中的泪花表明,他对我很满意。

坎扬在我们中间孤苦伶仃,郁郁寡欢,常常剧痛难忍,只等死神慢慢降临。他很清楚难逃此劫。老毛病越来越严重,瘟疫病菌侵入更深了。

我和托尔米虽然分离了他的血液中的病菌,但是只能给他一些止痛药,以减轻他的痛苦。他患的又好像是一种霍乱,我们据此作了一些处理。原来的抗瘟疫血清也提供了线索。我们的一些血清似乎可以减缓病状,但无法消除。

成功的可能性很小。我没有将工作情况告诉他,因为我们能否救活他全凭运气。

人类濒临灭绝。实验室里,托尔米重复着同一句话。我想是一句祷辞。也许上帝——他从人类那里了解到的——会大发慈悲,保佑我们获得成功。

保尔·坎扬是人类世界剩下的唯一的人,我和托尔米曾热爱那个世界。现在坎扬躺在病房里,正奄奄一息,发出痛苦的呻吟。他时而遥望窗外,眼望南飞的鸟,凝视着,好像以后再也看不到了。他还能吗?我想起了他曾经说过的话:

"没有人知道——"

(叶琴法　译)

科学神话

科幻小说并不都是理智的思索和推断,并不全是科学的真实,实际上,大多数科幻小说很少具有这些特点。但科幻小说有另一个特点。这就是萨姆·莫斯科威茨所说的"一种奇迹感"。杰克·威廉森把它描绘成"未来的神话"。

很多人都尝试给这个难以确切表达的特点下定义,他们都谈到同一现象:科幻小说的内容是人们的一些基本愿望和恐惧。在1953年约翰·坎贝尔写下了这么一段话:"小说仅仅是写在纸上的梦,科幻小说包含了对技术、社会的希望、梦想和恐惧(因为有些梦想是梦魇)。"

像神话一样,有些科幻小说里有一些不能用逻辑分析来解释的东西。一个人可能会在世界上不知名的地方遇上奇怪的动物,如居于山林水泽的仙女、树精、美人鱼、土地神、小仙子、妖怪和巨人,碰上具有超自然的力量、会威胁凡人的生命、灵魂和意愿的生物。

神话也包括拥有超凡能力的人:巫师、魔术师、上帝、半神半人,以及那些上帝赐福和诅咒的人,和那些有奇怪行为的人,如英雄、吸血鬼和狼人。在一些故事里,平常人接受了不同寻常的力量,具有使愿望成真的能力,比如有了七里格长的巨靴,有了一套隐身衣,有了一个水晶球,有了预言能力或占卜能力;具有能在远处看见东西、知道他人的想法或控制他人行为的能力。有时人们接受挑战,通过不可能的行为来证明自身的价值,如杀龙、在一大堆褥垫下摸到豌豆或把草纺成金子。

一些科幻小说广为流行是无可争议的，但在人们情感表面层次的反应是不明显的，而在于人们情感反应的深层次。A. E. 范沃格特(1912—　)的大部分作品属于这种类型。

A. E. 范沃格特出生于加拿大的温尼伯，是一个律师的儿子，他在萨斯卡曲湾的农村地区度过了他的童年。8 岁时，他就开始读神话故事。到他 12 岁时，神话故事已不能满足他了。在大萧条之初，他父亲就丢失了那份报酬丰厚的工作，因此 A. E. 范沃格特没上大学。他曾做过各种各样的工作，然后开始写作生涯。

然而，当时他的作品不是他在 1926 年所读的那一类科幻小说，而是忏悔录。在以后的 7 年中，他写真实的忏悔录、爱情小说，向商业杂志投稿，也写无线电剧本。当他在 1939 年开始转向创作科幻小说时，他已掌握了一些基本的写作理论和技巧。

他的第一篇科幻小说——《野兽的天空》被坎贝尔退回来重写。这篇小说第二年刊登在《惊奇》杂志上。他的第二篇小说——《超级杀手》虽然跟艾萨克、阿西莫夫第一篇小说《趋势》同时刊登在《惊奇》杂志的 1939 年 7 月那一期，但一出版，立即成为读者最喜爱的小说。

在《惊奇》杂志上发表另 3 篇小说，在《未知》杂志上发表一篇小说后，A. E. 范沃格特的第一部长篇小说《斯兰》开始在《惊奇》杂志上连载。小说中写了一种叫"斯兰"的人种，他们比一般人更聪明，力气更大，反应更敏捷，毅力也比一般人强，并有一种察知他人思想的能力，这种能力与从头皮上长出来的、隐藏在头发中的卷发有关。人类企图消灭斯兰人，这个故事的大部分是从一个斯兰孩子的角度来展开的，那个孩子在故事开始时只有 9 岁，他想逃脱人类的追捕，并获得他的力量。

这篇小说使 A. E. 范沃格特在科幻小说领域成为一位著名作家，在以后的 6 年里他至少与海因莱恩齐名，而且民意测验显示他比海因莱恩更受欢迎。1939 年，他与另一位专业作家 E. 梅恩·赫尔(1905—1975)结婚，梅恩也在 40 年代时写科幻小说。1944 年，他们移居洛杉矶。

在洛杉矶，A. E. 范沃格特爆发了许多创作热情，这些热情在他的创作中随处可见，然后又使他从科幻小说中走了出来。奥斯瓦尔德·斯宾格勒[1]的历史观点，形成了"黑色杀手"及其续集的哲学基础，续集最后以《太空告密者旅行记》为名而出版(1950)。贝茨提倡的眼睛操(同时也为奥尔德斯·赫胥黎所接受)为《编年史》(1946)提供了背景。当《非逻辑世界》在《惊奇》杂志上连载时，引起了轰动，就此一举，就使阿尔弗雷德·科日布斯基[2]的普通语义学得到推广。

当20 世纪美国作家 L. 罗恩·哈伯德发表他的"排除有害印象精神治疗法"理论时，A. E. 范沃格特是首先接受这一理论的几个人之一，"排除有害印象精神治疗法"宣传健全的思想寓于健全的体格之中。A. E. 范沃格特以其典型的热忱，成为"排除有害印象精神治疗

① 奥斯瓦尔德·斯宾格勒(1880—1936)，德国哲学家，认为任何文化都要经历成长和衰亡的生命周期，著有《西方的没落》、《世界历史的远景》等。

② 阿尔弗雷德·科日布斯基(1879—1950)，波兰裔美国哲学家、普通语义学创始人，主要著作有《科学和健全精神：非亚里士多德体系和普通语义学入门》等。

法”的教师和倡导者,也曾在一段时间内担任“排除有害印象精神治疗法”基金会洛杉矶分会的主管。只是在60年代早期,A.E.范沃格特才开始重操旧业写科幻小说,同时也写其他各种书,但他的早期作品仍是最受欢迎的。

在他的其他科幻小说中,有《武器商店》(1942)、《非逻辑世界的赌徒》(1948)、《与鲁尔人的战斗》(1959)和《林恩的男巫》(1950)。

范沃格特的作品耐人寻味,作品里充满惊人的思想,情节曲折。詹姆斯·布利希把它称之为“精细的复杂的情节”,有时他自己也用这种方法。在一篇为《遥远的世界》撰稿的题为《科幻故事的复杂性》中,范沃格特用800字的一段文字描绘了他的写作技巧,里面新思想随处可见。

如果读者放下书去分析所发生的一切,那么故事的结果常常是令人困惑的,有时甚至是矛盾的。一位叫戴蒙·奈特的年轻人对《非逻辑世界》作了一次标准的分析,使他自己有了文艺评论家的美誉,但他没有理解范沃格特的基本思想。范沃格特的小说与其说涉及逻辑和科学的可能性,还不如说是有关原始意象、愿望成真和神话。

《黑色杀手》这本书中写了一个恶魔似的动物,它有神奇的力量,形状像猫,眼睛大得像浅碟。《斯兰》里不仅有超人,而且有被追捕、被迫害的人神和必须生存下来、长大来取得自己领地的伟大英雄。《非逻辑世界》这本书中的主人公是一个怪孩子(范沃格特在此之前发表了一篇名为《怪孩子》的中篇小说),那个怪孩子必须证明他的身份,掌握他的逻辑能力,拥有远距离的心理传输能力和他的七里格长的巨靴。

范沃格特有一种观点,那就是:人类如果像每篇神话里的主人公一样,只要知道人是什么,人有什么能力,以及如何去运用它们,那么面对可怕的、莫名的危险,人总是拥有一种不可动摇的,有时是不容置疑的力量。

《超级杀手》

〔美〕A.E.范沃格特 著

科尔继续觅食。没有月亮、几乎没有星星的黑夜很不情愿地退去了,一道恐怖的红色曙光从他的左边缓缓升起。这道光模糊、乏味。除了一束阴凉的、扩散的光线,没有丝毫温暖、舒适的感觉。在这光线中慢慢地展现一片噩梦般的景象。

当一个浅红色的太阳最后在奇形怪状的地平线上露出来时,黑色的、凹凸不平的岩石和黑色的、荒无人烟的平原展现在他的周围。只是此刻科尔突然意识到:他在一片熟悉的土地上。

他突然停下来,神经高度紧张,肌肉也紧张起来。他巨大的前腿——比他的后腿长一倍——抽搐起来,那相连的剃刀一样尖利的爪子也抽动起来。从肩上长出来的那双厚厚的触手停止抖动,由于焦虑、警惕而绷紧了。

当时,他完全吓坏了。他的耳朵由头发状小卷毛组成。当这些小卷毛疯狂地摆动起来时,他那大猫似的脑袋左右扭动起来。他在测试每一阵无定向的风,每一种空气中的振动。

但是没有反应,他那复杂的神经系统没有感到任何刺激性的振动,没有迹象表明在某个地方存在着对他来说必不可少的id。科尔蹲伏下来,他的轮廓像巨大的猫科动物,在暗红色的天际显现出来。

他知道这一天会来的。经过这么多世纪无休止的搜寻。这一天已隐约出现,更近、更黑、更令人恐怖——在这个不可避免的时刻,他必须回到一个id几乎枯竭的世界里开始他系统的搜寻。

这个事实像一种无休止的、有节奏的痛苦,一波又一波地撞击他的内心。开始时,每100平方英里就有一些id生物。只在这最后一刻,科尔非常清楚地意识到:他一个id也没漏过。再也没有可以吃的id生物了。在这他通过无情占领而据为已有的几万平方英里的土地里——直到没有另外一个附近的科尔敢于怀疑他的权威性——已没有id来补充他的身体所需要的永无止境的能量了。

他踱着方步。现在他认出正前方的那堆岩石和右边的那座黑色的岩石桥。那座桥形成一个奇怪的、卷曲的坑道。正是在这个坑道里,他呆了好几天,等候那些蛇状的、头脑简单的id生物从洞里钻出来晒太阳——这是他认识到有必要进行有组织的灭绝后第一次开杀戒。

他舔舔嘴唇,沉浸于短暂的、得意洋洋的回忆中,在那一刻,他那垂涎欲滴的嘴把猎物撕成珍贵、美味的碎片。但是对于没有id存在的宇宙,使他有种模糊的恐惧;这消除了他此刻甜蜜的回忆,只留下确信无疑的死亡。

他大声咆哮起来,一种蔑视的、残酷的声音在空气中振动,在岩石丛中回荡,又传回到他的神经——他用这种令人讨厌的方式来表达他想活下去的本能。

然后,id生物突然来了。

科尔看到一个发亮的小点从远处向下的长长的斜坡上出来,最后越来越大,是一个金属球。这个巨大的闪光球体发着"嘶嘶"声从科尔头上掠过,速度迅速地减下来,已隐约可见。这个球体快速飞跃到右边黑色的山,在空中一动也不动地停留一秒钟,然后下降到视线之外。

科尔从惊恐的呆立中爆发起来。以虎的速度飞快地穿越岩石。他黑色的圆眼睛燃烧着一种可怕的欲望,在他体内成为一种痛苦。他耳上的卷毛捕捉到一种信息:有这么多数量的id,以至于他的身体由于极度的饥饿而感到恶心。

当科尔从岩石堆后爬上来,从阴影里看这一片倒塌的巨大城市废墟时,那个红色的小太阳是深紫色天空中一个深红色的球。那个银色的球,尽管体积庞大,在巨大的仙境一般的废墟的映衬下显得不太显眼。然而,银球的周围充满活力,一种静止的活力,以至于,过了一会儿,银球显得那么突出,显现在它前面的土地上。一个巨大的、压碎岩石的金属球体停在它自身重量形成的摇篮上,周围是从死寂的首都郊区展开的一片无情的、荒芜的平原。

科尔盯着这种奇怪的两足动物,他们以小组为单位站在飞船底部闪闪发光的出口处。他的喉咙由于迫切需要变得粗起来。他的头脑由于疯狂的欲望变得一片空白。他想向这些动物猛烈开火,打倒这些脆弱的、无助的、身体中发出 id 信息的动物。

当仅仅是静电涌过他身体时,模糊的记忆遏止了他疯狂的愿望。记忆带来恐惧,使他身上流过一种虚弱的酸流,流过了他的神经,损坏了他积蓄的力量。他有时间看清这些动物的身体上穿着衣服,是用闪闪发光的透明材料做成的,在阳光下闪着奇怪的、灼烧的光。

其他记忆也突然涌上心头,在那些昏昏沉沉的日子里,脚下延伸的是一个生机勃勃的城市,人类正处于光辉的年代。那些持火焰枪的人了解到:对幸存下来的人来说,id 将会越来越少,在一个世纪后这种光荣便在火焰枪面前毁灭了。

正是对枪的这些记忆使他停在那里,并在扫过他理智的恐怖中退缩。他看到他自己被金属球撞击、被烈焰燃烧。

他们来得真狡猾——当他意识到这些动物的存在时,科尔第一次思索起这一点,他们可能是来自另一星球的科学考察队员。在以前,这些"科尔"人也曾想航行宇宙,但灾难来得如此快,以至于这种想法仅仅只能是一种想法。

科学家意味着考察,而不是毁灭。科学家他们本身就是傻瓜。基于这一点,科尔变得大胆起来,走到开阔地。他发现那些人也意识到他了。这群人转向人群中个子最小的那人并盯着他,只见他从一个剑鞘中拔出一根闪闪发光的金属棍棒,并把它随意地握在手中。科尔跳起来,想逃回洞里去,但已太迟了。

船长黑尔·莫顿听到化学家小乔治·肯特在笑,笑中带有尴尬的咯咯声,这表明他内心的疑惑。他看到肯特拨弄着纺锤形的金属武器。

肯特说:"这样的庞然大物,我可不想冒险。"

莫顿船长让他自己的低沉的笑声顺着通话器传出去。最后他咕哝着说:"那是你能呆在这个考察队的原因,因为你从不冒险。"

他的笑渐渐隐入沉寂中。当他看见那个庞然大物穿过黑色的岩石平原向他们靠近时,他本能地向前移动,直到他走到其他人的前面。他那巨大的身形使透明的金属外套显得更大。其他人的谈论通过无线电通话器"嗒嗒"地传到他耳中。

"我讨厌黑夜里与这家伙狭路相逢。"

"别傻啦,很明显,这是一个有智力的动物,可能是统治阶级的一员。"

"看起来,它除了像一只大猫外什么也不像。如果把它肩膀上伸出来的触手,看做前腿的话。"

"它的体形进化,"一个声音说,莫顿认出是那个心理学家西德尔在说话,"说明只是一种动物对环境的适应性,而不是一种有智慧的动物。另一方面,它这样向我们走来并非是一种动物的行为,而是具有能够识别我们身份能力的动物行为。你们可以看到:它的行动僵硬呆板,意味着它小心谨慎,这表明它的恐惧,它发现了我们的武器。我想好好看一看它的触手末端。如果它们逐渐变细成手样的、能够抓取物品的附肢,那么结论无疑是:它是这个城市居民的后代。如果我们能与它建立联系,那将大有帮助,即使外貌表明它已退化成为历史的原始人。"

离最前面的人还有10英尺时,科尔停了下来。对id的渴望是不可遏制的,以至于他的头脑到了浑沌的边缘。由于当时对id的渴望像打雷一样流过全身,他发现他的肢体好像沐浴在融化的液体里,他眼前的影像不太清楚。

那些人——除了那个手持闪闪发光的金属棒的人,都越来越近了。科尔看到他们坦率地、好奇地观察他。他们的嘴唇在动,他们的声音在他的耳边卷毛中形成单调的、无意义的振动。同时,他感到高频波的刺激,这波跟他的联络频率一致,只是这波像机器发出的嗒嗒声一样震动他的神经。为了清楚地表达友好,他从他的耳朵卷毛中传输出了他的姓名,同时用一只弯曲的触手指着自己。

通讯主管格尔雷慢吞吞地说:"当它摆动头发时,我的无线电感到一种静电干扰,莫顿,你是否认为——"

"看起来似乎如此,"船长回答了那个没有问完的问题,"格尔雷,这表明你有了一项新的工作。如果它通过无线电波讲话,那么你可以通过它的振动,产生一些电视图像,或者你教它莫尔斯电码,这并非完全不可能。"

"啊!"西德尔说,"我是对的,每个触手可变成7个结实的手指。假设它的神经系统足够复杂,那么这些手指经过训练,可操作任何机器。"

莫顿说:"我想我们还是进去吃午饭。以后,我们会很忙的。材料管理员将搭建好机器设备,开始在这颗行星收集数据,看看有否什么金属等等。其他人可做一些仔细的探索。我希望得到这个种族的建筑和科技发展的记录,特别是发生了什么,竟使这个星球的文明毁灭。地球上的文明一个接一个地毁灭,但总是有一种文明从废墟中建立起来。在这里为什么不会发生呢?有问题吗?"

"是的。那个猫咪怎么样。看,它想跟我们一起进来。"

莫顿船长皱眉,这更突出了他脸上的苍白,这是因为在深沉空间呆得太久的缘故。"我希望我们有办法可以带它进来,不必用暴力抓住它。肯特,你怎么认为?"

"我想我们首先要确定它是动物还是人类,称'它'还是称'他'。我倾向于它是人。至于把它带到我们的飞船里,"那个小个子的化学家坚定地摇摇头,"不可能,这里空气中28%是氯气。我们的氧气对它的肺将是炸药。"

船长暗笑,"很明显,他不信。"他看着那个猫样的庞然大物跟着最前面的两个人穿过大门。那两个人与它警惕地保持距离,然后迷惑地望着莫顿。莫顿挥手道:"好吧。打开第二道锁,让它呼吸一下我们的氧气吧,那会治愈他。"

过了一会儿,他因自己的惊讶而责怪起自己来。"老天,它根本没注意到空气的变化。这表明它没有肺,要不它的肺不呼吸氯气。让它进来!你打赌它能进来。史密斯,这对生物学家来说是一个宝库——如果我们小心一点,那将不会有危险。我们可以控制它。但是它的新陈代谢多奇怪啊!"

史密斯是一个漂亮、高瘦、长脸，但有忧郁表情的小伙子，他用一种奇怪的、富有说服力的声音说："在我们所有的旅行中，我们只发现两种生命的高级形式。那些呼吸氯气的和呼吸氧气的——氯气、氧气这两种物质支持着氧化过程。我以我的名誉保证：没有一种复杂的有机体能以一种自然的方式同时适应两种气体。一想到这儿，我得说这是一种特别高级的生命形式。在很久以前，这个星球上的人类已经发现了生物学的真相，而我们只是刚开始对此做出猜测。莫顿，我们不应该让这动物逃走，如果我们办得到的话。"

"如果它想进来的愿望是有任何目的，"莫顿船长笑道，"那么我们的困难将是怎样除掉它。"

他跟科尔和其他两个人进入闸门中。自动机械系统发出嗡嗡声，几分钟后他站在一连串通向生活区的电梯底部。

"它会上来吗？"其中一个人朝巨兽的方向轻弹大拇指。

"最好把它独自送上来，如果它会进来的话。"

科尔没反对，直到他听到身后的门砰的一声关上了。那个关闭的笼子急速上升。他发出一声野兽般的咆哮，然后旋转起来，他的理智随着旋转混乱起来。一跳，他猛抓门，在他的冲击下，门弯了，这绝望的疼痛也使他发狂。现在，他完全是一只掉入陷阱的野兽。他用爪猛抓金属，使金属像锡一样很容易弯曲起来。科尔用他坚实的触手把大的铁杆拉松，机械发出阵阵尖叫。尽管外墙由凸出的钢管组成，随着那无限巨大的力量一个劲地拉那笼子时，电梯剧烈地颠簸，然后停下来。科尔抓住门上剩余的铁条，冲进走廊。

科尔等在那里，直到莫顿和其他人手持拔出鞘的武器出现。"我们都是傻瓜，"莫顿说，"我早该向它显示电梯是怎么工作的。它以为我们欺骗它。"

莫顿向那巨兽作手势。当莫顿用详细的手势来表明开门、关门，表明电梯如何运作时，怪兽乌黑的眼里狂野的光退去了。

科尔跑进右边的一个大房间，结束了他对人类的教训。他躺在凹凸不平的地板上，克制着静电对神经和肌肉的刺激。因为刚才的抗争消耗了能量，他身上的狂怒渐消。对他狂躁的大脑来说，他已丧失了以一个温和的、无危险的动物形象出现的长处。他的力量一定使飞船上的人感到恐惧和惊慌。

这意味着：他必须完成的任务所面临的危险更大，那就是杀死飞船上的每一个人，然后乘上飞船回到飞船出发的地方，去寻找无限的 id。

科尔躺下来，眼睛一眨不眨地看着两个人的行动，他们正在这个又大又旧的建筑物的金属门口清理碎石，他的全身因充满对 id 的饥饿而感到痛苦。那种欲望穿透了他颤抖的肌肉，就像一个动物在他的大脑里跳跃。当两个人走进那个城市之后，他的神经颤抖得几乎受不了。其中一个人，他知道，是单独走的。

时间慢慢地过去了，科尔还在克制着他自己，一直伏在那里观察着，意识到人们知道他在观察。在第三个人的指引下，两个人把一台金属机器从飞船上搬到岩石丛中，那岩石挡着那扇巨大的半开的门。这些人手指的每一个动作都逃不过他严厉的注视。这机器操作很简单,渐渐地他看明白了,一种轻蔑油然而生。

他知道最后会有什么结果。当这片火焰剧烈燃烧起来时,他可以在大岩石后面贪婪地吃。然而尽管有这些预感,科尔还是故意跳起来,咆哮一声,对于前面的白色热源似乎很害怕。科尔的耳卷毛听到人的笑声,他们对他假装的不安表示好奇和喜悦。

门开了,莫顿和那走在前面引导搬运的那个人走进来,那个引导搬运的人摇摇头说:

"这是一座废墟。你可以看到物质的漂移。很明显,他们用原子能,但……但它是旋转形式的原子能。这是一种特殊的发展。在我们的科学中,原子能只带动非旋转的机器。可能他们已取得了进一步的成功,能够造出一种新型的旋转的机器。我希望他们的图书馆要比这个保存得好,否则我们将永远找不到答案。究竟发生了什么事情,使文明如此消失了?"

从通话器中传来了第三个人的声音:"我是西德尔,我听到了你的问题,潘恩斯。从哲学和社会学的角度讲,一个地方变成无人居住的地方的唯一原因是缺少食物。"

"但他们科学如此先进,他们为何不造宇宙飞船去别处觅食呢?"潘恩斯问道。

"去问甘莱·莱斯特吧!"莫顿插进来说,"在我们着陆前,我就听他解释过一些理论。"

甘莱回答了第一个问题:"我仍需要查证这些事实,但这个荒芜的世界是围绕着那个悲惨的红太阳旋转的唯一行星。没有月亮,连个小行星也没有。最近的星系离它有 900 光年远。

"统治这个世界的种族面临的问题如此多,以至于他们不仅要解决星际间的问题,而且还有星系间的宇航问题。你们想我们的发展多慢——首先是月球,然后是金星——每一次成功都导致另一次成功,几个世纪后才到最近的星星上去;最后我们乘上能适应银河系航行的抗加速器——看看这一切,我坚持认为:没有实践经验,任何人类都不可能创造这种航行器。另外,由于最近的星离这里这么远,他们也没有为了获取经验而进行宇宙探险的动机。"

科尔轻快地小跑到另一组人的地方。但现在,由于饥饿正在折磨着他,他藐视人类,不再管人们在干什么了。鉴于过去经历,促使他立即行动。他体内的一种涌动不断发展成更强烈的渴望。

他飞跑过一组又一组人,由于可怕的饥饿,形成一种神经系统的刺激——烦躁、恶心。一辆小轿车开过来,在他前面停下来,一架可怕的相机呼呼地转着,同时给他拍下一张照片。在一大堆岩石上,正对着科尔,架着一架巨大的望远镜。附近,一台原子粉碎机正吐着高温的火焰向下钻孔,这个孔不断加深,向下,向下,一直向下。

当科尔随意观察时,头脑里闪过模糊的一系列事情,当他知道他不能再受这种行动的折磨时,这一刻变得更迫切。一阵不可抗拒的焦虑占据了他的大脑;他的身体被渴望的狂乱灼烧着,他跟随那个人独自进了城。

科尔再也忍受不住了。他口内弥漫着绿色泡沫,使他发疯。他看到,这一刻,没人在注意他。

像一颗子弹从枪膛里射出来一样,科尔沿着重重岩石的阴影迅速地跃过去。一会儿,高低不平的地面遮住了宇宙飞船和两条腿的人。

科尔忘记了飞船,除了目的忘记了一切,就好像他的大脑被一个具有魔力的、能刷去记忆的一个刷子刷干净了。科尔大大地转了一圈,然后他奔进城,沿着废弃的街道,穿过年代久远的危墙缺口和崩溃建筑物的长长走廊时,他熟练地看上一眼。当他的耳卷毛听到 id 的振动时,科尔开始矮下身子大步快跑。

突然,科尔停下来,从一堆散碎的岩石看出去,那个人正站在原来可能是窗的位置,正对着屋里面阴暗的部分打上闪光灯在拍照,闪光灯随咔嚓声一明一暗。那个人,体形高大,强壮有力,他走得又快又小心。科尔不喜欢这种小心,这预示着危险,意味着他必须对危险做出快速的反应。

科尔一直等到那个人在一个角落里消失,然后蹑手蹑脚地进入了露天。他现在跑起来,比一个人走的速度要快得多,因为他的计划在脑子里一清二楚。像幽灵一样,他飞快地跑过另一条街,穿过一个长长的街区。他以最快的速度跑过第一个拐角,然后,他爬进房子与一片废墟之间的半阴暗地带。街前面被碎石堵住了,使这条街像山谷一样,末端似狭窄的瓶颈口,瓶颈口的出口正处在科尔的下面。

他的耳卷毛捕捉到低频波的振动。这声音震动了他的身体,突然恐惧占据了他的大脑。那个人可能有枪,假如能够在科尔发出致命的攻击之前,那个人发射一下原子枪——就一下,后果不堪设想。

一阵小石块扫过科尔眼前。现在这个人在它下面了。科尔伸出手,对准那闪闪发光的透明宇航服发出致命一击。紧接着是金属的碎裂声,鲜血喷涌而出,那个人手脚蜷曲起来,似乎他身体的某些部分被压扁了。就一会儿,他的骨头、腿和肌肉奇迹般地组合起来,那个人又站立了一下,然后他的宇航服内发出唧唧声,整个身子崩溃了。

科尔现在一点都不怕了,科尔从隐藏的地方飞快地冲出来,他朝金属宇航服猛击,把里面的身体打成碎片,地上散满了大块金属。从宇航服里掉出来的碎肉食,科尔一嚼骨头,便发出咔嗒咔嗒的声音,一嚼肉发出嘎吱嘎吱的声音。

调整 id 的振动是容易的,从压碎的骨头里吸取化学物质也是容易的。那 id,科尔发现,大部分是骨头。

科尔感到轻松了。

3 分钟过去了,科尔离开了,像一个逃离厄运的动物。小心翼翼地,他从反方向向那个发光的球体接近。人们都在忙着各自的工作。科尔轻轻地跑过来,在别人不注意时走到人们跟前。

莫顿恐惧地望着他脚边岩石上被撕成碎片的血肉和金属,他感到喉咙一紧,说不出话来。他听到肯特说:“他竟一个人去,他妈的!”那个小个子化学家控制着自己抽泣地说。莫顿记起来肯特和佳维(即死者)是多年的好朋友,以一种两个人能处得最好的方式相处着。

一个人战栗着说:“最坏的是:这好像是一场事先一无所知的谋杀。佳维的尸体像一堆无光泽的果子冻,但看起来身体各部分都在那里。我打赌我们把这里所有的碎片称一下,在地球重力下,仍旧有 175 磅。这里大约是 170 磅。”

史密斯冲进来,他一脸悲痛说:"那个杀手袭击了佳维,然后发现他的肉来自另一个星球——不能吃的。正如我们那个大猫样怪物,它不知我们给它的任何东西——"他的话突然顿住了,然后是一片奇怪的宁静。然后他缓缓地说:"哎!那个怪物怎么样?它身形巨大,身体强壮,即使用它的小爪,也能把佳维杀死。"

莫顿皱眉道:"这仅是一种猜想而已。毕竟它是我们所见到的唯一的生物。我们不能因为怀疑就处死它。当然——"

"另外,"其中一个人说,"它从来也没离开过我们的视线。"

在莫顿接下去说之前,心理学家西德尔不耐烦地说:"你肯定吗?"

那个人迟疑了一下说:"它可能离开过几分钟,它一直走来走去,目光看着一切。"

"确实如此,"西德尔满意地说。他转向莫顿继续说,"你瞧,船长,我也有印象它一直在周围。然而,往回一想,我发现了破绽。有一会儿——可能好几分钟——它完全在我们的视线之外。"

肯特突然情绪激动地插进来说:"依我看,别错过机会,在它继续作恶前,杀了这个畜生。"

莫顿的脸陷入沉思中,然后他缓缓地说:"高立德,你一直与克兰塞和凡·霍恩在一起。你认为这大猫是这个星球上统治阶级的后裔吗?"

那个高个子的日本考古学家眼睛盯着天空,好像在整理他的思路。"莫顿船长,"高立德最后恭敬地说,"这其中有一个奥秘。看一看那建筑以天空为背景映出的轮廓,请注意建筑物的哥特式外形,尽管他们创造出宏伟的建筑,但这些人与土地紧密相连。这些建筑物的装饰并不简单,它们本身内部也装饰好了。这些建筑像多力克柱、埃及金字塔,哥特式城堡,拔地而起。这些建筑物在这个星球中是重要的、高大的。如果人们把这个孤独的、荒芜的世界看做是地上万物之母,那么在这个星球的人类认为:在这片土地上有一个温暖的、神圣的地方。

"弯弯曲曲的街道更加强调了这个事实。街道的构造证明他们是数学家,但他们首先是艺术家,所以他们所建造的城市的几何设计并不像世界大都会那样复杂,里面体现出一种具有艺术目光的扬弃。建筑物的曲线和大道都不合数学逻辑的安排,给人一种广博、神圣的感觉。这并非是一种颓废的、白发苍苍的文明,而是一种年轻的、生机勃勃的文明,自信而且目标明确。

"然而,文明停止了,突然停止了,好像是在这个时候由于外来的侵略,使文化像古代穆罕默德的文明一样突然毁灭了。或者经过一次跳跃,跃过几个世纪,进入竞争时代。在中国历史上,这个时间大概是公元前480年至公元前230年之间;这个时间末期秦统一了中国。埃及历史上的这段时间是在公元前1780年到公元前1580年之间,在这段时间的最后一个世纪是荷克塞斯——历史上没提到这段时期。一般国家经历这个过程从切罗尼——公元前338年,这是历史上最恐怖的时期,从格拉钦——公元前113年——到艾克铁姆——公元前31年,来自西欧的美国人在19、20世纪有这种文化断层,且现代历史学家都同意:一般来说,我们是50年以前进入这个时期,但是,当然,我们解决了这个问题。

“船长,你可能会问:我说的这一切跟你的问题有什么关系呢?我的答案是:这里并没有文明突然进入战争时代的记录。常常是一种缓慢的发展,第一步是对那些过去一度神圣的观念提出怀疑。内部的肯定性不存在了,并在科学家的分析、探索下消失了,怀疑论成为人类的主要思想。

“我是说:这种文化在它最发达时突然终止。这种灾难带来的社会影响是道德突然沦丧,社会向残忍的犯罪行为报复,人们的理想毁灭了,对死亡无动于衷。如果这个……这个大猫是这个种族的后裔的话,那么它将是一个狡猾的动物,一个在晚上活动的偷偷摸摸的窃贼,一个冷血的杀手。像它那样的畜生,为了得到它想要的东西会割掉它兄弟的喉咙。”

“够了!”肯特急促地说,“船长,我来当刽子手。”

史密斯突然插进来:“听着,莫顿,到目前为止,你还不该杀死那只大猫。即使它有罪,从生物学的角度看,它是一个宝库。”

肯特与史密斯怒目相视。莫顿皱眉看着他们,沉思了一下,然后他说:“高立德,我倾向于接受你的理论作为工作基础。但我有一个问题,大猫来自一个比我们要早得多的时代吗?那就是说,我们正进入我们文化的高度发展阶段,而它们在文化最有生命力的时候一下子变得没有历史了。但它的文明,这个星球的文明,比银河系范围内我们所取得的文明更先进一点,是吗?”

“确实如此,它可能处于它的世界的第10个文明阶段的中期,而我们的文明正处于从地球上建立起来的第8个文明阶段的末期。当然,10个文明阶段中,每一个文明都是在前一个文明的废墟上建立起来的。”

“在那种情形下,那个使我们有可能发现它是一个罪犯和谋杀犯的怀疑论,那个大猫可能一无所知。”

“不,它不知道。因这对它来说,实际上像魔术一样。”

莫顿笑了一下说:“那么我想,史密斯,你如愿了。我们将让这只大猫活下去;如果再有什么灾祸,既然我们了解它了,这就是我们不谨慎。当然,也有可能,我们错了。正如西德尔所说的一样,我也有这样的印象:它一直在周围,但现在——我们不能让可怜的佳维像这样躺在这里,我们要把他放进棺材里,埋了他。”

“不,我们不埋!”肯特吼叫起来,他的脸涨红了。“我请你原谅,船长,我并不是故意这样。我一直认为大猫想从这个尸体上得到什么东西。看起来,尸体各部分都在那儿,但肯定有一些东西丢了。我要把它找出来,来证实凶手就是大猫。这样你们就可冰释疑虑,相信我的话!”

当莫顿从书中抬起头来,看到肯特从通往下面实验室的那扇门走过来时,已是深夜了。

肯特手端一个大大的、扁平的碗,他的疲倦的眼睛在莫顿脸上掠了一下,然后用疲倦而又尖厉的声音说:“现在,看吧。”

他向科尔走过去,科尔此时正手脚伸开地躺在地毯上,假装睡着了。

莫顿阻止他说:“等一等,肯特。其他时候,我不会对你的行动产生疑问,但你看上去脸色不好。你太激动了,你拿着什么。”

肯特转过身,莫顿发现他的第一印象是肯特似乎已了解到一些真相。肯特——那个小个子的化学家的灰色眼睛下是黑色的眼袋——他的脸神色严峻、肌肉下垂,眼睛狂热地盯着莫顿。

“我找到了尸体上失踪的东西,”肯特说:“是磷,在佳维骨头里连一平方毫米的磷都没剩下了。他身上的每一滴磷都被吸干了——我不知道被什么超级的化学物质吸走了。从人体中提取磷有多种方法。举个例子说吧,在那个帮助我们建造飞船的工人身上就发生过这样的事。记得吗?他掉进了15吨融化的金属里——至少,他的家人是这样说的——但只有将金属经过分析,发现里面含有磷的百分比很高时,公司才支付赔偿金。”

“那碗食物又怎么样呢?”有人插了一句,其他人都把杂志和书放在一边,饶有兴趣地看着肯特。

“这是人体器官里的磷。它会闻到磷的味道的,或者不管它用什么办法,它会知道是磷。”

“我想它能感觉到其他东西的振动。”格尔雷懒懒地插了一句。“有时,当它摆动那些触须,我的无线电便会感到远远的静电干扰。然后,又没反应了,似乎它在波的频率范围内上下移动。看起来,它好像能自如地控制振动。”

肯特不耐烦地等到格尔雷的最后一个字,然后他直截了当地说:“好了,那么,当它感到磷,如果它对磷的反应像野兽一样,那么——好,我们就能从它的反应中做出决定,莫顿,我能行动吗?”

“你的计划中有三点错误,”莫顿说,“第一,你似乎认为它仅仅是一个动物;第二,你似乎忘记了,它可能不是由于饥饿而跟着佳维;第三,你似乎认为它不具有怀疑能力。但先把碗放下,它的反应可能会告诉我们一些东西。”

当肯特把碗放在科尔面前时,科尔眼睛一眨也不眨地盯着碗。他的耳卷毛立刻捕捉到了碗里发出来的id的振动——他连看都不再看它一眼。

科尔认出这两条腿的人就是那天早上手持武器的那个人。危险!他发出一声咆哮,站起身子,并用长满卷毛的触手末端那个手指一样的附肢抓住那个碗,然后把碗里的东西向肯特的脸上猛倒过去,肯特发出一声惊叫向后闪开了。

科尔愤怒地把碗掷在一边,伸出粗缆绳般的触手抱住这个万恶人的腰,它并没有去碰挂在肯特腰带上的枪。科尔感到——这不过是一支振动的枪,子弹是原子能的,但不是原子粉碎机。科尔把手脚挣扎的肯特扔到了最近的长椅上——发出了不安的嘶嘶声,他意识到——他该把肯特的武器卸了。

并不是那支枪是危险的——但是,当肯特用一只手愤怒地擦去脸上的黏液时,肯特的另一只手去拿武器了。当肯特慢慢地举起枪,对准科尔的大脑袋喷射出一束白光时,科尔向后蹲伏下去。

当他们把枪收起来之后,他的耳卷毛发出嗡嗡的声音。当他看到人们拿起金属枪时,他的圆圆的黑眼睛闪了起来。莫顿的声音急促地在寂静中响起。

“停下!”

肯特咔嚓一声收起他的武器。科尔蹲伏下来,愤怒得身子颤抖起来,对着这个迫使他展现他的力量的人。

“肯特,”莫顿冷漠地说,“你不是那种会失去理智的人。你故意要杀死大猫,而你知道我们中大部分人想让它活着。你是知道我们的原则的:如果有人反对我的决定,他必须当时提出来。如果大部分人反对,我的决定就被否决了。在这种情况下,只有你反对,所以,你把法律置于你手中的行为是最应受严责的,同时自动取消你一年的选举权。”

肯特不高兴地看着周围的那些脸。“高立德说我们正处于高度文明的时代,他是对的。这个时代是颓废的。”他的声音尖利刺耳、情绪激动,“我的上帝啊,有没有一个人,他能注意到这种情况的危险性?佳维几小时前才死去,而这个畜生,我们都知道它有罪,却没戴镣铐躺在这里,计划着它的下一次谋杀,而下一次的牺牲品正在这个屋子里。我们是群怎么样的人——傻瓜、玩世不恭的人、食尸鬼——或者是由于我们的文明太发达了,以至于我们能够同情地望着一个谋杀犯。”

肯特把沉思的眼睛对着科尔,“你是对的,莫顿,它不是畜生。它是一个魔鬼,来自被人类遗忘的星球,它生活在这个星球最深层的地狱里,而这个星球孤独地绕着一个垂死的太阳旋转。”

“不要对我们讲话太夸张,”莫顿说,“据我看来,你的分析全错了。我们并非食尸鬼或玩世不恭的人,我们仅仅是科学家,而这个大猫是我们的研究对象。既然我们怀疑它,怀疑它有伤害我们的能力。那么它连百分之一的机会也不会有。”他向周围看一看,问道:“我的观点代表众人吗?”

“不代表我,船长!”是史密斯在说话。莫顿惊奇地看着史密斯,史密斯继续说,“由于激动和片刻的困惑,似乎没人注意到:当肯特扣动他的激光枪时,那光束直对大猫的脑袋,而大猫却一点也没受伤。”

莫顿神色惊讶,目光从史密斯身上移到科尔身上,然后又转到史密斯身上:“你确信枪打中了它?正如你所说的,这一切发生得如此迅速——大猫没受伤,我简单地认为肯特没打中它。”

“肯特打中了它的脸,”史密斯肯定地说,“一支激光枪,当然,甚至不能立刻杀死一个人。但。至少可使他受伤。大猫身上没有受伤的痕迹,甚至连一根头发都没伤着。”

“可能它的皮肤能隔绝各种热量。”

“可能,但由于我们不能肯定,我想我们最好把它锁在笼子里。”

当莫顿皱着眉头陷入沉思时,肯特大声说:“你说得有理,史密斯。”

莫顿问:“如果我们把它关在笼子里,那你满意了,肯特。”

肯特考虑了一下,最后说:“是的,如果4英寸的微型钢也关不住它,我们就得把飞船给它了。”

当人们走进走廊时,科尔跟着。当莫顿准确无误地做手势示意他进入他从没看到过的那扇门时,科尔顺从地跑了过去。他发现他自己进入了一个方形的、结实的钢结构的房子里。门在他身后“哐当”一声关上了。当电子锁咔嚓一声锁上时,他感到浑身力量在身上奔流,跃跃欲试。

当他意识到这个陷阱时,他咧开嘴唇,脸上现出憎恶的表情,但他再也没有其他外露的表现。这对他来说,几个小时前,他还是一个心存恐惧地进入电梯的极原始的动物,而现在,他已大大进步了。现在,他的大脑里关于他的力量的记忆复苏了;他十分狡猾的本性,经过几年的弃之不用,又成为他个性中的一部分。

好一会儿,他静静地坐在地上,整个身体倚在那低矮的、重重的臀部上,他的身体蜷缩起来,他的耳卷毛观察着周围的环境。最后,他躺下来,眼中闪着蔑视的光。他想到:这些傻瓜!这些可怜的傻瓜。

大约一小时后,他听到那个人——史密斯在他的头顶上面摸索,振动涌到他身上,就在那一刹那,他害怕了。由于恐惧,他跳起来,然后意识到:振动仅仅是振动而已,而非核爆炸。有人在对着他的身体各部分拍照。

他又蹲伏下来,但他的耳卷毛摆动着,他傲慢地想到:当他们洗印这些照片时,这些傻瓜会惊讶的。

过了一会儿,那个人就走了。在以后的好长时间里,人们在远处忙碌的嘈杂声不断传来。这嘈杂声,也渐渐地消失了。

当他感到整条飞船都安静下来时,科尔躺在那里等着。很多年以前,在那个永恒的曙光之前,那些科尔们,他们在晚上也睡觉。当他看到飞船上有些人打瞌睡时,这个记忆复苏了。最后,唯一在他耳卷毛边上振动的仅仅是两双脚,永无止境地来来回回所引起的振动。

他紧张地倾听着这两个看门人。第一个人慢慢地走过笼子的门。然后在他身后大约30英尺,第二个人走过来。科尔感到那两个人保持着警惕。他知道,当他们分开行走时,他永不可能袭击其中的一个,这意味着——他必须加倍小心。

15分钟后,他们又来了。当他们通过的一刹那,他把他对人们振动的接收范围调到更大、更高。核能振动威力对他的大脑结巴地讲述一个轻柔的故事,发电机嗡嗡地响。科尔能感到强电通过铁笼子墙上的电线和门上的电子锁时的声音。科尔竭力控制身体的颤动,他正在捕捉“嗞嗞”作响的能量振动的频率。突然,他的耳卷毛和谐地摆动起来——他感到振荡变成了强波的尖锐噪声。

突然,传来一声金属相互碰撞所引起的刺耳声音。他的附肢轻轻一碰,把门打开了,然后飞快地进入灯光昏暗的走廊。这一切,他感到有一种居高临下的感觉,当他想到那些愚蠢的动物胆敢与一个科尔斗智。这一刻,他突然想到其他科尔。一种奇怪的、狂喜的感觉涌遍全身。几个世纪以来,科尔对无情的竞争感到非常痛恨。由于他为即将成为整个宇宙的未来统治者而感到自豪,因此这种痛恨勉强消退了。

突然,他感到被自己的孤独感压倒了,需要其他的群尔——经过权衡,为了永恒的、明亮的天空,他的贪婪、野心蠢蠢欲动。如果他失败了,就永远没机会——没有时间来修复早已锈坏的机器,没时间去解决宇宙航行的奥秘。

他蹑手蹑脚地走过去——穿过走廊——进入另一个走廊——来到第一个卧室的门口。门半开着,科尔出手敏捷,他的一只手迅速挥舞着,扼住了那个毫无戒备的熟睡人的喉咙,用力猛压。那个无生命的脑袋就发疯般地转动了几下,身体挣扎了两次。

7间卧室,7具尸体。正是杀了第7个人后,他心中单纯的、不可遏制的杀人欲望突然复苏了。千年以来形成的杀死含有珍贵id生物的习惯又回到了他身上。

当第12个人抽搐着死去时,科尔从杀人的狂喜中突然清醒过来,他发出了脚步声。

那些人不在附近——恐惧的感觉一波又一波地向他盘旋而至,他的大脑突然变得一片混乱。

那个看门人正沿着走廊向笼子的门走过来,科尔就被关在那笼子里。片刻之后,那个管理员就会看到打开的门——然后他会发出一声惊叫。

科尔恢复了他残存的理智。他顾不了会不会发出声音,疯狂地沿着走廊,沿着卧室的门,穿过沙龙,进入第二个走廊,行动畏缩,惧怕核光束会刺伤他的脸。

那两个人在一起,并排站在一起。这一刻,科尔几乎不能相信自己的好运。当他看到第一个在打开的门前停下来时,第二个人像一个傻瓜一样跑过来。他们向里一瞧,看到的是尖利的爪子,强壮的附肢,凶残的猫头,和满含怨恨的眼睛,这一切像噩梦般可怕,他们瘫痪了。

第一个人去拔枪,但第二个人,被所看到的噩梦般的景象吓得不敢动弹,他发出一声尖叫,一声恐惧的尖叫在走廊徘徊——最后只能听到汩汩的流血声。科尔用不可抗拒的力量把两具尸体抛到走廊的另一端。他不想让人们在笼子边发现尸体,这是他的愿望。

科尔的浑身肌肉、神经颤抖着,当时由于没能把思绪连起来,此刻他意识到他所犯的错误。他钻进笼子,门在他身后轻轻地关上了。电流又通过了电子锁。

当科尔听到很多人向他跑过来时,他紧张地蹲下来,假装睡着了。他捕捉到了人们激动的声音引起的振动。他知道有人开动笼子的微型门,向里面看了一下。那么,再过一会儿,另一些尸体也将被发现。

"西德尔不见了。"莫顿麻木地说:"没有西德尔,我们怎么办?还有布莱克力奇!还有考尔特和——哈力伯!"

他用手捂着脸,过了片刻,当他盯住周围这些神色严峻的脸时,他抬起头,目光严厉,神色严峻,他厚重的下巴向前凸出来:"如果有人对此有什么看法,说吧!"

"太空疯狂症。"

"我也曾想到这一点。但50年来,并没有一个宇航员发疯的病例。当然,艾格特医生会检查每一个人。现在,他正查看那些尸体,仍以为具有这种可能性。"

当他说完时,他看见医生穿门而入。人们向两边挤,为他让出一条路。

"船长,我听见了你的话,"艾格特医生说,"我想我现在可以说太空疯狂症是不可能的。这些尸体的喉咙被捏成果子冻一样。在不使用机器的情况下,没有一个人能发出如此巨大的力量。”

莫顿看到医生的视线一直注意着走廊，他摇摇头，咕哝着说：“医生，怀疑大猫是没有用的。大猫在笼子里走来走去，很明显他听到了我们的吵嚷声，而且——人还活着。你不能怀疑他。这个笼子确实可以关住任何东西——这是用4英寸厚的微型钢制成的——而且门上也没有擦痕。肯特，即使你也不能说，‘因为它可疑，就把它杀了’，因为这里不存在疑点，除非有一种新科学，我们可以想得更远些——”

“正好相反，”史密斯直截了当地说，“我们所需要的证据都有了。我对它使用了电荧石——你知道我们在笼子上面作了安排，想拍一些照片。底片上模糊一片。当电莹石一亮，大猫就跳起来，好像它感到了振动。”

“你们都知道格尔雷以前说过的话吗？很明显，这个畜生能接收和发出任何波长的振动。它能抵抗肯特激光枪的火力，这证明它具有干扰振动波的特殊能力。”

“我们他妈的为什么会走到这一步？”其中一个人吼了一声，“哎，如果它拥有那种能量，那么什么也不能阻止它把我们全杀掉。”

莫顿急促地说：“这证明，它并不是不可战胜的，要不它早已这么做了。”

他非常小心地向那个控制笼子的机械系统走过去。

“你不会把门打开吧！”肯特喘气着说，一边用手去拔枪。

“不，但如果我拉这个开关，电源就会通到地板上，可以用电刑处死它。我们以前不必使用这种方法，所以你可能已经忘了。”

他猛地一拉那个开关，蓝色的火焰从金属里窜出来，他头顶上的一排保险丝“砰”地一声熔掉了。

莫顿皱着眉说：“这真奇怪，这些保险丝竟会熔断。现在，我甚至不能往里看一看，也不能看一看那个损坏的音频装置。”

史密斯说：“如果它能对付电锁，能开门，那么它就能察知每一个危险。你拉那开关时，它就能抵御。”

“至少，这至少证明：在我们发出核能攻击时，这是易受损害的。”莫顿冷酷地笑着说，“因为它认为这些核能是无害的。最重要的是，它现在被关在用最结实的、4英寸厚的钢制成的笼子里。做最坏的打算，我们可以把门打开，用激光把它射死。但首先，我想我们可以试着使用荧光电报……”

从笼子里传来的混乱声打断了莫顿的话。一个重重的身体向墙撞过去，接着是一声沉重的响声。

“它知道我们想做什么，”史密斯向莫顿咕哝着，“我敢打赌里面是一头病猫。那畜生走回笼子，它可真是一个傻瓜，它意识到了吗？”

紧张的气氛松弛了，人们神经质地笑着。对于史密斯所描绘的那怪物的窘相，人们发出一阵一本正经的笑。

“我想要知道的是，”工程师潘恩斯说：“为什么当大猫发出那噪声时，那个遥控的笼子猛烈地跳起来，并不停摇晃。这一切都发生在我鼻子底下，那个笼子像着火的房子一样跳了起来。”

笼子外一片安静,然后莫顿说:“这可能意味着它想出来。退后,每一个人,把枪准备好。如果大猫认为它能征服100个人,它真是傻瓜。但到目前为止!它是银河系里最难对付的动物。它可能会走出那扇门,而不会像老鼠一样死在陷阱里。它非常强壮,有可能要与我们中的几个人同归于尽——如果我们不小心。”

人们绷直了身子渐渐地后退。有人说:“这多有趣,我想我听到电梯声了。”

“电梯!”莫顿回答说,“喂,你确信?”

“刚才我是这么想,”那个说话的人是一个船员,他犹豫着说:“当时我们都在慢慢地移动。”

“带上任何一个敢于跑来跑去的人,去看一看。”

当整个巨大的飞船船体在他们身子底下倾斜时,传来一声巨响,一声令人恐惧的巨响。飞船剧烈地振荡起来,莫顿被一阵几乎使他眩晕的振荡甩到地上。他挣扎着醒过来,意识到其他人都躺倒在他身边,他大嚷道:“谁他妈的开动了那些发动机?”

这个折磨人的加速运动继续着,他用力移动他的双脚,当他摸索到最近的控制模板时,他按了主机舱的号码,迅速涌到荧屏上的大量图片使他发出一声大吼:

“是大猫!它在主机房——而我们正一直向外部空间的方向移动。”

甚至当他还在说话时,荧屏变得一片空白,他什么也看不到。

是莫顿第一个摇摇晃晃地穿过沙龙走到藏有宇航服的供应室。他在黑暗中摸索到自己的宇航服,去除了身上折磨人的加速反应,并把宇航服拿给其他躺在地上处于半昏迷状态的人。片刻之后,其他人也帮助他。然后,过了一会儿,所有的人都穿上了宇航服。上面的抗加速马达正在半速运转。

也是莫顿,当他第一个看了笼子之后,打开门,静静地立着。其他人挤在他周围,盯着后墙上的那个大洞。那个洞参差不齐的缺口,以及严重变形的钢条非常吓人,而且它的开口在另一走廊。

“我发誓,”潘恩斯轻声说,“这是不可能的。连机械商店里十吨重的斧子也不可能一下子在4英寸厚的钢材上砸一个凹痕——而我们仅听到一声重击,即使我们使用原子粉碎枪做这件事也至少要花掉一分钟。莫顿,这是一个具有特殊力量的动物。”

莫顿看到生物学家史密斯在检查墙上的残破的痕迹。他抬头说:“如果布莱克力奇没死,多好啊!我们需要一个冶金学家来解释这一切,看!”他摸着金属破碎的边缘。一片金属在他手指中碎了,化为一片灰尘纷纷落到地上。莫顿第一次注意到地上有一堆金属碎片和灰尘。

“你打中了它。”莫顿点头道,“力量没有产生奇迹。这怪物仅使用它的特殊能力来抵御电流,来支持金属。这也解释了潘恩斯为什么能注意到荧光索链的消耗。那怪物把这种能量作为转换媒介,撞穿了墙,跑过走廊进入电梯升降机井,一直向下到了主机房。”

“同时,船长,”肯特平静地说,“我们现在面对的是控制我们飞船的超人,它完全控制了我们的主机房和飞船无限的能量,现在它已占据了机械室里最重要的部分。”

当其他人考虑化学家肯特的话时,莫顿感到一片平静,他们担忧的是:摆在眼前的有形东西。他们意识到他们已处于生命的最后一刻,这种感觉溢于言表。他们的生命处于危险中,甚至更严重。莫顿说出了每个人脑子里的想法:“如果它赢了,它是完全无情的,可能手中握有控制银河系的力量。”

“肯特错了,”轮机长吼起来,“那大猫并没控制主机房。我们仍拥有控制室,这使我们在控制器方面处于优势地位。你们可能不知道我们所有的机械构造。但,既然它能使我们失去联系,我们可以把主机房的开关全关掉。船长,与其让我们都穿上宇航服,不如关掉电源。至少,你能调整飞船的加速。”

“有两个原因,”莫顿回答道,“单方面说,加速到宇航服能承受的范围,我们更安全。而且我们不该仓促行动而放弃我们的优势。”

“优势,我们还有其他优势吗?”

“我们了解它,”莫顿答道,“现在,我们先做个试验。潘恩斯,选派5个人分别到主机房的4个入口。用原子粉碎机摧毁那个大门。我注意到门都关了。它把自己锁在里面。”

“斯兰斯基,你向上走到控制室去,关掉除主机以外的一切设备,把它们开到主开关位置,然后立刻把它们关掉。但,有一条——让加速开关合上,使加速器全速运转。在飞船上,不得使用抗加速设备,听懂了吗?”

“是,阁下。”飞行员斯兰斯基边敬礼边说。

“如果任何机器又开始运转了,要通过通话器向我报告,”他面向众人说,“我带人去主要出口。肯特,你去第二个门;史密斯,第三个;潘恩斯,第四个。我们现在得立刻找出:我们面对的是无限的科学,还是和我们一样有局限性的动物。我认为是第二种可能。”

当他身穿透明的宇航服,高大的身子沿着闪闪发光的金属管(金属管就是通往主机房的走廊)向前移动时,莫顿有一种这段路走不完的空旷感。理智告诉他:那野兽已露出马脚。然而他头脑里总有一种感觉:里面是一个不可战胜的动物。

他对着通话器说:“蹑手蹑脚地靠近它没有用,它可能连一根针落地也听得到。所以你们得快速前进。它在主机房里呆的时间不长,还不能做出什么事。”

“正如我所说的,这主要是一次试探性的攻击。首先,在它准备好对抗我们之前,如果我们不努力征服它,我们将永远不能原谅自己。但,除了我们能立刻毁灭它的可能性之外,我有一个理论。”

“这个观点是这样的:这些门造出来时,具有防止突然核爆炸的能力,而用原子粉碎枪来打开这扇门,需要15分钟。在这段时间内,那怪兽将没有力量,真的。主机将继续运转,但这是直接的核爆炸。我的理论是:它不能像那样接触东西,我希望几分钟后,你们会明白我的意思。”

他的声音变得干脆起来:“准备好了吗,斯兰斯基?”

“是的,准备好了。”

“那么关掉主开关。”

那走廊——整个飞船,莫顿知道——一下子陷入黑暗。莫顿咔嚓一声打开了他宇航服上耀眼的小灯,其他人也打开灯,他们脸色苍白,脸绷得紧紧的。

“起爆!”莫顿对准通话器喊道。

整个移动的飞船振动起来,原子火焰喷涌而出,泻到门的厚重金属上。第一片融化的金属沫勉强卷起来,但并没掉下来,而是向上附着在门上。第二块则正常得多,它先是摇摇晃晃,终于落地。第三块向旁边翻卷过去——因为这仅仅是力量,并不受重力影响。其他点滴金属沫纷纷飘落,直到好多股融化的金属水在地上静静地但不平整地向各个方向流淌开去——这是多么可怕的闪闪发光、像上等宝石一样亮丽的金属水流。当闪闪发光的、愤怒的核焰突然歪曲时,金属水流活跃起来,似乎由于痛苦,盲目地向各个方向飞泻开去。

时间一分一秒走得很慢,最后莫顿大声问:

“斯兰斯基?”

“还没发现什么,船长。”

莫顿半是自言自语地说:“那怪兽一定在干什么,它不可能像一只走投无路的老鼠。斯兰斯基,是吗?”

“看不到什么,船长。”

7 分钟过去了,8 分钟过去了,9 分钟,12 分钟……

“船长!”这是斯兰斯基的声音,显得很紧张,“它使主机运行起来了。”

莫顿深吸一口气,听到其中一个船员说:

“这真有趣,我们不能深入了。船长,看一看这个。”

莫顿看了。那些闪闪发光的金属水流已凝固了。由于金属突然变得无懈可击,原子粉碎枪的威力已不能在门上打开缺口了。

莫顿叹口气说:“我们的试验结束了。留两个人看守每个通道。其他人上控制室。”

他在巨大的控制键盘前坐下来。“据我看,试验成功了。我们知道:在主机室所有的机器中,对怪兽来说,最重要的是发电机。当我们在门口时,它一定由于恐惧,才在里面狂乱地操作。”莫顿说。

“当然,要看它所做的事也很容易。”潘恩斯说:“一旦它成功了,它就增加了门到目的地的电流强度。”

“主要是这,”史密斯插进来说,“只有在考虑它的特殊能力的情况下,它才通过振动而起作用,而能量一定来自身体外部。单纯的原子能形式,不是振动,它与我们一样不能区别处理不同的东西。”

肯特闷闷不乐说:“就我看来,它阻止了我们的进程,使我们寒心。它对振动的控制阻止我们打开门,知道了这一点,有什么好处呢?如果我们不能用原子粉碎机打开门,我们就完了。”

莫顿摇摇头说:“还没完——但我们得计划一下。首先,我来开动这些发动机。当机器运转时,它要控制它们是困难的。”

他猛地把主开关推到启动的位置。当100英尺下面的主机房里的许多机器突然启动时,飞船里响起一片嗡嗡声。噪声降低成持续的振动。

3个小时后,人们聚集在沙龙里,莫顿在他们面前走来走去。他的黑发没梳过,坚毅的脸一片苍白,这使他的下巴显得更突出。当他说话时,他低沉的声音非常干脆利落,近乎尖利:

"为了确保我们计划的充分协调,我要求各位专家轮流概述各自制服怪兽的任务。潘恩斯,第一个。"

潘恩斯马上精神抖擞地站起来,他个子并不高大,莫顿想,但他看起来很高大,也许是因为他脸上现出权威的神情。这位船员知道发动机以及发动机的历史。莫顿听过他讲述一台机器的发展过程:从一个简单的玩具,到非常复杂的现代化仪器设备。他已研究了一百多个星球上机器的发展历史。对于机械的基本问题,确实无所不知。潘恩斯讲话时,可以滔滔不绝地谈上1000个小时,但仅仅稍微触及他的主题。当人们听到他用十分简洁的语言讲述时,实在太不可思议了。他说:

"我们已经在控制室里装了一个继电器,来间歇地开动和停止每一台发动机,操纵杠断、开的速度是每秒100次,可产生大家能描绘的各种各样的振动。但有一种可能性,那就是会有一台或多台机器烧坏——这同战士步伐一致地通过一座桥,桥梁断了一样道理。你们听说过那个古老的故事,毫无疑问——但据我所见,这种坚固的金属不可能爆炸。这主要是为了破坏那怪兽对我们的干扰,并且把门撞开。"

"格尔雷,第二个。"莫顿大叫。

格尔雷懒懒洋洋地爬起来。他看上去睡意蒙胧,似乎他对整个事情感到有点厌倦。然而,莫顿知道:格尔雷希望人们认为他懒惰,是一个无用的、笨拙的人。他每天昏昏欲睡,晚上他打瞌睡,他的头衔是主联络员。但他知识渊博,广至每一个领域。除了肯特之外,他可能是飞船上思路最敏捷的人。他说话慢吞吞的,莫顿注意到——声音里蕴涵着经深思熟虑后的自信,对每个人都有一种镇静作用——大家脸上焦虑的神情松弛了,身体放松地向后靠着。

格尔雷说:"一旦进入里面,我们就建起单纯的振动屏幕,那屏幕就能阻挡它所发出的任何振动。它的工作原理是反射,所以它所发射的任何波将反射到它身上。另外,我们有许多备用电能,我们就可从移动的铜杯发射到它身上。它身上这些隔绝的神经对能量的承受能力有一定的限度。"

"斯兰斯基!"莫顿喊道。

飞行组长已站了起来,似乎他早已在等候莫顿的召唤。莫顿看到:就是这个人,他的神经像岩石一样的稳定,这是对控制一个巨大飞船的主要驾驶者的第一要求,然而这稳定性好像是甘油炸药,在主人的决断下,随时可以起爆,他并不是一个学问优长的人,但他对各种刺激的反应如此快,以至于看起来他经常处于期待中。

"我对这个计划的印象是:它应该是循序渐进的。当那怪兽感到它不能忍受时,在这一刻,我们采取一些措施来增加它的麻烦和困惑。当对它的扰乱增至最高点时,我就关闭抗加速器。船长与甘莱、莱斯特都认为那怪兽对抗加速器一无所知。这是星际飞行科学的一种单纯的、简单的发展,也不可能以其他方式发展——我们想:当这怪兽第一次感到抗加速器的作用时——你们还记得你们第一月进入太空时,你们感到的进入洞穴的感觉——这怪兽不知道想什么和做什么。”

“高立德,你说。”

“我只能给你一点鼓励,”那个考古学家说,“根据我的理论,这怪兽具有一个任何文明早期的罪犯的所有特征,因为它的返祖现象,而使这个特征更复杂。根据史密斯的建议:这怪兽的科学知识是令人迷惑的。这只能意味着:我们正在与一个实际的居民打交道,而并不是我们所参观的那个死亡城市居民的后裔。这使我们的敌人实际上是无敌的,这种可能是因为它具有呼吸氧和氯两种气体的能力——或两者都不吸——即使这样也没什么不同。它来自于它们文明的某个时代;它已退化了,以至于它的想法大部分是它那个时代的记忆。

“尽管它的身体具有各种能力,但它在第一天早晨进入电梯时,失去了理智,直到它记起来为止。它处于这样一种境地迫使它显示它抵抗振动的特殊能力。它在几个小时前制造了多起谋杀案。实际上,它的整个记录表明它是一个低级的、狡猾的原始动物,它以自我为中心,这使它没有意识到它所面对的是一个巨大的组织。

“它好像是古代的德国士兵,自我感觉比古老的罗马学者优越,然而古罗马学者是当时伟大的文明的组成部分,而那个时代的德国人对这个文明充满敬畏。

“你们可能会认为:德国人在后来对罗马的劫掠可驳倒我的观点。然而,现代的历史学家认为这次‘劫掠’是一次历史上的事件,并不是这个词本身意义的历史,像海外人们的扩张运动,公元前1400年,发动反对埃及文明的运动,由于克兰顿岛国的情况才成功的——他征服利比亚和凤凰海岸,同时伴随北欧海盗舰队的失败,像匈奴人攻击中原帝国失败一样。罗马在任何一个事件中都可能被废弃,辉煌的萨马拉文明在10世纪时变得荒芜。帕特帕曲拉阿索卡的伟大首都,当中国旅行家唐僧在公元635年去参观时,是一片无限广大的、荒无人烟的废房子。

“那么我们现在面对的是一个原始动物,而这个原始动物在离地球很远的外层空间,完全脱离了它原来的家。要我说,让我们进去,制服它。”

当高立德讲完时,其中的一个船员抱怨道:“你可以说:对罗马的劫持是一次事故,说这个怪兽是一个原始动物。但事实总是事实,据我看来,罗马文化好像要再一次被毁灭,并不可能不是这些原始动物干的,这个怪兽拥有无比的力量。”

莫顿威严地向这个船员笑着说:“我们现在就去看一看。”

在巨大机器发出来的耀眼的光照下,科尔在做苦工。那有40只脚、雪茄形状的宇宙飞船也几乎快建成了。随着“呼噜”一声用力,他艰难地完成了发动机的安装,停下来看看他的手艺。

从外墙上的一个小孔可看到飞船的内部,非常的小。实际上除了机器之外,已没有空间,而且他自己也只剩下一个狭窄的空间了。

当他听到人们走过来的声音时,他又疯狂地投入工作中。机器发出的暴风雨一般的雷声突然发生了变化——变成有节奏的一会儿开动，一会儿关闭的嗡嗡声，与先前低沉的持续的震动声相比，声音变得更尖利，更干脆，更折磨人的神经。突然，人们的原子粉碎机对着那巨大的外层门又开始工作起来。

他挣扎着消除这些噪声的影响，但并不停止他的工作。当他背负巨大的工具、机器和仪器，把它们放到他临时凑合的飞船上时，他强壮身体的每一块有力的肌肉都拉得紧紧的，没有时间把这一切放到合适的位置上去了，没有时间做任何事情了——没时间——没时间了。

这种想法沉重地打击他的理智，在他漫长的、生机勃勃的一生中，他第一次感到一些奇怪的厌倦。他最后拼命地一使劲，他把那巨大的金属放到了飞船的裂开的缝隙上——稍微镇定一下，他站在那里等候那可怕的一刻。

他知道门快要被撞开了。六七支原子粉碎枪正对准一个地方，产生了不可抗拒的威力。虽然缓慢，但正在把门的剩下的部分融化掉。他喘息了一声，把注意力从门那里挪开，集中每一分注意力来对付那个一码厚的外层墙，他造的飞船有一个粗短的鼻子，那鼻子正对着那堵墙。

电从发电机传出来，穿过他的耳卷毛，进入那坚固的墙，他的身体畏缩起来，他感到五内如焚，他知道他已接近危险境地，再这样，他将不堪重负。

但他仍站在那里，因为极度的痛苦而颤抖起来，用他那附肢牢牢抓住那松开的金属盘。他的巨大的脑袋对着那座坚固的墙，认为这堵墙具有令人畏惧的魔力。

他听到主机室一扇门向里倒下了，人们大吼着，原子粉碎机继续向前射击，人们愤怒的力量无法估计。当原子能发出的射线把挡路的一切东西撕成碎片时。科尔听到主机房的地板发出嘶嘶的抗拒声。原子粉碎枪的射线更近了，他的背后响起了谨慎的脚步声。几分钟后，他们将到达分隔主机房与机能的那道轻而薄的门。

突然，科尔感到满意了。眼中闪着复仇的凶恶的光芒，他发出一声愤怒的吼叫，低头进入了他那小飞船，好像是电梯的升降机一样，把那个金属盘往下拖到了它的合适位置。

当他把周围金属的边缘弄得光滑一点时，他的耳卷毛发出嗡嗡声。片刻之后，那金属比焊接的还要合适——它是飞船的组成部分，是无缝、无铆钉的一部分。除了前后两个透明的部分，整个飞船是一个坚固的、不透明的金属体。

他的附肢非常轻柔地拥抱发电机。他的易碎的机器有向前的冲击波，正对着机舱的巨大外墙。那40英寸长的飞船鼻子接触了墙，墙在闪闪发光的飞沫形成的雨中分解了。

科尔感到最微弱的阻力，然后他把飞船推到冰冷的外层空间，绕了一圈，就朝那大飞船在这几个小时里一直行驶的同一个方向飞回去了。

穿着宇航服的人们站在边缘参差不齐的洞口，这洞口与巨大金属球的距离近了一些。那些人和那大飞船变小了，然后那些人也看不见了，只见那飞船的一千个舱口模模糊糊、灯光闪耀。那个球变得令人不可置信的小了，太小了，以至于单个观察口已看不到了。

几乎向正前方行驶时，科尔看到一个微小的、暗淡的、红色的球体——他意识到这是自己的太阳，他全速地向它靠近。太阳上有洞穴，他可躲在那里，而且可以和其他科尔秘密地制造一艘宇宙飞船，利用宇宙飞船，他们可安全地到达其他星球——既然他已知道怎样做。

他的身体由于加速而感到极度痛苦，但他丝毫不放松。他向后一望，又陷入害怕中，那金属球仍在那里，那球是黑暗宇宙中一点小小的光，突然光闪了一下变黑了。

在这一瞬间，科尔有了一种空虚、恐惧的感觉。正当这种感觉消失前，飞船移动了，但什么也看不见。他不能摆脱这种想法，那就是人们已经把所有的灯关了，正在黑暗中蹑手蹑脚地向他靠拢。他又焦急又不确定，通过前面透光的盘向前看着。

一种不安的战栗传遍全身。他看到那暗淡的红太阳正向他靠拢，并没有变大。此刻，它正变小，在以后的5分钟里，它变得明显地小了，变成了天空中一个淡红色的小点。

恐惧感又上来了，一阵炫目的冲击波对准科尔，横扫了他的身体，使他冷得失去了知觉。他对着前面的天空，疯狂地瞪了好几分钟，寻找一些明确的目标，但只有远处的星星才隐约可见，它们是浩瀚宇宙中天鹅绒般光滑的夜空上不闪烁的小点。

等一等，其中一个点正在逐渐增大。科尔的浑身肌肉、神经都紧张起来，他看到小点变成一个大圆点——一团亮光——白色的光，小点渐渐增大，增大，突然，那红光闪烁，变白了——它面前是宇宙飞船，光线在飞船的每个舱口闪烁着。这就是那艘几分钟之前他看到的在他身后消失的飞船。

此刻科尔身上出了点事，他的脑袋像个飞轮似地旋转起来，越来越快，越来越快，越来越不连贯。突然那飞轮碎成100万个疼痛的碎片，像一只发疯的野兽一样，当他在它狭小的空间里大怒时，他的眼睛几乎要从眼孔里脱眶而出。

他的附肢抱住那些宝贵的机器设备，无意识地乱扔它们，他的爪子朝飞船的舱壁愤怒地撞过去。最后，理智的光在他脑中一闪，他知道它无力面对那不可抗拒的原子粉碎枪的火焰。

要发生一阵猛烈的瓦解，把生命器官里的每一滴id释放出去，这是一件容易的事。

飞船上的人们发现他躺在一堆磷中，死了。

"可怜的大猫，"莫顿说，"我想知道，在它自己的太阳消失之后，它看到我们出现在它前面的那一刻，它是怎么想的。由于对抗加速器一无所知，它不会知道我们在宇宙中暂作停留，而它则要花三个多小时来减速。同时，它将被拖离它要去的地方越来越远。它不能停下来弄明白我们以每秒几百万英里的速度飞速超越它。当然，它一旦离开了我们这艘飞船，它就没机会发现这一点，在它看来整个世界好像颠倒了。"

"别那么同情它，"他听到肯特在他身后说，"我们现在有事做了——去杀死悲惨世界里的每一个大猫。"

高立德轻柔地自言自语道："这将会很简单。它们仅仅是原始动物；我们只要坐下来，它们会狡猾地向我们走来，企图欺骗我们。"

史密斯插进来说："你们这些人让我恶心！那大猫是我们曾对付的最厉害的野兽。它拥有打败我们的一切——"

当高立德温和地插进来时，莫顿微笑着。肯特说："我亲爱的史密斯，除了它具有它们那类动物的生物应激性外，确实如此。当我们根据它处于它们文明的某一个时代，就准确无误地分析出它是一个罪犯时,它的失败早已预见了。”

“是历史,尊敬的史密斯先生,是我们的历史知识打败了它。”那个日本考古学家说着,他又恢复了日本民族古老的谦恭。

(楼薇宁 译)

新 星 呈 现

到1939年,已涌现了大量的科幻作品,这些作品形成了后来被大家所称的科幻小说的“黄金时代”。与此同时,云集了众多的科幻作家,包括德·坎普、莱斯特·德尔雷伊、埃里克·弗兰克、拉塞尔、阿尔弗雷德·贝斯特和L.罗恩·哈伯特。老一辈的作家,如默里·莱恩斯特、杰克·威廉森和克利福德·西马克正在探索新的写作方向。最重要的是坎贝尔的《惊奇》杂志,吸引了一批理解坎贝尔思想的新作家,共同为开辟科幻小说的新天地贡献无穷的精力和智慧。

坎贝尔为科幻写作指明了方向,给了科幻作家勇气,乃至鞭策,但他需要的是那种能开拓想象新天地的作家。他需要新星,而且新星也确实出现了。他们出现在1939年那至关重要的夏季。

西奥多·斯特金的第一篇小说《呼吸以太的人》发表在9月号的《惊奇》杂志上。斯特金后来成了一位才华横溢的文体家,他显示了处理诗意的想象的才能和对语言的感觉。罗伯特·海因莱恩的第一篇小说《生命线》发表在8月号的《惊奇》上。海因莱恩对科幻小说的发展方向和哲学思想方面所做出的贡献,最终使他能与坎贝尔齐名。范沃格特的《超级杀手》发表在7月号的《惊奇》上;在同一期上,也刊登了哥伦比亚大学一位20岁大学生的第三篇小说。

这篇小说题名为《时尚》，作者是艾萨克·阿西莫夫(1920—1992)。他的第一篇小说《逐离灶神星》发表在1939年3月号《惊异》杂志上；第二篇作品《致命武器》发表在5月号《惊异》上。但阿西莫夫是坎贝尔式的作家。第一篇小说成稿后，他手持手稿去见坎贝尔。但后者不仅退回了他的这第一篇作品，还退回了以后的几篇稿子，阿西莫夫就只得另寻杂志发表。

在这位"手持没有希望发表的作品……又如饥似渴的年轻人身上"，坎贝尔看出了他的写作能力，也许还有写作的决心和从事艰苦工作的毅力。此外，这位年轻人对伤感和传奇抱有一种怀疑的态度，对各种现象以及人们对未来事件的反应有着深沉的思考。这些坎贝尔也都看到了。与其他作家不同的是，阿西莫夫在其写作天赋尚未完全成熟时就立即发表作品。这也许是因为他还年轻。范沃格特第一篇作品发表时已27岁，而海因莱恩发表第一篇小说则已32岁了。

1941年发表在《惊奇》4月号上的《推理》，标志着阿西莫夫的写作技巧日趋娴熟，写作生涯也走上了正轨。《推理》是他机器人系列小说的第二篇(后收集在1950年出版的《我，机器人》和1964年出版的《其他机器人的故事》中)。阿氏著名的机器人三法则虽然是后来才正式形成，但在《推理》这篇小说中已初见端倪。他后来的许多作品就是机器人三法则相互冲突的产物。阿西莫夫早期的作品主要反映了人类对异种智慧的传统的恐惧和对经济竞争的更为理性的恐惧，但他的作品中排除了对禁忌和被创造物对创造者的非理性的恐惧。

坎贝尔对现在和将来问题的现实主义态度，产生了第一批信徒。阿西莫夫的机器人三法则使"弗兰肯斯坦式的怪物"成了"古董"；从此，这类形象只能在幻想小说或令人憎恶的魔怪电影中出现，而《2001年：遨游宇宙》中的哈尔这一人物的怀旧感情也就显得令人奇怪了。阿西莫夫的处理手法则是非虔诚的和反偶像崇拜的。《日暮》就是这一处理手法的成果。

坎贝尔用爱默生的话来启发阿西莫夫，这句话成了《日暮》这篇小说的引语。坎贝尔和阿西莫夫对爱默生诗意的想象提出了挑战。他们以科学的诗意替代了信仰的诗意。不容怀疑的真理尽管是严酷的，但有其自身的美感。星星这一现实会使人们发疯，但它们是在3万个太阳的光辉照耀下发疯的。

《日暮》中的这一时刻可与海因莱恩的经典中篇小说《宇宙》中主人翁休·霍伊兰坐进宇宙飞船受到启迪那一刻相比拟。他一生下来所受的教育使他相信，飞船就是全部宇宙。但当他坐在巨大的宇宙飞船的控制室里时，他就意识到比喻的真实性——飞船并非是全部宇宙，而只是宇宙中的一粒沙子，飞船穿行在星星之间。

正是在这一刻，科幻小说使事物的本质突然显露出来，这正反映了科学本身的终极，犹如真理、现实和事实的真相暴露无遗一样。

1942年5月，阿西莫夫开始创作一部新的系列小说《基地》。最后，出版了《基地三部曲》(1964)，其中包括了短篇小说、中篇小说和长篇小说。与此同时，阿西莫夫获得了生物化学博士学位，从教于波士顿大学的药物学院。以他的第一部长篇小说《空中石子》(1950)为开端，接着便名著迭出，包括最著名的两部机器人侦探小说《钢铁洞穴》(1953)和《赤裸的太阳》(1956),以及《太空潮》(1952)和《终结》(1955),还有用保罗·弗伦奇为笔名发表的幸运儿斯塔尔系列少儿科幻小说。

1958年,阿西莫夫已是副教授了,新任的系主任要求他做更多的科研工作。阿西莫夫反而转做专业作家了。这时,他开始从事科普作品的写作,先后出版了《聪明人科学指南》(1960)和《科技传记百科全书》(1964)。其他出版的作品有两百多部,涉及莎士比亚、拜伦、弥尔顿和一部有关《圣经》的书。他写了许多历史书、笑话和讽刺,更多的是为青少年和成年人写的科普读物。他是一位深受欢迎的演说家、电视人物,为各种各样和许许多多的出版物撰写各种文章,几乎在各种问题上都是权威。他被称之为“民族奇迹”和“自然资源”。

他也许会说,对一个从俄国来的移民来说,干得相当不错了——他移民美国时才3岁,是在布鲁克林他父亲开的糖果店里长大的。

1972年,阿西莫夫又回到了科幻小说的创作上来,出版了《众神》,荣获星云奖和雨果奖;1977年,他的《两百岁的人》也获得了上述双奖的殊荣。80年代,他再次出版了大量的科幻小说,包括其机器人系列小说和基地系列小说,并出版了一系列畅销书。以上一系列小说以《基地边缘》(1982)开始,继而有《黎明世界的机器人》(1984)、《机器人与银河帝国》(1985)、《基地与地球》(1986)、《基地序曲》(1988)、《复仇星》(1988)和《转交基地》(1993)。

但是,正是在20世纪40年代和50年代,这位机智聪明、富有创造性的作家对科幻小说的本质产生了最大的影响,奠定了他成功的基础,并从此获得了丰硕的成果。正如他1977年为美国科幻小说家协会的期刊所写的:“没有比打下坚实的基础更重要的了。”

阿西莫夫把从坎贝尔那儿学到的优点和娴熟的推理运用到写作中来,从而把科幻小说引入了新的逻辑的模式,并一度赶走了哥特式迷信的阴影。《日暮》问世之后整整20年中,由于阿西莫夫等作家的作品,坎贝尔的实用主义占了统治地位。

《日 暮》

[美]艾萨克·阿西莫夫 著

“如果星星在1000年中只在一个晚上出现,那人们将会怎样相信、崇拜和长久地记住天堂啊!”

——爱默生

安东77,塞罗大学的校长,伸出好斗的下唇,怒气冲冲地瞪眼看着年轻的新闻记者。

塞里蒙762对校长的愤怒泰然处之。想当年,他还是一个初出茅庐的小记者,就有开辟自己的专栏的设想,而且就特别善于进行一些在别人看来无法进行的采访。现在,他的专栏通过报业辛迪加在各报刊被广泛采用。当然,他的这种好胜心也使他吃足苦头,常常被打得鼻青脸肿，断臂跛脚的。但这些经历使他变得更为冷静，也更有信心。

因此，他把伸出的手放了下来，尽管对方直截了当地拒绝和他握手。他平静地等待着，让老人的火气过去。不管怎么说，天文学家都是一些古怪的家伙，如果这两个月来安东的举止有什么意义的话，那么，他该算是怪人中的怪人了。

安东77终于开口说话了。尽管他竭力控制自己的感情，说话的声音仍然有些颤抖。然而，他依然那么字斟句酌，一派学究气——他一直是以说话用词考究而闻名的。

“先生，”他说，“你真厚颜无耻，竟敢到我这儿来提出如此无理的要求。”比尼25，身材魁梧，是天文台的望远镜摄影师。这时，他伸出舌头，舔了舔干燥的嘴唇，神情紧张地插话说，“嗯，先生，毕竟——”

校长转身对他皱了皱已经发白的眉毛。“别打断我的话，比尼。你把这个年轻人带来见我，我可以说你是出于好意，但现在我不容许有任何不服从我的行为。”

塞里蒙感到现在他可以开口讲话了。“安东校长，如果你让我说完刚才我说的话，我想——”

“年轻人，”安东反驳说，“我认为，你现在要说的话，和你两个月来在专栏上说的话一样毫无价值。你在报纸上发动了一场运动，反对我和我的同事们的工作——我们想把大家组织起来，对付世界末日的灾难；而现在，要避免这场灾难已为时晚矣！你竭尽对我进行人身攻击之能事，使这个天文台的同事成了世人的笑柄。”校长拿起了桌上的一份塞罗市《纪事报》，对着塞里蒙使劲地摇晃着。“即使像你这样臭名昭著的恶棍，也要慎重考虑一下，是否该来向我提出这样的要求，竟然想写今天这场事件的报道。然而，在所有的新闻记者中，就是你这样厚颜无耻！”安东用力地把报纸摔在地上，大步走到窗前，双手交叉在背后。

“你可以走了，”他回过头来厉声说。他闷闷不乐地凝视着天际。γ星是6个太阳中最亮的一个，现在正在落下去。这颗太阳的光亮已褪成了黄色，融入地平线的薄雾中。安东知道，他再次看到这颗太阳时，不会是一个神智健全的人了。

他突然转过身来。“不，等一下，到这儿来！”他用不容置疑的手势叫记者过去。“我让你报道。”

年轻人本来就不想离开。这时，他慢慢地走近老人。安东用手向外指了指。“6个太阳中，只有β还留在天空中。你看到了吗？”

当然，提这个问题是毫无必要的。β正值中天。γ已经落山，它的光辉也已消失。唯有β红色的光芒把大地染成了怪异的橘红色。现在，β正在离拉加斯星球的最远点上，看上去很小。塞里蒙感到，比以前任何时候他所看到的要小。此时此刻，β是拉加斯天空不容争议的统治者。

拉加斯自己的太阳，也就是拉加斯围绕着旋转的太阳，是α，现在与β正处于相对位置的地区，用天文术语说，就是在β的对跖地。红色的矮星β，是α的近邻，此刻却孤零零地悬在空中，显得形单影只，形影相吊。

安东仰着头，在阳光下脸色通红。“只要4个小时，”他说，“我们所熟悉的文明，就将结束。这是因为，你看到，现在β是天上剩下的唯一的一颗太阳了。”他笑了一笑，但那笑的样子却挺吓人的。"你报道吧!没有人会读了。"

"但,如果4小时之后——甚至再过4小时——什么也没发生呢?"

"你不必为此担心。到时候,发生的事多得你写都来不及写了。"

"就算那样吧!如果——还是什么也没发生呢?"

此时,比尼25第二次说话了:"先生,我想,你该听听他说的。"

塞里蒙说:"听听大家的意见吧,安东校长。"

在天文台剩下的其他5个人中出现了一阵骚动。至今,他们一直非常谨慎,没有加入谈话。

"这没有必要,"安东断然地说。他从口袋里掏出怀表。"既然你朋友比尼一定要我和你谈谈,那我就给你5分钟。快说吧!"

"好的!不过,不管你同意还是不同意我作为目击者报道即将发生的事件,这究竟有什么差别呢?如果你的预测是正确的,我在这儿也不会对你不利,因为如果那样的话,我也不可能写我的报道了。但是,如果什么也没有发生,大家就会嘲笑你,甚至情况会更糟。与其那样,还不如让你的朋友奚落一番了事。"

安东不屑地"哼"了一声。"你所说的所谓的朋友,是指你自己吧?"

"那当然!"塞里蒙坐了下来,把左腿跷在右腿上。"我的专栏有时可能是写得粗鲁无礼了些,但我每次都给你们有怀疑的余地。毕竟,现在已不是对拉加斯人民鼓吹'世界末日'来临的时代了。你得了解,人们已不再相信《启示录》了。现在,科学家们却要他们相信'世界末日',并告诉他们说,星星崇拜派倒是正确的,这岂不让他们恼火——"

"不是那么回事,年轻人,"安东打断了他的话。"的确,我们有不少资料是由星星崇拜派所提供的,但我们的研究结果却丝毫没有星星崇拜派的神秘性。事实就是事实。星星崇拜派所说的'神话'其中也确实有一些事实。我们把事实的真相告诉人们,并剥去了星星崇拜派教义中神秘的外衣。我可以直言不讳地告诉你,现在,星星崇拜派比你更恨我们。"

"我并不恨你们。我只是告诉你们,人民大众现在情绪很坏,动辄就发脾气。"

安东撇了撇嘴,一脸嘲讽的表情。"让他们去发脾气吧!"

"好啊!你明天会怎么样?"

"不会有明天了!"

"但如果有明天——假如真的有明天,那会发生什么样的情况呢?人们的愤怒情绪会爆发出来,情况可能会非常严重。你也知道,这最近两个月来,销售额急剧下跌。投资者确实不相信世界末日会来临。然而,他们在生意上也不得不小心谨慎了。他们在等待让这一切都过去了再说。普通大众也不相信你们,但新的春季家具的销售可能得等几个月了——只是想让事情有个定论再说。

"现在,你该明白了。只要这一切都过去了,商界人士就会要你们的命。他们会说,如果那些疯子——请原谅我这么说——随时想做出什么荒谬的预测来扰乱国家的经济,那么,我们全星球的人都应该起来阻止他们的愚蠢行为了。到那时,这种愤怒的火花将燃起熊熊大火,先生。"

校长以严厉的目光注视着专栏作家。“那你有什么有助于这种局面的建议?”

“是这样的,”塞里蒙笑着说,“我想由我来引导公众舆论。我处理这件事的方法是,只让公众觉得这件事可笑。当然,我也知道,这对你们来说是很难忍受的,因为,那样做,我只能把你们说成是一群胡言乱语的白痴。但我如果能让人们对你们嘲笑一番,他们也许就不会愤怒了。作为回报,我的出版商只要求独家新闻对整个事件进行报道。”

比尼点着头,并忍不住冲口而出:“先生,我们其他人都认为他说得很对。这两个月来,我们确实考虑了各方面的因素,但万一我们的理论在什么地方有问题,或我们的计算在什么地方出了差错,这种情况我们也不得不考虑到。”

围着桌子的那些人轻声低语,表示同意。此时安东的表情十分难看,他好像嘴里塞满了苦涩的东西而又吐不出来。

“要是你愿意,你可以留下。可是请你不要妨碍我们的工作。你最好记住,我是这儿的头,这儿的一切我说了算。不管你在你的专栏里对我们说了些什么,在这儿,我要求你完全的尊重和合作——”

说这些话的时候,他双手反剪在背后,仰着布满皱纹的脸,态度十分坚定。要不是他听到有人进来,可能还会继续不断地说下去。

“嗨,嗨,嗨!”传来了一个男高音的说话声。新来者胖乎乎的两颊笑开了花。“这儿怎么啦——气氛阴森森的?有人害怕了吧!”

安东看到来人,不胜惊讶。他怒气冲冲地说:“谢林,你到这儿来干吗?我以为你在隐避所呢!”

谢林哈哈大笑,肥胖的身子一屁股落在一张椅子里。“隐避所——见鬼去吧!那地方让我心烦。我要在这儿——这儿才有意思。你以为我没有好奇心吗?我也要看看星星崇拜派一直在谈论的星星。”他搓了搓手,一本正经地说,“外面真冷,寒风刺骨!鼻子也会结冰。β那么远,根本没有什么热气。”

白发苍苍的老校长气得直咬牙。他突然大发雷霆:“你为什么故意要捣乱,谢林?你在这儿有什么用?”

“我在这儿有什么用?”谢林双手一摊,显出一副无可奈何的滑稽相。“心理学家在隐避所不值一钱。那儿需要的是能干实事的男人和能生儿育女的强壮健康的女人。至于我,我这一百来磅重的身子还能干什么?再说,我也生不出孩子了。我在那儿岂不多了一张吃饭的嘴?我在这儿感到自在得多。”

塞里蒙精神为之一振,立即说:“请问,什么是隐避所,先生?”

谢林好像刚看到专栏作家。他皱了皱眉头,鼓起两颊:“你是谁,红头小鬼?”

安东咬了咬嘴唇,没好气地说,“他就是塞里蒙762,新闻记者。我想,你听说过他。”

专栏作家伸出了手。“那你就是塞罗大学的谢林5013。久仰,久仰。”然后,他又追问道,“什么是隐避所,先生?”

“哦,”谢林说,“是这样的。我们设法说服了一些人,使他们相信我们的预测——世界末日即将来临,让他们作为历史的见证。他们采取了适当的措施。他们中大部分人是这个天文台工作人员的家属，也有塞罗大学教职员工的家属，还有少数其他人员。总共大约三百来人，但其中四分之三是妇女和孩子。”

“我懂了！让他们躲在里面，以免黑暗——呃——还有星星使他们发疯。当其他人都疯了时，他们会坚持下来。”

“如果他们真能坚持下来的话。但这并不容易。全人类都疯了，所有的城市都被大火烧毁了——环境对生存极为不利。但他们有食物、水、住所和武器——”

“他们还有更重要的东西，”安东说。“他们有我们的记录，除了今天的记录之外。这些记录对下一轮的循环至关重要。必须保存这些记录，其他的无关宏旨。”塞里蒙低声吹了一声长长的口哨，接着就沉思了好几分钟。围着桌子的人拿出了一个跳棋盘，6个人就玩起来。棋子走得很快，大家静悄悄的，眼睛都盯着棋盘。塞里蒙神情专注地看着他们玩了一会儿，就起身向安东走去。安东和谢林正坐在另一边小声交谈着。

“听我说，”塞里蒙说，“我们找个地方去谈谈，别妨碍其他人了。我想提几个问题。”

年迈的天文学家对他皱起了眉头，显得十分烦躁。可是谢林尖声尖气地说，“很好！谈谈对我有好处。谈话对我就是有好处。安东告诉我你关于预测如果出错人们会有什么反应的看法——我同意你的观点。顺便提一下，我经常阅读你的专栏。一般来说，我同意你的观点。”

“谢林，请你别说了！”安东大声说。

“啊，喔，好吧！我们到隔壁房间去，那儿还有沙发呢！”

隔壁房间确实有几张沙发。窗子还配有厚厚的猩红色的窗帘，地上铺着栗色的地毯。β砖色的阳光透过窗子照进来，使整个房间染成了殷红的血色。

塞里蒙感到不寒而栗。“我说，我宁愿出10块钱换一秒钟白色的阳光。γ或δ在天上就好了。”

“你有什么问题？”安东问道。“请记住，我们的时间有限。一个多小时之后，我们就要上楼了。那时，可就没有时间谈话了。”

“好吧！我的问题是，”塞里蒙在椅子上向后一靠，双手交叉在胸前。“你们这些人看来都十分认真，我开始相信你们的话了。是否请你解说一下这到底是怎么一回事？”

安东发火了。“你坐在这儿是想告诉我，一直以来，你攻击我们，嘲笑我们，却不知道我们究竟在干什么，是吗？”

专栏作家笑了，样子显得有点局促不安。“我并没有你说得那样无知。我至少知道一个大概。你们说，几小时之后，黑暗将降临世界，全人类都将发疯。我要知道的是你们这样讲有什么科学根据。”

“喔，你别问他，别问他，”谢林插进来说。“你问安东这样的问题——即使他愿意回答——他会拿出一大堆数据和图表，把你搞得头昏脑涨。你要是问我，我可以讲得让外行人也听得懂。”

“好吧！那我就问你。”

“那我得先喝一口。”他搓搓手，看了看安东。

“要喝水？”

“别傻了！”

“你别给我傻了！今天谁也不能喝酒。在这种时候，我手下的人一喝就醉。我可不能让他们喝酒。”

心理学家咕咕哝哝，没说什么。他转身用犀利的目光逼视着塞里蒙，就开始说了。

“你当然知道，拉加斯的文明史呈现一种循环的特征——我是说循环！”

“这我知道，”塞里蒙谨慎地回答说，“这是最新的考古学理论。这一理论被作为事实为大家所接受了吗？”

“基本上被接受了。最近100年来，大家基本上都同意这一理论。这一周期性的特征是最大的一个谜。我们已发现了一系列的文明，至少有9个文明是确定无疑的，另外还有其他几个文明的遗迹。所有这些文明都和我们现在一样发达。而所有这些文明在其最发达的时候，都无一例外地毁于大火。

“至今无人知道其中的原因。所有的文化中心都被大火焚毁，没有留下任何记录可给我们一点启示。”

塞里蒙全神贯注地听着。“是否还有一个石器时代？”

“也许有，但我们对这一时代一无所知。只知道那时的人比猩猩稍稍聪明一些。但我们不必多谈石器时代。”

“我知道。请说下去吧！”

“对这些周期性的灾难有种种解说，但每种解说都或多或少是凭空想象出来的。有的说，有周期性的火雨；有的说，拉加斯每过一定的时期，要经过一个太阳。有的更是胡思乱想。但其中有一种理论与众不同，这一理论已流传了好几个世纪了。”

“我知道。你说的是‘星星’的神话——星星崇拜派把这些写在他们的《启示录》里了。”

“完全正确！”谢林满意地回答说。“星星崇拜派说，每隔2050年，拉加斯进入一个大洞穴，因此，所有的6个太阳都不见了，全世界陷于一片黑暗！然后，他们说，一种叫做星星的东西就出现了。星星攫取了人们的灵魂，并把他们变成像野兽一样的野蛮人。这样，他们亲手毁掉了自己创造出来的文明。当然，中间夹杂着许多神秘的宗教概念，但中心思想大致是这样。”

谈话中止了一会儿，谢林深深地吸了一口气。“现在，我们可以谈谈万有引力的理论了。”他一字一顿地强调了“万有引力”这一术语。这时候，安东从窗前转过身来，高声地“哼”了两下，大步走出了房间。

剩下两人看着他走出去。塞里蒙问：“怎么了？”

“没什么，”谢林回答，“有两个人几小时前就该到了，可现在还没来。现在他最缺人手，因为除留下必要的人外，其余的都去了隐避所。”

“那两个人该不会开小差吧？”

“谁？范罗和叶莫特？当然不会。但如果他们一小时内还不回来，事情就麻烦了。”他突然站起来,眼睛闪闪发光。"安东走了。"

他蹑手蹑脚地走到最近的窗前,蹲了下来,从下面一个箱子里拿出一个盛着红色液体的瓶子,摇了一摇,瓶子"咕咚、咕咚"地发出响声。

"我想安东还不知道这个。"他边说边快步走回桌子,"来!我们只有这么一杯了,照理说,你是客人,你可以喝了它。瓶子里的归我。"他小心翼翼地倒满了这小小的一杯。

塞里蒙站起来想要说些什么,但谢林严肃地看了看他,"年轻人,要先尊重长者!"

记者重新坐了回去,脸上带着一丝懊恼和痛苦的表情:"再往下说啊,老家伙!"

心理学家往嘴里倒转瓶子,同时,他的喉结颤动起来。然后满意地"咕哝"了一声,抿了一口,又说:"你对万有引力知道些什么?"

"不大了解,只知道它是最近才发展起来的理论,还不是很成熟。但其中的数学很深奥,在整个拉加斯只有12个人能懂。"

"胡说!瞎扯!我可以用一句话概括它的基本数学原理。万有引力定律是:宇宙中所有的天体之间都存在相互的作用力,任意两个天体之间的力与它们的质量除以距离的平方成正比。"

"就这些?"

"足够了!而这花了足足400年的时间。"

"为什么那么长?听你说起来并不难啊!"

"伟大的规律不是灵感的火花,通常要经过全世界科学家长达几个世纪的努力。在400年前盖农威41发现拉加斯围绕α运行,而不是α围绕拉加斯运行,天文学家一直在努力工作,记录了6个太阳复杂的运动方式,并加以分析、拆解,提出一个个理论,再检验、反复修改、扬弃,再证实,最后得到结果,那需要做大量的工作。"

塞里蒙若有所思地点点头,伸出酒杯再要一些酒,谢林吝啬地从瓶中给他倒了一点。谢林又喝了一口,接着说:"科学家们在20年前,最终证明出万有引力定律,恰好解释了6个太阳的运行轨迹,这是一个伟大的胜利。"

谢林站起来走到窗前,仍然拿着他的几乎空了的瓶子,"现在我们要进入正题了。在最近10年中,人们用万有引力定律计算出了拉加斯围绕α的运行轨迹,可是,即使把由于其他5个太阳所造成的紊乱因素扣除,结果和我们的观察仍不一致。这里,要么是定律出了问题;要么就是还存在其他不可知因素。"

塞里蒙走到窗前,站在谢林旁边,眼光越过山坡上的森林,只见塞罗城的尖塔在地平线上发出熠熠的红光。当他看着β的时候,一种莫名的紧张充满了他的全身。β正在天顶变小,并有一种不祥的预兆。

"再往下说,先生。"他低声道。

谢林回答说:"天文学家摸索了多年,提出的理论一个比一个站不住脚。安东想到了'星星崇拜派'。教主索尔5,已拿到一些资料,使问题大大地简化了。安东按新的思路开始了新的研究工作。"

"是否存在一个像拉加斯一样的不发光的天体?如果有,你可以想象,它只能靠反射光线发光。假设它像拉加斯一样,大部分是由蓝色岩石构成,那么在红色的天空中,那些永远在拉加斯上空的太阳的阳光会使它黯然失色,从而不能被我们发现。”

塞里蒙吹了一声口哨:“多古怪的想法啊!”

“你认为古怪?听着,假设这个天体在一定的轨道上围绕拉加斯运转,这两者之间的距离和该天体的质量,使其所产生的引力正好造成拉加斯运行轨迹偏离理论计算值。这样,你知道会发生什么情况?”

专栏作家摇了摇头。

“这个天体有时会挡住一个太阳。”谢林一口气喝完了瓶中的剩酒。

“我想会的。”塞里蒙毫无表情地说。

“是的。可现在天上只剩下了一个太阳!”他伸出拇指,指了一下就要变小的太阳。“β!现在已测出,日食发生的时候,天空中只剩下 β,而此时 β 在远地点,而月亮在近地点,所以从地上看,它的直径比 β 大 7 倍。这就会挡住 β 的光,拉加斯将一片黑暗。日食将持续半天。而这种天食 2049 年发生一次。”

塞里蒙脸上毫无表情,“那就是我要报道的内容。”

心理学家点点头,“那就是你的报道了,先是日食——三刻钟之后就开始。然后是全球性的黑暗,或许会有神秘星体出现——然后是人类的疯狂——最后是这一循环的结束。”

他想了一想,说道:“我们有两个月时间,当然这点时间不足以使拉加斯人人都相信这一场灾难的来临,即使两个世纪也不够。但我们的记录放在隐避所里,今天我们拍下天食的照片。从下一个循环开始,人们就会知道事情的真相。当下次天食开始时,人类起码会有所准备,想想这些,也可以作你报道的一部分。”

塞里蒙打开窗,一丝风撩起窗帘吹进来,他伸出身子,微风拂动了他的头发。他凝视着照在手上的猩红色的阳光,突然说:

“为什么黑暗会使我们疯狂?”

谢林笑了笑,一边在手中转动着瓶子。“年轻人,你经历过黑暗吗?”

记者把身子靠在墙上,考虑了一会儿。“没有,但我知道黑暗是怎么一回事——只是——呃——”他似乎难以表达,划动了一下手指。然后,眼睛一亮,“没有光,就像在山洞里。”

“你在山洞里呆过吗?”

“山洞里?当然没有。”

“我想是没有。上星期我试了一下,只为体验一下。但我立刻逃出来了。我直往里去,直到只看到从洞口射进一束微弱的光,其余是伸手不见五指。最后我跑了出来,我从未想到过,像我这样胖的人会跑得那么快。”

塞里蒙撅撅嘴:“唔,如果那样的话,换了我,我想,我是不会跑的。”

心理学家皱起眉头,眼中略带怒气地望着这个年轻人。

“喔唷唷!别说大话!我谅你不敢拉上窗帘。”

塞里蒙看起来很吃惊。“什么?如果天上有四五个太阳,为舒适起见我会拉上窗帘,可现在光线不充足啊?”

“问题就在这里! 拉上,然后坐到这儿来。”

“好的。”塞里蒙伸出手拉了一根带有流苏的绳子,铜扣“丝丝”地滑过横杆,红色的窗帘立即盖住了宽大的窗子,昏暗的红色阴影立即笼罩了整个房间。

往回走时,塞里蒙的脚步声在寂静中听起来空洞洞的,半途他停了下来。“先生,我看不见你。”他低声说。

“摸黑走。”谢林高声命令。

“但是,我看不见呀!”记者的呼吸急促起来。“我什么也看不见!”

“你想看见什么?”谢林严厉地说,“到这儿来,坐下!”

缓慢的脚步声又一次响起了。他犹豫不决,慢慢摸索前进。然后是摸到椅子的声音。塞里蒙十分虚弱:“啊。这儿,好啦,我坐下了。”

“你喜欢黑暗吗?”

“不,这真太糟了。这些墙好像……”他停了一下,“好像要向我压下来似的。我想把它们推开。但我不会发疯! 其实,感觉不怎么坏……”

“好啦,拉开窗帘吧!”

黑暗中又传来小心行走的脚步声,和抓绳子时身体碰着窗帘的“沙沙”声。“刷刷”窗帘打开了,红色的光芒涌进了房间,塞里蒙欢快地叫了一声,抬头望着太阳。

谢林用手指擦了一下额头上的汗珠,说:“这只不过是一间没有光线的房间而已。”他说话的声音有些颤抖。

塞里蒙轻快地说:“这还能忍受。”

“是的,一间暗室不算什么,但两年前你是否去过琼拉城的百年博览会?”

“不,我从未去过,就是去参观百年博览会,6000英里也太远啦!”

“当时我去过,你是否听说过那儿的神秘地道? 那儿的票房价值创纪录。当然,只是开始的一两个月而已。”

“是的,这有什么大惊小怪的?”

“没什么,真实情况很快被掩盖起来了。神秘地道有1英里长,没有光线。你坐在一个敞篷小车里,要在黑暗中开15分钟。这个活动,在当时很受欢迎。”

“是吗?”

“当然。在游戏中被吓着了可是一种魅力。一个孩子出生时,与生俱来有三怕:怕跌跤、怕高音和怕没有亮光。那就是为什么人们闹着玩会去吓吓别人,也就是为什么在游戏场坐轰轰作响的环滑车那么的有趣。这也就是为什么‘神秘地道’那么受人欢迎。人们从里面出来,战栗着,吓得透不过气来,甚至吓得半死,但他们仍要付钱进去。”

“等等,我想起来了,一些人出来时,都吓死了。是吗? 那地方,关闭之后还有许多传闻。”

心理学家轻蔑地哼了一声:“是的,有两三个人死了。那算不了什么,他们用钱打发了死者的家属,并设法使琼拉城法院不再追究此事。他们的理由是,如果有心脏病的人玩这种游戏,那自己应该负责。再说这样的事以后也不会再发生了。因为从那以后他们在门口配置了一个医生,每个进去的人,得事先通过体格检查。那样做倒是反而提高了票房率!"

"后来呢?"

"但,你应该注意到其他一些情况。一些人出来之后,看上去若无其事,但他们再也不想走进任何建筑物了,包括宫殿、大厦、公寓、居室、别墅、草房、棚屋,甚至帐篷。"

塞里蒙显得很吃惊:"你是说他们一直呆在室外? 那他们睡哪儿?"

"露天。"

"人们应该强迫他们进屋。"

"对,人们这样做了。但这些人一进屋就立即歇斯底里发作,把脑袋往墙上撞。要想迫使他们进屋,就只得给他们穿上紧身衣或给他们注射吗啡。"

"他们一定是疯了。"

"的确,十分之一进入过地道的人会得此病,他们请来了心理学家,而我们能做的只是关闭地道。"他无可奈何地摊开了双手。

"这些人到底怎么了?"塞里蒙问。

"本质上和你刚才感觉到的在黑暗中四周的墙向你压来一样。在心理学中有一个专门术语,叫做幽闭恐惧症——人类与生俱来的对黑暗的恐惧,因为黑暗总是与封闭空间连在一起。怕黑就会怕封闭空间,明白吗?"

"那些人……"

"那些人的神经不足以使他们从黑暗和幽闭恐怖中恢复过来。15 分钟的完全黑暗太长了。你只经历了两三分钟就已经很不安了。"

"那些人患了幽闭恐怖综合征。他们把对黑暗和封闭空间先天性的恐惧感具体化了,并爆发了,就我们所知,这是永久性的,是 15 分钟黑暗所造成的。"

经过一段长时间的沉默。塞里蒙慢慢皱起了眉头。"我不信会那么糟。"

"是你不愿信。"谢林厉声说,"你不敢相信。看看窗外!"

塞里蒙看了看。心理学家接着说:"想象一下,如果到处都是黑暗,伸手不见五指。房子、树林、田野、大地、天空——全部是黑色的。突然,据我所知,星星出现了,不管他们是什么——你能相信吗?"

"好的,我相信。"塞里蒙回答说,态度有点粗暴。

谢林突然冲动地一拳砸在桌子上:"你撒谎! 你不可能想象出那种情景,就像你的脑袋不可能理解什么是无穷大,什么是永恒一样。你只是说说而已,你在黑暗中只那么一会儿,就受不了啦。当真的黑暗笼罩全球时,你的头脑就无法理解这种现象。你就会发疯,彻底永远地疯掉! 这是毫无疑问的!"

接着,他十分伤感地说:"人类两千年的努力又将毁于一旦了。明天,整个拉加斯将不会再有一座完好的城市了。"

塞里蒙心里稍稍恢复了平静。"不会发生那样的事情的。我认为,如果仅仅因为天上没有了太阳,我是不会发疯的。但即使我疯了,其他人也都疯了,那又怎么会危及整个城市呢?人们为什么要烧城市呢?"

谢林也愤怒了。"如果处在黑暗中,你最需要的是什么?你全部的本能反应是什么?——光明,见鬼,是光明!"

"哦?"

"那怎样才能得到光明呢?"

"我不知道。"塞里蒙说。

"如果没有太阳,我们获取光源的唯一办法是什么?"

"我怎么知道呢?"

他俩面对面站着。

谢林说:"先生,你只能烧东西。见过森林起火吗?野炊时,有没有在燃着的木头上炖过东西吃吗?要知道,燃着的木头不仅会散热,同时还会发光。这应是众所周知的。当黑暗到来,人们需要光明时,就要烧东西。"

"所以他们就烧木头?"

"他们烧任何可以烧的东西。如果手头没有木头,他们就会烧身边的任何东西。他们得到了想要获取的光明,而同时,每个居民区都会被置身于一片火海之中!"

他们彼此相视着,各自想着可能会发生的情况。然后,塞里蒙一声不吭地走开了。他的呼吸声听起来急促、刺耳,几乎没有听到隔壁房间里忽然响起的喧哗声。

"我想,我听到了叶莫特的声音。"谢林竭力克制自己的兴奋,十分平淡地说,"他和范罗可能回来了。我们去看看他们为什么这么晚才来。"

"也好!"塞里蒙说。他长长地叹了口气,又猛地摇了摇身子,好像要摆脱什么似的。紧张的气氛顿时消失了。

整个房间一片混乱,所有的工作人员都围着两个年轻人,连珠炮似地一个接一个提问。而这两个人连大衣都还来不及脱去呢!

安东拨开人群,很生气地走到他俩跟前。"你们难道不知道剩下的时间已不到半小时了吗?你们俩去哪儿啦?"

范罗 24 坐了下来,搓着双手,双颊冻得通红。他说:"叶莫特和我刚做完了一个我们自己的实验。说来可能有点疯狂。我们想能否制造出一个黑暗和星星的环境,以便我们能预先知道这种情景究竟是什么样的。"

听众中出现了一阵嗡嗡的交谈声,安东的眼光里突然流露出很感兴趣的样子。"你们以前可从未提起过这事。你们的实验是怎样进行的?"

"唔,"范罗说,"叶莫特和我很久以前就想到了这个主意。我们把自己的业余时间都花在这上面了。叶莫特知道,市中心有一座圆顶的一层楼矮房子——我想,从前是博物馆,最后,我们把它买了下来——"

"你们哪来的钱?"安东专横地问。

“我们的银行账户,”叶莫特70咕哝着说,“花了2000元钱。”然后又自我解嘲似地说:“嗯,那算不了什么。到明天,2000块钱就变成2000张废纸了!”

“是啊!”范罗表示同意,“我们买下了那座房子,从上到下铺上了黑天鹅绒,尽量把房子弄黑。然后在圆屋顶上开了一些小洞,再用金属帽盖住。金属帽由开关控制,开关一开,帽子就滑向一边。当然,这些事不是我们自己干的。我们叫了一个木匠、一个电工和其他一些工人——钱是不成问题的。主要是想使光线能穿过那些小洞,产生星光的效果。”

接着是一阵寂静。安东生硬地说:

“你们无权私下做——”

范罗显得很窘。“先生,我知道——但是,坦率地说,叶莫特和我觉得实验有一定的危险。如果实验成功。有一半可能我们会发疯——按谢林的说法,我们想那是完全可能的。所以我们只能自己冒险。当然,如果我们能平安无恙,我们想对将要来临的灾难我们会有一种免疫能力。然后,你们大家也可去那儿体验一下。可惜,实验毫无结果——”

“为什么?发生了什么事?”

叶莫特接过话头。“我们把自己关在屋子里,让眼睛适应黑暗。那是一种令人毛骨悚然的感觉。当四周一片漆黑,你会感到周围的墙和头上的天花板似乎都向你压来。但我们还是挺过来了,并打开了开关。屋顶上的金属帽子滑向一边,屋顶上的小洞洞闪闪发光——”

“嗯?”

“可是——什么也没有发生。正是在这儿,实验出了差错。结果什么也没发生。屋顶仍然是屋顶,只不过上面多了些小洞洞。看上去就是那么个样子——一个有许多小洞洞的屋顶。我们一次又一次地试验——这就是为什么我们来迟了——但就是得不出我们预计的效果。”

大家听着大为震惊,都沉默了下来。同时,眼睛都转向谢林,这时的谢林,坐在那儿,张大着嘴,一动也不动。

塞里蒙首先打破了沉默。“这是你理论的全部依据,是吗,谢林?”他宽慰地笑了。

但谢林举起了一只手。“等一下,让我想想。”然后,他抬起头来,目光中既无疑惑,也无意外之情。“那当然——”

他刚要讲话,楼上传来“当”的一声巨响。比尼立即起身向楼梯上奔去,嘴里叫着“真见鬼!”

其他人都跟了上去。

事情发展得很快。一到上面的观察室,比尼一眼就看到了被摔得粉碎的感光板,旁边一个人正弯腰站在破碎的感光板前面。比尼突然向此人猛扑过去,紧紧地扼住了他的喉咙。两人扭打在一起。其他人上来了,把陌生人一下子包围了起来,五六个人压在他身上,使他几乎透不过气来。

最后,安东上来了,气喘吁吁地说:“让他起来!”

人们不情愿地起身,把陌生人从地上拉起来。这时,这位不速之客喘着粗气。他的衣服也被撕破了,额头上青一块紫一块的。他留着一抹精心修剪过的弯曲的黄胡子,一看就知道,他是个星星崇拜派的信徒。

比尼抓住他的衣服,狠狠地摇着:“好啊,你这卑鄙小人! 你想干什么? 这些感光板——”

“我不是有意的,”信徒冷冷地说。“那是意外。”

比尼顺着他发亮的目光看过去,咆哮着说,“我明白了。你是想打照相机的主意。算你运气,不小心打碎了感光板。如果你碰一下这大型远距离摄影机或其他设备,我就让你不得好死。你等着瞧——”他收回了拳头。

安东抓住了比尼的衣袖:“别说了! 放开他!”

青年技师犹豫了一下,勉强松了手。安东把比尼推到一边,站到了信徒的面前:“你是拉蒂默,是吗?”

信徒僵硬地鞠了一躬,指了指他臀部的标记,“我是拉蒂默 25,教主索尔 5 的三等助手。”

“你——”安东皱起了白白的眉头——“就是上星期与教主一起来参观的人,是吗?”

拉蒂默又鞠了一躬。

“现在你想干什么?”

“没什么。除非你们想逼我干什么。”

“我想,是索尔 5 派你上这儿来的吧——或者说,是你自己要来?”

“我拒绝回答这个问题。”

“还会有别的人来吗?”

“我也拒绝回答。”

安东看了一下怀表,吼道:“你这家伙,你主子要从我这儿得到些什么? 我满足了我们之间交易的全部条件。”

拉蒂默淡淡一笑,就是不开口。

“我向他要资料,”安东继续生气地说,“这些资料当然只有星星崇拜派才能提供。对此,我表示感谢。作为回报,我答应证明星星崇拜派的教义基本上是正确的。”

“没有必要证明,”这个信徒自豪地反驳道,“《启示录》已经证明了。”

“对,《启示录》只有少数人知道,这没错。别误解我的好意。我要为你们的信仰提供科学的依据。而且,我做到了!”

信徒的眼睛眯成一条线,显出无限痛苦的样子:“对,你做到了——但像狐狸一样狡猾。你所谓的解释支持了我们的信仰,但同时使我们的信仰显得毫无意义。你把黑暗和星星说成是一种自然现象,从而剥夺了我们教义的真谛。这是亵渎神明的行为。”

“如果是那样的话,也不是我的错。事实就是事实。我除了说明事实,还能做什么呢?”

“你的所谓‘事实’只不过是个骗局,是你虚妄的谬见!”

安东怒气冲冲地跺着脚说:“你怎么知道?”

回答充满了对自己信仰绝对的虔诚。“我当然知道!”

校长气得涨红了脸。比尼急切地在他耳边低语。安东挥了一下手,让他安静下来。“那么,索尔 5 对我们有什么要求? 我想,他仍然认为,如果我们向全世界发出警告,让大家采取措施,以防发疯,这会把无数的人引向灾难。如果他认为这样做不好,我们可以不再继续那么做。”

“光你们这一企图已造成了极大的危害。你们用心险恶,用你们的那些可恶的仪器来获取什么资料。你们必须立即停止这样做!我们只服从星星的意愿。我感到遗憾的是,由于我动作笨拙,没有破坏你们那些可恶的设备。”

“这对你也没有多大好处,”安东回答说。“除了现在我们直接要搜集的资料外,其他资料都全部保藏好了,没有人能毁坏这些资料。”他冷冷地一笑。“但这丝毫不影响你目前的境况——你是个盗贼!是罪犯!”

安东转身向其他人发令:“叫人打电话给塞罗城警察局。”

谢林对此颇有微词。“真见鬼,安东,你怎么啦?没有时间叫警察了。看?”——他拨开人群向前走——“我来处理这件事吧!”

安东生气地看着心理学家。“这不是你恶作剧的时候,谢林。你让我用自己的方式处理这件事好吗?别忘了,现在,你在这儿可完全是个外人!”

谢林意味深长地撇了撇嘴。“现在我们已来不及叫警察了。几分钟之内,β 的日全食就要开始了——只要这个年轻人答应在这儿不再惹麻烦就行了!”

那信徒立即回答说:“我不再捣乱了。你们想做什么就做什么,但我要警告你们,只要我一有机会,就会完成我来这儿的任务。如果你们相信我的话,最好把警察叫来。”

谢林友好地笑起来。“你这家伙决心倒挺大!好吧,我来给你解释一下。你看到站在窗前的那个年轻人吗?他身强力壮,很喜欢打架。他在这儿也是个外人。日食一开始,他就会把你牢牢地看住。此外,还有我——我胖了点,赤手空拳打架可能不行,但我能帮他点忙。”

“那又怎么样?”拉蒂默冷冷地说。

“听着,我来告诉你,”心理学家回答说,“日食一开始,我们就把你抓起来——我和塞里蒙,把你关到只有一个门的小壁橱里。壁橱没有窗,我们用一把大锁把你锁在里面。整个日食期间,你就得一直呆在壁橱里。”

“然后,”拉蒂默说,呼吸也急促起来。“没有人会放我出来。我和你一样也知道,星星出现后会发生什么情况——我比你知道得还多!你们都疯了,根本不会想到要放我出来。我要么在里面闷死,要么饿死,对吗?这就是科学家们对我的态度!但我不会屈服。这是原则问题;原则问题就不容再商量!”

安东看上去大为困惑,憔悴的眼睛里流露出烦恼。“真的,谢林,把他锁起来——”

“不,”谢林不耐烦地用手势叫安东静下来。“我看,事情还没有那么糟。拉蒂默刚刚只是想吓唬吓唬我们罢了。要是我听话不会听音,就不是一个心理学家了。”他冲着那信徒笑了笑。“好啦,你总不至于认为我真的要把你饿死吧!我亲爱的拉蒂默,如果我把你锁在壁橱里,你就看不到黑暗,也看不到星星了。所有星星崇拜派的教徒都知道,你们的教义上说,如果星星出现时不让你们看到,这等于你们失去了不死的灵魂。我相信,你是个诚实的人。我愿意相信你不再捣乱的诺言。你说呢?”

拉蒂默的太阳穴中爆起了青筋。他说话时,声音嘶哑,整个身子也好像萎缩起来。“照你说的办吧!”然后,他又大发脾气说,“你们今天的所作所为,都会叫你们下地狱!”他转过身,大步向门边的三脚高凳处走去。

谢林向专栏作家点了点头:“拿把椅子坐在他身边,塞里蒙——这只是一种形式而已。喂,塞里蒙!”

可是,记者站在那儿一动也不动。他连嘴唇都发白了。“你们看!”他指着天空的手指头在发抖;他的嗓音沙哑而又干裂。

当大家的目光都顺着他的手指看着天空时,都禁不住惊讶得张大了嘴;一时,人人屏息呆呆地注视着。

β的一边出现了缺口!

被遮住的地方,也许只有手指头那么大小。但在这些惊呆了的观察者眼里,裂口像屋顶那么大。

大家只是看了一下,接着是一阵伴随着尖叫声的短短的混乱。然后,大家都匆忙而有序地忙起来——每个人都回到了分配给自己的工作岗位上。在这关键的时刻,没有时间动感情了。这些人都只不过是科学家,现在得忙于他们各自的工作。甚至安东也悄悄离去了。

谢林以平淡的口气说:“β上开始出现黑点的时间一定在15分钟之前。这比预计的略微早了一点,但考虑到各种不定的因素,计算上的误差应该说是很小的。”他朝周围看了一眼,踮起脚轻轻走到塞里蒙身边。此时,专栏作家还在窗前注视着天上。谢林轻轻地把他拖到一边。

塞里蒙迅速点了点头坐了下来。谢林吃惊地望着他。

“见鬼,朋友,”他叫起来,“你在发抖。”

“呃?”塞里蒙用舌头舔了舔干燥的嘴唇,然后想笑一下。“我不太舒服,就是这么回事。”

心理学家的眼光变得严厉了:“你害怕了吗?”

“不,”塞里蒙一下子愤怒得叫起来。“给我点时间,好吗?我一直不相信你们的胡言乱语,从心底里不相信——现在,我相信了。让我慢慢习惯这种思想观念吧!要知道,你们已为此准备了整整两个月了。”

“这你就说对了,”谢林若有所思地说,“听我说,你有家吗?——父母、妻子、儿女?”

塞里蒙摇了摇头:“你是想到了隐避所,是吗?不,你不必为此担心。我有个妹妹,可她远在2000英里之外。我连她确切的地址也不知道。”

“那好,那么,你自己呢?你还有时间可去隐避所。我走了,那儿正好有一个空缺。不管怎么说,你呆在这儿没有用武之地,你去那儿替代我,再好也不过了!”

塞里蒙感到不耐烦了。他看着谢林说:“你以为我吓坏了,是吗?不,听我说,先生。我是个记者,我被派来是要写这次事件的报道,我自己也想要完成这篇报道!”

心理学家的脸上掠过一丝淡淡的微笑:“我明白了。职业的荣誉感,是吗?”

“你可以这么说。不过,我现在真想喝点酒,即使少一点也行。真的,我太想喝一点了。”

他突然停下来了。谢林用肘猛推了他一下。“你听到了吗？听!”

塞里蒙朝着他下颚伸出的方向看去,只见那信徒面对窗口,一脸极度兴奋的表情,嘴里低低地在咕哝着什么,好像是在唱歌。显然,他对周围正在进行的一切视而不见,听而不闻。

“他在说些什么?”专栏作家小声问。

“他正在念《启示录》第5章的经文。”谢林回答说。然后,他又急忙说,“别说话,听,我来告诉你。”

信徒越念越兴奋,声音突然高昂起来。

“在那些日子里,当拉加斯转向β时,β在天空中停留的时间特别长,直至天上只有β一个太阳,孤零零地悬在空中;当拉加斯运行了一半的轨迹时,β正在天顶;然后,它逐渐变小、变冷,形单影只地照耀着拉加斯的大地。

“人们聚集在广场上,聚集在公路上;对所看的景象,他们争论,他们惊讶。一种异样的沮丧感攫住了每一个人的心。他们焦躁不安,语言混乱,因为人们的灵魂在等待星星的出现。

“正午时分,在三角城,旺德雷特工出现了。他对三角城的人们说,‘哦,你们这些罪人啊!你们藐视正义的行为,现在,向你们算账的时候到了。现在,洞穴正在吞没拉加斯,吞没你们,吞没拉加斯上的一切东西。’

“就在他这么说的时候,黑暗的洞穴的嘴唇已经舔着了β的边缘。从拉加斯上看,β的这一部分已看不到了。β正在逐渐消失,人们失声大哭,巨大的恐惧笼罩着他们。

“黑暗的洞穴笼罩了拉加斯,大地一片漆黑,伸手不见五指。他们脸上可以感到边上人的鼻息,却看不到对方。

“然后,在黑暗中,出现了星星,无数的星星,并传来了妙不可言的优美的乐声,连树叶也随着歌唱起来。

“就在那一刻,人的灵魂离开了肉体,没有了灵魂的肉体就变成了野兽。在拉加斯每座城市的黑暗的街道上,他们到处乱窜,充斥着他们野性的呼叫声。

“然后,从星星上落下了天火。天火所到之处,拉加斯的城市就化成灰烬,人类以及人类创造的一切也焚烧殆尽。”

拉蒂默的音调发生了微妙的变化。尽管眼睛没有看来看去,但他已发现他们两个人在看着他。他继续念着经文,但音调一下子变了,音节之间的连接变得更流畅了。

塞里蒙吃惊地看着那信徒。他的话听起来似乎有点耳熟,只是口音上有一些难以捉摸的变化,在元音的重读音节上也稍有变化,仅此而已——可是,塞里蒙就是听不懂拉蒂默在念些什么了。

谢林狡黠地笑了。“他用的这种语言,是前几个文明循环中的一种,也许是他们传统中的第二轮循环的语言。你知道,《启示录》原文就是用这种语言写成的。”

“没关系,我听够了。”塞里蒙挪过椅子,用手指把头发向后理了理,他的手已不再发抖了。“我现在好多了。”

“是吗?”谢林看上去有点吃惊。

“真的,我确实好多了。刚才我是很紧张。听着你谈万有引力的理论,看到日食开始,我几乎要完蛋了。可这个,”——他向蓄着黄胡子的信徒轻蔑地伸了伸大拇指——“我的保姆以前曾常对我讲这种事。我一直以来都对此采取嘲笑的态度。现在,我可不想让这事吓着了我。”

他深深地吸了口气,并兴高采烈地说:“不过,我若想保持清醒,最好还是把椅子移开窗口。”

谢林说:“对的。不过,你说话最好低点声。安东刚从工作台那边伸出头看了看你,那眼光可把你刺死!”

塞里蒙做了个鬼脸。“我忘了那老家伙了。”他小心翼翼地把椅子从窗口转过来,回头厌恶地看了一眼,说:“我想,对这种星星疯狂症,一定有什么免疫的方法。”

心理学家没有立即回答。此时,β已过了天顶,透过方形窗口的猩红色的阳光,原来是落在地上的,现在已照到了谢林的膝盖上。他若有所思地凝视着微暗的天空,然后弯下腰,眯起眼睛,看着太阳。

β上那一小块黑斑逐渐扩大,现在已把三分之一的β太阳遮住了。谢林感到不寒而栗。当他直起身子来时,脸颊已没有先前那样红润了。

他也转过椅子,几乎带着歉意地笑了一笑。“在塞罗城,可能有近200万人加入星星崇拜派,宗教将再次复兴。”然后,他用略带讽刺的口气说:“在一小时之内,星星崇拜派将有前所未有的兴旺。我相信,他们将会充分利用这一时机。喔,对了,你刚才说什么来着?”

“是这么回事。这些星星崇拜派为何能使《启示录》一个循环一个循环地传下来?最早在拉加斯又怎么写下来的?我想,必定有一种免疫的方法。因为,如果大家都疯了,谁还能写这本书呢?”

谢林忧郁地看了看提问的人。“是啊,年轻人。对此事,我们没有目击者的材料,但我们对所发生的一切有过一些推断,这些推断很可能是事实。你知道,有三种人,相对来说很少受黑暗和星星的影响。第一种人,那就是极少数没见到星星的人——他们是盲人。还有那些喝醉了酒的人——他们在日食开始时刚醉倒,直至日食结束才醒来。他们这些人不能算是真正的目击者,所以我们不能把他们算在内。

“还有就是6岁以下的小孩。对他们而言,世界是新奇的,因此,黑暗和星星不会把他们吓坏。在他们眼里,黑暗和星星只是这个令人眼花缭乱的世界上的又一种现象而已。这你明白吗?”

听着的人疑惑地点了点头。“我想我明白。”

最后,就是那些头脑简单的人,他们不会垮掉。他们的神经极不敏感,对外界一切他们都麻木不仁——这种人,譬如说,像我们老一代的农民。是的,儿童的记忆也许不准,他们一会儿这么说,一会儿那么说,再加上半疯的、头脑简单的人混乱的、不连贯的叙述——这些构成了《启示录》的基本材料。

“很自然，首先，是儿童和头脑简单的人的话，成了《启示录》的基本材料——他们这些人当然都不能算是历史学家。在此基础上，每经历一个循环的文明，都加以修改和编辑。”

“你是不是说，”塞里蒙打断了他的话，“他们把《启示录》一个循环一个循环地传下来，所用的方法正为我们现在企图把万有引力的秘密传下去的方法一样？”

谢林耸了耸肩。“也许是吧。但他们到底用什么方法，这并不重要。重要的是，他们确实把《启示录》传下来了。我要说明的是，《启示录》无助于我们，尽管里面叙述的一切有事实依据，可也只是一大堆被歪曲了的事实。譬如说，你记得范罗和叶莫特在屋顶上挖洞的实验吗？——实验没有成功，是吗？”

“是的。”

“你知道为什么没——”他突然停下来，吃惊地站起来。只见安东正在向他俩走来，脸上流露出惊恐的表情。“怎么啦？”

安东把谢林拖到一边，谢林能感到安东拉着他肘部的手指头在抽搐着。

“轻点声！”安东的声音低沉而又痛苦。“从隐避所打来的专线电话上，我听到了一些消息。”

谢林急切地打断了他的话。“怎么，他们有麻烦了？”

“不是他们。”安东把“他们”两个字说得特别清楚。“他们刚刚把隐避所的门锁起来。他们将在里面一直呆到后天。他们的安全是不成问题的。问题是城里的人，谢林——一片混乱。你不知道——”他说话都困难了。

“嗯？”谢林不耐烦地又一次突然打断了安东的话。“那又怎么样？情况会更糟吗？你怎么在发抖了？”然后，又怀疑地加了一句，“你身体好吗？”

安东听出了谢林是话中有话，以为他害怕了，不禁眼冒怒火。但很快，眼光中又流露出焦虑不安的神情。“你不知道。现在，星星崇拜派活动非常猖獗。他们煽动人们来捣毁这座天文台——并许诺，他们可以皈依，可以得到拯救，还做出其他种种许诺。我们怎么办，谢林？”

谢林低下头，长时间茫然地盯着自己的脚。他用指关节击打着自己的下巴，然后干脆地说：“怎么办？有什么怎么办的？什么也不必办。这儿的人知道这件事吗？”

“不，当然不知道。”

“好！不要让他们知道。到日全食还剩多少时间？”

“不到一小时。”

“没什么其他办法了，只能赌一下我们的运气了。要把那些可怕的暴徒聚集起来，需要时间；让他们到这儿来闹事，需要更长的时间。天文台离城至少有5英里——”

他望着窗外，眼光越过山坡，前面是一片农田，再往前是一幢幢白色的城郊住宅，最后是大城市的建筑，在地平线上隐约可见——现在，城市正笼罩在β逐渐减弱的红光中。

他头也不回继续重复说：“这需要时间。继续工作吧。但愿日全食先出现。”

这时，β一半亮一半黑，略微凹陷的黑线正逐渐向太阳的光亮部分移动，看上去犹如巨大的眼睑,斜闭着挡住世界的光。

房间里轻微的嘈杂他已听不到了;他只感到外面的田野寂静无声,连昆虫也吓得不再鸣叫了。所有的一切都在微光中依稀难辨。

他耳边听到有人和他说话,不禁吓了一跳,塞里蒙说:"出了什么问题了?"

"喔?不,没有——回到你自己座位上去吧。我们妨碍他们工作了。"他们轻轻走到角落里。有好一会儿,心理学家一直闭口不言。他拍起手来,松了松领口。他转动着脖子,但并不感到好过些。突然,他抬起头来。

"你是不是呼吸有困难?"

记者睁大了眼睛,深深地吸了两三口气。"没有,怎么啦?"

"我想,可能我往窗外看的时间太长了。那暗淡的光线使我深感不安。呼吸困难是幽闭恐惧症最早出现的症状。"

塞里蒙又深呼吸了一下。"还好,我还没有这个症状。嗨,看,有人来了。"

比尼那肥胖的身影出现在他俩所在的房间角落里,挡住了射进房间的光线。谢林急切地向他看了一眼。"你好,比尼。"

天文学家将身体的重心移到另一只脚上,脸上露出一丝淡淡的微笑。"我在这儿坐一会儿和你们谈谈,好吗?我的照相机已架好了。在日全食发生之前,还无事可做。"他停了一下,看了一眼那个星星崇拜派信徒。15分钟之前,他从袖子里拿出一本皮封面的小书,并一直专心一致地读着。"那家伙没有再捣乱吧?"

谢林摇了摇头。他身子靠在椅背上,皱起眉头,集中心思,尽量使自己能正常地呼吸。他问:"比尼,你呼吸有困难吗?"

比尼也用鼻子吸了吸气。"我没什么不适的感觉。"

"是幽闭恐惧症的感觉。"谢林解释说,话里流露出一丝歉意。

"噢!对我是另一种感觉。我的感觉是眼前发黑,一切都模糊不清——是的,什么都看不清楚。而且,感到很冷。"

"喔,对,很冷。这不是幻觉。"塞里蒙做了个鬼脸。"我脚指头的感觉是好像被装在冷冻运输车里一样。"

"我们需要的是,"谢林插话说,"我们得把思想集中在紧张的工作上。塞里蒙,我刚才不是告诉你了,为什么范罗他们在屋顶上开洞的实验会失败吗?"

"你刚开了个头。"塞里蒙回答说。他双手一合抱住了一个膝盖,下颚放在膝盖上。

"嗯,我是说,他们误解了《启示录》的话,他们只是理解了《启示录》字面上的含义。也许,根本就没有星星的存在。你知道,当黑暗笼罩时,我们就特别需要亮光。然后,我们头脑里就会出现幻觉——那就是星星。"

"换句话说,"塞里蒙插话了:"星星只不过是人们因为发疯了而产生的幻觉,而不是因为星星使人们发疯。这样说来,比尼的照相机还能拍到什么呢?"

"可以证明,要么那是幻觉,要么真有星星。然后——"

比尼把椅子拖近他俩,脸上突然出现了少有的热情。“喔,真高兴听到你俩在谈论这个话题。”他眯起眼睛,举起了一只手指头。“我也一直在思考星星的问题。我有一个古怪的想法。当然,这纯粹是想象而已。我提出这个想法,连自己也不怎么看得太认真。但我认为,这想法至少挺有意思。你们想听听吗?”

他好像不太愿意把自己的想法讲出来。但谢林把身子向椅背一靠,说:“讲吧,我听着呢!”

“喔,那好。假设在宇宙中还有其他太阳。”他开始说了,神情有点窘迫。“我是说,离我们很远很远的太阳,他们的光线传到我们这儿来变得太暗了,我们根本看不见。这话听来好像我在朗读什么幻想小说似的,是吗?”

“不见得。可是万有引力的理论告诉我们,这些太阳若存在的话,就会产生引力。光这一点,就把那些太阳的存在排除了,是吗?”

“不,如果它们远离我们,”比尼回答说。真的很远很远——也许 4 光年或更远。那样,我们就无法测量到这些太阳的引力对拉加斯运行轨迹所产生的影响,因为距离太远了,引力就非常小。也许在遥远的宇宙中,有许多这样的太阳,12 个,或许更多些。”

塞里蒙吹了一声好听的口哨。“这想法给《星期日增刊》写篇文章倒挺不错的。在 8 光年之外有 24 颗太阳!哇!这么一来,我们的宇宙就小得微不足道了。我们的读者会读得入迷的。”

“这只是一种想法而已,”比尼笑着说。“不过,你明白这个想法吗?在日全食时,这十多个太阳就可以看得见了,因为,它们是自己发光的真正的太阳。由于它们离我们太远,所以看上去很小,像小石子一样。当然,照星星崇拜派的说法,有成千上万颗星星。这也许是夸大其词了。宇宙可没那么大,可以容纳成千上万颗星星——要那样,这些星星要互相碰在一起了。”

谢林越听越感到有意思。“比尼,你的话有点道理。夸张是可能的。你也知道,我们的头脑对比 5 大的数字总是搞不清楚。比 5 大,我们就说‘许多’。12 个就是成千上万——就那么回事。这可真是个好想法!”

“我还有另一个怪想法,”比尼说。“你们有没有想过,如果太阳系的结构十分简单,万有引力的问题也就显得十分单纯了,是吗?假如一个宇宙中只有一颗太阳。行星绕太阳运行的轨迹是一个完整的椭圆形,那么,引力作用就十分显而易见,并成为不言而喻的公理。在这颗行星世界上的天文学家也许在望远镜发明之前就发现了万有引力。因为肉眼观察也足以解决问题了。”

“不过,这样的太阳系运行会稳定吗?”谢林疑惑不解地问。

“那当然!这叫做‘一对一’体系。数学计算已证明了这种可能性。但使我感兴趣的是从其中引发的哲学思考。”

“考虑到这一点确实很有意思,”谢林表示同意。“这纯粹是个抽象的概念——就像纯气体或绝对零度的概念。”

"当然,"比尼接着说,"问题是,在这样的星球上不可能有生命存在,因为没有足够的热量和阳光。如果星球自转,那一天中半天就是黑暗。万物生长靠太阳——在这样的条件下,不可能产生生命。此外——"

谢林突然猛地站起来,连椅子也向后翻倒了。"安东把灯拿过来了。"他粗鲁地打断了比尼的话。

比尼"唷"一声,回头看了一下,然后宽怀地大笑起来。

安东双手抱了六七根棒,每根棒约1英尺长,1英寸粗。他看着集合在一起的工作人员。"大家都回去工作。谢林,你到这儿来帮我一下。"

谢林快步走到老人身边。他俩默默地把棒头一根一根地插在从墙上吊下来的临时做成的金属圆筒里。

就好像是举行最神圣的宗教仪式,谢林擦燃了一根很大很原始的火柴递给安东。安东把火柴凑到一根木棒的顶端。

火在棒端摇晃了一会儿,开始似乎没有点着。突然,一声噼啪响,火光把安东布满皱纹的脸庞照在黄色的光芒中。安东收回了火柴。室内爆发出一阵欢呼声,把窗子都震得格格作响。

棒头上跳跃着的火焰足有6英寸高!其他棒头也用同样的方法点燃了。6支火把把房间的后半部照在橙黄色中。

光线很暗,甚至比微弱的阳光更暗。火光激烈地摇曳着,四周一切投下的影子也在不停地摇晃着,好像从醉汉眼睛里看到世界。火把还冒出令人讨厌的烟,房间里的气味就像阴天的厨房。但火把发着黄色的光。

4小时以来,β的光又冷又暗;现在,这黄色的光芒则别有意味了。甚至拉蒂默的眼睛也从书本上移开,好奇地注视着。

谢林在身旁的火把上暖着手,也不管细小灰色的烟灰落在他手上。他喃喃自语,心醉神迷:"多美啊!太美了!我从未想到黄色这么美妙!"

但塞里蒙以怀疑的目光看着火光。他皱着鼻子,嗅了嗅有着陈腐脂肪臭味的空气,问:"烧的是什么?"

"木头。"谢林简单地回答说。

"不,不,不是木头。只是顶端烧黑了,而火焰只是往上蹿。"

"这正是美妙之处。这是一种很有用的人造火把。我们做了几百支。当然,大部分送到隐避所去了。你看,"——他转身用手帕擦着手上黑黑的烟灰——"把粗大的芦秆芯晒干,再浸在动物脂肪中,火点着时,脂肪慢慢烧着了。火把能连续烧半小时。很聪明吧,是吗?这是我们塞罗大学的一个年轻人发明的。"

在大家激动了一会儿之后,屋里恢复了宁静。拉蒂默把自己的椅子拉到一支火把下,继续阅读,嘴巴单调地一开一合,在向星星祈祷。比尼又回到了照相机旁。塞里蒙抓住机会,为他给明天出版的塞罗城《纪事报》写的文章做着笔记——在这最后的两小时里,他一直有条不紊十分认真地做着采访工作,但同时,他也意识到,这工作已毫无意义。

谢林兴趣盎然地注视着塞里蒙的工作,而塞里蒙则专心致志地记着笔记,没注意到此时的天空已变成深紫红色,日全食开始了。

空气变得稠密了,暮色笼罩了整个房间,好像伸手可及似的。摇曳着的黄色火光在越来越浓的暮色中显得更为耀眼。空气中还弥漫着烟火味,并响着火把燃烧时发出的"哔哔啪啪"的声响。偶尔听到人们围着工作台轻轻走动的脚步声和人们为了保持镇静做深呼吸的声音——现在整个世界正进入阴影之中。

是塞里蒙第一个听到了新出现的喧闹声。声音很低,只是模模糊糊似乎有什么嘈杂的声音似的,要不是室内一片死寂,根本就不可能听到。

新闻记者坐直了身子,合起了笔记本,屏息倾听着。随后,十分勉强地穿过天文望远镜与比尼架设的照相机之间的通道,站到了窗前。

塞里蒙发出一声惊叫,打破了室内的寂静。

"谢林!"

工作立即停下来了。心理学家马上来到塞里蒙身边。安东过来了。甚至连高高地坐在天文望远镜筒前的叶莫特70也停止了观察,向下张望着。

外面,β像一块重烧着的碎木片,竭力向拉加斯看上最后一眼。在城市所在的方向,东边的地平线已消失在黑暗之中。从塞罗城到天文台的道路成了一条暗红色的线,两边是一排树木,在灰暗的光线下,已分辨不出一棵棵的树了,只能看到一片阴影。

但是,让大家注目的是公路本身。在路上,另一片阴影在移动,样子十分可怕!

安东破着喉咙叫起来:"是城里来的疯子!他们来了!"

"到日全食还有多长时间?"谢林问。

"15分钟,可是……可是,他们5分钟内就能到达这儿。"

"没关系。让大家继续工作。我们去阻挡他们。这地方建造得像要塞一样坚固。安东,看好这年轻的信徒,讨个吉利!塞里蒙,跟我来!"

谢林走出房门,塞里蒙紧跟在后面。螺旋式的楼梯往下延伸,消失在潮湿阴郁的灰蒙蒙之中。

他们一下子就往下冲了50英尺。从开着的门里透出来的摇曳不定暗淡的黄色光线不见了,上上下下的黑影向他们压来。

谢林停了一下,胖乎乎的手抓着胸口。他眼珠凸出,干咳着说:"我——我不能——呼吸了——下去——你自己下去——关上所有的门——"

塞里蒙往下走了几步,然后转身说:"等一下,你能坚持一下吗?"他自己呼吸也急促起来。空气像黏稠的糖浆,在他的肺中进进出出。一想到自己一个人将进入神秘的黑暗之中,心里不禁万分恐惧。

毕竟,塞里蒙也害怕黑暗。

"等一下,"他说。"我马上回来。"他一步两个台阶地往上奔,心怦怦直跳——并不全由于跑得太急。他冲进室内,从圆筒里拿了一个火把。气味很难闻,烟也熏得他睁不开眼睛。

但他紧抓着火把,好像高兴得要吻它一样。当他飞奔下楼时,火焰往后飘着。

塞里蒙向谢林弯下腰;谢林睁开了眼睛呻吟起来。塞里蒙用力摇着谢林的身子。“行了,坚持住。我们有火把了。”

塞里蒙高举火把,用肘架着踉踉跄跄的心理学家,在火把的照耀下往楼下走去。

底楼的办公室里仍然有些亮光。塞里蒙感到自己的恐惧感正在消失。

“听,”他粗声粗气地说,同时把火把递给谢林:“你能听到外面的声音吗?”

他们能听到那零零碎碎、断断续续的嘶哑的呼叫声。

不过,谢林说得倒不错。这天文台建筑得像一座要塞一样坚固。天文台是上一世纪的建筑。那时,新加伏特建筑风格正发展到鼎盛时期,其特点是稳固,耐用,而不是好看。

一英寸粗的铁条插入水泥窗台,做成铁栏栅保护窗户。墙是用石块砌成的,即使发生地震也不会塌倒。大门是一大块橡木板,在关键的地方都用铁条加固了。塞里蒙“哐啷”一声插上了门上的插销。

在走廊的另一头,谢林低声咒骂着。他指着后门的锁,那锁已被撬坏了。

“拉蒂默一定是从这儿撬开锁进来的。”他说。

“行了,别光站着不动,”塞里蒙不耐烦地叫起来。“帮帮忙,把家具都拖过来——把火把从我眼前拿开。那烟快熏死我了。”

他说着,就“砰”的一声把一张很重的大桌子顶在门上。两分钟之后,门后就筑起了一道屏障,凡是房间里的笨重家具都堆在门后了,当然谈不上美观或对称。

不知在什么地方,从远处传来了拳头打门的声音,这声音隐约可辨。而门外的尖叫声和怒吼声,听起来则更为实在。

这群暴徒从塞罗城来,心里想的只有两件事:捣毁天文台以获得星星崇拜派的拯救,还有就是他们怕疯狂的恐惧几乎使他们失去了理智。他们没有时间去找车子、武器,甚至也来不及选领导,搞组织。他们徒步向天文台走来,并赤手空拳向天文台发起攻击。

现在,他们来了。β 最后一抹光辉、最后一束红光,无力地撒在这群惊恐万状的人身上!

塞里蒙嘟哝了一声。“我们回到楼上去吧!”

在楼上,只有叶莫特在自己的工作岗位上,用天文望远镜在观察,其他人都围着照相机,比尼正用沙哑、紧张的声音解释着。

“大家都听好了。我要在日全食之前拍下 β,并换好底片,所以每架照相机都要有人守着。你们大家都知道……曝光的时间吧——”

大家都表示知道,紧张的气氛使大家都透不过气来。

比尼用手抹了一下眼睛。“火把还燃着吗?没关系,我看到了!”他身子往椅背上一靠。“大家记住,别……别想拍好照片。别浪费时间想一次拍两颗星。一颗就够了。还有……如果自己感到不行了,就赶快离开相机。”

在门口,谢林对塞里蒙轻声说:“把我带到安东那儿去。我看不见他。”

新闻记者没有立即开口。天文学家的身影在他眼前晃动着,模模糊糊的。头上的火把变成了黄色的斑点。

“太暗了。”他抱怨说。

谢林伸出一只手,“安东!”他摇摇晃晃地向前摸索。“安东!”

塞里蒙一步跟上,抓住了他的手臂。“我带你去。”他终究设法穿过了房间。他闭着眼睛,以免看到黑暗;他停止思考,以免头脑混乱。

没有人听到他们走动,也没有人注意他们。谢林摔到了墙上。“安东!”

心理学家感到一双颤抖的手碰到了他,后来又缩了回去。一个声音咕哝着说:“是你吗,谢林?”

“安东!”他竭力使呼吸正常。“别担心,那批暴徒进不来!”

信徒拉蒂默站了起来,脸部因绝望而扭曲了。他已发了誓,违背誓言对他来说就意味着丧失道德。虽然,他是被迫发誓的,而不是自愿的。但星星快要出来了,他不能袖手旁观,让——然而,他的的确确发过誓。

当比尼抬头看着 β 最后一抹余晖的时候,他的脸上呈现出暗红色。拉蒂默看着比尼俯身准备拍摄,就下定了决心,同时紧张得指甲都陷进了手心。

开始冲过去时,他摇摇晃晃,步履维艰,眼前除了影子没有别的,脚踏在地板上,也失去了脚踏实地的感觉。突然,有人向他扑上来,紧紧掐住他的脖子。他倒下了。

他拼命用脚踢扑上来的人:“让我起来,要不我杀了你!”

塞里蒙痛得眼前一阵发黑,高声喊叫着:“你这骗子!卑鄙的小人!”

新闻记者一下子神志清醒起来。他听到比尼嘶哑的声音在喊:“我拍到了。大家准备好!”然后,令人奇怪的是,他也感到最后一线阳光逐渐褪去直至消失。

同时,他听到比尼最后一声吃力的喘气声,以及谢林的怪笑声——一个刺耳的歇斯底里的笑声,并突然中断了。接着是一阵突然的寂静,一种从屋外袭来的、奇怪的、死一般的寂静!

塞里蒙松开了手。拉蒂默的脚有点跛了。塞里蒙凝视着信徒的双眼,只见一副茫然若失的神情,只是向上瞪着,眼中反射出火把微弱的黄光。他看到拉蒂默嘴边满是白沫,听到他喉头发出动物似的呜咽声。

带着噩梦一般的恐惧,拉蒂默一手撑地,爬了起来,他眼光转向窗户,只见窗上一片黑色,像是凝结了的血块。

透过窗户,星星在闪闪发光。

那不是我们地球上肉眼所看到的发出微光的 3600 颗星星——拉加斯处于一个巨大的星团的中心。3 万个强大的太阳,撒下能烧灼灵魂的光芒;那冷漠的光芒比刮过这寒冷、可怕、凄凉世界令人战栗的寒风更让人觉得可怕。

塞里蒙摇摇晃晃地站起来。喉咙紧抽,不能呼吸,他全身肌肉都由于极度的恐怖和难以抵御的恐惧而颤抖。他知道,他要疯了,可内心深处还有一点理智仍在呼喊,竭力想驱散无望的潮水般袭来的黑暗的恐惧。发疯很可怕,知道自己要发疯就更可怕——知道过一会儿之后,你的肉体仍将存在,然而,所有健全的理智都将死亡,都将被黑暗的疯狂所吞噬。这是黑暗——黑暗、寒冷和毁灭!明亮的宇宙之墙被粉碎了,那可怕的黑色的断垣残壁正在掉下来,向他挤来、压来,并把他淹没。

他碰到一个人正在地上爬着,在他身上绊了一下。他双手摸着僵硬的脖子,一瘸一拐地朝发光的火把走去。在他发疯了的视觉中尽是火光。

"火光!"他尖叫着。

安东在什么地方哭泣,那呜咽声听上去十分可怕,就像是一个受了极度惊吓的孩子。"星星——所有的星星——我们以前都不知道。我们以前什么也不知道。我们以前总认为,全宇宙中只有6个星星——这就是宇宙——这些星星以前我们从未见到过——黑暗也从未见到过——黑暗——黑暗——永远、永远的黑暗。墙倒了——从前我们不知道——我们无法知道——什么也——"

有人去抓火把,火把倒下去熄灭了。就在那一瞬间,可怕而冷漠的寒星更逼近了。

窗外的地平线上,在塞罗城那个方向,发出了猩红的光,光越来越亮,但那不是太阳的光。

长夜又来临了。

(铭 章 译)

推广科幻小说体裁的人

在20世纪30年代末和40年代，许多新生作家，包括阿西莫夫在内，最初是作为坎贝尔流派的作家而崭露头角的，然而，罗伯特·A.海因莱恩(1907—1988)从一开始就独树一帜。他的所作所为，恰好与坎贝尔所提倡的科幻小说相吻合。

而且，科幻小说正在准备向以前从未涉足过的领域开拓。当时只缺一位带头人，一位能像19世纪60年代的凡尔纳、19世纪90年代的威尔斯和20世纪初的伯勒斯那样在科幻小说界独当一面的人物。在科幻小说领域中，坎贝尔本人当过"门卫"、"教练"和"拉拉队队长"的角色，他能够对科幻小说的进化施加非同一般的影响，但是，他单枪匹马还是难成其事；为此，他和斯特里特—史密斯出版社达成了协议。

海因莱恩真可谓生逢其时。

威尔斯曾经承认机遇在他的成功道路上所起的重要作用。在他的《自传实验》一书中，他这样写道："19世纪的最后10年，对新生作家而言，是大好的黄金时期，而我正是和这一代奋发上进的人一起交上好运的。……人们在期待新书的出版和新生作家的出现。"

在失意的服役生涯之后，海因莱恩开始为自己找寻理想的用武之地，而当时，科幻小说正处于威尔斯所述的类似境地。海因莱恩生于密苏里州的巴特勒，就读于堪萨斯城的学校。他于1929年毕业于海军学院，在全班243人中名列第20位。他服现役时任军舰指挥官—

职,直至1934年因患肺结核而退役。自此以后,他一直肺结核病缠身。为了实现自己的夙愿,他开始学习天文学。然而,再次由于健康原因,他不得不中断在加利福尼亚大学洛杉矶分校的研究生学业。随后几年里,他干过政治、银矿开采、建筑及房地产等方面的工作。

1939年,他在《激动人心的奇异故事》杂志中看到一则短篇小说业余写作竞赛的通知。他从少年时代起就是科幻小说的忠实读者,因此,他决定报名参赛。但是,当故事写完时,他觉得其价值超出了竞赛提供的50美元奖金,于是,他把故事先寄给了柯里尔双周刊,后又寄给了《惊奇故事》杂志。坎贝尔为此付给他70美元的稿酬。

这是步入科幻小说作家行列最好的时期,同时也是最糟的时期。当时,美国正在开始从大萧条中摆脱出来,而欧洲却面临着战争的威胁。在科幻小说界,出现了相当繁荣的局面:在以《惊异故事》、《奇异故事》和《惊奇故事》三本杂志为一体的基础上,增加了1938年的《神奇科学故事》和1939年的《惊人故事》、《著名幻想侦探小说》、《惊讶故事》、《超级科学故事》、《奇异的历险》、《行星故事》、《科幻小说》和《未来小说》等杂志。

在1938年,奥森·韦尔斯根据威尔斯的小说《星际战争》改编的广播剧引起了全国听众的震惊。

然而实际上,没有专门的科幻小说书籍得以出版,没有机会来编纂科幻小说选集,除了在科幻杂志上发表作品以外,再没有地方可以发表,也几乎没有科幻电影出现:人们对《失去的世界》(1925)、《隐身人》(1933)和《即将发生的事》(1936)表示出短暂的兴趣之后,随后的15年里,几乎没有出现科幻电影,也没有任何事情能够引起人们长久的兴趣。

海因莱恩一心一意想要改变所有这一切。在许多方面,他帮助向更广泛的读者推广科幻小说,起到了推动作用。

在最初的两三年里,通过为《惊奇故事》写作(有几篇小说用笔名在其他杂志上发表),海因莱恩确立了他当时作为主要的科幻小说作家的地位。他的早期作品主要涉及一系列在不远的将来发生的事情。这些作品的设想框架是相同的,也就是坎贝尔称之为的(并于1941年正式刊印的)"未来的历史"。在此期间,海因莱恩创作的故事及小说有《格格不入》、《安魂曲》、《如果这事继续下去》、《道路必须压平》、《考文垂》、《大爆炸》、《宇宙》和《玛士撒拉的孩子们》。

第二次世界大战期间,海因莱恩曾经作为一名平民工程师在美国费城海军基地的海军航空实验站工作(并说服德·坎普和阿西莫夫也加入他的行列)。战争结束以后,海因莱恩需要突破一些新的障碍。

第一个障碍是一些一流杂志——《星期六晚邮报》及其他一些类似的杂志,现在均已不复存在——很少发表科幻小说。而今,海因莱恩的一系列作品逐渐开始在《邮报》、《宝库船》、《城乡》、《蓝皮书》、《少年生活》及《美国退伍军人杂志》月刊上出现。科幻小说再也不像以往那样被高级杂志拒之门外了。

第二个障碍是出版商。第一次突破是在二次大战期间和之后由选集的编者引起的。第二次突破是几年以后由科幻小说迷成立的出版社引起的,随后由一些老资格的出版商扩大了突破口。海因莱恩为成人写的书先由幻想出版社、格诺默出版社和沙斯塔出版社出版,后由道布尔迪出版社和普特南出版社出版。

第三个障碍是青少年,对此,无人知晓其存在。海因莱恩为斯克里布纳出版公司写了《伽利略号火箭飞船》(1947)和《太空军校学员》(1948)。这些,连同他以后创作的青少年题材的小说,成为引导青年一代入门科幻小说的代表作品。此后10年里,他准备每年创作一部小说。这些小说不仅能赚大钱,而且,由于他掌握了写作的窍门,能够取得艺术上的成功。其中一些小说(《星上野兽》、《银河系公民》、《穿上宇航服——去旅行》、《航天军队》和《火星的波德卡纳》)将在科幻杂志上连载。在此类小说即将告一段落之际,斯克里布纳出版公司拒绝出版《航天军队》,海因莱恩随即转向普特南出版社。

《伽利略号火箭飞船》引发了又一次突破。小说中的部分内容被1950年的电影《目标月球》所采用。海因莱恩和两三位合作者一起共同创作了剧本,乔治·帕任该部影片的制片。科幻电影历史学家约翰·巴克斯特认为,该部影片标志着50年代科幻电影兴旺繁荣的开始。

海因莱恩的最终成就在于一位科幻作家创作了第一部大获成功的小说《异乡的异客》(1961)。虽然该书大获成功时是以平装本出现的(第一部以硬皮书形式出版的科幻畅销书据称是1977年弗兰克·赫伯特的《沙丘的孩子们》),但它仍然成为与《蝇王》、《第二十二条军规》、《环形世界的君子们》齐名,并为读者争相购阅的书。小说中对性的大胆描述可能为以后的科幻小说开创了先例。

海因莱恩拥有的最大财富是他的职业态度、他的求知和不断充实自己的能力,以及他尝试新领域的意愿。他的作品展示了他的坚定的正义感和得体的行为规范——以及他的有关自由意志论、杰出人物统治论和军国主义的信念,这些信念尚有商榷之处——虽然他的作品题材多变,很难用他在作品中表达出的观点或人生哲学来对他加以评说。然而,与其他任何作家相比,海因莱恩更有能力在有限的篇幅内,令人信服地呈现出经过精心加工的背景,包括整个社会在内。这一点,连同他以记叙文为主、少量充满活力的散文为辅的倾向,为后来的科幻小说作家提供了可以效仿的模式。

《安魂曲》是作为《出卖月球的人》一书的最后插曲而重印的,该书于1950年由沙斯塔出版社出版。它作为一部安魂曲,一方面是因为20世纪初以来它被划入科幻小说的范畴,另一方面是因为它代表着千年以来人类渴望到达天空中闪耀的那个世界——月球的梦想。它是一种新的科幻小说形式的开始,这种新形式的科幻小说欲在茫茫星系中寻找外星人,进行探险,寻求生存,追寻梦想,并且探索人类新的定义。

《安魂曲》

〔美〕罗伯特·A.海因莱恩 著

在南太平洋萨摩亚群岛的一座高山上,有一座坟墓。墓碑上刻着这样几行字:

在广阔无垠的星空下,

请掘好我的坟墓,让我安息!

我快乐地活过,我无憾地死去,
在此我为自己立下遗嘱!

请为我刻一块这样的墓碑:
他找到了归宿长眠在此,
犹如水手从海上远航归来,
犹如猎人从山上打猎回家。

这几行字出现在另一个地方——潦潦草草地写在从一个压缩空气瓶上撕下来的标签上,标签被一把小刀扎在地上。

这不太像平常的集市。赛马比赛并不令人激动,即使好几位参赛者都声称他们的马具有丹·帕奇神马[①]的血统。在马戏表演的场地上,零零散散搭着一些帐篷和摊棚,摊贩们看上去个个无精打采,神情沮丧。

D. D. 哈里曼的司机看出没有必要在此停车。他们正驱车前往堪萨斯城参加一个董事会议,确切地说,是哈里曼本人。司机开车如此匆忙,自有他自己的道理,他是想赶去参加第18大街晚上进行的社交活动。可是,老板不但在此停了下来,而且还到处溜达。不过,他对赛马的跑道和中间穿插的杂耍表演并没有多大兴趣。

在跑道的那一边,有一大块用帐篷围住的场地,场地的入口呈弧形,插着许多漂亮的彩旗,门口还张贴着红色和金色字体的海报:

欢迎光临月亮火箭
你将有幸观看公开飞行表演
每日两次
首批登月宇航员乘坐的正是这种火箭!!
欢迎您前来乘坐!! ——只需25美分

一个10岁左右的小男孩在入口处转悠着,眼睛直直地盯着这张海报看。

"小弟弟,想进去看看宇宙飞船吗?"

小男孩的眼睛一亮:"哎呀,先生,我当然想啦。"

"我也一样。来吧。"

哈里曼花50美分买了两张粉红色的入场券以后,便和那男孩一起走进围住的场地,去看那艘火箭飞船。小男孩向前跑着,带着童年时代所特有的那种真诚、那种专注。哈里曼仔细打量着飞船的卵形外壳那圆滑的曲线。凭着职业的眼光,他发现,这种飞船由一个喷气式发动机推进,其分级操纵器位于它的中腹部。他透过眼镜、眯着眼睛在看大红色船体上用金

① 丹·帕奇(Dan Patch),美国标准种驾车赛马,被誉为"神马"。

色颜料写成的船名——无忧无虑。他又花了25美分,进入控制舱参观。

一进舱内,哈里曼眼前一片黑暗。当他的眼睛渐渐适应了由于舷窗上的滤光片而引起的昏暗以后,他那充满爱意的目光便停留在控制台的各种按键和控制台上方的半圆形仪表刻度盘上。每一件可爱的小装置都在它们原来的位置上。他熟悉这一切——他已经把所有这一切深深铭刻在他的心里。

此时此刻,面对着仪表板,他浮想翩翩,一种甜甜的满足感顿时涌遍他的全身。就在这时,驾驶这艘飞船的飞行员走了进来,轻轻碰了碰他的胳膊。

"对不起,先生。我们就要开始飞行了。"

"嗯?"哈里曼一惊,转过身来看着说话的人。只见他是位英俊的小伙,大脑袋,宽肩膀,浑身充满着活力——他的眼神显得满不在乎,一张嘴也有点自我放纵,但下巴显得很坚定。"哦,对不起,船长。"

"没关系。"

"哎,我说,嗯……呵……船长——"

"麦金太尔。"

"麦金太尔船长,请问您这次飞行能否带一名乘客?"这位老人急切地将身子凑近他。

"噢,当然可以,只要你愿意。跟我来吧。"他把哈里曼领进一间靠近大门、标着"办公室"字样的小棚。"医生,这位乘客需要体检。"

医生用听诊器在哈里曼瘦削的胸部听了听,接着又在他胳膊上扎了根橡皮带。不一会儿,医生解开橡皮带,看着麦金太尔,摇了摇头。

"怎么样,医生?不能去吗?"

"是的,船长。"

哈里曼看看医生,又看看船长,脸上明显流露出失望的表情。"你不准备带我去吗?"

医生无奈地耸了耸肩:"我甚至不能保证,你能经受得住起飞阶段。要知道,先生,"他继续善意地说,"不仅仅是你心脏有问题,无法承受巨大的加速,而且,像你这么大年纪的人,骨头很脆,已经高度钙化,很容易在起飞时因震动而骨折。火箭这一行,是年轻人干的。"

麦金太尔补说了一句:"对不起,先生。我想让你去,可是医生受雇于贝茨县集市协会,他必须保证,我不能带上任何可能因加速而受伤的人。"

老人很痛苦,肩膀无力地垂了下来:"我就盼着飞行。"

"真对不起,先生。"麦金太尔说完,转过身走了,哈里曼跟着他走了出去。

"请问,船长——"

"什么事?"

"飞行结束以后,你和你的……呵……机械师能否跟我一同进餐?"

飞行员疑惑不解地看着他:"当然可以。谢谢。"

"麦金太尔船长,我真弄不懂,为什么人们要中断地球—月球的飞行。"几个小时以后,哈里曼这样说道。在巴特勒小镇一家最好的饭店的雅座餐厅里,炸鸡和热乎乎的小圆饼在餐桌上放着。这是一家三星级的海那赛和科罗纳斯饭店,它的环境舒适怡人。在这儿,他们三人可以自由自在地交谈。

“喔,别给我倒,我不喜欢喝这种酒。”

“噢,别给他倒那酒。麦克——你很清楚,是G条规定把你给限制住了。”麦金太尔的机械师一边说一边又给他自己倒了杯白兰地。

麦金太尔看上去闷闷不乐:“不过,我要是真喝上几杯,又能怎么样?我应该可以改改——那可恶的苛刻的规定真让我感到厌烦。你在跟谁说话?你这走私犯!”

“我承认,我搞过走私!可谁又会不搞呢——那些岩石那么好,谁不渴望把它们带回地球呢?我曾经有颗钻石,大得像——不过,如果那次我没被抓住的话,今晚我肯定会在月亮城的。你也会在那儿的,你这个醉鬼——在那儿,男孩子们给我们买喝的,而女孩子们呢,微笑着向我们递眼色——”他埋下头,轻轻地哭了起来。

麦金太尔摇了摇他:“他喝醉了。”

“没关系。”哈里曼插了一句,“说给我听听,你真的对不再飞行感到心满意足了吗?”

麦金太尔咬着嘴唇:“不满足——他说得对,真是这样。这种巡回飞行表演根本不像吹嘘的那样。我们在密西西比河流域飞上飞下,飞越每个乡村的垃圾堆——睡在旅游营地上,吃在炊事帐篷里。我们如今有一半时间由于县治安官对飞船这样那样的扣押而无法飞;另一半时间,又有禁止这事那事的团体通过禁令要我们呆在地面。这绝不是一个宇航员过的生活。”

“如果你到月球上去,情况会好一些吗?”

“哦——那当然啰。我回去以后,不能再进行地球—月球的飞行了。不过,要是我在月亮城,就能找到活干,为公司找矿——他们总是缺少干这种活的火箭飞行员,他们也不会在意我的经历。如果我不再喝酒,总有一天他们会让我再飞的。”

哈里曼心不在焉地拨弄了一阵调羹以后,抬起头:“你们两位年轻人愿不愿意接受一份工作?”

“有可能。什么工作呢?”

“‘无忧无虑号’是你们自己的吗?”

“那当然,是我和查理的——除了两三种扣押权以外。它怎么了?”

“我想把它包下来——让你和查理带我去月球!”

查理猛地一下坐了起来:“麦克,你听见他说的话了吗?他想让我们把那破玩意儿飞上月球!”

麦金太尔摇摇头:“那绝对不行,哈里曼先生。那艘宇宙飞船已经破旧不堪,况且使用的燃料也不合标准——只是汽油和液态空气。查理整天东修西补的,说不定哪天它就会完蛋。”

“这样好了,哈里曼先生,”查理插话说,“我们去弄一份游览许可证,这样就可以坐那家公司的飞船去。你看怎么样?”

“不行,孩子,”老人回答道,“我不能那样做。你们很清楚,国会在授予那家公司独家开发月球的权利时,附带了条件——任何一个身体条件不合格的人,不得进入太空。公司必须对飞越同温层的所有公民的安全和健康承担全部责任。做出这种正式的规定,是为了避免刚开始火箭旅行时人员的大量死亡。"

"而你不能通过体检?"

哈里曼摇了摇头。

"算了吧——如果你能花得起钱雇我们,那你为啥不去收买那家公司的两位医生呢?以前就有人这么做过。"

哈里曼苦笑着:"我知道有人这么干过,查理,可我没法这样做。要知道,我有点太出名、太惹人注目了。我的全名是迪洛斯·D.哈里曼。"

"您说啥?您就是老D.D呀?喔唷!真见鬼!您自己就拥有该公司的大部分,您应该能够想干啥,就干啥,管它规定不规定的。"

"孩子,你有这种想法,很正常。可是,实际上并不是这么回事。有钱人不比其他人自由,他们并不自由——太不自由了。我曾经照你说的那样试过,可其他几位董事根本不允许我那样做。他们担心失去他们拥有的特权。他们在——嗯——政治联络方面花了一大笔钱才使他们能保持手中的特权。"

"这么说,我将成为一位——竟有这等事,麦克?一个人有许许多多的钱,可他却无法随心所欲地去花。"

麦金太尔没有吭声,等着哈里曼接着往下说。

"麦金太尔船长,如果你有飞船,你会带我去吗?"

麦金太尔用手搓着下巴:"这样做是违法的。"

"我会让你觉得这样做是值得的。"

"当然,他会带您去的,哈里曼先生。麦克,你肯定会这样做的。月亮城!哦,我的宝贝!"

"您为啥如此向往月球呢,哈里曼先生?"

"船长,这是我毕生真正想干的一件事——从童年时代起。我不知道能否把这一点向你解释清楚。就像我生来向往航空一样,你们年轻人生来喜欢火箭飞行。论年龄,我比你们大多了——大概要大50岁。在我小的时候,几乎没有人相信人类会登上月球。你们是在火箭的时代出生和长大的。当人类第一次登上月球时,你们还小,连法定的投票年龄都没到。当我小的时候,人们却嘲笑这种观点。

"但我相信——我真的相信。我读过凡尔纳、威尔斯和史密斯的小说,我相信我们能够做到——而且一定做得到。我自己也下了决心,一定要到月球表面上去走走,看看她的另一面,还要从月球上看看悬在空中的地球的模样。

"过去,我经常不吃午饭,省下钱向美国火箭协会交会费,因为我想让我自己相信,我在为人类登上月球的那一天早日到来尽了力。而当那一天真的到来时,我已经老了。我够长寿的了,但我不会让自己就这样白白死去——绝不会!——直到我登上月球为止。"

麦金太尔站起身,伸出了手:"哈里曼先生,您去找艘宇宙飞船,我来开。"

"好样的,麦克!您看,哈里曼先生,我说过他会干的。"

在驱车向北前往堪萨斯城的一小时行程中,哈里曼陷入了沉思,而且还时不时打个盹儿。他和那些上了年纪的人一样,瞌睡很轻,入睡又很难。很久很久以前发生的事情像变幻不定的梦浮现在他的脑海里。那是——噢,对了,是1910年——一个小男孩在一个暖和的春天的夜晚。"那是什么?爸爸?"

"那是哈雷彗星,宝贝。"

"它从哪里来?"

"我不知道,儿子。是从天空中某个地方来的。"

"真是美——极了,爸爸。我想去摸摸它。"

"恐怕不行,儿子。"

"迪洛斯,你是不是想告诉我,你把我们积攒下来买房子的钱全都投到那家疯狂的火箭公司去了?"

"好了,好了,夏洛特,你别那么说。我那样做并不疯狂,而是很明智的商业投资。不用多久,火箭就会满天飞,轮船和火车将会被淘汰。你看看,那些有先见之明、投资亨利·福特公司的人,现在的日子过得多好啊。"

"我们以前谈过这事了。"

"夏洛特,人类飞离地球、前往月球,甚至行星参观的那一天一定会到来的。现在才刚刚开始。"

"你非得这样大声嚷嚷吗?"

"对不起,可你——"

"我觉得有点头痛。请你来房间睡觉时,尽量轻点声。"

他没有去睡觉。整整一晚上,他一直坐在外面的阳台上,望着满月在星空中缓缓移动。第二天早上肯定会有麻烦的,麻烦和少语的沉默。不过这次他会坚持己见的。在大多数事情上他可以让步,在这件事上绝对不行。夜晚是属于他的。今晚,他要单独和这位老朋友呆在一起。他仔细搜索着她的脸。澄海[①]在哪里?真可笑,他居然认不出它来了。他小时候经常可以清楚地看到它。看来,他很可能需要再配一副眼镜——经常像这样工作,对眼睛肯定不好。

但是,他没有必要看,因为他知道它们的确切位置:澄海,丰富海,静海——它显得那么连绵起伏!阿尔卑斯山脉,喀尔巴阡山脉,还有带着神奇光芒的第谷环形山。

它们远在24万英里以外——要绕地球10圈。当然,像这样一点距离上的差距,人类是完全可以逾越的。嗨,他几乎能够到达月球并触摸它,在那儿靠着榆树打盹儿。

他没有受过教育,在这事上他是无能为力的。

① 海——天文学上指月球表面比较平坦的部分,实际上是平原。

"孩子,我想好好和你谈一谈。"

"好的,妈妈。"

"我知道,你明年想上大学。"——难道只是想吗？他一生就盼望着能上大学,盼着进入芝加哥大学,在摩尔顿[1]的指导下学习,然后到耶克斯天文台,在弗洛斯特博士的手下工作——"我也想让你明年上大学。可是,由于你爸爸不幸过世,你的妹妹们也一个个长大,要养活这么一家人是越来越难了。你向来很乖,很听话,会帮妈妈支撑这个家的。我知道你会理解的。"

"是的,妈妈。"

"号外！号外！同温层火箭抵达巴黎！快来看哪！"一位戴着眼镜的瘦小男人一把抓过报纸,又匆匆返回办公室。

"看看这篇,A. J。"

"嗯？……真有意思,可那又能咋样？"

"你不明白吗？下一步是抵达月球！"

"天哪,迪洛斯,你太着迷了。你的问题是,那些毫无价值的杂志看得太多了。就在上个星期,我发现我儿子也在看那一类杂志,我把他好好教训了一顿。你的家人也该把你收拾一下。"

已到中年的哈里曼抬平他那窄窄的肩膀。"他们一定会到达月球的！"

他的合伙人哈哈大笑了起来:"你爱怎么说,就怎么说,随你的便！儿子想要天上的月亮,爸爸也会去为他摘来的。可你却死死抱定你的那些折扣和佣金不放,钱就花在那上面了。"

汽车悠闲地驶进帕索,接着又拐进阿默大街。老哈里曼从睡梦中不安地惊醒,开始自言自语。

"但是,哈里曼先生——"手拿笔记本的年轻人显得很不安。老人嘟哝着。

"我说过了,卖掉它们。我要尽快把我拥有的全部股份兑成现金:宇航公司,宇航供应公司,阿特米斯矿,月亮城娱乐场,还有其他许多股份,统统都给我卖掉。"

"这样做,会使股票市场下跌。你也就无法兑现股票的全部价值。"

"你以为我不知道吗？我承受得了。"

"你指定投在第谷天文台和哈里曼奖学金的那些股份,打算怎么处理？"

"噢,对了,那些别卖。建立一个托拉斯。这件事早就该做了。告诉卡门斯先生,让他起草文件。他知道我的要求。"

这时,办公室间的联络信号灯闪了起来。"先生们已经到了,哈里曼先生。"

---

[1] 摩尔顿(Forest Ray Moulton, 1872—1952),美国天文学家。

“请他们进来。就这样,阿什利,你忙去吧。”阿什利正往外走,麦金太尔和查理走了进来。哈里曼站起身,快步迎上前去招呼他们。

“请进,孩子们,请进。见到你们,真是太高兴了。来来来,快请坐,抽支雪茄。”

“很高兴见到您,哈里曼先生,”查理打着招呼。“说真的,我们需要见您。”

“碰到麻烦了,先生们?”哈里曼扫视着他们的脸。麦金太尔开口答道:

“您现在还打算给我们工作做吗,哈里曼先生?”

“是的,当然是这样。你们该不是变卦了吧?”

“绝对不是。我们现在需要您提供的工作。您看,‘无忧无虑号’现在正躺在奥塞治河中,她的喷气发动机连同喷油器完全裂开了。”

“天哪!你们没有受伤吧?”

“没有,只是有点扭伤和擦伤。我们是跳下来的。”

查理哈哈大笑起来:“我只用牙齿就在河里抓住了一条鲇鱼。”

很快,他们便谈开了正事。“你们俩得为我去买艘飞船。这事我不能公开进行,我的同事会猜出来我想干啥,他们会阻止我的。我将给你们提供所需的全部资金。你们去找一种船,它经过改装就能适合这次飞行。好好编个故事,说你们在为某位花花公子购买同温层快艇,或者说你们想要开辟北极—南极的旅游航线。说什么都行,只要没人怀疑它用作太空飞行就可以了。”

“接着,在这艘船得到运输部准许可以进行同温层飞行以后,你们就转移到西部的一片沙漠上去——我将找一块可用之地,并把它买下——然后我和你们一起干。到那时,我们可以安装额外的燃料箱,改动喷射器、计时器以及其他一些装置,使得该船适合这次飞行。你们觉得怎么样?”

麦金太尔显得犹豫不决:“这太费事了。查理,你认为没有码头和工场,你能完成改装吗?”

“我?当然可以,我能行——在你的鼎力相助下。给我所需的工具和材料,不要一个劲地催我。自然,改装出来的飞船不会漂亮——”

“我不图它漂亮。我只想要艘船,在我啪啪转动钥匙时不会爆炸就行了。”

“绝对不会爆炸的,麦克。”

“你对‘无忧无虑号’也是这么认为的。”

“你说这话可不公平,麦克。您来评评理,哈里曼先生——那船实际上是堆废物,这一点我们大家都很清楚。而这次不一样,我们准备花些钱,把它搞得像回事。是不是这样,哈里曼先生?”

哈里曼拍了拍他的肩膀:“你说得没错儿,查理。钱是不成问题的。要多少,有多少。这点我们根本不用担心。看看,我所说的薪水和奖金是否让你们满意?我不想让你们缺钱花。”

“——大家知道,我的当事人是他最近的亲属,对他的利益极为关心。根据我们在法庭上出示的证据,我们坚持认为,在过去的几周里,哈里曼先生的所作所为已经清楚地表明:一位曾经在金融界才华横溢的人,如今已经变得衰老了。为此,我们带着深深的遗憾,请求尊贵的法庭宣布,哈里曼先生已无力处理自己的一切事务,同时请求法庭指定一名管理人,以保护他的经济利益,以及他未来的继承人和受让人的利益。"说完,律师坐了下来,露出一副自鸣得意的样子。

卡门斯先生开始发言:"尊贵的法庭——如果刚才这位尊敬的朋友已经讲完了——我想在此提请法庭注意,他最后所说的几句话完全暴露了他的真正目的。'未来的继承人和受让人的利益。'很显然,原告认为,我的当事人在处理自己的事务时,应该保证他的侄子、侄女和他们的子子孙孙坐享荣华富贵。我的当事人的妻子已经去世,他也没有孩子。在过去的日子里,他一直慷慨大方地资助他的姐妹和她们的孩子,而且,他还为那些没有经济收入的亲属设立了养老金。

"看看现在,这些人贪得无厌,比兀鹫还贪,因为他们不想让我的当事人安安静静地去死——他们竭力阻挠我的当事人,不让他随心所欲安享晚年。他的确卖掉了他拥有的财产,这对一位想退隐的老人来讲,有什么可奇怪的呢?的确,在财产清算时,他遭受了一些票面损失。'一件东西的价值在于它能给人带来什么。'他准备退隐,需要现金,这有什么可奇怪的呢?

"应该承认,他曾经拒绝和他那些可亲可爱的亲戚们讨论他要做的事情。但是,哪条法律、哪条准则规定一个人在任何事情上都要和他的侄子们商量呢?

"因此,我们请求法庭确认,我的当事人有权做他喜欢做的事,驳回起诉,让那些爱管闲事的人去管好自己的事。"

法官摘下眼镜,若有所思地擦了擦。

"卡门斯先生,本法庭和你一样,非常尊重个人自由,因此你可以放心,本法庭采取的任何决定,都完全尊重你的当事人的利益。人都要变老,人都会老眼昏花,在这种情况下,必须得到保护。

"在明天以前,我将对此事进行周密的考虑。现在休庭。"

摘自《堪萨斯城明星报》:

古怪的百万富翁突然失踪

——没有在已休会的听证会上露面。法警在搜索了哈里曼经常光顾的地方以后报告说,他前一天就已经失踪不见了。蔑视法庭诉讼的法院传票已经发出,而且——

沙漠上的日落,比起狂热的舞蹈乐队来,更能刺激人的胃口。查理就证实了这一点,他用一片面包,把最后一点火腿肉汁蘸着全部吃完。哈里曼给两位年轻人各递了一支雪茄,自己也拿了一支。

"我的医生声称,这些烟草对我的心脏不好,"哈里曼一边说一边点燃了雪茄,"可自从我和你们一起呆在这个牧场以来,我的感觉好多了,我真有点怀疑他所说的话了。"他吐了一团蓝灰色的烟雾以后,继续道,"我认为,一个人的健康并不取决于他做什么,而是取决于他是否想做什么。我现在正在做我想做的事。"

"一个人有求于生活的,仅此而已。"麦金太尔赞同地说道。

"孩子们,你们的活干得怎么样了?"

"我这边情况很好,"查理答道。"今天,我们完成了对新油箱和燃料管道的第二次压力测试。地面的测试已全部完毕,只剩下校准运转了。那花不了多少时间——如果不出什么问题的话,只要 4 小时就够了。你呢,麦克?"

麦金太尔扳着手指一件一件地说着:"食物和水已经装到飞船上了,三件真空服、一件备用服和维修工具都准备好了,药品也备好了。小运货车把同温层飞行所需的全部标准设备也全都运来了。只是最新的月球星历表还没有到。"

"你什么时候需要呢?"

"啥时候都行——现在它们应该到了。那倒不是问题。那些所谓去月球有多困难,完全是为哗众取宠而骗人的鬼话。总之,您能够见到月球——这不像在海上航行。给我一个六分仪和好的测距仪,我就可以送您去月球上的任何地方——根本不用看历书或星历表——仅仅靠有关相对速度方面的常识就行了。"

"不用啰里啰嗦讲那么多你准备的东西,麦克。"查理告诉他,"我们知道,这些事对你来说易如反掌。你的主要意思是,你已经准备完毕,可以出发了,是不是?"

"是这意思。"

"那么,今晚我就可以进行那些测试了。我有点神经质——事情进展得太顺利了。如果你来帮我一把,我们半夜就能睡觉了。"

"好吧,等我把这支雪茄抽完。"

他们默默地抽了一会儿烟,各自想着临近的旅行,想着旅行对他们的意义。老哈里曼一想到他毕生的梦想很快就能实现时,激动万分,但他试图强压住内心的激动。

"哈里曼先生——"

"嗯? 什么事,查理?"

"人怎样才能发大财,就像您这样?"

"发财? 我说不上。我从没有想方设法去发财。我从不想有钱,也不想出名或类似的事儿。"

"噢?"

"是的,我只是想活得长一些,亲眼看见我的梦想成为现实。我很平常,没有什么特别的。有许多人跟我一样——他们当中有无线电爱好者、望远镜制作者以及航空爱好者。我们建立了科学俱乐部、地下实验室和科幻小说协会——他们这些人普遍认为,一期《电气实验者》比大仲马写的所有的书还要浪漫传奇。我们也不想成为霍雷肖·阿尔杰[1]塑造的那

---

① 霍雷肖·阿尔杰(Horatio Alger, 1832—1899),美国儿童文学作家。

一类致富英雄。我们只想造宇宙飞船。这不,我们有些人确实造成了。"

"天哪,大伯,你讲的这些事真叫人激动。"

"确实让人激动,查理。这是一个充满神奇和浪漫的世纪,尽管它有种种缺点。而且一年一年变得更奇妙、更激动人心。是的,我并不想发财,我只想活得长一些,能够看到人类登上别的星球,而且,如果上帝保佑的话,我自己也能够到达月球。"他小心翼翼地把一英寸长的白色烟灰弹到烟灰缸里。"生活还是很美好的,我没有什么可抱怨的。"

麦金太尔把他的椅子往后一推。"走吧,查理,准备好了吧?"

"好了。"

他们都站起身。哈里曼刚要开口说话,却突然抓住胸部,脸色一下子变得灰白。

"快扶住他,麦克!"

"他的药在哪儿?"

"在他背心口袋里。"

他们小心地扶着他到长沙发上躺下,把一小粒玻璃胶囊在手绢上弄碎以后,凑到他的鼻子底下。胶囊在慢慢地挥发,他的脸渐渐有了点血色。他们再没有什么可做的,只是静静地等着他恢复知觉。

查理打破了不安的沉默:"麦克,我们别干了。"

"为什么呢?"

"这是谋杀。在第一次加速以后,他就会永远站不起来了。"

"也许会这样,但那是他想干的事。你听他说过。"

"可我们不该让他这样做。"

"为什么呢?告诉一个人不要拿生命作赌注去干他真正想干的事,这既不关你的事,也不关这可恶的进行家长式统治的政府的事。"

"我还是觉得不合适。他毕竟是一位很有身份的老人。"

"那么,你拿他怎么办呢——把他送回堪萨斯城,让那些贪婪成性的人把他关进疯人院,让他在那儿心碎而死吗?"

"不不不——不能那样做。"

"你先去,为测试运转做做准备。我马上就来。"

第二天早晨,一辆宽轮胎的沙漠敞篷轿车颠簸着驶进了牧场前院的大门,并在房子前面停了下来。一位身材结实、面容沉着但和蔼可亲的人下了车,开口向迎面走来的麦金太尔问道:

"你是詹姆士·麦金太尔吗?"

"什么事?"

"我是这一带的联邦副司法官,我带来了一份逮捕你的命令。"

"什么罪名?"

"阴谋策划违反航空防备法令。"

查理插了进来:"什么事,麦克?"

副司法官答道:“我想,你一定是查尔斯·卡明斯。这是逮捕你的命令,还有逮捕一位名叫哈里曼的命令,以及法庭要求查封你们的宇宙飞船的法令状。”

“我们没有宇宙飞船。”

“那么,你们在那间大棚里放的什么?”

“同温层游艇。”

“真的吗?好吧,等宇宙飞船弄出来了,我再查封它。哈里曼在哪儿?”

“就在那儿。”查理用手指了指,并没有注意到麦金太尔阴沉的脸色。

副司法官转过头去看。就在这时,查理丝毫不差地狠狠击中了他的下巴,只见副司法官无声地瘫倒在地。查理监视着他,一边搓着手指关节一边呻吟道:

“这根手指在我当棒球的游击手时弄骨折过。我老是要伤着这根手指。”

“让大伯进飞船船舱去,”麦克打断他的话,“并让他躺在吊床上,用搭扣扣住。”

“明白了,船长。”

他们打开辅助发动机,把飞船滑出了飞船棚,然后调转方向,开始穿过沙漠平原,寻找起飞用的宽敞的空地。麦金太尔从驾驶舱右舷的窗口往地面看,看到了副司法官。他一直在闷闷不乐地盯着他们看。

麦金太尔系好安全带,穿上紧身衣,对着轮机舱的话筒开始讲话:“一切准备好了吗?查理?”

“一切准备就绪,船长。不过,你现在还不能起飞,麦克。它还没有命名呢!”

“没时间搞你那套迷信的东西了!”

哈里曼微弱的声音从话筒中传了过来:“叫它‘疯子号’吧,只有这个名字最合适!”

麦金太尔把头在衬垫中放好,用力转动两把钥匙,随即又很快地一个接一个连着按了三个键,就这样,“疯子号”飞离了地面。

“你好吗,大伯?”

查理焦虑不安地查看老人的脸。哈里曼舔了舔嘴唇,费劲地开口说道:“干得好,孩子们。再好不过了。”

“从现在起,加速还不错。我给你解开,这样你可以自由一些。但我想,你最好还是在吊床上躺着。”他用力把搭扣解开。哈里曼没有完全抑制住的呻吟声出现了。

“怎么了,大伯?”

“没事儿。啥事都没有。你给我把那边松开。”

查理用机械师特有的灵敏的手指匆匆地在老人身体的一侧摸过。“你骗不了我,大伯。不过我也没办法,只有等着陆以后再说。”

“查理——”

“什么事,大伯?”

“不能把我挪到舷窗那边去吗?我想看看地球。”

“现在还什么都看不见哩,全让爆炸的气浪给遮住了。一旦我们加快速度进入惯性滑行,达到转换点,我就把你挪过去。这样行不行,我给你吃一片安眠药,当我们停下喷气发动机时再叫醒你。”

“不行!”

“啊?”

“我不睡。”

“好吧,随你便,大伯。”

查理奋力走到飞船的前部,一下子坐在飞行员座位的常平架上。麦金太尔流露出疑问的眼神。

“还好,他还活着,”查理告诉他,“但目前状况不太好。”

“怎么不好了?”

“他的肋骨断了两三根,其他情况我还不清楚。我不知道他能否坚持到这次旅行结束,麦克。他的心脏跳得咚咚咚的响,真吓人。”

“他能坚持下来的,查理。他还算强壮。”

“强壮?他像金丝雀那样纤弱。”

“我不是这意思。我是说他内心很坚强——那才是最重要的。”

“反正都一样。如果你想要飞船上的人个个平安着陆,你最好尽可能缓慢地降落。”

“我会的。我打算先绕月球作一次巡回航行,然后再沿渐伸曲线进入月球。我想,我们的燃料够用了。”

当他们开始在自由轨道上进行惯性滑行时,查理放下吊床,把哈里曼连同吊床一起挪到舷窗的旁边。麦金太尔沿着水平轴转动飞船,使飞船的尾部正对着太阳,然后,他又开动两个跟飞船成正切、并相互对称的喷气发动机喷了一阵火舌。使飞船围绕着自身的纵向轴慢慢地作螺旋式旋转,从而人为地产生了一点引力。由于惯性滑行开始时产生的失重现象,老人已经初次体验到了自由飞行时特有的那种晕船感;而现在飞行员这样做,正是为了给他的乘客尽可能减少些不舒服的感觉。

但是,哈里曼却全然不顾他自己有多难受、多恶心。

月球就在那儿,和他多少次想象的一样。月球在舷窗外壮观地转过,它看起来比他以前见到的要宽一倍,他所熟悉的月球的种种特征,都清晰地一一呈现在他的眼前。当飞船继续慢慢绕月球飞行时,地球渐渐进入他的视线。地球本身,正如他想象的那样,看上去就像一颗高贵的卫星。从飞船上看见的地球,比从地球上看到的月球大7倍,而且,它比银色的月球看起来更加赏心悦目,更加美丽多姿。此刻,大西洋海岸正值日落之时——那道影子恰好落在哈得逊湾,并且划过北美的东海岸,直到古巴,同时遮掩了南美洲东部突出的部分。他欣赏着太平洋那柔和的蓝色,感知着陆地上绿色和褐色的地质结构,观赏着极地那白色的世界、蓝色的海水。加拿大和辽阔的西北部被云层遮盖了,那是一片控制该大陆的低气压区。它闪耀着比极地更加绚烂夺目的白色。

随着飞船的缓慢移动,地球已渐渐超出他的视线,紧接着,星星一个又一个地从舷窗口闪过——依旧是他早已熟知的那些星星,但是,在完美的、活生生的黑色背景衬托下,它们显得更稳定,更明亮,而且不眨眼。随后,月球再度翩翩浮现在他的眼前,引起了他的遐想。

他感到幸福,一种宁静的幸福,这是大多数人都享受不到的,即使在漫长的一生中。他感到他是一位活着的普通人,抬头看着星星,心中充满渴望。

他至少沉睡过一次,可能还说过胡话,因为,当他突然惊醒时,他的脑海里出现了妻子夏洛特呼唤他的情景。"迪洛斯!"那个声音在说。"迪洛斯! 别在外面呆着,快进来吧! 晚上那么冷,你会得重伤风的。"

可怜的夏洛特! 她是一位好妻子,一位温柔贤惠的妻子。他确信,夏洛特临死时唯一的遗憾就是:担心他不能好好地自己照顾自己。她不曾分享他的梦想和需要,可这并不是她的错。

当他们缓缓转向月球离地球最远的一面时,查理把吊床架了起来,以便让哈里曼从右舷窗口观看。他快乐地——辨认那些他再熟悉不过的地标,他有1000张这些地标的照片。这些地标勾起了他的思乡之情,仿佛他就要回到祖国的怀抱。当他们转回到向着地球的一面时,麦金太尔开始减速,准备在阿里斯塔恰斯环形山和阿基米得环形山之间的雨海上着陆,距离月亮城大约10英里。

这次降落进行得还可以,各方面的因素都考虑到了。他不得不在没有地面指挥的情况下降落,他也没有副驾驶员替他操作测距仪。由于他一心想要轻轻着陆,结果,他已经偏离目的地30英里左右了。他确实已经尽了最大努力。刚一着陆,飞船颠簸不平。

当他们急速滑行直至停下时,飞船两边扬起了粉末状的浮石。查理来到控制舱。

"我们的乘客咋样啦?"麦克急切地问道。

"我去看看,我不敢打赌。麦克,这次降落糟透了。"

"真该死,我已经尽力了。"

"我知道你尽力了,船长。不必在意。"

结果,飞船上的乘客还活着,脑子也清醒,只是鼻子流着血,嘴唇上有一团粉红色的泡沫。他很虚弱,硬撑着想从吊床上爬起来,他俩见状,一起过去把他扶了起来。

"真空服在哪儿?"是他说的第一句话。

"冷静点,哈里曼先生。你还不能出去,我们先要对你进行急救。"

"把真空服给我! 急救可以等一会儿。"

他们默默地照他吩咐的做了。他的左腿几乎派不上用场,他们不得不一人一边搀扶着他穿过密封门。由于他本身很轻,在月球上的重量也只有20磅,因此,他们毫不费力。一下飞船,他们发现,离飞船50码左右有一处地方可以让他靠着看看景色,还有一大堆火山渣可以让他的头也靠上。

麦金太尔凑近老人,他头上的帽盔正好紧贴着老人的帽盔,并对他说道:"你呆在这儿看看风景,我们去准备到月亮城的旅行。从这儿过去,有40英里路,相当近。我们得把备用空气瓶、食物以及其他一些物品带上。我们很快就回来。"

哈里曼无声地点了点头,并紧紧握住了他们戴着防护手套的手,力量大得惊人。

他静静地坐在那儿,双手搓着月球表面的泥土,细细体味着自己的身体在月球上轻飘飘的感觉,觉得很好奇。在经历了那么多的曲折之后,他的心终于有了宁静的归宿。身上的伤痛,再也不会烦扰他了。他来到了向往已久的地方——实现了自己的夙愿。在他的头顶上,是高悬在上的地球,一个巨大的蓝青色卫星。在他的左边,一眼望去,只见太阳上部的边缘矗立在阿基米得环形山的险崖之上。而他的脚下则是——月球,以及月球的泥土。他在月球上了!

他向后躺下,一动不动,一种满足感就像洪流一般,流遍他的全身,涌入他的内心。

他的注意力一时又分散了,他又一次感到有人在呼唤他的名字。真傻,他这样想;我已经老了——爱走神了。

在船舱里,查理和麦克正在把扁担装到担架上去。"好了。这样行了,"麦克说道,"我们去把大伯叫醒,该出发了。"

"我去好了,"查理答道,"我去把他背过来。他轻得没什么分量。"

查理去的时间比麦金太尔预料的要长。他独自一人回来了。麦克等他把密封门关上、把帽盔往后一推,便开口问道:"出事啦?"

"别弄担架了,船长。已经不需要了。是的,就这样。"他继续说,"该做的我都做了。"

麦金太尔没有说话,弯下腰开始系上宽宽的滑雪板,要在粉末灰上行走,这是必不可少的工具。查理照他的样做。随后,他们把备用的空气瓶背在肩上,穿过密封门,往外走去。

他们懒得去关密封门外的那道门。

(张　萍　译)